16	3	2	13
5	10	11	8
9	6	7	12
4	15	14	1

Coleção LESTE

NOVA ANTOLOGIA DO CONTO RUSSO

(1792-1998)

Organização, apresentação e notas
Bruno Barretto Gomide

Tradução
Arlete Cavaliere, Aurora Fornoni Bernardini, Boris Schnaiderman, Cecília Rosas, Daniela Mountian, Denise Sales, Fátima Bianchi, Graziela Schneider, Lucas Simone, Mário Ramos, Moissei Mountian, Natalia Marcelli de Carvalho, Nivaldo dos Santos, Noé Oliveira Policarpo Polli e Yulia Mikaelyan

editora 34

EDITORA 34

Editora 34 Ltda.
Rua Hungria, 592 Jardim Europa CEP 01455-000
São Paulo - SP Brasil Tel/Fax (11) 3811-6777 www.editora34.com.br

Capa, projeto gráfico e editoração eletrônica:
Bracher & Malta Produção Gráfica

Revisão:
Cide Piquet
Lucas Simone
Isabel Junqueira
Sérgio Molina

1ª Edição - 2011, 2ª Edição - 2012, 3ª Edição - 2016 (2ª Reimpressão - 2023)

CIP - Brasil. Catalogação-na-Fonte
(Sindicato Nacional dos Editores de Livros, RJ, Brasil)

Gomide, Bruno Barretto, 1972
G724n Nova antologia do conto russo (1792-1998) / organização, apresentação e notas de Bruno Barretto Gomide; tradução de Boris Schnaiderman e outros — São Paulo: Editora 34, 2016 (3ª Edição).
648 p. (Coleção LESTE)

ISBN 978-85-7326-483-8

1. Literatura russa. 2. História da literatura russa, sécs. XVIII-XX. I. Título. II. Série.

CDD - 891.7

NOVA ANTOLOGIA DO CONTO RUSSO
(1792-1998)

Esta antologia é dedicada a Boris Schnaiderman
por seu trabalho em prol da divulgação da literatura russa no Brasil.

Apresentação

Bruno Barretto Gomide

As antologias de contos foram companheiras de viagem constantes na recepção da literatura russa. Algumas, lançadas em francês, inglês ou alemão nas primeiras décadas do século XX, até hoje são reeditadas. Em geral, elas foram construídas a partir do eixo "A dama de espadas" — "O capote" — um conto sentimental de Dostoiévski — um conto popular de Tolstói — um ou dois Tchekhov e um ou dois Górki — e os "novos" russos em voga, como Kuprin e Andrêiev, ou uma variante disso ("O chefe da estação" — "O nariz" etc.). A partir de certo momento, começaram a surgir as antologias de contos soviéticos, reunidos em volumes específicos ou em um mesmo pacote com os clássicos. Escolher publicar os "antigos", já classificados e compendiados, lado a lado com os frutos do experimento soviético, sugerindo uma solução de continuidade, ou então separá-los em antologias distintas deve ter constituído um verdadeiro dilema para os organizadores, que ia além do grau de arbitrariedade presente em toda coletânea. Havia uma dificuldade acentuada para a seleção dos nomes: como se avaliar, por exemplo, Bábel, Oliécha, Serafimóvitch, Pilniak, Leónov ou Seifúlina? Faziam realismo socialista ou não? Estavam no mesmo nível dos grandes escritores do século anterior? Aliás, estavam vivos? Não se tratava "apenas" da avaliação, sempre problemática, da qualidade dos representantes mais recentes de uma determinada tradição literária, já gigantesca no caso da Rússia: as dificuldades de comunicação eram grandes, o acesso a materiais, escasso, as injunções políticas, tremendas.

Reduzindo drasticamente os contextos em que foram publicadas e suas variações internas, podemos sugerir que as primeiras antologias tinham um resultado em comum: elas apresentavam ao leitor um universo mais dinâmico e multifacetado do que o aspecto maciço da ficção longa à qual os russos eram proverbialmente associados, sobretudo nos momentos iniciais da recepção, a partir de fins do século XIX, quando todos se extasiavam com os romanções complexos e exigentes de Tolstói e Dostoiévski, os carros-chefe do processo. Havia um bom motivo para que o livro fundamental do visconde francês Eugène-Melchior de Vogüé (1848-1910), de 1886, peça-chave na difusão da literatura russa, se intitulasse *O romance russo*. A expectativa, prevista nos principais textos críticos da época e, em medida considerável, nos próprios textos ficcionais russos, era a de que aquelas obras colossais fornecessem uma nova visão do homem e da literatura, e, ao fazê-lo, os transformassem. A visão caleidoscópica e horizontal das antologias dava um bom contraponto à imersão nos caudalosos romances. No mínimo, sugeria que a vida literária e intelectual russa era ainda mais diversificada do que parecia ser. Os leitores foram aos poucos percebendo que o conto na Rússia não era um gênero meramente complementar ao romance. Ele possuía uma história autônoma e formidável, tendo a ficção russa atingido nele alguns de seus pontos mais altos.

No Brasil, as antologias de contos estão muito ligadas a momentos marcantes da nossa recepção. No começo do século XX, quando a literatura russa pegou o mundo no contrapé, não dispúnhamos de condições críticas, tradutórias e editoriais para a confecção de uma antologia própria. E aqui também a literatura russa era mais associada à extensão do romance. Conforme anotações da época, *Crime e castigo* era livro para ser lido noites adentro, sertões afora. Um entusiasmado Monteiro Lobato proclamava que *Anna Kariênina* era "grande como a Rússia". Novelas como *A Sonata a Kreutzer*, *A morte de Ivan Ilitch* e *Noites brancas* entravam eventualmente no jogo, mas está claro que o conto não poderia gerar o mesmo tipo de intensidade quase física, criadora de um novo estado de alma, que se esperava do contato prolongado com os romances. Isso talvez seja uma das razões pelas quais um crítico arguto como Nelson Werneck Sodré, apreciador da literatura russa, não tenha incluído Tchekhov entre os expoentes do gênero em um artigo de 1936, em que fala, entre outros, de Poe, Maupassant e da tchekhoviana Katherine Mansfield.[1]

Ultrapassados os primeiros momentos da recepção, as antologias começaram a aparecer. Desde a década de 1940 tivemos várias, modestas e ambiciosas. Duas se destacaram:

---

[1] Nelson Werneck Sodré, "O conto", *Correio Paulistano*, 16/6/1936.

A primeira a marcar época foi o volume inaugural da coleção "Contos do Mundo", da editora Leitura, dedicado aos contistas russos, "desde os antigos até os modernos", conforme um anúncio de lançamento de janeiro de 1944. O time organizador era peso-pesado: coordenação de Rubem Braga, prefácio de Aníbal Machado, notas biográficas de Valdemar Cavalcanti (entusiasta da literatura russa desde o começo da década de 1930) e revisão de Graciliano Ramos. A equipe de tradutores incluía Carlos Drummond de Andrade, Vinicius de Moraes, Rachel de Queiroz, Lúcio Cardoso e José Lins do Rego. Os ilustradores eram, entre outros, Goeldi, Guignard, Carlos Scliar, Burle Marx, Alcides da Rocha Miranda. Segundo Quirino Campofiorito, comentando uma exposição das ilustrações realizada sob os auspícios do Instituto dos Arquitetos do Brasil do Rio de Janeiro, o aspecto gráfico constituía "uma revelação entre os incrédulos da ilustração entre nós" e evidenciava a melhoria do nível dessa arte no Brasil.[2] Essa edição corria em paralelo ao outro grande projeto editorial "russo" da época — a coleção de obras de Dostoiévski preparada na mesma época pela casa editorial mais emblemática do período, a José Olympio, que também unia ilustrações de primeira linha a novas traduções e paratextos de qualidade. Historicamente, ambas se beneficiaram de uma série de fatores: o fortalecimento do nosso mercado editorial, em franca expansão desde a década anterior; o aumento da massa crítica brasileira relativa à literatura russa, com a diversificação da bibliografia disponível e a entrada em cena de novos interlocutores; a insatisfação crescente com a qualidade das traduções disponíveis; a percepção difusa, mas poderosa, de que a literatura russa tinha certo caráter ecumênico, capaz de angariar adeptos à direita e à esquerda, no campo político, e entre "sociais" e "introspectivos" na seara cultural; o novo clima político posterior ao alinhamento com os aliados e, sobretudo, posterior a Stalingrado, quando a possibilidade de se editar textos russos ampliou-se consideravelmente. No caso da editora Leitura, aproveitou-se a oportunidade para soltar propaganda política, valendo-se "esopicamente" de temas literários russos e soviéticos para esgarçar os limites do combalido Estado Novo.

A outra grande antologia foi preparada pela editora carioca Lux no começo dos anos 1960. A *Antologia do conto russo* da Lux trazia a in-

---

[2] Quirino Campofiorito, "Quinze ilustradores", *Leitura*, Rio de Janeiro, julho de 1944.

tervenção crítica de Otto Maria Carpeaux, que significava um avanço tremendo no conhecimento da literatura russa no contexto brasileiro, e a presença de Boris Schnaiderman, com o seu salto de qualidade igualmente decisivo no que dizia respeito às traduções existentes. Em um artigo publicado em 1962, Boris Schnaiderman elogiava a edição da Lux, seu equilíbrio de autores russos e soviéticos, o conhecimento ímpar de Carpeaux, até mesmo no plano mundial (sua menção, por exemplo, ao formalismo russo, fora da pauta em quase todo canto) e valorizava os excelentes prefácios, informativos e ousados. Somados, eles tinham um significado histórico e poderiam constituir uma verdadeira introdução à literatura russa: "É a primeira vez, parece-nos, que se escreve no Brasil uma obra panorâmica sobre os temas cruciais da literatura russa [...] Otto Maria Carpeaux acaba de dar, sem dúvida, um passo decisivo no trabalho de divulgação da literatura russa, em sua maior profundidade e riqueza".[3] Acrescentamos que essa lacuna até hoje não foi preenchida no Brasil — a existência de uma obra panorâmica e introdutória sobre a literatura russa (o próprio Carpeaux teria começado a preparar uma para a editora José Olympio, de acordo com entrevista para Homero Senna em 1949).[4]

Por outro lado, a antologia da Lux era um produto híbrido, claudicante. Ao lado desses pontos altos, constam entre os tradutores nomes de difícil identificação até hoje, e a trajetória da própria editora é nebulosa. Prefácios admiráveis e muitas traduções precárias: a Lux é um feito admirável que praticamente não deixa rastros para a reconstituição de seus participantes e de suas etapas editoriais.

É sintomático do modo como a literatura russa era divulgada no Brasil que as duas editoras tenham sido ligadas a setores da esquerda. Uma grande antologia, porém, que teria um perfil diferente, acabou não se concretizando: em meados dos anos 1980, Boris Schnaiderman organizou para a editora Nova Cultural uma antologia do "Conto russo moderno". O volume, fruto do espírito da *Glásnost*, mas também resultado de uma preocupação com o assunto nutrida pelo organizador havia décadas, infelizmente não foi publicado. Boris Schnaiderman observava que,

---

[3] Boris Schnaiderman, "Em torno de um prefácio", *O Estado de S. Paulo*, 15/9/1962.

[4] Homero Senna, "Otto Maria Carpeaux", *Revista do Globo*, nº 483, Porto Alegre, 28/5/1949.

entre nós, já havia contato com as artes visuais, o teatro, a poesia e o cinema da Rússia contemporânea, mas a prosa de ficção correlata ainda não era bem conhecida, o que levava a seu frequente (e injusto) rebaixamento diante dos autores do século XIX.[5] A antologia traria, entre outros, Khliébnikov, Pasternak, Bábel e Oliécha. Havia claramente o propósito de se preparar um texto equivalente — intenção evidente a partir do título da antologia planejada — ao do extraordinário *Poesia russa moderna* (1968), organizado por Boris Schnaiderman, Haroldo e Augusto de Campos, ponto máximo da tradução da poesia russa, sob qualquer ponto de vista internacional.

Tendo em vista, portanto, o caráter balizador inerente às antologias de contos, a presente *Nova antologia do conto russo* se propõe a criar um diálogo com o momento atual de interesse pela literatura russa no Brasil, fenômeno cultural da maior importância que vem se desenvolvendo, nessa última "leva", há cerca de uma década (um bom marco zero pode ser a tradução de Paulo Bezerra para *Crime e castigo*, em 2001), e que ainda aguarda quem o explique. Há, sem dúvida, uma constatação amplamente difundida de que traduções feitas a partir do original russo são uma condição básica para qualquer edição que se preze. Este, em todo caso, é o primeiro momento na história da leitura dos russos no Brasil em que não há um fator político subjacente. Mesmo o primeiro *boom* do romance russo, em fins do século XIX, que gestou-se a partir de uma polêmica literária sobre os impasses do naturalismo, tinha referenciais "niilistas" e "exóticos" a motivá-lo. E, depois de 1917, a conexão política torna-se, em algum nível, quase incontornável. Salvo engano, não estamos lendo literatura russa para conhecer melhor a Rússia contemporânea, desvendar os mistérios da (como se dizia) "turbulenta alma russa", detectar perigos vermelhos ou enxergar uma mensagem de redenção social e espiritual da humanidade.

O espírito desta antologia foi o de escolher contos que pudessem surpreender e demonstrar diversidade, mais do que confirmar expectativas. Menos a ratificação dos textos clássicos, mais a abertura de novas perspectivas. Ao invés de mais uma tradução de "O capote" de Gógol, um magnífico "A carruagem". Estabelecemos uma lista, certamente não exaustiva, dos principais praticantes do gênero na Rússia, e atribuímos

[5] Boris Schnaiderman, "Pasternak, Bábel e o moderno conto russo", *Folha de S. Paulo*, 18/1/1986.

um conto a cada escritor (fica registrada a angústia de praxe: como selecionar apenas um conto de Bábel, Platónov, Tchekhov?...).

Esta é a primeira tradução brasileira de escritores importantíssimos para a cultura russa, como Karamzin, Odóievski, Platónov e Chalámov, virtualmente desconhecidos por aqui. Aparecem também autores mais associados a outros gêneros, como a poesia (Khliébnikov, Pasternak, este igualmente famoso pelo romance *Dr. Jivago*). Contistas como Aviértchenko e Zóschenko, que tiveram alguma circulação no Brasil dos anos 1920 e 1930 em revistas ligeiras, surgem, esperamos, sob nova luz. A segunda metade do século XIX, conhecido quase que unicamente pela presença grandiosa de Tolstói, Dostoiévski e Turguêniev, ganha novos personagens (Gárchin, Saltikov-Schedrin, Leskov). A prosa moderna russa, posterior à revolução de 1917, de resultados brilhantes, teve destaque na nossa seleção (Katáiev, Oliécha, Zamiátin, Grin, Kharms). O recorte cronológico parte de um texto crucial para a consolidação da prosa literária russa moderna (Karamzin) e chega à produção mais recente (Petruchévskaia, Tolstaia, Sorókin, Dovlátov).

Em alguns casos, a escolha de determinados contos visou a formar pequenos grupos temáticos que suscitassem correlações e afinidades sugestivas: o aspecto diabólico, presente em Leskov e Schedrin; a questão do espaço físico e de sua carência, vital na primeira literatura soviética, explorado por Oliécha, Katáiev e Zóschenko; o ambiente neoprimitivo de Petrogrado (Grin e Zamiátin); a relação entre memória e guerra (Riémizov, Paustóvski); as possíveis orientalizações das periferias russas (Púchkin, Liérmontov); retratos de poetas e seus tristes finais (Katáiev, Chalámov). O leitor notará o complexo sistema de referências "internas" e alusões culturais tecido em torno da tradição literária russa, característico daquela cultura. Pasternak refere-se veladamente a Maiakóvski, Chalámov imagina a morte de Mandelstam, Petruchévskaia retoma Tchekhov, Khliébnikov emula Gógol... Esse sistema de citações mútuas costuma operar com força em movimentos literários específicos, conferindo identidade a seus integrantes (dentro do modernismo ou do simbolismo, por exemplo). Na literatura russa, embora funcione também dessa maneira, ele é muito mais amplo, como se os participantes considerassem toda a tradição como um movimento. Na gênese dessa questão está o sentido de comunidade característico da *intelligentzia* russa, elaborado desde fins do século XVIII, não por acaso em paralelo à formação da própria literatura russa moderna.

De nomes consagrados como Púchkin, Gógol, Tchekhov e Górki, buscamos textos ainda não publicados ou pouco divulgados no Brasil, mas que tivessem valor estético e histórico equiparável a suas obras mais conhecidas (as exceções são "Depois do baile", de Tolstói, e "Taman", de Liérmontov, que ganham agora nova tradução). Muitas das narrativas aqui reunidas certamente não se enquadram em uma definição mais convencional de conto. Trata-se, porém, de uma categoria que, para ficarmos no caso russo, não pode ser lida de forma prescritiva e anacrônica, a partir de um referencial exclusivamente, digamos, tchekhoviano. Duas escolhas desse tipo foram os textos de Púchkin e de Liérmontov. O primeiro é a reelaboração — artística — de um relato de viagem que nem sempre é apresentado no rol da prosa de ficção de Púchkin; o segundo é uma das partes do romance *O herói do nosso tempo*. O mundo dos preparadores de antologias, aliás, se divide entre os que dotam os capítulos desta última obra de certa autonomia e os que recuam horrorizados diante da perspectiva de desmembrá-la. O problema é que a instabilidade dos gêneros é uma característica estrutural da literatura russa, sobretudo nesse primeiro momento tateante, parodístico e angustiado. Fragmentos em busca de um sistema — eis a ansiedade cultural básica da primeira metade do século na Rússia, expressa tanto na literatura quanto na obra ensaística de pensadores como Tchaadáiev e Bielínski. Diversos estudiosos já sugeriram que, dos três romances "fundadores" da literatura russa moderna, um está em verso (*Ievguêni Oniéguin*), o outro é uma coleção de contos (*O herói do nosso tempo*; a definição é de Boris Eikhenbaum), e o terceiro se autointitula "poema" (*Almas mortas*). Mesmo nos *Contos de Biélkin* (1830), de Púchkin, que supostamente representariam os princípios de uma estável maturidade do gênero na Rússia, também há esse aspecto de ciclo problemático. Muitos contos que conhecemos de forma isolada ou rearranjados em coletâneas, como se fossem exemplares avulsos e intercambiáveis, originalmente faziam parte de unidades mais complexas. "A avenida Niévski" e o "Diário de um louco", por exemplo, pertenciam a uma obra intitulada *Arabescos* (1835), livro que mistura a referida ficção com textos sobre escultura, arquitetura, o ensino da história, canções ucranianas, ensaios sobre o fim de Pompeia, os povos bárbaros e a filosofia alemã. Há ali uma lógica interna, ainda que gogoliana. O "Diário de um louco" e "A avenida Niévski" são contos ou capítulos? Será tão mais arbitrário isolar "Taman" de seu contexto do que no caso daquelas narrativas breves? A noção de que a preferência pelas opções mais ousadas está mais próxima do hibridismo criativo da ficção russa dá, portanto, o tom desta antologia.

À maneira das outras antologias supracitadas, esta também é um empreendimento coletivo. Muitos dos textos aqui presentes foram sugeridos pelos tradutores e editores Cide Piquet, Arlete Cavaliere, Aurora Fornoni Bernardini, Cecília Rosas, Daniela Mountian, Denise Sales, Fátima Bianchi, Graziela Schneider, Lucas Simone, Mário Ramos Francisco Jr., Moissei Mountian, Natalia Marcelli de Carvalho, Nivaldo dos Santos, Noé Oliveira Policarpo Polli e Yulia Mikaelyan. O organizador, a quem cabe a responsabilidade pelas lacunas do projeto, gostaria também de agradecer a Polina Barskova, Cássio de Oliveira, Elena Vássina, Paulo Bezerra, Serguei Dmítrievitch Seriébriani e Bárbara Pelissaro. Indicações fundamentais foram dadas por Boris Schnaiderman. Os méritos porventura existentes nessa antologia se devem ao caminho aberto e consolidado por ele no estudo da literatura russa no Brasil.

NOVA ANTOLOGIA DO CONTO RUSSO

(1792-1998)

As notas dos tradutores fecham com (N. do T.) ou (N. da T.). As notas das edições russas, com (N. da E.), e as notas dos autores, com (N. do A.). Ao final do volume encontram-se os títulos originais dos contos e as fontes utilizadas para as traduções, assim como os copyrights dos textos.

Nikolai Karamzin

Nikolai Mikháilovitch Karamzin (1766-1826) foi a figura cultural russa mais destacada na virada do século XVIII para o XIX. Em meio a uma produção alentada, que inclui poesia, traduções e relatos de viagem, da lavra de Karamzin saíram os dois primeiros *best sellers* em prosa do país: uma fundamental história da Rússia (*História do Estado russo*, publicada entre 1818 e 1826) e este "Pobre Liza", de 1792. Ambos enraizaram-se profundamente na imaginação russa e foram citados de inúmeras maneiras nas décadas seguintes (*Gente pobre*, romance de estreia de Dostoiévski, faz referência direta a ele). Seguindo a praxe do sentimentalismo europeu, os leitores realizaram peregrinações ao mosteiro Símonov, em Moscou, para ver o local onde se dá o trágico final da história. "Pobre Liza" é uma peça-chave na busca dos artistas russos pela adequação de formas europeias e da luta pela obtenção de uma linguagem literária moderna e flexível. O conto é uma variação das incontáveis narrativas sentimentais que inundavam a Rússia em francês, mas nele já aparecem prefigurados alguns elementos — como o tipo do "homem supérfluo" — que depois ganhariam densidade nas obras de Púchkin, Dostoiévski e outros.

Pobre Liza

É provável que nenhum habitante de Moscou conheça tão bem quanto eu os arredores desta cidade, porque ninguém costuma ir ao campo mais que eu, ninguém vagueia mais que eu, sem plano, sem rumo — aonde os olhos levam —, por seus prados e bosques, por suas colinas e planícies. Todo verão encontro lugares novos e agradáveis, ou novas belezas nos antigos.

Mas o que mais me agrada é o lugar de onde se elevam as torres góticas e sombrias do mosteiro de Símonov.[1] Do alto dessa colina, à direita, pode-se ver quase toda Moscou; uma quantidade espantosa de casas e igrejas que se apresenta aos olhos como um majestoso anfiteatro: um quadro magnífico, em especial quando iluminado pelo sol, quando seus raios vespertinos incidem sobre as inumeráveis cúpulas douradas e as inumeráveis cruzes que se elevam ao céu! Embaixo estendem-se prados férteis, exuberantemente verdes e floridos, e atrás deles, entre areias amarelas, corre um rio claro, que se agita com os remos leves dos barcos de pesca, ou borbulha sob o leme dos barcos de carga que vêm navegando desde os pontos mais férteis do império russo e suprem de cereais a ávida Moscou.

Do outro lado do rio se vê um bosque de carvalhos e numerosos rebanhos pastando ao longo dele; ali, à sombra das árvores, jovens pastores cantam canções simples e tristes, abreviando assim seus dias tão monótonos de verão. Adiante, em meio ao verde exuberante de olmos antigos, brilha o mosteiro Danílov,[2] de cúpulas douradas; um pouco mais

[1] O Mosteiro de Símonov foi fundado no ano de 1370, em Moscou. Suas cinco torres em formato gótico davam-lhe uma aparência distinta dos outros mosteiros existentes na Rússia. (N. da T.)

[2] O Mosteiro Danílov foi fundado na segunda metade do século XIII, pelo príncipe Daniil, filho de Aleksandr Niévski. (N. da T.)

à frente, quase na linha do horizonte, divisam-se as azuladas Colinas dos Pardais.[3] Já do lado esquerdo se vê um campo vasto, coberto de trigo, pequenos bosques, três ou quatro aldeiazinhas, e ao longe a aldeia de Kolómienskoie,[4] com seu alto palácio.

Venho com frequência a este lugar, onde quase sempre comemoro a entrada da primavera; dirijo-me para cá também nos dias sombrios de outono, para lamentar junto com a natureza. O uivo dos ventos é assustador entre os muros do mosteiro deserto, entre os túmulos cobertos pela relva crescida e nas passagens escuras das celas. Ali, apoiando-me nas ruínas das lápides de pedra, ponho-me a escutar o gemido surdo dos tempos devorados pelo abismo do passado — um gemido que faz palpitar e estremecer meu coração. Às vezes entro nessas celas e fico imaginando aqueles que nelas viveram — que triste quadro! Nesta vejo um ancião de cabelos grisalhos, ajoelhado diante de um crucifixo, rezando pela rápida libertação de seus grilhões na terra, já que não tinha mais nenhum prazer na vida e, com exceção da doença e da fraqueza, todos os seus sentimentos haviam morrido. Naquela um jovem monge, com o rosto pálido e olhar lânguido, contempla o campo através das grades da janela e vê os pássaros alegres, nadando livremente no mar do ar; fica olhando, e de seus olhos rolam lágrimas amargas. Ele enlanguesce, murcha e definha; e a badalada melancólica do sino anuncia-me sua morte prematura. De vez em quando ponho-me a observar nos portais do templo a representação dos milagres que ocorreram neste mosteiro: naquele os peixes caem do céu para saciar a fome dos habitantes do mosteiro, assediado por numerosos inimigos; neste a imagem da mãe de Deus põe em fuga os adversários. Tudo isso vem refrescar-me na memória a história de nossa pátria, a triste história dos tempos em que os lituanos e os tártaros rapaces devastaram, a ferro e fogo, os arredores da capital russa, mesmo quando a infeliz Moscou, como uma viúva indefesa, contava apenas com a ajuda de Deus em sua amarga desventura.

Mas o que mais me atrai aos muros do mosteiro de Símonov são as recordações do lamentável destino de Liza, da pobre Liza. Ah! Gosto das coisas que me tocam o coração e me fazem derramar lágrimas de doce pesar!

---

[3] Terreno elevado ao sudoeste de Moscou. (N. da T.)

[4] Na época era uma aldeia ao sul da cidade, junto ao rio Moscou. (N. da T.)

A umas setenta *sájens*[5] dos muros do mosteiro, perto de um pequeno bosque de bétulas, em meio ao prado verde, há uma cabana desabitada, sem porta, sem janelas e sem chão; faz tempo que seu telhado apodreceu e desabou. Nessa cabana, há uns trinta anos ou mais, habitava a bela e doce Liza, com uma velhinha, sua mãe.

O pai de Liza fora um camponês abastado, porque amava o trabalho, lavrava bem a terra e sempre levara uma vida sóbria. Mas logo após sua morte, a mulher e a filha empobreceram. A mão preguiçosa do lavrador contratado cultivara mal a roça e o trigo deixara de crescer. Foram obrigadas a arrendar suas terras por um valor ínfimo. E além do mais, a pobre viúva, que vivia derramando lágrimas por seu finado marido — já que as camponesas também sabem amar! —, foi ficando cada dia mais fraca, até não poder mais trabalhar. Apenas Liza, que aos quinze anos ficara sem pai — apenas Liza, sem poupar sua juventude nem sua beleza rara, trabalhava dia e noite: fiava o linho, tricotava meias, colhia flores na primavera e frutas silvestres no verão, e as vendia em Moscou. A velhinha, sensível e bondosa, vendo a infatigabilidade de sua filha, sempre a estreitava contra o coração, que batia fracamente, chamando-a de graça divina, arrimo de família, deleite de sua velhice, e pedia a Deus que a recompensasse por tudo o que fazia pela mãe.

"Deus me deu mãos para trabalhar — dizia Liza —; quando era criança, me alimentaste em teu seio e cuidaste de mim; agora chegou minha vez de cuidar de ti. Só quero que pare de se arruinar, que pare de chorar; nossas lágrimas não trarão meu paizinho de volta."

Mas muitas vezes a doce Liza não conseguia conter as próprias lágrimas... ah! lembrava-se de que tivera um pai e de que ele já não existia, mas para tranquilizar a mãe procurava esconder a tristeza no coração e parecer serena e alegre. "No outro mundo, querida Liza — respondia a velhinha amargurada —, no outro mundo, deixarei de chorar. Dizem que lá todos serão felizes; estou certa de que serei feliz quando vir teu pai. Só não quero morrer agora — o que seria de ti sem mim? Com quem haveria de deixar-te? Não, permita Deus que te deixe antes instalada em algum lugar! Pode ser que encontre logo um bom homem. Então, depois de vos abençoar, meus filhos queridos, hei de benzer-me e deitar-me em paz sob a terra úmida."

---

[5] Antiga medida russa equivalente a 2,134 metros. (N. da T.)

Dois anos se passaram desde a morte do pai de Liza. Os prados cobriram-se de flores e Liza foi a Moscou com os lírios do vale. Um moço bem-vestido e de aparência agradável cruzou com ela na rua. Ela mostrou-lhe as flores e corou. "Estão à venda, menina?" — perguntou ele com um sorriso. "Estão" — respondeu ela. "E quanto queres por elas?" — "Cinco copeques." — "É barato demais. Aqui está um rublo." Surpresa, Liza atreveu-se a olhar para o jovem — corou ainda mais e, baixando os olhos para o chão, disse-lhe que não aceitaria um rublo. "Para que isso? Não preciso que pague a mais." — "Acho que esses lírios maravilhosos, colhidos pelas mãos de uma linda menina, valem um rublo. Mas já que não o aceitará, aqui estão os cinco copeques. Gostaria de comprar tuas flores sempre; gostaria que as colhesse apenas para mim." Liza entregou as flores, pegou os cinco copeques, inclinou-se para ele e quis ir embora, mas o desconhecido a segurou pelo braço: "Para onde vais, menina?" — "Para casa." — "E onde fica a tua casa?" Liza disse onde morava e partiu. O jovem não quis retê-la, talvez porque os transeuntes estivessem começando a parar e a olhar para eles com um sorriso malicioso.

Ao chegar a sua casa, Liza contou para a mãe o que lhe havia sucedido. "Fizeste bem em não aceitar um rublo. Talvez seja uma pessoa má..." — "Ah, não, mãezinha! Não acho que seja. Tinha uma expressão bondosa, uma voz tão..." — "No entanto, Liza, é preferível viver do próprio trabalho e não aceitar nada de graça. Ainda não sabe, minha querida, como uma pessoa má pode ofender uma pobre menina! Fico sempre com o coração na mão quando vais à cidade. Acendo sempre uma vela diante do ícone e peço ao senhor Deus que te proteja de todo mal e de uma desgraça." E os olhos de Liza se encheram de lágrimas; ela beijou a mãe.

No dia seguinte, Liza colheu os mais belos lírios e voltou com eles à cidade. Seus olhos timidamente procuravam algo.

Muitas pessoas quiseram comprar-lhe as flores, mas ela respondia que não estavam à venda, olhando ora para um lado, ora para o outro. Começou a anoitecer, era preciso voltar para casa, e as flores foram atiradas ao rio Moscou. "Que ninguém vos possua!" — disse Liza, sentindo certa tristeza no coração.

No dia seguinte, ao entardecer, estava sentada junto à janela, tecendo e cantarolando baixinho uma canção melancólica, mas de repente levantou de um salto e gritou: "Ah!...". O jovem desconhecido estava junto à janela.

"O que houve contigo?" — perguntou assustada a mãe, que estava sentada ao seu lado. "Nada, mãezinha — respondeu Liza, com uma voz tímida —, é que acabo de vê-lo." — "A quem?" — "O senhor que comprou minhas flores." A velhinha espiou pela janela.

O jovem inclinou-se para ela com tanta cordialidade, com uma expressão tão agradável, que ela só pôde pensar bem dele. — "Como vai, minha boa mulher?! — disse ele. — Estou muito cansado; não teria um pouco de leite fresco?" A prestativa Liza, sem esperar resposta de sua mãe — talvez porque já a conhecesse —, correu até o porão, trouxe uma bilha de barro limpa, coberta com uma tampa limpa de madeira, pegou um copo, lavou-o e enxugou-o com uma toalha branca, encheu-o de leite e o entregou pela janela, mas ela mesma olhava para o chão. O desconhecido o tomou — nem o néctar das mãos de Hebe[6] poderia ter-lhe parecido mais saboroso. Qualquer um pode deduzir que depois disso ele agradeceu a Liza, e a agradeceu tanto com palavras quanto com o olhar.

Entretanto, a bondosa velhinha teve tempo de lhe contar sobre sua pena e seu consolo — sobre a morte do marido e as qualidades especiais de sua filha querida, sobre sua ternura e seu amor ao trabalho, e assim por diante. Ele a escutava com atenção, mas seus olhos estavam... será preciso dizer onde? E Liza, a tímida Liza, lançava de vez em quando um olhar para o jovem rapaz, mas nem o fulgor de um raio desaparece nas nuvens com tanta rapidez quanto os olhos azuis dela se voltavam para o chão ao cruzar com o olhar dele. "Gostaria — disse ele à mãe — que tua filha não vendesse a ninguém, senão a mim, o seu trabalho. Assim, não terá por que ir com tanta frequência à cidade e não terás necessidade de se separar dela. Posso vir aqui de vez em quando pessoalmente." Nesse momento, nos olhos de Liza brilhou uma alegria que ela tentou em vão esconder; as faces ficaram rubras como o pôr do sol numa noite clara de verão; ela olhava para a sua manga esquerda e a beliscava com a mão direita. A velhinha recebeu a proposta com gosto, sem suspeitar de qualquer má intenção, e pôs-se a garantir ao rapaz que o tecido feito por Liza, as meias tricotadas por Liza, eram de excelente qualidade e mais duradouros que quaisquer outros.

Começou a anoitecer e o rapaz queria ir embora. "E como podemos chamá-lo, bom e gentil senhor?" — perguntou a velhinha. "Meu nome é

---

[6] Deusa da juventude na mitologia grega, que representava a donzela consagrada pelos trabalhos domésticos. (N. da T.)

Erast" — respondeu ele. "Erast — disse Liza baixinho —, Erast!" Repetiu esse nome umas cinco vezes, como se tentasse decorá-lo. Erast despediu-se delas e se foi. Liza o seguiu com o olhar; mas a mãe sentou-se pensativa e, segurando na mão da filha, disse-lhe: "Ah Liza! Como ele é bom e gentil! Se teu noivo for assim!". O coração de Liza estremeceu todo. "Mãezinha! Mãezinha! Como isso seria possível? Ele é um senhor, e entre camponeses..." — Liza não terminou a frase.

Agora o leitor deve saber que aquele jovem, Erast, era um senhor muito rico, ajuizado e de bom coração, bom por natureza, mas fraco e leviano. Levava uma vida desregrada, pensava apenas no próprio prazer, procurava-o nas diversões mundanas, mas quase nunca encontrava: ficava então entediado e reclamava de seu destino. Ao primeiro encontro, a beleza de Liza causou-lhe no íntimo uma forte impressão. Ele lia romances, poemas idílicos, possuía uma imaginação muito viva e, muitas vezes, transportava-se em pensamentos para aqueles tempos (passados ou imaginários) em que, se acreditarmos nos poetas, todos passeavam despreocupadamente pelos prados, banhavam-se em fontes límpidas, beijavam-se como pombinhos, descansavam sob mirtos e roseirais e passavam todos os dias numa feliz ociosidade. Pareceu-lhe ter encontrado em Liza algo que seu coração havia muito procurava. "A natureza convida-me ao seu abraço, à sua alegria mais pura" — pensou ele, e decidiu, pelo menos por um tempo, deixar a vida mundana.

Voltemos a Liza. A noite caía, a mãe abençoou a filha e desejou-lhe bons sonhos, mas dessa vez seu desejo não se cumpriu; Liza dormiu muito mal. O novo hóspede de sua alma, a imagem de Erast, surgia-lhe tão vivamente, que ela acordava quase a todo instante, acordava e suspirava. Liza levantou-se ainda antes do nascer do sol, foi até a beira do rio Moscou, sentou-se na grama, cheia de tristeza, e pôs-se a olhar para a névoa branca que se agitava no ar e, ao subir para o alto, deixava gotas brilhantes sobre o manto verde da natureza. O silêncio reinava por toda parte. Mas logo despontou a luz do dia, despertando a criação inteira: os bosques e os arbustos reviveram, os pássaros alçaram voo, pondo-se a cantar, e as flores soergueram a cabecinha para matar a sede com os raios vivificantes de luz. Mas Liza continuava compungida. Ah, Liza, Liza! O que aconteceu contigo? Até hoje, ao despertar com os pássaros, te divertias com eles pela manhã, e tua alma pura e alegre brilhava em teus olhos, como o sol brilha nas gotas de orvalho celeste, mas agora estás perdida em pensamentos, e a alegria plena da natureza está alheia ao teu coração.

Enquanto isso, um jovem pastor conduzia seu rebanho ao longo do rio, tocando sua flauta. Liza ficou olhando para ele e pensou: "Se aquele que agora ocupa meu pensamento tivesse nascido um simples camponês, um pastor, e passasse agora diante de mim conduzindo o seu rebanho, ah! eu o saudaria com um sorriso e diria amavelmente 'Bom dia, meu gentil pastor! Para onde levas o teu rebanho? Aqui também cresce a grama verde para as tuas ovelhas, aqui também há flores escarlate, com as quais se pode tecer uma guirlanda para o teu chapéu'. Ele me fitaria com carinho, e talvez segurasse minha mão. Que sonho!". O pastor passou distraído com seu rebanho de cores variadas, tocando flauta, e desapareceu atrás da colina.

De repente Liza escutou um ruído alegre, olhou para o rio e avistou um barco, e no barco estava Erast.

Seu coração pôs-se a bater mais rápido, e não era de medo, claro. Ela se levantou e quis ir-se, mas não pôde. Erast pulou para a margem, aproximou-se de Liza, e seu sonho em parte se cumpria, já que ele a fitou com carinho e segurou-lhe a mão... Mas Liza, Liza tinha o olhar baixado, as faces em chamas e o coração palpitante; não conseguiu soltar-se de suas mãos, nem conseguiu virar-se quando ele aproximou dela seus lábios rosados... Ah! Ele a beijou, beijou com tanto ardor, que o universo inteiro pareceu-lhe arder em chamas! "Querida Liza! — disse Erast. — Querida Liza! Eu te amo!" E aquelas palavras ressoaram-lhe nas profundezas da alma como uma música encantadora, celestial; ela mal ousava crer no que ouvia e...

Mas deixo a pena de lado. Direi apenas que, nesse momento de êxtase, a timidez de Liza desaparecera, e Erast soube que era amado, apaixonadamente amado, por um coração novo, puro e franco.

Sentaram-se na grama, e de forma tal que não sobrava muito espaço entre eles — fitavam-se nos olhos e diziam um ao outro: "Ama-me!" — e duas horas lhes pareceram um átimo. Afinal Liza lembrou-se de que sua mãe poderia estar preocupada com ela. Era preciso que se separassem: "Ah, Erast! — disse ela. — Haverás de me amar sempre?" — "Sempre, querida Liza, sempre!" — respondeu ele. "E podes jurar-me?" — "Posso, encantadora Liza, posso!" — "Não! Não preciso de juras. Acredito em ti, Erast, acredito. Como poderias enganar a pobre Liza? Isso seria impossível!" — "Impossível, impossível, querida Liza!" — "Como estou feliz, e como minha mãezinha ficará contente quando souber que me amas!" — "Oh, não, Liza! Não há necessidade de dizer-lhe nada." — "E por quê?" — "Os velhos são muitas vezes desconfiados. Ela poderia imaginar algo de ruim." — "Isso nunca aconteceria." — "No entanto, eu te peço, não lhe diga uma palavra sobre isso." — "Está bem: devo obedecer-te, embora preferisse não ocultar nada a ela."

Eles se despediram, beijaram-se pela última vez e prometeram encontrar-se todos os dias ao entardecer ou na margem do rio, ou no bosque de bétulas, ou em algum lugar próximo da cabana de Liza, contanto que se vissem sem falta. Liza foi embora, mas seus olhos voltaram-se uma centena de vezes para trás, para Erast, que continuava de pé, na beira do rio, seguindo-a com o olhar.

Liza voltou para sua cabana numa disposição completamente diferente daquela em que a deixara. A alegria de seu coração estampava-se em seu rosto e em todos os seus movimentos. "Ele me ama!" — pensava, e ficava encantada com esse pensamento. — "Ah, mãezinha! — disse Liza a sua mãe, que acabara de acordar. — Ah, mãezinha! Que bela manhã! Está tudo tão alegre no campo! As cotovias nunca cantaram tão bem, o brilho do sol nunca foi tão luminoso, as flores nunca exalaram perfume mais agradável!"

A velhinha, apoiando-se numa bengala, saiu para o prado, para aproveitar a manhã que Liza descrevera com cores tão encantadoras. De fato, ela lhe pareceu excepcionalmente agradável. Para ela, sua encantadora filha havia inspirado toda a natureza com sua alegria. "Ah, Liza! — disse ela. — Como é bom tudo o que vem do Senhor, nosso Deus! Há sessenta anos que vivo neste mundo e não me canso de admirar a criação do Senhor: não me canso de admirar o céu claro, que parece um imenso manto, e a terra, que a cada ano é coberta com nova grama e novas flores. O tsar celestial devia amar muito o homem, quando criou tão bem este mundo para ele. Ah, Liza! Quem haveria de querer morrer, se não houvesse às vezes a dor?... Por certo, assim deve ser. Se nossos olhos nunca derramassem lágrimas, talvez nos esquecêssemos de nossa própria alma." E Liza pensava: "Ah! Prefiro esquecer minha alma a esquecer o meu amigo querido!".

Depois disso, Erast e Liza, temendo quebrar sua palavra, encontravam-se todas as noites (assim que a mãe de Liza se deitava para dormir), nas margens do rio ou no bosque de bétulas, mas, com mais frequência, à sombra dos carvalhos centenários (que cresciam a umas oitenta *sájens* da cabana), carvalhos que sombreavam o lago profundo e límpido, escavado ainda em tempos remotos. Lá, muitas vezes, por entre ramos verdes, a lua silenciosa prateava com seus raios os cabelos claros de Liza, com os quais brincavam os zéfiros e a mão de seu querido amigo. Muitas vezes, esses raios iluminavam nos olhos da doce Liza uma lágrima brilhante de amor, que Erast sempre secava com um beijo. Eles se abraçavam, mas a tímida e casta Cíntia[7] não se escondia deles nas nuvens: seus abraços eram puros e imaculados. "Quando — dizia Liza para Erast — quando me dizes: 'Meu amor, minha amiga'. Quando me estreitas contra o teu coração e me fitas com teus olhos ternos, ah! nessa hora me sinto tão bem, mas tão bem, que me esqueço de mim mesma, esqueço-me de tudo, exceto de Erast. É maravilhoso! É maravilhoso, meu amigo, que tenha podido viver tranquila e feliz sem conhecer-te! Agora, não consigo entender isso, agora acho que a vida sem ti não é vida, mas tristeza e tédio. Sem teus olhos, a lua clara fica escura; sem tua voz, o canto do rouxinol é entediante; sem tua respiração, a brisa parece desagradável." Erast estava encantado com sua pastora — era como chamava Liza —, e, ao ver como ela o amava, ele parecia mais agradável a seus próprios olhos. Até as diversões mais suntuosas da alta sociedade lhe pareciam insignificantes em comparação com estes prazeres com que a "amizade apaixonada" de uma alma pura nutria seu coração. Pensava com repulsa na volúpia lúcida com que antes se inebriavam os seus sentimentos. "Viverei com Liza como irmão e irmã — pensava ele —, nunca me aproveitarei de seu amor e serei sempre feliz!" Jovem insensato! Conheces teu próprio coração? Poderás sempre responder por teus atos? Será a razão sempre dona dos teus sentimentos?

Liza exigia que Erast fosse visitar sua mãe com frequência. "Eu a amo — dizia ela —, e desejo-lhe o melhor, e parece-me que ver-te é uma grande bênção para qualquer pessoa." A velhinha de fato sempre ficava feliz ao vê-lo. Ela gostava de conversar com ele sobre seu falecido marido e contar sobre seus tempos de juventude, como se encontrara com seu amado Ivan pela primeira vez, como ele se apaixonou, e com que amor e harmonia viveu com ela. "Ah! nunca cansávamos de fitar um ao outro, até o derradeiro instante em que a morte cruel enfraqueceu-lhe as pernas. Morreu em meus braços!" Erast ouvia com sincero prazer. Ele comprava dela o trabalho de Liza e sempre queria pagar dez vezes mais que o preço estabelecido, mas a velhinha nunca aceitava.

[7] Deusa da lua. (N. da T.)

Várias semanas transcorreram dessa maneira. Certa vez, ao anoitecer, Erast esperou muito tempo por sua Liza. Finalmente ela chegou, mas estava tão triste que o assustou; tinha os olhos avermelhados de lágrimas. "Liza, Liza! O que aconteceu contigo?" — "Oh, Erast! Estava chorando!" — "Por quê? O que houve?" — "Devo dizer-te tudo. Encontraram-me um noivo, o filho de um rico camponês da aldeia vizinha; minha mãezinha quer que me case com ele." — "E estás de acordo?" — "Como é cruel! Como podes perguntar-me isso? Só tenho pena de minha mãezinha; ela chora e diz que não desejo vê-la tranquila, que sofrerá muito antes de sua morte, se não me vir casada. Ah! Minha mãezinha não sabe que tenho um amigo tão querido!" Erast beijava Liza e dizia-lhe que a felicidade dela lhe era mais cara do que tudo no mundo, que após a morte de sua mãe a levaria consigo e viveria com ela, inseparavelmente, na aldeia e nos bosques espessos, como no Paraíso. "No entanto, não podes ser meu marido!"— disse Liza, suspirando baixinho. — "E por quê?" — "Sou uma camponesa." — "Estás me ofendendo. Para o teu amigo, o mais importante de tudo é a alma, uma alma sensível e inocente — e Liza estará sempre muito perto do meu coração."

Ela atirou-se em seus braços — e essa hora haveria de ser fatal para a sua pureza! Erast sentiu no sangue uma agitação extraordinária, Liza nunca lhe parecera tão encantadora, suas carícias nunca o tocaram tão fortemente, seus beijos nunca haviam sido tão ardentes — ela não sabia de nada, não suspeitava de nada e nada temia — a penumbra da noite nutriu o desejo — nenhuma estrelinha brilhou no céu, nenhum raio de luz conseguiu iluminar o desatino. Erast sentia-se tremer, Liza também, sem saber por quê, sem saber o que estava acontecendo com ela... Ah! Liza, Liza! Onde está o teu anjo da guarda? Onde está a tua inocência?

O desatino durou apenas um instante. Liza não entendia os próprios sentimentos, estava surpresa e fazia perguntas. Erast ficou em silêncio, buscava palavras, mas não as encontrava. "Ah, estou com medo — disse Liza —, tenho medo do que aconteceu conosco. Sinto como se fosse morrer, como se minha alma... Não, não sei dizer isso!... Não dizes nada, Erast? Estás suspirando?... meu Deus! O que é isso?" Nisso, brilhou um raio e ribombou um trovão. Liza estremeceu toda. "Erast, Erast! — disse ela. — Estou com medo! Temo que o trovão me mate, como a uma criminosa!" A tempestade fazia um barulho ameaçador, a chuva despejava das nuvens negras, era como se a natureza lamentasse a inocência perdida de Liza. Erast tentava acalmá-la e a acompanhou até a cabana. Lágrimas rolavam de seus olhos, quando se despediu dele. "Ah, Erast! Assegura-me de que seremos felizes como antes!" — "Seremos, Liza, seremos!" — respondeu ele. — "Queira Deus! Não posso deixar de acreditar em tuas palavras: pois eu te amo! É que em meu coração... Mas basta! Perdoa-me! Amanhã, amanhã nos veremos."

Os encontros deles continuaram; mas como tudo mudara! Erast já não podia satisfazer-se apenas com as carícias inocentes de sua Liza, apenas com seus olhares cheios de amor, apenas com o toque da mão e os beijos e abraços puros. Ele desejava cada vez mais, até não conseguir desejar nada — e quem conhece o próprio coração e refletiu sobre a natureza de seus prazeres mais ternos, certamente há de concordar comigo que a realização de todos os desejos é a mais perigosa tentação do amor. Liza já não era para Erast aquele anjo de pureza que antes despertara a sua imaginação e encantara sua alma. O amor platônico havia cedido lugar a sentimentos dos quais ele não podia se orgulhar e que já não lhe eram novos. No que se refere a Liza, ao se entregar completamente a ele, vivia e respirava apenas por ele; como um cordeiro, submetia-se em tudo à sua vontade e só encontrava felicidade no prazer dele. Ela percebia nele uma mudança e muitas vezes lhe dizia: "Antes eras mais alegre, antes éramos mais calmos e felizes, e antes eu não temia perder o teu amor!". Às vezes, ao se despedir dela, ele lhe dizia: "Amanhã, Liza, não poderei vir ao teu encontro: surgiu um assunto importante". E Liza suspirava todas as vezes que ouvia estas palavras.

Por fim, ela ficou sem vê-lo por cinco dias seguidos e estava muito preocupada; no sexto dia ele chegou com uma expressão abatida e lhe disse: "Querida Liza! Devo despedir-me de ti por algum tempo. Sabes que estamos em guerra e que estou a serviço, meu regimento está partindo em campanha". Liza empalideceu e quase desmaiou.

Erast a acariciou, disse que sempre amaria sua querida Liza e que em seu regresso esperava nunca mais separar-se dela. Liza ficou em silêncio por um longo tempo, depois irrompeu em lágrimas amargas, agarrou-lhe o braço e, fitando-o com toda a ternura do amor, perguntou: "Não podes ficar?" — "Posso — respondeu ele —, só que a custo de uma grande desonra, de uma grande mancha em minha honra. Todo mundo haverá de me desprezar e desviar-se de mim, como de um covarde, de um filho indigno da pátria." — "Ah, se é assim — disse Liza —, então vá, vá para onde Deus ordenar! Mas poderão te matar." — "Morrer pela pátria não é tão assustador, amada Liza." — "Morrerei, assim que deixares este mundo." — "Mas, para que pensar assim? Espero continuar vivo, espero voltar para ti, minha amiga." — "Queira Deus, Queira Deus! Hei de rezar todos os dias e a toda hora para que assim seja. Ah, por que não sei ler, nem escrever? Poderias informar-me de tudo o que acontecesse contigo e eu escreveria para ti — sobre minhas lágrimas!" — "Não, cuida-te Liza, cuida-te para o teu amigo. Não quero que chores na minha ausência." — "Homem cruel! Pensas privar-me desse consolo! Não! Depois que nos separarmos, só cessarei de chorar quando tiver o coração seco." — "Pensa no momento agradável em que tornaremos a nos encontrar." — "Pensarei, pensarei nele! Ah, se pelo menos ele chegasse logo! Querido e gentil Erast! Lembra, lembra da tua pobre Liza, que te ama mais que a si mesma!"

Mas não sou capaz de descrever tudo o que disseram nessa ocasião. No dia seguinte teria lugar o último encontro deles.

Erast quis se despedir da mãe de Liza, que não pôde conter as lágrimas ao ouvir que seu gentil e belo cavalheiro tinha de ir para a guerra. Ele insistiu que ela aceitasse algum dinheiro seu, dizendo-lhe: "Não quero que, na minha ausência, Liza venda o seu trabalho, que por nosso acordo me pertence". A velhinha o cobriu de bênçãos.

"Queira Deus — disse ela — que regresses são e salvo para nós e que possa ver-te mais uma vez nesta vida! Pode ser que nesse tempo minha Liza encontre para si o noivo conveniente. Como agradeceria a Deus se pudesse voltar para o nosso casamento. Quando Liza tiver filhos, saiba, senhor, que deverás batizá-los. Ah! Como quero viver até lá!" Liza se pôs ao lado da mãe e não ousou olhar para ela. O leitor há de imaginar facilmente o que ela sentia naquele instante.

Mas o que não sentiu ela no momento em que, ao abraçá-la pela última vez, ao estreitá-la contra o seu coração pela última vez, Erast lhe disse: "Adeus, Liza!". Que quadro tocante! O crepúsculo matutino se derramava como um mar escarlate pelo céu do oriente. Erast, sob os ramos de um carvalho alto, abraçava sua pobre amiga, lânguida e amargurada, que, ao despedir-se dele, despedia-se de sua alma. E toda a natureza permanecia em silêncio.

Liza soluçava, Erast chorava; ele a deixou, ela caiu, pôs-se de joelhos, ergueu as mãos para o céu e ficou olhando Erast, que se afastava cada vez mais, até finalmente desaparecer — o sol começou a brilhar, e a pobre Liza, abandonada, perdeu os sentidos e a consciência.

Quando voltou a si, também o mundo lhe pareceu triste e melancólico. Todos os prazeres da natureza haviam desaparecido para ela junto com o amado de seu coração. "Ah! — pensava ela. — Por que permaneci nesse deserto? O que me impede de voar atrás de meu querido Erast? A guerra não me assusta; o que me assusta é estar onde não está o meu amigo. Quero viver com ele e morrer com ele, ou salvar sua preciosa vida com a minha própria morte. Espera, espera, meu amado! Estou voando para junto de ti." Ela já ia correr atrás de Erast, mas um pensamento a deteve: "Tenho uma mãe!". Liza suspirou, baixou a cabeça e foi a passos lentos para sua cabana. Desde esse instante, seus dias foram dias de tristeza e dor, que tinha de esconder de sua querida mãe, com o que sofria ainda mais seu coração! Ele só encontrava alívio quando Liza, ao isolar-se no denso bosque, podia derramar lágrimas livremente e gemer pela ausência de seu amado. Muitas vezes uma rolinha triste vinha juntar sua voz queixosa ao lamento dela. Mas às vezes — embora muito raramente — um raio dourado de esperança, um raio de consolo, iluminava a escuridão de sua dor. "Quando ele voltar para mim, como serei feliz! Como tudo haverá de mudar!" A este pensamento, seus olhos se iluminavam, as faces ficavam rosadas, e Liza sorria como uma manhã de maio depois de uma noite de tempestade. E assim se passaram cerca de dois meses.

Certo dia Liza teve de ir a Moscou, a fim de comprar água de rosas para sua mãe tratar dos olhos. Numa das grandes ruas ela se deparou com uma carruagem magnífica e na carruagem viu Erast. "Ah!" — Liza pôs-se a gritar e lançou-se em sua direção, mas a carruagem seguiu adiante e virou em um pátio. Erast desceu e já estava se dirigindo para a entrada de uma casa imensa, quando de repente se sentiu abraçado por Liza. Ele empalideceu — depois, sem responder uma palavra às suas exclamações, pegou-a pelo braço, levou-a ao seu gabinete, trancou a porta e lhe disse: "Liza! as circunstâncias são outras; agora estou casado. Deves deixar-me em paz e, para o teu próprio bem, esquecer-me. Eu te amei e ainda te amo, isto é, desejo a ti tudo de bom. Aqui estão cem rublos, pega-os — ele colocou o dinheiro em seu bolso —, deixa-me beijar-te pela última vez e vai para casa".

Antes que Liza pudesse voltar a si, ele a levou para fora do gabinete e disse ao criado: "Acompanha esta moça até o pátio".

Neste momento estou com o coração sangrando. Esqueço-me do homem em Erast; estou pronto a amaldiçoá-lo, mas meus lábios não se movem — olho para o céu, e uma lágrima rola em meu rosto. Ah! Por que não escrevo um romance, ao invés de um triste fato passado?

Quer dizer então que Erast enganara Liza, ao lhe dizer que ia para o exército? Não, ele de fato foi para o exército, mas, ao invés de combater o inimigo, jogava cartas e perdeu quase todas as suas posses. Logo a paz foi declarada e Erast retornou a Moscou cheio de dívidas. Restava-lhe apenas uma possibilidade de reparar as circunstâncias: casar-se com uma viúva rica, já entrada em anos, que havia muito estava apaixonada por ele. Ele se decidiu por isto e foi viver na casa dela, dedicando sinceros suspiros a sua Liza. Mas isso tudo é suficiente para justificá-lo?

Liza se viu na rua, e em tal situação, que nenhuma pena é capaz de descrever. "Ele, ele me expulsou? Ele ama outra? Estou perdida!" Estes eram seus pensamentos, seus sentimentos! Um desmaio cruel os interrompeu por um momento. Uma mulher bondosa que passava pela rua deteve-se sobre Liza, que estava deitada no chão, e tentou reanimá-la. A infeliz abriu os olhos, levantou-se com o auxílio dessa boa mulher, agradeceu e pôs-se a andar, sem saber para onde ir. "Não posso continuar vivendo — pensou Liza. — Não posso!... Ah, se o céu caísse sobre mim! Se a terra tragasse essa pobre criatura!... Não! O céu não está caindo; a terra não está tremendo! Ai de mim!" Ela caminhou para fora da cidade e de repente se viu à beira do lago profundo, à sombra dos carvalhos antigos que algumas semanas antes haviam sido testemunhas silenciosas de seu êxtase. Essas recordações abalaram-lhe a alma, seu rosto estampava o terrível tormento de seu coração. Mas pouco depois mergulhou num devaneio, olhou a sua volta e viu a filha de um vizinho (uma menina de quinze anos), que vinha pela estrada; chamou-a, retirou do bolso dez *imperiais*[8] e, entregando-os a ela, disse: "Querida Aniuta, minha querida amiga! Leva esse dinheiro para minha mãe — não foi roubado —, diz-lhe que Liza sente-se culpada diante dela, que ocultei dela o meu amor por um homem cruel, por E... Para que saber o nome dele? — Dize que ele me traiu e pede-lhe que me perdoe. — Deus haverá de assisti-la. Beija-lhe a mão assim como agora beijo a tua, dize que a pobre Liza lhe pediu para beijá-la, dize que eu...". Nesse instante Liza atirou-se

[8] Moeda de ouro de dez rublos. (N. da T.)

na água. Aniuta pôs-se a gritar e a chorar, mas não conseguiu salvá-la, e correu para a aldeia — as pessoas se reuniram e retiraram Liza, mas ela já estava morta.

E assim terminou sua vida, bela de corpo e alma. Quando nos encontrarmos na outra vida, hei de te reconhecer, doce Liza!

Ela foi enterrada perto do lago, sob um carvalho sombrio, e sobre seu túmulo foi colocada uma cruz de madeira. Muitas vezes me sento aqui, perdido em pensamentos, apoiando-me no lugar onde jazem os restos mortais de Liza; o lago corre diante de meus olhos, e as folhas farfalham sobre minha cabeça.

A mãe de Liza ouviu falar da terrível morte da filha e seu sangue gelou de horror — os olhos fecharam-se para sempre. A cabana ficou vazia. O vento uiva lá dentro, e os camponeses, supersticiosos, ao ouvir seu ruído durante a noite, dizem: "Há um morto lá gemendo, a pobre Liza está gemendo!".

Erast foi infeliz até o fim de sua vida. Ao saber do destino de Liza, não pôde encontrar consolo e considerava-se um assassino. Eu o conheci um ano antes de sua morte. Ele mesmo contou-me esta história e levou-me até o túmulo de Liza. Agora é possível que já tenham se reconciliado!

(1792)

Tradução de Natalia Marcelli de Carvalho e Fátima Bianchi

Aleksandr Púchkin

Dotado de uma capacidade ímpar de recriar gêneros literários ocidentais, o cosmopolita Aleksandr Serguêievitch Púchkin (1799-1837) nunca viajou para a Europa — e nos dois aspectos possui semelhanças com Machado de Assis, com quem compartilha também o proverbial "salto" de qualidade em relação à respectiva produção literária nacional existente até então. Essa "arquiraposa" do século XIX (segundo Isaiah Berlin), e o mais nacional dos escritores russos, justamente porque internacional (e vice-versa, segundo Dostoiévski), não pôde deixar o seu relato de viagem ao dúbio oásis europeu, mas em "Viagem a Arzrum" apropriou-se do exterior à mão. Assim como as periferias orientalizadas do vastíssimo império russo, a "Viagem" abrange fronteiras diversas. O texto completo (uma primeira parte já era conhecida desde o começo da década) foi publicado na revista *O Contemporâneo* em 1836 — é o último trabalho em prosa do autor. Embora traga a indicação de que são "notas de viagem", baseadas em uma ida ao Cáucaso em 1829, Púchkin reelaborou as anotações originais até chegar a um texto que possui autonomia artística e mistura memória e ficção.

Viagem a Arzrum
durante a campanha de 1829

PREFÁCIO

Recentemente caiu em minhas mãos um livro publicado em Paris no ano passado, 1834, sob o nome *Voyages en Orient entrepris par ordre du Gouvernement Français*. O autor, descrevendo a campanha de 1829 à sua maneira, termina suas observações com as seguintes palavras:

Un poète distingué par son imagination a trouvé dans tant de hauts faits dont il a été témoin non le sujet d'un poème, mais celui d'une satyre.[1]

De poetas que participaram da campanha turca, eu sabia apenas de A. S. Khomiakov e A. N. Muraviov. Ambos encontravam-se no exército do conde Díbitch. O primeiro escreveu alguns lindos poemas líricos nessa época, e o segundo, reflexões sobre sua peregrinação aos lugares santos que lhe deixaram forte impressão. Mas não li nenhuma sátira sobre a campanha de Arzrum.

Nunca poderia pensar que o caso se referisse a mim se não tivesse encontrado no livro meu nome entre os de generais de um corpo especial do Cáucaso. *Parmi les chefs qui la commandaient (l'armée du Prince Paskewitch) on distinguait le Général Mouravief... le Prince Géorgien Tsitsevaze... le Prince Arménien Beboutof... le Prince Potemkine, le Général Raiewsky, et enfin — M-r Pouchkine... qui avait quitté la capitale pour chanter les exploits de ses compatriotes.*[2]

---

[1] Em francês, no original: "Um poeta que se distingue por sua imaginação encontrou, em tantas façanhas gloriosas de que foi testemunha, não o tema para um poema, mas para uma sátira". (N. da T.)

[2] Em francês, no original: "Entre os chefes que comandavam (o exército do Príncipe Paskévitch) destacavam-se o general Muraviov... o príncipe georgiano Tsitsevaz... o príncipe armênio Bebutov... o príncipe Potiômkin, o general Raiévski e, por fim, o sr. Púchkin... que havia deixado a capital para cantar as façanhas de seus compatriotas". (N. da T.)

Confesso: essas linhas do viajante francês, apesar do epíteto lisonjeiro, me causaram muito mais desgosto que as ofensas das revistas russas. *Buscar inspiração* sempre me pareceu um capricho ridículo e disparatado: não se encontra inspiração; ela própria deve achar o poeta. Ir à guerra com o objetivo de cantar futuras proezas teria sido para mim, por um lado, excessivamente pretensioso e, por outro, por demais indecente. Não ouso emitir juízos militares. Não me dizem respeito. Talvez a ousada travessia do Sagan-lu, manobra que permitiu ao conde Paskévitch isolar o *seraskier*[3] de Osman-Paxá, a derrota de duas tropas inimigas no período de vinte e quatro horas, o rápido avanço sobre Arzrum, tudo isso coroado pelo sucesso absoluto, pode até ser algo extraordinariamente digno de zombaria aos olhos de homens militares (como, por exemplo, o senhor cônsul comercial Fontanier, autor de *Viagem ao Oriente*); mas eu teria vergonha de escrever sátiras sobre o glorioso comandante que me recebeu afetuosamente sob a sombra de sua tenda, e que encontrava tempo em meio a grandes preocupações para dispensar a mim uma atenção lisonjeira. Um homem que não precisa da proteção dos poderosos estima sua cordialidade e hospitalidade, já que não pode exigir outra coisa deles. Uma acusação de ingratidão não deve ser deixada sem réplica, como se fosse uma crítica insignificante ou uma injúria literária. Eis por que decidi publicar este prefácio e revelar minhas anotações de viagem na qualidade de *tudo* o que foi escrito por mim sobre a campanha de 1829.

A. Púchkin

PRIMEIRO CAPÍTULO

Estepes. Uma kibitka[4] *calmuca. O balneário do Cáucaso. A estrada militar da Geórgia. Vladikavkaz. Um funeral osseta. O rio Térek. O desfiladeiro de Darial. A travessia das montanhas nevadas. Primeiro olhar sobre a Geórgia. Os aquedutos. Khozrev-Mirza. O governador de Duchet.*

---

[3] General ou comandante no exército do império otomano. (N. da T.)

[4] Tendas de feltro usadas pelos tártaros da Ásia Central. (N. da T.)

De Moscou fui a Kaluga, Beliov e Oriol, e assim percorri duzentas verstas além do necessário; em compensação, vi Iermôlov.[5] Vive em Oriol, que está perto de sua propriedade. Cheguei às oito horas da manhã e não o encontrei em casa. Meu cocheiro disse que Iermôlov não visitava ninguém além do pai, um velho simples e devoto, e que ele só não recebia os funcionários da cidade, mas que todos os outros tinham livre acesso. Uma hora depois, fui vê-lo outra vez. Iermôlov me recebeu com sua costumeira amabilidade. À primeira vista não encontrei nele a menor semelhança com seus retratos, geralmente pintados de perfil. Tem um rosto redondo, olhos cinzentos e ardentes, cabelos grisalhos arrepiados. Uma cabeça de tigre em um torso hercúleo. Um sorriso desagradável, pois não é natural. Mas quando medita e franze o cenho, torna-se belo e, surpreendentemente, faz lembrar o retrato poético pintado por Dawe.[6] Vestia uma jaqueta circassiana de cor verde. Nas paredes de seu gabinete estavam pendurados sabres e adagas, lembranças de seu domínio no Cáucaso. Pelo visto, suportava a inatividade com impaciência. Várias vezes pôs-se a falar sobre Paskévitch,[7] e sempre com sarcasmo; ao falar da facilidade de suas vitórias comparava-o a Josué, diante de quem as muralhas caíam ao som da trombeta, e chamava o conde de Ierevan de conde de Jericó.

— Pois ele que ataque um paxá que não seja nem inteligente, nem hábil, somente obstinado, como, por exemplo, aquele que comandava em Chumla — disse Iermôlov —, e Paskévitch não resistirá.

Comuniquei a Iermôlov as palavras do conde Tolstói,[8] que Paskévitch agira tão bem na campanha persa que a uma pessoa inteligente só restava agir um pouco pior para distinguir-se dele. Iermôlov riu, mas não concordou. "Era possível poupar homens e gastos" — disse. Acho que está escrevendo ou quer escrever suas memórias. Não está satisfeito com

---

[5] Aleksei Petróvitch Iermôlov (1772-1861), general russo, destacou-se na guerra contra Napoleão em 1812. Foi governador do Cáucaso até ser substituído pelo conde Paskévitch em 1827. (N. da T.)

[6] George Dawe (1781-1829), pintor inglês, responsável por vários retratos de heróis da guerra de 1812. (N. da T.)

[7] I. F. Paskévitch (1782-1856), general russo, foi governador do Cáucaso e comandante da Guerra Russo-Turca de 1828-29. Recebeu o título de conde de Ierevan por tomar a fortaleza da capital armênia em 1827. (N. da T.)

[8] Conde F. I. Tolstói, amigo de Púchkin nessa época. (N. da E.)

a *História* do Karamzin, gostaria que uma pena ardente retratasse a passagem do povo russo da insignificância ao poder e à glória. Quanto às memórias do príncipe Kúrbski, falava sobre elas *con amore*. Os alemães foram muito criticados. "Daqui a uns cinquenta anos" — disse —, "vão pensar que na campanha atual havia um exército auxiliar prussiano ou austríaco comandado por tais e tais generais alemães." Passei cerca de duas horas com ele. Estava aborrecido por não se lembrar de meu nome completo. Desculpou-se com elogios. A conversa aludiu várias vezes à literatura. Disse que a leitura dos versos de Griboiédov fazia suas bochechas doer. Não se falou uma palavra sobre governo e política.

Meu caminho passava por Kursk e Khárkov; mas virei para a estrada direta de Tiflis, sacrificando um bom almoço na taverna de Kursk (o que não é pouca coisa em nossas viagens), e sem curiosidade de visitar a Universidade de Khárkov, que não vale o restaurante de Kursk.

Até Ieliéts as estradas eram terríveis. Várias vezes minha carruagem atolava em uma lama digna de Odessa. Em algumas ocasiões, não conseguia percorrer mais de cinquenta verstas em vinte e quatro horas. Por fim, vi as estepes de Vorônej e a carruagem correu livremente pela campina verde. Em Novotcherkassk encontrei o conde Púchkin,[9] que também ia para Tiflis, e decidimos viajar juntos.

A passagem da Europa para a Ásia torna-se mais perceptível a cada hora: os bosques desaparecem, as colinas se aplanam, a grama torna-se mais espessa e a vegetação mostra maior vigor; surgem pássaros desconhecidos de nossos bosques; águias pousam nos barrancos característicos das estradas grandes, como se fossem guardiãs, e fitam os viajantes orgulhosamente; pelos pastos férteis

Manadas de cavalos indomáveis
Vagam orgulhosas.[10]

Os calmucos acampam perto das *khatas* da estação. Ao lado das *kibitkas* pastam seus cavalos feios e peludos, que conhecemos pelos maravilhosos desenhos de Orlovski.

---

[9] A. Mussin-Púchkin (1798-1854), membro da Sociedade do Norte, ligado aos dezembristas. (N. da T.)

[10] Citação do poema "Pedro, o Grande, em Ostrogojsk" (1823) de Riliéiev (1795-1826). (N. da E.)

Há poucos dias visitei uma *kibitka* calmuca (feita de galhos trançados em formato quadrangular, coberta com feltro branco). Toda a família estava reunida para o desjejum. Um caldeirão cozinhava no centro, e a fumaça saía por uma abertura feita no alto da *kibitka*. Uma jovem calmuca, bastante bonita, costurava fumando tabaco. Sentei-me ao lado dela.

— Como você se chama?

— ***.

— Quantos anos você tem?

— Dez e oito.

— O que está costurando?

— Uma calça.

— Para quem?

— Para *eu*.

Ela me deu seu cachimbo e começou a comer. No caldeirão cozinhava chá com banha de carneiro e sal. Ofereceu-me sua tigelinha. Eu não queria recusar e tomei um gole, tentando prender a respiração. Não creio que alguma outra cozinha nacional possa criar algo mais repugnante. Pedi alguma coisa para tirar o gosto. Deram-me um pedacinho de carne-seca de égua; até isso me deixou feliz. A coqueteria calmuca me assustou; saí da *kibitka* o mais rápido que pude e me afastei daquela Circe das estepes.

Em Stavropol, vi no horizonte as nuvens que haviam surpreendido meu olhar há exatamente nove anos. Eram as mesmas, continuavam todas no mesmo lugar. Tratava-se dos topos nevados da cadeia do Cáucaso.

De Gueorguievsk fui para Goriátchie Vódi. Aqui, encontrei uma grande mudança: no meu tempo, os banhos ficavam em casebres construídos às pressas. Fontes, a maior parte em seu estado primitivo, brotavam, fumegavam e corriam das montanhas em várias direções, deixando atrás de si vestígios brancos e avermelhados. Tirávamos água fervente com uma concha de casca de árvore ou com o fundo de uma garrafa quebrada. Agora, foram construídos casas e banhos suntuosos. Uma alameda ladeada por tílias passa pela encosta do Machuk. Por toda parte se veem caminhozinhos limpos, banquinhos verdes, canteiros de flores bem definidos, pontes, pavilhões. As nascentes foram trabalhadas e revestidas de pedra; há prescrições da polícia pregadas nas paredes dos banhos; por todos os lados há ordem, asseio, beleza...

Reconheço: as águas do Cáucaso apresentam mais comodidades hojo em dia, mas lamentei a perda de seu antigo estado selvagem; senti pena pelo fim dos caminhos escarpados de pedra, dos arbustos e dos precipícios sem cercas que eu costumava escalar. Com tristeza abandonei o balneário e parti de volta para Gueorguievsk. Logo caiu a noite. O céu limpo se cobriu de milhões de estrelas. Ia pela margem do rio Podkúmok. Aqui, A. Raiévski[11] às vezes se sentava comigo para escutar a melodia das águas. Cada vez mais negro, o majestoso Bechtu se desenhava ao longe, rodeado por montes, seus vassalos, e por fim desapareceu na escuridão...

No dia seguinte, fomos em frente e chegamos a Ekaterinograd, antiga sede do governo geral.

Em Ekaterinograd começa a estrada militar georgiana; a rota do correio se interrompe. É possível alugar um cavalo até Vladikavkaz. Concedem-nos uma escolta de cossacos, soldados de infantaria e um canhão. O correio sai duas vezes por semana e os viajantes se juntam a ele: a isto se chama *oportunidade*. Não esperamos muito. O correio chegou no dia seguinte, e na terceira manhã às nove horas estávamos prontos para partir. No ponto de encontro reuniu-se toda a caravana, constituída de aproximadamente quinhentas pessoas. Tocaram o tambor. Começamos a nos mover. À frente ia o canhão, rodeado por soldados de infantaria. Atrás dele seguiam em fila carruagens, *briscas* e carroças com as mulheres de soldados transferidos de uma fortaleza a outra; em seguida rangia um comboio de carroças de duas rodas: os *arobs*. Dos lados corriam manadas de cavalos e rebanhos de bois. Em volta galopavam guias nogai vestindo *burkas*[12] e portando laços de caçador. No começo tudo isso me agradou muito, mas logo me cansei. O canhão ia a passo; o pavio queimava e os soldados acendiam seus cachimbos nele. A lentidão de nossa travessia (no primeiro dia andamos apenas quinze verstas), o calor insuportável, a escassez de víveres, as noites sem sossego e, por fim, o rangido ininterrupto dos *arobs* nogai me fizeram perder a paciência. Os tártaros têm orgulho desse ruído, dizendo que viajam pelo mundo como gente honesta e que não precisam se esconder. Naquela ocasião eu teria preferido viajar em companhia menos respeitável. A estrada era bastante monótona: uma

---

[11] O autor estivera nesta mesma região acompanhando a família Raiévski alguns anos antes. (N. da T.)

[12] Capa de feltro usada no Cáucaso. (N. da T.)

planície com colinas de ambos os lados. No horizonte, os picos do Cáucaso a cada dia pareciam mais e mais altos. As fortalezas, suficientes para esta região, tinham fossos que qualquer um de nós teria atravessado nos velhos tempos com um pulo, sem precisar tomar impulso; canhões enferrujados que não atiravam desde os tempos do conde Gudôvitch; um aterro desmoronado por onde vagueia uma guarnição de galinhas e gansos. Há alguns casebres dentro das fortalezas onde, com dificuldade, é possível obter uma dezena de ovos e leite azedo.

O primeiro lugar que se destaca é a fortaleza de Minaret. Ao aproximar-se dela, nossa caravana atravessou um vale fascinante entre pequenos montes funerários cobertos por tílias e plátanos. São túmulos de vários milhares de vítimas da peste. Flores multicoloridas brotavam, frutos das cinzas contaminadas. À direita brilhava o Cáucaso nevado; adiante, destacava-se a enorme montanha coberta por um bosque; e atrás dela encontrava-se a fortaleza. Ao seu redor se viam vestígios de um *aúl*[13] arrasado; chamava-se Tatartub, e em outros tempos fora a principal aldeia da Grande Kabardá. Um minarete esbelto e solitário testemunhava a existência do povoado desaparecido. Erguia-se gracioso entre montes de pedras, na margem de uma corrente seca. A escada interna ainda não havia desmoronado. Subi por ela até uma plataforma de onde já não ressoa a voz do mulá. Ali, encontrei nos tijolos vários nomes desconhecidos rabiscados por viajantes em busca de glória.

Nossa estrada tornou-se pitoresca. As montanhas se estendiam sobre nós. Rebanhos quase invisíveis se movimentavam em seus cumes, parecendo insetos. Até distinguimos o pastor, talvez um russo aprisionado em outros tempos e que envelhecera na escravidão. Encontramos mais túmulos e mais ruínas. Havia dois ou três monumentos fúnebres ao lado da estrada. Segundo o costume circassiano, ali são enterrados seus cavaleiros. Uma inscrição tártara, uma imagem de um sabre e uma marca talhada na pedra é tudo o que foi deixado para os netos ferozes em memória de seus ferozes antepassados.

Os circassianos nos odeiam. Nós os retiramos de suas vastas pastagens; seus *aúles* foram destruídos, tribos inteiras exterminadas. Eles se embrenham cada vez mais nas montanhas e de lá orientam suas incursões. A amizade dos circassianos *pacificados* é pouco confiável: estão sempre

[13] Aldeia no Cáucaso e na Ásia Central. (N. da T.)

prontos a ajudar seus compatriotas rebeldes. Seu espírito de cavalaria selvagem decaiu visivelmente. Raras vezes atacam os cossacos em mesmo número, nunca a infantaria e correm ao ver um canhão. Em compensação, nunca deixam passar uma oportunidade de atacar um destacamento fraco ou uma pessoa indefesa. Esses lados de cá são cheios de boatos a respeito de seus crimes. Quase não há forma de pacificá-los enquanto não forem desarmados como fizeram com os tártaros da Crimeia, algo extraordinariamente difícil de executar em razão do predomínio de conflitos hereditários e vinganças de sangue entre eles. A adaga e o sabre são como partes do corpo, e os bebês começam a manejá-los antes de começar a balbuciar. Para eles, um assassinato é apenas um movimento do corpo. Mantêm seus prisioneiros na esperança de conseguir um resgate, mas os tratam de forma extremamente desumana, obrigam-nos a trabalhar acima de suas forças, alimentam-nos com massa crua, batem quando têm vontade e colocam para vigiá-los seus meninos, que, por qualquer palavra, têm o direito de matar o refém com seus sabres infantis. Recentemente, capturaram um circassiano pacificado que atirara em um soldado. Ele se defendeu dizendo que sua espingarda estava carregada há tempo demais. O que fazer com um povo desses? No entanto, é preciso ter esperanças de que a conquista da parte leste do Mar Negro, ao cortar o comércio dos circassianos com a Turquia, obrigue-os a aproximar-se de nós. A influência do luxo pode favorecer sua domesticação: o samovar seria uma inovação importante. Há um meio mais forte, mais moral, mais de acordo com nosso século ilustrado: a pregação do Evangelho. Os circassianos adotaram a fé maometana há pouquíssimo tempo. Ficaram entusiasmados com o fanatismo enérgico dos apóstolos do Corão, dentre os quais se destacava Mansur, homem extraordinário que por muito tempo incitou o Cáucaso a revoltar-se contra o domínio russo, foi por fim capturado por nós e morreu no Mosteiro Soloviétski. O Cáucaso está à espera de missionários cristãos. Mas é mais fácil para nossa preguiça despejar letras mortas ao invés da palavra viva e mandar livros mudos à gente que não sabe ler.

Chegamos a Vladikavkaz, antigamente Kapkai, limiar das montanhas. Está rodeada de *aúles* ossetas. Fui visitar um deles e me vi em um funeral. As pessoas se apinhavam perto de uma *sáclia*.[14] No pátio havia

---

[14] Casa dos montanheses do Cáucaso. (N. da T.)

uma carroça atrelada a dois bois. Parentes e amigos do falecido chegavam de todos os lados e entravam na *sáclia* chorando alto e batendo os punhos na testa. As mulheres estavam de pé, cordatas. Levaram o corpo para fora em uma *burka*...

> *... like a warrior taking his rest*
> *With his martial cloak around him;*[15]

colocaram-no na carroça. Um dos convidados pegou a espingarda do falecido, soprou a pólvora e colocou-a ao lado do corpo. Os bois começaram a andar. Os convidados iam atrás. O corpo seria enterrado nas montanhas, a umas trinta verstas do *aúl*. Infelizmente, ninguém conseguiu me explicar o significado destas cerimônias.

Os ossetas são a tribo mais pobre de todos os povos que vivem no Cáucaso; suas mulheres são extremamente belas e, dizem, muito simpáticas aos viajantes. Nas portas da fortaleza, encontrei a mulher e a filha de um osseta aprisionado. Levavam-lhe almoço. Ambas pareciam calmas e corajosas; porém, ao ver que me aproximava, baixaram a cabeça e se cobriram com seus véus esfarrapados. Vi na fortaleza reféns circassianos, meninos bonitos e vivazes. A todo instante faziam travessuras e fugiam da fortaleza. Mantinham-nos em uma condição lamentável. Vestem-se com trapos, vivem seminus e em uma sujeira odiosa. Em alguns, notei grilhões de madeira. Provavelmente quando libertados os reféns não lamentam a estadia em Vladikavkaz.

O canhão nos deixou. Seguimos com a infantaria e os cossacos. O Cáucaso nos recebeu em seu santuário. Escutamos um forte ruído e avistamos o rio Térek se derramando em diversas direções. Fomos pela margem esquerda. As ondas barulhentas põem em movimento as rodas dos baixos moinhos ossetas, parecidos com casinhas de cachorro. Quanto mais adentrávamos as montanhas, mais estreito tornava-se o desfiladeiro. O Térek aprisionado lança ondas turvas com um rugido sobre as rochas que barram o caminho. O desfiladeiro serpenteia ao longo de seu curso. Os sopés rochosos das montanhas foram lapidados por suas ondas. Eu caminhava e a todo instante parava, estupefato com o encanto sombrio

---

[15] "... como um guerreiro que descansa/ Envolvido por seu manto marcial." Do poema "The burial of Sir John Moore after Corunna", de Charles Wolfe (1791-1823). (N. da T.)

da natureza. O tempo estava fechado; nuvens pesadas se arrastavam perto dos cumes negros. O conde Púchkin e Chernval, olhando para o Térek, lembraram-se de Imatra e deram vantagem ao *retumbante rio ao norte.*[16] Mas eu não consegui achar nenhuma comparação para o espetáculo à minha frente.

Antes de chegar a Lars, fiquei para trás olhando os enormes rochedos por onde jorra o Térek com indescritível furor. De repente, um soldado veio correndo na minha direção, gritando de longe: "Não pare, Vossa Excelência, vão matá-lo!". Por falta de hábito, essa advertência me pareceu extremamente estranha. De fato, os bandoleiros ossetas, seguros naquele lugar estreito, atiram nos viajantes do outro lado do Térek. Na véspera de nossa travessia haviam atacado dessa maneira o general Békovitch, que fugira a galope entre os tiros. Em um penhasco viam-se as ruínas de algum castelo: estava cercado de *sáclias* de ossetas pacificados, como se fosse um ninho de andorinha.

Paramos em Lars para pernoitar. Aqui, encontramos um viajante francês que nos assustou com histórias sobre o caminho que tínhamos pela frente. Aconselhou-nos a deixar as carruagens em Kobi e prosseguir a cavalo. Com ele bebemos pela primeira vez o vinho de Kakheti de um odre fedido, lembrando os banquetes da Ilíada:

E nos odres de cabra há vinho, nosso deleite![17]

Aqui encontrei uma cópia rabiscada de *O prisioneiro do Cáucaso*[18] e, confesso, reli com grande prazer. A obra é toda fraca, juvenil, incompleta; mas há muito ali fielmente intuído e expressado.

Retomamos a viagem no dia seguinte pela manhã. Prisioneiros turcos trabalhavam consertando a estrada. Queixavam-se da comida que lhes davam. Eram absolutamente incapazes de se acostumar ao pão preto russo. Isso me fez lembrar das palavras de meu companheiro Cheremiêtiev ao retornar de Paris: "Vive-se mal em Paris, irmão: não há o que comer; não se consegue pão preto por nada no mundo!".

A sete verstas de Lars encontra-se o posto militar de Darial. O des-

---

[16] Verso da ode *Catarata* (*Vodopad*), de Derjávin. (N. da E.)

[17] Verso da *Ilíada*, a partir da tradução russa de E. Kostrov. (N. da E.)

[18] Poema narrativo escrito por Púchkin em 1820-21. (N. da T.)

filadeiro leva o mesmo nome. As rochas em ambos os lados formam paredes paralelas. Aqui é tão estreito, mas tão estreito — escreve um viajante — que você não só vê, mas parece sentir a estreiteza. Uma faixa de céu brilha como uma fita azul sobre sua cabeça. Regatos caíam do alto da montanha em borrifos miúdos, e me fizeram lembrar de *O rapto de Ganimedes*, um quadro estranho de Rembrandt. Além disso, o desfiladeiro tem uma luz exatamente ao seu estilo. Em certos lugares, o Térek lava a própria base da rocha, e pedras amontoam-se na estrada como uma represa. Perto do posto, uma pontezinha foi valentemente lançada através do rio. Parar de pé sobre ela é como estar em um moinho. A ponte inteira treme, e o Térek ruge como as rodas que movimentam a mó. Em frente ao Darial, em um rochedo escarpado, veem-se as ruínas de uma fortaleza. Reza a lenda que nela se escondeu uma certa rainha Dária, e assim deu nome ao desfiladeiro: puro folclore. *Darial*, na antiga língua persa, significa portão. Segundo o testemunho de Plínio, os portões do Cáucaso, erroneamente chamados de portões do Cáspio, encontravam-se aqui. O desfiladeiro era fechado por verdadeiros portões revestidos de ferro. Por baixo deles corre o rio Diriodoris, escreve Plínio. Aqui foi erigida uma fortaleza para conter ataques de tribos selvagens, e assim por diante. Vejam as viagens do conde I. Pototski, cujos estudos científicos são tão interessantes quanto seus romances espanhóis.

De Darial fomos rumo a Kazbek. Vimos os *Portões da Trindade* (arco formado na rocha por uma explosão de pólvora) — antigamente uma estrada passava abaixo deles, mas agora corre o Térek, que costuma mudar seu leito.

Perto do povoado de Kazbek atravessamos o *Abismo Furioso*, um barranco que em tempos de chuvas fortes se transforma em uma violenta corrente d'água. Nesta época estava completamente seco e de retumbante tinha só o nome.

A aldeia Kazbek fica no sopé do monte Kazbek e pertence ao príncipe Kazbek. O príncipe, homem de uns 45 anos, é mais alto que um soldado da vanguarda do regimento de Preobrajenski.[19] Nós o encontramos em um *dukhan* (assim se chamam as tavernas georgianas, que são bem mais pobres que as russas e não mais limpas). Nas portas havia um odre (de couro bovino) com as quatro patas para cima. O gigante

---

[19] Um dos regimentos de elite mais antigos da guarda do império russo, criado por Pedro, o Grande. (N. da T.)

servia dele o *tchikhir*[20] e me fez várias perguntas, que respondi com o respeito que convém a seu título e tamanho. Nos despedimos como grandes companheiros.

Logo os sentidos ficam embotados. Mal passou um dia e nem o rugido do Térek e suas cachoeiras disformes, nem mesmo os penhascos e abismos chamavam minha atenção. A impaciência por chegar a Tiflis tomou conta de mim. Passei em frente ao monte Kazbek com a mesma indiferença com que antes navegara na frente do Tchatirdag. Também é verdade que o tempo chuvoso e enevoado impedia a visão dos cumes nevados que, nas palavras do poeta, *serviam de apoio ao céu.*[21]

Esperavam a chegada do príncipe persa.[22] A uma certa distância do Kazbek encontramos várias carruagens que dificultaram nossa passagem pela estrada estreita. Enquanto passavam, cada uma por seu lado, o oficial da escolta nos anunciou que estava conduzindo um poeta persa da corte e, ao meu pedido, me apresentou a Fazil-Khan. Com ajuda do tradutor, comecei a fazer uma saudação grandiloquente à maneira oriental; mas qual não foi minha vergonha quando Fazil-Khan respondeu à minha descabida engenhosidade com a cortesia simples e inteligente de uma pessoa digna! Esperava ver-me em Petersburgo; lamentava que nosso encontro fosse tão breve e assim por diante. Envergonhado, fui obrigado a abandonar o tom importante e zombeteiro e descer às frases europeias habituais. Eis uma lição para nossa malícia russa. De agora em diante, não julgarei um homem por sua *papakha*[23] de carneiro e suas unhas pintadas.

O posto de Kobi fica bem no sopé da montanha Krestóvaia, por onde seguiria nosso caminho. Paramos ali para pernoitar e começamos a pensar de que maneira executaríamos essa incrível façanha: abandonar as carruagens e pegar os cavalos dos cossacos ou mandar buscar bois ossetas? Por via das dúvidas, escrevi em nome de toda a caravana uma solicitação oficial ao senhor Tchiliáiev, autoridade daquela região, e fomos dormir à espera das carroças.

---

[20] Tipo de vinho caucasiano não fermentado. (N. da T.)

[21] Do poema de D. Davídov, "O meio soldado" ("Polussoldat"). (N. da E.)

[22] Khozrev-Mirza, herdeiro do trono persa, ia a São Petersburgo para um pedido oficial de desculpas pelo ataque à embaixada russa em Teerã em 30 de janeiro de 1829, em que morreu o escritor A. S. Griboiédov. (N. da E.)

[23] Assim se chamam os gorros persas. (N. do A.)

No dia seguinte, por volta das doze horas, escutamos barulhos e gritos e avistamos um espetáculo singular: dezoito pares de pequenos bois esquálidos, comandados por uma multidão de ossetas seminus, a duras penas traziam a leve carruagem vienense do meu conhecido O***. Este espetáculo imediatamente dissipou todas as minhas dúvidas. Decidi mandar minha pesada carruagem petersburguense de volta para Vladikavkaz e ir a cavalo até Tiflis. O conde Púchkin não quis seguir meu exemplo. Preferiu atrelar um rebanho inteiro à sua *brisca*, carregada com toda sorte de provisões, e atravessar triunfalmente a cordilheira nevada. Nos despedimos e parti com o coronel Ogariov, que inspecionava as estradas da região.

A estrada passava por um desabamento que acontecera no fim de junho de 1827. Tais incidentes costumam acontecer a cada sete anos. A enorme rocha, ao tombar, enchera o desfiladeiro por uma versta inteira e represara o Térek. Os guardas que ficavam embaixo escutaram um estrondo terrível e viram que o rio baixava rapidamente; em quinze minutos, estava completamente calmo e seco. O Térek só abriu caminho entre os destroços depois de duas horas. E então foi terrível!

Subíamos cada vez mais alto por uma ladeira abrupta. Nossos cavalos atolavam na neve fofa, e por baixo dela escutávamos o barulho dos riachos. Eu olhava assombrado o caminho, sem entender a possibilidade de passar por ali com uma carruagem.

Neste momento escutei um estrondo grave. "Uma avalanche" — disse-me o senhor Ogariov. Olhei para trás e vi ao longe um monte de neve que desmoronava e descia lentamente pela encosta escarpada. Pequenas avalanches não são raras por aqui. No ano passado, um cocheiro russo estava atravessando o monte Krestovaia. Uma avalanche irrompeu; a terrível massa desabou sobre ele, engoliu a carroça, o cavalo e o homem, atravessou a estrada e rolou abismo abaixo com sua presa. Alcançamos o cume da montanha. Ali foi erguida uma cruz de granito, monumento antigo restaurado por Iermôlov.

Aqui os viajantes habitualmente descem das carruagens e vão a pé. Há pouco tempo passou por este local um certo cônsul estrangeiro: era tão fraco que mandou que lhe vendassem os olhos; carregaram-no pelos braços e, quando tiraram sua venda, caiu de joelhos, agradeceu a Deus etc., o que deixou os guias bastante assombrados.

A transição instantânea do Cáucaso ameaçador para a encantadora Geórgia é admirável. O ar do sul de repente começa a acariciar o viajante. Do alto do monte Gut abre-se o vale Kaichaur com seus rochedos habitados, jardins e o límpido rio Aragva, que serpenteia como uma fita prateada — e tudo isso é visível em escala reduzida, no fundo de um abismo de três verstas por onde passa uma estrada perigosa.

Descemos para o vale. A lua nova apareceu no céu limpo. O ar noturno era silencioso e tépido. Passei a noite à margem do rio Aragva, na casa do senhor Tchiliáiev. No dia seguinte, me despedi do amável anfitrião e segui adiante.

Aqui começa a Geórgia. Vales luminosos, irrigados pelo alegre Aragva, tomaram lugar dos desfiladeiros sombrios e do ameaçador Térek. Em vez de penhascos nus, via ao meu redor montanhas verdes e árvores frutíferas. Aquedutos demonstravam a presença de civilização. Um deles me impressionou pela perfeição da ilusão de ótica: a água parece correr de baixo para cima pela montanha.

Em Paissanaur parei para trocar de cavalo. Ali, encontrei um oficial russo que conduzia o príncipe persa. Pouco depois escutei o som de guizos, e uma fila inteira de *katares* (mulas), amarradas uma à outra e carregadas à maneira asiática, passavam em fila pela estrada. Fui a pé, sem esperar pelos cavalos; e, a meia versta de Ananur, em uma curva da estrada, me deparei com Khozrev-Mirza. Suas carruagens estavam paradas. Ele próprio tirou a cabeça de sua carruagem e acenou para mim. Algumas horas depois de nosso encontro, montanheses atacaram o príncipe. Ao escutar o assobio de balas, Khozrev saltou de sua carruagem, montou no cavalo e fugiu a galope. Os russos que estavam com ele se admiraram por sua intrepidez. Na verdade, o jovem asiático, não habituado à carruagem, via nela mais uma armadilha que um refúgio.

Fui até Ananur sem sentir cansaço. Meus cavalos não tinham chegado. Disseram-me que até a cidade de Duchet faltava mais ou menos dez verstas, e outra vez decidi ir a pé. Mas não sabia que o caminho subia por uma ladeira. Essas dez verstas valeram por umas boas vinte.

Caiu a noite; eu ia em frente, subindo cada vez mais alto. Era impossível perder a estrada; mas em alguns lugares a lama barrenta, formada pelos olhos-d'água, chegava até meus joelhos. Estava absolutamente exausto. A escuridão aumentou. Escutei uivos e latidos de cães e me alegrei, imaginando que a cidade não estava longe. Mas me enganei: os latidos vinham de cães dos pastores georgianos, e os uivos eram de chacais, animais comuns por aqueles lados. Amaldiçoei minha falta de paciência, mas não havia o que fazer. Por fim, vi luzes e por volta da meia-

-noite fui parar em algumas casas ladeadas por árvores. O primeiro que encontrei se ofereceu para levar-me ao governador da cidade e pediu por isso um *abaz*.[24]

Minha aparição na casa do governador, um velho oficial georgiano, produziu um grande impacto. Primeiro, exigi um quarto onde pudesse me trocar; segundo, uma taça de vinho; terceiro, um *abaz* para meu guia. O governador não sabia como me receber, e olhava para mim perplexo. Ao ver que ele não se apressava em atender meu pedido, comecei tirar o casaco diante dele, pedindo perdão *de la liberté grande*. Felizmente, achei no bolso uma ordem de troca de cavalos que provava que eu era um viajante pacífico, e não Rinaldo-Rinaldini.[25] Essa abençoada carta surtiu efeito imediato: o quarto foi providenciado, a taça de vinho, trazida e o *abaz* dado ao meu guia junto com censuras paternais por sua cobiça, ultrajante para a hospitalidade georgiana. Lancei-me sobre o sofá com esperanças de dormir um sonho de *bogatir*[26] depois de minha proeza: mas não! Pulgas, muito mais perigosas que chacais, me atacaram por toda a noite e não me deram descanso. Pela manhã, meu criado apresentou-se e anunciou que o conde Púchkin atravessara com segurança as montanhas nevadas em seus bois e chegara a Duchet. Eu precisava me apressar! Conde Púchkin e Chernval me visitaram e sugeriram que seguíssemos viagem juntos outra vez. Deixei Duchet com a agradável ideia de que passaria a noite em Tiflis.

O caminho continuava igualmente agradável e pitoresco, ainda que raras vezes víssemos sinais da população local. A várias verstas de Gartziskal atravessamos o rio Kura por uma antiga ponte, restos das expedições romanas, e a trote rasgado, às vezes até a galope, fomos rumo a Tiflis, onde chegamos de modo imperceptível por volta das onze da noite.

---

[24] Moeda de pouco valor. (N. da T.)

[25] Um bandido, personagem principal de um romance de Christian August Vulpius. (N. da T.)

[26] Personagem do folclore russo que possui uma força extraordinária e dorme durante vários anos. (N. da T.)

Tiflis. Banhos públicos. Hassan sem nariz. Costumes georgianos. Canções. Vinho de Kakheti. Causa do calor. Carestia. Descrição da cidade. Partida de Tiflis. Noite georgiana. Vista da Armênia. Travessia dupla. Aldeia armênia. Guergueri. Griboiédov. Bezobdal. Uma fonte mineral. Tempestade nas montanhas. Pernoite em Guiumri. Ararat. A fronteira. Hospitalidade turca. Kars. Uma família armênia. Saída de Kars. Acampamento do conde Paskévitch.

Parei em uma estalagem e no dia seguinte me dirigi aos célebres banhos de Tiflis. A cidade me pareceu populosa. As construções asiáticas e o bazar me fizeram lembrar de Kichiniov. Pelas ruas estreitas e tortuosas corriam burros carregados de cestas; carroças atreladas a bois obstruíam o caminho. Armênios, georgianos, circassianos e persas se aglomeravam na praça assimétrica; entre eles, jovens funcionários russos passavam em cavalos de Karabakh. Na entrada dos banhos estava sentado o proprietário, um velho persa. Ele abriu a porta para mim, entrei em um cômodo amplo e o que vi? Mais de cinquenta mulheres, jovens e velhas, meio vestidas ou nada vestidas, sentadas ou em pé tiravam a roupa e se vestiam em bancos dispostos ao longo das paredes. Parei. "Vamos, vamos — disse o anfitrião —, hoje é terça-feira: dia das mulheres. Tudo bem, não é uma desgraça." — "Claro que não é uma desgraça — respondi —, pelo contrário". A aparição de homens não produziu nenhum efeito. Elas continuaram rindo e conversando entre si. Nem ao menos uma se apressou para cobrir-se com o véu; nem uma parou de se despir. Parecia que eu me tornara invisível. Muitas delas eram de fato magníficas e justificavam a imaginação de Thomas Moore:

A lovely Georgian maid,
With all the bloom, the freshen'd glow
Of her own country maiden's looks,
When warm they rise from Teflis' brooks.

(*Lalla Rookh*)[27]

---

[27] "Uma bela donzela georgiana/ Com todo o florescer, o fresco brilho/ Da aparência virginal de sua terra/ Quando erguem-se cálidos dos regatos de Tiflis." Versos do romance *Lalla Rookh* (1817), de Thomas Moore. (N. da T.)

Em compensação, não conheço nada mais abominável que as velhas georgianas: são bruxas. O persa me fez entrar nos banhos: águas de uma fonte termal sulfurosa e ferruginosa corriam para uma profunda banheira talhada na rocha. Nunca encontrei nem na Rússia, nem na Turquia nada mais suntuoso que os banhos de Tiflis. Vou descrevê-los em detalhes.

O anfitrião me deixou aos cuidados de um funcionário tártaro. Devo declarar que ele não tinha nariz, o que não o impedia de ser um mestre em seu ofício. Hassan (assim se chamava o tártaro sem nariz) começou por me esparramar no chão morno de pedra; depois pôs-se a quebrar meus membros, esticar minhas juntas e bater forte com o punho; não senti a menor dor, e sim um surpreendente alívio. (Os empregados dos banhos asiáticos às vezes se entusiasmam e pulam nos seus ombros, escorregam as pernas por suas coxas e dançam a *prissiadka*[28] sobre suas costas, *e sempre bene*.) Depois disso, me esfregou com uma luva de lã e, após jogar bastante água morna sobre meu corpo, lavou-me com um saco de linho ensaboado. É uma sensação indescritível: o sabão quente lhe envolve como o ar! NB: a luva de lã e o saco de linho devem sem falta ser adotados nos banhos russos; os conhecedores ficarão agradecidos por essa inovação.

Depois do saco, Hassan me soltou na banheira; e então terminou-se a cerimônia.

Em Tiflis eu tinha esperanças de encontrar Raiévski,[29] mas, ao saber que seu regimento já saíra em campanha, decidi pedir ao conde Paskévitch autorização para me juntar ao exército.

Fiquei em torno de duas semanas em Tiflis e conheci a sociedade local. Sankóvski, editor do *Boletim de Tiflis*, contou-me várias coisas curiosas sobre a região, sobre o príncipe Tsitsianov, sobre A. P. Iermôlov e assim por diante. Sankóvski ama a Geórgia e prevê para ela um futuro brilhante.

A Geórgia recorreu à proteção da Rússia em 1783, o que não impediu o glorioso Aga-Mohammed de tomar e arrasar Tiflis e fazer prisioneiros vinte mil habitantes (ano de 1795). A Geórgia passou a estar sob o cetro do imperador Alexandre em 1802. Os georgianos são um povo

---

[28] Passo de dança popular russa em que se dobram os joelhos. (N. da T.)

[29] N. N. Raiévski, comandante da brigada de cavalaria de Paskévitch. (N. da E.)

belicoso. Eles provaram sua bravura sob nosso estandarte. Suas capacidades intelectuais esperam por melhor instrução. Em geral, são um povo alegre e sociável. Nas festas, os homens bebem e passeiam pelas ruas. Meninos de olhos negros cantam, pulam e dão cambalhotas; as mulheres dançam a *lesguinka*.[30]

O som das canções georgianas é agradável. Traduziram para mim uma delas, palavra por palavra; acho que foi composta nos dias atuais; há nela um certo absurdo oriental que tem seu valor poético. Aqui está:

> *Alma há pouco nascida no paraíso! Alma criada para minha felicidade! De ti, imortal, espero a vida.*
>
> *De ti, primavera em flor, lua de duas semanas, de ti, meu anjo da guarda, de ti espero a vida.*
>
> *Teu rosto brilha alegre em um sorriso. Não quero possuir o mundo; quero teu olhar. De ti espero a vida.*
>
> *Rosa das montanhas, fresca pelo orvalho! Favorita, escolhida pela natureza! Tesouro calmo e secreto! De ti espero a vida.*[31]

Os georgianos bebem de uma maneira diferente da nossa e são assombrosamente resistentes. Seus vinhos não aguentam a exportação e logo estragam, mas são excelentes em sua terra. Os vinhos de Kakheti e de Karabakh valem por alguns borgonhas. São guardados em *maranas*, enormes ânforas enterradas. São abertas com cerimônias solenes. Recentemente, um dragão da cavalaria russa, ao desenterrar em segredo um desses cântaros, caiu dentro dele e se afogou em vinho de Kakheti, como o infeliz Clarence[32] em um barril de vinho de Málaga.

Tiflis encontra-se às margens do rio Kura em um vale rodeado por montanhas rochosas. Elas protegem por todos os lados a cidade dos ven-

---

[30] Dança popular. (N. da T.)

[31] Versos da "Canção de primavera" do poeta georgiano Dimitri Tumanichvili (falecido em 1821). (N. da E.)

[32] Duque de Clarence, foi condenado à morte em um tonel de vinho por seu irmão Eduardo IV (1478). (N. da E.)

tos e, incandescentes sob o sol, não só esquentam, mas fazem ferver o ar imóvel. Eis o motivo dos calores insuportáveis que reinam em Tiflis, apesar de estar a somente 41° de latitude. Seu próprio nome (Tbilis-kalak) significa "cidade quente". A maior parte da cidade foi construída à maneira asiática: casas baixas, telhados planos. Na parte norte elevam-se casas de arquitetura europeia, e perto delas começam a aparecer praças regulares. A feira se divide em várias filas; os empórios estão cheios de mercadorias turcas e persas, bastante baratas se levarmos em consideração a carestia generalizada. As armas de Tiflis são muito valorizadas em todo o Oriente. O conde Samôilov[33] e V., que aqui ganharam fama de *bogatirs*, habitualmente testavam seus sabres novos cortando de um só golpe um carneiro em dois ou a cabeça de um boi.

Em Tiflis, a maior parte da população é de armênios: em 1825 havia aqui até duas mil e quinhentas famílias. Nas guerras recentes esse número aumentou ainda mais. Calcula-se que há até mil e quinhentas famílias georgianas. Os russos não se consideram habitantes daqui. Os militares, cumprindo ordens, vivem na Geórgia porque assim foram ordenados. Os jovens conselheiros titulares vêm para cá pelo tão desejado cargo de assessor.[34] Uns e outros encaram a Geórgia como um exílio.

O clima de Tiflis, dizem, faz mal à saúde. As febres aqui são terríveis; são tratadas com mercúrio, cujo emprego é inofensivo em razão do calor. Os médicos dão quantidades enormes a seus pacientes sem a menor vergonha. Dizem que o General Sipiáguin[35] morreu porque seu médico pessoal, que viera com ele de Petersburgo, se assustou com o procedimento sugerido pelos médicos locais e não deu o remédio ao doente. As febres daqui se parecem com as da Crimeia e da Moldávia e são curadas da mesma maneira.

Os habitantes bebem a água do rio Kura, turva, porém agradável. Em todas as fontes e poços a água tem um gosto forte de enxofre. Mas o vinho aqui é bebido de forma tão generalizada que uma falta de água não seria percebida.

Em Tiflis fiquei surpreso com o baixo valor do dinheiro. Por percor-

---

[33] Oficial, primo de N. N. Raiévski. (N. da E.)

[34] Para suprir a necessidade de pessoal administrativo nessas regiões, dava-se como prêmio aos funcionários que trabalhassem aí uma ascensão mais rápida. (N. da T.)

[35] N. M. Sipiáguin (1785-1828), governador militar de Tiflis. (N. da E.)

rer duas ruas em uma carruagem alugada durante meia hora, tive que pagar dois rublos de prata. Primeiro, pensei que o cocheiro queria tirar proveito da minha ignorância de recém-chegado; mas me disseram que o preço é exatamente esse. Todo o resto era proporcionalmente caro.

Fomos a uma colônia alemã e lá almoçamos. Bebemos a cerveja ali fabricada, de gosto bastante desagradável, e pagamos muito caro por um almoço muito ruim. Em minha estalagem me davam de comer algo igualmente caro e ruim. O general Strekalov, grande gastrônomo, uma vez me chamou para almoçar; por infelicidade, em sua casa servia-se a comida por ordem de cargo, e sentavam-se à mesa oficiais ingleses com dragonas de general. Os criados me contornavam com tanto zelo que me levantei da mesa com fome. Que o diabo carregue o gastrônomo de Tiflis!

Eu esperava com impaciência a resolução de meu destino. Finalmente, recebi um bilhete de Raiévski. Escrevia que me apressasse para ir a Kars porque dentro de alguns dias o exército devia seguir adiante. Parti já no dia seguinte.

Fui a cavalo, trocando no posto dos cossacos. À minha volta, a terra estava queimada pelo calor. As aldeias georgianas de longe pareciam belíssimos jardins mas, ao aproximar-me delas, via algumas *sáclias* pobres, sombreadas por álamos empoeirados. O sol se pôs, mas o ar continuava sufocante.

Noite escaldante
Estrelas estranhas!...

A lua brilhava; tudo estava quieto; somente o tropel do meu cavalo ressoava no silêncio da noite. Andei por um longo tempo sem encontrar sinais de habitação. Finalmente, vi uma *sáclia* solitária. Bati na porta. O dono da casa saiu. Pedi água, primeiro em russo, depois em tártaro. Ele não me entendeu. Que negligência impressionante! A trinta verstas de Tiflis e na estrada rumo a Pérsia e Turquia, ele não sabia uma palavra nem de russo, nem de tártaro.

Depois de pernoitar no posto dos cossacos, segui adiante ao amanhecer. A estrada passava entre montanhas e bosques. Encontrei-me com viajantes tártaros; entre eles, havia algumas mulheres. Iam a cavalo, envoltas em véus; delas, só se viam os olhos e os saltos.

Comecei a subir o Bezobdal, monte que separa a Geórgia da antiga Armênia. Uma estrada larga, sombreada por árvores, serpenteia perto da montanha. No topo do Bezobdal andei por um pequeno desfiladeiro chamado, ao que parece, Portão dos Lobos, e me vi na fronteira natural da Geórgia. Surgiram novas montanhas, novos horizontes; estendiam-se sob mim férteis trigais verdes. Olhei uma outra vez para a Geórgia ressecada e comecei a descer pelo declive suave da montanha rumo às planícies frescas da Armênia. Com prazer indescritível notei que o calor de repente diminuíra: o clima já era outro.

Meu criado ficou para trás com os cavalos de carga. Fui só pelo deserto florido cercado de montanhas ao longe. Distraído, passei sem parar pelo posto onde deveria trocar de cavalos. Mais de seis horas se passaram e comecei a me espantar com a extensão deste trecho. Vi a meu lado uns montes de pedras que pareciam *sáclias* e fui até eles. E, de fato, eu chegara a uma aldeia armênia. Algumas mulheres vestindo andrajos coloridos estavam sentadas no telhado plano de uma *sáclia* subterrânea. Fiz-me entender de alguma forma. Uma delas desceu até o casebre e trouxe queijo e leite para mim. Depois de descansar alguns minutos, segui em frente, e na margem alta do rio vi adiante a fortaleza Guergueri. Três fluxos barulhentos e espumantes caíam da margem alta. Atravessei o rio. Dois bois, atrelados a uma carroça, subiam pela estrada íngreme. Alguns georgianos acompanhavam a carroça. "De onde vocês vêm?" — perguntei. "De Teerã." — "O que estão levando?" — "*Griboied.*" Era o corpo de Griboiédov assassinado, que estava sendo transferido a Tiflis.[36]

Já não pensava em encontrar outra vez nosso Griboiédov! Despedira-me dele no ano anterior em Petersburgo, antes de sua partida para a Pérsia. Ele estava triste e tinha estranhos pressentimentos. Tentei tranquilizá-lo; ele me disse: "*Vous ne connaissez pas ces gens-là: vous verrez qu'il faudra jouer des couteaux*".[37] Acreditava que a razão para um derramamento de sangue seria a morte do xá e a luta interna entre seus setenta filhos. Mas o xá ancião ainda está vivo, e as palavras proféticas de Griboiédov se cumpriram. Ele pereceu pelas adagas dos persas, vítima da ignorância e da perfídia. Seu cadáver desfigurado, que por três dias ser-

---

[36] A. S. Griboiédov (1795-1829), dramaturgo russo. Amigo de Púchkin e simpatizante da revolta dezembrista, fazia parte do serviço diplomático russo. Em 1828 foi enviado a Teerã e lá morreu em um ataque à embaixada. Sua obra mais conhecida é *A desgraça de ter espírito*. (N. da T.)

[37] Em francês, no original: "Você não conhece essa gente; verá que vai ser preciso recorrer às facas". (N. da T.)

viu de brinquedo à plebe de Teera, só pode ser reconhecido por uma mão que certa vez fora atravessada por uma bala de pistola.

Conheci Griboiédov em 1817. Seu temperamento melancólico, sua mente exasperada, sua bondade, mesmo suas fraquezas e vícios, companheiros inevitáveis da humanidade — tudo nele era extraordinariamente encantador. Nascido com uma ambição igual a seus dons, por muito tempo se enredou nas ciladas das necessidades mesquinhas e da obscuridade. Suas capacidades como homem de Estado ficavam sem uso; seu talento de poeta não era reconhecido; até sua coragem fria e brilhante esteve algum tempo sob suspeita. Alguns amigos sabiam de seu valor e viam surgir um sorriso incrédulo, esse sorriso tolo e insuportável, quando por acaso falavam sobre ele como uma pessoa extraordinária. As pessoas só acreditam na fama e não entendem que entre elas pode estar algum tipo de Napoleão que não comandou nenhum regimento de caçadores, ou outro Descartes que não publicou uma só linha no *Telégrafo de Moscou*.[38] Aliás, nosso respeito pela fama talvez venha da vaidade: pois a glória também é composta por nossa voz.

A vida de Griboiédov foi obscurecida por algumas nuvens: consequência de paixões ardentes e circunstâncias poderosas. Sentiu necessidade de ajustar contas de uma vez por todas com sua juventude e mudou de vida abruptamente. Despediu-se de Petersburgo e da dissipação ociosa e retirou-se para a Geórgia onde passou oito anos em incessantes estudos solitários. Seu retorno a Moscou em 1824 foi uma revolução em seu destino e o começo do sucesso ininterrupto. Sua comédia manuscrita, *A desgraça de ter espírito*, produziu um efeito indescritível e de repente o colocou entre nossos primeiros poetas. Algum tempo depois, seu perfeito conhecimento da região onde começava uma guerra abriu para ele um novo campo de atuação: foi nomeado embaixador. Ao chegar na Geórgia, casou-se com a mulher que amava... Não conheço nada mais invejável que os últimos anos de sua vida tempestuosa. A própria morte, que o levou em meio a um combate corajoso e desigual, não teve para Griboiédov nada de terrível, nada de torturante. Foi momentânea e bela.

É uma pena que Griboiédov não tenha deixado suas memórias! Escrever sua biografia seria tarefa para seus amigos: mas nossos homens

---

[38] Um dos principais jornais da época. (N. da T.)

notáveis estão desaparecendo sem deixar rastros. Somos indolentes e pouco curiosos.

Em Guergueri encontrei Buturlin, que, como eu, estava indo para o exército. Buturlin viajava com todo tipo de caprichos. Almocei com ele como se estivesse em Petersburgo. Resolvemos viajar juntos; mas fui tomado pelo demônio da impaciência outra vez. Meu criado pediu permissão para descansar. Parti sozinho, sem ter nem mesmo um guia. A estrada era uma só e extremamente segura.

Depois de atravessar a montanha e descer em um vale sombreado por árvores, vi uma fonte de água mineral que atravessava a estrada. Aqui, encontrei com um pope armênio que viajava de Ierevan a Akhaltsik. "O que há de novo em Ierevan?"— perguntei para ele. "Em Ierevan há peste — respondeu. — E o que falam sobre Akhaltsik?" — "Em Akhaltsik há peste" — respondi. Depois de trocar essas notícias agradáveis, nos despedimos.

Passava por campos férteis e prados floridos. A safra ondulava à espera de uma foice. Eu admirava a belíssima terra cuja fertilidade tornara-se lendária no Oriente. Ao anoitecer fui para Pernik. Aqui, havia um posto cossaco. O *uriádnik*[39] profetizou uma tempestade e me aconselhou a pernoitar ali, mas eu queria de qualquer modo chegar a Guiumri naquele mesmo dia.

Eu tinha pela frente uma travessia por montanhas baixas, fronteira natural do *paxalique*[40] de Kars. O céu estava coberto de nuvens; eu esperava que o vento, aumentando de hora em hora, as dispersasse. Mas começou a chuviscar cada vez mais grosso e mais forte. De Pernik a Guiumri consideram que há vinte e sete verstas. Apertei os cintos de minha *burka*, coloquei o *bachlik*[41] no quepe e me entreguei à providência.

Passaram-se mais de duas horas. A chuva não parava. A água jorrava de minha *burka*, cada vez mais pesada pela chuva, e do *bachlik* encharcado. Por fim, um filete gelado começou a infiltrar-se por trás do meu colarinho, e logo a chuva me ensopou por completo. A noite estava escura; um cossaco ia na frente, indicando o caminho. Começamos a subir as montanhas, e enquanto isso a chuva parou e as nuvens se dissiparam.

---

[39] Cargo inferior da polícia distrital na Rússia tsarista. (N. da T.)

[40] Território governado por um paxá. (N. da T.)

[41] Espécie de capuz. (N. da T.)

Faltavam umas dez verstas até Guiumri. O vento, soprando em liberdade, era tão forte que em quinze minutos me secou completamente. Pensei que não escaparia de uma febre. Por fim, cheguei à cidade por volta da meia--noite. O cossaco me levou diretamente ao posto. Paramos na tenda, e me apressei para entrar. Lá, encontrei doze cossacos dormindo lado a lado. Me deram um lugar; desmoronei sobre a *burka*, sem sentir meu corpo de tanto cansaço. Neste dia percorri setenta e cinco verstas. Dormi como um morto.

Os cossacos me despertaram ao amanhecer. Meu primeiro pensamento foi: será que não estou com febre? Mas senti que, graças a Deus, estava disposto e saudável; não havia sinal nem de doença, nem de cansaço. Saí da tenda para o ar fresco da manhã. O sol estava despontando. No céu claro branquejava uma montanha nevada de dois cumes. "Que montanha é essa?" — perguntei, me espreguiçando, e escutei a resposta: "É o Ararat". Como é forte o efeito desse som! Olhava com avidez para a montanha bíblica e vi a arca que atracara em seu topo com esperança de renovação e de vida — e um corvo e uma pomba saíram voando, símbolos de castigo e reconciliação...

Meu cavalo estava pronto. Parti com o guia. A manhã estava maravilhosa. O sol brilhava. Cavalgávamos por um prado amplo, pela espessa grama verde, salpicada de orvalho e das gotas da chuva do dia anterior. À nossa frente brilhava o riacho que devíamos atravessar. "Eis o Arpatchai" — disse o cossaco. Arpatchai! Nossa fronteira! Isso valia tanto quanto o Ararat. Galopei rumo ao rio com uma sensação indescritível. Nunca havia visto uma terra estrangeira. A fronteira guardava para mim algo de misterioso; desde os anos de infância meu sonho mais querido era o de viajar. Depois, por muito tempo levei uma vida nômade, errando ora pelo sul, ora pelo norte, mas ainda não escapara dos limites da inabarcável Rússia. Alegre, avancei pelo rio sagrado, e o fiel cavalo me levou para a margem turca. Mas essa margem já havia sido conquistada: eu ainda me encontrava na Rússia.

Até Kars ainda havia setenta e cinco verstas. Tinha esperança de ver nosso acampamento de noite. Não parei em nenhum lugar. No meio do caminho, em uma aldeia armênia erguida nas montanhas à margem de um riozinho, ao invés de almoço comi o maldito *tchiurek*, pão armênio assado em forma achatada, misturado com cinzas, cuja falta tanto afligia os prisioneiros no desfiladeiro de Darial. Daria tudo por uma fatia de pão preto russo, que para eles era tão repugnante. Estava acompanhado por um jovem turco, um grande falador. Por todo o caminho ele tagarelou em turco, sem se preocupar se eu o entendia ou não. Eu forçava minha atenção e tentava adivinhar o que ele dizia. Parecia repreender os russos e, acostumado a vê-los com farda, me tomou por estrangeiro em função de minha roupa. Encontramos por acaso um oficial russo. Ele vinha de nosso acampamento e me informou que o exército já saíra de Kars. Não consigo descrever meu desespero: a ideia de que eu deveria voltar a Tiflis, depois de me extenuar em vão na Armênia desértica, me deixou absolutamente desolado. O oficial seguiu seu caminho; o turco recomeçou o monólogo; mas eu já não o escutava. Troquei o passo esquipado por trote rasgado e à noite cheguei a uma aldeia turca que ficava a vinte verstas de Kars.

Ao apear do cavalo, eu quis entrar na primeira *sáclia*, mas o dono da casa apareceu na porta e me empurrou com uma praga. Respondi ao cumprimento com o chicote. O turco começou a gritar; uma multidão se reuniu. Parece que meu guia me defendeu. Me mostraram o caravançará; entrei em uma *sáclia* grande, que lembrava um chiqueiro; não havia lugar onde eu pudesse estender minha *burka*. Comecei a exigir um cavalo. Um sargento turco veio até mim. A todos os seus discursos incompreensíveis eu respondia apenas: *verbana at* (me dê um cavalo). Os turcos não concordavam. Por fim, tive a ideia de mostrar-lhes dinheiro (o que eu devia ter feito no começo). O cavalo foi trazido imediatamente, e me deram um guia.

Passei por um vale amplo, rodeado de montanhas. Logo avistei Kars branquejando em uma delas. Meu turco a indicou para mim, repetindo: *Kars*, *Kars!* e deixou galopar seu cavalo; eu o segui, atormentado pela preocupação: meu destino seria decidido em Kars. Ali, eu saberia onde encontrava-se nosso acampamento e se eu ainda teria possibilidade de alcançar o exército. Enquanto isso, o céu se cobriu de nuvens e começou a chover outra vez; mas já não me preocupava com isso.

Entramos em Kars. Ao nos aproximarmos dos portões do muro, escutei um tambor russo: era o toque de recolher. O guarda pegou meu passe e se dirigiu ao comandante. Fiquei debaixo da chuva por mais ou menos meia hora. Finalmente, me deixaram entrar. Ordenei ao guia que me levasse direto para a *bánia*. Passamos por ruas íngremes e tortuosas; os cavalos escorregavam pelo terrível calçamento turco. Paramos perto de uma casa, de aparência bastante feia. Era a *bánia*. O turco desceu do cavalo e pôs-se a bater na porta. Ninguém respondeu. Chovia a cântaros sobre mim. Por fim, de uma casa próxima saiu um jovem armênio e, conversando com meu turco, me chamou para sua casa, falando um russo bastante razoável. Conduziu-me por uma escada estreita para o segundo aposento da casa. No quarto, decorado com divãs baixos e tapetes decrépitos, estava uma velha, sua mãe. Ela se aproximou e beijou minha mão. O filho mandou-a acender o fogo e preparar o jantar para mim. Tirei o casaco e me sentei diante do fogo. Entrou o irmão menor do dono da casa, rapaz de uns dezessete anos. Ambos os irmãos tinham estado em Tiflis mais de uma vez e haviam vivido lá por alguns meses. Eles me disseram que nossas tropas haviam saído na véspera e que o acampamento encontrava-se a vinte e cinco verstas de Kars. Me tranquilizei por completo. Logo, a velha preparou carneiro com cebola, que me pareceu o ápice da arte culinária. Todos nos deitamos para dormir no mesmo quarto; me estirei em frente à lareira apagada e adormeci na agradável esperança de ver no dia seguinte o acampamento do conde Paskévitch.

De manhã, fui conhecer a cidade. O mais novo dos meus anfitriões se encarregou de ser meu cicerone. Ao observar as fortificações e a cidadela, construída em um rochedo inacessível, não entendi de que forma conseguimos tomar Kars. Meu armênio me explicava, como podia, as operações militares de que ele mesmo fora testemunha. Ao perceber nele o gosto pela guerra, propus que fosse comigo ao exército. Concordou imediatamente. Mandei que fosse buscar cavalos. Ele apareceu junto com um oficial que exigiu de mim uma ordem escrita. Julgando pelos traços asiáticos em seu rosto, não considerei necessário revolver meus papéis e tirei do bolso a primeira folha que me caiu na mão. O oficial, depois de examiná-la gravemente, na mesma hora mandou trazer para Sua Excelência cavalos como fora prescrito e devolveu meu papel; era uma epístola a uma calmuca,[42] que eu rabiscara em um dos postos do Cáucaso. Em meia hora saí de Kars, e Artiémi (assim se chamava meu armênio) já galopava a meu lado em um cavalo turco com um dardo cazaque flexível na mão e um punhal atrás do cinto, sonhando com turcos e batalhas.

Cavalgava por uma terra repleta de plantações de trigo por todos os lados; ao meu redor se viam aldeias, mas estavam vazias: os habitantes haviam fugido. A estrada era maravilhosa e pavimentada nos lugares

[42] Trata-se do poema "Para uma calmuca" ("Kalmítchke"). (N. da T.)

pantanosos — pontes de pedra haviam sido construídas sobre os regatos. A terra se elevava visivelmente — os primeiros morros da serra do Sagan-lu, antigo Tauro, começavam a se destacar. Passaram-se cerca de duas horas; subi por uma elevação suave e de repente vi nosso acampamento à margem do rio Kars-Tchai; passados alguns minutos, eu já estava na tenda de Raiévski.

TERCEIRO CAPÍTULO

Travessia do Sagan-lu. Um tiroteio. Vida no acampamento. Iazidis. Batalha com o seraskier *de Arzrum. Uma* sáclia *explodida.*

Cheguei a tempo. Nesse mesmo dia (13 de junho), o exército recebeu ordem de avançar. Quando almoçava na tenda de Raiévski, escutei jovens generais que discutiam a manobra ordenada. O general Burtsov[43] fora destacado para avançar à esquerda pela grande estrada de Arzrum diretamente contra o acampamento turco, enquanto o resto do exército devia ir pelo lado direito e desviar do inimigo.

Às cinco horas, o exército partiu. Fui com os dragões de Níjni-Nóvgorod, conversando com Raiévski, que eu já não via há alguns anos. Caiu a noite; paramos em um vale onde todo o exército teve seu descanso. Aqui, tive a honra de ser apresentado ao conde Paskévitch.

Achei o conde em casa, diante da fogueira de bivaque, rodeado por seu estado-maior. Estava alegre e me recebeu com carinho. Alheio à arte militar, eu não suspeitava que o destino da campanha estava sendo decidido naquele minuto. Ali, vi nosso Volkhôvski,[44] coberto de poeira da cabeça aos pés, com a barba crescida, esgotado por preocupações. No entanto, ele achou tempo para conversar comigo como um velho companheiro. Aqui, vi também Mikhail Púschin,[45] ferido no ano anterior. Ele é querido e respeitado como um bom camarada e soldado valente. Mui-

[43] General I. G. Burtsov (1794-1829), dezembrista. Passou um ano encarcerado em uma fortaleza e em 1827 foi transferido para o Cáucaso. (N. da E.)

[44] V. D. Volkhôvski (1798-1841), amigo de Púchkin desde o liceu, dezembrista. (N. da E.)

[45] Mikhail Púschin (1800-1869), dezembrista, irmão de um amigo de Púchkin no liceu. (N. da E.)

tos dos meus velhos amigos me rodearam. Como tinham mudado! Como o tempo passa rápido!

Heu! fugaces, Postume, Postume,
Labuntur anni...

Voltei para a tenda de Raiévski e lá pernoitei. No meio da noite, gritos terríveis me despertaram: podia-se pensar que o inimigo comandava um ataque surpresa. Raiévski mandou que descobrissem a razão do tumulto: alguns cavalos tártaros tinham se soltado do cabresto e corriam pelo acampamento; os muçulmanos (assim se chamam os tártaros que servem em nosso exército) os capturavam.

Ao amanhecer, o exército seguiu em frente. Nos aproximamos das montanhas cobertas pela floresta. Entramos em um desfiladeiro. Os dragões falavam entre si: "Olhe bem, irmão, segure-se: podem atirar a qualquer instante". De fato, a localização favorecia emboscadas; mas os turcos, distraídos do outro lado pelas manobras do general Burtsov, não aproveitaram suas vantagens. Atravessamos a salvo o perigoso desfiladeiro e paramos nas alturas do Sagan-lu, a dez verstas do acampamento inimigo.

A natureza à nossa volta era sombria. O ar estava frio e as montanhas, cobertas por pinheiros tristes. A neve se depositava sobre os barrancos.

... nec Armeniis in oris,
Amice Valgi, stat glacies iners
Menses per omnes...

Mal acabamos de descansar e almoçar, escutamos tiros de espingarda. Raiévski mandou alguém descobrir o que acontecera. Informaram-lhe que os turcos haviam começado um tiroteio com nossos piquetes avançados. Fui com Sêmitchev[46] ver uma cena nova para mim. Encontramos um cossaco ferido: estava sentado na sela, balançando, pálido e ensanguentado. Dois cossacos o seguravam. "Há muitos turcos?" — perguntou Sêmitchev. "Vêm como uma vara de porcos, Vossa Excelência" — res-

[46] N. N. Sêmitchev (1792-1830), dezembrista. (N. da E.)

pondeu um deles. Depois de passar pelo desfiladeiro, de repente vimos na encosta da montanha em frente cerca de duzentos cossacos, alinhados para o ataque, e atrás deles uns quinhentos turcos. Os cossacos recuavam lentamente; os turcos investiam com maior intrepidez, apontavam a uns vinte passos e, ao atirar, galopavam para trás. Seus turbantes altos, belos dólmãs e enfeites brilhantes dos cavalos compunham um contraste agudo com as fardas azuis e os arreios simples dos cossacos. Uns quinze de nossos homens já estavam feridos. O tenente-coronel Bássov mandou buscar reforços. Nesse momento, ele mesmo foi baleado na perna. Os cossacos começaram a perder a direção. Mas Bássov subiu no cavalo outra vez e continuou no comando. Os reforços chegaram. Ao vê-los, os turcos desapareceram em um instante, e restou na montanha o cadáver nu de um cossaco degolado e mutilado. Os turcos mandam as cabeças degoladas para Constantinopla, e imprimem em seus estandartes as mãos cortadas, molhando-as em sangue. Os tiros cessaram. Águias, companheiras das tropas, levantaram voo sobre a montanha, escolhendo suas presas do alto. Neste momento apareceu uma multidão de generais e oficiais: o conde Paskévitch chegou e começou a subir a montanha por onde os turcos haviam desaparecido. Eles contavam com os reforços de quatro mil soldados da cavalaria, escondidos no vale e nos barrancos. No alto da montanha revelou-se o acampamento turco, separado de nós pelos barrancos e pelas colinas. Voltamos tarde. Ao entrar em nosso acampamento, vi os feridos, dos quais cinco morreram naquela mesma noite e no dia seguinte. À noite, visitei o jovem Osten-Saken, ferido naquele dia em outra batalha.

A vida no acampamento me agradava muito. O canhão nos despertava ao amanhecer. O sono na tenda é surpreendentemente saudável. No almoço, com espetos de carne assados à moda asiática, bebíamos cerveja inglesa e champanhe, gelado na neve do Tauro. Nossa companhia era variada. Na tenda do general Raiévski reuniam-se os *beis* dos regimentos muçulmanos; a conversa acontecia mediante um tradutor. Na tropa havia também povos de nossas regiões transcaucásicas e habitantes de terras há pouco conquistadas. Entre eles, olhei com curiosidade para os *iazidi*, que no Oriente têm reputação de adoradores do diabo. Cerca de trezentas famílias vivem no sopé do Ararat. Eles reconheceram a autoridade do imperador russo. Seu líder, um homem alto, feio, com capa vermelha e gorro preto, às vezes vinha fazer reverências ao general Raiévski, comandante de toda a cavalaria. Tentei descobrir do iazidi a verdade sobre sua religião. Às minhas perguntas, respondeu que os boatos de que os iazidi adoram Satã são pura invenção; eles acreditam em um único Deus; que por sua lei, é verdade, amaldiçoar o diabo é considerado indecoroso e vil, pois ele agora é infeliz, mas com o tempo pode ser perdoado, já que não há limites para a misericórdia de Alá. Essa explicação me tranquilizou. Fiquei muito feliz pelos iazidi ao descobrir que eles não adoram Satanás; e seus equívocos já me pareceram bem mais perdoáveis.

Meu criado apareceu no acampamento três dias depois de mim. Veio junto com as carroças de proteção que, à vista do inimigo, encontraram-se a salvo com o exército. NB: em todo o tempo da campanha, nem uma só carroça de nossos numerosos comboios foi capturada pelo inimigo. A ordem com que o comboio seguia o exército era de fato surpreendente.

No dia 17 de junho pela manhã escutamos outra vez um tiroteio e duas horas depois vimos o regimento de Karabakh que voltava com oito estandartes turcos: o coronel Frideriks enfrentara o inimigo, entrincheirado atrás de montes de pedras; desalojou-o e o expulsou; Osman-Paxá, que comandava a cavalaria, se salvou por pouco.

Em 18 de junho, o acampamento se deslocou. No dia 19, logo que o canhão nos despertou, todo o acampamento começou a mover-se. Os generais assumiram seus postos. Os regimentos se alinharam; os oficiais pararam ao lado de seus pelotões. Fiquei sozinho, sem saber para que lado ir, e deixei o cavalo andar para onde Deus quisesse. Encontrei o general Burtsov, que me chamou para o flanco esquerdo. "O que é flanco esquerdo?" — pensei, e segui em frente. Vi o general Muraviov,[47] que estava posicionando os canhões. Logo apareceu a cavalaria turca e começou a dar voltas pelo vale, trocando tiros com nossos cossacos. Enquanto isso, uma multidão densa da infantaria inimiga avançava pela depressão. O general Muraviov deu ordem de atirar. As balas atingiram o centro exato da multidão. Os turcos deram alguns tiros para o lado e desapareceram atrás de uma elevação. Vi o conde Paskévitch rodeado de seu estado-maior. Os turcos estavam contornando nosso exército, separado deles por um barranco profundo. O conde enviou Púschin para examinar o barranco. Púschin galopou. Os turcos o tomaram por cavaleiro e lhe deram uma descarga. Todos começaram a rir. O conde mandou colocar os canhões para fora e disparar. O inimigo se dispersou pela mon-

[47] General N. N. Muraviov (1794-1866), superior direto de N. Raiévski nessa época. (N. da E.)

tanha e pelo vale. No flanco esquerdo, para onde me chamara o general Burtsov, a luta estava inflamada. Diante de nós (em frente ao centro) galopava a cavalaria turca. O conde mandou o general Raiévski, que levou ao ataque seu regimento de Níjni-Nóvgorod. Os turcos desapareceram. Nossos tártaros cercaram seus feridos e tiraram suas roupas com agilidade; deixaram-nos nus no meio do campo. O general Raiévski parou na borda do barranco. Dois esquadrões, separando-se do regimento, se afastaram demais em sua perseguição; foram salvos pelo coronel Simônitch.

A batalha se acalmou; os turcos começaram a cavar e arrastar pedras bem à nossa vista, reforçando a posição ao seu modo habitual. Foram deixados em paz. Descemos dos cavalos e começamos a almoçar o que quer que houvesse para comer. Neste momento, trouxeram alguns prisioneiros para o conde. Um deles estava seriamente ferido. Interrogaram-nos. Por volta das seis horas as tropas receberam nova ordem para atacar o inimigo. Os turcos se mexeram atrás de seus montes de pedras, receberam-nas com tiros de canhão e logo começaram a retirada. Nossa cavalaria ia em frente; começamos a descer o barranco; a terra despencava e se esfarelava sob os cascos dos cavalos. A qualquer instante meu cavalo podia cair, e então o regimento misto de ulanos passaria por cima de mim. Mas Deus me ajudou a sair intacto. Mal chegamos na larga estrada que corta as montanhas, toda nossa cavalaria pôs-se a galopar à rédea solta. Os turcos fugiram; os cossacos açoitavam os canhões abandonados na estrada e galopavam em frente. Os turcos se jogaram nos barrancos em ambos os lados da estrada; já não atiravam; ao menos, nenhuma bala assobiou em meus ouvidos. Os primeiros a persegui-los foram nossos regimentos tártaros, cujos cavalos se distinguem pela rapidez e pela força. O meu, mordendo a rédea, não ficou para trás; a custo conseguia contê-lo. Ele parou diante do cadáver de um jovem turco atravessado no meio da estrada. Parecia ter uns dezoito anos, e o pálido rosto feminino não estava desfigurado. Seu turbante estava jogado na poeira; a nuca raspada fora atravessada por um tiro. Fui a passo; logo Raiévski me alcançou. Ele escreveu a lápis em um pedacinho de papel um relato da completa derrota do inimigo ao conde Paskévitch e foi em frente. Eu o seguia de longe. Caiu a noite. Cansado, meu cavalo ficava para trás e tropeçava a cada passo. O conde Paskévitch ordenou que não se suspendesse a perseguição e a conduziu ele próprio. Nosso destacamento de cavalaria me ultrapassou; encontrei o coronel Poliakov, comandante da artilharia dos cossacos que naquele dia desempenhara um papel importanto, e juntos chegamos a um povoado abandonado; lá estava o conde Paskévitch, que interrompera a perseguição por causa da noite que caía. Encontramos o conde diante do fogo, no telhado de uma *sáclia* subterrânea. Levavam-lhe os prisioneiros. Ele os interrogava. Ali estavam quase todos os comandantes. Os cossacos seguravam os cavalos pela rédea. A fogueira iluminava uma cena digna de Salvator Rosa,[48] e um riozinho soava na escuridão. Neste momento, informaram ao conde que no povoado havia depósitos de pólvora escondidos e havia perigo de explosão. O conde saiu de perto da *sáclia* com todo seu séquito. Partimos rumo ao nosso acampamento, que já ficava a trinta verstas do local onde tínhamos pernoitado. A estrada estava cheia de destacamentos de cavalaria. Mal conseguimos chegar ao local, o céu de repente se clareou, como se iluminado pela passagem de um meteoro, e escutamos uma explosão surda. A *sáclia* que havíamos deixado quinze minutos antes explodira pelos ares: dentro dela havia uma reserva de pólvora. As pedras espalhadas esmagaram alguns cossacos.

Aí está tudo o que pude observar naquela hora. De noite, soube que nesta batalha fora derrotado o *seraskier* de Arzrum, que estava indo juntar-se a Gaki-Paxá com um exército de trinta mil homens. O *seraskier* fugiu para Arzrum; sua tropa, mandada para além do Sagan-lu, foi dispersada, a artilharia capturada e Gaki-Paxá ficou sozinho em nossas mãos. O conde Paskévitch não lhe deu tempo para dar as ordens.

QUARTO CAPÍTULO

Batalha com Gaki-Paxá. A morte de um bei *tártaro. Um hermafrodita. O paxá aprisionado. Araks. A ponte do pastor. Hassan-Kale. Uma fonte de águas quentes. A marcha para Arzrum. Negociações. Tomada de Arzrum. Prisioneiros turcos. Um dervixe.*

No dia seguinte, pouco depois das quatro horas, o acampamento despertou e recebeu ordem para avançar. Ao sair da tenda, me encontrei com o conde Paskévitch, que se levantara antes de todos. Ele me viu.

— *Êtes-vous fatigué de la journée d'hier?*

---

[48] Salvator Rosa (1615-1673), pintor italiano. (N. da T.)

— *Mais un peu, monsieur le Comte.*

— *J'en suis fâché pour vous, car nous allons faire encore une marche pour joindre le Pacha, et puis il faudra poursuivre l'ennemi encore une trentaine de verstes.*[49]

Partimos, e por volta das oito horas chegamos a uma elevação de onde víamos distintamente o acampamento de Gaki-Paxá. Os turcos abriram fogo inofensivamente com todas as suas baterias. Enquanto isso, em seu acampamento era perceptível uma grande agitação. O cansaço e o calor matinal obrigaram muitos de nós a apear dos cavalos e deitar na grama. Enrolei as rédeas na mão e dormi despreocupado à espera da ordem para seguir adiante. Acordaram-me depois de quinze minutos. Tudo estava em movimento. De um lado, as colunas avançavam para o acampamento turco; de outro — a cavalaria se aprontava para perseguir o inimigo. Tentei ir atrás do regimento de Níjni-Nóvgorod, mas meu cavalo estava mancando. Fiquei para trás. O regimento de ulanos passou por mim. Depois, Volkhôvski passou a galope com três canhões. Fiquei só na floresta da montanha. Por acaso me encontrei com um dragão, que contou que o bosque estava cheio de inimigos. Voltei. Encontrei o general Muraviov com o regimento de infantaria. Ele havia destacado uma companhia para vir limpar o bosque. Ao me aproximar do vale, vi uma cena inusitada. Sob uma árvore jazia um de nossos beis tártaros, mortalmente ferido. Perto dele soluçava seu favorito. Um mulá, de joelhos, recitava preces. O bei agonizante estava bastante calmo e olhava fixamente para o jovem amigo. No vale haviam sido reunidos quinhentos prisioneiros. Alguns turcos feridos me chamavam por sinais, provavelmente confundindo-me com um médico, e pediam uma ajuda que eu não podia oferecer. Um turco saiu da floresta tapando sua ferida com um trapo ensanguentado. Os soldados foram até ele com a intenção de apunhalá-lo, talvez por humanidade. Mas isso me perturbou ao extremo; intercedi em favor do pobre turco e com dificuldade o levei, esgotado e se esvaindo em sangue, para o grupo de seus companheiros. Entre eles estava o coronel Anrep.[50] Ele fumava amistosamente um de seus cachimbos, apesar

[49] Em francês, no original: "— Está cansado da jornada de ontem?/ — Um pouco, senhor Conde./ — Lamento por você, pois ainda faremos uma marcha para alcançar o paxá, e depois será necessário perseguir o inimigo por mais umas trinta verstas". (N. da T.)

[50] R. R. Anrep (morto em 1830), comandante do regimento de ulanos. (N. da E.)

dos boatos de que a peste começava a atacar o acampamento turco. Os prisioneiros estavam sentados e conversavam entre si tranquilos. Quase todos eram jovens. Depois de descansar, seguimos adiante. Por toda a estrada havia corpos jogados. A umas quinze verstas encontrei o regimento de Níjni-Nóvgorod, que havia parado à margem de um regato em meio às rochas. A perseguição continuou ainda por algumas horas. À noite, chegamos a um vale cercado por uma floresta fechada, e finalmente pude dormir à vontade, depois de galopar mais de oitenta verstas nesses dois dias.

No dia seguinte as tropas que haviam perseguido o inimigo receberam ordens para voltar ao acampamento. Então, soubemos que entre os prisioneiros havia um hermafrodita. Raiévski mandou trazê-lo a meu pedido. Vi um homem alto, bastante gordo com o rosto de uma velha finlandesa de nariz arrebitado. Examinamos o prisioneiro em presença de um médico. *Erat vir, mammosus ut femina, habebat t. non evolutos, p. que parvum et puerilem. Quaerebamus, sit ne exsectus? — Deus, respondit, castravit me.*[51] Esta doença, que segundo testemunhos de viajantes era conhecida por Hipócrates, é bastante comum entre tártaros nômades e turcos. *Khoss* é o nome turco para estes assim chamados hermafroditas.

Nossas tropas estavam no acampamento turco tomado na véspera. A tenda do conde Paskévitch situava-se perto do pavilhão de Gaki-Paxá, capturado por nossos cossacos. Fui até ele e o encontrei rodeado por nossos oficiais. Estava sentado de pernas cruzadas e fumava cachimbo. Aparentava ter uns quarenta anos. Seu belo rosto transmitia majestade e uma profunda calma. Ao se entregar, pediu que lhe dessem uma xícara de café e lhe poupassem de perguntas.

Estávamos acampados no vale. As montanhas do Sagan-lu, com florestas cobertas de neve, já haviam ficado para trás. Seguimos em frente, já sem encontrar o inimigo em lugar nenhum. Os povoados estavam vazios. Os arredores eram tristes. Avistamos o Araks, que corria veloz entre suas margens rochosas. A quinze verstas de Hassan-Kale há uma ponte, construída com técnica e ousadia sobre sete arcos desiguais. A lenda atribui sua construção a um pastor que ficou rico e morreu como um ermitão

[51] Em latim, no original: “Era um homem com peito de mulher, tinha testículos não desenvolvidos, pênis pequeno e infantil. Perguntamos a ele se não tinha sido castrado. — ‘Deus — respondeu — me castrou’”. (N. da T.)

no alto do morro; lá, até hoje mostram seu túmulo, sombreado por dois pinheiros solitários. Camponeses dos arredores vem venerá-lo. A ponte se chama Tchaban-Kepri (ponte do pastor). A estrada para Tebriz passa por ela.

A alguns passos da ponte visitei as sombrias ruínas de um caravançará. Não achei dentro dele nada além de um burro doente, provavelmente abandonado ali por camponeses em fuga.

Na manhã de 24 de junho fomos a Hassan-Kale, uma antiga fortaleza tomada na véspera pelo príncipe Békovitch. Estava a quinze verstas do lugar onde pernoitávamos. As longas travessias me deixaram exausto. Tinha esperança de descansar; mas não foi o caso.

Antes da partida da cavalaria, apareceram em nosso acampamento uns armênios que moravam nas montanhas pedindo proteção contra os turcos, que três dias antes tinham afugentado seu gado. O coronel Anrep, sem entender bem o que eles queriam, imaginou que havia um destacamento turco nas montanhas, e, depois de informar a Raiévski que havia três mil turcos nos montes, galopou até o local com um esquadrão do regimento de ulanos. Raiévski o seguiu para oferecer reforços em caso de perigo. Eu me via como parte do regimento de Níjni-Nóvgorod, e com grande desgosto galopei rumo à libertação dos armênios. Depois de percorrer umas vinte verstas, entramos em uma aldeia e vimos alguns ulanos restantes que, apeados, perseguiam umas galinhas com os sabres nus. Ali, um dos aldeões explicava a Raiévski que tratava-se de três mil bois afugentados pelos turcos três dias antes; seria extremamente fácil recolhê-los em uns dois dias. Raiévski ordenou que os ulanos suspendessem a perseguição das galinhas e mandou o coronel Anrep voltar. Voltamos e, saindo da montanha, chegamos a Hassan-Kale. No entanto, demos uma volta de quarenta verstas para salvar a vida de algumas galinhas armênias, o que não achei nada engraçado.

Hassan-Kale é considerada a chave para Arzrum. A cidade foi construída no sopé da montanha, coroada pela fortaleza. Nela viviam até cem famílias armênias. Estávamos acampados em uma vasta planície que se estende em frente à fortaleza. Ali, visitei uma construção redonda de pedra, onde há uma fonte de águas termais ferruginosas e sulfurosas.

A piscina redonda mede umas três *sájens*[52] de diâmetro. Atravessei-

[52] Antiga medida russa equivalente a 2,134 m. (N. da T.)

a duas vezes a nado e de repente, com tontura e náusea, mal tive forças para subir na borda de pedra da fonte. Essas águas são famosas no Oriente mas, pela falta de médicos decentes, os habitantes as empregam sem pensar e, provavelmente, sem grande sucesso. Sob os muros de Hassan Kale corre o rio Murtz; suas margens estão cobertas de fontes ferruginosas que brotam de debaixo das pedras e correm para o rio. Elas não são tão agradáveis quanto a *narzan*[53] do Cáucaso, e têm gosto de cobre.

Em 25 de junho, aniversário do imperador, os regimentos assistiram a uma missa em nosso acampamento, sob os muros da fortaleza. Durante o almoço na tenda do conde Paskévitch, quando bebíamos à saúde de nosso soberano, o conde anunciou a ofensiva para Arzrum. Às cinco da tarde as tropas já partiam.

No dia 26 de junho paramos nas montanhas a cinco verstas de Arzrum. Esses montes se chamam Ak-Dag (montanhas brancas); são formados por rochas calcárias. O pó branco e cáustico irritava nossos olhos; a aparência triste das montanhas provocava melancolia. A proximidade de Arzrum e a certeza do fim da campanha nos consolavam.

À noite, o conde Paskévitch saiu a cavalo para inspecionar a localização. Os cavaleiros turcos, que haviam rondado o dia inteiro diante de nossos piquetes, começaram a atirar nele. O conde os ameaçou algumas vezes com o chicote, sem interromper a discussão com o general Muraviov. Não respondemos aos tiros.

Enquanto isso havia grande confusão em Arzrum. O *seraskier*, que fugira para a cidade depois de sua derrota, espalhara boatos de que os russos haviam sido completamente vencidos. Em seguida, prisioneiros libertados levaram aos habitantes da cidade o apelo do conde Paskévitch. Os fugitivos desmascararam a mentira do *seraskier*. Logo souberam da rápida aproximação dos russos. A população começou a falar em rendição. O *seraskier* e o exército pensavam em defender-se. Iniciou-se uma revolta. Alguns europeus foram mortos pela turba enfurecida.

Em nosso acampamento (na manhã do dia 26) apareceram representantes do povo e do *seraskier*; o dia foi tomado por negociações; às cinco horas da tarde, os representantes se dirigiram a Arzrum, e com eles foi o príncipe general Békovitch, que conhecia bem as línguas e os costumes asiáticos.

---

[53] Água mineral da região do Cáucaso. (N. da T.)

Na manhã seguinte nossas tropas avançaram. Ao leste de Arzrum, nas alturas do Top-Dag havia uma bateria turca. Nossos regimentos foram em sua direção, respondendo ao fogo turco com rufar de tambores e música. Os turcos fugiram, e Top-Dag foi tomado. Cheguei lá com o poeta Iuzefôvitch.[54] Na bateria abandonada encontramos o conde Paskévitch com toda a sua comitiva. Do alto da montanha, em uma depressão, descortinava-se a vista de Arzrum com sua cidadela, minaretes e telhados verdes grudados uns aos outros. O conde estava a cavalo. À sua frente, no chão, sentavam-se os representantes turcos, que tinham vindo com a chave da cidade. Mas em Arzrum a agitação era perceptível. De repente, um fogo brilhou no aterro da cidade, que se encheu de fumaça, e balas de canhão voaram rumo ao Top-Dag. Algumas delas passaram sobre a cabeça do conde Paskévitch; "*Voyez les Turcs* — falou para mim — *on ne peut jamais se fier à eux*".[55] Neste minuto chegou ao Top-Dag o príncipe Békovitch, que desde o dia anterior estava em Arzrum para as negociações. Ele declarou que o *seraskier* e o povo há muito haviam concordado com a rendição, mas que alguns *arnauts*[56] insubordinados sob o comando de Toptcha-Paxá haviam tomado as baterias da cidade e estavam revoltos. Os generais se aproximaram do conde e pediram permissão para calar as baterias turcas. Os altos funcionários de Arzrum, sentados sob fogo de seus próprios canhões, ecoaram o mesmo pedido. O conde demorou por algum tempo; por fim deu a ordem, dizendo: "Basta de travessuras". Imediatamente trouxeram os canhões, começaram a atirar e o fogo do inimigo foi cessando pouco a pouco. Nossos regimentos entraram em Arzrum, e em 27 de junho, aniversário da batalha de Poltava,[57] às seis horas da tarde, o estandarte russo tremulava sobre a cidadela de Arzrum.

Raiévski se dirigiu para a cidade — e fui com ele; entramos em Arzrum, que exibia uma cena assombrosa. Turcos, sobre seus telhados planos, fitavam-nos sombrios. Armênios se aglomeravam ruidosamente

---

[54] M. V. Iuzefôvitch (1802-1889): ajudante de ordens de N. N. Raiévski. Deixou memórias de seu encontro com Púchkin no Cáucaso. (N. da E.)

[55] Em francês, no original: "Veja só os turcos, não se pode confiar neles nunca". (N. da T.)

[56] Palavra que os turcos usavam para designar os albaneses. (N. da T.)

[57] Ocorrida em 27 de junho de 1709 em Poltava, na atual Ucrânia, a batalha foi decisiva para a vitória de Pedro, o Grande, sobre Carlos XII da Suécia. (N. da T.)

nas ruas estreitas. Seus meninos corriam na frente de nossos cavalos, fazendo o sinal da cruz e repetindo: "Cristão! Cristão!...". Nos aproximamos da fortaleza onde estava nossa artilharia; com extrema surpresa encontrei lá meu Artiémi, que já circulava pela cidade, apesar da ordem rígida para que ninguém se ausentasse do acampamento sem permissão especial.

As ruas da cidade são estreitas e tortuosas. As casas são bastante altas. Havia muita gente — as lojas estavam fechadas. Depois de passar umas duas horas na cidade, voltei para o acampamento: o *seraskier* e quatro paxás aprisionados já estavam ali. Um dos paxás, um velhote seco e terrivelmente inquieto, conversava ardentemente com nossos generais. Ao me ver de fraque, perguntou quem eu era. Púschin me deu o título de poeta. O paxá cruzou os braços sobre o peito e fez uma reverência diante de mim, falando com ajuda do tradutor: "Abençoada seja a hora em que encontramos um poeta. O poeta é irmão do dervixe. Ele não possui nem pátria, nem bens terrenos; e enquanto nós, pobres, nos preocupamos com glória, poder e tesouros, ele está lado a lado com os reis da Terra e é por todos reverenciado".

A saudação oriental agradou a todos. Fui olhar o *seraskier*. Ao chegar à sua tenda, me deparei com seu pajem preferido, um menino de olhos negros de uns quatorze anos com um rico traje de *arnaut*. O *seraskier*, um velho grisalho com uma aparência bastante comum, estava sentado, profundamente abatido. A seu lado havia um grupo de nossos oficiais. Ao sair da tenda, vi um jovem seminu, com um gorro de carneiro, uma vara na mão e com um odre (*outre*) nos ombros. Ele gritava a plenos pulmões. Me disseram que era meu irmão, um dervixe, que viera cumprimentar os vencedores. Enxotaram-no a duras penas.

QUINTO CAPÍTULO

Arzrum. Luxo asiático. Clima. O cemitério. Versos satíricos. Palácio do seraskier. *Harém de um paxá turco. A peste. Morte de Burtsov. Saída de Arzrum. Caminho de volta. Revista russa.*

Arzrum (incorretamente chamada de Arzerum, Erzrum, Erzron) foi fundada por volta de 415, no tempo de Teodósio II, e chamada Teodosiópolis. Nenhuma memória histórica está associada a seu nome. Sobre a cidade eu sabia apenas, pelo testemunho de Hadji-Baba,[58] que aqui haviam sido trazidas a um enviado persa, em reparação a alguma ofensa, orelhas de bezerro ao invés de orelhas humanas.

Arzrum é considerada a principal cidade da Turquia asiática. Calcula-se que possui até cem mil habitantes, mas esse número me parece bastante aumentado. Suas casas são de pedra e os tetos, cobertos com grama, o que dá à cidade uma aparência extremamente estranha quando vista do alto.

O principal comércio terrestre entre a Europa e o Oriente passa por Arzrum. Mas poucas mercadorias são vendidas ali; elas não ficam expostas, como também observou Tournefort,[59] que escreveu que em Arzrum um doente pode morrer por impossibilidade de obter uma colher de ruibarbo, enquanto há sacos inteiros na cidade.

Não conheço locução mais absurda que as palavras "luxo asiático". Esta expressão provavelmente nasceu no tempo das Cruzadas, quando os pobres cavaleiros, ao deixar as paredes nuas e as cadeiras de carvalho de seus castelos, viam pela primeira vez divãs vermelhos, tapetes multicoloridos e adagas com pedrinhas na empunhadura. Hoje em dia é possível dizer pobreza asiática, imundície asiática e assim por diante, mas o luxo, claro, pertence à Europa. Em Arzrum não é possível comprar por dinheiro nenhum o que se acha em uma venda de uma cidadezinha provinciana qualquer nos arredores de Pskov.

O clima de Arzrum é severo. A cidade foi construída em uma depressão, e está a sete mil pés acima do nível do mar. As montanhas que a rodeiam passam a maior parte do ano cobertas por neve. A terra não tem florestas, mas é fértil. É irrigada por inúmeras fontes e cortada de aquedutos por toda parte. Arzrum é famosa por sua água. O Eufrates corre a três verstas da cidade, mas há várias fontes por todos os lados. Em cada uma há uma concha de lata presa a uma corrente, e os bons muçulmanos bebem e não se cansam de elogiar a água. A madeira é trazida do Sagan-lu.

No arsenal de Arzrum encontramos diversas armas, elmos, armaduras e sabres velhos que provavelmente estavam enferrujando desde os

---

[58] Hadji-Baba, personagem de um romance do escritor inglês Morier (1780-1849), *The adventures of Hajji Baba of Isaphan*. (N. da E.)

[59] J. P. de Tournefort (1656-1708), botânico e viajante francês, autor do livro *Relation d'un voyage du Levant*. (N. da E.)

tempos de Godofredo. As mesquitas são baixas e escuras. Fora da cidade fica o cemitério. Os monumentos funerários habitualmente são uma coluna adornada por um turbante de pedra. Duas ou três sepulturas de paxás se distinguiam por mostrar-se mais elaboradas, mas não há nelas nada de elegante: nenhum bom gosto, nenhuma ideia... Um viajante escreve que, entre todas as cidades asiáticas, somente em Arzrum encontrou um relógio de torre, e mesmo esse estava quebrado.

As inovações idealizadas pelo sultão ainda não penetraram em Arzrum. O exército continua usando seu pitoresco traje oriental. Entre Arzrum e Constantinopla existe uma rivalidade, como há entre Kazan e Moscou. Eis o começo de um poema satírico escrito pelo janízaro Amin-Oglu.[60]

Istambul que infiéis hoje enaltecem,
E amanhã com seus pés feitos de aço
Pisarão como em víbora dormente,
E que antes da desgraça já adormece,
Istambul, eles vão sem deixar traço.

Istambul ao profeta renunciou.
A verdade oriental que ali brilhou
Apagou o ocidente com seu mal.
Istambul pelo vício e seu sabor
Fé e espada golpeou com vil punhal.
Istambul se esqueceu do suor da luta,
Embriaga-se e às preces não escuta.

Nela a chama da fé está morta agora,
Nela esposas caminham entre sepulcros,
E andam pelas estradas as senhoras,
Levam os homens a haréns onde os eunucos
Subornados descansam longas horas.

Mas na Arzrum das montanhas é outra a história,
Nossa Arzrum dos caminhos infinitos;

---

[60] Amin-Oglu, nome fictício. O poema foi escrito pelo próprio Púchkin. (N. da E.)

Não gozamos de vida suntuosa,
Não bebemos do vinho a sede inglória
Da loucura, do fogo dos malditos.

Nós fazemos jejum e em rios límpidos
Dão-nos águas benditas e sagradas;
Nosso exército intrépido e atrevido
São ginetes[61] *alados na batalha.*
Os haréns que mantemos são secretos,
Os eunucos honestos e severos,
E as esposas lá sentam-se, caladas.

Eu morava no palácio do *seraskier*, nos aposentos do harém. Vaguei um dia inteiro por corredores inumeráveis, de quarto em quarto, de teto em teto, de escadaria em escadaria. O palácio parecia ter sido saqueado; o *seraskier*, planejando fugir, havia levado tudo o que podia. Os divãs estavam rasgados, os tapetes arrancados. Quando passeava pela cidade, os turcos me chamavam e me mostravam a língua. (Eles acham que todos os europeus são médicos.) Isso começou a me aborrecer, e eu estava a ponto de responder com o mesmo gesto. Passei as noites com Sukhorúkov,[62] homem inteligente e amável: a semelhança entre nossas profissões nos aproximou. Ele me falava de seus projetos literários, de suas pesquisas históricas antes iniciadas com tanto zelo e sucesso. A limitação de seus desejos e aspirações é realmente comovente. Seria uma pena se não fossem executados.

O palácio do *seraskier* apresentava uma cena eternamente animada: lá, onde antes o paxá taciturno fumava calado em meio a suas mulheres e adolescentes desonestos, agora seu conquistador recebia os relatórios das vitórias de seus generais, distribuía *paxaliques* e conversava sobre novos romances. O paxá de Much veio ao conde Paskévitch pedir o cargo de seu sobrinho. Ao entrar no castelo, o importante turco parou em um dos cômodos, disse algumas palavras enérgicas e depois caiu pensa-

---

[61] A tradução do poema é de Mário Ramos, assim como a nota que segue: "Literalmente, em russo, a palavra *djiguíti*, plural de *djiguít*, é usada para denominar os cavaleiros caucasianos; optamos por ginete, que se refere ao cavaleiro armado antigo, em língua portuguesa". (N. da T.)

[62] V. D. Sukhorúkov (1795-1841), oficial próximo aos dezembristas. (N. da E.)

tivo: naquele mesmo aposento havia sido degolado seu pai por ordem do *seraskier*. Aí estão as verdadeiras impressões orientais! O glorioso Bei--Bulat, terror do Cáucaso, veio a Arzrum com dois *estarchinas* de povoados circassianos rebelados na época das últimas guerras. Eles almoçaram nos aposentos do conde Paskévitch. Bei-Bulat é um homem de uns trinta e cinco anos, de baixa estatura e ombros largos. Não fala russo ou finge não falar. Sua chegada a Arzrum me alegrou muito: era para mim uma garantia de travessia segura pelas montanhas e pela Kabardá.

Osman-Paxá, capturado perto de Arzrum e mandado a Tiflis junto com o *seraskier*, pediu ao conde Paskévitch que cuidasse da segurança do harém que deixara na cidade. Nos primeiros dias se esqueceram disso. Um dia, durante o almoço, conversando sobre a tranquilidade da cidade muçulmana — que, ocupada por dez mil tropas, não recebeu uma única queixa dos habitantes por violência de seus soldados — o conde se lembrou do harém de Osman-Paxá e ordenou que o senhor Abramôvitch fosse ver a casa do paxá e perguntasse a suas esposas se estavam bem e se não haviam sido ofendidas de alguma forma. Pedi autorização para acompanhar o senhor A. Partimos. O senhor A. levava consigo como tradutor um oficial russo que tinha uma história curiosa. Aos dezoito anos fora aprisionado pelos persas. Castraram-no, e por mais de vinte anos serviu como eunuco no harém de um dos filhos do xá. Contava a respeito de seu incidente infeliz e de sua estadia na Pérsia com uma ingenuidade comovente. De um ponto de vista fisiológico, suas declarações foram valiosas.

Chegamos à casa de Osman-Paxá; conduziram-nos a um cômodo aberto, arrumado com muita ordem e até com bom gosto — nas janelas coloridas havia inscrições tiradas do Corão. Uma delas me pareceu muito engenhosa para um harém muçulmano: *cabe a ti amarrar e desamarrar*. Trouxeram-nos café em pequenas xícaras engastadas em prata. Um velho com uma respeitável barba branca, pai de Osman-Paxá, veio em nome das esposas agradecer ao conde Paskévitch — mas o senhor A. falou categoricamente que fora enviado para falar com as esposas de Osman-Paxá e queria vê-las, para certificar-se com elas próprias se estavam bem na ausência do cônjuge. Mal o prisioneiro persa conseguiu traduzir tudo isso, o velho, em sinal de indignação, começou a estalar a língua e declarou que não podia em absoluto aceitar nossa exigência e que se, ao voltar, o paxá descobrisse que outros homens tinham visto suas mulheres, mandaria cortar a cabeça dele próprio, o velho, e de todos os criados do harém. Os lacaios, dentre os quais não havia nenhum eunuco, corroboraram as palavras do velho, mas o senhor A. foi inflexível. "Vocês temem seu paxá — disse — e eu não ouso desobedecer à ordem de meu *seraskier*." Não havia o que fazer. Conduziram-nos por um jardim onde esguichavam duas fontes ralas. Nos aproximamos de uma pequena construção de pedra. O velho parou entre nós e a porta, abriu-a com cuidado, sem soltar o ferrolho, e vimos uma mulher coberta com um véu branco da cabeça aos sapatos amarelos. Nosso tradutor repetiu a pergunta: escutamos resmungos de uma velha de uns setenta anos; o senhor A. a interrompeu: "Essa é a mãe do paxá — falou —, mas fui enviado para falar com as esposas, traga-me uma delas"; todos se admiraram com a perspicácia dos giaures: a velha foi embora e depois de um minuto voltou com uma mulher, coberta como ela — por debaixo do véu saiu uma vozinha jovem e agradável. Ela agradeceu ao conde por sua atenção com as pobres viúvas e elogiou a maneira de tratar dos russos. O senhor A. teve a habilidade de prosseguir com a conversa. Enquanto isso, olhando à minha volta, vi de repente bem em cima da porta uma janelinha redonda, e nela cinco ou seis cabeças redondas com curiosos olhos negros. Fiz menção de avisar o senhor A. de meu descobrimento, mas mais cabecinhas acenaram e piscaram, e vários dedinhos começaram a me ameaçar, fazendo entender que eu devia me calar. Obedeci e não comuniquei meu achado. Todas tinham rostos agradáveis, mas não havia nenhuma beldade; aquela que conversava com o senhor A. na porta provavelmente era a rainha do harém, o tesouro dos corações, a rosa do amor — ao menos foi o que imaginei.

Finalmente, o senhor A. pôs fim a suas perguntas. A porta se fechou. Os rostos na janelinha desapareceram. Inspecionamos o jardim e a casa e voltamos muito satisfeitos com nossa embaixada.

Foi assim que conheci um harém: raros europeus conseguiram fazer isso. Eis aí a base para um romance oriental.

A guerra parecia terminada. Preparei-me para tomar o caminho de volta. No dia 14 de julho fui a uma *bánia* pública e não estava nada feliz. Amaldiçoei a sujeira dos lençóis, o péssimo serviço etc. Como é possível comparar as *bánias* de Arzrum com as de Tiflis?

Voltando ao castelo, soube por Konovnítsin, de guarda neste momento, que Arzrum fora atacada pela peste. Imediatamente pensei nos horrores da quarentena e decidi abandonar o exército nesse mesmo dia. A ideia da presença da peste é extremamente desagradável para quem não está acostumado. Com desejo de apagar essa impressão, fui passear pela feira. Parado diante de uma tenda de um armeiro, pus-me a examinar uma certa adaga quando de repente alguém bateu em meu ombro. Olhei ao redor: atrás de mim havia um mendigo horrível. Estava pálido como a morte; de seus olhos vermelhos infeccionados corriam lágrimas. A ideia da peste passou por minha imaginação outra vez. Empurrei o mendigo com um asco indescritível e voltei para casa extremamente descontente com meu passeio.

No entanto, a curiosidade venceu; no dia seguinte me dirigi com um médico ao campo onde se encontravam os infectados. Não desci do cavalo e tomei a precaução de ficar a favor do vento. Um doente foi trazido da tenda até nós; estava extraordinariamente pálido e cambaleava como um bêbado. Outro doente estava inconsciente. Depois de examinar o infeliz e prometer-lhe uma cura rápida, voltei a atenção a dois turcos que o carregaram pelos braços, despiram-no e o apalparam como se a peste não fosse mais que um resfriado. Admito que fiquei envergonhado por meu acanhamento europeu em presença de tamanha indiferença e me apressei para voltar à cidade.

Em 19 de julho, ao ir despedir-me do conde Paskévitch, encontrei-o extremamente angustiado. Ele havia recebido a triste notícia de que o general Burtsov fora assassinado perto de Baiburt. Era uma pena pelo valente Burtsov, mas o incidente também poderia ser desastroso para nosso exército pouco numeroso, que entrara nas profundezas da terra estrangeira e estava cercado de povos inimigos prontos para rebelar-se ao saber da primeira derrota. Assim, a guerra foi retomada! O conde me propôs continuar testemunhando outras empreitadas. Mas eu tinha pressa em voltar à Rússia... O conde me deu um sabre turco de lembrança. Guardo-o comigo como lembrança de minha peregrinação atrás deste brilhante herói pelos ermos solitários da Armênia. Neste mesmo dia deixei Arzrum.

Fui de volta a Tiflis pela estrada que já conhecia. O local, há pouco animado pela presença de quinze mil soldados, estava agora silencioso e triste. Atravessei o Sagan-lu e quase não reconheci o lugar onde ficava nosso acampamento. Em Guiumri suportei uma quarentena de três dias. Vi novamente o Bezobdal e deixei os planaltos da Armênia fria para entrar na tórrida Geórgia. Cheguei a Tiflis em primeiro de agosto. Fiquei ali vários dias em companhia adorável e alegre. Passei algumas noites em jardins ao som da música e das canções georgianas. Depois, segui meu caminho. A travessia pelas montanhas foi admirável para mim por causa de uma noite, perto de Kobi, em que fui surpreendido por uma tempestade. De manhã, ao passar em frente ao Kazbek, vi um maravilhoso espetáculo. Nuvens brancas esfarrapadas se arrastavam através do cume da montanha, e um mosteiro solitário, iluminado por raios de sol, parecia flutuar nos ares, levado pelas nuvens. O Abismo Furioso também apareceu para mim em toda a sua imponência: o barranco, cheio pelas águas da chuva, superava em ferocidade o próprio Térek que urrava ali perto. As bordas estavam estraçalhadas; enormes pedras haviam sido deslocadas e obstruíam o fluxo. Inúmeros ossetas trabalhavam na estrada. Atravessei a salvo. Por fim, saí do desfiladeiro estreito para a vastidão das extensas campinas da Grande Kabardá. Em Vladikavkaz encontrei Dórokhov e Púschin. Ambos tinham ido ao balneário para curar-se das feridas recebidas nas campanhas em curso. Sobre a mesa de Púschin encontrei revistas russas. O primeiro artigo que me caiu nas mãos[63] era uma análise de uma de minhas obras. Nele, insultavam a mim e à minha poesia de todas as maneiras possíveis. Comecei a lê-lo em voz alta. Púschin me interrompeu, pedindo para ler com maior arte mímica. É necessário dizer que a análise fora embelezada com os caprichos habituais de nossa crítica: tratava-se de uma conversa entre um sacristão, uma assadora de pães religiosos e um corretor tipográfico, o Zdravomisl nessa pequena comédia. O pedido de Púschin me pareceu tão divertido que o desgosto provocado pela leitura do artigo da revista desapareceu por completo, e gargalhamos com todo o coração.

Essa foi a primeira saudação em minha querida pátria.

(1836)

Tradução de Cecília Rosas

[63] Artigo de Nadiejdin no *Mensageiro da Europa* sobre *Poltava*. (N. da E.)

Nikolai Gógol

Nikolai Vassílievitch Gógol (1809-1852) é autor de alguns dos contos mais famosos da literatura russa, dentre os quais "O nariz", "Diário de um louco" e "O capote", que foi transformado em um dos pontos de partida da dinâmica literária russa por autores como Bielínski e Dostoiévski (neste caso, porém, a famosa frase atribuída a ele sobre a descendência de "O capote" é de autoria do crítico francês Melchior de Vogüé). Gógol é uma referência fundamental para correntes muito variadas da literatura russa, embora inclassificável e sempre fugidio. Esta antologia apresenta uma boa oportunidade para lermos um conto excelente e menos antologizado. "A carruagem", publicado em 1836 na revista *O Contemporâneo*, é uma espécie de tesouro particular dos apreciadores do escritor russo. Lendo esse conto, Tchekhov declarou, em uma carta a Suvórin, que Gógol era o "maior artista russo". Outra opinião de peso: Tolstói considerava "A carruagem" um ponto alto da ficção gogoliana.

A carruagem

A cidadezinha de B... ficou muito animada quando lá se aquartelou o regimento de cavalaria de ... Até então, reinava o mais profundo tédio. Quando a gente passava e olhava as casinhas caiadas e baixas, que espiavam a rua com ar de extremo azedume, então... não, é impossível expressar o que acontecia no coração: tamanha melancolia como se a gente tivesse perdido tudo no jogo ou deixado escapar alguma asneira sem propósito. Em uma palavra: não era nada agradável.

Por causa da chuva, a cal se desprendia das paredes, que, de brancas, se tornaram pardas; o junco recobria a maior parte dos telhados, como ocorre na maioria de nossas cidades do sul, e quanto aos jardins, o prefeito há muito tempo ordenara cortar tudo para dar melhor aparência. Nas ruas não se via alma viva, apenas um galo às vezes atravessava a calçada, como se ela fosse macia como um travesseiro recoberto de poeira e que sob a mínima chuva se transforma em lama. E então, as ruas da cidadezinha de B... se enchiam daqueles animais corpulentos, que o prefeito local chamava de franceses.[1] E focinhos com ar grave surgiam dos charcos, emitindo um grunhido tal que ao viajante de passagem restava apenas fazer apressar ainda mais os cavalos. De resto, era bem difícil encontrar um viajante na cidadezinha de B...

De vez em quando, bem de vez em quando mesmo, algum proprietário de terras em sobrecasaca de algodão e dono de uma dúzia de almas se arrastava pela rua por entre um montão de sacos de farinha, em um tipo de carro meio *britchka* e meio telega, fustigando uma égua baia, seguida por um potro. A própria praça do mercado tinha um aspecto bem tristonho. A casa do alfaiate dava para ela de modo bem esquisito: não a fachada toda, mas só uma quina. Bem em frente, ia se construindo

[1] Referência à invasão de 1812. (N. da T.)

há quinze anos um edifício de pedra com duas janelas; um pouco mais adiante, havia uma paliçada moderna em madeira pintada de um cinza sujo, erguida pelo prefeito para servir de modelo às outras construções, no tempo de sua juventude, quando ele ainda não tinha o hábito de dormir logo depois do almoço e de beber à noite alguma beberagem à base de groselhas secas. Nos outros lugares, quase só cercas. No meio da praça, umas lojinhas minúsculas, onde se podia ver um punhado de rosquinhas, uma mulher de xale vermelho, um *pud*[2] de sabão, mais um tanto de amêndoas amargas, balas de chumbo, gêneros de algodão e dois comerciantes que passavam o tempo todo a jogar *svaika*[3] perto da porta.

Mas tudo mudou desde que o regimento de cavalaria se aquartelou na cidadezinha de B... As ruas se tornaram mais coloridas, mais vivas, quer dizer, adquiriram um aspecto bem diferente. As casinhas baixas veem passar com frequência um garboso e esbelto oficial com um penacho na cabeça, caminhando em direção a um camarada qualquer para conversar sobre a promoção na carreira, sobre o melhor tabaco, ou às vezes apenas para apostar no jogo, às escondidas do general, uma *drojki*, que se poderia chamar "a *drojki* do regimento", pois, sem sair do regimento, passava o tempo todo de mão em mão: hoje um major vai passear nela, amanhã ela vai aparecer na estrebaria do tenente, uma semana depois, lá está ela nas mãos do ordenança do major, que de novo a besunta com sebo. A cerca de madeira entre as casas despontava toda coberta com bonés de soldados, pendurados sob o sol; em algum lugar nos portões nunca deixava de pender também um capote cinza e nas ruelas sempre se tropeçava com soldados munidos de bigodes tão rijos, que mais pareciam escovas de limpar sapatos.

Tais bigodes podiam ser vistos por toda parte. Era só algumas mercadoras com baldes se reunirem no mercado, e os bigodes logo surgiam atrás de seus ombros. Os oficiais deram vida à sociedade, que até então consistia apenas no juiz, que vivia em uma casa com certa diaconisa, e no prefeito, homem sensato, mas que dormia categoricamente o dia inteiro: do almoço até a noite e da noite até o almoço. A sociedade se tor-

---

[2] Antiga medida russa equivalente a 16,38 kg. (N. da T.)

[3] Jogo que consiste em um prego de cabeça grande, que se lança a um aro fixado no solo. (N. da T.)

nou ainda mais populosa e mais divertida quando o general da brigada transferiu para lá o seu quartel-general. Os proprietários de terra dos arredores, de que ninguém até então poderia supor a existência, se tornaram mais frequentes naquela cidadezinha provinciana, com o fim de se encontrar com os senhores oficiais e, quem sabe, jogar a banca, jogo com o qual apenas haviam sonhado vagamente, assoberbados que estavam com semeaduras, coelhos e as incumbências de suas mulheres.

É uma pena que não me recorde exatamente por qual motivo aconteceu de o general da brigada oferecer um grande almoço. Os preparativos foram imensos: o barulho das facas dos cozinheiros na cozinha do general podia ser ouvido até próximo das fronteiras da cidade. O mercado todo foi reservado para o almoço, de modo que o juiz e sua diaconisa tiveram que comer tão somente uma panqueca de farinha de trigo e creme de fécula. O pequeno pátio da casa do general estava repleto de carruagens e *drojkis*. Os convidados se compunham apenas de homens: oficiais e alguns proprietários de terras dos arredores. Entre os proprietários de terra, o mais digno de nota era Pifagór Pifagóritch Tchertokútski, um dos mais importantes aristocratas do distrito de B..., que fizera mais barulho do que todos os outros nas eleições e costumava chegar ali em uma elegante carruagem. Havia servido em um dos regimentos de cavalaria, tendo sido um dos mais destacados e notáveis oficiais. Pelo menos, por onde passava o seu regimento, ele podia ser visto em todos os bailes e assembleias. A propósito, pode-se muito bem perguntar sobre isto às donzelas das províncias de Tambov e Simbirski. É bem provável que ele houvesse granjeado boa reputação também nas demais províncias, se não tivesse se demitido por causa de um acontecimento a que geralmente se referem como uma "história desagradável": não me lembro bem se foi ele que deu um tabefe em alguém ou se foi ele que levou o tabefe, mas o fato é que pediram para ele se retirar. Apesar disso, ele não perdera nada-nada de sua dignidade: usava um fraque de cintura alta, à moda dos uniformes militares, botas com esporas e bigodes embaixo do nariz, de maneira que os nobres não pensassem que ele servira na infantaria a qual desprezara e que com desdém às vezes chamava de regimento de infantagem ou de regimento de infantice. Ele frequentava as feiras mais concorridas, para onde toda a província russa acorria com suas mãezinhas, filhos, filhas e os seus gorduchos proprietários de terra, que lá chegavam para se divertir nas *britchkas*, charretes, caleches e umas carruagens que não se podem ver nem mesmo em sonhos. Ele tinha bom faro para saber onde encontrar um regimento de cavalaria e para lá se dirigir com o intuito de conhecer os senhores oficiais. Muito ágil, saltava de sua leve carruagem ou de uma *drojki* e de modo extraordinário logo travava conhecimento com eles. Por ocasião das últimas eleições, ofereceu um grande banquete à nobreza, no qual anunciou que, se o elegessem dirigente, ganhariam as melhores posições. De modo geral, conduzia-se "*à la* grão-senhor", como se diz nas províncias e distritos. Casara-se com uma jovenzinha bastante bonita, que lhe trouxera um dote de duzentas almas e alguns milhares de rublos de capital. O capital foi imediatamente empregado para a aquisição de seis cavalos realmente soberbos, fechaduras douradas para as portas, um macaco domesticado e um mordomo francês. As duzentas almas e mais umas duzentas de sua propriedade foram penhoradas para certos investimentos comerciais. Em uma palavra, era um proprietário de terras como se deve... um verdadeiro proprietário de terras.

Além dele, estiveram também presentes no almoço na casa do general outros proprietários de terra, mas deles não há nada que dizer. Os demais eram todos militares daquele mesmo regimento e dois oficiais do estado-maior: um coronel e um major bem gordo. O general era gordão e corpulento, mas um bom chefe, segundo os oficiais. Ele falava com voz muito expressiva de um baixo profundo. O almoço foi extraordinário: esturjão, beluga, esturjão seco, abetarda, aspargos, codornas, perdizes e cogumelos demonstravam que o cozinheiro desde a véspera ainda não tivera tempo de colocar nada na boca. Além disso, quatro soldados, facas em mãos, ajudavam a noite inteira na preparação de fricassês e geleias. Garrafas de montão: as compridas com Lafite, as mais bojudas com Madeira. Era um magnífico dia de verão, todas as janelas abertas, pratos com gelo nas mesas, o peitilho amarrotado por debaixo do fraque bem feito, a conversa cruzada dominada pela voz do general e regada a champanhe — enfim, tudo às mil maravilhas. Depois do almoço, todos se levantaram com um agradável peso no estômago, acenderam cachimbos de tubos longos, outros curtos e saíram para o terraço com uma xícara de café nas mãos.

— Bem, é chegado o momento de vê-la — disse o general. — Por favor, meu caro — ordenou, dirigindo-se ao seu ajudante, um jovem bem esperto e de boa aparência. — Peça que tragam aqui a égua baia! Os senhores verão com os próprios olhos. — Então o general sorveu o cachimbo e soltou a fumaça. — Ela ainda não está bem cuidada: nesta maldita cidade não há uma estrebaria que preste. É um cavalo, *puf*, *puf*, muito bom mesmo!

— E já faz tempo, Excelência, *puf*, *puf*, que o senhor a tem? — disse Tchertokútski.

— *Puf*, *puf*, *puf*, bem... *puf*, não muito tempo. Eu a trouxe há uns dois anos.

— E foi Vossa Excelência que a adestrou aqui, ou ela já veio adestrada?

— *Puf*, *puf*, *pu*, *pu*, *pu*... *u*... *u*... *f* aqui. — Ao dizer isto o general desapareceu em meio à fumaça.

Enquanto isso, um soldado saltou da estrebaria, ouviu-se o ruído de cascos e apareceu um outro soldado vestido de casacão branco, com enormes bigodes pretos, conduzindo pelas rédeas um cavalo trêmulo e assustado, que, de súbito, ergueu a cabeça e por pouco não arremessou aos ares o soldado junto com seus bigodes.

— Eia! Eia! Agrafiena Ivánovna! — disse ele, conduzindo o cavalo sob o terraço.

A égua se chamava Agrafiena Ivánovna: robusta e arisca como uma beldade do sul. Ela bateu com força os cascos no terraço de madeira e de repente parou.

O general colocou de lado o cachimbo e passou a observar Agrafiena Ivánovna com ar satisfeito. O coronel em pessoa desceu do terraço e a conduziu pelo focinho. O major deu então umas palmadas nas pernas de Agrafiena Ivánovna e os demais estalaram a língua.

Tchertokútski desceu do terraço e se aproximou dela por detrás. O soldado, sem deixar de manter as rédeas bem seguras, encarou os visitantes como se quisesse enfrentá-los.

— Excelente, excelente mesmo! — disse Tchertokútski —, é um belo cavalo! Permite-me, Excelência, ver como ela anda?

— Ela tem um passo muito bom, mas agora só o diabo sabe que pílulas aquele idiota do doutor lhe deu, pois já faz dois dias que ela não para de espirrar.

— Muito bom, cavalo muito bom! Certamente Vossa Excelência possui uma carruagem à altura.

— Uma carruagem?... Mas trata-se de um cavalo de montar!

— Eu sei disso, mas perguntei apenas para saber se Vossa Excelência possui carruagens adequadas para os outros cavalos.

— Bem, não tenho mesmo carruagens suficientes. Para ser franco, há muito tempo gostaria de ter uma carruagem como as atuais. Escrevi a propósito ao meu irmão, que agora está em Petersburgo, mas na verdade não sei se ele vai me enviar ou não.

— Para mim, Excelência — observou o coronel —, não existem melhores carruagens do que as de Viena.

— O senhor tem razão, *puf*, *puf*, *puf*.

— Tenho, Excelência, uma carruagem magnífica de genuína fabricação vienense.

— Qual? Aquela com a qual chegou?

— Ah, não! Esta é própria apenas para minhas viagenzinhas, mas a outra... é um espetáculo, leve como uma pena, e quando a gente se senta nela, então, Excelência, se me permite, é como se uma aia o embalasse em um berço!

— Então é bem confortável?

— Muito, muito confortável; as almofadas, as molas... tudo parece uma pintura.

— Que beleza!

— E as acomodações, então? Eu nunca vi coisa igual, Excelência. Quando eu ainda estava em serviço, cabiam no seu maleiro dez garrafas de rum e umas vinte libras de tabaco, sem contar, Excelência, que ainda levava comigo uns seis uniformes, roupa-branca, dois cachimbos dos mais compridos, e nos bolsos ainda dava para colocar um boi inteiro.

— Que beleza!

— Paguei por ela quatro mil rublos, Excelência.

— A julgar pelo preço, deve ser boa mesmo. E foi o senhor mesmo que a comprou?

— Não, Excelência, a consegui, assim, de ocasião. Meu amigo a comprou, pessoa muito rara, amigo meu de infância, com o qual o senhor se daria muito bem. O que era de um era do outro, tanto fazia. Ganhei-a dele no jogo de cartas. Se Vossa Excelência me der a honra de vir almoçar comigo amanhã, então poderá vê-la também.

— Não sei bem o que lhe dizer. Eu assim sozinho, não sei bem... A não ser que o senhor me permita ir acompanhado por dois oficiais.

— Claro, por favor, os senhores oficiais também. Senhores, será para mim uma grande honra ter o prazer de recebê-los em minha casa!

O coronel, o major e os demais oficiais agradeceram com cortesia e fizeram uma reverência.

— Eu mesmo, Excelência, também penso que, quando compramos

alguma coisa, tem que ser boa, caso contrário, é melhor não comprar nada. Amanhã, em minha casa, por exemplo, quando me derem a honra de me visitar, lhes mostrarei algumas aquisições minhas de uso doméstico.

O general observou-o e deixou a fumaça escapar da boca.

Tchertokútski ficou muito satisfeito de ter convidado os senhores oficiais, e mentalmente começou desde logo a encomendar os patês e molhos, olhando alegremente para os senhores oficiais, que, de sua parte, também pareciam agora redobrar a simpatia para com ele, o que podia ser notado pelos seus olhos e pelos pequenos movimentos do corpo na forma de ligeiras saudações.

Tchertokútski passou a se conduzir de modo mais desenvolto, a voz tornou-se então mais relaxada, com uma entonação plena de contentamento.

— Vossa Excelência conhecerá também a dona da casa.

— Com muito prazer — disse o general, acariciando o bigode.

Depois disso, Tchertokútski quis voltar para casa imediatamente a fim de preparar com antecedência a recepção para o almoço do dia seguinte. Ele já segurava o chapéu, mas ocorreu qualquer coisa estranha, e ele se demorou ainda mais alguns instantes. Enquanto isso, as mesas de jogo já estavam postas e logo todos se dividiram em grupos de quatro para jogar *whist*, instalando-se em diferentes cantos da casa do general.

Trouxeram as velas. Tchertokútski hesitou um bom tempo se ficaria ou não para o *whist*. Mas como os senhores oficiais insistiam, pareceu-lhe que recusar o convite estaria muito em desacordo com as regras da vida em sociedade. Sentou-se. E logo viu diante dele um copo de ponche e, sem se dar conta, sorveu-o de um só gole. Após duas rodadas, Tchertokútski viu-se novamente com um copo de ponche na mão, que de novo bebeu sem se dar conta, depois de dizer:

— Senhores, é tempo de eu ir para casa, é mesmo tempo. — Mas de novo sentou-se para mais uma partida. Enquanto isso, nos diferentes cantos da casa a conversa tomava rumos completamente distintos. Aqueles que jogavam *whist* ficavam bem calados, mas os que não jogavam e que estavam sentados ao lado nos sofás, mantinham uma boa conversa. Ali, um capitão de cavalaria, apoiado em uma almofada, com um cachimbo entre os dentes, contava com eloquência e muito à vontade suas aventuras amorosas e retinha a atenção do grupinho ao seu redor. Um proprietário de terras extraordinariamente gordo, cujos braços curtos mais pareciam duas batatas degeneradas, escutava-o com uma expressão adocicada e às vezes se esforçava para passar sua mão curtinha pelas amplas costas para puxar a tabaqueira. Acolá, entabulou-se uma polêmica bem calorosa a propósito do treinamento do batalhão, e Tchertokútski, que a essa altura por duas vezes já tinha jogado fora um valete ao invés de uma dama, de repente se meteu em uma conversa alheia e gritou do seu canto:

— Em que ano isso? — ou — Em qual regimento? — sem se dar conta de que a pergunta não tinha nada a ver com o assunto.

Finalmente, alguns minutos antes do jantar, o *whist* terminou, mas prosseguiu ainda na conversação. Parecia que a cabeça de todos estava povoada de *whist*. Tchertokútski lembrava-se muito bem de haver ganhado bastante no jogo, no entanto, não tinha nada nas mãos e, ao se levantar da mesa, permaneceu de pé por muito tempo, como alguém que não encontra o lenço no bolso. Enquanto isso, o jantar foi servido. É evidente que vinho não faltava e que Tchertokútski, que tinha sempre uma garrafa à sua direita ou à sua esquerda, se via forçado de quando em quando a encher o seu copo.

A conversa à mesa ainda se prolongou bastante, e aliás, de forma um tanto estranha. Um proprietário de terras que participara da campanha de 1812 falou de uma batalha jamais ocorrida e depois, não se sabe bem por que motivo, pegou a rolha de uma garrafa e enfiou no bolo. Enfim, quando começaram a se retirar já eram lá pelas três horas, e os cocheiros tiveram que carregar alguns deles nos braços como se fossem embrulhos com compras. Tchertokútski, apesar de todo o seu ar aristocrático, ao se sentar na carruagem, saudava a todos com tamanha mesura, inclinando tanto a cabeça, que ao chegar em casa trazia duas bardanas nos bigodes.

Em casa todos dormiam profundamente. Custou muito ao cocheiro encontrar o camareiro, que conduziu o seu senhor pela sala de estar, entregou-o à criada de quarto, com a qual Tchertokútski alcançou cambaleante o quarto de dormir e se aninhou ao lado da jovem e bela esposa, que estava deitada de forma encantadora em seu traje de dormir, branco como a neve. Ela despertou com o movimento produzido pela queda do marido na cama. Estirou-se, ergueu as pálpebras e, depois de semicerrar rapidamente os olhos três vezes seguidas, abriu-os com um sorriso algo amuado, mas ao se certificar de que desta vez ele não lhe dispensaria a menor carícia, virou-se para o outro lado com certo desgosto e, apoiando a bochecha fresca na mão, pegou no sono.

A manhã já ia bem adiantada, o que para o campo não é nada cedo, quando a jovem acordou ao lado do marido, que roncava. Ao se lembrar que ele voltara para casa às quatro horas da manhã, teve pena de despertá-lo. Calçou então as pantufas que o marido mandara vir de Petersburgo e, vestida em uma camisola branca cujas pregas ondulavam ao longo de seu corpo como cascata, entrou em seu toucador, lavou-se com água tão fresca quanto sua tez e se aproximou do espelho. Depois de se olhar umas duas vezes, concluiu que não estava nada mal naquela manhã. Esta circunstância, aparentemente insignificante, obrigou-a a ficar diante do espelho por mais duas horas. Por fim, vestiu-se de forma encantadora e foi tomar a fresca no jardim. O tempo era magnífico, privilégio exclusivo dos dias de verão no sul. O sol do meio-dia abrasava com todo o furor de seus raios, mas passear pelas alamedas densas e escuras era muito refrescante e as flores aquecidas pelo sol triplicavam o seu perfume. A linda dona de casa se esquecera completamente que já eram doze horas e que seu marido ainda dormia. Já tinham chegado aos seus ouvidos os roncos da sesta de dois cocheiros e um lacaio, que dormiam na estrebaria atrás do jardim. Mas ela permaneceu sentada na alameda sombreada, de onde se avistava uma estrada longa, e se pôs a observar absorta a imensidão deserta, quando de repente uma nuvem de poeira ao longe chamou a sua atenção. Ao fixar o olhar, logo distinguiu várias carruagens. À frente avançava uma mais ligeira com dois lugares, em que vinha sentado o general com suas grossas dragonas brilhantes sob o sol e, ao seu lado, o coronel. Logo atrás dela vinha uma segunda com quatro lugares, ocupados pelo major, o ajudante de ordens do coronel e mais dois oficiais sentados defronte. Vinha em seguida aquela *drojki* do regimento bem conhecida por todos e manejada desta vez pelo corpulento major. Um *bon voyage* de quatro lugares vinha logo atrás, com quatro oficiais segurando um quinto no colo. Atrás do *bon voyage* exibiam-se três oficiais montados em maravilhosos cavalos baios malhados.

— Será que estão vindo para cá? — pensou a dona da casa. — Ah, meu Deus! É mesmo, eles viraram na ponte! — Ela soltou um grito, ergueu os braços e correu pelo canteiro de flores direto para o quarto de seu marido. Ele dormia como um morto.

— Levante. Levante! Levante rápido! — gritava, pegando-o pelo braço.

— Hein? — murmurou Tchertokútski e espreguiçou sem abrir os olhos.

— Levante, meu pomponzinho! Não está ouvindo? Temos visitas!

— Visitas, como visitas? E dizendo isto, emitiu um pequeno grunhido como um bezerro que procura com o focinho as tetinhas da mãe.

— Mm... — resmungou. — Traga aqui esse pescocinho, minha mumu, que vou te dar um beijinho.

— Levanta, meu amorzinho, pelo amor de Deus, rápido! Vem aí o general e seus oficiais! Ah, santo Deus, você tem bardanas nos bigodes.

— O general? Então ele já vem vindo? Por que diabos ninguém me acordou? E o almoço, então já está tudo pronto para o almoço?

— Que almoço?

— Será possível que eu não encomendei?

— Você? Você chegou às quatro horas da manhã e, por mais que eu fizesse perguntas, você não respondia nada. Foi por isso, meu pomponzinho, que não acordei você. Me deu tanta pena, você não dormiu nada. — Ela disse estas últimas palavras com uma voz especialmente lânguida e suplicante.

Tchertokútski, com os olhos arregalados, ficou estarrecido na cama por um minuto. Depois pulou da cama só de camisa, sem se dar conta de que isto era bem indecoroso.

— Ah, sou um cavalo mesmo! — exclamou, batendo na testa. — Convidei-os para almoçar. O que fazer agora? Estão longe?

— Não sei...Devem chegar a qualquer momento.

— Minha querida... esconda-se!... Ei, quem está aí? Você mesma, mocinha, venha cá! Mas tem medo do quê? Os oficiais vão chegar neste instante. Você vai dizer que o seu senhor não está em casa, diga que ele não vai voltar, que saiu desde manhã bem cedo, está escutando?! Previna também todos os criados. Vá, vá logo!

Dito isto, vestiu às pressas o roupão e correu a se esconder na cocheira, supondo que ali estaria são e salvo. Mas, ao se instalar em um canto, percebeu que também ali alguém poderia encontrá-lo.

— Ali é bem melhor — pensou com seus botões, e em um minuto abaixou o estribo da carruagem perto dele, pulou para dentro, fechou atrás de si as portinholas e, para maior segurança, cobriu-se com uma manta, mais a cobertura de couro e, bem quietinho, ficou encolhido em seu roupão.

Enquanto isso, as carruagens já haviam parado diante da entrada.

O general desceu e se sacudiu; logo atrás surgiu o coronel ajeitando o penacho do chapéu. Em seguida, sabre embaixo do braço, saltou da *drojki* o major corpulento. Para fora do *bon voyage*, lançaram-se depois os esbeltos tenentes e o sargento que eles carregavam no colo e, por fim, desceram de seus cavalos os imponentes oficiais.

— O senhor não está em casa — disse um lacaio, aparecendo no terraço da entrada.

— Mas como não está? Mas deve estar para o almoço, não?

— De modo algum. Estará fora o dia todo. Talvez amanhã por volta deste mesmo horário já esteja por aqui.

— Mas veja só isso! — disse o general. — Como é possível?

— Aposto que é uma brincadeira — exclamou o coronel, rindo.

— Ah, não, isto não se faz! Prosseguiu o general nada satisfeito. Arre... que diabo! Se não podia nos receber, então por que convidou?

— Realmente não entendo, Excelência, como se pode fazer uma coisa dessas — replicou um dos jovens oficiais.

— Quê? — disse o general, que tinha o hábito de empregar esta partícula interrogativa sempre que falava com um oficial subalterno.

— Eu disse, Excelência: como é possível comportar-se dessa maneira.

— Certamente. Se algo aconteceu, ao menos avisasse, ou então não fizesse o convite.

— Bem, Excelência, não há nada a fazer, vamos embora! — disse o coronel.

— É claro que não há o que fazer. Mas, pensando bem, podemos ver a tal carruagem mesmo sem ele. Com certeza não a levou consigo. Ei, você aí, venha cá, meu caro!

— O que deseja?

— Você é o cavalariço?

— Sim senhor, Excelência.

— Mostre-nos a nova carruagem que o seu senhor adquiriu há pouco tempo.

— Acompanhe-me, por favor, até a estrebaria.

O general dirigiu-se com os oficiais à estrebaria.

— Eis aqui, mas permita-me empurrá-la um pouco, está meio escuro.

— Chega, chega, já está bom!

O general e os oficiais deram uma volta ao redor da carruagem e examinaram cuidadosamente as rodas e as molas.

— Bem, não vejo nada de especial — disse o general. — É uma carruagem das mais comuns.

— Sem graça nenhuma — confirmou o coronel. — Absolutamente nada de especial.

— Me parece, Excelência, que não vale nem quatro mil rublos — acrescentou um dos jovens oficiais.

— Quê?

— Eu disse, Excelência, que ela não vale quatro mil rublos.

— Mas que quatro mil rublos! Não vale nem dois mil. Ela não tem nada de nada. A não ser que dentro tenha algo de especial... Por gentileza, amigo, levante a cobertura de couro...

E diante dos olhos dos oficiais surgiu Tchertokútski, envolto no roupão, encolhido de uma forma bem esquisita.

— Ah, então você está aqui!... — exclamou o general estupefato.

Dito isto, no mesmo instante o general bateu as portinholas com violência, atirou de novo a cobertura sobre Tchertokútski e foi embora com os senhores oficiais.

(1836)

Tradução de Arlete Cavaliere

Vladímir Odóievski

O príncipe Vladímir Fiódorovitch Odóievski (1803-1869) participou de diversos grupos literários importantes da primeira metade do século XIX na Rússia, como a Sociedade Livre dos Amantes das Letras Russas, a sociedade dos Amantes da Sabedoria (os *Liubomúdri*), o periódico *Mnemozina*, o círculo de leituras capitaneado por Semion Ráitch. Posteriormente, tangenciou o movimento eslavófilo. Odóievski foi um dos principais difusores da filosofia idealista e da literatura alemã na Rússia (Novalis, Hoffmann, entre outros), tendo inclusive contatos pessoais com Schelling. Relativamente pouco conhecido fora da Rússia, ele foi contudo autor de obras importantes, como a ficção científica *O ano 4338* (1840-1926) e *Noites russas* (1844), híbrido de conversação filosófica, ensaio e ficção. O conto "A sílfide", publicado em 1837, é um ótimo exemplar das fortes vertentes fantásticas existentes na Rússia dos anos 1830-40, e, nesse sentido, pode estabelecer um diálogo frutífero com cultores do gênero mais conhecidos, como Gógol.

A sílfide

(Das memórias de um homem sensato)

Dedicado a Anas. Serg. P-ova

Nós coroaremos o poeta com flores e o expulsaremos da cidade.
Platão

Um reinado possui três pilares: o poeta, a espada e a lei.
Das lendas dos bardos do norte

Os poetas serão utilizados apenas em dias estabelecidos na composição de hinos para deliberação comum.
Uma das companhias industriais do século XVIII

!?!?
O século XIX

CARTA I

Finalmente estou na vila do falecido titio. Escrevo-lhe sentado numa das enormes poltronas do vovô, junto à janela; é bem verdade que a vista diante de meus olhos não é magnífica: uma horta, duas ou três macieiras, um lago retangular, um campo aberto — e só; pelo visto o titio não era lá um grande administrador de casas; fico curioso em saber o que é que ele fazia, tendo morado aqui por quinze longos anos sem ir a lugar algum. Ele, talvez, assim como um de meus vizinhos, acordava bem cedo de manhã, por volta das cinco, tomava chá aos montes, sentava-se para jogar paciência até a hora do almoço; almoçava, deitava-se para descansar e novamente jogava paciência até de noite. E assim se passavam os trezentos e sessenta e cinco dias do ano. Não entendo. Perguntei para as pessoas de que maneira o titio ocupava seu tempo. Elas me respondiam: "ora, daquele jeito". Essa resposta me agrada sobremaneira. Uma vida como essas tem algo de poético, e espero em breve seguir o exemplo do titio; era realmente um homem inteligente o falecido!

É fato que aqui fico mais calmo que na cidade, e os médicos foram muito sábios ao me mandarem para cá; decerto fizeram isso para se livrar de mim; mas ao que parece eu os enganarei: minha bile negra, acredite ou não, quase passou; em vão pensam que uma vida ociosa pode curar pessoas com o meu tipo de doença; não é verdade: a vida mundana provoca raiva, os livros também provocam raiva; aqui, porém, imagine a minha felicidade — eu quase não vejo ninguém e não tenho um livro sequer! É impossível descrever essa felicidade: é necessário experimentá-la. Vemos um livro sobre a mesa e involuntariamente estendemos a mão para pegá-lo, abrimos o livro, lemos; o início nos ilude, promete mundos e fundos — mas quando avançamos, vemos que tudo não passava de castelos de areia, ficamos com aquela horrível sensação que experimentaram todos os pensadores desde o início dos tempos até os dias de hoje: procurar e não achar! Essa sensação me tortura desde que me entendo por gente, e a ela atribuo os ataques de bile negra que os médicos acham mais conveniente atribuir à bile amarela.

Não pense porém que eu esteja vivendo como um completo eremita: de acordo com o antigo costume, eu, como novo proprietário da região, fiz visitas a todos os meus vizinhos, que por sorte não são muitos; conversei com eles sobre caçadas, o que não suporto, sobre agricultura, o que não entendo, e sobre seus parentes, dos quais nunca ouvi falar em toda a vida. Mas todos esses senhores são tão cordiais, tão hospitaleiros, tão sinceros, que passei a gostar deles de coração; você não pode imaginar como me fascina a completa indiferença e ignorância dessas pessoas com relação a tudo que ocorre fora do distrito; com que prazer não ouço suas opiniões inverossímeis a respeito do único exemplar do *Notícias de Moscou*[1] disponível em todo o distrito; esse exemplar, que por precaução é embrulhado em papel de parede, é lido por todos, um de cada vez; começam pelo comércio de cavalos na capital e seguem até as notícias de ciência; a primeira, é claro, leem com curiosidade, enquanto que a última leem para dar risadas — o que com eles compartilho do fundo do coração, embora por outros motivos; assim, gozo do respeito geral. Antes eles tinham medo de mim e pensavam que eu, como forasteiro, recém-chegado da capital, proferiria sermões sobre a química ou sobre a agricultura

[1] Em russo *Moskóvskie Nóvosti*, jornal fundado em 1756 por ordem da imperatriz Elizavieta Petrovna. Ligado à Universidade de Moscou, foi o jornal mais lido da Rússia ao longo do século XIX; publicado pela última vez em 1917. (N. do T.)

rotativa; mas quando revelei a eles que, em minha opinião, é melhor não saber nada do que saber o tanto que sabem nossos pensadores, que não há nada tão contrário à felicidade humana como o saber demasiado, e que a ignorância jamais impediu a digestão, eles viram claramente que eu era um bom rapaz, uma excelente pessoa, e começaram a me contar diversos gracejos sobre os sabichões que, por falta de juízo, tentaram introduzir em suas propriedades o cultivo de batatas, as máquinas debulhadoras, a farinha refinada e diversas outras novidades extravagantes; é simplesmente de morrer de rir! — E bem feito para esses sabichões: o que é que eles sabem? Os mais desenvoltos dos meus amigos discutem até sobre política; ficam alarmados sobretudo com o sultão turco, como nos tempos de antigamente, e se mostram muito interessados com a dissensão entre Tiguil-Buzi e Gafis-Buzi; tampouco conseguem entender o porquê de terem começado a chamar Carlos X de Don Carlos...[2] Gente feliz! Nós evitamos de maneira artificial a repugnância que nos provoca na alma a política — ou seja, recusamo-nos a ler os jornais; eles evitam da maneira mais natural — ou seja, leem e não entendem...

Verdadeiramente, ao olhar para eles, cada vez mais me convenço de que a verdadeira felicidade pode consistir apenas em saber tudo ou não saber nada, e, uma vez que a primeira coisa é por ora impossível ao homem, ele deve escolher a segunda. Prego este pensamento, sob diversas formas, aos meus vizinhos: ele muito os agrada, e o enternecimento com que me ouvem me diverte muito. Apenas uma coisa não entendem em mim: como eu, sendo uma excelente pessoa, não bebo ponche e não organizo caçadas com cães em minha propriedade; mas espero que eles se acostumem a isso e que eu consiga, pelo menos em nosso distrito, acabar com esse costume imprestável, que serve apenas para fazer o homem perder a paciência e que é o oposto de sua propensão natural interior: ficar de braços cruzados... Mas ao diabo com essa filosofia toda! Ela consegue intrometer-se até no pensamento do mais animalesco dos homens... A propósito de animais: alguns de meus vizinhos têm filhinhas bastante bonitinhas, que, entretanto, não poderíamos comparar a flores; talvez a hortaliças — são corpulentas, roliças, saudáveis, e não se pode arrancar uma palavra sequer delas. Um de meus vizinhos mais próximos,

---

[2] Carlos X (1757-1836), rei da França e de Navarra entre 1824 e 1830. Foi o último monarca da dinastia bourbônica. (N. do T.)

homem muito rico, tem uma filha que, creio eu, se chama Katienka,[3] e que se poderia considerar uma exceção à regra geral se ela também não tivesse o costume de colocar a linguinha entre os lábios e de enrubescer a cada palavra que se dirige a ela. Eu me digladiei com ela por volta de meia hora, e até agora não consegui decidir se há ou não alguma inteligência sob aquela bela embalagem; e a embalagem é de fato bela. Em seus olhinhos semicerrados de sono, em seu narizinho arrebitado, há algo tão adorável, tão infantil, que involuntariamente se quer beijá-la. Seria a mim muito desejável, como se diz por aqui, fazer essa boneca começar a falar, e estou pronto para começar a conversa, no próximo encontro, com algumas das palavras do incomparável Ivan Fiódorovitch Chponka: "no verão há muitas moscas";[4] veremos se não obtenho assim uma conversa mais prolongada do que a palestra de Ivan Fiódorovitch com sua noiva.

Adeus. Escreva-me com mais frequência; de mim, porém, receberá cartas muito raramente; divirto-me muito ao ler suas cartas, mas não é nem de longe tão divertido quanto não respondê-las.

CARTA II

(dois meses após a primeira)

E falar da firmeza de ânimo do homem! Acaso faz tempo que me regozijava de não ter comigo um livro sequer? Não se passou nem um mês e comecei a sentir certa saudade dos livros. Tudo começou com o fato de que me enfadei mortalmente de meus vizinhos; era verdade quando você dizia que à toa eu comunicava minhas observações irônicas a respeito dos pensadores e que as minhas palavras, ao elevar o estúpido amor-próprio daquelas pessoas, tornam-nas ainda mais desorientadas. Sim! Estou convencido, meu amigo: a ignorância não é a salvação. Rapidamente encontrei aqui as mesmas paixões que me assustavam entre as pessoas ditas instruídas, a mesma ambição, a mesma vaidade, a mesma inveja, a mesma cobiça, a mesma maldade, a mesma adulação, a mesma baixeza, apenas com a diferença de que todas essas paixões aqui são mais

[3] Forma reduzida de Kátia, apelido de Ekaterina. (N. do T.)

[4] Gógol. (N. do A.) [Trata-se do conto "Ivan Fiódorovitch Chponka e sua titia", parte do ciclo ucraniano de Nikolai Gógol (1809-1852). (N. do T.)]

fortes, sinceras, vis; os assuntos são, no entanto, mais insignificantes. Digo mais: o homem instruído é distraído por sua própria instrução, e seu espírito pelo menos não está, a cada minuto de sua existência, em completa humilhação; a música, os quadros, os sonhos de grandeza — tudo isso priva-o de tempo para baixezas... Mas é terrível conhecer meus amigos mais de perto; o egoísmo permeia, por assim dizer, todo o seu ser; trapacear numa negociação, vencer um processo injusto, aceitar suborno — tudo isso se faz não às escondidas, mas franca e abertamente, considera-se a atitude de um homem inteligente; a bajulação à pessoa da qual se pode tirar algum proveito é o dever de um homem bem-educado; uma maldade longeva e o sentimento de vingança são coisas naturais; a bebedeira, o jogo de cartas, uma libertinagem que jamais entraria na cabeça de um homem instruído — são formas inocentes e permitidas de diversão. E no entanto são infelizes, queixam-se e amaldiçoam a vida que levam. E como poderia ser diferente! Toda essa imoralidade, todo esse completo esquecimento da dignidade humana passa de avô para pai, de pai para filho na forma de preceitos e exemplos paternos e contaminam gerações inteiras. Compreendi, ao observar de perto esses senhores, por que motivo a imoralidade está ligada tão intimamente à ignorância, e a ignorância à infelicidade: não é à toa que o cristianismo conclama o homem ao abandono da vida mundana; quanto mais o homem dá atenção a suas necessidades materiais, quanto mais valor ele dá a todos esses assuntos domésticos, aos pequenos desgostos domésticos, ao que dizem as pessoas, à maneira pela qual elas o tratam, aos prazeres mesquinhos, resumindo, a todas essas ninharias da vida, mais infeliz ele será; essas ninharias tornam-se para ele toda a sua existência; preocupa-se com elas, por conta delas se irrita, usa todos os minutos de seu dia e sacrifica-se de corpo e alma; e sendo essas ninharias infindáveis, sua alma sujeita-se a infindáveis inquietações; deteriora-se o caráter; todos os conceitos elevados, abstratos e tranquilizadores são esquecidos; a tolerância, essa que é a mais elevada de todas as virtudes, desaparece, e o homem involuntariamente torna-se mau, irascível, rancoroso, intolerante; o interior de sua alma torna-se um inferno. Vemos exemplos disso diariamente: o homem que se preocupa apenas com a possibilidade de terem lhe faltado com o respeito ou com a decência; a dona de casa, sempre imersa no cuidado da casa; o agiota, ininterruptamente ocupado com o cálculo dos juros; o funcionário que, do alto de seu pedantismo de escritório, esquece o verdadeiro objetivo de seu cargo; o homem que perde sua dignidade em meio às contas mais mesquinhas — olhe para essas pessoas no ambiente de seus lares, nas relações com seus subordinados — elas são horríveis: a vida delas é uma constante preocupação, nunca alcançam seus objetivos, pois se importam tanto com seus meios de vida que se esquecem de viver! — Como consequência dessas minhas tristes observações acerca de meus amigos do campo, tranquei-me em casa e dei ordens de não receber ninguém. Permanecendo sozinho, pus-me a vagar pela casa, olhei algumas vezes para o lago retangular, tentei desenhá-lo; mas você sabe que nunca levei jeito com o lápis: trabalhei, trabalhei, mas saiu uma porcaria; tentei compor versos — saiu, como sempre, uma briga monótona entre ideias, pés e rimas; tentei até cantar, embora nunca tenha conseguido acertar o tom nem do "*Di tanti palpiti*"; finalmente — e por azar! — chamei o velho administrador de meu velho titio e meio que sem querer perguntei a ele: "será que o titio não tinha aqui uma biblioteca?". O velhinho grisalho fez uma profunda mesura e respondeu: — "Não, meu senhor; nunca tivemos uma dessas." — "Mas então — perguntei eu — o que é que há nesses armários lacrados que vi no mezanino?" — "Lá, meu senhor, há alguns livros; quando morreu o senhor seu titio, a sua tia desejou lacrar esses armários e ordenou que ninguém tocasse neles de maneira alguma." — "Abra-os."

Subimos ao mezanino; o administrador retirou os lacres de cera que mal se mantinham em seus lugares, o armário se abriu, e o que vi? O titio — o que eu até agora sequer suspeitara — era um grande místico. Os armários estavam repletos de obras de Paracelso; havia *O conde de Gabalis*, Arnaldo de Vilanova, Raimundo Lúlio e outros alquimistas e cabalistas. Até reparei, dentro do armário, que havia restos de algum aparelho de química. O falecido decerto procurava a pedra filosofal... Que diabrete! E como conseguira manter aquilo em segredo!

Não havia o que fazer; aferrei-me nos livros que encontrara, e agora tente me imaginar, um homem do século XIX, sentado diante de imensos in-fólios, lendo-os com todo o afinco: sobre a matéria primordial, a eletricidade elementar, a alma solar, a umidade do norte, os espíritos das estrelas e outras coisas do gênero. Era ao mesmo tempo engraçado, enfadonho e curioso. Com esses afazeres, quase me esqueci de minha vizinha, ainda que seu pai (um homem dos mais dignos do distrito, embora enfadonho) me visitasse com frequência e fosse muito cuidadoso comigo; tudo o que ouço a respeito dela parece indicar que ela, como diziam nos velhos tempos, é uma digníssima donzela, ou seja, possui um grande dote; além disso, soube por outras vias que ela faz o bem a muita gente. Por exemplo, arranja casamento para moças pobres, dá a elas dinheiro para as bodas e sempre tenta apaziguar a fúria de seu pai, um homem muito irascível; todos os moradores da região chamam-na de anjo — o que não é muito próprio daqui. Essas moças, aliás, têm uma grande propensão a arranjar casamento: quando não é para si próprias, para outras. Qual seria o motivo disso...?

CARTA III
(dois meses depois)

Você, imagino, deve estar pensando que eu não apenas me apaixonei, como até mesmo me casei; mas está enganado. Estou ocupado com algo completamente diferente: tenho bebido — e sabe o quê? O que o ócio não nos faz inventar! Tenho bebido... água. Revirando a biblioteca do meu tio, encontrei um livro manuscrito que continha diversas receitas para a invocação de espíritos elementais. Muitas delas eram extremamente engraçadas; uma exigia o fígado de uma gralha branca, outra sal vítreo, outra madeira de diamante; em sua maioria, as substâncias eram tais que não se encontrariam em farmácia alguma. Em meio a outras receitas, encontrei a seguinte: "os espíritos elementais — diz o autor — gostam muito das pessoas, e um mínimo de esforço, por parte de uma pessoa, para entrar em contato com eles é suficiente; assim, para ver, por exemplo, os espíritos que vagam no ar, basta juntar alguns raios de sol num vaso de vidro com água e bebê-la todos os dias. Dessa misteriosa maneira, o espírito do sol deverá, pouco a pouco, entrar na pessoa, e seus olhos se abrirão para um novo mundo. Aquele que se decidir a unir-se a eles por meio de um dos metais preciosos compreenderá a própria língua dos espíritos elementais, seu modo de vida, e sua existência unir-se-á à existência do espírito escolhido, o que lhe dará o conhecimento de muitos mistérios da natureza... Mas não ousaremos dizer mais... *Sapienti sat...*[5] Pois aqui, mesmo sem ir além, muito, muito já foi dito para o esclarecimento de sua razão, caro leitor". E assim por diante. Esse processo me pareceu tão simples que me decidi a tentá-lo, nem que fosse apenas para ter o

[5] Em latim, no original: "para bom entendedor, meia palavra basta". (N. do T.)

direito de me gabar por ter experimentado um mistério cabalístico. Cheguei a pensar na ondina, que tanto me confortava na infância; mas por não desejar ter nada a tratar com o tio dela, desejei ver a sílfide; com este pensamento — o que não faz o ócio —, joguei um anel de turquesa num vaso de cristal com água e coloquei ao sol essa água, que venho bebendo à noite, antes de dormir; por enquanto, creio que é pelo menos bastante saudável; ainda não estou vendo nenhuma força elemental, mas meu sono está mais tranquilo.

Saiba que não pararei de ler os tais cabalistas e alquimistas; e digo mais: saiba que esses livros para mim são muito interessantes. Quão amáveis, quão francos são seus autores: "Nosso negócio — dizem eles — é muito simples: uma mulher poderia fazê-lo, sem sair de seus eixos; basta conseguir compreender-nos." — "Vi — diz um deles —, bem diante de mim, Paracelso transformar onze libras de chumbo em ouro." — "Eu mesmo — diz outro —, sei extrair da natureza a matéria primordial, e por meio dela posso facilmente transformar todos os metais um no outro ao meu bel-prazer." — "No ano passado — diz um terceiro —, fiz, a partir de argila, um belíssimo rubi"; e assim por diante. Cada uma dessas sinceras confissões é seguida por uma oração curta, mas cheia de vida. Esse espetáculo é extraordinariamente tocante para mim: uma pessoa que fala com desprezo daquilo que ela chama de conhecimentos profanos, ou seja, de nós; que, do alto de sua soberba e autoconfiança, alcança — ou pensa alcançar — as mais extremas fronteiras da força humana; e que, ao atingir o auge, resigna-se e pronuncia uma nobre e cândida oração ao Todo-Poderoso. Acabamos acreditando involuntariamente no conhecimento de tal pessoa; um ignorante pode ser ateu, assim como um ateu pode ser um ignorante. Nós, orgulhosos industriais do século XIX, agimos mal ao desprezar esses livros, ao sequer querer saber de sua existência. Em meio a muitas bobagens, próprias da infância da física, encontrei muitas ideias profundas; muitas dessas ideias poderiam parecer errôneas no século XVIII, mas hoje grande parte delas obteve sua comprovação em novas descobertas: aconteceu com elas o mesmo que se passou com o dragão, que há trinta anos era considerado uma criatura lendária, mas cuja existência, entre os animais antediluvianos, é agora mais que evidente. Diga-me, devemos duvidar da possibilidade de transformar chumbo em ouro a partir do momento em que encontramos uma maneira de criar água, que por tanto tempo se considerou o elemento primordial? Que químico recusaria a experiência de decompor um diamante e novamente restaurá-lo à sua forma primitiva? E em que a ideia de criar ouro é mais risível que a ideia de criar diamantes? Em suma, ria de mim o quanto quiser, mas eu repito que essas pessoas esquecidas são dignas de nossa atenção; se é impossível crer de todo nelas, por outro lado é impossível duvidar de que suas obras referem-se a conhecimentos que hoje se perderam, mas que não seria de todo mau reencontrar; você se convencerá disso quando eu lhe enviar uma das cópias da biblioteca de meu tio.

CARTA IV

Em minha última carta, me esqueci de lhe contar exatamente aquilo pelo qual eu a começara. Ocorre que me encontro, meu amigo, numa posição singular, e gostaria de pedir seus conselhos: já escrevi a você algumas vezes sobre Kátienka, a filha de meu vizinho; finalmente consegui fazê-la falar, e descobri que ela possui não apenas uma inteligência inata e um coração puro, como também uma qualidade inesperada: justamente a de estar perdidamente apaixonada por mim. Ontem o pai dela veio me visitar, e contou-me a respeito de algo que eu só ouvira por alto, quando passava todos os meus negócios ao encargo do administrador da propriedade; encontram-se em litígio algumas *dessiatinas*[6] de floresta, área essa que compreende a principal receita de meus camponeses; essa querela se arrasta há mais de trinta anos, e se não for resolvida a meu favor, meus camponeses ficarão completamente arruinados. Você pode perceber que é um assunto muito importante. Meu vizinho me contou tudo nos mínimos detalhes, e concluiu com uma proposta de reconciliação; e para que a paz seja duradoura, ele me deu a entender, de maneira bastante sutil, que gostaria muito de me ter como genro. Foi uma cena completamente burlesca, mas que me fez pensar. De fato, por que não? Minha juventude já passou, não serei uma pessoa grandiosa, estou farto de tudo; Kátia é uma moça das mais adoráveis, longânime e introvertida; se eu me casar com ela, acabarei com essa estúpida querela e farei pelo menos uma coisa boa em minha vida: garantirei o bem-estar de meus dependentes; resumindo, quero muito me casar com Kátia, passar a viver como um respeitável dono de terras, confiar à minha mulher a adminis-

---

[6] Antiga medida russa equivalente a 1,09 ha. (N. do T.)

tração de todos os negócios, e ficar dias inteiros no meu canto, em silêncio, fumando meu cachimbo. Parece o paraíso, não é mesmo...? Todo esse introito é para lhe dizer que decidi me casar, mas ainda não disse nada ao pai de Kátia, e não direi nada enquanto não receber uma resposta sua à seguinte questão: você acha que eu sirvo para ser um homem casado? Será que me salvará da bile negra uma esposa que, não se esqueça, tem como costume passar dias inteiros sem dizer uma única palavra e que, por conseguinte, de maneira alguma poderia me enfadar? Resumindo, devo esperar que ainda surja em mim algo novo, inesperado, original, ou simplesmente, como se diz, já completei minha carreira, e só me resta cuidar para que eu produza a maior quantidade possível de espermacete? Espero ansiosamente sua resposta.

CARTA V

Agradeço-lhe, meu amigo, por sua firmeza, por seus conselhos e sua bênção; mal recebi sua carta, já voava em direção à casa do pai da minha Kátia, onde fiz uma proposta formal. Se você visse como Kátia ficou contente, enrubescida; ela até me disse a seguinte frase, na qual transbordavam toda a pureza e inocência de seu coração: "Não sei — disse-me ela — se conseguirei, mas tentarei fazê-lo tão feliz quanto eu mesma serei". São palavras muito simples, mas se você as tivesse ouvido e visto com que expressão elas foram ditas; você sabe que muito comumente numa palavra pode haver mais sentimento que num longo discurso; nas palavras de Kátia, vi um mundo inteiro de ideias e pensamentos, que a ela deviam custar muito caro; pude então ter dimensão da força que o amor lhe dava, a ponto de superar toda a sua timidez de donzela. As ações de uma pessoa são importantes em comparação a suas forças, e até então eu acreditava que superar a timidez estava acima das forças de Kátia... Depois disso, você pode imaginar, nós nos abraçamos, nos beijamos, o velhinho começou a chorar; depois da quaresma faremos uma bela festa e uma pequena cerimônia de casamento. Venha sem falta me visitar, largue todos os seus negócios; quero que você seja, como dizem, testemunha de minha felicidade; venha nem que seja apenas pela curiosidade, para ver um tipo de casal de noivos que você decerto jamais viu: ficam um diante do outro, apenas olhando nos olhos um do outro, ambos em silêncio, mas sentindo-se muito satisfeitos.

CARTA VI
(algumas semanas depois)

Não sei como começar minha carta; você vai me considerar um louco; vai rir de mim, vai ralhar comigo... Permito tudo isso; permito até que não acredite em mim; mas não posso duvidar do que vi e tenho visto todos os dias com meus próprios olhos. Não! Nem tudo é asneira nas receitas de meu tio. São de fato vestígios de antigos mistérios que até os dias de hoje existem na natureza; há muitas coisas que não sabemos, muito que esquecemos, e muitas verdades que consideramos loucuras. Veja o que aconteceu comigo: leia e surpreenda-se! Minhas conversas com Kátia, como você poderá facilmente imaginar, não me fizeram esquecer o meu vaso com a água solar; você sabe bem que o desejo de saber — ou numa palavra mais simples, a curiosidade — é meu elemento fundamental, que se intromete em todos os meus negócios, que os torna confusos e que atrapalha minha vida; dele jamais me livrarei; sempre há algo me seduzindo, algo me esperando ao longe, minha alma parece prestes a explodir em sofrimento, e para quê...? Mas voltemos ao assunto. Ontem à noite, ao me aproximar do vaso, percebi um movimento próximo a meu anel. No início, pensei que fosse uma ilusão de ótica e, para me certificar, tomei o vaso nas mãos; mas ao fazer o menor movimento, meu anel pareceu desfazer-se em pequenas faíscas azuladas e douradas, que flutuavam na água como delicados fios e que imediatamente desapareciam, deixando apenas a água inteiramente dourada, com tons azulados. Coloquei o vaso no local anterior, e em seu fundo novamente meu anel pareceu refazer-se. Reconheço que um tremor involuntário percorreu meu corpo; chamei uma pessoa e perguntei se ela não percebia nada em meu vaso; respondeu que não. Compreendi, então, que aquele estranho fenômeno era visível apenas para mim. Para não dar o pretexto de que rissem de mim, deixei a pessoa ir, afirmando que a água me parecera suja. Estando sozinho, repeti por um longo tempo minha experiência, refletindo sobre aquele estranho fenômeno. Por diversas vezes passei a água de um vaso para outro: em todas as vezes o mesmo fenômeno se repetiu com incrível precisão, fenômeno, aliás, que nenhuma lei da física poderia explicar. Será que então é tudo verdade? Estarei fadado a ser testemunha de tão estranho mistério? Parece-me algo tão importante que estou disposto a investigá-lo até o fim. Mais do que nunca aferrei-me aos meus livros, e agora que o próprio experimento se deu diante de meus olhos, torna-se mais e mais compreensível a relação do homem com um outro mundo, um mundo inacessível. O que virá a seguir...?

CARTA VII

Não, meu amigo, você estava equivocado e eu também. Eu estava predestinado a ser testemunha de um grande mistério da natureza e anunciá-lo às pessoas, lembrá-las dessa força miraculosa que se encontra sob seu poder mas da qual elas se esqueceram; lembrá-las de que estamos rodeados por outros mundos ainda delas desconhecidos. E quão simples são todas as ações da natureza! Que meios simples ela utiliza para produzir coisas que maravilham e horrorizam o homem! Ouça e surpreenda-se.

Ontem, absorto na observação de meu anel miraculoso, percebi novamente nele um movimento: olhei e vi que sobre a água formavam-se ondas azuladas, e nelas refletiam-se raios de uma luz furta-cor, opalina; a turquesa se transformara em opala, e dela erguia-se pela água um brilho semelhante ao do sol; a água agitava-se toda; respingos dourados jorravam para cima e se dissipavam em faíscas azuladas. Via-se a junção de todas as cores possíveis, que ora confluíam em inumeráveis matizes, ora se separavam vivamente. Finalmente, o brilho furta-cor desapareceu, e uma luz pálida e esverdeada tomou seu lugar; pelas ondas esverdeadas, estendiam-se fios róseos, que se entrelaçavam demoradamente uns aos outros e confluíam no fundo do vaso, formando uma bela e exuberante rosa; tudo então se aquietou: a água tornou-se límpida, apenas as pétalas da luxuriante flor balançavam levemente. Alguns dias já se passaram; desde então, todo dia eu me levanto bem cedo de manhã, vou até minha rosa misteriosa e aguardo um novo prodígio; mas em vão: a rosa floresce tranquilamente e apenas preenche meu quarto inteiro com uma fragrância indescritível. Lembrei-me casualmente do que li em um livro cabalístico a respeito dos espíritos elementais: eles passam por todos os reinos da natureza antes de atingirem sua forma verdadeira. É maravilhoso! Maravilhoso!

(Alguns dias depois)

Hoje, aproximei-me de minha rosa e no meio dela percebi algo novo... Para observá-la melhor, ergui o vaso e decidi novamente transportá-la para um outro; mas mal começara a movê-lo quando novamente da rosa desprenderam-se fios verdes e róseos, que vertiam numa corrente listrada, juntamente com a água, e novamente no fundo do vaso apareceu minha bela flor; tudo se acalmou, mas no meio dela algo cintilou: as folhas abriram-se pouco a pouco, e — não pude crer em meus olhos! —, em meio aos estames alaranjados — acreditará você em mim? —, jazia uma criatura admirável, indescritível, extraordinária; em suma, uma mulher, que com dificuldade se divisava! Como descrever a você o êxtase, misturado ao terror, que senti naquele momento! Essa mulher não era uma criança; imagine um retrato em miniatura de uma bela mulher na flor da idade e você terá uma vaga ideia do prodígio que estava diante de meus olhos; ela jazia despreocupada em seu suave leito, e suas madeixas castanhas, balançando com a agitação da água, ora revelavam, ora escondiam de meus olhos seus encantos femininos. Ela aparentava estar mergulhada num sono profundo, e eu, com meus ávidos olhos fixos nela, prendia a respiração para não interromper seu doce descanso.

Oh, creio agora nos cabalistas; fico até surpreso com o fato de que antes eu os via com uma desconfiança zombeteira. Não, se existe uma verdade neste mundo, ela existe apenas em suas obras! Apenas agora percebi que eles não são como nossos pensadores comuns: eles não brigam entre si, não contradizem uns aos outros; todos falam do mesmo mistério; diferem apenas suas expressões, mas estas são compreensíveis àqueles que se aprofundaram em seu sentido secreto... Adeus. Tendo me decidido a investigar até o fim todos os mistérios da natureza, corto agora relações com as pessoas; um outro mundo, novo e misterioso, abre-se para mim; preservarei a história de minhas descobertas para a posteridade. De fato, meu amigo, estou predestinado a grandes coisas ainda nesta vida...!

CARTA DE GAVRILO SOFRÓNOVITCH REJÉNSKI AO EDITOR

Respeitável senhor! Queira me perdoar por decidir perturbá-lo com minha carta, a despeito de não ter a honra de conhecê-lo pessoalmente, mas somente pela íntima amizade que o une a Mikhail Platónovitch. É de seu conhecimento, evidentemente, que entre mim e o falecido tio, de quem agora Mikhail Platónovitch tornou-se legal herdeiro, havia uma querela acerca de uma área considerável de floresta, fonte de madeira para construção e para lenha. Tendo manifestado afeição por minha filha mais velha, Katerina Gavrílovna, seu amigo fez a proposta de tornar-se meu genro, a que eu, como lhe é sabido, manifestei minha concordância; em consequência disso, com a esperança de um acordo benéfico a ambas as partes, retirei o processo; mas eis que agora estou tomado de perplexidade. Logo após o noivado, quando os convites já haviam sido enviados a todos os conhecidos, o dote de minha filha estava devidamente preparado e todos os papéis necessários tinham sido providenciados, Mikhail Platónovitch subitamente deixou de fazer visitas à minha casa. Imaginando que o motivo pudesse ter sido uma súbita indisposição, mandei alguém vê-lo; finalmente, eu mesmo, embora debilitado pela idade avançada, fui visitá-lo. Considerei indecente e ultrajante ter que lembrá-lo do fato de que ele se esquecera de sua noiva; ele porém sequer se desculpou! Disse-me apenas que estava tratando de um assunto muito importante que haveria de concluir antes do casamento e que durante algum tempo exigiria sua atenção e vigilância constantes. Imaginei que ele fosse montar a fábrica de potassa que anteriormente mencionara; pensei que quisesse me impressionar, reservar para mim um presente de casamento, mostrando na prática que era capaz de se ocupar de questões de negócio, posto que eu sempre o repreendera por sua indiligência; porém, não percebi preparativo algum para a montagem de tal fábrica e sigo sem vê-los. Decidi esperar para ver o que aconteceria a seguir; ontem, então, para minha grande surpresa, fiquei sabendo que ele se trancou em seus aposentos e que não permitia que ninguém entrasse; até a comida entregam-lhe por uma janelinha. Então, respeitável senhor, veio-me à mente um pensamento dos mais estranhos. O falecido tio morou nessa mesma casa, e tinha em nosso distrito a reputação de feiticeiro; eu, meu senhor, jamais estudei numa universidade, e embora um pouco obsoleto, não acredito em feitiçaria; porém, o que ela não pode causar a um homem, especialmente a um filósofo como seu amigo! O que me deixa ainda mais convencido de que algo de mau acometeu Mikhail Platónovitch — o boato que indiretamente chegou até mim reza que ele passa dias inteiros olhando para uma garrafa com água. Dadas as circunstâncias, respeitável senhor, endereço-lhe a presente para pedir, encarecidamente, que apresse sua vinda para cá, de maneira a devolvermos, com sua participação, o juízo a Mikhail Platónovitch; assim eu saberia como proceder: reabrir o processo ou dar o assunto por encerrado; pois eu, após a ofensa cometida contra mim por seu amigo, não voltarei a visitá-lo, embora Kátia me peça com lágrimas nos olhos que eu o faça.

Na esperança de vê-lo em breve, com meus profundos respeitos etc.

O RELATO

Ao receber essa carta, considerei meu dever procurar, antes de qualquer coisa, um conhecido meu, médico de muita experiência e conhecimento. Mostrei-lhe as cartas de meu amigo, expliquei a ele a situação e perguntei-lhe se podia ver algum sentido em tudo aquilo... — "É tudo muito claro — disse-me o médico —, e nada novo para a medicina... Seu amigo simplesmente enlouqueceu..." — "Mas releia as cartas — objetei eu. — Há nelas o menor indício de loucura? Ponha de lado o estranho assunto de que tratam e elas se parecerão com uma fria descrição de um fenômeno físico..." — "É tudo muito claro... — repetiu o médico. — Você sabe que nós distinguimos diversos tipos de loucura — *vesaniae*. Ao primeiro tipo pertencem todas as variantes da ira — não é o caso de seu amigo; o segundo tipo contém: primeiramente, a propensão a visões — *hallucinationes*; em segundo lugar, a crença na comunicação com espíritos — *demonomania*. Está muito claro que seu amigo tende naturalmente à hipocondria — sozinho no campo, sem qualquer distração, afundou-se na leitura de todo tipo de absurdo; essa leitura afetou seus nervos; os nervos..."

E o médico continuou, por muito tempo, a me explicar de que maneiras uma pessoa podia estar completamente sã e louca ao mesmo tempo; como podia ver aquilo que não vê, ouvir aquilo que não ouve. E é com extremo pesar que digo que não poderei transmitir ao leitor essas explicações, já que delas não entendi nada; mas, convencido pelos argumentos do médico, decidi convidá-lo a acompanhar-me até a propriedade de meu amigo.

Mikhail Platónovitch estava deitado em sua cama, magro, pálido; já havia alguns dias que não aceitava comida alguma. Quando nos aproximamos, ele não nos reconheceu, embora seus olhos estivessem abertos; neles, reluzia um brilho selvagem; não disse uma palavra sequer ao que lhe dizíamos... Sobre a mesa, havia folhas de papel cobertas de coisas escritas — pude compreender delas apenas algumas linhas; ei-las:

FRAGMENTOS
(do diário de Mikhail Platónovitch)

— Quem és tu?

— Não tenho nome — não preciso de um...

— De onde vens?

— Sou tua — é tudo que sei; pertenço a ti e a mais ninguém... mas por que estás aqui? Como aqui é abafado e frio! Em nossa terra o sol sopra, as flores ressoam, os sons cheiram bem... Vem comigo... Vem comigo...! Como tua roupa é pesada — tira, tira... Nosso mundo ainda está longe, muito longe... Mas eu não te abandonarei! Como tudo parece morto em tua morada... Tudo o que é vivo parece coberto por uma fria capa: rasga, rasga!

... Então esse é o vosso conhecimento...? Essa é a vossa arte...? Separais o tempo do tempo e o espaço do espaço, o desejo da esperança, uma ideia de sua realização; e não morreis de tédio? Vem comigo, vem comigo! Depressa, depressa...

... És tu, orgulhosa Roma, capital dos séculos e dos povos? Tuas ruínas estão cobertas de trepadeiras... Mas as ruínas tremulam, do relvado verdejante erguem-se pilares desnudos, enfileirados numa harmoniosa ordem; além deles, uma abóbada pende intrepidamente, sacudindo suas cinzas eternas, um tablado estende-se como um mosaico jocoso; no tablado, pessoas vivas estão amontoadas, os poderosos sons de uma língua antiga confluem com o rumor das ondas; um orador, usando uma roupa branca e uma coroa na cabeça, ergue os braços... E tudo desaparece: os suntuosos edifícios inclinam-se até o chão; os pilares curvam-se, as abóbadas são recobertas pela terra, as trepadeiras novamente enroscam-se nas ruínas, tudo se cala; um sino conclama à oração, a catedral está aberta, ouvem-se os sons de um instrumento musical, milhares de vozes em harmonia parecem ondular entre meus dedos, pensamentos precipitam-se um atrás do outro, voam um após o outro como sonhos... Se ainda pudesse agarrá-los, contê-los. E o dócil instrumento novamente ecoa, como um inefável eco, todos os movimentos momentâneos e irrecuperáveis do espírito... A catedral está vazia, o brilho da lua recai sobre incontáveis estátuas; elas descem de seus lugares, passam por mim, cheias de vida; sua fala é antiga e nova, seu sorriso é imponente e seu olhar é significativo; mas novamente elas se apoiam em seus pedestais, e novamente o brilho da lua recai sobre as estátuas... Já está tarde... Um refúgio alegre e tranquilo nos aguarda; através das janelas faísca o Tibre; além dele, o Capitólio da cidade eterna... Um quadro encantador! Ele fundiu-se aos acanhados moldes do nosso lar. Sim! Lá existe outra Roma, outro Tibre, outro Capitólio. Com que alegria arde o fogo... Abraça-me, fascinante donzela... Numa taça de pérolas, arde um líquido espumante... Bebe... Bebe... Lá, flocos de neve caem, encobrindo o caminho; aqui, teus abraços me aquecem...

Voai, voai, velozes cavalos, pela frágil neve, levantando colunas de gelo: em cada grão de pó brilha o sol — rosas desabrocham em seu lindo rosto — ela toca em mim seus lábios perfumados... Onde aprendeste essa maravilha de beijo? Tudo em ti arde, e um líquido efervescente recobre cada nervo de meu corpo... Voai, voai, velozes cavalos, pela frágil neve... O quê? Será um grito de batalha? Será uma nova conflagração entre o céu e a terra...? Não, ou irmão trai irmão, ou uma inocente donzela é dominada pelo delito... E o sol brilha e o ar está fresco? Não! A terra é abalada, o sol perde seu brilho, a tempestade desce dos céus, salvando e levando consigo o delituoso — e o sol brilha novamente, e o ar está calmo e fresco, irmão oscula irmão e a força reverencia a inocência... Vem comigo, vem comigo... Há um outro mundo, um novo mundo... Vê: um cristal abriu-se — dentro dele há um novo sol... Lá, realiza-se o grande mistério dos cristais; ergamos a cortina... Multidões de habitantes do mundo invisível celebram a vida com flores de todos os matizes; aqui o ar, o sol, a vida são luz eterna; eles extraem, no mundo das plantas, resinas perfumadas, transformam-nas em reluzentes arco-íris e os consolidam com o elemento do fogo... Vem comigo, vem comigo! Ainda estamos no primeiro estágio... De incontáveis abóbadas jorram regatos, que fluem velozes, descendo em direção à terra; sobre eles um prisma vívido reflete os raios do sol; os raios do sol enroscam-se nas veias, e uma fonte lança ao ar suas faíscas coloridas; elas ora recaem pelas pétalas das flores, ora enroscam-se, numa longa faixa, como uma rede de bordados; os espíritos vitais, presos a caldeiras eternamente em ebulição, transformam o líquido vivo num vapor aromático, que em nuvens espalha-se pelas abóbadas e cai numa grossa chuva no misterioso vaso da vida vegetal... Aqui, em pleno santuário, o embrião da vida luta com o embrião da morte, os fluidos vitais petrificam-se, solidificam-se em veias metálicas, e os elementos mortos transformam-se na origem do espírito... Vem comigo! Vem comigo...! No elevado trono, está assentado o pensamento do homem, do mundo todo estendem-se até ele correntes douradas; os espíritos da natureza prostram-se até o chão diante dele; no leste, ergue-se a luz da vida; no oeste, nos raios do crepúsculo, acumulam-se sonhos e, pelo arbítrio do pensamento, ora confluem em uma só forma harmoniosa, ora se dispersam em nuvens flutuantes... Na base do trono, ela me envolveu em seus abraços... Transpusemos a terra!

Olha — lá, num infindável turbilhão, gira o vosso grão de poeira: lá estão as maldições do homem, lá está o pranto da mãe, lá está o murmúrio da miséria da vida, lá está a zombaria dos maus, lá está o sofrimento do poeta — aqui tudo conflui numa harmonia adocicada, aqui o vosso grão de poeira não é um mundo sofredor, mas um instrumento bem afinado, cujos sons harmoniosos flutuam placidamente por ondas etéreas.

Despede-te do poético mundo terreno! Até vós tendes poesia na terra! A coroa esfarrapada de sua beatitude! Pobres pessoas! Pessoas estranhas! Em vosso fétido turbilhão, crestes que até o sofrimento é felicidade! Dais ao sofrimento uma nuança poética! Vós vos orgulhais de vosso sofrimento; quereis que os habitantes do outro mundo invejem vossas vidas! Em nosso mundo não há sofrimento: é a sina apenas de um mundo imperfeito — a criação de um ser imperfeito! O homem pode escolher curvar-se perante ele; pode escolher largá-lo, qual roupa putrefata sobre os ombros do viajante que avista sua pátria.

Pensas acaso que eu não te conhecia? Desde a mais tenra infância eu te acompanhei, no sopro do vento, nos raios do sol primaveril, nas gotas do fragrante orvalho, nos etéreos devaneios do poeta! Quando no homem renascer o orgulho de sua força, quando o duro desprezo cair de seus olhos nas figuras barrentas do mundo terrestre, quando sua alma, sacudindo as cinzas dos tormentos da morte, pisoteando zombeteiramente a natureza que diante dele estremecerá; nós, então, voaremos sobre vós, esperaremos o momento de arrancar-vos dos pesados grilhões da matéria; então sereis dignos de contemplar nossa face...! Vê se há sofrimento em meu beijo: nele não há tempo — estende-se até a eternidade; e cada instante para nós é um novo deleite...! Oh, não me traias! Não traias a ti mesmo! Cuidado com as tentações de tua natureza grosseira e desprezível!

Olha — lá ao longe, em vossa terra, um poeta reverencia um monte de pedras cobertas de um inerte organismo de força vegetal. "A natureza! — exclama ele em êxtase. — A grandiosa natureza, o que há de mais elevado que ela neste mundo? O que é o pensamento humano diante dela?" Mas a natureza, cega e sem vida, ri dele, e no instante de pleno júbilo do pensamento humano provoca uma avalanche de gelo e destrói tanto o homem quanto o pensamento do homem! Apenas no espírito do espírito os cumes são altos! Apenas no espírito do espírito os abismos são profundos! Em suas profundezas, a natureza morta não se aventura; nas suas profundezas está o mundo do homem, independente e vigoroso; olha, aqui a vida do poeta é sagrada! Aqui, a poesia é a verdade! Aqui se pronuncia tudo o que não foi dito pelo poeta; aqui todos os sofrimentos terrenos transformam-se numa sequência interminável de prazeres...

Oh, ama-me! Jamais definharei: serei sempre jovem, meu peito virginal baterá em teu peito! O prazer eterno será para ti novo e pleno, e em meus abraços o desejo impossível será eternamente possível!

Essa criança é nosso filho! Ele não espera os cuidados do pai; não desperta falsas dúvidas; realizou de antemão tuas esperanças; é jovem e viril; ele sorri e não chora — para ele, não há possibilidade de sofrimento, se tu não lembrares a ele de seu áspero e miserável fado... Não, tu não haverás de matar-nos com um único desejo!

Mas vamos adiante, adiante — há ainda um outro mundo, mais elevado. Lá, o próprio pensamento confunde-se com o desejo. Vem comigo, vem comigo...!

Depois disso, era quase impossível entender alguma coisa; havia apenas palavras variadas e desconexas: "amor... planta... eletricidade... homem... espírito...". Finalmente, os últimos trechos foram escritos em letras estranhas e por mim desconhecidas, interrompendo-se a cada página...

Escondendo todas aquelas loucuras num lugar qualquer, pusemos mãos à obra e começamos dando um banho de infusão em nosso sonhador: o doente estremeceu de corpo inteiro. "Bom sinal!" — exclamou o médico. Nos olhos do doente, notava-se um sentimento dos mais estranhos — algo como arrependimento, súplica, o tormento da separação; lágrimas rolavam profusamente de seus olhos... Chamei a atenção do médico para a expressão de seu rosto... O médico respondeu: *facies hippocratica*!

Uma hora depois, mais um banho de infusão e uma colher de xarope, que causou uma verdadeira batalha: o doente debateu-se, obstinado, mas finalmente engoliu. "Vencemos!" — gritou o médico.

O médico insistiu que era necessário tentar, com todas as forças, tirar o nosso doente de seu torpor e instigar seus sentidos. E foi o que fizemos: primeiro o banho, depois uma colher de xarope para abrir o apetite, depois uma colher de infusão, e graças a nossos cuidados o doente começou a recuperar-se a olhos vistos; o apetite finalmente voltou, e ele começou a comer sem a nossa intervenção...

Tentei não lembrar meu amigo de nada que ocorrera anteriormente, mas atrair sua atenção para coisas mais sérias e úteis, como a situação de sua propriedade, a vantagem de montar nela a fábrica de potassa e de abandonar o sistema de *obrok* para adotar a *bárschina*...[7] Mas meu amigo me ouvia como se sonhasse, não me contestava em nada, obedecia sem qualquer objeção, bebia e comia quando o serviam, mas parecia alheio a tudo.

Se os xaropes do médico não resolveram, muito ajudaram minhas conversas sobre nossa juventude pândega e, particularmente, algumas garrafas de um excelente Lafite que trouxera comigo. Tudo isso, somado a um maravilhoso bife ensanguentado, colocou rapidamente meu amigo de pé, de maneira que até ousei conduzir a conversa para o tema de sua noiva. Ele me ouvia com atenção e concordava com tudo que eu dizia; eu, homem cuidadoso que sou, não me demorei a aproveitar sua boa disposição, corri até o futuro sogro, arranjei tudo, resolvi a querela, escrevi o acordo, vesti meu excêntrico com sua velha farda e, desejando-lhe felicidades, retornei para casa, onde me aguardava um caso na Câmara Civil. Confesso que parti deveras satisfeito comigo mesmo e com meu sucesso. Em Moscou, todos os parentes, é claro, cobriram-me de carinho e gratidão.

Tendo resolvido meus negócios, após alguns meses, porém, julguei apropriado visitar os recém-casados, ainda mais pelo fato de não ter recebido notícia alguma dele.

Encontrei-o de manhã: estava sentado, de roupão, com um cachimbo nos lábios; a mulher servia-lhe chá; pela janela entrava a luz do sol, e via-se uma imensa e carregada pereira; pareceu feliz em me ver, mas estava sobremodo taciturno...

Aproveitei um momento em que a esposa saíra do quarto para dizer, meneando a cabeça:

— O que foi, meu amigo? Não está feliz?

---

[7] *Obrok* era o tributo pago pelos camponeses ao dono das terras. Já a *bárschina* consistia no pagamento da obrigação em trabalho. (N. do T.)

E vocês imaginam que ele começou a falar? Sim! Mas de que maneira confusa!

— Feliz! — repetiu ele com um estranho sorriso. — Você sabe o que quis dizer com essa palavra? Em seu íntimo, você congratulou a si mesmo e pensou: "Que homem sensato sou eu! Curei este louco, fiz com que ele se casasse, e agora, graças a mim, ele está feliz... feliz!". Vieram à sua mente todos os elogios de minhas titias e de meus titios, de todas essas pessoas ditas sensatas; e, do alto de seu amor-próprio, orgulhou-se, gabou-se... Não foi isso?

— Se fosse assim... — disse eu.

— Então fique satisfeito com todos esses elogios, com toda essa gratidão, mas não espere a minha. Sim! Kátia me ama, nossa propriedade vai bem, os rendimentos têm entrado regularmente — em suma, você me deu a felicidade, mas não a minha: errou o número. Vocês, senhores sensatos, são semelhantes ao marceneiro a quem ordenaram fazer uma caixa para conter caros instrumentos de física: ele tomou incorretamente as medidas, os instrumentos não cabiam nela; o que fazer? Mas a caixa estava pronta e bem envernizada. O artesão torneou os instrumentos; entortou aqui, endireitou acolá; eles couberam na caixa, assentaram-se perfeitamente, dava até gosto de olhar. Só havia uma coisa errada: os instrumentos estavam danificados. Senhores! Os instrumentos não são para a caixa; a caixa é para os instrumentos! Façam a caixa de acordo com os instrumentos, não os instrumentos de acordo com a caixa.

— E o que você quer dizer com isso?

— Você está muito contente, como você diz, por ter me curado, ou seja, por ter entorpecido os meus sentidos, por tê-los encoberto com uma espécie de capa impermeável, tornando-os inacessíveis a qualquer outro mundo além da sua caixa... Fabuloso! O instrumento assentou-se, mas está danificado; ele estava pronto para outra função... Agora quando sinto, em meio à vida cotidiana, que meu abdômen aumenta cada vez mais e que minha cabeça mergulha num sono brutal, é com desespero que me lembro daquele tempo em que, de acordo com sua opinião, eu estava dominado pela loucura, quando um ser encantador vinha voando até mim, de um mundo invisível, e me revelava mistérios que agora sequer consigo expressar, mas que me eram então compreensíveis... Onde nisso está a felicidade? Devolva-me!

— Você, meu amigo, é um poeta, nada além disso — disse eu irritado. — Escreva versos...

— Escreva versos! — objetou o doente. — Escreva versos! Esses seus versos também são uma caixa; vocês dividem a poesia em partes: aqui fica a prosa, aqui fica a poesia, aqui fica a música, aqui a pintura; qual devo escolher? Mas talvez eu tenha praticado uma arte que ainda não existe, que não é nem poesia, nem música, nem pintura; uma arte que eu deveria ter descoberto e que, talvez, sumirá por séculos e séculos: encontre-a! Talvez ela me console da perda de meu antigo mundo!

Ele inclinou a cabeça, seus olhos assumiram uma expressão estranha e ele disse para si mesmo: "Passou — não voltará — ela morreu — não suportou — tombe! Tombe!" — e outras coisas do gênero.

Essa porém foi sua última recaída. Posteriormente, como fiquei sabendo, meu amigo tornou-se um homem perfeitamente respeitável: passou a organizar caçadas, montou a fábrica de potassa, introduziu a agricultura rotativa, venceu com maestria alguns processos por terras (os campos são abertos); sua saúde está perfeita, tem as bochechas rosadas e uma belíssima pança. (NB: ele segue tomando os banhos de infusão; são-lhe de muita serventia.) Apenas uma coisa vai mal: dizem que ele tem bebido um pouco além da conta com seus vizinhos, às vezes mesmo sem eles; dizem também que ele não deixa passar nenhuma empregada — mas quem não tem pecados neste mundo? Pelo menos agora ele é um homem como qualquer outro.

Assim contou-me um conhecido meu, ao entregar-me as cartas de Platon Mikháilovitch; um homem muito sensato. Admito que não entendi nada dessa história: serão mais felizes os leitores?

(1837)

Tradução de Lucas Simone

Mikhail Liérmontov

Mikhail Iúrevitch Liérmontov (1814-1841) foi considerado o sucessor do poeta Aleksandr Púchkin, morto em 1837 em um duelo que muitos julgaram "arranjado" pelo tsarismo, e para quem compôs uma elegia indignada que o tornou famoso. Oficial e aristocrata, ele também morreu jovem, em um duelo igualmente duvidoso, no Cáucaso. Tanto em poesia, quanto em prosa — e este "Taman", um dos episódios de seu romance *O herói do nosso tempo*, reconhecido por Tchekhov como um modelo de conto, o prova — não apenas Liérmontov foi um mestre da língua, mas, contrariamente à corrente romântica de sua época (segundo o testemunho de Boris Eikhenbaum, autor de um longo e importante ensaio sobre ele), ironicamente antibyroniano, anti-hegeliano e antitsarista. Antes da publicação de *O herói do nosso tempo*, em 1840, "Taman" já havia saído no número 2 da revista *Notas da Pátria* do mesmo ano. (Nota de Aurora Fornoni Bernardini)

Taman

(Do diário de Petchórin)

INTRODUÇÃO

Não faz muito tempo fiquei sabendo que, após retornar da Pérsia, Petchórin havia morrido. Esta notícia não deixou de alegrar-me: dava-me o direito de publicar essas notas e ainda de aproveitar a ocasião para pôr minha assinatura numa obra que não me pertencia. Deus permita que os leitores não me castiguem por esse embuste inocente.

Devo, antes de mais nada, tentar explicar os motivos que me levaram a tornar públicos os segredos íntimos de um homem a quem nunca conheci. Se ao menos tivesse sido amigo dele, todos poderiam reconhecer a traiçoeira indiscrição de um verdadeiro amigo; mas, realmente, só o encontrei uma única vez em minha vida e ainda assim na estrada, logo não posso creditar à minha relação com ele aquele ódio inexplicável que, oculto sob a capa de uma amizade verdadeira, só espera a morte ou a desgraça do ente querido para fazer despencar sobre sua cabeça uma enxurrada de recriminações, de conselhos, de zombarias e de comiserações.

Ao ler, então, aquelas notas, convenci-me da sinceridade daquele que tão desapiedadamente expôs à luz suas próprias fraquezas, seus próprios vícios. A história da alma de uma pessoa, por mais mesquinha que seja, quase chega a ser mais curiosa e mais útil que a história de um povo inteiro, particularmente se ela for fruto da observação de uma mente amadurecida e se ela for escrita sem o intuito vaidoso de despertar simpatia ou admiração. Já as confissões de Rousseau têm o defeito de ele as ter lido para seus amigos.

Assim, o desejo de que viessem a ser de alguma utilidade levou-me a publicar esses trechos do diário que encontrei por mero acaso. Apesar de eu ter mudado todos os nomes próprios ali citados, os que se reconhecerem naqueles a quem o diário se refere, quem sabe encontrem justificativas para as culpas que até então foram atribuídas àquele indivíduo que já nada tem em comum com este mundo: quase sempre nós desculpamos o que conseguimos entender.

Mantive no texto apenas o que se referia à estada de Petchórin no Cáucaso; ainda tenho em mãos, contudo, um caderno volumoso em que ele narra sua vida inteira. Algum dia ele também poderá vir a ser objeto do juízo deste mundo; no momento, porém, abstenho-me de assumir esta responsabilidade por muitas e importantes razões.

Para algum leitor que porventura queira saber minha opinião a respeito do caráter de Petchórin, minha resposta é o título que dei ao livro. "Mas isso é uma ironia maldosa" — dirão. Não sei.

TAMAN

Taman[1] é a cidadezinha mais horrível de todas as que beiram as costas dos mares da Rússia. Quase morri de fome lá e ainda por cima escapei de ser afogado por alguém. Cheguei numa teleguinha[2] de posta certa noite, a altas horas. O cocheiro parou seus cavalos cansados junto ao portão da única casa de pedra, na entrada da cidade. O guarda, um cossaco do Mar Negro, ao ouvir o som do sino gritou com sua voz selvagem, cheia de sono: "Quem vem lá?" e apareceram um suboficial de cossacos e um capataz.[3] Expliquei-lhes que eu era um oficial e que me dirigia, a serviço, para minha unidade no *front*, sendo que, para tanto, exigia o alojamento que me era devido para a noite.

O capataz nos acompanhou pela cidade. Todas as isbás a que batemos estavam ocupadas. Fazia frio e eu estava há três dias sem dormir. Aborreci-me e comecei a perder as estribeiras. "Leva-me a qualquer lugar, ó paspalho — gritei — nem que seja pro inferno, conquanto eu possa dormir!" — "Falta ainda um lugar — respondeu o capataz, coçando a nuca — só que não vai agradar a Vossa Excelência, não é um lugar limpo." Sem entender o significado exato dessa última palavra dei ordem que me conduzisse até lá. Depois de uma longa travessia pelos becos su-

---

[1] Cidade do Cáucaso, às margens do estreito de Kertch. (N. da T.)

[2] Carroça rústica para transporte de carga. (N. da T.)

[3] *Dessiátnik*, no original: responsável por um grupo de trabalhadores. (N. da T.)

jos, ladeados por cercas decrépitas, apeamos diante de uma casinha, bem na orla do mar.

A lua cheia iluminava o telhado de junco e as paredes de minha nova morada; no quintal, cercado por um muro de pedras arredondadas, havia um outro casebre caindo aos pedaços, mais velho e menor que o primeiro. O barranco em que se encontrava descaía para o mar quase junto a suas paredes, e embaixo ouviam-se as ondas azul-escuras marulharem seu resmungo incessante.

A lua contemplava calmamente o elemento agitado, a ela submisso, que ela governava e eu pude divisar, à sua luz, longe da margem, duas embarcações cujo cordame negro se projetava imóvel, qual teia de aranha, sobre a pálida linha do horizonte. "Há navios no porto — pensei —, amanhã poderei ir a Guelendjik!" Meu ordenança era um cossaco de um dos regimentos de fronteira. Ordenei-lhe que baixasse a mala e liberasse o cocheiro. Comecei a chamar pelo dono da casa — nada. Bati à porta — nada. O que seria isso? Finalmente um rapazinho de uns catorze anos pulou do alpendre em minha direção.

"Onde está o patrão?" — "Não há." — "Como assim? Não há ninguém?" — "Ninguém." — "E a patroa?" — "Foi para a aldeia." — "Quem é, então, que vai me abrir a porta?" disse eu, chutando-a. A porta abriu-se por si só e sentiu-se uma baforada de mofo vinda de dentro. Acendi um fósforo e coloquei-o embaixo do nariz do moleque: o fósforo iluminou dois olhos brancos. O rapazinho era cego, completamente cego, de nascença. Permaneceu imóvel diante de mim e eu comecei a estudar-lhe os traços.

Confesso que pessoalmente tenho um preconceito arraigado contra todos os cegos, caolhos, surdos, mudos, pernetas, manetas, corcundas e assim por diante. Tenho reparado que existe sempre uma estranha ligação entre o exterior de uma pessoa e sua alma: como se, ao perder um órgão, ele perdesse também algum sentimento interior.

Assim comecei a estudar o rosto do cego; mas digam-me, o que se pode ler num rosto que não tem olhos? Observei-o longamente com certa pena involuntária quando, subitamente, a sombra de um sorriso serpenteou-lhe pelos lábios finos e, não sei por quê, me provocou uma sensação desagradável. Em minha cabeça nasceu a suspeita de que este ceguinho não era tão cego como parecia. Disse a mim mesmo que não é possível fingir uma catarata, e para que alguém faria isso? Mas, o que fazer? Eu costumo ser dado a preconceitos...

"És o filho dos patrões?" — perguntei-lhe, afinal. "Não." — "Então, quem és?" — "Um pobre órfão." — "E a patroa tem filhos?" — "Não. Tem uma filha, mas desapareceu do outro lado do mar, com um tártaro." — "Que tártaro?" — "Ninguém sabe! Um tártaro da Crimeia, um barqueiro de Kertch."

Entrei na casinha: dois bancos e uma mesa, mais uma enorme arca do lado da estufa eram todos os móveis que havia. Na parede — nenhum retrato. Mau sinal! Pelo vidro quebrado ia entrando a brisa do mar. Tirei de minha bagagem um coto de vela de cera e, depois de acendê-lo, comecei a ajuntar minhas coisas. Num canto, o sabre e o fuzil, as pistolas na mesa, estendi a capa no banco e o cossaco fez o mesmo com a sua, no outro. Dentro de dez minutos, ele já estava roncando, mas eu não conseguia pegar no sono. Na escuridão aparecia-me, o tempo todo, o rapazinho com os olhos brancos.

Com isso, passou-se perto de uma hora. O luar brilhava na janela e seu raio brincava no chão de terra da casinha. De repente, uma sombra cruzou a linha de luz que iluminava o chão. Ergui-me e olhei pela janela. Uma vez mais um vulto passou por ela correndo e desapareceu, Deus sabe aonde. Não podia imaginar que uma criatura corresse para a costa a pique em direção ao mar, mas não havia outro lugar para onde ir.

Levantei-me de vez, joguei meu *bechmet*[4] no ombro, prendi a espada no cinto e saí da casinha sem fazer ruído. O menino cego vinha em minha direção. Escondi-me atrás da cerca e ele passou por mim cautelosamente, mas sem vacilar. Carregava uma espécie de embrulho embaixo do braço e, dirigindo-se para o cais, começou a descer pela encosta escarpada. *Então os mudos cantarão e os cegos enxergarão*,[5] pensei, enquanto ia atrás dele a uma distância suficiente para não perdê-lo de vista.

Aos poucos a lua foi se cobrindo de nuvens e a neblina levantou-se sobre o mar e, através dela, podiam-se ver as luzes do farol que iluminava a popa do navio mais próximo. Na praia tremeluzia a espuma dos vagalhões que tentavam o tempo todo engoli-lo. Deixei-me cair com dificuldade pela escarpa à qual tentava me agarrar e eis que o menino cego parou lá embaixo e depois virou à direita. Ele ia tão rente à água que a

---

[4] Manta, geralmente de lã, usada no Cáucaso. (N. da T.)

[5] Trecho modificado de *Isaías*, 29, 18. (N. da T.)

qualquer momento as ondas poderiam alcançá-lo e levá-lo. Porém, pela segurança com que ele pulava de recife em recife, evitando as fendas entre eles, via-se que este não era seu primeiro passeio. Finalmente ele parou e sentou-se no chão, colocando o embrulho a seu lado e dando a impressão de estar ouvindo alguma coisa. Eu observava seus movimentos escondido atrás de um rochedo que despontava próximo à margem.

Depois de alguns minutos uma figura branca surgiu, vindo da direção oposta; aproximou-se do cego e sentou-se ao seu lado. O vento trazia-me trechos de sua conversa.

— E então, ceguinho — dizia uma voz feminina —, é uma tempestade muito forte. Ianko não virá.

— Ianko não tem medo de tempestades — dizia o menino.

— A neblina está ficando espessa — retomava a voz feminina com uma nota de tristeza.

— Quando há neblina é mais fácil passar pelos guardas da costa — dizia o menino.

— E se ele se afogar?

— Se ele se afogar você irá à igreja sem uma fita nova.

Depois disso, calaram-se. Uma coisa, porém, me intrigou: o menino havia falado comigo em dialeto ucraniano; agora, entretanto, falava em russo corrente.

— Está vendo, eu estava certo — disse de novo o cego, batendo palmas. — Ianko não tem medo nem do mar, nem dos ventos, nem da neblina, nem dos guardas da costa; preste atenção, não são as ondas que batem, não me enganam, são... seus remos...

A mulher levantou-se de chofre e ficou olhando ao longe, ansiosamente.

— Você delira, ceguinho — disse ela. — Não se avista nada.

Eu, confesso, tentei divisar ao longe qualquer coisa parecida com um barco, mas nada vi. Passaram-se uns dez minutos. Eis porém que, de repente, por entre as montanhas das ondas, apareceu um ponto preto que ora aumentava, ora diminuía. Erguia-se devagar até a crista das ondas e baixava rapidamente com elas. Era um barco. Com certeza o marinheiro devia ser muito valente para se aventurar pelos vagalhões por uma distância de vinte verstas, e muito importante devia ser o motivo que o levava a fazê-lo. Com isso em minha cabeça e com o coração batendo sem eu querer, acompanhei com os olhos o frágil barco, mas ele, tal como um pato, afundava e logo em seguida, sacudindo os remos como se fossem asas, mergulhava e depois saltava do abismo, entre jatos de espuma. Logo, logo, eu pensei, ele vai bater com toda a força contra a margem e vai se despedaçar na praia. O barco, entretanto, virou agilmente de lado e penetrou na pequena baía sem sofrer danos. Dele saltou um homem de altura mediana, com um barrete tártaro de pele de ovelha na cabeça. Fez um sinal com a mão e os três começaram a descarregar algo do barco; devia ser muito pesado e até agora não entendo como ele possa não ter virado. Cada um deles carregava um embrulho no ombro. Foram andando pela encosta e em breve perdi-os de vista. Tinha que voltar para casa; confesso, porém, que todos esses fatos estranhos me perturbaram e mal consegui esperar a manhã chegar.

Meu cossaco ficou muito surpreso quando, ao acordar, me viu completamente vestido, mas eu não lhe expliquei o porquê. Fiquei algum tempo à janela, admirando o céu azul, salpicado de nuvens esgarçadas, e a costa da Crimeia, que, ao longe, era uma faixa violeta terminando num rochedo encimado pela torre esbranquiçada de um farol. Dirigi-me, depois, para o forte de Fanagória para saber do comandante quando poderia partir para Guelendjik.

Infelizmente, nada feito; o comandante não conseguiu dar-me uma resposta segura. Todas as embarcações ancoradas no cais ou eram barcos de guardas costeiros ou de mercadores que ainda estavam esperando pela arrumação da carga, que sequer começara. "Pode ser que dentro de três ou quatro dias chegue o barco do correio — disse o comandante —, nesse caso, veremos." Eu voltei para casa irritado e de cara fechada. À porta encontrei o meu cossaco, que parecia assustado.

"Vai mal, senhor", disse ele. "Sim, meu irmão, sabe Deus quando conseguiremos sair daqui." Ao ouvir estas palavras o cossaco ficou ainda mais agitado e, inclinando-se para mim, disse em voz baixa: "Este não é um lugar bom, irmão. Quem me falou isso foi um suboficial de cossacos do Mar Negro que encontrei hoje, meu conhecido. Ele serviu na minha unidade, um ano atrás. Quando lhe contei onde estávamos alojados ele me disse 'Ali tem coisa, irmão. As pessoas não prestam!'. E esse cego, então! Ele vai sozinho para todo lado, na venda, comprar pão, buscar água... e todos parecem achar isso a coisa mais natural".

— E daí? Pelo menos, a mulher voltou?

— Sim, a velha voltou, hoje, quando o senhor não estava, e veio junto com a filha.

— Que filha? Ela não tem nenhuma filha.

— Deus sabe quem é, então, se não é a filha; olhe lá, a velha está em casa, agora.

Fui para lá. O fogão estava a todo vapor e a comida que estava sendo preparada parecia cara demais para gente pobre. A todas as perguntas que fiz a velha respondia que não ouvia, que era surda. O que eu poderia fazer? Virei-me para o cego que estava sentado ao lado do fogão e colocava uns gravetos secos no fogo.

"E então, seu diabinho cego — falei, puxando-o pela orelha. — Diga, por onde você andava de noite com aquele embrulho, hein?" O ceguinho, de repente, começou a chorar, a gritar, a gemer: "Não andei por lugar nenhum, eu... com um embrulho?... que embrulho?". A velha pareceu ouvir, desta vez, e resmungou: "Ficam aí imaginando coisas... e ainda por cima, contra um pobre coitado! O que quer dele? O que ele fez?". Não quis mais ouvir nada e saí, decidido, porém, a ir até o fundo daquele mistério.

Envolvi-me em meu capote e, sentado numa pedra junto à cerca, perscrutei o horizonte. O mar estava ainda agitado, depois da tempestade da noite; seu ruído monótono, semelhante ao murmúrio de uma cidade quando adormece, lembrou-me anos passados e levou meu pensamento para o norte, para a nova capital gelada. Tomado pelas recordações, perdi-me em meus pensamentos. Assim passou uma hora; talvez mais. De repente ouvi algo parecido com uma canção. Sim, era uma canção e a voz fresca de uma mulher — mas de onde vinha? Aguçei os ouvidos. Era uma melodia estranha, lenta e melancólica e — subitamente — rápida e vivaz. Olhei à minha volta — ninguém; aguçei os ouvidos de novo — era como se os sons caíssem do céu. Então levantei os olhos: no telhado de minha casa estava uma jovem de vestido listrado, em pé, com o cabelo solto, feito uma *russalka*.[6] Ela fitava o mar, protegendo os olhos dos raios de sol, com a mão. Ela fitava o horizonte, ora sorria, ora falava sozinha, e recomeçava a cantar.

Lembro dessa canção, palavra por palavra:

Velas brancas, os barquinhos, —
No mar amplo, a navegar.
E por entre aqueles barcos

[6] Jovem e bela divindade aquática do folclore russo. (N. da T.)

Meu batel a vagar
Sem cordame e nos arcos
Apenas dois reminhos.

Quando vem o temporal
Os barcos abrem as asas
E se espalham pelo mar.

Eu com grande devoção
Faço ao mar uma oração:
"Não te jogues, mar furioso,
Contra meu pobre batel:
Ele carrega tesouros
E objetos preciosos
E quem o governa
Pela noite escura
É uma valorosa
Cabecinha dura".

Não pude deixar de pensar que ouvira esta voz na noite passada. Tentei lembrar por um instante e, quando olhei de novo para o telhado, a moça já não estava mais lá.

Subitamente vi-a passar correndo por mim, cantarolando outra coisa e estalando os dedos, entrando precipitadamente na casa onde estava a velha. Logo iniciou-se uma discussão entre as duas. A velha parecia zangada, a jovem gargalhava.

Depois vi novamente minha ondina correr na minha direção. Ela parou bem à minha frente e fitou-me nos olhos, como que surpresa com minha presença; depois virou-se e foi-se, de mansinho, em direção ao cais.

Mas não terminou assim. Ela ficou o dia inteiro rondando meu quarto: o canto e o saltitar não pararam um instante. Que ser estranho! Em seu rosto não havia o menor traço de loucura; ao contrário, seus olhos, quando me fitava, eram brilhantes e penetrantes. Pareciam dotados de alguma força magnética e davam a impressão, todas as vezes, de estarem esperando alguma pergunta.

Mas todas as vezes que eu tentava falar ela fugia, com um sorriso matreiro.

Decididamente, nunca vira uma mulher como ela. Não era nenhuma beleza, mas também quanto à beleza tenho meus preconceitos. Ela tinha muita raça... e a raça nas mulheres é como nos cavalos, uma coisa muito importante; esta descoberta deve-se, primeiramente, *à la Jeune France*.[7] Ela (a raça, não *la Jeune France*) vê-se no jeito de ela andar, nas suas mãos, em seus pés, no nariz, principalmente. Na Rússia, um nariz bem feito é mais raro do que um belo pezinho. Minha cantora não parecia ter mais do que dezoito anos. Senti-me atraído por seu talhe esbelto, pela peculiar inclinação de sua cabeça, pelo brilho dourado de sua pele bronzeada, nos ombros e no pescoço, por seu cabelo longo, castanho-claro, e, acima de tudo, por seu nariz perfeito. Tudo isso me encantava. Apesar de eu ler alguma coisa de selvagem e de suspeito em seus olhares enviesados, apesar de algo indefinido em seu sorriso, a força dos preconceitos é tal que seu nariz perfeito me tirava do juízo. Imaginava ter encontrado a Mignon de Goethe, essa criatura fabulosa de sua imaginação germânica. Na verdade, ambas tinham muito em comum.

As mesmas mudanças de humor, de uma atividade incansável a uma inércia completa, as mesmas falas enigmáticas, os mesmos cantos esquisitos, os mesmos saltos...

À tardinha, eu a retive na entrada de sua casa e lhe disse:

— Diga-me, beleza — disse eu — o que você estava fazendo no telhado hoje?

— Estava vendo de onde soprava o vento.

— E por que você queria sabê-lo?

— De onde sopra o vento, sopra a felicidade.

— Você cantava a sua canção para lhe dar sorte, então?

— Onde se canta, se é feliz.

— E se sua canção não lhe trouxer felicidade?

— E daí? Onde não for melhor, será pior; do bem ao mal, a distância é pouca.

— Mas quem lhe ensinou esta canção?

— Ninguém ensinou; fico imaginando e canto. Quem deve ouvir, ouve; quem não deve, não entende.

— E qual é seu nome, minha cantora?

— Quem me batizou, sabe.

---

[7] Autodenominação dos jovens escritores franceses do romantismo francês pós-1830. (N. da T.)

— E quem a batizou?

— Como eu vou saber?

— Que mulher misteriosa! Mas eu sei de algo que você nem imagina. — Ela não mudou de expressão, não mexeu os lábios, como se o assunto não fosse com ela. — Pois eu sei que ontem de noite você foi até a praia.

Então, contei-lhe muito seriamente tudo o que havia visto na noite anterior, pensando, com isso, confundi-la. Nem um pouco! Ela pôs-se a gargalhar. "Viu muito, mas sabe pouco, e o que sabe, guarda-o para si." — "E se — digamos — eu decidisse contá-lo ao comandante?" Disse essas palavras de modo solene, quase severo. Ela pulou de repente e recomeçou a cantar. Sumiu como um pássaro tocado de uma moita. Minhas palavras foram completamente inoportunas — não suspeitei de sua importância quando as proferi, porém, mais tarde, tive ocasião de arrepender-me.

Estava escurecendo. Ordenei ao cossaco que aquecesse a chaleira como se faz em campanha, acendi uma vela, sentei à mesa e dei umas baforadas com o meu cachimbo de viagem. Estava terminando meu segundo copo de chá quando, de repente, a porta rangeu e o leve farfalhar de uma roupa e de uns passos ouviram-se atrás de mim. Sobressaltei-me e, virando-me, vi que era ela, a minha ondina. Sentou-se à minha frente sem nada dizer e fitou-me bem nos olhos. Não sei por quê, mas este olhar pareceu-me maravilhosamente terno. Lembrou-me um daqueles olhares que, em tempos idos, tinham jogado tão despoticamente com minha existência. Ela parecia estar esperando que lhe fizesse alguma pergunta, mas eu continuei calado, tomado por uma perturbação inexplicável. O rosto dela era pálido, como que por uma angústia interior, e reparei que a mão dela se movia pela mesa, com um leve temor, o peito dela ofegava e se erguia, como se ela prendesse a respiração. Esta comédia começou a cansar-me e eu já me sentia disposto a romper o silêncio da forma mais prosaica, ou seja, oferecendo-lhe um copo de chá, quando ela de repente se levantou de um salto, envolveu com seus braços o meu pescoço e senti em meus lábios um beijo úmido e fogoso. Não enxerguei mais nada, fiquei completamente tonto e estreitei-a entre meus braços com toda a força impetuosa da paixão juvenil. Ela, porém, desvencilhou-se e, feito uma serpente, escorregou de meus braços, sussurrando-me ao ouvido: "Hoje à noite, quando todos estiverem dormindo, vá até a praia". Dito isso, saiu do quarto veloz como uma flecha, esbarrando na chaleira e na vela que estavam no chão da entrada.

— Que doida dos diabos! — gritou meu cossaco, que estava deitado na palha e que almejava aquecer-se com o que restava do chá. Só então voltei a mim.

Duas horas mais tarde, quando tudo se calou no cais, eu acordei meu cossaco. "Se eu disparar minha pistola, vá correndo até a praia", disse a ele. Ele arregalou os olhos e respondeu maquinalmente: "como queira, Vossa Senhoria". Prendi o revólver ao cinto e saí.

Ela estava à minha espera ao pé do rochedo. Sua roupa era mais do que leve e um pequeno xale cingia-lhe o talhe esbelto.

— Siga-me — ela disse, tomando-me pela mão, e ambos descemos. Não sei como não quebrei meu pescoço. Embaixo dobramos à direita e seguimos por aquele mesmo atalho por onde, na noite anterior, eu tinha ido atrás do cego.

A lua ainda não havia surgido e apenas duas estrelinhas, como dois faróis benfazejos, brilhavam no firmamento azul-escuro. Ondas pesadas rolavam precisas e cadenciadas, uma após a outra, sacudindo de leve o barco solitário que estava ancorado à margem. "Vamos para o barco", disse minha companheira de viagem. Eu não sou dado a aventuras sentimentais pelo mar afora, mas não havia tempo para recusar. Ela saltou para dentro do barco, e eu atrás dela. Ainda não sei como e quando reparei que, de repente, estávamos em alto-mar. "O que significa isso?", perguntei, zangado. "Isso significa — disse ela empurrando-me para o assento ao seu lado e enlaçando-me com seus braços — que eu o amo..." Seu rosto colou-se ao meu e eu senti em minha face sua respiração ofegante. De súbito ouviu-se o baque de algo que caía ruidosamente na água. Apalpei o cinto: minha pistola já não estava lá. Uma suspeita terrível tomou conta de mim e o sangue subiu-me à cabeça. Olhei à minha volta — já estávamos umas cinquenta *sájens*[8] longe da margem e eu não sabia nadar.

Quis afastá-la de mim, mas ela se agarrou feito uma gata à minha roupa e um forte empurrão quase me lançou ao mar. O barco balançou, mas eu consegui equilibrar-me e entre nós começou uma luta desesperada. A fúria dava-me uma força inesperada, mas eu logo percebi que minha adversária era muito mais ágil do que eu. "O que você quer?", gritei-lhe, enquanto apertava fortemente suas mãozinhas. "O que você quer?" Seus

---

[8] Antiga medida russa equivalente a 2,134 m. (N. da T.)

dedos estalaram, mas ela não gritou: sua natureza serpentina aguentou a dor. "Você viu tudo — respondeu —, e quer nos denunciar." Com uma força inaudita derrubou-me da borda. Ficamos ambos suspensos para fora do barco, presos pelo cinto. O cabelo dela roçava a água. O momento era crítico. Apoiando meu joelho no fundo do barco, agarrei sua trança com uma mão e seu pescoço com a outra. Ela largou minha roupa e naquele instante empurrei-a na água. Já estava bastante escuro, agora. Vislumbrei sua cabeça umas duas vezes por entre as ondas e, depois, nada mais tornei a ver.

No fundo do barco encontrei metade de um remo velho e de algum jeito, após longos esforços, consegui chegar ao ancoradouro. Tentando voltar à minha casinha pela orla, olhava involuntariamente para o lado onde, na noite anterior, o cego esperara pelo navegante noturno. A lua já estava alta no céu e me pareceu ver alguém vestido de branco sentado na margem. Parei, levado pela curiosidade e, rastejando, escondi-me no capim, no alto do penhasco; estiquei um pouco o pescoço e pude ver nitidamente o que se passava lá embaixo. Não fiquei muito surpreso, na verdade estava quase contente por ver que lá estava minha *russalka*. Estava torcendo seus longos cabelos para espremer a espuma do mar que os encharcara, e a camisa molhada marcava-lhe o talhe flexível e o peito alto. Logo em seguida apareceu um barco ao longe e ela se aproximou rapidamente da orla. Do barco, como na véspera, saltou o homem de barrete tártaro, mas seu cabelo havia sido cortado à moda cossaca e no cinto de couro brilhava um facão.

— Ianko — disse a moça. — Está tudo perdido.

Continuaram falando, mas tão baixo que não conseguia mais ouvi-los.

— Onde está o ceguinho? — perguntou finalmente Ianko, numa voz um pouco mais alta.

— Mandei-o apanhar as coisas — disse a moça.

Ele surgiu alguns minutos depois com um saco às costas, que colocaram dentro do barco.

— Ouça-me, ceguinho — disse Ianko ao garoto. — Fique de olho no lugar... você sabe onde é, não sabe? Tem coisas de valor lá. Diga a (não consegui discernir o nome) que já não receberei mais ordens dele. As coisas não estão dando certo e ele não verá mais a minha cara. É demasiado perigoso. Irei procurar algum trabalho em outro lugar. Jamais ele encontrará um sujeito arrojado como eu. Diga-lhe que se me tivesse pago melhor eu não o deixaria. Mas eu vou para onde quero. Para mim o caminho está sempre aberto, onde sopra o vento e onde ruge o mar.

Houve uma pausa. Depois, Ianko continuou:

— Ela vai comigo. Não pode mais ficar aqui, agora. E diga para a velha que está na hora de ela morrer. Viveu demais, ela deve saber disso, teve seu tempo e deve honrá-lo. Não vai nos ver nunca mais.

— E o que vai ser de mim? — perguntou o menino com voz chorosa.

— O que eu tenho a ver com você? — foi a reposta.

Nesse meio-tempo minha ondina havia subido no barco e fazia sinal com a mão para seu companheiro. Ele pôs alguma coisa na mão do cego e disse:

— Aqui está, compre uns pães de mel para você.

— Só isso? — perguntou o cego.

— Aqui, tome mais isto — e a moeda retiniu, caindo entre as pedras. O cego não a recolheu. Ianko sentou no barco, o vento soprou da margem, eles levantaram uma pequena vela e logo desapareceram. Por muito tempo a lua iluminou a vela branca no meio das ondas negras; o cego continuou sentado na margem e pareceu-me ouvir uma espécie de soluço, o rapazinho cego chorava, chorava... e assim passou muito tempo, muito. Senti pena dele. Por qual motivo ignorado o destino me teria atirado naquele ninho pacífico de *contrabandistas honestos*?

Eu havia perturbado a vida calma deles como uma pedra atirada numa fonte tranquila — e como uma pedra, quase fora ao fundo!

Voltei para meu alojamento. Na entrada a vela bruxuleava num prato de madeira. Contrariando minhas ordens, meu cossaco estava adormecido como uma pedra, o fuzil entre as mãos. Não o acordei, mas peguei a vela e entrei. Para meu desespero descobri que minha caixa, meu sabre com a empunhadura de prata e meu punhal do Daguestão (presente de um amigo) haviam desaparecido.

Só então dei-me conta do que estava carregando o danado do menino! Acordei meu cossaco nada amigavelmente e repreendi-o brutalmente. Mas não havia nada a ser feito.

Certamente não podia apresentar queixa à autoridade de que havia sido roubado por um menino cego e quase afogado por uma moça de dezoito anos.

Graças aos céus, na manhã seguinte havia um barco e eu pude deixar Taman. Não tenho ideia do que se passou com a velha, nem com o pobre menino cego. De qualquer maneira, o que tenho eu a ver com as alegrias e as tribulações da humanidade, eu, um oficial itinerante com salvo-conduto do Estado?

(1840)

Tradução de Aurora Fornoni Bernardini

Fiódor Dostoiévski

Este conto pertence à fase inicial da obra de Fiódor Mikháilovitch Dostoiévski (1821-1881), e foi publicado no *Almanaque Ilustrado* de Ivan Panáiev e Nikolai Nekrássov. Segundo Leonid Grossman, foi "autorizado pela censura em 26 de fevereiro de 1848. A coletânea foi retida após a impressão e não pôde ser distribuída" (*Dostoiévski artista*, p. 188). Possui afinidades temáticas e estilísticas com obras como *A senhoria*, "O ladrão honrado", "Um coração fraco" e, especialmente, com *O senhor Prokhartchin* (brilhantemente analisado por Boris Schnaiderman em seu *Dostoiévski: prosa poesia*) em sua violenta fragmentação de linguagem e pensamento. A crítica habitualmente localiza em "Polzunkov" o primeiro da série de "bufões-filósofos" dostoievskianos, e vê nele uma marca da leitura de *O sobrinho de Rameau*, de Diderot. O conto foi traduzido por Olívia Krähenbühl para a coleção de obras de Dostoiévski da editora José Olympio, e ganha aqui sua primeira tradução direta do original.

Polzunkov[1]

Comecei a examinar bem aquele homem. Até na sua aparência havia algo singular, que nos obrigava, automática e subitamente, por mais distraídos que estivéssemos, a cravar nele o olhar e, no mesmo instante, rebentar no riso mais desbragado. Assim aconteceu comigo. É preciso observar que os olhinhos daquele pequeno senhor eram tão irrequietos ou, no final das contas, que ele próprio, inteiro, era tão suscetível ao magnetismo de qualquer olhar a ele dirigido, que, quase por instinto, adivinhava estar sendo observado e, no mesmo instante, virava-se para o observador e analisava o seu olhar com inquietação. Por causa da constante mobilidade, da agilidade dos rodopios, ele parecia na verdade uma ventoinha. Que estranho! Parecia ter medo de zombarias, mas, ao mesmo tempo, ganhava o seu pão praticamente como um completo bufão e, com humildade, oferecia a própria cabeça a todo tipo de piparote, no aspecto moral e até no físico, dependendo da companhia em que se encontrasse.

Bufões voluntários não despertam nem pena. Mas logo observei que aquela criatura estranha, aquele homem engraçado não era de modo algum bufão por profissão. Nele restava ainda algo de nobre. Uma aflição, um receio constante e doentio por si próprio já depunham a seu favor. Parecia-me que todo o seu desejo de agradar vinha antes do bom coração do que dos ganhos materiais. Permitia com prazer que rissem dele alto e do modo mais indecoroso, na cara; porém, ao mesmo tempo — e quanto a isso posso jurar — o seu coração apertava e sangrava ao pensar que os espectadores pudessem ser tão cruéis a ponto de rirem não de um fato, mas dele, de todo o seu ser, do seu coração, da sua cabeça, da sua aparência, de todo o seu suor e sangue. Estou convencido de que ele sentia

---

[1] Nome derivado do verbo *polzat*: rastejar, humilhar-se, rebaixar-se. (N. da T.)

nesse instante toda a estupidez da sua posição; mas o protesto, em seguida, morria em seu peito, embora forçosamente renascesse a cada vez do modo mais magnânimo. Estou convencido de que tudo isso não acontecia por outro motivo senão por seu bom coração, e de modo algum pelo prejuízo material de ser enxotado a tapas e de deixar de pegar dinheiro emprestado dos outros: aquele senhor pedia emprestado constantemente, ou seja, era assim que pedia esmolas, quando, depois de ter feito caretas e provocado riso por conta própria, sentia que, de certa forma, tinha direito de tomar emprestado. Mas, Deus meu! Que empréstimo era aquele! E com que cara ele o tomava! Eu nem podia supor que, em um espaço tão pequeno como o rosto enrugado e anguloso daquele homem, pudessem caber, a um só tempo, caretas tão diversas, sensações tão estranhas e variadas, tantas impressões das mais fulminantes. O que não havia ali! Certa vergonha, um descaramento simulado, irritação acompanhada de súbito rubor no rosto, e ainda cólera, vergonha pelo fracasso, desculpas por ter ousado incomodar, a consciência do próprio valor e a mais completa consciência da própria insignificância — tudo isso passava como um raio por seu rosto. Há seis anos inteiros ele sobrevivia assim neste mundo de Deus e ainda não conseguira compor para si uma figura definitiva no interessante momento do empréstimo! É evidente que se transformar em um insensível e infame ele não poderia nunca. O seu coração era muito vivo, ardente! Digo até mais: em minha opinião, ele era o homem mais honesto e nobre do mundo, porém com uma pequena fraqueza: cometer infâmias à primeira ordem, de bom coração e com desinteresse, apenas para satisfazer o próximo. Numa palavra, era inteiramente o que se chama de homem-trapo. O mais engraçado de tudo é que se vestia quase igual aos outros, nem pior, nem melhor, limpo, até com certo requinte e pretensão à solidez e à dignidade. Essa igualdade externa e desigualdade interna, a preocupação consigo e, ao mesmo tempo, a autodepreciação contínua, tudo isso produzia o mais impressionante contraste e era digno de riso e de pena. Se ele tivesse a certeza, de todo o coração (o que, apesar da experiência, a cada minuto lhe acontecia), de que todos os seus espectadores eram as pessoas mais bondosas do mundo, que riam apenas do fato engraçado e não da sua pessoa, irremediavelmente perdida, então com prazer tiraria o fraque e o vestiria de qualquer jeito, do avesso, e sairia assim pelas ruas, para satisfação dos outros e para seu próprio deleite, apenas para fazer rir os seus protetores e proporcionar prazer a todos eles. Mas à igualdade ele não poderia chegar nunca e de modo nenhum. Mais um traço: o excêntrico tinha muito amor-próprio e, por impulso, posto que não houvesse perigos, podia ser até generoso. Era preciso ver e ouvir como ele sabia imitar, às vezes sem se poupar e, portanto, com risco, quase com heroísmo, algum dos seus *protetores* que o tivesse enfurecido ao extremo. Mas isso acontecia só por alguns minutos... Em resumo, ele era um mártir no pleno sentido da palavra, mas o mártir mais inútil e, consequentemente, o mártir mais cômico.

Entre os convidados começou uma discussão geral. De repente, vi o meu excêntrico pular em cima de uma cadeira e gritar com todas as forças, querendo que só a ele dessem a palavra.

— Escute — sussurrou-me o anfitrião. — Ele às vezes conta coisas curiosíssimas... O senhor o considera interessante?

Eu balancei a cabeça e apertei-me no meio da multidão.

Realmente, a visão daquele senhor bem-vestido, pulando em cima de uma cadeira e gritando a plenos pulmões, despertou a atenção geral. Muitos que não conheciam o excêntrico entreolhavam-se perplexos, outros gargalhavam bem alto.

— Eu conheço Fedossiêi Nikoláitch![2] Eu melhor do que todos devo conhecer Fedossiêi Nikoláitch! — gritava o excêntrico do alto de onde estava. — Senhores, permitam-me contar. Vou contar uma boa sobre Fedossiêi Nikoláitch! Eu conheço uma história, uma maravilha!

— Conte, Óssip Mikháilitch,[3] conte.

— Vá contando!

— Então escutem...

— Escutem, escutem!!!

— Vou começar; mas, senhores, essa é uma história singular...

— Está bem, está bem!

— Essa é uma história cômica.

— Muito bem, extraordinário, maravilhoso, vamos lá!

— Esse é um episódio da vida pessoal do seu mais profundo...

— Mas pra que então se deu ao trabalho de informar que é cômica!

— E até um pouco trágica!

— Ah???!

— Numa palavra, essa história, que dará a todos os senhores a feli-

---

[2] Corruptela do patronímico Nikoláievitch. (N. da T.)

[3] Corruptela do patronímico Mikháilovitch. (N. da T.)

cidade de me ouvirem agora, senhores, essa história, por causa da qual acabei em companhia de tanto *interesse*.

— Sem trocadilhos!

— Essa história...

— Numa palavra, essa história, pois termine logo o apólogo, essa história, que tem um custo — manifestou-se com voz rouca um jovem loiro de bigodes, enfiando a mão no bolso da sobrecasaca e tirando de lá, como que por acaso, o porta-moedas em vez do lenço.

— Essa é uma história, meus senhores, depois da qual eu gostaria de ver muitos dos senhores no meu lugar. E, enfim, esta é a história por causa da qual não me casei!

— Não se casou!... Casar-se!... Polzunkov queria casar!!

— Imagino, queria ver agora a madame Polzunkova!

— Permita-me perguntar, como se chamava a possível madame Polzunkova? — piou um rapazinho, abrindo caminho até o narrador.

— O primeiro capítulo, então, senhores: isso foi exatamente seis anos atrás, na primavera, trinta e um de março, observem a data, senhores, na véspera...

— Do primeiro de abril! — gritou um rapazinho de cabelos encaracolados.

— O senhor acertou em cheio. Era final de tarde. Sobre a cidade provinciana de N., adensava-se o crepúsculo, a lua queria despontar... bem, tudo como deve ser. Eis que, no mais derradeiro crepúsculo, às escondidas, também eu despontei da minha casinhola — depois de me despedir da falecida e tapada vovozinha. Desculpem-me, senhores, por usar essa expressão da moda, que ouvi pela última vez na casa de Nikolai Nikoláitch. Mas a minha vovó era de todo *tapada*: cega, surda, muda, e burra, enfim tudo o que quiserem!... Reconheço, eu estava tremendo, preparava-me para um negócio grandioso; o meu coraçãozinho batia como o de um gatinho quando uma manzorra ossuda, não se sabe de quem, pega-o pelo cangote.

— Permita-me, *monsieur* Polzunkov!

— O que deseja?

— Simplifique; por favor, não se esforce demais!

— Entendo, senhor — pronunciou Óssip Mikháilitch, um pouco embaraçado. — Entrei na casinha de Fedossiêi Nikoláitch (adquirida com esforço próprio). Fedossiêi Nikoláitch, como se sabe, não era nenhum colega, era um verdadeiro chefe. Anunciaram-me e, já no mesmo instante, levaram-me ao gabinete. Vejo como se fosse hoje: um cômodo quase completamente escuro, mas não traziam velas. Olhei, vi que Fedossiêi Nikoláitch vinha entrando. E assim ficamos nós dois na escuridão...

— E o que foi que aconteceu entre os senhores? — perguntou um oficial.

— O que o senhor acha? — perguntou Polzunkov, voltando de imediato o rosto convulsivamente agitado na direção do jovem de caracóis.

— E então, senhores, aqui aconteceu uma circunstância estranha. Isto é, de estranho aqui não havia nada, havia o que se costuma chamar de negócio corriqueiro; eu, muito simplesmente, tirei do bolso um rolo de papéis, e ele tirou do dele um rolo de papeizinhos, só que do governo...

— Em notas?

— Em notas, e fizemos a troca.

— Posso apostar que aí tem cheiro de propina — pronunciou um jovem senhor, elegante, de cabelos bem cortados.

— Propina! — replicou Polzunkov. — Eh! Pois serei liberal, já vi de tudo! O senhor também, se servisse na província, ia querer aquecer as mãos... no fogo da pátria... um literato disse: a fumaça da pátria nos parece doce e agradável![4] A mãe, a mãe pátria, senhores, a pátria nossa, somos filhotinhos, por isso mamamos nela!

Ergueu-se um riso geral.

— Apenas, senhores, acreditem ou não, eu nunca recebi propinas — disse Polzunkov, esquadrinhando toda a assembleia com um olhar suspeitoso.

Um riso homérico, contínuo, numa única explosão, abafou as palavras de Polzunkov.

— Verdade, assim é, senhores...

Mas aqui ele parou e, com uma expressão estranha no rosto, continuou a esquadrinhar a todos. Pode ser — quem sabe — pode ser que, nesse minuto, ele tenha percebido que era mais honrado do que muitos daquela honrada plateia... Mas a expressão séria do seu rosto só desapareceu depois da hilaridade geral.

— Pois então — começou Polzunkov, quando todos emudeceram —, embora eu nunca aceitasse propina, daquela vez pequei: guardei no bol-

---

[4] Palavras de Tchátski na peça *Góre ot umá* (*A desgraça de ter espírito*), de Griboiédov, ato I, cena 7, alusivas ao poema de G. R. Derjávin, "Harpa" (1798) — numa referência ao dito latino "*Dulcis fumus patriae*". (N. da E.)

so a propina... do propinador... Ou seja, havia uns documentozinhos em minhas mãos, que, se eu resolvesse mandar a certa pessoa, o negócio ficaria mal para Fedossiêi Nikoláitch.

— Então, quer dizer que ele os resgatou?

— Resgatou...

— Deu muito?

— Deu o tanto pelo qual, no nosso tempo, alguém venderia a própria consciência, inteirinha, com todas as suas variações... se apenas lhe dessem algo. Só que me enchi de breu quando coloquei no bolso aquele cobrinho. Palavra, não sei como isso sempre acontece comigo, senhores, mas, vejam bem, mais morto do que vivo, lábios tremendo, joelhos batendo; sim, culpado, culpado, completamente culpado, a consciência na lama, pronto a pedir perdão a Fedossiêi Nikoláitch...

— E ele, perdoou?

— Eu é que não pedi... só estou dizendo que foi assim que aconteceu; quer dizer, tenho o coração ardente. Vi que ele me olhava diretamente nos olhos: — "Será", ele disse, "que o senhor não teme a Deus, Óssip Mikháilitch?" Mas, o que fazer! Assim, por decência, abri os braços, virei a cabeça. — "O que é isso, Fedossiêi Nikoláitch? Como não temer a Deus?" Falei assim só por decência, na verdade estava pronto a desaparecer terra adentro. — "Sendo há tanto tempo amigo da nossa família, sendo, posso dizer, um filho; mas quem sabe o que os céus pretendem, Óssip Mikháilitch! De repente, veja o quê, uma denúncia, prepara uma denúncia, e eis agora! Depois disso, o que pensar das pessoas, Óssip Mikháilitch?" Pois então, senhores, que sermão pregava! — "Agora me diga, o senhor me diga, o que pensar das pessoas depois disso, Óssip Mikháilitch?" "O que pensar", penso eu! Sabem, a minha garganta raspava e a vozinha tremia, pois eu já pressentia o meu mau caráter, então peguei o chapéu... — "Mas aonde está indo, Óssip Mikháilitch? Será que na véspera de um dia como esse... Será que justo agora o senhor vai mostrar rancor; que pecado cometi contra o senhor?" — "Fedossiêi Nikoláitch, digo eu, Fedossiêi Nikoláitch!" Bem, isto é, derreti, senhores, como um homem meloso, derreti. Que coisa! E o pacote que eu tinha no bolso, com os títulos, também ele parecia gritar: você é um ingrato, bandido, larápio maldito, como se houvesse cinco *puds*[5] dentro dele, de tanto que

[5] Antiga medida russa equivalente a 16,38 kg. (N. da T.)

pesava... (Se de verdade houvesse cinco *puds* nele!...) — "Estou vendo", disse Fedossiêi Nikoláitch, "estou vendo o seu arrependimento... o senhor, sabe, amanhã..." — "É o dia de Maria Egipcíaca..."[6] — "Bem, não chore", disse Fedossiêi Nikoláitch, "basta: pecou e arrependeu-se! Vamos! Talvez eu consiga colocar o senhor, disse ele, de volta no bom caminho... Talvez, meus modestos penates (exatamente assim, eu me lembro, penates, foi assim que se expressou, bandido) reconfortem, disse ele, o seu coração endureci... não direi endurecido, mas desviado..." Ele me pegou pela mão, senhores, e me levou aos de casa. Um frio percorreu a minha espinha, comecei a tremer! Pensei: com que cara vou me apresentar... Mas os senhores precisam saber... como posso dizer, que aqui estava acontecendo um negocinho delicado!

— Não seria a senhora Polzunkova?

— Maria Fedossiêievna apenas não estava destinada; parece que teria sido essa a senhora de que os senhores falam, mas não chegou a ter essa honra! Isso, vejam, esse Fedossiêi Nikoláitch estava certo em dizer que naquela casa me consideravam quase como filho. Já era assim meio ano antes, quando ainda estava vivo o cadete reformado Mikhailo Maksímitch, de sobrenome Dvigáilov. Só que ele foi chamado por Deus, e terminar o testamento isso ele não fez, engavetou e ficou adiando; acontece que depois não o acharam em gaveta nenhuma.

— Ooh!!!

— Mas, tudo bem, fazer o quê? Senhores, perdão, me descuidei, esse pequeno trocadilho saiu mal, mas tudo bem ter saído mal porque a coisa foi ainda pior quando fiquei, por assim dizer, sem nenhuma perspectiva, já que o tal cadete reformado, embora não tivessem me deixado entrar para vê-lo (vivia à larga, isso porque tinha costas quentes!), me considerava um filho de sangue, e, talvez, não equivocadamente.

— Aha!!!

— Sim, eis como foi! E então começaram a torcer o nariz pra mim na casa de Fedossiêi Nikoláitch. Eu fiquei reparando, reparando, e tentando, tentando resistir, mas, então, de repente, para minha desgraça (ou talvez para minha felicidade!), como neve despencando do céu, um

[6] Na Igreja Ortodoxa Russa, o dia de Santa Maria Egipcíaca é comemorado em 14 de abril (1º de abril no calendário juliano, adotado pela Rússia até 1918). Tendo vivido uma juventude de pecados, Maria Egipcíaca, ou Maria do Egito, arrependeu-se e passou 47 anos no deserto em penitência. (N. da T.)

oficial da cavalaria veio parar em nossa cidadezinha. O negócio dele, é verdade, era algo assim apressado, ligeiro, de cavalaria, só que se fixou tão firmemente na casa de Fedossiêi Nikoláitch, bem, feito um morteiro, entrincheirou-se! E eu, fazendo rodeios, meio à parte, com esse meu caráter vil, "foi assim e assim", digo a Fedossiêi Nikoláitch, "por que então ofender? De certa forma, sou um filho, ora... então até quando vou ter de esperar algo paternal, de pai...?". Ele então começou, meus senhores, a responder! Quer dizer, bem, começou a falar, veio com um poema inteiro, doze cantos em versos, e o outro escutando, lambendo os beiços e abrindo os braços de tanta doçura, mas, sentido, não tinha nem um pingo, ou seja, qual era o sentido não se percebia, não se entendia, o outro ficava lá com cara de bobo, ele deixava tudo enevoado, agitava-se como uma enguia, escapava, eh, um talento, simplesmente um talento, tinha tal dom que vendo de fora causava medo. Eu me lançava pra todos os lados, ora pra cá, ora pra lá! Até arrastava cantorias, levava bombons, chocava trocadilhos, ais e uis, o meu coração doía, digo, doía por causa do Cupido, e ainda lágrimas, toda uma explicação misteriosa! Que estúpido! Nem confirmou com o sacristão que eu já tinha trinta anos... que nada! Queria dar uma de esperto! Isso não! Mas o meu negócio não ia bem, zombarias e risos, e eu, bem, fiquei enfurecido, sufocava-me a garganta, saí de banda, naquela casa não punha nem um pé, pensei-pensei, e zás: a denúncia! Bem, foi uma vileza, era um amigo que eu queria denunciar, reconheço, material mesmo havia muito, material dos bons, negócio capital! Mil e quinhentos em prata, foi o que peguei quando fiz a troca pela denúncia, em títulos!

— Ah! Aí está, a propina!

— Sim, senhor, havia ali uma propinazinha, recebi de um propinador! (E nem é pecado, verdade, não é mesmo!) Mas, então, vou continuar: ele me arrastou, se fizerem a gentileza de lembrar, até a sala de chá, e mais morto do que vivo; todos me receberam como que ofendidos, isto é, não estavam bem ofendidos, mas tão pesarosos que, simplesmente... Bem, arrasados, completamente arrasados, mas, ao mesmo tempo, um ar de importância brilhando no rosto, uma solidez no olhar, algo assim paternal, de família... o filho pródigo voltou para nós — eis a que ponto chegava! Convidaram a sentar para o chá, mas eu sentia como se tivesse um samovar no peito, fervendo dentro de mim, e as pernas congelavam: me rebaixei, me acovardei! Maria Fominichna, esposa dele, conselheira estatal de sétimo grau (agora de terceiro), começou a me tratar por *você* já na primeira frase: "O que aconteceu, querido, você emagreceu tanto", disse ela. "Pois é", digo, "estou adoentado, Maria Fominichna...". E sai uma vozinha tremida! Mas, sem mais nem menos, ela pelo visto temporizava com insinuações, uma víbora: "Que coisa, pelo visto, a consciência da sua alma", dizia ela, "está fora da medida, Óssip Mikháilitch, filho querido! Nossa hospitalidade de parente", diz, "clama por você!", diz. "Terá de pagar, pelo visto, as minhas lágrimas de sangue!" Juro, foi assim que ela falou, contra a própria consciência; e o que esperar dela, velhaca estridente! Não fazia nada senão ficar servindo o chá. "Eh, minha pombinha", eu pensava, "no mercado, é capaz de gritar mais do que todas." Eis quem era a mulher, a nossa conselheira! Mas aqui, para minha desgraça, entra Maria Fedossiêievna, a filhinha, com todas as suas inocências, um tantinho pálida, os olhinhos vermelhos, parece que de lágrimas; eu, feito bobo, fui abatido ali mesmo, na hora. Depois se esclareceu: era pelo oficial da cavalaria que ela derramara lágrimas; este fugiu de volta pra casa, deu no pé são e salvo, porque, os senhores sabem, pelo visto (a propósito, é bom dizer), tinha chegado a hora de partir, vencera o prazo, mas não porque houvesse um prazo na caserna! Pois então... só depois é que os veneráveis pais se aperceberam, ficaram sabendo de toda a sujeira, mas o que fazer? Às escondidas remendaram a desgraça que se abatera sobre a própria casa! Bem, não havia o que fazer, assim que olhei pra ela, fiquei perdido, simplesmente perdido, busquei o chapéu com o rabo do olho, queria passar a mão nele e fugir bem rápido, mas nada ali: tinham levado o meu chapéu... Pois eu, pra ser franco, até sem chapéu queria ir, aí pensei, não, passaram o trinco na porta; começaram uns risinhos amigáveis, piscadelas e bajulações, eu me desconcertei, inventei mentiras, falei de Cupido; ela, minha pombinha, sentou-se ao clavicórdio, foi cantando num tom ofendido: o hussardo, apoiando-se no sabre...[7] Ai, minha morte! "Muito bem", disse Fedossiêi Nikoláitch, "tudo esquecido, venha, venha... um abraço!" Eu, do jeito que estava, assim mesmo, afundei o rosto no colete dele. "Meu benfeitor, meu pai querido!" — eu disse, e que lágrimas amargas verti! Senhor, Deus meu, o que se viu então! Ele chorando, a mulher dele chorando, Máchenka chorando... e estava ali ainda

[7] Tem-se em vista a romança popular de M. Iu. Vielgórski, cuja letra é a elegia de K. N. Bátiuchkov "Separação" ("O hussardo, apoiando-se no sabre..."), de 1812-13. Essa mesma romança é lembrada pela personagem Catierina Ivánovna em *Crime e castigo*. (N. da E.)

uma mulher aloirada, e essa também chorando... e então, de todos os cantos, apareceram criancinhas, uma atrás da outra (o Senhor abençoou a casinha dele), e essas também berravam... quanta lágrima, ou seja, que comoção, que alegria, recebiam o filho pródigo, como se um soldado voltasse à pátria! Então serviram comes e bebes, e vieram as prendas: ai, está doendo! O que está doendo? O coração; por quem? Ela enrubesceu, a pombinha! Eu e o velho bebíamos ponche. Então saíram, adoçaram-me completamente.

Voltei para a casa da minha avó. A cabeça andava em círculos; fiz o caminho todo rindo, em casa gastei duas horas inteiras andando pelo cubículo, acordei a velha, comuniquei a ela toda a minha felicidade. "Então, deu o dinheiro, o ladrão?" — "Deu, vovó, deu, deu, minha querida, deu, a sorte nos sorriu, abra os portões!" — "Pois agora pode se casar, já passava da hora de se casar", disse a velha, "quer dizer que ouviram as minhas preces!" Acordei Sofron. "Sofron", digo, "tire as minhas botas." Sofron arrancou as botas dos meus pés. "Muito bem, Sofrocha![8] Agora me dê os parabéns, um beijo! Vou me casar, simples assim, irmão, vou me casar, amanhã beba até cair, solte a alma, digo: o seu senhor vai se casar!" Risos e folias no coração!... Eh, já começava a chegar o sono; mas não, de novo despertei, sentei e fiquei pensando; de repente, um lampejo: eh, amanhã, primeiro de abril, um dia tão luminoso, divertido, e então? Aí tive a ideia! É isso, pensei! Pois então, senhores! Levantei da cama, acendi a vela, sentei à escrivaninha nesse estado, ou seja, completamente fora de mim, sem noção do tempo — sabem como é, senhores, em turbilhão! De caso pensado, meus senhores, fui parar na lama! Ou seja, eis o meu caráter: eles tomam isto, e você ainda entrega mais aquilo: diz peguem, tomem mais isso! Dão-lhe uma na face, e você oferece as costas inteiras, todo contente.[9] Depois lá vêm eles com um pedaço de pão, como a um cachorro, começam a atrair, e você, na mesma hora, de todo coração, de toda a alma, levanta as patinhas tolas, e beijos! Pois ainda agora, senhores! Os senhores estão rindo, ficam cochichando, pois eu estou vendo! Depois, assim que eu contar todo o meu segredo, vão começar a rir de mim, vão querer me tocar daqui, ainda assim eu falo,

---

[8] Hipocorístico de Sofron. (N. da T.)

[9] Paráfrase do ensinamento evangélico: "Mas se alguém te ferir na tua face direita, oferece-lhe também a outra" (*Mateus*, 5, 39). (N. da T.)

falo, falo! Mas quem me mandou falar? Então, quem vai me tocar daqui? Quem fica às minhas costas, sussurrando: "fale, fale, conte tudo"?! Pois bem, eu falo, eu conto, vou fundo na alma, como se os senhores fossem todos, por exemplo, irmãos queridos, amigos íntimos... he, he!

Uma gargalhada começou a se erguer aos pouquinhos, de toda a parte, e afinal abafou de todo a voz do narrador, que havia chegado realmente ao êxtase. Ele parou; por alguns minutos percorreu a assembleia com os olhos, e depois, de repente, como que arrebatado por um turbilhão, acenou com a mão, começou a gargalhar também, parecendo achar engraçada a própria situação e, de novo, pôs-se a contar:

— Mal peguei no sono naquela noite, senhores; a madrugada inteira, fiquei rabiscando um papel; pois, vejam só, inventei uma peça! Eh, senhores! Só de lembrar, dá vergonha! E se ainda fosse noite: mas, com olhos bêbados, fiz besteiras, cometi um erro, vejam só! De manhã, acordei ao romper do dia, no total dormi uma horinha ou duas, e pronto! Troquei a roupa, lavei-me, arrumei o cabelo, passei gomalina, enfiei um fraque novo e fui direto à casa de Fedossiêi Nikoláitch, comemorar o feriado, com a folha metida no chapéu. Ele próprio me recebeu, de braços abertos, e eu de novo ao colete paternal! E eu com ares de importância, na cabeça ainda tudo do dia anterior! Recuei um passo. "Não", eu disse, "Fedossiêi Nikoláitch, aqui está, se quiser, faça o favor, leia esse papel." E então lhe entreguei o informe; e, no informe, sabem o que estava escrito? Estava escrito: por isso e mais aquilo, este Óssip Mikháilitch entrega o pedido de dispensa, e, depois do pedido, ainda a assinatura! Eis o que eu tinha inventado, senhores! Não podia ter pensado em nada mais engenhoso! Quer dizer, hoje é primeiro de abril, então, de brincadeira, faço de conta que não esqueci a ofensa, que pensei melhor à noite, pensei melhor e fiquei chateado, fiquei ainda mais ofendido, e, além disso, dos senhores, meus queridos benfeitores, nem dos senhores, nem da sua filhinha não quero saber; ontem embolsei um dinheirinho e pronto, estou garantido; eis aqui o informe com o pedido de dispensa. Não quero servir sob o comando de um chefe como esse Fedossiêi Nikoláitch! Quero outro serviço, e lá, veja bem, a denúncia será entregue. Que canalha me mostrei, inventei de assustá-los! E o que inventei! Ah? Boa ideia, hein, senhores? Ou seja, o meu coração tomara afeição por ele desde o dia anterior, então vou lançar uma brincadeirinha de família, zombar do coraçãozinho paterno de Fedossiêi Nikoláitch...

Assim que pegou no papel, virou-se, e eu vi toda a sua fisionomia tremer. "O que é isso, Óssip Mikháilitch?" E eu, feito bobo: "Primeiro de abril! Bom feriado, Fedossiêi Nikoláitch!". Ou seja, igual a um garotinho que se esconde caladinho atrás da poltrona da vovó e depois: Buuu! Na orelha dela, bem alto — inventei de assustar! Sim... bem, dá até vergonha contar, senhores! Não, melhor não. Não vou mais contar!

— Ora essa! E depois?

— Ora, nada disso, conte! Agora conte! — ouviu-se de todos os lados.

— Ergueram-se boatos, mexericos, meus senhores, ais e uis! Que travesso que eu era, que engraçadinho, tinha assustado a todos, mas tudo tão açucarado, eu até fiquei com vergonha, estava ali, pensando com paixão: como é que um pobre pecador tem um lugar santo como esse! "Ai, meu querido", choramingou a conselheira, "assustou-me tanto que as pernas estão tremendo até agora, mal conseguem se firmar! Fui correndo, meio louca, falar com Macha: Máchenka, eu disse, o que vai ser de nós! Veja só, aquele *seu*, que tipo é! Que pecado o meu, querido, você perdoe essa velha, cometi uma gafe. Então pensei: depois que saiu daqui ontem, foi pra casa tarde, começou a pensar, quem sabe, talvez tenha achado que ontem o bajulamos intencionalmente, com artimanhas, fiquei até paralisada! Basta, Máchenka, basta, não precisa piscar pra mim, Óssip Mikháilitch não é um estranho; e eu sou sua mãe, não direi nada de mal! Graças a Deus, estou neste mundo há mais de vinte anos: quarenta e cinco anos inteiros!"

Então, senhores! Por pouco não me esborrachei ali mesmo, aos seus pés! De novo derramamos lágrimas, de novo beijos! Começamos com piadas! Fedossiêi Nikoláitch também se permitiu inventar umas piadas de primeiro de abril! Disse então: apareceu um pássaro de fogo, com bico de brilhante, e no bico trazia uma carta! Veja só o que inventou, foi uma risada e tanto! Que comoção! *Fuu*! É até vergonhoso contar.

Pois então, meus queridinhos, agora falta pouco! Assim passamos um dia, outro, um terceiro, uma semana; e eu já completamente noivo! Pra quê! Alianças encomendadas, marcaram o dia, só não queriam anunciar antes do tempo, iam esperar o inspetor. Eu não aguentava mais esperar, a minha felicidade dependia dele! Se pudesse liberar logo o tal, eu pensava. Enquanto isso Fedossiêi Nikoláitch, alegre e azafamado, ia deixando todos os negócios em cima de mim: contas, escrever informes, fazer balanços; olho aquilo: a mais terrível desordem, tudo largado, cheio de garranchos e risquinhos! Bem, penso, uma labuta pelo meu sogrinho!

Enquanto isso, ele passa mal, cai doente e, pelo visto, vai piorando dia após dia. E eu também, fino feito um palito, à noite não durmo, com medo de não aguentar! No entanto, terminei o negócio às mil maravilhas! No prazo! De repente mandaram me chamar às pressas. "Rápido", disseram, "Fedossiêi Nikoláitch está mal!" Saio correndo, quebrando a cabeça: o que será? Chego lá, olho: o meu Fedossiêi Nikoláitch sentado, enrolado, tinha aplicado vinagre na cabeça, fazia caretas, gemia, soltava ais, oh e mais oh! "Meu querido, meu amado", disse, "vou morrer, aos cuidados de quem deixarei vocês, meus pintinhos?" A esposa e as crianças chegaram, arrastados, Máchenka em lágrimas, e até eu caí no choro! "Não, não será assim", disse, "Deus terá misericórdia! Não cobrará de vocês pelos meus pecados!" Aqui dispensou todos eles, ordenou trancar a porta, ficamos só nós dois, olho no olho. "Tenho um pedido a lhe fazer!" — "Qual?" — "É, irmão, nem no leito de morte temos sossego, estou em apuros!" — "Como assim?" Eu até empalideci, perdi a fala. "Pois é isso, irmão, tive de pegar a mais do erário; eu, irmão, para o bem geral não faço conta de nada, nem da própria vida! Você não pense mal de mim! Fico pesaroso porque uns caluniadores mancharam o meu nome diante de você... Você se enganou, vivi amargurado desde então! O inspetor está chegando, e na casa de Matvéiev faltam sete mil, mas quem responde por isso... sou eu, quem mais? É de mim, irmão, que vão cobrar: o que esperar? E pegar o que de Matvéiev?! Dele já tive bastante; para que ainda mais um golpe no desgraçado?" Deus meu, penso eu, é um justo! Que alma! E ele: "Bem, da filha não quero pegar, do dote que lhe cabe; essa soma é sagrada! Tenho os meus, é verdade, mas estão emprestados com outros, aonde é que vou arranjar agora?". Eu, nessa hora, assim como estava, caí de joelhos diante dele. "Meu benfeitor", gritei, "eu o insultei, ofendi demais, caluniadores escreveram contra você, não se torture, pegue de volta o seu dinheirinho!" Ficou olhando pra mim, lágrimas escorriam de seus olhos. "Eu já esperava isso de você, meu filho, levante-se; já o perdoara antes pelas lágrimas de minha filha! Agora o perdoo também com o coração. Você curou, disse ele, as minhas chagas! Eu o abençoo para sempre!" Assim que ele me abençoou, fui a toda para casa, peguei a soma: "Eis aqui tudo, paizinho, gastei só cinquenta rublos!". — "Não tem problema", disse ele, "não se deve culpar a pessoa por uma coisa qualquer; o tempo é curto, escreva aí um informe, com data retroativa, dizendo que precisou de um adiantamento do ordenado de cinquenta rublos. Assim eu mostro oficialmente que foi dado a você de adiantamento...". Pois então, senhores! O que acham? Pois eu escrevi o tal informe!

— E depois? Como é que isso terminou?

— Depois que escrevi o informe, meus senhores, eis o que aconteceu. Um dia depois, no dia seguinte, de manhã bem cedinho, um pacote com o selo do tesouro. Abro e o que vejo? Dispensado! Negócio fechado, faça as contas e pode seguir o seu caminho!

— Como assim?

— Pois foi o que eu fiz, gritei feito um possesso: como assim?! Senhores! Os meus ouvidos zuniam! Eu pensei: foi um acaso, o inspetor chegou à cidade. Meu coração sobressaltou-se! Mas depois, pensei, foi de caso pensado! Do jeito que estava fui procurar Fedossiêi Nikoláitch: "O que é isso?", eu disse. — "Isso o quê?", disse ele. — "Esta dispensa, ora!" — "Que dispensa?" — "Esta!" — "É isso, uma dispensa!" — "Mas, como assim, eu pedi, por acaso?" — "Como não, o senhor entregou o informe, no primeiro de abril entregou." (Pois eu não tinha pegado o papel de volta!) — "Fedossiêi Nikoláitch! Será que estou ouvindo isso, será que estou vendo isso!" — "O que há?" — "Senhor, Deus meu!" — "Sinto muito, senhor, sinto muito, realmente, é uma pena que resolveu pedir dispensa tão cedo! O jovem precisa servir, mas, o senhor, parece que não está bem da cabeça. Quanto ao atestado de bons serviços, fique tranquilo: eu cuidarei disso. O senhor sempre prestou bons serviços!" — "Mas se eu estava de brincadeira, Fedossiêi Nikoláitch! Eu não queria, eu só entreguei o papel em família... foi isso!" — "Como assim? Que brincadeira, senhor! Será que se pode brincar com esses documentos! O senhor vai acabar na Sibéria por causa dessas brincadeiras. Agora adeus, estou sem tempo, temos um inspetor, as obrigações do serviço acima de tudo; o senhor está de papo pro ar, mas nós temos o nosso serviço. Mas eu vou fazer o seu atestado, como deve ser. E mais uma coisa, negociei a compra da casa de Matvéiev, vamos nos mudar por esses dias, de modo que espero não ter o prazer de vê-lo no novo endereço. Boa viagem!" Corri para casa às pressas: "Estamos perdidos, vovó!". Ela rugiu, colérica; nesse momento, vimos que vinha chegando um moleque, da parte de Fedossiêi Nikoláitch, com um bilhete e uma gaiola, dentro da gaiola um estorninho; era o mesmo que eu, transbordando de sentimentos, tinha dado a ela de presente, um estorninho falante; e no bilhete estava escrito: *primeiro de abril*, além disso não havia mais nada. Pois então, senhores, o que acharam?

— Mas, e depois, o que aconteceu depois???

— Depois! Uma vez encontrei Fedossiêi Nikoláitch, queria dizer na cara dele: canalha...

— E...

— Não sei por quê, não disse nada, senhores!

(1848)

Tradução de Denise Sales

Ivan Turguêniev

Ivan Serguêievitch Turguêniev (1818-1883), autor de romances, novelas, contos e peças, foi o primeiro escritor russo a granjear fama fora de seu país. Tornou-se o romancista russo favorito de autores como Henry James, que via nele o ápice da sofisticação narrativa. "Relíquia viva" faz parte do ciclo de contos *Memórias de um caçador*, reunidos em livro pela primeira vez em 1852 — com uma nova edição em 1874, quando "Relíquia viva" e mais dois contos foram acrescentados ao conjunto. Esse livro, sutil na arte e forte na perspectiva moral, é um dos marcos literários da década de 1850 na Rússia. Melchior de Vogüé o considera um dos melhores exemplos do realismo "superior" russo, e o posiciona no cerne (literalmente, já que o comentário está exatamente no meio do texto) do seu estudo fundamental sobre o romance russo (1886). Após um resumo do conto, ele diz: "Tudo isso não dá margem para análise: seria como se quiséssemos segurar asas de borboleta; a própria trama da narrativa é tão tênue, tão simples; muito pouca coisa por tudo que ali existe, ou melhor ainda, por tudo que ali não aparece. Diante do assunto, imagino como as diversas escolas literárias o teriam compreendido. Um romântico dos bons tempos nos mostraria a fatalidade acirrada contra aquela criatura; faria um protesto vivo contra a ordem do universo, um monstro doloroso, a mulher de Quasímodo [...] Nada de semelhante em Turguêniev; o escritor desliza discretamente pelas misérias físicas, com palavras [...] O talento está na proporção direta entre o real e o ideal; cada detalhe espelha a realidade, na mediania humana, e o conjunto é envolvido pelo halo do ideal" (tradução de Brito Broca).

Relíquia viva

Terra natal de longa paciência
És a terra do povo russo

Tiútchev

Reza o provérbio francês: "Pescador seco e caçador molhado são um triste espetáculo". Como nunca tive propensão para a pescaria, não posso julgar o que sente um pescador em um dia de tempo claro e bom, e nem o quanto, num dia de mau tempo, o prazer que lhe proporciona a pesca farta prevalece sobre a desagradável sensação de estar molhado. Mas para um caçador a chuva é uma verdadeira calamidade. E foi exatamente a uma calamidade dessas que nos expusemos Ermolai e eu em uma de nossas viagens à procura de tetrazes no distrito de Beliov. A chuva não cessava desde a madrugada. O que não fizemos para livrar-nos dela! Cobrimo-nos quase até cabeça com capas de borracha e paramos debaixo das árvores para que pingasse menos... As capas impermeáveis, sem falar que nos atrapalhavam ao atirar, deixavam passar água da maneira mais desavergonhada; e sob as árvores, é verdade, num primeiro momento parecia não pingar, mas de repente a água que se acumulara na folhagem abria caminho e cada ramo nos ensopava como uma calha; um filete gelado se metia por debaixo do colarinho e descia ao longo da coluna vertebral. Era só o que faltava, como dizia Ermolai:

— Não, Piotr Petróvitch — exclamou por fim. — Assim é impossível!... Não dá para caçar hoje. O nariz dos cachorros enche de água; as espingardas negam fogo... Pff! Que maldição!

— O que fazemos, então? — perguntei.

— Fazemos o seguinte. Vamos a Alekséievka. O senhor talvez não saiba, mas por essas bandas tem um sitiozinho da sua mãe; fica a umas oito verstas daqui. Podemos pernoitar lá, e amanhã...

— Voltamos para cá?

— Não, para cá, não. Sei de alguns lugares atrás de Alekséievka... Muito melhores para caçar galos!

Não quis indagar a meu fiel companheiro de viagem por que motivo ele não me levara direto para aqueles lugares, e nesse mesmo dia chegamos ao sítio de minha mãe, de cuja existência, confesso, nem suspeitava até esse momento. Havia ali uma casinha, decrépita porém desabitada e, por isso, limpa; passei nela uma noite bastante tranquila.

No dia seguinte, acordei cedinho. O sol havia nascido há pouco; não havia uma nuvem no céu; tudo à minha volta brilhava com luminosidade redobrada: o brilho dos novos raios de sol da manhã e do aguaceiro do dia anterior. Enquanto aprontavam uma charrete para mim, fui dar uma volta pelo pequeno jardim, antigamente um pomar, mas agora selvagem, que cercava por todos os lados a casinha dos fundos com sua densidade aromática e suculenta. Ah, como era bom estar ao ar livre sob o céu claro em que esvoaçavam cotovias e de onde choviam as miçangas prateadas de seu canto sonoro! Certamente levavam em suas asas as gotas de orvalho que pareciam umedecer suas canções. Até tirei o gorro da cabeça e alegremente respirei com todo o peito... Na encosta de um barranco pouco profundo, bem ao lado de uma cerca, avistava-se um apiário; um atalho levava a ele, retorcendo-se como uma cobra entre densas paredes de ervas daninhas e urtiga, acima das quais se erguiam — trazidas Deus sabe de onde — hastes pontiagudas de cânhamo verde-escuro.

Entrei por esse atalho e andei até o apiário. Ao lado dele havia um *amchanik*, um galpãozinho feito de galhos entrelaçados onde armazenam as colmeias no inverno. Espiei pela porta entreaberta: estava escuro, silencioso e seco; cheirava a hortelã e erva-cidreira. No canto haviam improvisado umas tábuas e, sobre elas, coberta por uma manta, via-se uma pequena silhueta. Virei-me para sair...

— Senhor, mas senhor! Piotr Petróvitch! — escutei uma voz fraca, lenta e rouca como o farfalhar do espargânio no pântano.

Parei.

— Piotr Petróvitch! Venha aqui, por favor! — repetiu a voz. Ela chegava aos meus ouvidos vinda do canto, das tábuas que eu havia notado.

Aproximei-me — e fiquei petrificado de assombro. Diante de mim estava deitado um ser humano vivo, mas o que era aquilo?

A cabeça estava completamente murcha, inteira cor de bronze — era, sem tirar nem pôr, um quadro de um ícone antigo; o nariz era estreito como a lâmina de uma faca; os lábios estavam quase invisíveis — apenas dentes e olhos reluziam brancos, e, debaixo do lenço, mechas ralas de cabelo amarelo escapavam para a testa. Ao lado do queixo, na dobra da manta, como palitinhos, moviam-se lentamente os dedos de duas mãos minúsculas, também cor de bronze.

Fitei-a com maior atenção: o rosto não só não era feio como até chegava a ser bonito, apesar de assustador e incomum. E me parecia ainda mais terrível que, em suas faces metálicas, eu o via esforçar-se, esforçar-se... sem conseguir abrir um sorriso.

— Não me reconhece, senhor? — sussurrou de novo a voz que parecia evaporar-se dos lábios quase imóveis. — Mas como poderia reconhecer? Sou eu, Lukéria... O senhor se lembra que eu guiava as danças de roda no sítio de sua mãe, em Spásskoie? Lembra que eu também era a primeira cantora do coro?

— Lukéria! — exclamei. — É você mesmo? Será possível?

— Sou eu, sim, senhor. Sou eu — Lukéria.

Eu não sabia o que dizer, e com que assombro olhava para aquele rosto escuro, inerte, com os olhos claros e mortiços fixos em mim. Seria possível? Aquela múmia era Lukéria, a mulher mais bonita de toda a nossa criadagem, alta, roliça, branca, corada, risonha, bailadeira e cantadeira! Lukéria, aquela moça sabida, cortejada por todos os nossos jovens e por quem eu próprio suspirava em segredo, eu — um menino de dezesseis anos!

— Meu Deus, Lukéria, — falei, finalmente, — o que foi que aconteceu com você?

— Sofri tamanha desgraça! Não tenha nojo, senhor, não sinta asco de minha dor — sente no barrilzinho, mais perto senão o senhor não me escuta. Viu só como minha voz está forte? Ah, como estou feliz de ver o senhor! Como veio parar em Alekséievka?

Lukéria falava muito baixo e com voz fraca, mas sem pausas.

— Foi Ermolai, o caçador, quem me trouxe aqui. Mas conte-me...

— Contar minha desgraça? Pois não, senhor. Isso aconteceu comigo faz já muito tempo, uns seis ou sete anos. Naquela época tinham acabado de me noivar com Vassili Poliakov, lembra? Era tão bem-apessoado, de cabelos encaracolados, servia de copeiro na casa de sua mãe. Nessa época o senhor já não estava mais no povoado; tinha ido embora para estudar em Moscou. Eu e Vassili estávamos doidinhos um pelo outro; ele não me saía da cabeça; isso aconteceu na primavera. Uma vez, à noite... não faltava muito para amanhecer e eu não conseguia dormir: no jardim, um rouxinol cantava de um jeito tão maravilhoso, tão doce! Aí, não me aguentei; levantei e fui para o terraço escutar. Ele cantava, cantava... e de repente achei que alguém estava me chamando com a voz de Vassili, assim, baixinho: "Lucha!...". Olhei para o lado e — meio adormecida, pelo visto — tropecei e voei do terraço direto para baixo — contra a terra, bum! E parecia que não tinha me machucado muito, porque logo me levantei e voltei para o quarto. Mas senti que alguma coisa dentro de mim — nas minhas entranhas — se rasgou... Deixe tomar fôlego... um minuto, senhor.

Lukéria calou-se, e eu olhava para ela estupefato. O que me deixou pasmo foi que ela contara sua história de uma maneira quase alegre, sem suspiros nem queixas, sem lastimar-se de nada nem pedir compaixão.

— Desde aquela vez — continuou Lukéria — comecei a murchar, a definhar; apareceu uma escuridão dentro de mim — foi ficando difícil de andar e, depois, de mexer as pernas direito; não consigo nem estar de pé, nem me sentar; fico sempre deitada. Não quero nem comer, nem beber: vou de mal a pior. Sua mãe, por pura bondade, até me mostrou para os médicos e me mandou para o hospital. Mas não encontrei alívio. E nenhum médico soube dizer que doença é essa. O que não fizeram comigo! Queimaram minhas costas com ferro em brasa, me fizeram sentar em gelo partido — e nada. No fim, fiquei completamente entrevada... Aí, os senhores decidiram que não adiantava continuar me tratando, e ter uma aleijada em casa era incômodo... Então, me mandaram para cá — porque tenho parentes aqui. E é aqui que moro, como pode ver.

Lukéria se calou novamente e se esforçou para sorrir.

— Mas é um horror, seu estado! — exclamei... e, sem saber o que acrescentar, perguntei: — E Vassili Poliakov? — Era uma pergunta muito tola.

Lukéria desviou um pouco os olhos.

— Poliakov? Penou, penou — e depois se casou com outra, com uma moça de Glínnoie. Conhece Glínnoie? Não fica longe daqui. Chamava-se Agrafiena. Ele me amava muito, mas era jovem — não ia ficar solteiro. E que tipo de companheira eu podia ser para ele? Achou uma esposa bonita, de bom coração, tiveram filhos. Está como intendente aqui, no vizinho: sua mãe o libertou pelo passaporte e, graças a Deus, ele está muito bem.

— E você só fica aqui deitada? — perguntei de novo.

— Só deitada, senhor, estou no sétimo ano. O verão passo aqui, nesse casebre, e quando começa o frio me levam para o quartinho de entrada da *bánia*.[1] Fico lá, deitada.

— E quem cuida de você? Alguém vem olhar você?

— Aqui também tem gente de bom coração. Não me largam sozinha. Eu nem dou muito trabalho. Comer, não como quase nada, e água, sempre tem ali na caneca, água limpa da nascente. Consigo alcançar sozinha: um dos meus braços ainda mexe. E tem uma menina aqui, uma orfãzinha; de vez em quando ela vem me ver, sou agradecida. Esteve aqui agorinha mesmo... O senhor não encontrou com ela? Muito bonitinha, branquinha. Ela traz flores para mim; sempre gostei muito delas, das flores. Não temos flores de jardim — antes tinha, mas sumiram. Mas as flores campestres também são boas, e cheiram ainda melhor que as de jardim. Por exemplo, esses lírios-do-vale... muito mais simpáticos!

— E você não sente tédio, não tem medo, minha pobre Lukéria?

— Fazer o quê? Não quero mentir, no começo era sofrido; mas depois tomei o costume, me amoldei — está tudo bem; tem gente que passa por coisa pior.

— Como assim?

— Alguns não têm nem abrigo! E outros são cegos ou surdos. Já eu, graças a Deus, vejo perfeitamente, e escuto tudo, tudo. Uma toupeira se remexe por debaixo da terra — até isso eu escuto. E consigo sentir qualquer cheiro, por mais fraco que seja. O trigo sarraceno começa a florescer no campo, ou a tília no jardim — não precisam nem me contar: sou a primeira a sentir. Basta que o vento sopre de lá para cá. Não, para que deixar Deus zangado? Tem muita gente pior que eu. Até as pessoas saudáveis, para elas é muito fácil pecar; de mim, o próprio pecado se afastou. Há alguns dias, padre Aleksei começou a me dar a comunhão e disse: "Você — disse —, não precisa se confessar: como poderia pecar nesse estado?". Mas eu respondi: "E pecado em pensamento, paizinho?" — "Ah — disse, rindo — esse pecado não é grave."

— Mas acho que nem nesse pecado em pensamento devo cair muito — continuou Lukéria —, porque me ensinei a não pensar e, mais ainda — a não lembrar. O tempo passa mais rápido.

Confesso que me surpreendi.

---

[1] Pequena construção onde se tomam banhos de vapor. (N. da T.)

— Você está sempre sozinha, Lukéria; como consegue impedir que os pensamentos lhe venham à cabeça? Ou você dorme o tempo todo?

— Ai, não, senhor! Nem sempre consigo dormir. Mesmo que não sinta grandes dores, algo me queima bem lá nas entranhas, e nos ossos também; não me deixa dormir direito. Não... Fico aqui deitadinha e não penso; sinto que estou viva, respiro — estou toda aqui. Olho, escuto. As abelhas nas colmeias zunem e zumbem; uma pomba pousa no telhado e começa a arrulhar; uma galinha-choca entra com seus pintinhos para bicar migalhas; ou então, vem um pardal ou uma borboleta — me alegra muito. Inclusive, no ano retrasado umas andorinhas fizeram um ninho ali no canto e tiveram filhotes. Ah, foi tão curioso! Uma entrava, se grudava no ninho, alimentava as crias e ia embora. Você olhava, e já tinha outra no lugar. Às vezes nem entrava, só passava voando em frente à porta aberta, e os filhotinhos começavam a piar e abrir o bico na mesma hora. Esperei que voltassem no ano seguinte, mas dizem que um caçador daqui atirou nelas com a espingarda. E o que ele queria com isso? Ela inteira, a andorinha, não é maior que um besouro. Como vocês são maus, senhores caçadores!

— Eu não atiro em andorinhas — apressei-me em observar.

— E uma vez — começou Lukéria de novo — foi muito engraçado! Um coelho entrou correndo, juro! Não sei se eram os cachorros que estavam atrás dele, só sei que entrou correndo direto pela porta!... Sentou aqui pertinho e até passou bastante tempo mexendo o nariz e contorcendo os bigodes — um verdadeiro oficial! E ficou me olhando. Entendeu, pelo visto, que eu não era perigo para ele. Por fim se levantou, foi aos pulinhos até a porta, parou na soleira, olhou para trás — e lá se foi! Tão engraçado!

Lukéria me olhou como quem diz: "não é divertido?". Para agradá-la, ri. Ela mordeu os lábios ressecados.

— Mas no inverno, claro, é pior, porque fica escuro; dá pena acender uma vela e, para quê? Até sei o alfabeto e sempre fui amiga da leitura, mas vou ler o quê? Aqui não tem nenhum livro e, mesmo que tivesse, como é que vou segurar? Padre Aleksei trouxe um calendário para me distrair; aí viu que não tinha utilidade e levou embora outra vez. Mas mesmo que esteja escuro, sempre tem alguma coisa para escutar: um grilo canta, ou um rato começa a raspar em algum lugar. É assim que fica bom para não pensar!

— Ou senão, rezo orações — continuou Lukéria, depois de descansar um pouco. — Só que sei poucas dessas rezas. E para que vou aborrecer Deus, Nosso Senhor? Que posso pedir para ele? Ele sabe melhor do que eu o que é bom para mim. Se me mandou essa cruz, significa que ele me ama. É assim que devemos entender. Rezo pai-nosso, ave-maria, o acatisto *A Todos os Aflitos* — e outra vez fico aqui deitada sem nenhum pensamento. E tudo bem!

Passaram-se uns dois minutos. Não interrompi o silêncio e não me mexi sobre o barril estreito que me servia de assento. A imobilidade cruel e pétrea daquela criatura viva e infeliz que jazia à minha frente contagiou inclusive a mim: também fiquei como que petrificado.

— Escute, Lukéria — comecei, finalmente. — Escute a proposta que lhe faço. Se você quiser, organizo tudo: transportam-na para um hospital, um bom hospital da cidade. Quem sabe, talvez ainda curem você. Em todo caso, não ficará sozinha.

Lukéria moveu um pouco as sobrancelhas.

— Oh, não, senhor — soltou um sussurro preocupado —, não me transfira para o hospital, não mexa comigo. Lá só vou padecer mais. E não tem como me curar!... Uma vez, veio um médico aqui e quis me examinar. Pedi a ele: "Me deixe quieta, pelo amor de Deus". Que nada! Começou a me revirar, apertou e esticou meus braços e minhas pernas; disse: "Faço isso pelo bem do estudo; assim sirvo, sou cientista! E você — disse — não pode se opor a mim porque me deram uma condecoração pelos esforços que fiz, e é por vocês, tolos, que trabalho". Me sacolejou, sacolejou, disse o nome da minha doença — de um jeito complicado — e com isso foi embora. E depois, passei a semana inteira com os ossos doendo. O senhor diz que aqui estou sozinha, sempre sozinha. Não, nem sempre. As pessoas vêm me ver. Sou quietinha, não incomodo ninguém. As moças da roça vêm prosear; uma peregrina passa por aqui, começa a contar sobre Jerusalém, sobre Kíev, sobre as cidades santas. E nem tenho medo de ficar só. É até melhor, palavra! Senhor, não mexa comigo, não me leve para o hospital... Agradeço, o senhor tem um bom coração, mas não mexa comigo.

— Como queira, como queira, Lukéria. Queria fazer o melhor para você.

— Sei que é para o meu bem. Mas, meu querido senhor, quem é que pode ajudar o outro? Quem entra na alma de outra pessoa? As pessoas que ajudem a si mesmas! O senhor não vai acreditar, mas às vezes fico deitada aqui, sozinha... e é como se em todo o mundo não existisse ninguém além de mim. Sou a única pessoa viva! E parece que algo vai me iluminar... Um pensamento toma conta de mim — é até assombroso.

— E sobre o que você pensa nessas horas, Lukéria?

— Isso, senhor, não tem como dizer: não se explica. E aí depois cai no esquecimento. Chega feito uma nuvenzinha, deságua, fica tudo fresco e bom — mas o que aconteceu, não dá para entender. Só penso que, se tivesse gente em volta, nada disso aconteceria e eu não sentiria nada além da minha dor.

Lukéria respirou com dificuldade. Seu peito não a obedecia — assim como os demais membros.

— Olho para o senhor — começou ela outra vez — e vejo que sente muita pena de mim. Mas não tenha tanto dó, de verdade! Por exemplo, vou lhe contar algo: às vezes, até mesmo agora... O senhor deve lembrar como eu era alegre no meu tempo. Uma moça festeira!... E sabe de uma coisa? Mesmo agora ainda canto canções.

— Canções? Você?

— Sim, canções, canções antigas, cantigas de roda, de festa, de Natal, qualquer uma! Sabia muitas e não me esqueci. Só não canto as músicas para dançar. Não fica bem no estado em que estou.

— Como é que você as canta... em voz baixa?

— Tanto em voz baixa quanto em voz alta. Não consigo cantar muito alto, mas dá para entender. Como contei ao senhor, uma menina vem me ver. É uma orfãzinha, muito esperta. E ensinei para ela; já pegou quatro canções. Ou o senhor não acredita? Espere, agora mesmo vou...

Lukéria criou ânimo... A ideia de que aquela criatura meio morta estava se preparando para cantar suscitou em mim um terror involuntário. Mas antes que eu pudesse proferir qualquer palavra, começou a tremular nos meus ouvidos um som arrastado, quase inaudível, mas claro e preciso... um outro o sucedeu, e depois um terceiro. "Nos campos", cantava Lukéria. Fazia isso sem mudar a expressão de seu rosto petrificado, e até os olhos estavam fixos. Mas soava tão tocante essa vozinha pobre e forçada como um fio de fumaça hesitante que tanto queria esvaziar toda a alma... Já não sentia mais horror: uma compaixão indizível me apertou o coração.

— Ah, não consigo! — falou, de repente. — Minha força não chega. É que fiquei muito alegre de ver o senhor.

Ela fechou os olhos.

Coloquei a mão sobre seus dedos minúsculos e gelados... Ela me olhou — e suas pálpebras escuras, com uma penugem de cílios dourados como as das estátuas antigas, fecharam-se de novo. Passado um instante elas começaram a brilhar na penumbra... Uma lágrima as umedecia.

Permaneci imóvel.

— Veja como sou! — disse Lukéria de repente com uma força inesperada e, abrindo bem os olhos, tentou piscar para tirar uma lágrima. — Não é uma vergonha? O que deu em mim? Há muito tempo isso não acontecia comigo... desde aquele dia em que Vássia Poliakov veio aqui na primavera passada. Enquanto ele estava sentado conversando comigo, tudo bem; mas quando saiu, chorei tanto sozinha! De onde veio isso? É verdade que para nós, mulheres, as lágrimas vêm de graça. O senhor — acrescentou Lukéria — deve ter um lenço... Não tenha nojo, seque meus olhos.

Apressei-me em cumprir seu desejo e deixei o lenço para ela. Primeiro, ela recusava... "Para que esse presente?", disse. O lenço era muito simples, mas limpo e branco. Depois, agarrou-o com seus dedos fracos e já não voltou a abri-los. Acostumado à escuridão em que ambos nos encontrávamos, podia distinguir com clareza seus traços e até discernir o fino rubor que transparecia através do bronze de seu rosto; podia descobrir nesta face — ao menos assim me pareceu — vestígios de sua antiga beleza.

— O senhor me perguntou — recomeçou Lukéria — se eu dormia. É verdade que durmo raramente, mas sonho todas as vezes — são sonhos lindos! Nunca me vejo doente: nos sonhos, estou sempre jovem e saudável... Só tenho um desgosto: quando acordo, quero dar uma boa espreguiçada, mas estou feito pedra. Uma vez, que sonho maravilhoso tive! O senhor quer que eu conte?... Então escute. Me via em um campo, rodeada de centeio muito alto, maduro, como se fosse de ouro!... E estava comigo um cachorro cor de ferrugem, bravo que só ele, que queria me morder o tempo todo. E eu tinha uma foice nas minhas mãos, não uma foice simples, mas uma igual a uma lua quando ela se parece com uma foice. E com essa mesma lua eu devia ceifar o centeio até o fim. Só que eu estava mole pelo calor, a lua me cegava, comecei a sentir uma preguiça enquanto ao meu redor cresciam centáureas, e eram tão graúdas! Todas viraram as cabecinhas na minha direção. Aí pensei: vou colher essas centáureas porque Vássia prometeu vir: faço uma guirlanda primeiro, e ainda vou ter tempo para a colheita. Começo a arrancar as centáureas, mas elas derretem e derretem entre os meus dedos, não importa o que eu faça! E não consigo fazer a guirlanda. Enquanto isso, ouço que alguém vem vindo até mim, assim pertinho, e chama: "Lucha! Lucha!...". Ai, penso, que desgraça — não tive tempo! Não importa, vou colocar essa lua na cabeça ao invés das centáureas. Ponho a lua na cabeça como se fosse um *kokóchnik*,[2] e aí começo a brilhar inteira e ilumino todo o campo ao meu redor. Olho — e no alto das espigas vem rapidinho alguém na minha direção — só que não é Vássia, é o próprio Cristo! Não sei dizer como soube que era Cristo — não o pintam assim — mas era ele! Sem barba, alto, jovem, todo de branco — só o cinto era dourado — e me estende a mão. "Não tenha medo — diz — minha noiva enfeitada, siga-me; você vai liderar o coro do reino dos céus e tocar as canções celestiais." E lá fui eu beijar sua mão! Meu cachorrinho mordeu minha pernas... mas aí subimos! Ele ia na frente. Suas asas abriram-se por todo o céu, compridas como as de uma gaivota — e eu ia atrás dele! E o cachorrinho teve que ficar para trás. Só então entendi que esse cachorro é a minha doença, e que no reino dos céus não vai ter lugar para ela.

Lukéria se calou por um minuto.

— Outra vez me veio um sonho — começou novamente —, mas pode ser que tenha sido uma visão, já nem sei. Sonhei que estava deitada neste mesmo casebre e apareciam para mim meus finados pais — minha mãezinha e meu paizinho — e me faziam uma reverência profunda, mas não falavam nada. Perguntei para eles: por quê, mamãe e papai, vocês se curvam diante de mim? Porque, respondem, como você sofre muito neste mundo, não aliviou só a sua alma, mas também tirou de nós um grande fardo. E nossa vida no outro mundo melhorou muito. Você já pagou seus pecados; agora, está descontando os nossos. E, depois de falar isso, meus pais outra vez se curvaram e não os vi mais: só se viam as paredes. Depois, duvidei muito do que foi que aconteceu comigo. Até contei para o padre, tim-tim por tim-tim. Mas ele achou que não foi uma visão, porque visões só aparecem para os sacerdotes da igreja.

— E veja esse outro sonho que tive — continuou Lukéria. — Me vi sentada em uma grande estrada, debaixo de um salgueiro, segurando um cajado entalhado, uma sacola nos ombros e a cabeça coberta com um lenço — uma peregrina da cabeça aos pés! E tinha que ir muito, muito longe em romaria. Os peregrinos passavam na minha frente sem parar;

---

[2] Adorno feminino para a cabeça. (N. da T.)

iam devagar, como se a contragosto, todos na mesma direção; tinham o rosto tristonho e eram muito parecidos entre si. E vi que entre eles uma mulher vagava agitada, uma cabeça inteira mais alta que os outros, e até usava um vestido diferente, como se não fosse daqui, não fosse russa. E o rosto também era especial, um rosto magro, duro. Parecia que todos os outros a evitavam; mas ela de repente se virou e veio direto na minha direção. Parou e me olhou; seus olhos eram como os de um falcão, amarelos, grandes e bem clarinhos. Então, perguntei: "Quem é você?". E ela me respondeu: "Sou sua morte". Eu devia ter me assustado, mas, ao contrário, fiquei toda contente e fiz o sinal da cruz. Aí, essa mulher, a minha morte, me disse: "Me dá pena, Lukéria, mas não posso levar você comigo. Adeus!". Meu Nosso Senhor, que tristeza me deu nessa hora! "Me leve com você — falei — mãezinha querida, me leve!" E minha morte se virou para mim e começou a ralhar comigo... Entendi que ela estava marcando minha hora, mas de um jeito confuso, era impossível de entender... Disse que era depois do dia de São Pedro... Com isso, acordei... Veja só que sonhos surpreendentes eu tenho!

Lukéria voltou os olhos para cima e ficou pensativa...

— Só tenho um mal: acontece de passar uma semana inteira e eu não dormir nem uma vez. No ano passado, uma senhora passou por aqui, me viu e me deu um vidrinho de remédio contra insônia; mandou tomar dez gotas por vez. Me ajudou muito, e eu dormia; só que agora o vidrinho acabou faz tempo... O senhor não sabe que remédio era esse e como conseguir mais um?

A senhora que passou, pelo visto, havia dado ópio para Lukéria. Prometi mandar para ela outro vidrinho e de novo não pude deixar de admirar-me em voz alta por sua paciência.

— Ah, senhor! — replicou. — De que está falando? Que paciência é essa? A paciência de Simeão Estilita,[3] essa sim era grande: ficou trinta anos em cima de uma coluna! Outro homem santo ordenou que o enterrassem até o peito sob a terra, e as formigas comiam seu rosto... E um estudioso de religião ainda me contou de um certo país que foi conquistado pelos agarenos, e eles torturaram e mataram todos os moradores do lugar; e não importa o que eles fizessem, não conseguiam se libertar de

---

[3] Santo nascido na Síria que viveu entre 390 e 459 d.C. Foi inaugurador da tradição de santos estilitas, que viviam sobre uma coluna para assegurar uma vida mais austera. (N. da T.)

jeito nenhum. Então, apareceu entre eles uma virgem santa; ela pegou a grande espada, vestiu uma armadura de dois *puds*,[4] foi até os agarenos e expulsou todos para além do mar. Só que, quando os expulsou, disse: "Agora me queimem, porque esta foi minha promessa, que eu morreria no fogo por meu povo". E os agarenos pegaram a mulher e queimaram, e desde então o povo se libertou para sempre! Isso é que é proeza! Eu, que nada!

Surpreendi-me sozinho ao ver de onde e como chegara até ali a lenda de Joana d'Arc e, depois de um breve silêncio, perguntei a Lukéria quantos anos tinha.

— Vinte e oito... ou então vinte e nove... A trinta não cheguei. Mas para que contar esses anos? Vou contar outra coisa para o senhor...

Lukéria de repente soltou uma tosse seca e um gemido...

— Você está falando muito — observei —, pode lhe fazer mal.

— É verdade — sussurrou ela de maneira quase inaudível —, chegou o fim da nossa conversa; mas não tem problema! Agora, quando o senhor for embora, vou ficar quieta à vontade. Pelo menos lavei a alma...

Comecei a despedir-me dela, repeti minha promessa de mandar o remédio, pedi mais uma vez que pensasse direitinho e me dissesse se não precisava de nada.

— Não preciso de nada; estou satisfeita com tudo, graças a Deus — com um enorme esforço, mas comovida, disse. — Que Deus dê saúde a todos! E o senhor podia convencer a sua mãezinha de que os camponeses daqui são pobres — ela podia abaixar um pouco o *obrok*,[5] nem que fosse um pouquinho! Eles têm pouca terra, não são donos de nada... Rezariam a Deus pelo senhor... Mas não preciso de nada — estou satisfeita.

Dei minha palavra a Lukéria que cumpriria seu pedido e já estava chegando à porta quando ela me chamou outra vez.

— Lembra, senhor — disse, e algo milagroso brilhou por um momento em seus olhos e lábios — como era minha trança? Lembra? Ia bem até meus joelhos! Levei muito tempo para decidir... Que cabelo! Mas como é que ia pentear? No meu estado!... Então, cortei. É... Bem, perdão, senhor! Não posso mais...

---

[4] Antiga unidade de peso russa, equivalente a 16,38 quilos. (N. da T.)

[5] Imposto que os servos pagavam aos senhores. (N. da T.)

Naquele mesmo dia, antes de sair para a caçada, tive uma conversa sobre Lukéria com o capataz do sítio. Soube por ele que na aldeia a haviam apelidado de "Relíquia viva":[6] e que, aliás, nunca a haviam visto inquieta, nunca dera trabalho a ninguém; não se escutava nem mesmo um resmungo dela, nem um lamento. "Ela mesma não pede nada, ao contrário — é agradecida por tudo; quietinha que só ela, tenho que admitir. Vítima de Deus"— assim concluiu o capataz. "Por seus pecados, deve ser; mas não entramos nisso. E quanto a condenar a moça — não, não chegamos a isso. É problema dela."

Algumas semanas depois, soube que Lukéria havia falecido. A morte veio mesmo buscá-la... e "depois do dia de São Pedro". Contavam que no dia de sua morte ela ouviu o repicar de sinos, ainda que de Alekséievka até a igreja contassem um pouco mais de cinco verstas e fosse um dia de semana. Porém, Lukéria dizia que o som não vinha da igreja, mas "de cima". Provavelmente, não ousava dizer: do céu.

(1874)

Tradução de Cecília Rosas

---

[6] A expressão em russo tem dois significados: os restos mortais de um santo ou uma pessoa extremamente magra. (N. da T.)

Vsiévolod Gárchin

"Quatro dias" é uma das experiências literárias mais marcantes da Rússia do século XIX. Vsiévolod Mikháilovitch Gárchin (1855-1888) viveu apenas 33 atribulados anos, nos quais participou da guerra russo-turca de 1877 — ano de publicação deste conto, a estreia do autor — e teve diversas crises nervosas, que culminaram com seu suicídio, atirando-se do alto de uma escada. Gárchin é considerado por muitos críticos como o grande nome "pouco-conhecido" da prosa russa, grandeza detectável especialmente em seus contos. Os temas da morte, da guerra e do mal, permanentes em sua obra, ganham em "Quatro dias" uma roupagem radical, inclusive antecipando procedimentos da arte do século XX, como o fluxo de consciência (nesse aspecto, guarda semelhança com certas técnicas utilizadas por Tolstói em seus *Contos de Sebastópol*).

Quatro dias

Eu me lembro de como corríamos pelo bosque, das balas zumbindo, dos ramos cortados por elas, caindo, e de como nos rasgávamos por entre moitas de espinhos. Os disparos ficaram mais frequentes. Através da orla do bosque apareceu algo avermelhado, cintilando aqui e ali. Sídorov, um jovem soldado do primeiro pelotão ("como ele veio parar na nossa fileira?", passou-me rapidamente pela cabeça), tombou ao chão de repente e olhou para mim em silêncio com grandes olhos apavorados. De sua boca escorria um fio de sangue. Sim, eu me lembro bem disso. Lembro-me também de quando, já quase na orla do bosque, nas moitas espessas, eu... *o avistei.* Era um turco enorme e robusto, mas avancei diretamente contra ele, embora eu fosse fraco e magro. Algo estalou, e pareceu-me que uma coisa enorme passara voando perto de mim; e um tilintar começou em meus ouvidos. "Ele atirou em mim", pensei eu. Mas ele, com um grito de horror, apertou as costas contra uma espessa moita de espinhos. Era possível desviar-se das moitas, mas de tanto medo ele não se lembrou de nada e enfiou-se nos ramos espinhosos. Com um golpe derrubei sua espingarda, com outro cravei minha baioneta em algum lugar. Alguma coisa rosnou, ou gemeu. Depois avancei mais adiante. Os nossos gritavam "hurra!", caíam, atiravam. Lembro-me de que também eu fiz alguns disparos, já saindo do bosque, na clareira. De repente, um "hurra" soou mais forte, e nós avançamos prontamente. Ou melhor, não nós, mas os nossos, porque eu tinha ficado. Isso me pareceu estranho. E mais estranho ainda é que de repente tudo desapareceu; todos os gritos e tiros haviam silenciado. Eu não ouvia nada, e via apenas alguma coisa azulada; devia ser o céu. Depois também isso desapareceu.

Eu jamais me encontrara numa situação tão estranha. Estava deitado, parece que de bruços, e via diante de mim apenas um pequeno pedaço de terra. Umas ervinhas, uma formiga deslizando de uma delas, alguns ciscos de mato do ano passado — aí estava todo o meu mundo. E eu o via com apenas um olho, porque o outro estava tapado com alguma coisa dura, talvez o ramo no qual minha cabeça estava apoiada. Sentia um desconforto terrível; eu queria, mas definitivamente não entendia por que não conseguia me mexer. E assim passava o tempo. Ouvia um cricrido de grilos, um zumbido de abelha. E não havia mais nada. Finalmente fiz um esforço, libertei o braço direito de sob meu corpo e, apoiando ambas as mãos no chão, tentei ficar de joelhos.

Alguma coisa aguda e rápida como um relâmpago atravessou todo o meu corpo, dos joelhos até o peito e a cabeça; e eu caí novamente. Outra vez a escuridão, outra vez não havia mais nada...

Despertei. Por que eu estava vendo as estrelas, que brilhavam tão fortemente no céu azul-escuro da Bulgária? Acaso não estava na barraca? Por que saí dela? Fiz um movimento e senti uma dor lancinante nas pernas.

Sim, fui ferido na batalha. Seria grave ou não? Agarrei as pernas onde estava doendo. Tanto a perna direita quanto a esquerda estavam cobertas de sangue encrostado. Quando as tocava com as mãos, a dor ficava ainda mais forte. Era como uma dor de dente: constante e que afligia até a alma. Um zumbido nos ouvidos, a cabeça pesada. De modo confuso, eu compreendi que estava ferido em ambas as pernas. Mas o que seria aquilo? Por que não me levaram? Será que os turcos tinham nos derrotado? Comecei a recordar o que se passara comigo; primeiro de modo confuso, depois com mais clareza, e cheguei à conclusão de que não fôramos derrotados em absoluto. Pois eu tinha caído (apesar de não me lembrar disso, lembrei-me de termos avançado, mas eu não conseguira correr, e restara-me apenas alguma coisa azulada diante dos olhos), e caí numa clareira, no alto de um morro. Indicara-nos aquela clareira o pequeno comandante do nosso batalhão. "Rapazes, vamos tomá-lo!" — gritou-nos ele com sua voz estrondosa. E nós o tomamos; isso significava que não tínhamos sido derrotados... Mas então por que não me recolheram? Pois aqui, na clareira, em campo aberto, podia-se ver tudo. Pois, decerto, eu não era o único que jazia ali. Eles atiravam com tanta intensidade. Precisava virar a cabeça e olhar. Agora estava mais fácil, porque ainda há pouco, quando acabara de despertar e vira a erva e a formiga que descia de cabeça, ao tentar me levantar eu havia caído, porém não na posição anterior, e sim de costas. É por isso que podia ver essas estrelas.

Eu me levantei e me sentei. É difícil fazer isso quando ambas as pernas estão fraturadas. Perdi as forças algumas vezes; finalmente, com lágrimas surgindo nos olhos de tanta dor, eu me sentei.

Acima de mim, um pedacinho de céu azul-escuro, onde brilhavam uma estrela grande e algumas pequenas; ao redor, alguma coisa escura, alta. Eram arbustos. Eu estava nos arbustos: não me acharam.

Eu sentia a raiz dos cabelos na minha cabeça se agitando.

Todavia, como é que eu tinha ido parar nos arbustos, se eles me acertaram na clareira? Mesmo ferido, devia ter me arrastado até ali, cegado pela dor. Apenas era estranho que agora não pudesse me mexer, e que naquele momento tenha conseguido me arrastar até aqueles arbustos. Mas talvez eu tivesse então apenas um ferimento, e uma outra bala tenha dado cabo de mim já ali.

Manchas pálidas e rosadas começaram a se movimentar ao meu redor. A grande estrela ficou pálida, algumas pequenas desapareceram. Era a lua surgindo. Como seria bom estar em casa agora!

Alguns sons estranhos chegaram até mim... Como se fosse alguém gemendo. Sim, era um gemido. Haveria perto de mim alguém igualmente esquecido, com as pernas fraturadas ou com uma bala na barriga? Não, os gemidos estavam bem próximos, mas perto de mim parecia não haver ninguém... Meu Deus, mas era eu mesmo! Gemidos baixos, dolorosos; estaria realmente com tanta dor? Devia ser. Mas eu não entendia aquela dor, porque tinha a cabeça confusa, pesada. Era melhor deitar e adormecer, e dormir, dormir... Mas será que conseguiria despertar? Pouco importava.

Nesse momento, quando me preparava para deitar, um largo e pálido fio de luz da lua iluminou plenamente o lugar onde eu estava, e vi uma coisa grande e escura deitada a uns cinco passos de mim. Nela era possível ver aqui e ali os reflexos da luz da lua. Eram os botões ou o equipamento. Era um cadáver ou um ferido.

Pouco importava; e eu me deitei...

Não, não podia ser! Os nossos não haviam partido. Eles estavam ali; eles tinham expulsado os turcos e ficaram naquela posição. Mas por que não havia ruído de vozes nem estalidos de fogueiras? Ora, eu é que não ouvia nada de tanta fraqueza. Eles estavam ali, decerto.

— Socorro!... Socorro!

Berros selvagens, enlouquecidos e roucos escapavam do meu peito, e ficavam sem resposta. Eles ressoavam fortemente pelo ar da noite. Todo o resto ficava em silêncio. Apenas os grilos cricrilavam sem cessar, como antes. A lua olhava lastimosa para mim com uma cara redonda.

Se *ele* estivesse ferido, teria acordado com esse grito. Era um cadáver. Era dos nossos ou era um turco? Ah, meu Deus! Como se isso importasse. E o sono foi caindo sobre meus olhos inflamados.

Estava deitado com os olhos fechados, embora há tempos tivesse despertado. Não queria abrir os olhos, porque sentia através das pálpebras fechadas a luz do sol: se eu abrisse os olhos, ela iria feri-los. E era melhor não me mexer... Na véspera (parecia que tinha sido na véspera) eu fora ferido; passaram-se vinte e quatro horas, iriam se passar outras vinte e quatro, e daí morreria. Pouco importava. Era melhor não me mexer. Que o corpo ficasse imóvel. Como seria bom parar também o trabalho do cérebro! Mas esse não se pode deter de jeito nenhum. Pensamentos e recordações iam se aglomerando na minha cabeça. No entanto, tudo era por pouco tempo, pois logo seria o fim. Apenas ficariam nos jornais algumas linhas dizendo que nossas perdas eram insignificantes: tantos feridos, e o recruta Ivanov, dos voluntários, morto. Não, nem o sobrenome iriam escrever; diriam apenas: um morto. Um recruta, como aquele cachorrinho...

O quadro inteiro irrompeu vivamente na minha imaginação. Foi há muito tempo; aliás, tudo, toda a minha vida, *aquela* vida de quando eu ainda não estava ali com as pernas fraturadas, estava tão distante... Eu ia pela rua, e parei por causa de um grupo de pessoas. A multidão estava parada, em silêncio, olhando para uma coisa esbranquiçada, ensanguentada, ganindo de forma lastimosa. Era um cachorro pequeno e bonitinho; o vagão de um carro americano[1] o atropelara. Ele estava morrendo, tal como eu então. Um zelador abriu caminho entre a multidão, pegou o cachorrinho pelo cangote e o levou. A multidão se dispersou.

Será que alguém iria me levar? Não, que ficasse ali deitado e morresse. E como a vida era boa!... Naquele dia (quando aconteceu essa desgraça com o cachorrinho) eu estava feliz. Eu andava numa certa embriaguez, e tinha motivo para isso. Vocês, lembranças, não me torturem, me deixem! A felicidade de outrora, os martírios daquele momento... que

---

[1] Veículo de tração animal que se deslocava sobre trilhos, desenvolvido nos Estados Unidos no século XIX. (N. do T.)

ficassem só os tormentos, que não me torturassem as lembranças que involuntariamente me obrigavam a fazer comparações. Ah, saudade, saudade! Você é pior que os ferimentos.

No entanto, estava ficando quente. O sol queimava. Abri os olhos, vi os mesmos arbustos, o mesmo céu, mas sob a luz do dia. E ali estava o meu vizinho. Sim, era um turco, um cadáver. Como era enorme! Eu o reconheci, era aquele mesmo...

À minha frente jazia um homem morto por mim. Por que o matei?

Ele jazia ali, morto, ensanguentado. Por que o destino o trouxe aqui? Quem era ele? Talvez ele, assim como eu, tivesse uma velha mãe. Ela ficaria sentada por longas noites junto à porta de sua casinha de barro miserável, olhando para o norte distante: não estaria chegando o seu filho querido, seu amparo, o seu sustento?...

E eu? Eu também... Eu até trocaria de lugar com ele. Como ele estava feliz: não ouvia nada, não sentia nem a dor dos ferimentos, nem a tristeza mortal, nem a aflição... A baioneta penetrara-lhe bem no coração... Ali na farda havia um grande buraco negro; ao redor dela, sangue. *Eu fiz isso.*

Eu não queria isso. Eu não queria o mal para ninguém quando estava indo lutar. A ideia de que eu teria de matar pessoas parecia ter se afastado de mim. Imaginava apenas que iria expor *meu* peito às balas. E eu fui e expus.

Mas e então? Imbecil, imbecil! E esse felá desgraçado (estava usando uma farda egípcia), ele era ainda menos culpado. Antes de os colocarem num navio a vapor, como arenque num barril, e os mandarem para Constantinopla, ele não tinha ouvido falar da Rússia nem da Bulgária. Mandaram-no ir, e ele foi. Se ele não fosse, iriam surrá-lo com paus, e então, talvez, algum paxá lhe cravaria uma bala de revólver. Ele foi, numa marcha longa e difícil, de Istambul a Ruschuk. Nós atacamos, ele se defendeu. Mas, quando viu que nós, homens terríveis que não temiam seu rifle inglês Martini-Henry, avançávamos mais e mais, ele ficou apavorado. Quando quis fugir, um pequeno homenzinho, que ele poderia matar com um só golpe de seu punho negro, deu um salto e cravou-lhe a baioneta no coração.

Que culpa ele tinha?

E que culpa eu tinha, embora o tivesse matado? Que culpa eu tinha? E por que era atormentado pela aflição? Aflição! Quem sabe o que significa essa palavra! Mesmo quando seguíamos pela Romênia, marchando cinquenta verstas sob um calor terrível de quarenta graus, eu não sentia o mesmo que naquele momento. Ah, se alguém viesse!

Meu Deus! Decerto ele devia ter água naquele cantil enorme! Mas era preciso chegar até ele. Como ia ser custoso! Pouco importava, eu ia chegar lá.

Eu me arrastei. As pernas se arrastavam, os braços enfraquecidos quase não mexiam o corpo imóvel. Até o cadáver eram cerca de duas braças, mas para mim isso era mais do que... não mais, e sim pior do que dez verstas. Apesar de tudo, precisava me arrastar. A garganta estava queimando, ardendo como fogo. Sem água, eu morreria mais depressa. Apesar de tudo, talvez...

E eu me arrastava. As pernas iam grudando no chão, e cada movimento provocava uma dor insuportável. Eu gritava, berrava, e apesar disso, ia me arrastando. E finalmente, ali estava ele. Ali estava o cantil... e havia água nele, e muita! Parecia que mais de meio cantil. Oh! A água me bastaria por muito tempo... até a morte!

Você me salvou, minha vítima!... Comecei a desatar o cantil, apoiado num cotovelo; e de repente, perdi o equilíbrio e caí com o rosto sobre o peito de meu salvador. Dele já se sentia um forte cheiro de cadáver.

Matei a sede. A água estava quente, mas ainda prestava, e além disso havia bastante. Eu ia sobreviver mais alguns dias. Lembrei-me de que na *Fisiologia da vida cotidiana*[2] é dito que, sem alimento, um homem pode sobreviver mais de uma semana, desde que tenha água. Sim, ali ainda é contada a história de um suicida que se matou de fome. Ele viveu por muito tempo, porque bebia.

Mas e então? E se eu sobrevivesse mais uns cinco ou seis dias, o que ia acontecer? Os nossos foram embora, os búlgaros debandaram. Não havia estrada por perto. Ia ser a mesma coisa: morrer. Só que em vez de uma agonia de três dias, tinha arranjado uma de sete. Não seria melhor acabar com tudo? Perto do meu vizinho estava a sua espingarda, um excelente produto inglês. Era só esticar o braço; depois, um instante, e era o fim. Os cartuchos estavam jogados bem ali, aos montes. Ele não teve tempo de disparar todos.

---

[2] Livro do filósofo e crítico literário inglês George Henry Lewes (1817-1878). (N. do T.)

E agora: terminar ou esperar? O quê? A libertação? A morte? Esperar que chegassem os turcos e começassem a esfolar minhas pernas feridas? Era melhor eu mesmo...

Não, não devia perder o ânimo; ia lutar até o fim, até as últimas forças. Pois se me encontrassem, estaria salvo. Talvez os ossos estivessem intactos; talvez eu fosse curado. Veria minha pátria, minha mãe, Macha...

Senhor, que elas não soubessem toda a verdade! Que pensassem que eu havia morrido de uma vez. O que seria delas quando soubessem que agonizei dois, três, quatro dias?

Minha cabeça girava; a jornada até meu vizinho havia me esgotado completamente. E agora aquele cheiro terrível. Como ele tinha escurecido... e como ficaria amanhã ou depois de amanhã? E agora eu ficava ali deitado apenas porque não tinha forças para me arrastar. Ia descansar; daí me arrastaria até o local anterior; aliás, o vento estava soprando de lá e afastaria de mim o fedor.

Estava deitado numa exaustão completa. O sol me queimava o rosto e as mãos. Não havia com que me cobrir. Se a noite chegasse logo; parece que seria a segunda.

Os pensamentos se confundiam, e eu adormeci.

Eu dormi muito, pois quando acordei já era noite. Tudo como antes: os ferimentos doendo, o vizinho deitado, igualmente enorme e imóvel.

Não conseguia deixar de pensar nele. Será que eu tinha largado tudo que me era caro e querido e tinha ido até lá numa marcha de mil verstas, padecendo fome, frio e calor, e que afinal estava ali, naquele martírio, apenas para que aquele desgraçado deixasse de viver? E será que tinha feito alguma coisa útil para os objetivos da guerra, além daquele assassinato?

Um assassinato, um assassino... E quem? Eu!

Quando resolvi ir para a guerra, minha mãe e Macha não me dissuadiram, embora chorassem por mim. Cego por essa ideia, eu não vi aquelas lágrimas. Eu não entendia (agora entendo) o que estava fazendo com aquelas criaturas queridas.

Devia recordar? Não se pode recuperar o passado.

E que reação estranha tiveram meus conhecidos para com essa minha atitude! “Ora, imbecil! Nem sabe o que está fazendo!” Como podiam dizer isso? Como essas palavras combinavam com *suas* ideias de heróismo, de amor à pátria e outras coisas mais? Pois a *seus* olhos eu representava todos esses valores. E todavia, eu era um "imbecil".

E lá fui eu para Kichiniov, carregado com uma mochila e todo tipo de equipamentos militares. Ia com mil homens, dos quais talvez alguns, como eu, tenham se alistado voluntariamente. Os demais teriam ficado em casa, se lhes permitissem. Todavia, eles seguiam como nós, os "conscientes", percorrendo milhares de verstas e lutando como nós, ou até melhor. Eles cumpriam suas obrigações, mas largariam tudo e partiriam imediatamente; bastava que permitissem.

Soprou uma forte brisa matutina. Os arbustos começaram a se agitar, uma ave sonolenta levantou voo. As estrelas perderam o brilho. O céu azul-escuro ficou cinzento, cobriu-se de nuvens suaves e emplumadas; uma penumbra cinza ergueu-se da terra. Começava o terceiro dia do meu... Como se chama isso? Vida? Agonia?

O terceiro... Quantos ainda restariam? De qualquer modo, não muitos... Estava muito fraco, e parecia que nem poderia me afastar do cadáver. Logo iria me igualar a ele, e não incomodaríamos um ao outro.

Precisava matar a sede. Ia beber três vezes por dia: de manhã, ao meio-dia e ao anoitecer.

O sol nasceu. Seu disco enorme, todo deformado e dividido pelos ramos negros dos arbustos, estava vermelho como sangue. Parecia que ia ser mais quente. Meu vizinho, o que estaria se passando com você? Você estava horrível.

Sim, ele estava horrível. Seus cabelos começaram a cair. Sua pele, negra por natureza, estava pálida e amarelada; o rosto inchado a esticou tanto que ela se partiu atrás da orelha. Ali os vermes se mexiam. Os pés, apertados dentro das botas, ficaram inchados, e entre os fechos das botas apareciam bolhas enormes. E ele todo estava inchado. O que o sol faria com ele naquele dia?

Permanecer tão perto dele era insuportável. Tinha de me arrastar dali a qualquer custo. Mas será que conseguiria? Ainda podia erguer o braço, abrir o cantil, beber; mas e deslocar meu corpo pesado e imóvel? Apesar disso, eu ia me mexer, mesmo que aos poucos, mesmo que meio passo por hora.

Passei a manhã toda naquele deslocamento. A dor era forte, mas o que me importava ela então? Já nem me lembrava, não conseguia imaginar a sensação de um homem saudável. Tinha até me acostumado à dor. Naquela manhã me arrastei cerca de duas braças e fui parar no lugar anterior. Mas desfrutei do ar fresco por pouco tempo, se é que pode haver ar fresco a seis passos de um cadáver em decomposição. O vento mudou e novamente me lançou um fedor tão forte que eu senti náuseas. O estômago vazio se contraía de forma dolorosa e convulsiva; todas as entranhas se reviravam. E aquele ar fedorento e contaminado chegou até mim.

Entrei em desespero e chorei...

Completamente esgotado e bestificado, eu estava quase sem sentidos. De repente... Não seria um engano da imaginação perturbada? Parecia que não. Sim, era um vozerio. Um tropel de cavalos, e vozerio de gente. Por pouco não comecei a gritar, mas me contive. E se fossem os turcos? Como ia ser? A esses tormentos juntavam-se ainda outros, mais terríveis, que deixavam os cabelos em pé só de ler sobre isso nos jornais. Esfolavam, queimavam as pernas feridas... E ainda seria bom se fosse só isso, pois eles eram criativos. Não seria melhor terminar a vida nas mãos deles do que morrer ali? E se fossem os nossos? Oh, arbustos malditos! Por que me rodearam com uma cerca tão densa? Não via nada através deles; apenas num ponto, algo como uma janelinha entre os ramos abria uma vista para longe, para o vale. Lá, parecia haver um riacho onde bebemos antes da batalha. Sim, e lá estava a enorme laje de arenito colocada através do riacho como ponte. Decerto, eles iam passar por ela. O vozerio silenciou. Não conseguia distinguir a língua em que eles falavam: também minha audição estava fraca. Senhor! Se fossem os nossos... Eu ia gritar para eles; iam me ouvir mesmo lá do riacho. Era melhor do que me arriscar a cair nas garras dos bachibuzuques.[3] Por que demoravam tanto para vir? A impaciência me afligia; já nem notava o cheiro do cadáver, embora não tivesse diminuído nem um pouco.

E de repente, na passagem do riacho apareceram cossacos! Fardas azuis, listras vermelhas, lanças. Meia companhia. À frente, num magnífico cavalo, um oficial de barba negra. Mal o pelotão atravessou o riacho, ele virou todo o corpo na sela e gritou:

A trote, marche!

---

[3] Destacamento de mercenários do exército otomano. (N. do T.)

Parem, parem, pelo amor de Deus! Socorro, socorro, irmãos! — gritei eu; mas o forte tropel dos cavalos, a batida dos sabres e o barulhento vozerio dos cossacos era mais forte que a minha ronqueira; e eles não me ouviram!

Oh, maldição! Eu caí esgotado com o rosto no chão e comecei a soluçar. Do cantil que derrubei escorria a água, minha vida, minha salvação, meu adiamento da morte. Mas eu percebi isso quando já não restava mais que meio copo de água, e o restante se foi para a terra seca e sedenta.

Poderia eu recordar o torpor que me dominou depois desse acontecimento terrível? Permaneci imóvel, de olhos semicerrados. O vento mudava constantemente, e ora me soprava o ar fresco e limpo, ora me cobria com o fedor. Nesse dia meu vizinho ficou mais terrível do que qualquer descrição. Uma vez, quando abri os olhos para vê-lo, fiquei horrorizado. Ele já não tinha rosto. Havia escorregado dos ossos. Um sorriso medonho e caveiroso, um sorriso eterno me apareceu tão nojento, tão horrível como nunca, embora mais de uma vez me acontecera de segurar crânios nas mãos e dissecar cabeças inteiras. Aquele esqueleto de farda com botões brilhantes me fez tremer. "É a guerra — pensei eu —, aí está a sua imagem."

E o sol ardendo e queimando como antes. Minhas mãos e meu rosto há muito tempo estavam queimados. Bebi toda a água que restava. A sede torturava tanto que, depois de decidir tomar um pequeno gole, acabei por engolir tudo de uma vez. Ah, por que não gritei para os cossacos quando estavam tão perto de mim? Ainda que fossem os turcos, mesmo assim seria melhor. Bem, torturariam por uma hora, por duas, mas ali eu nem sabia quanto tempo ainda teria de ficar estirado e padecendo. Minha mãe, minha querida! Você ia arrancar suas tranças grisalhas, bater com a cabeça na parede, amaldiçoar o dia em que me pariu, amaldiçoar o mundo inteiro, que inventou a guerra para o sofrimento da humanidade!

Mas a senhora e Macha provavelmente não iam saber dos meus tormentos. Adeus, mãe; adeus, minha noiva, meu amor! Ah, como era difícil, doloroso! Algo me comprimia o coração...

De novo aquele cachorrinho esbranquiçado! O zelador não teve pena dele, bateu sua cabeça na parede e o atirou num buraco onde jogavam lixo e despejavam lavagem. Mas ele ainda estava vivo. E agonizou ainda um dia inteiro. E eu era mais desgraçado do que ele, pois estava agonizando há três dias inteiros. O dia seguinte seria o quarto, depois o quinto, o sexto... Morte, onde estará você? Venha, venha! Leve-me!

Mas a morte não vinha, não me levava. E eu permanecia debaixo daquele sol terrível, sem ter um gole de água para refrescar a garganta inflamada, e com um cadáver me contaminando. Estava se desmanchando completamente. Miríades de vermes caíam dele. Como eles fervilhavam! Quando ele fosse devorado, e dele restassem apenas os ossos e a farda, então seria minha vez. E eu ficaria do mesmo jeito.

Passou o dia, passou a noite. Tudo igual. Chegou a manhã. Tudo igual. Passou mais um dia...

Os arbustos tremulavam e murmuravam, como se conversassem baixinho. "Você vai morrer, morrer, morrer!" — sussurravam eles. "Nem vai notar, nem vai notar, nem vai notar!" — respondiam os arbustos do outro lado.

— Nem vai notá-los aqui! — ressoou forte perto de mim.

Estremeci e de imediato voltei a mim. Dos arbustos me observavam os olhos azuis e bondosos de Iákovlev, nosso cabo.

— As pás! — gritou ele. — Há mais dois aqui: um nosso e um deles.

"Não precisa de pás, não precisa me enterrar, estou vivo!" — queria gritar, mas apenas um gemido fraco saiu de meus lábios crestados.

— Deus! Parece que ele está vivo! Bárin[4] Ivanov! Rapazes! Venham aqui, nosso bárin está vivo! Chamem o médico!

Em meio minuto me despejavam água, vodca e algo mais na boca. Depois tudo desapareceu.

Balançando de forma cadenciada, a maca se deslocava. Esse movimento cadenciado ia me acalentando. Ora despertava, ora adormecia. Os ferimentos tratados doíam; um sentimento incrivelmente agradável se derramava por todo o corpo...

— Al-to! Bai-xar! Enfermeiros, quarto turno, marche! Peguem a maca! Segurar, le-van-tar!

Esse que comandava era Piotr Ivánitch, nosso oficial hospitalar, um homem alto, magro e muito bondoso. Era tão alto que, ao virar os olhos para ele, sempre via seus ombros e sua cabeça com barba longa e rala, embora a maca fosse carregada nos ombros por quatro soldados compridos.

---

[4] Senhor. (N. do T.)

— Piotr Ivánitch! — sussurrei.

— O que é, meu caro?

Piotr Ivánitch inclinou-se sobre mim.

— Piotr Ivánitch, o que lhe disse o médico? Vou morrer logo?

— Ora, Ivanov, já basta! O senhor não vai morrer. Pois seus ossos estão todos inteiros. Que sortudo! Nem osso, nem artéria. Mas como sobreviveu esses três dias e meio? O que comeu?

— Nada.

— E bebeu?

— Peguei o cantil do turco. Piotr Ivánitch, eu não posso falar agora. Depois.

— Bem, que Deus o guarde, meu caro, durma.

De novo o sono, o esquecimento...

Acordei no hospital da divisão. Ao meu redor havia médicos e enfermeiras, e além deles via ainda o rosto conhecido de um famoso professor petersburguense, inclinado sobre minhas pernas. Suas mãos estavam ensanguentadas. Ele cuidou de minhas pernas por uns momentos e virou-se para mim.

— Bem, Deus é misericordioso, meu jovem! Você vai viver. Tiramos apenas uma perninha sua. Bem, mas isso é uma bobagem. Pode falar?

Posso falar e contar a eles tudo o que está escrito aqui.

(1877)

Tradução de Nivaldo dos Santos

Nikolai Leskov

Nikolai Semiónovitch Leskov (1831-1895) é conhecido no Brasil sobretudo pelo famoso ensaio de Walter Benjamin sobre o narrador, no qual ocupa posição central. Dele, já se publicou em nosso país a novela *Lady Macbeth do distrito de Mtzensk*. Nascido em Gorókhovo, perto de Oriol, Leskov conviveu com diversos extratos da vida provincial russa e apresentou, com recursos linguísticos extremamente ricos e variados, camadas sociais que habitualmente não figuravam na prosa russa. Sua utilização do *skaz* — ou discurso oral estilizado, numa definição simples — foi muito explorada pela prosa de vanguarda russo-soviética e pelos formalistas russos. O conto aqui traduzido, publicado em 25 de dezembro de 1882 com o título original de "Noite de Natal em um vagão de trem (viagem com um niilista)", apresenta essas características, às quais se soma o tema antiniilista, contumaz na obra do autor, e (subliminarmente) o diabólico, de extensa fortuna na tradição literária russa, como se pode verificar no conto seguinte desta antologia. Comentário do tradutor Noé Oliveira Policarpo Polli: "Segundo escreve Andrei Leskov, filho do autor, no livro *A vida de Nikolai Leskov*, o conto inspirou-se num incidente relatado, três anos antes, por uma amiga da família. Viajava essa senhora num trem, à altura do Natal, e no seu vagão um homem respondia com um irritado 'Não quero', a todos os pedidos de que tirasse de cima do assento uma mala supostamente sua. Os funcionários do trem, incitados pelos passageiros, pretendiam chamá-lo à ordem na sua estação de destino e aplicar-lhe uma multa, mas eis que ele é recebido ali com todas as honras por autoridades locais, ainda na plataforma. Era um figurão, e verificou-se que a mala não lhe pertencia. O medo dos passageiros de o personagem do conto ser um terrorista perigoso e armado até aos dentes relaciona-se com o fato de membros da organização Naródnaia Vólia (Liberdade/Vontade do Povo) praticarem atentados contra representantes do poder, havendo num deles inclusive matado o tsar Alexandre II. Os padres, nas prédicas, faziam ativa campanha contra os revolucionários, e pessoas portadoras de volumes eram olhadas com suspeita. Na figura do diácono, há farpas contra a Igreja Ortodoxa (assim como em outros contos seus): Leskov, tal como Tolstói, achava-a distanciada da verdadeira fé".

Viagem com um niilista

Quem cavalga tão tarde pela noite e pelo vento?[1]

I

Aconteceu-me passar uma noite de Natal em um vagão de trem, e não sem aventuras. O caso foi num pequeno ramal ferroviário, por assim dizer, bem longe do "grande mundo". A linha não estava ainda concluída, os comboios andavam com atraso, e os passageiros eram acomodados de qualquer jeito. Não importava a classe do bilhete comprado, dava tudo na mesma: todos se sentavam misturados.

Bares, nas estações, ainda não havia; muitas pessoas, com frio, aqueciam-se com o cantil de viagem.

As bebidas *esquentantes* desenvolvem a sociabilidade e a disposição à conversa. Mais do que tudo fala-se da estrada, e com condescendência, coisa rara entre nós.

— Pois é, o serviço da companhia não é lá grande coisa — disse um militar —, mas, vá lá, sejamos gratos a ela; é melhor do que viajar a cavalo. A cavalo, em um dia não chegaríamos, mas, aqui, lá pela manhã estaremos no destino e pode-se voltar ainda amanhã. Para um funcionário público é uma beleza poder passar o dia de amanhã com os parentes e, depois de amanhã, estar de volta ao serviço.

— Pois é exatamente isso que eu dizia — apoiou-o, levantando-se e segurando-se no encosto de um banco, um eclesiástico grande e magrelo. — Pois então, lá numa cidade um diácono perdeu a goela e tem orado à Glória eterna que nem um galo. Convidaram-me a fazer a missa da noite por uma notinha de dez. Resmungarei a "Glória eterna ao Senhor" e à noite estarei de volta ao meu povoado.

---

[1] Primeiro verso do poema "Erlkönig", de Goethe. (N. do T.)

A única coisa boa de viajar a cavalo, achavam, era poder ir com gente conhecida e parar em qualquer lugar.

— Bem, aqui os companheiros não são para toda a vida, mas só por uma hora — disse um comerciante.

— É-é-é-é, mas um sujeito ou outro, vá que só uma hora conosco, pode ser lembrado pra toda a vida, depois — objetou-lhe o diácono.

— Como é lá isso?

— Por exemplo, um niilista,[2] *com todos os seus paramentos*, com todas aquelas misturas químicas e revólver-buldogue.[3]

— Tais *assuntingentes*[4] são lá para a polícia.

— São da conta de todos, porque, sabem, é só uma sacudidela... e *bum*! Estamos todos mortos.

— Pare, por favor... Pra que foi falar duma coisa dessas já tão tarde. Não há cá ninguém desse escalão.

— Pode sair um agora, neste exato momento, do campo lá de fora.

— Melhor dormirmos.

Todos obedecemos ao comerciante e adormecemos, e não sei já dizer-vos quanto tempo dormíramos, quando fomos sacudidos por um solavanco tão forte, que todos nós acordamos, e conosco, no vagão, estava já um niilista.

II

De onde surgira ele? Ninguém notou onde o indesejável hóspede embarcara, mas não havia a menor dúvida de que aquele era um niilista de verdade, puro-sangue, e por isso todos nós perdemos o sono imediatamente. Não se podia ainda examiná-lo bem, porque estava sentado a um canto escuro, ao pé da janela, mas não era preciso nem olhar, pois já se podia sentir muito bem quem ele era.

---

[2] Neste contexto, com o sentido de *revolucionário*, *terrorista*, pelo fato de, à época da publicação deste conto, parte do movimento revolucionário russo haver pegado em armas para combater o governo tsarista e praticar atentados. (N. do T.)

[3] Revólver de cano curto. (N. do T.)

[4] No original *sujekt*, contração de *siujet* (assunto, tema) e *subiekt* (pessoa, sujeito, gente). (N. do T.)

A propósito, o diácono empreendeu uma sessão de contemplação do indivíduo: encaminhou-se à porta de saída do vagão, passando bem perto do homem, e, na volta, declarou bem baixinho que conseguira ver muito claramente os punhos da camisa, sob as quais havia de estar sem falta escondido um revólver-buldogue ou alguma *buminamite*.

O diácono revelou-se uma pessoa muito viva e, para um morador de lugarejo pequeno, muitíssimo ilustrado e ávido de conhecimentos, e, ainda por cima, também com presença de espírito. Pôs-se imediatamente a instigar o militar, para que este tirasse um cigarro e fosse pedir o fogo do charuto ao niilista.

— O senhor não é civil, até está com esporas. E pode dar-lhe um pisão daqueles, pra ele saltar que nem uma bola de bilhar. Vós, militares, tendes mais coragem.

Dirigir-nos ao chefe do trem seria perda de tempo, porque ele nos trancara à chave e nunca que aparecia.

O militar concordou: levantou-se, postou-se um pouquinho junto a uma janela, depois, junto a outra, e, finalmente, aproximou-se do niilista e pediu-lhe a brasa do charuto para acender o cigarro.

Nós acompanhamos atentamente essa manobra e vimos como o niilista veio com uma evasiva: ele não deu o charuto e, sim, riscou um fósforo e estendeu-o em silêncio ao oficial.

Tudo isso de maneira fria, num gesto breve, polido mas indiferente, e no mais completo silêncio. Espetou na mão o palito aceso e virou-se para o outro lado.

No entanto, para a nossa tensa atenção fora já suficiente só aquele momento luminoso, em que fulgurara o fósforo. Nós pudemos ver que era uma pessoa inteiramente suspeita, até de idade indefinida. É como certo peixinho do rio Don, do qual não se sabe dizer se é deste ano ou do ano passado.[5] Mas de suspeito havia muito: os óculos redondos *à la Greef*,[6] o quepe mal-intencionado, não na forma de uma panqueca ortodoxa e, sim, com um prolongamento herege sobre a nuca, e sobre os ombros a manta típica, que na classe dos niilistas faz uma espécie de par com o uniforme, mas o que mais nos desagradou foi o seu rosto. Não

---

[5] Leskov refere-se à espécie *Abramis vimba*. (N. do T.)

[6] Richard Greef (1862-1938), anatomista e zoólogo alemão, que se especializou no estudo da histologia do olho do homem e dos outros animais vertebrados. (N. do T.)

o hirsuto e de *voievoda*,[7] como se via nos niilistas ortodoxos dos anos sessenta, mas o de hoje: alongado como a cara do lúcio predador dos rios, vale dizer, falsificado, que representa uma mistura impossível de uma niilista com um guarda. Em suma, algo semelhante a um cabrito montês heráldico.

Eu não digo um leão heráldico, mas precisamente um cabrito montês heráldico. Se estais lembrados, eles são representados, nos cantos dos brasões aristocráticos, da seguinte maneira: no meio, um elmo vazio com viseira, ladeado por um leão e por um cabrito montês, virados para ele e com os dentes arreganhados. A figura do segundo é toda inquieta e afilada, como se "felicidade ele não procurasse e da felicidade não fugisse".[8] Além disso, as cores, com que estava pintado o nosso desagradável companheiro de viagem, não prometiam nenhuma coisa boa: cabelos cor de charuto havana, rosto esverdeado e olhos cinzentos, inquietos como um metrônomo colocado em ritmo *allegro escapato*[9] (evidentemente, não há tal ritmo em música, mas ele existe no jargão niilista).

O diabo é que sabia se alguém estava atrás dele, ou se era ele que perseguia alguém.

III

O militar, de volta ao seu lugar, disse que, na sua opinião, o niilista estava até asseadamente vestido e que usava luvas e que sobre o banco fronteiro havia um cestinho de roupa.

A isso o diácono respondeu imediatamente que aquilo não significava nada, e aduziu a isso várias histórias curiosas, que lhe contara um seu irmão, funcionário em algum posto de alfândega.

— Por eles passou, uma vez, um tal desses, e até não de simples luvas, mas *fil-de-pom*, e, assim que começaram a revistá-lo, o que se revelou

[7] Chefe militar e governador de província na Rússia dos séculos XVI a XVIII. (N. do T.)

[8] Verso do famoso poema "A vela", de Iúri Liérmontov (1814-1841). (N. do T.)

[9] Por analogia ao *allegro moderato*, que, em jargão musical, significa "ritmo moderadamente rápido"; no original, o sufixo *-ato* do particípio italiano foi adicionado ao infinitivo do verbo russo *udirat* ("escapulir-se", "dar às pernas", "raspar-se"). (N. do T.)

foi um trapaceiro. Pensavam que fosse um cidadão pacífico; meteram-no numa cadeia subaquática, e o sujeito escapou dali.

Todos quiseram saber: como é que o trapaceiro conseguira escapar de uma cadeia subaquática?

— Ora, muito simples — esclareceu o diácono —, ele começou a fingir que o haviam encarcerado à toa, injustamente, e começou a pedir uma velinha. "Dá tédio ficar no escuro — diz ele — peço a permissão de uma velinha, eu quero escrever ao conde Lóris-Miélikhov[10] uma declaração, para dizer quem eu sou e com base em quais esperanças peço clemência e um bom lugar." Mas o comandante era um soldado velho de guerra — conhecia todas as espertezas dessa gente e não lhe deu a permissão. "Quem cai aqui, ah — disse ele — esse vai ver o que é bom", e deixou o sujeito lá no escuro, que se danasse; mas, quando o comandante morreu e designaram outro, o trapaceiro viu que o novo era inexperiente e deitou a chorar aos soluços na frente dele e começou a pedir nem que fosse o menor toquinho de vela de sebo e algum livro de Deus, "porque eu quero pensamentos devotos ler e ao arrependimento chegar". O novo comandante deu-lhe um toquinho de vela e a revista espiritual *A Imaginação Ortodoxa*,[11] e o niilista foi embora.

— Como assim foi embora?!

— Pegou o toquinho de vela e sumiu.

O militar olhou para o diácono e disse:

— Mas com que bela asneira vem o senhor, hem!

— Qual asneira! Houve até uma investigação.

— Mas pra que precisava lá ele de um toco de vela?

— O diabo sabe lá pra que ele precisava de um! Depois, esquadrinharam a cela inteirinha — nenhum buraco, nenhuma frinchinha, nada, nem o toquinho de vela, e da *Imaginação Ortodoxa* ficaram só as capas cornevillianas[12] da revista.

— Olhe, sabe lá o diabo o que o senhor está a dizer! — disse o militar, perdendo a paciência.

---

[10] M. T. Lóris-Miélikhov (1825-1888), ministro do Interior, considerado liberal, e chefe da Comissão Suprema para a Manutenção da Ordem Estatal e da Paz Social, ou seja, de luta com os revolucionários. (N. da E.)

[11] O nome correto da revista era *Panorama Ortodoxo*. (N. do T.)

[12] Referência à opereta *Os sinos de Corneville* (1877), de Robert Planquette, muito popular à época. (N. do T.)

— Pois não é asneira, estou a dizer-lhe — houve até uma investigação, e descobriram, depois, quem ele era, mas era já tarde.

— Muito bem, e quem era ele?

— Um insolente lá das bandas de Tashkent.[13] O general Tcherniáev[14] enviara-o num cavalo de tiro com quinhentos rublos do Kókorev para os búlgaros,[15] mas ele, que nada, eram só teatros para cá e bailes para lá, perdeu todo o dinheiro nas cartas e fugiu. Passou o sebo da vela no corpo e com o pavio sumiu.

O militar apenas fez um gesto de desprezo com a mão e deu-lhe as costas.

Mas aos outros passageiros o diácono tagarela não entediava nem um pouquinho: eles escutaram avidamente como ele, do traiçoeiro insolente das capas cornevillianas, passou para a nossa real e própria situação com o niilista suspeito. O diácono dizia:

— Eu não sou bobo de achar que ele é uma pessoa inofensiva, e agora vai chegar a primeira estação, onde a mulher do vigia vende vodca em garrafas de querosene,[16] e então eu vou convidar o chefe do trem para um gole à nossa camaradagem e nós vamos dar-lhe uma sacudida bem boa e veremos o que leva naquela cesta de roupa... as substâncias e misturas escondidas...

— Mas vão com cuidado.

— Estejam tranquilos, nós iremos com uma prece. *Tem misericórdia de mim, ó Senhor...*

Nesse instante, fomos arrancados abruptamente dos lugares. Muitos estremeceram e benzeram-se.

— Pois aí está — exclamou o diácono. — Entramos na estação!

Ele saiu e correu, e ao seu lugar veio o condutor.

---

[13] Capital do Uzbequistão. (N. do T.)

[14] Mikhail Grigórievitch Tcherniáev (1828-1898), comandante-chefe dos exércitos russo e sérvio na guerra contra a Turquia pela libertação dos Bálcãs. (N. da E.)

[15] Zombaria, por parte de Leskov, da atitude do milionário russo V. A. Kókorev, que enviara, em 1876, quinhentos rublos à Bulgária, sublevada contra o jugo turco. (N. da E.)

[16] Alusão ao comércio ilegal de bebidas alcoólicas de fabricação caseira. A produção de vodca era monopólio do Estado. (N. do T.)

IV

O condutor postou-se diante do niilista e disse gentilmente:

— Não deseja, senhor, levar o cestinho para o vagão-bagageiro?

O niilista olhou para ele e não respondeu.

O condutor repetiu o oferecimento.

Então, nós, pela primeira vez, ouvimos a voz do nosso odioso companheiro de viagem.

— Não o desejo.

O condutor apresentou-lhe as razões por que "era proibido entrar no vagão com coisas tão grandes".

Ele disse entre dentes:

— E fazeis muito bem em proibi-lo.

— Se desejar, eu próprio levarei o cestinho.

— Não o desejo.

— Como assim, o senhor próprio raciocina corretamente, entende que isso não é permitido e, ainda assim, não o deseja?

— Não o desejo.

Havendo subido, de volta ao vagão, nesse pé da história, o diácono não aguentou e exclamou: "Assim não pode!", mas, ao ouvir o condutor ameaçar o niilista com "chefe" e protocolo, acalmou-se e concordou em esperar pela próxima estação.

— Lá é uma cidade — disse-nos —, lá vão dobrar-lhe o cachaço.

E, realmente, que homem teimoso era aquele: não lhe conseguiam arrancar nada, a não ser aquele "não o desejo".

Seria realmente mais um daqueles de capas cornevillianas?

A coisa ficara muito interessante, e nós esperamos pela estação seguinte com impaciência.

O diácono declarou que ali o guarda era até seu compadre e militar velho de guerra.

— O compadre vai enfiar-lhe uma tal chave de fenda por baixo da costela, que toda essa sua formação de colégio científico[17] saltará para fora.

---

[17] Na Rússia, assim como no Brasil, antigamente, o ensino secundário possuía a vertente do *colégio científico*, de programa mais voltado para as Ciências Naturais e a Matemática, ao contrário do *colégio clássico*, mais centrado nas Ciências Humanas. (N. do T.)

O chefe de trem apareceu e disse de modo incisivo:

— Assim que chegarmos à estação, tenha a bondade de pegar essa cesta.

E o outro repete-lhe no mesmo tom:

— Não o desejo.

— Mas leia o regulamento!

— Não o desejo.

— Então queira vir comigo explicar-se ao chefe de estação. Agora há uma parada.

V

Chegamos.

O prédio da estação era maior do que os outros e um pouco mais bem-acabado: viam-se luzes, samovar, e, na plataforma e atrás de portas de vidro, um bar e guardas. Numa palavra, todo o necessário. E imaginai vós: o nosso niilista, que opusera tanta resistência grosseira durante toda a viagem, de repente manifestou a intenção de fazer o movimento conhecido, entre eles, pelo nome de *allegro escapato*. Pegou a sua maletinha e dirigiu-se à porta do vagão, mas o diácono notou isso e de modo muito ágil barrou-lhe a saída. Nesse mesmo instante, apareceu o chefe de trem, acompanhado pelo chefe de estação e um guarda.

— É sua essa cesta? — perguntou-lhe o chefe de estação.

— Não — respondeu o niilista.

— Como não é sua?!

— Pois não é.

— De qualquer modo, queira acompanhar-nos.

— Desta não escapas, amigo, não escapas, não — disse o diácono.

O niilista e nós, na qualidade de testemunhas, fomos convidados à sala do chefe de estação, para onde também foi levada a cesta.

— Que coisas temos aí na cesta? — perguntou o chefe de estação com severidade.

— Não sei — respondeu o niilista.

Aí acabaram as cerimônias com ele: abriram a cesta imediatamente e viram um vestido azul novinho, mas, nesse mesmo instante, no escritório irrompeu um judeu com um berro desesperado e disse aos gritos que aquele cestinho era seu e que levava o vestido para uma senhora fidalga;

e que a cesta fora colocada no vagão por ele próprio e por nenhuma outra pessoa, para o que pediu a confirmação do niilista.

Este confirmou que haviam embarcado juntos e que o judeu entrara realmente com o cesta e a colocara sobre o banco, mas ele próprio se metera debaixo do assento.

— E o bilhete?

— Ora, o bilhete... — respondeu o judeu. — Eu não sabia onde comprar bilhete...

Foi ordenada a detenção do judeu, e do niilista exigiram-se os documentos de identidade. Ele estendeu em silêncio ao chefe de estação um papel, após um rápido olhar no qual o chefe mudou bruscamente de tom e convidou-o ao seu gabinete reservado, acrescentando:

— Vossa Excelência estará ali mais a gosto.

E, quando o outro sumiu-se atrás da porta, o chefe de estação levou as palmas das mãos em concha à boca e anunciou-nos distintamente:

— *Ele é um promotor de justiça!*

Todos sentiram uma completa satisfação e gozaram-na em silêncio; apenas o militar deu um grito:

— E quem causou tudo isto foi o diácono tagarela! Vamos lá — onde está ele... para onde foi?

Todos olharam à roda, em vão, "para onde fora ele" — e nada de diácono; ele desaparecera, como o insolente da história das capas de revista, e até sem vela. Vela nenhuma, a propósito, fora-lhe necessária, porque começara já a clarear e sinos da cidade tocavam as matinas do Natal.

(1882)

Tradução de Noé Oliveira Policarpo Polli

Mikhail Saltikov-Schedrin

Se o diabo já preencheria toda uma antologia de contos, somado ao jogo de cartas, o material certamente daria para mais uma. Este brevíssimo conto é uma boa amostra da vasta produção de Mikhail Ievgráfovitch Saltikov-Schedrin (1826-1889), grande satirista russo da segunda metade do século XIX. Polemista de mão cheia e intelectual ligado aos principais periódicos radicais, Saltikov-Schedrin voltou suas baterias especialmente a setores da direita russa, embora tenha também confrontado grupos à esquerda. Polemizou ruidosamente com Dostoiévski por ocasião do debate entre *O que fazer?*, de Tchernichévski, e as *Memórias do subsolo*. Seu romance mais conhecido é *História de uma cidade*, de 1869. Os "Contos do major Gorbiliov" integram o ciclo *Contos de Pochekhonie*, publicado inicialmente na revista *Anais da Pátria* em 1883 e 84. De acordo com a tradutora Denise Sales: "A introdução ficcional é feita por um alferes da cavalaria, que recolheu as histórias contadas à noite pelo 'inesquecível major Gorbiliov', sempre envolvido com forças impuras — 'ora na forma de duendes, ora na forma de gnomos, ou então diretamente na figura do diabo'".

Contos do major Gorbiliov

(Primeira noite)

Vou contar a vocês, meus senhores, como certa vez joguei cartas com o diabo.

Houve um tempo em que fui louco por cartas. Da manhã até a noite cortava o monte ou fazia a banca e, reconheço, com bastante sucesso. E tanto me acostumei a essa operação que, até em campanhas militares, mais de uma vez fiz a banca na sela.

Eis que, certa vez, tínhamos acabado de chegar a um lugarejo na província de Moguilevski, e um judeuzinho de lá me falou: "Hoje à noite, um conde polonês irá ao clube". Pois bem. Fui lá ver: realmente, tinha aparecido uma cara nova no clube, e nossos jovens agitavam-se à sua volta. Vestia-se como janota: na camisa, abotoaduras de brilhantes quase do tamanho de uma avelã; olhando assim, era bem-apessoado. "Joga?", perguntou ele. "Com prazer."

E começou a me dar uma surra. Ele mesmo fazia a banca ou propunha que eu a fizesse, batia uma carta atrás da outra, o meu fim estava próximo. E, naquela época, por azar, eu era tesoureiro do regimento. Tudo o que levava comigo deixei escapar em meia hora, então fui em casa buscar reforço, que novamente durou apenas meia hora. Pra dizer a verdade, tive tanto azar, que apelei pra caixa do regimento. E ele ficava lá, sentado, dava as cartas com muita habilidade e ainda sorria...

No começo pensei: será que caí nas garras de um trapaceiro? Mas por mais que eu prestasse atenção, não via nada, jogava limpo! Com precisão, sem pressa, carta após carta, era como se dissesse "Pode olhar!". Só uma coisa suspeita: não tirava as luvas, de luvas dava as cartas. E eu, nessa altura, já perdera vinte mil — acabar no tribunal era coisa certa. Por despeito, comecei a implicar com ele.

— Poderia tirar as luvas? — perguntei.

— E por quê?

— Por nada. Sem luvas, fica ainda mais cômodo para o senhor — eu disse.

Palavra vem, palavra vai, ele fala, eu falo... E durante o bate-boca, sabem, acabou que agarrei a mão dele; e, em lugar de mão, oh, uma pata de ganso! Fiquei completamente pasmo, e ele não parava de grasnar! Então foi tanta tristeza, tanta agonia que o povo inteiro presente no clube debandou num minuto!

E eu, do jeito que grudei as duas mãos na pata dele, ali fiquei, congelado. E vi que de sua boca, de seu nariz e de suas orelhas rastejavam serpentes. E atrás focinhos peludos. Eu queria gritar, mas minha língua não se mexia; queria fazer o sinal da cruz, mas não conseguia largar a pata. Finalmente, senti que ele me arrastava consigo, e eu não sabia pra onde...

E, imaginem só, naquele exato momento, de repente, quando eu já estava completamente perdido, por sorte, levaram um galo para a cozinha! Iam fazer um picadinho dele, mas a ave começou a cantar! E então o que vi: meu conde ficou branco como um defunto, começou a se agitar, agitar. Ficou se agitando, agitando e, de repente, num segundo, diante de meus olhos, dissolveu-se no ar... Só então compreendi com que "conde" estava jogando cartas.

No final, o meu dinheirinho ficou ali na mesa. Resumindo, no mesmo instante juntei tudo e completei a caixa do regimento. No dia seguinte, no mesmo local onde ele fizera a banca, encontraram uma pequena ferradura bifurcada, prateada. Quer dizer, na hora da pressa, "ele" perdeu a ferradura de um dos cascos.

Essa ferradura eu guardo comigo até hoje, mas, desde então, bebo apenas ponche, e em cartas nunca mais pus a mão.

(1884)

Tradução de Denise Sales

Vladímir Korolienko

Este conto de Vladímir Galaktiónovitch Korolienko (1853-1921) é um pequeno favorito das primeiras antologias de literatura russa publicadas mundo afora. Boa parte dessa fama se deve à conturbada biografia do autor, envolvido com agitação política, prisões e exílios na Sibéria, de cujo povo e natureza extraiu material para muitos de seus contos. "O sonho de Makar", de 1885, pertence a esse conjunto de histórias siberianas publicadas ao longo das décadas de 1880 e 1910. Korolienko é hoje associado a um conjunto de ficcionistas — nomes como Gárchin, Uspiênski e Píssemski — que, tendo escrito na entressafra dos grandes romancistas russos (silenciados em sua maioria no começo dos anos 1880) e das novas gerações da "Era de Prata", merece ser relido.

O sonho de Makar

(Conto de Natal)

I

Este sonho teve o pobre Makar, que perdeu as botas em países distantes e sombrios[1] — aquele mesmo Makar sobre cuja cabeça, como se sabe, caía todo tipo de desgraça.[2]

A sua pátria — o remoto vilarejo de Tchalgan — perdia-se na distante taiga da Iacútia. Os pais e os avós de Makar lutaram para arrancar da taiga um pedacinho de terra gelada e, embora a floresta sombria se prolongasse ao redor como uma barreira inimiga, não desanimaram. Pelo terreno desmatado, correram sebes, juntaram-se medas e feixes, avolumaram-se pequeninas iurtas fumegantes: finalmente, do alto da colina no meio do povoado, apontou ao céu um campanário, como uma bandeira da vitória. Tchalgan transformara-se em vila.

Porém, enquanto lutavam com a taiga, consumiam-na a fogo, cortavam-na a ferro, os pais e os avós de Makar se asselvajaram sem perceber. Casando-se com as iacutas, assimilaram a língua iacuta e os hábitos iacutos. Os traços característicos da grande tribo russa apagavam-se e desapareciam.

Seja como for, o meu Makar lembrava-se o tempo todo de que era um colono russo nascido em Tchalgan. Ali nascera, ali vivia e ali mesmo pretendia morrer. Orgulhava-se muito da própria origem e às vezes xingava os outros de "iacutos nojentos", embora, para falar a verdade, ele próprio não se distinguisse dos iacutos nem nos hábitos, nem no modo de vida. Falava russo mal e pouco, vestia-se com peles de animais, nos

[1] Referência ao dito russo "*zagnat kudá Makar teliat nie gonial*" (mandar pra onde Makar não tocava os bezerros). (N. da T.)

[2] Referência ao dito russo "*na nevo vsio chichki váliatsia*" (nele vão parar todos os galos), aplicado a pessoas muito azaradas. (N. da T.)

pés calçava *torbassás*,[3] alimentava-se nos dias comuns apenas de *lipiochka*[4] com uma infusão de chá avermelhado, enquanto, nos dias de festa e em outras situações extraordinárias, dava cabo de toda a manteiga derretida que houvesse à sua frente na mesa. Montava touros com muita arte e, em caso de doença, mandava trazer o xamã, que, endemoniado, rangendo os dentes, lançava-se sobre ele, tentando assustar e espantar a mazela nele assentada.

Makar trabalhava arduamente, vivia na pobreza, passava fome e frio. Será que tinha algum outro pensamento que não fossem as preocupações constantes com a *lipiochka* e o chá?

Sim, tinha.

Quando ficava bêbado, chorava. "Que vida a nossa! — dizia. — Senhor Deus!" Além disso, dizia às vezes que queria largar tudo e ir para a "montanha". Lá não teria de arar, nem de semear, nem de cortar árvores e carregar lenha, não teria nem mesmo de socar sementes no pilão. Cuidaria apenas da salvação da alma. Em que época isso seria e onde ficava exatamente, ele não sabia muito bem; sabia apenas, em primeiro lugar, que existia essa montanha, em segundo, que ela ficava bem longe — tão longe que de lá ninguém conseguiria arrancá-lo, nem mesmo o *toion-isprávnik*...[5] Pagar tributos, é claro, também não seria preciso...

Sóbrio, ele abandonava esses pensamentos, talvez reconhecendo a impossibilidade de encontrar a tal montanha encantada; mas, bêbado, ficava mais intrépido. Admitia que podia não achar a montanha certa e ir parar em outra. "Então vai ser meu fim", dizia ele, mas ainda assim planejava ir; e, se não levava a cabo o plano, provavelmente era porque os colonos tártaros vendiam-lhe sempre uma vodca asquerosa, acrescida de tabaco barato para encorpá-la, e por causa dela Makar logo perdia as forças e caía doente.

---

[3] No norte da Rússia, botas de pele de rena. (N. da T.)

[4] Massa de farinha no formato redondo, assada no forno. É o pão tradicional dos povos da Ásia Central. (N. da T.)

[5] *Toion*: título de realeza do chefe tribal na Iacútia, no século XVII. Após a conquista da Sibéria pela Rússia, os *toions* formaram a base da administração russa. *Isprávnik*: comissário de polícia na Rússia tsarista. (N. da T.)

II

O negócio foi às vésperas do Natal, e Makar sabia que no dia seguinte haveria uma festa importante. Por esse motivo, tinha uma vontade louca de beber, mas beber o quê? O trigo estava acabando; Makar já devia aos comerciantes locais e aos tártaros. De qualquer modo, o dia seguinte era feriado, proibido trabalhar — se não bebesse, o que é que ia fazer? Esse pensamento deixava-o infeliz. Que vida a dele! Nem mesmo num feriado importante, no inverno, ele podia beber uma garrafa de vodca!

Veio-lhe à mente uma ideia brilhante. Levantou-se e vestiu a *sona* (casaco de inverno) rasgada. A esposa, uma mulher robusta, sólida, notavelmente forte e também notavelmente horrorosa, conhecendo de ponta a ponta todas as fantasias simplórias do marido, também dessa vez adivinhou a sua intenção.

— Aonde vai, diabo? Quer virar uma vodca sozinho outra vez?

— Calada! Vou comprar uma garrafa. Amanhã bebemos juntos. — Deu-lhe uma palmada tão forte no ombro, que ela perdeu o equilíbrio e, ardilosamente, respondeu com uma piscadela. É assim o coração feminino: ela sabia que Makar sem dúvida a enganaria, mas cedia ao encanto do carinho do cônjuge.

Ele saiu, foi até o *alás*[6] buscar o velho estrela, puxou-o pela crina até o trenó e pôs-se a prendê-lo. Logo o estrela saiu levando o seu dono portão afora. Ali ele parou e, voltando a cabeça, olhou interrogativo para Makar, mergulhado em muda contemplação. Então Makar puxou a rédea esquerda e dirigiu o cavalo na direção da vila.

Bem na entrada da vila ficava uma pequena iurtazinha. Dela, assim como das outras iurtas, subia bem alto a fumaça da lareira de pedra, encobrindo as estrelas frias e a lua clara com a sua massa branca e enovelada. O fogo tremeluzia alegremente, reverberando através do gelo. O pátio estava silencioso.

Ali moravam pessoas estranhas, vindas de longe. Como tinham chegado, que tempo ruim as tocara até essas brenhas distantes, Makar não sabia nem queria saber, mas gostava de fazer negócios com elas, pois não o pressionavam nem ficavam discutindo o pagamento.

---

[6] Depressão no solo típica das planícies da Iacútia e de Tiomien, formada por repetidos degelos e congelamentos de água, muito usada como campo agrícola. (N. da T.)

Ao entrar na iurta, Makar logo se aproximou da lareira e estendeu as mãos enregeladas na direção do fogo.

— Tcha! — disse ele, expressando assim a sensação de frio.

As pessoas estranhas estavam em casa. Sobre a mesa ardia uma vela, apesar de não estarem trabalhando. Um deles, deitado na cama, soltava anéis de fumaça e seguia, com ar pensativo, as suas espirais, pelo visto enredando nelas os longos fios de seus próprios pensamentos. Outro, sentado de frente para a lareira, também acompanhava atentamente o fogo que consumia o tronco em brasa.

— Salve! — disse Makar, para cortar o silêncio que o oprimia.

Ele não sabia, é claro, da amargura assentada no coração dos estranhos, das lembranças que se apinhavam em suas cabeças nessa noite, das imagens que os assombravam nas fantásticas modulações do fogo e da fumaça. E, além disso, ele tinha as suas próprias preocupações.

O jovem sentado junto à lareira ergueu a cabeça e olhou para Makar com estranhamento, como se não o reconhecesse. Depois sacudiu a cabeça e ergueu-se rapidamente da cadeira.

— Ah, salve, salve, Makar! Que bom! Toma um chá conosco?

A proposta agradou a Makar.

— Chá? — replicou ele. — Isso é bom!... Sim, irmão, é bom... Ótimo!

Ele começou a tirar a roupa de frio. Tirou o casaco e o chapéu, sentiu-se mais desenvolto e, vendo que no samovar já ardiam brasas acesas, voltou-se para o jovem num desabafo:

— Eu amo vocês, é verdade! Amo tanto, tanto... À noite nem durmo...

O homem estranho voltou-se, e no seu rosto apareceu um sorriso amargo.

— É, ama? — disse ele. — De que é mesmo que você precisa?

Makar hesitou.

— Tenho um negócio — respondeu ele. — Sabia, hein? Deixa pra lá. O chá primeiro, depois eu conto.

Uma vez que os próprios donos da casa é que tinham oferecido o chá a Makar, ele achou razoável ir mais além.

— Não tem aí um cozido? Eu gosto muito — disse ele.

— Não.

— Ah, sem problema — disse Makar, num tom apaziguador. — Podemos comer na próxima vez... Não é? — perguntou ele. — Na próxima vez?

— Certo.

Agora Makar achava que os estranhos tinham com ele uma dívida de um pedaço de carne cozida, e esse tipo de dívida ele nunca perdoava.

Uma hora depois, sentava-se de novo no seu trenó de carga. Conseguira um rublo inteirinho com a venda adiantada de cinco carregamentos de lenha em condições relativamente boas. É verdade, prometera e jurara por Deus que não beberia esse dinheiro hoje e agora era isso que pretendia fazer, e logo. Mas e daí? O prazer iminente abafava a reprimenda da consciência. Não pensava nem mesmo em que, bêbado, esperava-lhe a surra da fiel esposa enganada.

— Aonde é que vai, Makar? — gritou o homem estranho, rindo, ao ver que o cavalo de Makar, em vez de seguir adiante, voltara-se para a direita, na direção dos tártaros.

— Eia-a! Eia-a! Veja só, cavalo maldito... pra onde está indo! — justificou-se Makar, enquanto puxava com força a rédea esquerda e batia de leve no estrela com a direita.

O cavalo inteligente, abanando a cauda numa censura, pôs-se a coxear na direção exigida, e logo o ranger dos esquis do trenó de Makar silenciava junto à porta dos tártaros.

III

À porta dos tártaros havia vários cavalos presos pelo cabresto e com altas selas iacutas.

Estava abafado na apertada isbá. A fumaça forte do tabaco barato formava uma única nuvem, sugada lentamente pela lareira de pedra. À mesa e nos bancos, sentavam-se iacutos forasteiros; sobre as mesas, copos com vodca; aqui e ali amontoavam-se grupinhos de jogadores de cartas. Os rostos, suados e vermelhos. Os olhos dos jogadores acompanhavam as cartas ferozmente. Tiravam o dinheiro e logo o escondiam nos bolsos. No canto, sobre a palha, sentara-se um iacuto bêbado, que se balançava, arrastando uma canção interminável. Tirava da garganta sons rangentes e selvagens, repetindo em vários tons que amanhã ia ter uma grande festa e hoje ele estava bêbado.

Makar entregou o dinheiro, e deram-lhe uma garrafa. Ele a apertou contra o peito e, sem ser notado pelos outros, foi para um canto escuro. Lá encheu copo após copo e virou um atrás do outro. A vodca era amarga, diluída em mais de três quartos de água por conta do feriado. Em compensação, pelo visto, não faziam conta do tabaco. A cada vez Makar perdia o fôlego por um minuto, e diante de seus olhos vagavam círculos avermelhados.

Logo se embebedou. Largou-se também na palha e, abraçando os joelhos com as mãos, pôs sobre eles a cabeça pesada. De sua garganta, por si sós, saíam aqueles mesmos sons rangentes e disparatados. Ele cantava que amanhã ia ter festa e que ele tinha bebido cinco carregamentos de lenha.

Enquanto isso, dentro da isbá ia ficando cada vez mais apertado. Entraram novos fregueses — iacutos que vinham rezar e tomar vodca tártara. O dono viu que logo não haveria mais lugares. Levantou-se da mesa e percorreu o público com o olhar. O seu olhar alcançou o canto escuro e viu lá o iacuto e Makar.

Ele se aproximou do iacuto, pegou-o pela gola e atirou-o fora da isbá. Depois se aproximou de Makar. A ele, como morador local, o tártaro demonstrou mais consideração: abriu a porta de par em par e deu um chute tão forte no pobre coitado, que Makar voou para fora da isbá e fincou o nariz bem num monte de neve.

Difícil dizer se ele ficou ofendido com semelhante tratamento. Sentiu que havia neve dentro das mangas, neve no rosto. Erguendo-se mal e mal do monte de neve, arrastou-se até o seu estrela.

A lua já se erguia alto. A Ursa Maior começava a apontar a cauda para baixo. O frio intenso apertava. De tempos em tempos, ao norte, por trás de uma nuvem escura em semicírculo, erguiam-se, cintilando fracamente, colunas ígneas que davam início à aurora boreal.

O estrela, pelo visto compreendendo o estado do dono, arrastava-se cuidadosa e refletidamente para casa. Sentado sobre o trenó de carga, balançando, Makar continuava a sua canção. Cantava que tinha bebido cinco carregamentos de lenha e que a velha ia acabar com ele. Os sons desprendidos de sua garganta rangiam e gemiam no ar noturno com tanto desânimo e de modo tão lamentoso, que um estranho, que naquele momento subira no telhado da iurta para tapar o duto da lareira, ficou com o coração ainda mais apertado por causa da canção de Makar. Enquanto isso, o estrela puxava o trenó por uma colina, de onde se via a redondeza. A neve cintilava vivamente, banhada pelo brilho da lua. De tempos em tempos, a luz da lua parecia desvanecer, a neve escurecia e, no mesmo instante, sobre ela transbordava o brilho da luz polar. Então parecia que as colinas nevadas e a taiga sobre elas ora se aproximavam, ora se afastavam. Surgia claramente diante de Makar, sob essa mesma taiga, a calva coberta de neve da colina de Iamalakh, além da qual ele havia colocado armadilhas para pegar todo tipo de animal selvagem e aves.

Isso mudou o rumo de seus pensamentos. Ele começou a cantar que na armadilha tinha caído uma raposa. Amanhã ia vender a pele, e a velha não acabaria com ele.

No ar gelado, soou o primeiro toque do sino, quando Makar entrou na isbá. Antes de mais nada informou à velha que na arapuca tinha caído uma raposa. Esqueceu-se completamente de que a velha não tinha tomado vodca com ele e ficou muito surpreso quando, malgrado a boa notícia, ela lhe acertou com o pé um golpe forte no lombo. Depois, quando ele se derramava na cama, ela ainda conseguiu lhe dar um safanão no pescoço.

Sobre Tchalgan, enquanto isso, ouvia-se, espalhando-se longe, longe, o repique solene das festas.

IV

Ele ficou deitado na cama. A cabeça explodia. Tudo ardia por dentro, como fogo. Pelas veias espalhava-se a mistura forte de vodca e infusão de tabaco. Pelo rosto escorriam filetes gelados de neve derretida; filetes iguais gotejavam em suas costas.

A velha pensou que ele estava dormindo. Mas não estava. A raposa não saía de sua cabeça. Conseguira se convencer por completo de que ela tinha caído na armadilha; até sabia exatamente em qual. Ele via a raposa — via como ela, presa pela tora pesada, escavava a neve com as garras e tentava escapar. Os raios da lua, penetrando no matagal, brincavam no pelo dourado. Os olhos do animal reluziam na direção dele.

Makar não se conteve, levantou-se da cama e foi buscar o seu fiel estrela para ir à taiga.

O que é isso? Será que as mãos fortes da velha tinham agarrado a gola da sua *sona*, e ele fora lançado de novo na cama?

Não, eis que ele já estava além da vila. Os esquis rangiam regularmente pela neve compacta. Tchalgan ficara para trás. De trás vinha o ruído surdo do sino da igreja, e, no traço escuro do horizonte, no céu claro, cintilavam filas de cavaleiros iacutos, com suas silhuetas negras, de chapéus cônicos altos e pontudos. Os iacutos acorriam à igreja.

Enquanto isso, a lua baixara, e acima, bem no zênite, surgira uma nuvenzinha esbranquiçada, rutilando um brilho fosfóreo irisado. Depois foi como se ela explodisse, esticasse, rebentasse, e dela arrastaram-se rapidamente, em várias direções, faixas de luzes multicoloridas, ao mesmo tempo em que, ao norte, uma nuvenzinha escura semicircular escurecia ainda mais. Tornava-se negra, mais negra do que a taiga, da qual se aproximava Makar.

O caminho serpenteava por um bosque novo, miúdo e cerrado. À direita e à esquerda, erguiam-se colinas. Quanto mais adiante, mais altas ficavam as árvores. A taiga adensava-se. Postava-se muda e cheia de segredos. Os larícios nus cobriam-se de geada prateada. A luz suave da aurora polar, atravessando o topo das árvores, penetrava na taiga, revelando aqui e ali ora uma clareira nevada, ora corpos de gigantes vegetais abatidos, salpicados de flocos de neve... Um instante — e tudo de novo mergulhava nas trevas, repleta de silêncio e segredo.

Makar parou. Nesse lugar, quase na própria estrada, destacava-se o começo de todo um sistema de armadilhas. Sob a luz fosfórea, ele enxergava claramente uma cerca baixa de gravetos; enxergava inclusive o primeiro alçapão — três toras longas e pesadas, apoiadas em uma estaca vertical e sustentadas por um sistema bastante engenhoso de alavancas com cordinhas de cerdas.

Na verdade, essas eram armadilhas de outros; mas a raposa, é claro, podia cair na dos outros também. Makar desceu às pressas do trenó de carga, deixou o inteligente estrela na estrada e apurou bem o ouvido.

Na taiga, nenhum som. Apenas da vila distante, que agora já não se via, chegava como antes o repique solene.

Não havia o que temer. O dono das armadilhas, o tchalgan Aliochka, vizinho e inimigo declarado de Makar, provavelmente estava agora na igreja. Não se via nem uma única pegada na superfície lisa da neve recém-caída.

Ele correu para o matagal — nada. Sob os seus pés a neve estalava. Os alçapões estavam em fileira, pareciam fileiras de canhões com as bocas abertas, numa espera muda.

Ele percorreu tudo, de uma ponta a outra — em vão. Então se dirigiu de volta à estrada.

Porém, psiu! Um leve ruído. Na taiga cintilou um pelo avermelhado, dessa vez em local claro, tão próximo! Makar viu nitidamente as orelhas pontudas da raposa; a cauda peluda balançava de um lado para outro, como se tentasse atraí-lo para o matagal. Ela sumiu entre os troncos, na direção das armadilhas de Makar, e logo se ouviu no bosque um baque surdo, mas forte. Primeiro ele ressoou entrecortado, surdo, depois pareceu ecoar sob a cobertura da taiga e extinguiu-se, baixinho, na ribanceira distante.

O coração de Makar disparou. O alçapão desarmara. Ele saiu correndo, abrindo caminho pelo matagal. Galhos gelados batiam-lhe nos olhos, lançavam neve em seu rosto. Ele tropeçava, respirava com dificuldade.

Eis que chegou à clareira que ele próprio abrira outrora. Árvores brancas de geada ladeavam as duas margens e, lá embaixo, estreitando-se, entrevia-se uma trilhazinha e, no final dela, de prontidão, a boca de um alçapão grande... Ali perto...

Mas eis que na trilhazinha, perto do alçapão, uma figura passou rapidamente, passou e escondeu-se. Makar reconheceu o tchalgan Aliochka: viu claramente a sua figura pequena e atarracada, curvada para a frente, com um andar de urso. A Makar pareceu que o rosto escuro de Aliochka tinha ficado ainda mais escuro, que os seus dentes grandes tinham se arreganhado ainda mais do que o normal.

Makar indignou-se de verdade. "Aí está o canalha!... Andando pelas minhas armadilhas." É verdade que o próprio Makar acabara de percorrer os alçapões de Aliochka, mas aqui havia uma diferença... A diferença consistia em que, quando ele próprio andava pelas armadilhas dos outros, sentia medo de ser apanhado; mas, quando eram os outros que andavam pelas suas, sentia indignação e vontade de apanhar o violador de seus direitos.

Makar lançou-se por um atalho em direção ao alçapão desarmado. Lá estava a raposa. Aliochka, com o seu andar desengonçado de urso, também se dirigia para lá. Precisava chegar antes.

Lá estava o alçapão desarmado. Sob ele, vermelhava o pelo da fera golpeada. A raposa escavava a neve com as garras exatamente como ele a vira antes e do mesmo modo fixava nele os olhos penetrantes e inflamados.

— *Titimá* (não toque)! É minha! — gritou Makar a Aliochka.

— *Titimá*! — soou a voz de Aliochka como um eco. — É minha!

Os dois começaram a correr ao mesmo tempo e, precipitadamente, puseram-se juntos a levantar o alçapão, liberando o animal de baixo dele. Quando soergueram a tora, a raposa também se levantou. Ela deu um salto, depois parou, lançou aos dois tchalgans um olhar meio zombeteiro, depois, virando o focinho, lambeu o local machucado pela tora e saiu correndo alegre, balançando a cauda amistosamente.

Aliochka queria lançar-se atrás dela, mas Makar agarrou-o por trás, pela aba da *sona*.

— *Titimá*! — gritou este. — É minha! — e pôs-se a correr atrás da raposa.

— *Titimá*! — de novo soou a voz de Aliochka como um eco, e Makar sentiu que o outro, por sua vez, agarrava-o pela *sona* e, num segundo, de novo passava à frente.

Makar encheu-se de raiva. Esqueceu a raposa e avançou contra Aliochka. Os dois corriam cada vez mais rápido. O galho de um lariço arrancou o chapéu de Aliochka, mas ele não tinha tempo de apanhá-lo; Makar já o alcançava com um grito furioso. Mas Aliochka sempre foi mais esperto que o pobre Makar. Ele parou de repente, voltou-se e baixou a cabeça. Makar bateu a barriga nela e estatelou-se na neve. Enquanto ele caía, o maldito Aliochka arrancou o chapéu de sua cabeça e sumiu na taiga.

Makar ergueu-se devagar. Sentia-se definitivamente derrotado e infeliz. O seu estado moral era deplorável. Estava com a raposa nas mãos, e agora... Parecia-lhe que, no matagal escurecido, ela balançara a cauda ainda uma vez e sumira em definitivo.

Escurecia. A nuvenzinha esbranquiçada quase não se distinguia mais no zênite. Era como se ela desmanchasse pouco a pouco, e raios esmorecidos da aurora boreal derramavam-se dela cansada e languidamente.

Pelo corpo acalorado de Makar, descia uma torrente de grossos filetes de neve derretida. A neve caía por suas mangas, pela gola da *sona*, escorria nas costas, derramava-se na *torbassás*. O maldito Aliochka levara consigo o chapéu de Makar. As luvas inteiriças ele perdera em algum ponto da corrida. A situação era difícil. Makar sabia que o frio implacável não brinca com as pessoas que andam pela taiga sem luvas e sem chapéu.

Ele já tinha andado longamente. Pelas suas contas, há muito devia ter saído de Iamalakh e ter visto o campanário, mas continuava dando voltas na taiga. O matagal, como que enfeitiçado, prendia-o em seus braços. De longe chegava ainda aquele mesmo repique solene. Makar achava que estava caminhando na direção dele, mas o repique parecia se distanciar, e, à medida que as suas modulações chegavam cada vez mais baixinho, mais baixinho, o seu coração enchia-se de um desespero apático.

Ele estava cansado. Fora derrotado. As pernas fraquejavam. O corpo abatido doía surdamente. A respiração travava no peito. As mãos e os pés enregelavam-se. A cabeça desnuda comprimia-se como se apertada por aros de ferro em brasa.

"É meu fim!" — vinha-lhe à mente cada vez mais amiúde. Mas ele continuava andando.

A taiga silenciava. Apenas se fechava em volta dele com hostil tenacidade e não deixava passar nenhum fio de luz ou de esperança.

"É meu fim!" — pensava Makar o tempo todo.

Ele enfraqueceu completamente. Agora as árvores jovens à sua frente batiam-lhe no rosto, sem nenhum constrangimento, escarnecendo de sua condição impotente. Num ponto da clareira apareceu de repente um *uchkan* (lebre) branco, sentou-se nas patas traseiras, remexeu as longas orelhas com manchinhas pretas nas pontas e começou a se limpar, fazendo para Makar as caretas mais insolentes. Ele dava a entender que conhecia Makar muito bem, que ele era o mesmo Makar que havia montado na taiga aquelas máquinas engenhosas para perdição dela, lebre. Pois agora era ela que escarnecia dele.

Makar ficou amargurado. Enquanto isso a taiga animava-se cada vez mais, porém era uma animação hostil. Agora até as árvores mais distantes estendiam os longos galhos no seu caminho e prendiam-lhe o cabelo, batiam-lhe nos olhos, no rosto. Os tetrazes saíam de suas tocas secretas e fixavam nele os olhos redondos e curiosos, enquanto os tetrazes machos corriam entre elas, com a cauda armada e as asas furiosamente alongadas, contando alto às fêmeas sobre ele, Makar, e sobre as suas maquinações. Para completar, nos matagais mais distantes, surgiam e desapareciam milhares de focinhos de raposa. Esticavam-se para aspirar o ar e olhavam para Makar zombeteiramente, remexendo as orelhas pontudas. Enquanto isso lebres paravam à frente delas, sentavam-se sobre as patas traseiras e gargalhavam, informando que Makar estava perdido e não ia conseguir sair da taiga.

Isso já era demais.

"É meu fim!" — pensou Makar e decidiu se perder de vez.

Deitou-se na neve.

O frio apertava. As últimas reverberações da aurora boreal cintilavam e estendiam-se pelo céu, espiando Makar através da copa da taiga. Os últimos ecos do sino chegavam da distante Tchalgan.

A autora boreal se consumiu e extinguiu. O repique silenciou.

E Makar morreu.

V

Como isso aconteceu, ele não reparou. Sabia que alguma coisa deveria sair de si e ficou esperando — já, já ia sair... Mas não saiu nada.

Entretanto, dava-se conta de que já estava morto e, por isso, ficou deitado pacificamente, sem se mexer. Assim ficou por muito tempo — tanto tempo que se entediou.

Estava completamente escuro quando Makar sentiu que alguém o cutucava com o pé. Ele virou a cabeça e abriu os olhos cerrados.

Agora os larícios curvavam-se pacíficos sobre ele, quietos, como se tivessem vergonha das travessuras anteriores. Abetos frondosos estendiam as suas garras largas, cobertas de neve, e balançavam muito mansamente. No ar, também mansamente, pairavam radiosos cristais de neve.

Do céu azul, estrelas brilhantes e bondosas espiavam através dos galhos densos e pareciam dizer: "Vejam só, o pobre homem morreu".

Sobre o corpo de Makar, cutucando-o com o pé, estava Ivan, o antigo pope. A alba longa cobrira-se de neve; havia neve no *bergues* (gorro) de pele, nos ombros, na longa barba do pope Ivan. O mais surpreendente de tudo era a circunstância de ser esse o mesmo pope Ivan que morrera uns quatro anos atrás.

Ele tinha sido um bom pope. Nunca perseguira Makar por conta da *ruga*,[7] nunca exigira dele dinheiro pelos sacramentos. O próprio Makar destinava-lhe uma paga pelo batismo e te-déuns, mas agora lembrava, envergonhado, que algumas vezes pagara bem pouco e outras não pagara nada. O pope Ivan não se ofendia; exigia apenas uma coisa: que toda vez houvesse uma garrafa de vodca. Quando Makar não tinha dinheiro, o próprio pope Ivan mandava buscar uma garrafa, e bebiam juntos. O

---

[7] Na Rússia do século X ao XVI, remuneração paga ao clero em alimentos ou dinheiro. (N. da T.)

pope sempre bebia até não poder mais, mas, apesar disso, brigava muito raramente e sem intensidade. Makar levava-o, impotente e desamparado, até sua casa, aos cuidados da esposa.

Sim, tinha sido um bom pope, mas morrera de uma morte horrível. Certa vez, quando todos já tinham ido embora, o pope bêbado ficou sozinho, deitado na cama, e inventou de fumar. Levantou-se cambaleando e aproximou-se da enorme lareira de pedra, muito bem aquecida, para acender o cachimbo no fogo. Bêbado demais, ele se desequilibrou e caiu no fogo. Quando os de casa chegaram, do pope restavam apenas as pernas.

Todos ficaram com pena do bom pope Ivan; mas, como dele tinham restado só as pernas, nenhum médico no mundo seria capaz de curá-lo. Enterraram as pernas e para o lugar do pope Ivan indicaram um outro. Agora o pope estava ali, de corpo inteiro, ao lado de Makar, cutucando--o com o pé.

— Levante-se, Makáruchko[8] — dizia ele. — Vamos lá.

— Lá aonde? — perguntou Makar, insatisfeito.

Ele supôs que, como chegara seu fim, a sua responsabilidade era ficar deitado, tranquilo, e não precisava mais sair andando de novo pela taiga, vagando sem rumo. Caso contrário, então para que tinha chegado ao fim?

— Vamos procurar o grande *Toion*.[9]

— Pra que me encontrar com ele? — perguntou Makar.

— Ele vai julgá-lo — disse o pope, com voz aflita e um tanto enternecida.

Makar lembrou-se de que realmente, após a morte, era preciso ir a um tribunal, não sabia bem onde. Tinha ouvido isso uma vez na igreja. Quer dizer, o pope estava certo. Precisava se levantar.

E Makar levantou-se, resmungando consigo mesmo que nem depois da morte dão sossego à pessoa.

O pope ia à frente, Makar atrás dele. Seguiam o tempo todo em linha reta. Os larícios afastavam-se pacificamente, abrindo caminho. Iam na direção do oriente.

Makar notou com surpresa que atrás do pope Ivan não ficavam pe-

---

[8] Diminutivo carinhoso de Makar. (N. da T.)

[9] Ver nota 5. Aqui no sentido de senhor, chefe. (N. da T.)

gadas na neve. Olhando debaixo dos próprios pés, também não viu pegadas: a neve estava limpa e lisa, como uma toalha de mesa.

Ele pensou que agora seria muito cômodo percorrer as armadilhas dos outros, uma vez que ninguém ia ficar sabendo de nada; mas o pope, pelo visto adivinhando aquele pensamento recôndito, voltou-se para ele e disse:

— *Kabis* (deixe disso)! Você não sabe o que o espera por causa de cada um desses pensamentos.

— Hum! — respondeu Makar, insatisfeito. — Pois até pensar é proibido! Por que é que você agora ficou tão severo? Melhor ficar calado!

O pope balançou a cabeça e seguiu adiante.

— Está longe? — perguntou Makar.

— Está — respondeu o pope deprimido.

— E o que vamos comer? — perguntou de novo Makar com impaciência.

— Você esqueceu — respondeu o pope, voltando-se para ele — que morreu e agora não precisa nem de comer, nem de beber.

Makar não ficou nada satisfeito. Isso era bom, é claro, no caso de não ter nada para comer, mas então devia ficar deitado, como fizera ainda há pouco, depois da própria morte. Mas se era para andar, e ainda por cima ir tão longe, não comer nada lhe parecia totalmente sem propósito. Ele começou a resmungar de novo.

— Não reclame! — disse o pope.

— Está bem! — respondeu Makar, num tom ofendido, mas continuou a queixar-se e a resmungar contra a má ordem das coisas: "Obrigam o homem a andar, mas comer, não precisa! Onde já se viu isso?".

Caminhou insatisfeito o tempo todo, atrás do pope. E andaram, ao que parecia, longamente. É verdade que Makar ainda não tinha visto o nascer do sol, mas, a julgar pela paisagem, parecia-lhe que andavam já havia uma semana inteira: de tantos desfiladeiros e outeiros, rios e lagos que deixaram para trás, de tantos bosques e planícies que atravessaram. Quando Makar olhava ao redor, parecia-lhe que a taiga escura corria deles e que as altas montanhas nevadas desmanchavam-se na escuridão e rapidamente desapareciam no horizonte.

Era como se subissem cada vez mais alto. As estrelas ficavam cada vez maiores e mais brilhantes. Depois, detrás da crista de uma elevação, mostrou-se uma beiradinha da lua há muito escondida. Ela parecia se apressar em partir, mas Makar e o pope conseguiram alcançá-la. Finalmente ela começou a erguer-se de novo no horizonte. E eles seguiram por um caminho reto, em forte aclive.

Agora estava claro — muito mais claro do que no início da noite. Isso aconteceu, obviamente, porque eles estavam muito mais próximos das estrelas. As estrelas, cada uma do tamanho de uma maçã, cintilavam muito, enquanto a lua, como o fundo de um grande pote de ouro, brilhava feito o sol, iluminando a planície de ponta a ponta.

Na planície, via-se muito nitidamente cada cristal de neve. Por ali passava uma porção de estradas, e todas convergiam para um único ponto a leste. Por elas seguiam vários tipos de pessoas em trajes diversos.

Depois de examinar atentamente um dos cavaleiros, Makar mudou de repente de rumo e pôs-se a correr atrás dele.

— Espere, espere! — gritava o pope, mas Makar sequer o ouvia.

Reconhecera o tártaro que levara o seu cavalo malhado seis anos atrás e morrera há cinco. O tártaro estava montado agora justamente nesse cavalo. E o cavalo só fazia empinar. De sob os seus cascos voavam nuvens inteiras de poeira de neve, que cintilava com as modulações multicoloridas dos raios das estrelas. Makar surpreendeu-se com aquela corrida desenfreada, como ele pudera, a pé, alcançar tão facilmente o tártaro a cavalo. Aliás, assim que viu Makar a poucos passos, o tártaro parou por vontade própria. Makar lançou-se sobre ele arrebatadamente.

— Vamos ao estaroste! — gritava ele. — Esse cavalo é meu. A orelha direita tem um corte... Veja que espertalhão! Monta o cavalo do outro, enquanto o dono vai a pé, como um mendigo.

— Espere! — replicou a isso o tártaro. — Não precisamos de estaroste. Diz que o cavalo é seu? Então fique com ele! Animal maldito! Há cinco anos estou cavalgando nele e é como se não saísse do lugar... Volta e meia quem vai a pé passa à minha frente; para um bom tártaro, é uma vergonha.

E começou a tirar o pé do estribo para descer da sela, mas, nesse momento, o pope aproximou-se ofegante e puxou Makar pelo braço.

— Infeliz! — gritou ele. — O que está fazendo? Será que não vê que o tártaro quer enganá-lo?

— Claro, já está enganando — bradou Makar, agitando os braços —, o cavalo era bom, um verdadeiro cavalo caseiro... Por ele me dariam quarenta rublos umas três colheitas atrás. Nã-ão, irmão! Se você estragou o cavalo, eu vou trinchar as carnes dele, e você vai me pagar com dinheiro vivo. Está pensando que por que é tártaro pode viver sem limite?

Makar inflamava-se e gritava de propósito, para juntar bastante gente em torno de si, pois ele costumava ter medo de tártaros. Mas o pope o deteve:

— Quieto, quieto, Makar! Você está esquecendo que já morreu... Pra que um cavalo? Além disso, será que não está vendo que a pé você vai muito mais rápido que o tártaro? Quer ficar cavalgando mil anos inteiros?

Makar percebeu então por que o tártaro cedera o cavalo tão facilmente.

"Povo esperto!" — pensou ele e dirigiu-se ao tártaro:

— Certo, então! Vá a cavalo, mas eu, irmão, vou fazer a queixa.

O tártaro enterrou o chapéu na cabeça com raiva e fustigou o cavalo. O cavalo empinou, torvelinhos de neve polvilharam de sob os casos, mas, enquanto Makar e o pope não se mexiam, o tártaro não arredava nem um palmo de perto deles.

Ele cuspiu com raiva e dirigiu-se a Makar:

— Ouça, *dogor* (companheiro), não teria aí uma folhinha de tabaco? Estou com uma vontade louca de fumar, mas dei cabo do meu tabaco quatro anos atrás.

— O cão que é seu companheiro, eu não! — respondeu Makar com raiva. — Veja só: roubou o cavalo e vem pedir tabaco! Suma de vez por aí, nem disso eu vou ter pena.

E com essas palavras, Makar seguiu adiante.

— Pois é, você bem podia ter lhe dado uma folha de tabaco — disse o pope Ivan. — Por isso, no tribunal, o *Toion* perdoaria não menos de cem pecados seus.

— E por que é que não me disse isso antes? — rosnou Makar.

— Agora já é tarde para ensinar essas coisas. Os popes deviam ter ensinado isso a você em vida.

Makar aperreou-se. Dos popes não ouvira nada que tivesse serventia: recebiam a *ruga*, mas não ensinaram nem mesmo quando é preciso dar uma folhinha de tabaco a um tártaro para ter remissão dos pecados. Não é brincadeira: cem pecados... e tudo por uma folhinha! Já se vê que isso vale alguma coisa!

— Espere — disse ele. — Ficamos com uma folhinha e as outras quatro darei agora ao tártaro. Vão ser quatro centenas de pecados.

— Olhe — disse o pope.

Makar olhou ao redor. Atrás dele estendia-se só a planície branca e deserta. O tártaro brilhou por um segundo como um ponto distante. A Makar pareceu ter visto a poeira branca que voava de sob os cascos do malhadinho, mas, num segundo, esse ponto desapareceu.

— Ora, ora — disse Makar. — Que o tártaro fique sem tabaco também não é mau. Você viu: ele estragou o cavalo, maldito!

— Não — disse o pope —, ele não estragou o seu cavalo, mas esse é um cavalo roubado. Será que você nunca ouviu os mais velhos dizerem que com cavalo roubado não se vai longe?

Makar realmente tinha ouvido isso dos mais velhos, mas, como em vida não tinham sido raras as vezes em que vira tártaros chegarem até a cidade montados em cavalos roubados, então, é claro, não acreditara nos mais velhos. Agora, entretanto, estava convencido de que também os mais velhos às vezes falam a verdade.

E, pela planície, pôs-se a ultrapassar muitos cavaleiros. Todos galopavam tão depressa quanto o primeiro. Os cavalos voavam como pássaros, os cavaleiros pingavam suor, mas, mesmo assim, Makar volta e meia os alcançava e os deixava para trás.

Na maioria das vezes eram tártaros, mas apareciam também tchalgans nativos; alguns desses últimos montavam touros roubados e açulavam-nos com vara de salgueiro.

Makar olhava os tártaros com hostilidade e a cada vez resmungava que isso ainda era pouco para eles. Quando encontrava tchalgans, porém, parava e conversava com benevolência: de qualquer modo, eram companheiros, apesar de ladrões. Algumas vezes ele até participava, pegando ali na estrada uma vara de salgueiro e açulando touros e cavalos por trás; mas bastava-lhe dar alguns passos, e os cavalheiros já ficavam para trás, como pontos quase invisíveis.

A planície parecia sem fim. Volta e meia ultrapassavam cavaleiros e pessoas a pé, mas, na mesma hora, tudo ao redor parecia deserto. Entre um viajante e outro, parecia haver centenas ou até milhares de verstas.

Entre outras figuras, Makar encontrou um velho desconhecido; evidentemente, era tchalgan, via-se isso pelo rosto, pela roupa e até pelo andar, mas Makar não conseguia se lembrar de já o ter visto antes. O velho usava uma *sona* rasgada, um *bergues* grande, com abas para as orelhas e também rasgado, calças de couro velhas e *torbassás* de bezerro furadas. Mas o pior de tudo é que — apesar da velhice — levava nas costas uma velha ainda mais decrépita, cujas pernas arrastavam-se pelo chão.

O velho custava a respirar, bambeava e apoiava-se pesadamente em um pedaço de pau. Makar ficou com pena. Parou. O velho parou também.

— *Kapse* (O que conta)? — disse Makar amistosamente.

— Nada — respondeu o velho.

— O que tem ouvido?

— Não tenho ouvido nada.

— O que tem visto?

— Não tenho visto nada.

Makar calou-se um pouco e então achou que já podia interrogar o velho — quem era ele e de onde se tocara.

O velho deu o nome. Há muito tempo — ele próprio não sabia quantos anos atrás — deixara Tchalgan e fora para a "montanha" salvar-se. Lá não fazia nada, comia apenas amora-do-ártico e raízes, não arava, não semeava, não pilava cereais nem pagava tributos. Quando morreu, apresentou-se ao *Toion* no tribunal. O *Toion* perguntou-lhe quem fora e o que fizera. Ele contou que tinha ido para a "montanha" salvar-se. "Muito bem — disse o *Toion*. — E onde é que está a sua velha? Vá e traga a sua velha até aqui." Ele foi buscar a velha, mas a velha, antes de morrer, vivera de esmolas, não havia ninguém que a sustentasse, e ela não tinha casa, nem vaca, nem pão. Enfraquecera e não conseguia arrastar as próprias pernas. E agora ele tinha de levá-la ao *Toion* nos ombros.

O velho pôs-se a chorar, a velha bateu nele com o pé, como a um touro, e disse com voz fraca, mas raivosa:

— Anda!

Makar teve ainda mais dó do velho, e alegrou-se de todo o coração por não ter conseguido viver na "montanha". A sua velha era uma velha imensa, altona, e seria mais difícil ainda carregá-la. E se, para piorar, ela começasse a dar pontapés nele, como a um touro, provavelmente isso logo causaria a sua segunda morte.

De tanto dó, quis segurar a velha pelas pernas, para ajudar o *dogor*, mas mal tinha dado dois ou três passos quando teve de largar rapidamente as pernas da velha para que não ficassem para sempre em suas mãos. Num minuto, o velho e o seu fardo sumiram de vista.

No resto do caminho não encontraram mais ninguém, a quem Makar dispensasse atenção especial. Ali havia ladrões, sobrecarregados, como gado de carga, com os bens roubados, movimentando-se passo a passo; *toions* iacutos gordos iam aos solavancos, sentados em selas altas como torres, enfiando nas nuvens os seus chapéus enormes. Ali mesmo, bem perto, corriam aos saltos pobres *komnotchiti* (trabalhadores), magricelos e leves, como lebres. Passou também um assassino taciturno, todo coberto de sangue, com o olhar ferozmente errático. Em vão lançava-se à neve limpa para lavar as manchas de sangue. A neve momentaneamente se purpureava ao redor, como espuma de fervura, mas as manchas no assassino destacavam-se com mais clareza, e em seu olhar viam-se pavor e um desespero feroz. E ele continuava andando, fugindo dos olhares assustados dos estranhos.

Enquanto isso, as pequeninas almas infantis volta e meia brilhavam no ar, como avezinhas. Voavam em grandes bandos, e isso não surpreendia a Makar. A comida ruim e ordinária, a sujeira, o fogo das lareiras de pedra e as correntes de ar geladas das iurtas as mandavam embora, só de Tchalgan, às centenas. Ao emparelhar com o assassino, afastaram-se com precipitação, num bando assustado, e depois, por muito tempo, ainda se ouviu no ar o som rápido e aflito de suas pequenas asinhas.

Makar não podia deixar de notar que se movimentava, em relação aos outros, bem rapidamente, e apressou-se a atribuir isso às próprias virtudes.

— Escute, *agabit* (pai) — disse ele —, o que você acha? Eu, em vida, apesar de gostar de beber, fui um homem bom. Deus me ama...

Ele sondou o pope Ivan com o olhar. Havia ali uma segunda intenção: descobrir alguma coisa do antigo pope. Mas este disse lacônico:

— Não se vanglorie! Estamos perto. Logo você mesmo descobrirá.

Makar não tinha notado antes que começara a clarear na planície. Primeiro, de trás do horizonte, escoaram vários raios de luz. Eles percorreram rapidamente o céu e amorteceram as estrelas brilhantes. As estrelas apagaram, a lua declinou. E a planície nevada escureceu.

Então, sobre ela, ergueram-se brumas e postaram-se ao redor deles como guardiões de honra.

E, num ponto ao leste, as brumas ficaram mais claras, como guerreiros em trajes dourados.

E depois as brumas começaram a tremular, os guerreiros dourados inclinaram-se sobre o vale.

E, de trás delas, o sol nasceu e cobriu suas costas douradas, espreitando a planície.

E toda a planície resplandeceu com uma luz ofuscante jamais vista.

E as brumas ergueram-se solenemente, numa dança de roda, rebentaram a oeste e, oscilantes, dispararam para as alturas.

E Makar teve a impressão de ouvir uma canção maravilhosa. Parecia uma canção há muito conhecida, aquela com que a terra cada vez saudava o sol. Mas Makar nunca tinha prestado nela a devida atenção e só agora, pela primeira vez, dava-se conta de como ela era maravilhosa.

Ele ficou parado, ouvindo, e não queria seguir adiante, queria ficar ali eternamente, ouvindo...

Mas o pope Ivan puxou-o pela manga.

— Entremos — disse ele. — Chegamos.

Então Makar viu que estavam diante de um portão, antes encoberto pelas brumas.

Ele realmente não queria ir, mas — fazer o quê? — obedeceu.

VI

Entraram numa isbá bonita e espaçosa, e, só ao entrar ali, Makar notou que no pátio fazia muito frio. No centro da isbá, havia uma lareira com entalhes maravilhosos, de pura prata, e nela ardiam achas douradas, fornecendo um calor constante, que logo penetrava no corpo inteiro. O fogo dessa lareira maravilhosa não feria os olhos, não queimava, apenas aquecia, e de novo Makar teve vontade de ficar ali eternamente, aquecendo-se. O pope Ivan também se aproximou da lareira e estendeu na direção dela as mãos congeladas.

Na isbá havia quatro portas, das quais apenas uma dava para fora, pelas outras volta e meia entravam e saíam uns jovens em longas camisolas brancas. Makar pensou que deviam ser ajudantes do *Toion* local. Parecia-lhe que já os tinha visto em algum lugar, mas não conseguia lembrar onde exatamente. Ele ficou bastante surpreso com o fato de que, nas costas de cada ajudante, agitavam-se grandes asas brancas, e pensou que, provavelmente, o *Toion* tinha ainda outros ajudantes, uma vez que esses, com certeza, não podiam atravessar o matagal da taiga com essas asas para cortar lenha ou varas.

Um dos ajudantes aproximou-se da lareira e, dando as costas para Makar, começou a conversar com o pope Ivan:

— O que conta?

— Nada — respondeu o pope.

— O que tem ouvido pelo mundo?

— Não tenho ouvido nada.

— O que tem visto?

— Não tenho visto nada.

Os dois calaram-se, e então o pope disse:

— Eis, trouxe um.

— É tchalgan? — perguntou o ajudante.

— Sim, tchalgan.

— Então precisamos preparar a balança grande.

E saiu por uma das portas, para providenciar as coisas, e Makar perguntava ao pope para que precisavam de balança e por que exatamente a grande?

— Veja — respondeu o pope um pouco sem graça —, precisam de balança para pesar o bem e o mal que você fez na vida. No caso das outras pessoas, o mal e o bem mais ou menos equilibram os pratos; no caso dos tchalgans, os pecados são tantos que, para eles, o *Toion* mandou fazer uma balança especial, com um prato enorme para os pecados.

Essas palavras como que corroeram o coração de Makar. Ele se acovardava.

Os ajudantes trouxeram e ajeitaram a balança grande. Um prato era de ouro e pequeno; o outro, de madeira, de dimensões enormes. Sob o último de repente abriu-se um buraco negro e profundo.

Makar aproximou-se e examinou com cuidado a balança para ver se não havia algum engodo. Não havia. Os pratos estavam nivelados, não balançavam.

Aliás, ele não entendia inteiramente a estrutura dessa balança e preferia que o negócio fosse feito na balança de mão em que, durante a sua longa vida, ele aprendera a vender e a comprar com alguma vantagem para si.

— O *Toion* está chegando — disse de repente o pope Ivan, pondo-se rapidamente a ajeitar a alba.

A porta do meio abriu-se de par em par, e entrou um *Toion* velho-velhíssimo, com uma grande barba prateada, que descia até a cintura. Estava usando peles e tecidos caros, que Makar não conhecia, e tinha nos pés calçados quentes, revestidos de algodão aveludado, como Makar tinha visto em um antigo pintor de ícones.

E, desde o primeiro olhar que lançou ao velho *Toion*, Makar reconheceu que ele era aquele mesmo velho que ele tinha visto pintado na igreja. Mas aqui o filho não estava com ele; Makar pensou que, provavelmente, este último estava cuidando dos negócios da propriedade. Em compensação, um pombo voou para dentro do cômodo e, depois de dar voltas sobre a cabeça do velho, sentou-se em seu colo. E o velho *Toion* acariciou o pombo com a mão, sentado em uma cadeira especialmente preparada para ele.

O velho *Toion* tinha uma expressão bondosa e, quando o coração de Makar estava apertado demais, ele olhou para aquele rosto e sentiu o coração mais leve.

O seu coração apertara porque ele tinha se lembrado, de repente, de toda a própria vida, até os mínimos detalhes, lembrou cada passo dado, cada golpe do machado, cada árvore abatida, cada engodo e cada copo de vodca bebido.

E sentiu vergonha e medo. Mas, depois de olhar para o rosto do velho *Toion*, criou ânimo.

E, tendo criado ânimo, pensou que, talvez, conseguisse esconder uma ou outra coisinha.

O velho *Toion* ancião olhou para ele e perguntou-lhe quem era, de onde viera, como se chamava e quantos anos tinha.

Depois que Makar respondeu, o velho *Toion* perguntou:

— O que fez em sua vida?

— O senhor sabe — respondeu Makar. — Isso deve estar escrito.

Makar testava o velho *Toion* para descobrir, na verdade, se ele realmente tinha tudo escrito.

— Fale você, não se cale! — disse o velho *Toion*.

E Makar de novo criou ânimo.

Começou a enumerar os seus trabalhos, e, embora lembrasse de cada golpe do machado, de cada vara cortada, de cada sulco aberto com a charrua, ele acrescentou uns milhares de varas, centenas de carregamentos de lenha, centenas de toras e centenas de *puds*[10] de semeadura.

Quando ele terminou de enumerar tudo, o velho *Toion* voltou-se ao pope Ivan:

— Traga para cá o livro.

Então Makar viu que o pope Ivan trabalhava para o *Toion* como *suruksut* (escrivão), e aborreceu-se muito porque ele não lhe contara sobre isso antes, por camaradagem.

[10] Antiga medida russa equivalente a 16,38 kg. (N. da T.)

O pope Ivan trouxe um livro grande, abriu-o — e começou a ler.

— Veja aí — disse o velho *Toion* —, quantas varas?

O pope Ivan olhou e disse pesaroso:

— Ele acrescentou ao todo treze mil.

— Ele está mentindo! — gritou Makar arrebatadamente. — É claro que ele se enganou, porque é um beberrão e morreu de uma morte horrível!

— Cale-se você! — disse o velho *Toion*. — Por acaso ele cobrou a mais pelo batismo ou pelo casamento? Por acaso extorquiu-lhe a *ruga*?

— Pra que ficar falando à toa! — respondeu Makar.

— Pois então — disse o *Toion* —, se eu próprio sei que ele gostava de beber...

E o velho *Toion* aborreceu-se.

— Leia agora os pecados dele no livro, porque ele é um enganador, e eu não acredito nele — disse ao pope Ivan.

Enquanto isso os ajudantes lançavam no prato de ouro de Makar as varas e as lenhas, a terra lavrada e todo o seu trabalho. E ao todo havia ali tanta coisa, que o prato de ouro baixou, enquanto o de madeira ergueu-se alto-alto, e não era possível alcançá-lo com as mãos, e os jovens ajudantes de Deus levantaram voo usando as suas asas, e uma centena inteira puxou o prato para baixo pelas cordas.

Era duro o trabalho do tchalgan!

Então o pope Ivan começou a ler os engodos, e acontece que os engodos eram vinte e um mil, novecentos e trinta três; o pope começou a listar quantas garrafas de vodca Makar tinha bebido, e eram quatrocentas garrafas; o pope continuou a ler, e Makar viu que o prato de madeira estava pesando mais do que o de ouro e descia pelo buraco e, enquanto o pope lia, ele só fazia descer.

Makar então pensou consigo mesmo que a coisa estava feia e, aproximando-se da balança, tentou segurar o prato com o pé, disfarçadamente. Mas um dos ajudantes viu isso e, entre eles, instaurou-se uma confusão.

— O que está acontecendo lá? — perguntou o velho *Toion*.

— É que ele queria segurar a balança com o pé — respondeu um ajudante.

Então o *Toion* dirigiu-se a Makar furiosamente e disse:

— Estou vendo que você é um enganador, preguiçoso e beberrão... E deixou impostos atrasados, e o pope por sua causa ficou sem a *ruga*, e o *isprávnik* peca por sua causa, xingando-o com palavras indecentes toda vez!

E, voltando-se para o pope Ivan, o velho *Toion* perguntou:

— Quem, em Tchalgan, sobrecarrega mais os cavalos e quem os fustiga mais?

O pope Ivan respondeu:

— O monge-ecônomo. Ele leva o correio e conduz o *isprávnik*.

Então o velho *Toion* disse:

— Entregue esse preguiçoso ao monge, como cavalo castrado, e que nele o monge conduza o *isprávnik*, até que ele caia estafado... Então veremos.

Assim que o velho *Toion* disse essas palavras, a porta abriu-se de par em par e entrou na isbá o filho do velho *Toion* e sentou-se à sua mão direita.

E o filho disse:

— Eu ouvi a sua sentença... Eu vivi longamente na terra e sei como são as coisas por lá: será muito difícil para esse pobre homem conduzir o *isprávnik*! Mas... que seja! Porém, talvez, ele ainda tenha algo a dizer. Fale, *barakhsan* (pobre homem)!

Então aconteceu algo estranho. Makar, aquele mesmo Makar que nunca na vida pronunciara mais de dez palavras seguidas, de repente, percebeu em si o dom da palavra. Começou a falar e surpreendeu a si próprio. Era como se houvesse dois Makar: um falava, o outro ouvia e se surpreendia. Ele não acreditava em seus ouvidos. A sua fala fluía correta e apaixonadamente, as palavras seguiam-se uma atrás da outra, à solta, e depois se tornavam fileiras longas, bem construídas. Ele não se acovardava. Se acontecia de se confundir, logo se corrigia e gritava duas vezes mais alto. E o mais importante — ele próprio sentia que falava com convicção.

O velho *Toion*, no início um pouco aborrecido com aquela impertinência, depois passou a ouvi-lo com muita atenção, como se estivesse convencido de que Makar não era aquele bobo que lhe parecera no início. O pope Ivan, no primeiro minuto, até se assustou e começou a puxar Makar pela aba da *sona*, mas Makar deu de ombros e continuou como antes. Depois também o pope acostumou-se e até se iluminou com um sorriso, vendo que o seu paroquiano dizia a verdade e que essa verdade tocava o coração do velho *Toion*. Até os jovens de camisolas longas e asas brancas, que viviam ali como ajudantes do *Toion*, saíram de onde estavam e ficaram junto à porta, ouvindo com surpresa o discurso de Makar, cutucando-se um ao outro com o cotovelo.

Ele começou dizendo que não queria servir de cavalo castrado ao monge. E não queria, não porque tivesse medo do trabalho pesado, mas porque essa decisão era injusta. E, uma vez que a decisão era injusta, ele não a obedeceria, não lhe daria ouvidos, não daria nem um passo. Que fizessem dele o que quisessem! Entregassem até aos diabos, como eterno *komnotchti* (trabalhador) — ele não ia conduzir o *isprávnik* porque isso não era justo. E que não pensassem que ele tinha medo da posição de cavalo: o monge fustiga o cavalo, mas o alimenta com aveia, e a ele tinham fustigado a vida inteira sem dar aveia nenhuma.

— Quem o fustigou? — perguntou o velho *Toion* com irritação.

Pois o tinham fustigado a vida inteira! Os estarostes e os chefes, os assessores e os *isprávniks*, exigindo tributos; os popes fustigavam, exigindo a *ruga*; fustigavam-no a privação e a fome; fustigavam-no o frio e o calor, a chuva e a seca; fustigavam-no a terra enregelada e a taiga malvada! O gado segue em frente e olha para o chão, sem saber para onde o fustigam... Assim era ele... Por acaso sabia que leituras o pope fazia na igreja e para onde ia a *ruga*? Sabia por que e para onde tinham mandado o seu filho mais velho, que pegaram para soldado, e onde ele tinha morrido e onde agora estavam os seus pobres ossos?

Dizem que bebia muita vodca? Com certeza, isso é verdade: o seu coração pedia vodca...

— Quantas garrafas você diz aí?

— Quatrocentas — respondeu o pope Ivan, olhando no livro.

Muito bem! Mas será que aquilo era vodca? Três quartos de água e apenas um quarto de vodca de verdade e, ainda por cima, com infusão de tabaco. Quer dizer, pode tirar trezentas garrafas da conta.

— É verdade tudo isso que ele está dizendo? — perguntou o velho *Toion* ao pope Ivan, e via-se que ele ainda estava zangado.

— Pura verdade — apressou-se a dizer o pope, mas Makar continuou.

Ele colocou treze mil varas a mais? Como quiserem! Quer dizer que ele cortou apenas dezesseis mil. Mas será que isso é pouco? E, além disso, dois mil ele cortou quando a sua primeira esposa estava doente... E o seu coração estava apertado, e ele queria ficar ao lado de sua velha, mas a necessidade tocava-o para a taiga... E na taiga ele chorava, e as lágrimas congelavam-se em seus cílios, e de tristeza o frio penetrava até o coração... Ainda assim ele cortava!

Depois a mulher morreu. Era preciso enterrá-la, mas ele não tinha dinheiro. E ele empregou-se para cortar lenha, para pagar a casa da esposa no outro mundo... O comerciante viu que ele passava necessidade, mas pagou apenas dez copeques... E a velha ficou sozinha, na isbá gelada, sem aquecimento, e ele de novo cortava e chorava. Ele pensava que esses carregamentos deviam contar por cinco ou até mais.

Nos olhos do velho *Toion* surgiram lágrimas, e Makar viu que os pratos da balança oscilavam, o de madeira subia, o de ouro descia.

E Makar continuou: eles têm tudo escrito no livro... Então que procurem: quando foi que ele recebeu carinho de alguém, uma palavra de acolhimento ou de alegria? Onde estavam os seus filhos? Os que morreram deixaram Makar triste e abatido; os outros cresceram e foram embora, lutar sozinhos contra as duras privações. Ele ficou sozinho com a sua segunda velha e viu que as forças o abandonavam e que se aproximava a decrepitude, cruel e desamparada. Eles ficaram sozinhos, como ficam na estepe dois abetos órfãos, nos quais batem nevascas terríveis por todos os lados.

— É verdade? — perguntou de novo o velho *Toion*.

E o pope apressou-se a responder:

— Pura verdade!

E então a balança de novo se mexeu... Mas o velho *Toion* ficou pensativo.

— Mas o que é isso?! — disse ele. — Pois na terra tenho verdadeiros justos... Os seus olhos são claros, os seus rostos, luminosos, os trajes sem manchas... Os corações, ternos, como solo bom; recebem a boa semente e devolvem lírios do campo e searas odoríferas, cujo perfume me é agradável. Mas olhe para você...

E todos dirigiram o olhar a Makar, e ele se envergonhou. Percebeu que os seus olhos eram baços, o rosto escuro, os cabelos e a barba desgrenhados, a roupa rasgada. E, embora muito antes de morrer ele planejasse comprar botas para a hora do tribunal, como um verdadeiro cristão, no final das contas, acabava bebendo o dinheiro e agora estava diante do *Toion* como o último dos iacutos, de *torbassás* imundas... E tinha vontade de sumir terra adentro.

— O seu rosto é escuro — continuou o velho *Toion* —, os olhos baços e a roupa rasgada. O seu coração está cheio de ervas daninhas, de espinhos, de losna. Eis por que eu amo os meus justos e viro as costas para ímpios como você.

O coração de Makar oprimiu-se. Ele teve vergonha da própria existência. Ele queria afundar a cabeça, mas de repente a ergueu e começou de novo a falar.

Quem eram esses justos de que falava o *Toion*? Se eram aqueles que viviam na terra na mesma época de Makar em ricas moradas, então Makar os conhecia... Os seus olhos eram claros porque não haviam vertido tantas lágrimas quanto os de Makar, os seus rostos eram luminosos porque se lavavam com perfumes e as suas roupas limpas eram tecidas por mãos alheias.

Makar de novo afundou a cabeça, mas no mesmo instante a ergueu de novo.

E, além disso, será que ele não via que ele, Makar, tinha nascido com outros olhos, claros, abertos, em que se refletiam a terra e o céu, e com um coração puro, pronto a abrir-se a toda a maravilha do mundo? E, se agora ele tinha vontade de esconder sob a terra a sua figura sombria e vergonhosa, então a culpa não era dele... Mas de quem então? — Isso ele não sabia... Ele sabia apenas que no seu coração esgotara-se a paciência.

VII

Certamente, se Makar pudesse ver a impressão que o seu discurso provocara no velho *Toion*, se ele visse que cada palavra sua de cólera caíra no prato de ouro como peso de chumbo, ele tranquilizaria o seu coração. Mas Makar não via nada disso porque o seu coração estava cheio de um desespero cego.

Eis que ele acabara de rever toda a sua vida amarga. Como ele tinha conseguido suportar esse terrível fardo? Ele o carregara porque à frente, o tempo todo, entrevia-se — como uma estrelinha nas brumas — a esperança. Ele vivia, quem sabe talvez experimentasse algo melhor... Agora ele estava no final, e a esperança se apagara...

Então a escuridão tomava sua alma, e nela manifestava-se a ira, como uma tempestade na estepe deserta, na noite surda. Ele esqueceu onde estava, diante de quem estava — esqueceu tudo, a não ser a sua cólera...

Mas o velho *Toion* lhe disse:

— Espere, *barakhsan*! Você não está na terra... Aqui também para você há justiça...

E Makar estremeceu. No seu coração percebeu que o velho tinha pena dele e sentiu-se mais leve; porém, como diante de seus olhos ainda estava aquela vida pobre, do primeiro ao último dia, então ele próprio teve muita pena de si. E pôs-se a chorar...

O velho *Toion* também chorava... O velho pope Ivan chorava, os jovens ajudantes de Deus vertiam lágrimas e enxugavam os olhos com suas longas mangas brancas.

E a balança continuava oscilando, e o prato de madeira erguia-se mais e mais alto!

(1885)

Tradução de Denise Sales

Aleksandr Kuprin

Aleksandr Ivánovitch Kuprin (1870-1938) também figurou com destaque nas primeiras antologias de contos russos publicadas no ocidente, especialmente pelo caráter filantrópico e humanitário bem ou mal atribuído a suas obras. Sua reputação dentro da Rússia era igualmente alta, e ele disputava a palma da popularidade com nomes hoje mais conhecidos, como Górki e Andrêiev. Juntamente com estes dois escritores, somados a Búnin, Kuprin fez parte do grupo *Znânie* (Conhecimento), uma associação literária e editorial de São Petersburgo de começos do século XX. Kuprin também foi famoso pela vida agitada. Alternou, entre outras, as atividades de estivador, repórter, sacristão, pescador, artista de teatro, operário e militar. O ano de 1894, em que pede dispensa do serviço no exército, é também o da publicação deste "O inquérito", cuja denúncia das injustiças da caserna é um bom exemplo do tom do escritor.

O inquérito

O subtenente Kozlovski traçava, pensativo, sobre o oleado branco da mesa o delicado perfil de um rosto feminino, rodeado por uma cabeleira armada e com uma gola *à la* Mary Stuart. A disposição oficial do comando que jazia diante dele ordenava expressamente que ele conduzisse uma rápida investigação a respeito do furto de um par de botas e de trinta e sete copeques em dinheiro, cometido pelo soldado raso Mukhamet Baigúzin, de dentro de um baú trancado pertencente ao jovem soldado Venedikt Essipaka. As testemunhas reunidas para o caso eram: o suboficial Ostaptchuk e o cabo Piskun, além do soldado raso Kutcherbáiev, convocado como tradutor. Estavam reunidos na cozinha do quartel, de onde eram encaminhados um por um para a sala do subtenente por um ordenança, cujo rosto mantinha uma expressão digna do caso — grave e até um pouco arrogante.

O primeiro a entrar foi o suboficial Tarás Gavrílovitch Ostaptchuk, fazendo-se notar de imediato por meio de uma tosse respeitosa, com o quepe cobrindo-lhe a boca. Tarás Gavrílovitch — um "leão" em matéria de regulamento, autoridade inabalável para todo o alto comando — gozava de ampla notoriedade no regimento. Sob sua experiente direção, a companhia passava com êxito por revistas, paradas e toda sorte de inspeção, enquanto o comandante da companhia passava dia e noite pensando em medidas contra os mandados executivos que, vez por outra, os incontáveis credores dos agiotas do regimento apresentavam a ele na chancelaria do quartel. O suboficial tinha a aparência de um rapagão pequeno porém forte, propenso a uma sadia obesidade, de rosto quadrado e vermelho, cujos olhos estreitos observavam de maneira penetrante e perscrutadora. Tarás Gavrílovitch era casado e no tempo livre que passava no acampamento após a chamada noturna bebia chá com leite e pãezinhos quentes, sentado de roupão listrado em frente a sua barraca.

Adorava conversar sobre política com os voluntários de sua companhia, atendo-se sempre a sua opinião particular e, de vez em quando, designando serviços inúteis aos que dele discordavam.

— Como... você... se chama? — perguntou Kozlovski, inseguro.

Ele ainda não completara um ano de serviço no regimento e sempre gaguejava quando tinha de tratar de maneira tão informal um indivíduo tão eminente quanto Tarás Gavrílovitch, de cujo peito pendia uma grande medalha de prata, ganha por serviços prestados, e em cuja manga esquerda estavam bordadas faixas douradas e prateadas.

O experiente suboficial apreciou, delicada e lealmente, o desconforto do jovem oficial e, um tanto lisonjeado, enunciou seu nome completo.

— Conte-me... Conte-me... Quem cometeu esse roubo? Um par de botas, parece, não é? E sabe Deus o que mais!

Acrescentara a imprecação para dar pelo menos um pouco de segurança ao seu tom. O suboficial ouvia com ar de atenção redobrada, esticando o pescoço para a frente. Começou seu testemunho com um inevitável "pois bem".

— Pois bem, vossa senhoria, eu estava sentado copiando a ordem do dia. Subitamente o soldado que estava de guarda chegou correndo, esse aí mesmo, o tal Piskun, e relatou: "Senhor suboficial, as coisas vão mal na companhia." — "Como assim 'vão mal'?" — "Mal mesmo — disse. — Roubaram as botas de um jovem soldado e também trinta e sete copeques." — "E por que ele não trancou seu baú?", perguntei. Isso porque cada um deles tem que colocar um cadeado em seu bauzinho, vossa senhoria. — "Aí é que está — disse ele. — Ele trancou, mas arrombaram." — "Quem arrombou? Quem ousou fazer isso? Que absurdo é esse?" — "Não sei dizer, senhor suboficial." Eu fui então até o comandante da companhia e declarei: foi assim, vossa excelência, que aconteceu isso, e no momento eu não estava presente na companhia porque tinha ido até o armeiro.

— Isso é tudo que você sabe?

— Precisamente.

— Bem, e esse soldado Baigúzin, é um bom soldado? Já haviam notado antes alguma coisa nele?

Tarás Gavrílovitch projetou o queixo para a frente, dando a impressão de que a gola lhe cortava o pescoço.

— Na verdade, sim, no ano passado ele esteve foragido por três semanas. Considero esses tártaros uma nação completamente parva. Eles rezam para a lua mas não entendem nada do que é nosso. Eu considero, vossa senhoria, que não é mais possível viver no mesmo país que esses tártaros...

Tarás Gavrílovitch adorava conversar com homens instruídos. Kozlovski ouvia em silêncio, mordiscando a ponta da caneta.

Devido a sua falta de experiência no serviço, não conseguiu criar coragem, nem encontrar o devido tom de severidade para abordar o polido suboficial. Finalmente, gaguejando, ele indagou, apenas para dizer alguma coisa e imediatamente sentindo que Tarás Gavrílovitch entenderia a inutilidade da pergunta:

— Bem, e o que farão agora com esse Baigúzin?

Tarás Gavrílovitch respondeu num tom bastante benévolo:

— É de se presumir, vossa senhoria, que Baigúzin será açoitado. Porque, se ele não tivesse fugido no ano passado, aí o assunto seria diferente, mas agora eu acredito que ele sem dúvida será açoitado. Pois ele já foi punido antes.

Kozlovski leu o inquérito e o entregou para que ele assinasse. Tarás Gavrílovitch pronta e cuidadosamente escreveu sua patente, seu nome, patronímico e sobrenome, depois releu o que estava escrito, pensou um pouco e, fazendo uma inesperada garatuja sobre a assinatura, olhou de maneira astuta mas amigável para o oficial.

Depois entrou o cabo Piskun. Ele ainda não havia passado pela avaliação do grau de competência do alto comando e por isso arregalava igualmente os olhos para todos, tentando falar "em bom som, sem hesitar e sempre com a verdade". Com isso, ao perceber na pergunta da chefia um indício de que a resposta deveria ser afirmativa, gritava "positivo"; caso contrário, "negativo".

— Então você não sabe quem roubou as botas do jovem soldado Essipaka?

Piskun gritou que não sabia dizer.

— Mas pode ter sido o Baigúzin quem fez isso?

— Positivo, vossa senhoria! — gritou Piskun com uma voz animada e segura.

— E por que você acha isso?

— Não sei dizer, vossa senhoria.

— Então pode ser que você não o tenha visto roubando em absoluto.

— Negativo, não vi. Quando os soldados foram jantar, ele ficou o tempo todo de um lado para o outro por entre os beliches. Eu perguntei para ele: "Por que você está aí zanzando?". E ele disse: "Estou procurando meu pão".

— Quer dizer que o furto em si você não viu?

— Não vi, vossa senhoria.

— Mas será que não havia mais ninguém lá além do Baigúzin? E que talvez não tenha sido ele quem roubou?

— Positivo, vossa senhoria.

Com o cabo, Kozlovski sentia-se incomparavelmente mais desenvolto e por isso, chamando-o de burro, entregou-lhe o inquérito para assinar.

Piskun ajeitou-se por um tempo, fungando ruidosamente e colocando a pontinha da língua para fora por conta do esforço, e finalmente traçou com uma dificuldade colossal: *cabu Spiridon Peskunou.*

Agora Kozlovski entendia que o caso todo no final das contas se resumia ao testemunho inconsistente de Piskun, soldado da companhia que estava de guarda e viu Baigúzin zanzando na hora do jantar no quartel. No que se referia ao jovem soldado Essipaka, ele havia sido mandado ainda antes ao hospital porque estava com tracoma.

Finalmente o ordenança mandou entrar os dois tártaros. Entraram timidamente, pisando de maneira excessivamente cuidadosa com suas botas, das quais a lama outonal soltava-se aos pedaços sobre o chão, e pararam bem junto à porta. Kozlovski ordenou que se aproximassem; eles deram mais três passos cada, levantando bastante as pernas.

— Sobrenomes! — disse a eles o oficial.

Kutcherbáiev enunciou clara e prontamente seu sobrenome, no qual havia todos aqueles *ogli*, *guirei* e *mirza*.[1]

Baigúzin permaneceu calado, olhando para o chão.

— Diga a ele em tártaro para falar seu sobrenome — ordenou Kozlovski ao tradutor.

---

[1] *Ogli* (às vezes grafado *olu* ou *uli*): em diversas línguas turcas, prefixo formador de patronímico; "filho de". *Guirei*: título de nobreza nos extintos canatos da Crimeia e de Kazan. *Mirza*: prefixo de origem persa, significa "senhor" quando empregado antes de nome próprio e "membro de linhagem real" quando empregado após o nome próprio. (N. do T.)

Kutcherbáiev virou-se para o acusado e disse algo em tártaro num tom de aprovação.

Baigúzin levantou os olhos, lançou para o tradutor o mesmo olhar fixo e triste com que um macaquinho observa seu dono e disse rapidamente, numa voz rouca e indiferente:

— Mukhamet Baigúzin.

— É isso mesmo, vossa senhoria, Mukhamet Baigúzin — completou o tradutor.

— Pergunte se ele *pegou* as botas de Essipaka.

O subtenente outra vez convenceu-se de sua inexperiência e de sua falta de coragem, pois por algum sentimento pudico e de delicadeza não conseguira pronunciar a palavra verdadeira, "roubou".

Kutcherbáiev novamente virou-se e pôs-se a falar, dessa vez de maneira interrogativa e com um tom mais severo. Baigúzin ergueu os olhos para ele e de novo manteve-se calado. E a todas as perguntas respondeu com o mesmo silêncio entristecido.

— Não quer falar — explicou o tradutor.

O oficial levantou-se, caminhou pensativo de um lado para o outro da sala e perguntou:

— E ele não entende nada mesmo de francês?

— Entende, vossa senhoria. Ele até sabe falar. *Ei! Kharandach, korali mingá*[2] — voltou-se ele novamente para Baigúzin, dizendo uma frase longa em tártaro, a que Baigúzin respondia apenas com seu olhar de macaco. — Negativo, vossa senhoria, não quer.

Fez-se um silêncio; o subtenente mais uma vez pôs-se a caminhar de um canto a outro e subitamente gritou enfurecido ao tradutor:

— Vá embora. Eu não preciso mais de você... Pode ir, pode ir!

Quando Kutcherbáiev saiu, Kozlovski caminhou por mais um bom tempo de um canto para outro de sua sala solitária. Nos momentos difíceis de sua vida, ele sempre corria para esse ambiente leal. A cada vez que passava por Baigúzin, ele o examinava, de lado, para não ser notado. Aquele defensor da pátria era magro e pequeno como um menino de doze anos. Seu rosto infantil, moreno, de maçãs salientes e completamente imberbe assomava, ridícula e tristemente, de dentro de um capote cinza

[2] "Amigo, olhe para mim" em tártaro. (N. do A.)

excessivamente grande, cujas mangas iam até os joelhos e dentro do qual Baigúzin parecia solto como um grão de ervilha numa vagem. Não se viam seus olhos, pois ele os mantinha baixos o tempo todo.

— Por que você não quer responder? — perguntou o subtenente, parando em frente ao soldado.

O tártaro continuou em silêncio, sem erguer os olhos.

— Mas por que é que você está calado, meu irmão? Estão dizendo que você roubou um par de botas. Mas será que foi você, afinal? Hein? Pode falar, você pegou ou não? Hein?

Sem esperar uma resposta, Kozlovski começou novamente a andar. A noite de outono chegava com rapidez, e a sala foi sendo tomada por tons monótonos e acinzentados. Os cantos mergulhavam na escuridão, e Kozlovski distinguia com dificuldade a figura abatida e imóvel diante da qual ele caminhava. O subtenente compreendeu que se ele continuasse a caminhar daquela maneira a noite inteira e a madrugada inteira, até a manhã, aquela abatida figura continuaria parada no mesmo lugar, igualmente imóvel e silenciosa. Esse pensamento lhe pareceu especialmente pesado e desagradável.

O relógio de parede com pesos soou rápida e abafadamente onze vezes, depois silvou e, como que refletindo, acrescentou mais três.

Kozlovski sentiu muita pena daquela criança vestida com um grande capote de soldado. Era, aliás, um sentimento incompreensível, estranho e completamente novo para Kozlovski, que não conseguia explicá-lo. Como se o culpado pela triste humilhação e pelo desamparo de Baigúzin fosse ninguém mais que o próprio subtenente Kozlovski. Em que consistia aquela culpa ele não seria capaz de responder, mas sentiria vergonha se naquele momento alguém o lembrasse de que ele era bem-apessoado, de que dançava muito bem, de que era considerado bastante inteligente, de que assinava uma volumosa revista e de que era comprometido com uma linda dama.

Ficou tão escuro que Kozlovski já não divisava a figura do tártaro. Sobre a chaminé começaram a brincar longas e pálidas manchas projetadas pela recém-nascida lua.

— Escute, Baigúzin — começou Kozlovski numa voz sincera e amigável. — Deus é um só para todos nós. Para vocês é Alá, não é? Por isso é preciso dizer a verdade. Não? Porque se você não disser agora, vão descobrir depois de qualquer maneira, e aí será ainda pior. Se você confessar, aí já será diferente. Além disso, eu vou interceder por você. Dou a minha palavra de que falo sério, irei interceder por você. Entendeu? Uma só palavra: Alá.

Fez-se novamente silêncio na sala, e apenas o relógio trabalhava numa uniformidade persistente e enfadonha.

— Eu estou pedindo como homem, Baigúzin. Simplesmente como homem, não como chefe. Chefe *iok*. Entendeu? Você tem um pai? Hein? E uma *inai*, você tem? — acrescentou ele, lembrando por acaso que em tártaro "mãe" se diz *inai*.

O tártaro permaneceu calado. Kozlovski caminhou pela sala, puxou para cima o peso do relógio e depois, aproximando-se da janela, pôs-se a olhar com o coração entristecido para a fria escuridão da noite de outono.

Então, de repente, ele estremeceu ao ouvir atrás de si uma voz rouca e fina:

— Tenho *inai*.

Kozlovski virou-se rapidamente. Nesse preciso momento pensou que ele também tinha uma *inai*, uma querida e velhinha *inai*, da qual ele estava separado por um espaço de mil e quinhentas verstas. Lembrou-se de que, na verdade, sem ela, estava completamente sozinho naquela região, onde falavam um russo macarrônico e onde ele sempre se sentiu um estranho; lembrou-se de seus cálidos, meigos e ternos cuidados; lembrou-se de que às vezes, levado por uma vida tumultuada, desordenada, ele se esquecia por meses de responder suas longas, minuciosas e ternas cartas, nas quais ela constantemente invocava-lhe a proteção da rainha celeste.

Entre o subtenente e o tártaro de repente surgiu uma sutil e terna ligação. Kozlovski aproximou-se decidido do soldado e colocou ambas as mãos sobre seus ombros.

— Escute, meu querido, diga a verdade, você roubou ou não roubou essas botas?

Baigúzin assoou o nariz e repetiu, como um eco:

— Roubei as botas.

— E os trinta e sete copeques, também roubou?

— Roubei os trinta e sete copeques.

O subtenente suspirou e pôs-se novamente a andar pela sala. Agora ele já se arrependia de ter começado a falar da *inai* e de ter induzido Baigúzin a confessar. Antes pelo menos não houvesse nenhuma prova direta.

"Bom, ele estava zanzando pelo quartel, e qual o problema de ficar zanzando? Ninguém poderia provar nada. E agora, por conta desse sentimento de dever, é necessário registrar a sua confissão. Mas oras, isso lá é dever? Ou talvez meu dever agora consista em não registrar essa confissão? Surgiu-lhe afinal no coração um bom sentimento, até mesmo de arrependimento, muito possivelmente. E ele como reincidente vai ser açoitado sem dúvida, sem dúvida. Isso ajuda em alguma coisa? Ele também tem uma *inai*. E além disso, o dever é um 'conceito maleável', como diria o nosso capitão Grebber. Mas e se ele for interrogado novamente? Eu não posso entrar num acordo com ele, ensiná-lo a enganar o comando. Mas para que diabo eu fui lembrar dessa coisa de *inai*! Ah, seu coitado, seu coitado! Eu acabei trazendo o mal a você com essa compaixão."

Kozlovski mandou o tártaro dirigir-se ao quartel e voltar no dia seguinte, de manhã cedo. Até esse momento ele esperava ponderar todo o caso e chegar a alguma sábia decisão. A melhor saída ainda lhe parecia apelar para um dos comandantes mais amigáveis e explicar todos os pormenores.

Tarde da noite, já deitado em sua cama, perguntou a seu ordenança o que ele achava que fariam com Baigúzin.

— Sem dúvida será açoitado, vossa senhoria — respondeu o ordenança num tom de certeza. — E como não açoitá-lo sendo que ele roubou o último par de botas de um soldado? O soldado é um homem condenado por Deus... Onde já se viu roubar o último par de botas de um irmão? Diga-me, por favor...

Nasceu uma manhã clara e levemente gelada de outono. A grama, a terra, os tetos das casas: tudo estava coberto por uma fina camada de gelo. As árvores pareciam ter sido cuidadosamente empoadas.

O amplo pátio do quartel, cercado dos quatro lados por longas construções de madeira, fervilhava como um formigueiro com as silhuetas acinzentadas dos soldados. No início, parecia que nesse grande rebuliço não havia nenhuma ordem, mas um olhar experiente já podia perceber que nos quatro cantos do pátio formavam-se quatro grupos e que aos poucos cada um deles transformava-se numa fila longa e regular. As últimas pessoas que chegavam atrasadas corriam apressadamente, terminando de mastigar no caminho um pedaço de pão e abotoando a cinta com os cartuchos.

Após alguns minutos, as companhias, uma após a outra, passaram retinindo suas armas, e uma após a outra caminharam até o centro do pátio, onde pararam com o rosto voltado para dentro, formando um quadrilátero regular, no meio do qual restou uma pequena área de aproximadamente quarenta passos de lado.

Um pequeno grupo de oficiais reunia-se ao lado, ao redor do comandante do batalhão. O tema da conversa era o soldado raso Baigúzin, sobre o qual seria levada a cabo a execução designada pelo tribunal do regimento.

A conversa era comandada por um imenso oficial ruivo, vestido num grosso capote militar de feltro com gola de pele de carneiro. Esse capote tinha sua própria história, e era conhecido no regimento por dois nomes: o sobretudo da guarda e a capa da vovó. Ninguém porém o chamava assim diante de seu dono, pois todos temiam sua língua comprida e sua boca suja. Ele falava, como sempre, de maneira grosseira, com pronúncia ucraniana, com largos gestos que nunca acompanhavam o assunto da conversa e com aquelas construções absurdas que denunciam um antigo seminarista.

— Lá no seminário é que batiam de verdade. Na época era assim, todo sábado, quisesse ou não, era abaixar as calças! Falavam assim: "Você tem razão, meu queridinho, tem razão. Agora deite-se aí...". Se fosse culpado era como punição, se não fosse culpado era como estímulo.

— Ah, esse deve sofrer bastante — falou o comandante do batalhão. — Os soldados não perdoam roubos.

O oficial ruivo virou-se rapidamente na direção do comandante com uma objeção pronta, mas pensou melhor e ficou em silêncio.

Um suboficial aproximou-se correndo do comandante do batalhão, parou a seu lado e declarou a meia-voz:

— Vossa excelência, estão trazendo o tal tártaro.

Todos se viraram para trás. O quadrilátero vivo de súbito moveu-se sem qualquer comando e aquietou-se. Os oficiais caminharam apressadamente para seus regimentos, abotoando no caminho suas luvas.

Em meio ao silêncio que se fez, ouviram-se nitidamente os pesados passos de três homens. Baigúzin caminhava entre dois soldados que o escoltavam. Estava vestido com o mesmo capote desmesurado, remendado nas costas com trapos de diferentes cores; as mangas pendiam como antes até os joelhos. As abas do chapéu que levava enterrado na cabeça estavam abaixadas na frente sobre a cocarda, ao passo que atrás estavam bem levantadas, o que dava ao tártaro uma aparência ainda mais miserável. Esse pequeno e encurvado criminoso provocava uma estranha impressão parado entre os dois soldados de escolta, em meio a quatrocentos homens armados.

A partir do momento em que o subtenente Kozlovski leu a ordem que designava o castigo físico a Baigúzin, ele foi tomado por uma sensação feroz e controversa. Ele não conseguira fazer nada por Baigúzin, pois o comando já no dia seguinte o apressara com o inquérito. É verdade que, lembrando-se da palavra dada ao tártaro, ele se dirigira ao comandante de seu regimento para pedir conselhos, mas fracassara completamente. O comandante do regimento primeiro ficou surpreso, depois pôs-se a gargalhar e finalmente, vendo a crescente inquietação do jovem oficial, começou a falar de coisas diversas e desviou a sua atenção. Agora Kozlovski sentia-se não exatamente um traidor, mas tinha a sensação de ter enganado Baigúzin para conseguir a confissão de roubo. "Mas isso talvez seja até pior — pensava ele —, comover um homem com lembranças de sua casa, da mãe, e depois desferir o golpe." Agora, ouvindo o oficial ruivo, ele sentia um ódio peculiar por sua barba suja e desagradável, por sua figura rude e pesada, pelas tranças ensebadas de seus cabelos, que assomavam por detrás de seu chapéu. Aquele homem, pelo visto, viera com prazer apreciar o espetáculo, cujo réu, afinal, Kozlovski considerava que fosse ele próprio.

O comandante do batalhão dirigiu-se até o meio do pátio e, virando-se de costas para Baigúzin, gritou de maneira ríspida e arrastada as palavras de comando:

— Pelotão! Em...

Kozlovski desembainhou o sabre até a metade, estremeceu, como que de frio, e depois não conseguiu mais parar de tremer, levemente, de nervoso. O comandante deslizou os olhos pela formação e gritou entrecortadamente:

— ... guarda!

O quadrilátero remexeu-se, brandiu com nitidez suas armas duas vezes e congelou.

— Ajudante de campo, leia a sentença do tribunal do regimento — pronunciou o comandante com sua voz dura e clara.

O ajudante foi até o meio. Ele não sabia em absoluto cavalgar, mas imitava o andar dos oficiais da cavalaria, balançando-se ao caminhar e inclinando o corpo para frente a cada passo.

Leu acentuando incorretamente as palavras, de maneira desleixada e alongando-as desnecessariamente:

— O tribunal do regimento de infantaria N., na pessoa de seu presidente, o tenente-coronel N., e os membros tal e tal...

Baigúzin, cabisbaixo como antes, continuava entre os dois soldados e apenas de vez em quando lançava um olhar apático para as fileiras de soldados. Notava-se que ele não ouvia uma palavra do que estavam lendo, e provavelmente sequer tinha consciência do motivo pelo qual o puniriam. Apenas uma vez ele se mexeu, assoou o nariz e limpou com a manga do capote.

Kozlovski tampouco dava atenção às palavras da sentença e tremeu de repente quando ouviu seu sobrenome. Tratava-se do ponto em que falavam de seu inquérito. Ele imediatamente teve a sensação de que todos por um instante viraram as cabeças em sua direção, voltando-se logo em seguida para o outro lado. Seu coração começou a bater, assustado. Mas foi apenas impressão sua, porque além dele ninguém prestou atenção ao sobrenome e todos de maneira igualmente indiferente ouviam o ajudante anunciar rápida e monotonamente a sentença. O ajudante terminou dizendo que Baigúzin seria punido com cem golpes de chibata.

O comandante do batalhão ordenou: "descansar!" e fez um sinal com a cabeça para o médico, que timidamente e com ar de dúvida espiava por entre as fileiras. O médico, um homem jovem e sério, pela primeira vez na vida presenciava uma punição. Atrapalhado e sentindo-se constrangido pelas centenas de olhos fixos nele, caminhou desajeitadamente até o meio do batalhão, pálido e com o maxilar trêmulo. Quando ordenaram a Baigúzin que se despisse, o tártaro não entendeu de imediato, e apenas quando repetiram, gesticulando, o que ele tinha de fazer, lentamente e com movimentos estabanados ele desabotoou o capote e a farda. O médico, evitando olhar o outro nos olhos e com uma expressão de nojo e horror no rosto, ouviu-lhe o coração e tomou-lhe o pulso, encolhendo descrente os ombros. Ele não sentira o menor indício da inquietação costumeira nessas situações. Era nítido que ou Baigúzin não entendia o que queriam fazer com ele, ou seu cérebro ignorante e seus fortes nervos não podiam ser afetados nem pela vergonha, nem pela covardia.

O médico disse algumas palavras ao ouvido do comandante do batalhão e rapidamente, com o mesmo passo desajeitado, voltou para a formação. De algum lugar surgiram uns cinco soldados, que cercaram Baigúzin. Um deles, um tamborileiro, permaneceu ao lado e, erguendo a mão direita com o bastão, olhava com expectativa para o comandante do batalhão.

O tártaro começou a tirar o capote, mas fazia isso muito lentamente, e por isso os homens que haviam se apresentado foram obrigados a ajudá-lo. Por algum tempo ele hesitou, sem saber o que fazer com o capote, mas por fim estendeu-o com cuidado no chão e começou a se despir. Seu corpo era escuro e de uma magreza singular. Pela mente de Kozlovski passou o pensamento de que o tártaro certamente estava com muito frio, e esse pensamento o fez tremer ainda mais.

O tártaro permaneceu em pé, imóvel. Os atarefados soldados que o cercavam começaram a mostrar para ele que era preciso deitar-se. Ele se ajoelhou de maneira lenta e desengonçada, tocando o chão com as mãos, e depois deitou-se no capote dobrado. Um dos soldados, de cócoras, segurou-lhe a cabeça, outro sentou-se sobre as pernas. Um outro, um sargento, ficou ao lado para contar os golpes, e apenas então Kozlovski percebeu que no chão, próximo aos pés dos outros dois que estavam ao lado de Baigúzin, jazia um feixe de varas flexíveis.

O comandante do batalhão acenou com a cabeça e o tamborileiro começou a rufar ruidosamente os tambores. Os dois soldados que estavam ao lado de Baigúzin olhavam indecisos um para o outro; nenhum deles queria desferir o primeiro golpe. O sargento aproximou-se deles e disse alguma coisa... Então o soldado que estava do lado direito, cerrando os dentes e fazendo uma expressão endurecida, ergueu velozmente a chibata e na mesma velocidade abaixou-a, inclinando o corpo todo para frente. Kozlovski ouviu o assobio entrecortado das varas, o baque surdo e a voz do sargento gritando "um!". O tártaro soltou um grito fraco, surpreso. O sargento comandou: "dois!". O soldado da esquerda de maneira igualmente veloz ergueu a chibata e curvou-se. O tártaro gritou novamente, dessa vez mais alto, e sua voz refletia o sofrimento daquele corpo jovem e torturado.

Kozlovski olhou para os soldados que estavam ao seu lado. Seus rostos acinzentados e uniformes estavam imóveis e indiferentes como sempre ficam quando estão em formação. Nem pena, nem curiosidade: não se podia ler nenhum pensamento em seus rostos de pedra. O subtenente o tempo todo tremia de frio e inquietação; o mais torturante para ele não eram os gritos de Baigúzin, nem a consciência de sua participação na punição, mas sim o simples fato de que o tártaro nitidamente não compreendia sua culpa, nem sabia ao certo por que estava apanhando; ele se alistou já tendo ouvido falar em casa de toda sorte de horrores sobre o exército, já pronto de antemão para o rigor e a injustiça. Seu primeiro movimento após a dura recepção que tivera do regimento, do quartel e do comando foi correr de volta para seus queridos campos de Belebei. Mas foi preso e posto no cárcere. Depois ele pegou aquelas botas. Por que impulso pegou, com que finalidade, ele não saberia dizer até mesmo às pessoas mais próximas: seu pai e sua mãe. E o próprio Kozlovski não se torturaria tanto se punissem ali um ladrão intencional, premeditado, ou até mesmo um homem completamente inocente, desde que fosse alguém capaz de sentir toda a vergonha de uma surra em público.

Cem golpes foram contados, o tamborileiro parou de rufar o tambor e em volta de Baigúzin começaram novamente a se agitar aqueles mesmo soldados. Quando o tártaro se levantou e começou a se abotoar desajeitadamente, seus olhos e os olhos de Kozlovski se encontraram, e mais uma vez, assim como no momento do interrogatório, o subtenente sentiu entre ele e o soldado uma estranha ligação espiritual.

O quadrilátero estremeceu, e suas paredes cinzas começaram a se desfazer. Os oficiais caminharam todos juntos em direção aos portões do quartel.

— Mas oras — disse o oficial ruivo de capa, fazendo com as mãos gestos amplos e estabanados. — Isso por acaso é chicotear? Lá no seminário, quando batiam, passavam o chicote antes no vinagre... Ah, se me dessem esse tártaro, eu mostrava para ele essas botas! Isso não é chicotear, é fazer cócega.

Kozlovski sentiu de repente um zumbido nos ouvidos, e diante de seus olhos recaiu uma bruma avermelhada. Ele traçou o caminho até o oficial ruivo e com a voz embargada, sentindo-se naquele momento ridículo e, por ter consciência disso, tremendo ainda mais, gritou com voz esganiçada:

— O senhor já falou uma vez essa porcaria e... e... não se dê ao trabalho de repetir! Tudo o que o senhor está dizendo é desumano e ignóbil!

O oficial ruivo, olhando de alto a baixo para seu inesperado inimigo, deu de ombros.

— O senhor deve estar doente, não, meu jovem? Por que está implicando comigo?

— Por quê? — gritou Kozlovski com voz esganiçada. — Por quê...? Estou implicando porque... Se o senhor não se calar imediatamente...

Mas os oficiais, alarmados pela briga inesperada, já o puxavam para trás pelos braços, e ele, cobrindo o rosto com as palmas das mãos, irrompeu em altos soluços, que faziam seu corpo inteiro tremer, como se fosse uma mulher em prantos, terrível e dolorosamente envergonhado de suas lágrimas...

(1894)

Tradução de Lucas Simone

Anton Tchekhov

Como autor de contos, Anton Pávlovitch Tchekhov (1860-1904) dispensa apresentações. É o autor russo que se tornou quase sinônimo do gênero e um dos seus grandes inovadores. Este brilhante e cruel "Ariadne", publicado no número de dezembro de 1895 do periódico *Rússkaia Misl* (Pensamento Russo), e aqui traduzido pela primeira vez no Brasil, permite paralelos instigantes com outros contos "femininos" mais conhecidos, como "Ventoinha", "Queridinha", ou "A dama do cachorrinho", traduzidos por Boris Schnaiderman. Sobre a arte do conto tchekhoviana, vale a pena ler Boris Schnaiderman: "Mesmo que não se consulte a biografia de Tchekhov, basta ler os seus contos e peças para comprovar que era um homem em dia com os problemas de seu tempo, alguém que vivia o momento histórico, social e psicológico de sua pátria. É verdade que afirmava ser necessário estar completamente frio no momento de escrever. Mas cada uma de suas histórias representa o resultado de uma longa elaboração. Havia uma vibração interior, que se transformava em equilíbrio antes de se transmitir para o papel" ("Tchekhov e o 'conto de atmosfera'", *Última Hora*, 26/6/1958).

Ariadne

No convés de um navio que ia de Odessa para Sebastópol, um certo senhor, bastante bonito, com uma barbicha redonda, aproximou-se de mim para fumar e disse:

— Preste atenção naqueles alemães sentados perto da ponte. Quando alemães ou ingleses se encontram, falam de preços de peles, de colheitas, de seus próprios negócios; mas por algum motivo, quando nós russos nos encontramos, falamos apenas de mulheres e de assuntos elevados. Mas principalmente de mulheres.

O rosto desse senhor já me era conhecido. Na véspera, voltáramos no mesmo trem do exterior, e em Volotchisk eu o vi, durante a inspeção alfandegária, junto com uma dama, sua companheira de viagem, em meio a uma verdadeira montanha de malas e cestas repletas de roupas femininas; embaraçado e abatido, pagava uma taxa por causa de um trapo de seda qualquer; sua companheira de viagem reclamava e ameaçava queixar-se a alguém. Depois, no caminho para Odessa, eu o vi levando para o compartimento dessa dama ora pastéis, ora laranjas.

O tempo estava um pouco úmido, o navio balançava de leve e as senhoras se retiravam para suas cabines. O senhor de barbicha redonda sentou-se ao meu lado e continuou:

— Sim, quando os russos se encontram, falam apenas de assuntos elevados e de mulheres. Somos tão intelectuais, tão altivos, que só enunciamos verdades e somos capazes de debater apenas questões de caráter elevado. Um ator russo não sabe brincar, até num *vaudeville* ele atua com profundidade; assim somos nós: quando temos que falar de trivialidades, não conseguimos discuti-las de outra maneira que não de um ponto de vista elevado. É uma falta de coragem, de sinceridade e de simplicidade. Tenho a impressão de que falamos com tanta frequência de mulheres porque estamos insatisfeitos. Nós vemos as mulheres de uma maneira por demais idealista e fazemos exigências incompatíveis com aquilo que a realidade pode nos dar; nem de longe conseguimos o que queremos, e o resultado disso são esperanças destruídas, insatisfação e uma dor na alma; e muito se fala daquilo que se sente. Não estará enfadado com essa conversa?

— Não, nem um pouco.

— Então permita-me apresentar-me — disse meu interlocutor, levantando-se de leve. — Ivan Ilitch Chamókhin, proprietário de terras moscovita, de certo modo... O senhor eu conheço bem.

Ele se sentou e continuou, olhando para o meu rosto de maneira terna e sincera:

— Essas conversas constantes sobre mulheres seriam explicadas, por um filósofo de meia-tigela como Max Nordau,[1] como sendo alguma loucura erótica ou pelo fato de defendermos a servidão e assim por diante; já eu vejo essa questão de outra maneira. Repito: se não estamos satisfeitos é porque somos idealistas. Queremos que os seres que dão à luz a nós e aos nossos filhos sejam melhores que nós, melhores que tudo no mundo. Quando somos jovens, idealizamos e endeusamos aquelas pelas quais somos apaixonados; amor e felicidade para nós são sinônimos. Nós na Rússia desprezamos um casamento que não seja por amor, achamos patética a sensualidade, que nos inspira nojo, e os romances e novelas que obtêm maior sucesso são aqueles em que as mulheres são belas, poéticas e elevadas; e se o russo desde há muito se entusiasma com a Madona de Rafael ou se preocupa com a emancipação feminina, eu garanto a você que não há nenhuma afetação nisso. A desgraça, porém, é a seguinte: nós mal nos casamos ou nos envolvemos com uma mulher, não se passam nem dois ou três anos e já nos sentimos decepcionados, enganados; nos envolvemos com outras, e novamente decepção, novamente aversão, e no final das contas ficamos convencidos de que as mulheres são mentirosas, mesquinhas, fúteis, injustas, ignorantes, cruéis; em suma, de que não apenas não são mais elevadas, mas até mesmo de que são infinitamente mais baixas que nós homens. E a nós, insatisfeitos, enganados, não resta mais nada além de resmungar e tagarelar sobre quão terrivelmente nos enganamos.

Enquanto Chamókhin falava, percebi que a língua russa e o ambiente russo proporcionavam-lhe uma grande satisfação. Isso possivelmente

---

[1] Max Simon Nordau (1849-1923), médico, escritor e ativista político húngaro, cofundador da Organização Sionista Mundial. (N. do T.)

ocorria porque no exterior ele sentia muitas saudades da pátria. Ao elogiar os russos, atribuindo-lhes um raro idealismo, ele não pretendia diminuir os estrangeiros, e isso contava a seu favor. Notava-se, ainda, que algo incomodava seu espírito, que ele queria falar mais de si mesmo que das mulheres, e que eu não escaparia de ouvir uma longa história, semelhante a uma confissão.

E de fato, quando pedimos uma garrafa de vinho e bebemos uma taça cada, ele começou:

— Se bem me lembro, alguém diz, numa novela de Veltman:[2] "Esta é a história!". E um outro responde: "Não, essa não é a história, é apenas a introdução da história". De maneira semelhante, tudo o que eu disse até agora é apenas a introdução da história. Quero na verdade contar o meu último romance. Mas perdão, devo perguntar novamente: o senhor não estará farto de ouvir?

Eu respondi que não estava, e ele continuou:

— A ação se passa na província de Moscou, em um de seus distritos mais ao norte. A natureza da região, devo lhe dizer, é fabulosa. A nossa propriedade se encontra junto às escarpadas margens de um riozinho ligeiro, num ponto onde há corredeiras e as águas murmuram dia e noite; imagine um amplo e antigo jardim com recantos aconchegantes, colmeias, hortas, lá embaixo o rio e um frondoso salgueiro, que em meio ao orvalho parece opaco, como que grisalho, e do outro lado um campo; além do campo, sobre as colinas, um pinheiral sombrio e assustador. Nesse pinheiral, crescem míscaros aos montes, e na parte mais cerrada da mata vivem alces. Quando eu estiver morto e pregado num caixão, acho que continuarei sonhando com aquelas manhãs em que, bem cedinho, o sol chega a fazer os olhos doerem, sabe? Ou com as maravilhosas noites de primavera, quando no jardim e além do jardim cantam os rouxinóis e as codornizes, da aldeia ouve-se o som de uma harmônica, em casa tocam o piano, o rio murmura; resumindo, ouve-se aquela música que dá ao mesmo tempo vontade de chorar e de cantar bem alto. Nossa lavoura não era grande, mas os campos davam um bom rendimento, e, somando-os à floresta, obtínhamos por volta de dois mil anuais. Sou filho único, meu pai e eu somos pessoas modestas, e esse dinheiro, juntamente com a pensão de meu pai, era perfeitamente suficiente. Passei os primeiros três

[2] Aleksandr Fomítch Veltman (1800-1870), escritor, arqueólogo e linguista, considerado um dos pioneiros da literatura fantástica e científica na Rússia. (N. do T.)

anos após a conclusão da universidade no campo, cuidando da propriedade e esperando a todo momento que me elegessem para alguma coisa; mas acima de tudo, eu estava profundamente apaixonado por uma moça extraordinariamente bela e encantadora. Era a irmã do meu vizinho, o proprietário de terras Kotlóvitch, um nobre falido em cujo terreno havia abacaxis, pêssegos incríveis, para-raios e até uma fonte no meio do pátio; ao mesmo tempo, de dinheiro não tinha um copeque sequer. Ele não fazia nada, não sabia de nada, era meio fracote e completamente inexpressivo; curava os camponeses com homeopatia e praticava o espiritismo. Era um homem, por sinal, até delicado, gentil e bastante inteligente, mas eu não morro de amores por esses senhores que conversam com espíritos e curam as mulheres camponesas com magnetismo. Em primeiro lugar, essas pessoas intelectualmente condicionadas têm sempre ideias muito confusas, e falar com elas é extremamente difícil; em segundo lugar, elas geralmente não gostam de ninguém, não vivem com mulheres, e esses mistérios têm um efeito desagradável sobre pessoas impressionáveis. A aparência dele também não me agradava. Era alto, gordo, branco, com uma cabeça pequena, uns olhinhos pequenos e brilhantes e uns dedos brancos e rechonchudos. Não apertava a sua mão: ele a esmagava. E ficava se desculpando por tudo. Pedia alguma coisa — desculpe; dava — desculpe. Mas no que se referia a sua irmã, essa era de uma espécie completamente diferente. É preciso deixar claro que durante a infância e a adolescência eu não convivi com os Kotlóvitch, já que meu pai era professor em N., e nós por muito tempo moramos no interior; por isso, quando os conheci, essa moça já tinha vinte e dois anos, e há tempos já conseguira concluir os estudos e morar uns dois ou três anos em Moscou, com uma tia rica que a apresentara à sociedade. Quando a conheci e tive a oportunidade de falar com ela, o que mais me impressionou foi seu belo e raro nome: Ariadne. Caía-lhe tão bem! Era morena, muito magra, de corpo esguio, flexível e proporcional; era extremamente graciosa, com traços elegantes e de uma nobreza extraordinária. Seus olhos também brilhavam, mas, enquanto os do irmão brilhavam de uma maneira fria e melosa, como dois caramelos, no olhar dela cintilava a juventude, bela e orgulhosa. Ela me conquistou logo no primeiro dia em que nos conhecemos; e não poderia ter sido de outra maneira. A primeira impressão foi tão forte que eu, até o presente momento, não abandonei algumas ilusões: ainda quero pensar que a natureza, ao criar essa moça, tinha algum desígnio grandioso e incrível. A voz de Ariadne, seus passos, seu chapéu e até suas pequenas pegadas na margem arenosa, onde ela pescava gobiões, infundiam em mim uma alegria e uma apaixonada sede de vida. Eu julgava sua capacidade mental pelo seu belo rosto e por suas belas formas; cada palavra e cada sorriso de Ariadne me encantavam, me cativavam e me faziam pressupor que nela havia um espírito elevado. Ela era meiga, falante, alegre, simples no trato com as pessoas, acreditava em Deus de uma maneira poética, discutia sobre a morte de uma maneira poética, e sua mentalidade tinha uma tal riqueza de nuances que até nas suas imperfeições ela conseguia imprimir um certo traço de peculiaridade e de ternura. Suponhamos que ela precisasse de um cavalo novo, mas não tivesse o dinheiro. Sem problemas! Podia-se vender ou penhorar algo, e se o administrador da propriedade jurasse por Deus que não havia nada que se pudesse vender ou penhorar, ela diria que poderiam arrancar o ferro do teto das casas dos fundos e vendê-lo na fábrica, ou então, durante o período mais atarefado do ano, levar os cavalos de carga para o mercado e lá vendê-los por uma pechincha. Esses desejos desenfreados às vezes levavam todos ao desespero na propriedade, mas ela os manifestava com tamanha graça que, no fim das contas, tudo a ela se desculpava, tudo se permitia, como se fosse uma deusa ou a esposa de um César. Meu amor era comovente, e logo foi notado por todos: pelo meu pai, pelos vizinhos e pelos camponeses. Todos se compadeciam de mim. Quando ocorria de eu servir vodca para os trabalhadores, eles se curvavam e diziam:

— Deus queira que o senhor se case com a senhorinha dos Kotlóvitch.

A própria Ariadne também sabia que eu a amava. Vinha sempre nos visitar, a cavalo ou em um charabã, e às vezes passava dias inteiros comigo e com meu pai. Fez amizade com o meu velho, e ele até a ensinou a andar de bicicleta, sua diversão favorita. Lembro-me de uma vez, à noite, quando eles quiseram dar um passeio e eu a ajudei a subir na bicicleta, e naquele momento ela estava tão bonita que me pareceu que, ao tocar nela, eu queimaria as mãos; eu tremia de êxtase, e quando os dois, ela e o velho, belos e graciosos, passaram pela rua pedalando lado a lado, o cavalo negro sobre o qual ia gemendo o administrador da propriedade lançou-se para o lado, e me pareceu que ele fez isso por também estar pasmo com aquela beleza. Meu amor e minha adoração tocavam Ariadne, comoviam-na, e ela tinha uma enorme vontade de estar tão encantada quanto eu e de me corresponder com o mesmo amor. Afinal, isso era tão poético!

Mas amar de verdade, como eu, ela não conseguia, uma vez que era fria e já um tanto mimada. Já havia nela um demônio que dia e noite sussurrava ao seu ouvido, dizendo quão encantadora e divina ela era; sem saber ao certo para que exatamente existia e por que motivo lhe fora dado viver, ela não imaginava a si mesma, no futuro, de outra maneira a não ser como uma pessoa muito rica e distinta; sonhava com bailes, corridas, librés, uma sala de visitas luxuosa, um *salon* e um verdadeiro enxame de condes, príncipes e embaixadores, artistas e pintores famosos, todos adorando-a, maravilhados com sua beleza e com a elegância de seus trajes... Essa sede de poder e de sucesso pessoal e esses pensamentos fixos em um único objetivo tornam fria qualquer pessoa; e Ariadne era fria: com relação a mim, com relação à natureza, com relação à música. O tempo enquanto isso passava e ainda não havia embaixador algum. Ariadne continuava morando com seu irmão espírita, os negócios iam de mal a pior, ela já não tinha com que comprar vestidos e chapéus e era necessário ser astuta e furtiva para esconder sua pobreza.

Não é de espantar que, na época em que ela morava na casa de uma tia em Moscou, pedira-a em casamento um tal príncipe Maktúiev, um homem rico mas completamente insignificante. Ela o rejeitou categoricamente. Depois, porém, passou a atormentar-se constantemente com o arrependimento: por que o rejeitara? Assim como o nosso mujique assopra com repulsa as baratas de seu *kvas*, mas mesmo assim o bebe, ela fazia cara de nojo ao lembrar-se do príncipe e mesmo assim me dizia:

— Fale o que quiser, mas nesses títulos há algo de inexplicável, de fascinante...

Ela sonhava com títulos, com a suntuosidade, mas ao mesmo tempo não queria me dispensar. Por mais que ela pensasse nesse seu embaixador, seu coração não era de pedra, e ela já começava a sentir que desperdiçava a juventude. Ariadne tentava apaixonar-se, fazia ar de quem amava e até me fazia juras de amor. Mas eu sou uma pessoa perceptiva, sensível. Quando me amam, sinto isso à distância, sem promessas ou julgamentos; já aqui eu sentia como que uma onda de frio, e quando ela me falava de amor era como se eu estivesse ouvindo o canto de um rouxinol de metal. A própria Ariadne sentia que lhe faltava energia, aborrecia-se, e muitas vezes eu a vi chorando. E então, imagine o senhor, ela de repente me abraçou impetuosamente e me beijou — isso foi de noite, nas margens do rio —, mas eu vi em seus olhos que ela não me amava, que me abraçara apenas por curiosidade, para experimentar, como se dissesse "vamos ver no que isso vai dar". Fiquei então com medo. Segurei-lhe as mãos e pus-me a falar em desespero:

— Essas carícias sem amor me causam muito sofrimento!

— Que... excêntrico você é! — disse ela, aborrecida, e afastou-se.

Muito provavelmente, teriam se passado mais uns dois anos, eu teria me casado com ela, e assim terminaria esta história. Mas o destino quis por bem conduzir nosso romance de uma outra maneira. Aconteceu de aparecer em nossa trama uma nova personagem. O irmão de Ariadne recebeu a visita de um colega de universidade, Mikhail Ivánitch Lubkov, homem amável, de quem os cocheiros e criados diziam ser um "senhor diverti-i-do". Era um tipo de estatura mediana, magrinho, calvo; tinha o rosto de um bondoso burguês, desinteressante mas até bem harmonioso, pálido, de bigodes ásperos e bem aparados; o pescoço era enrugado como o de uma galinha, com espinhas e um grande pomo de adão. Usava um *pince-nez* fixado por uma larga fita preta; tinha um defeito de pronúncia, e por isso não conseguia dizer nem *r*, nem *l*, de maneira que "palavra", por exemplo, saía assim: "pauavua". Estava sempre alegre, achava tudo engraçado. Casara-se, de maneira extraordinariamente estúpida, aos vinte anos, e recebera como dote duas casas em Moscou, perto do Diévitchie Pólie.[3] Trabalhara com conserto e construção de saunas, mas fora à bancarrota, e agora sua esposa e seus quatro filhos viviam em apartamentos "populares". Também isso achava engraçado. Tinha trinta e seis anos, enquanto sua esposa tinha quarenta e dois, e até isso ele achava engraçado. Sua mãe, arrogante e cheia de pretensões de nobreza, desprezava a esposa dele e morava sozinha, com uma verdadeira horda de cães e gatos. Tinha que separar para ela setenta e cinco rublos por mês, ao passo que ele mesmo era um homem de bom gosto, que amava tomar seu desjejum no Bazar Eslavo e almoçar no Hermitage; precisava, assim, de muito dinheiro, mas o tio dava-lhe apenas uns dois mil por ano, o que não era suficiente, e com isso ele passava dias inteiros correndo como um louco por Moscou, como dizem, tentando conseguir algum dinheiro emprestado. E até isso ele achava engraçado. Viera visitar Kotlóvitch, como dizia, para descansar da vida familiar no seio da natureza. Durante o almoço, durante o jantar e nos passeios, ele nos contava sobre sua esposa, sobre sua mãe, sobre os credores e oficiais de justiça, e ria de todos eles; ria de

[3] Área no centro da cidade, onde se localizava o antigo campus da Faculdade de Medicina da Universidade de Moscou. (N. do T.)

si mesmo e garantia que, graças a essa capacidade de conseguir empréstimos, ele adquirira muitas e agradáveis amizades. Ele ria sem parar, e nós também ríamos. Em sua companhia, começamos até a passar o tempo de maneiras diferentes. Eu me inclinava a diversões mais calmas, mais, digamos, idílicas; gostava de pescaria, de passeios noturnos, de apanhar cogumelos. Já Lubkov preferia os piqueniques, os fogos de artifício, a caça com cães. Umas três vezes por semana ele organizava esses piqueniques, e Ariadne, com uma expressão séria e inspirada, anotava num papelzinho uma lista contendo ostras, champanhe e doces, e então me mandava buscar tudo em Moscou, sem nunca me perguntar, é claro, se eu tinha dinheiro. Durante os piqueniques, havia brindes, riso, e novamente histórias joviais a respeito da velha esposa, dos cãezinhos obesos da mãe, de quão bondosos eram os credores...

Lubkov amava a natureza, mas enxergava nela algo dado, e, por isso, infinitamente inferior a ele, como que criada apenas para sua satisfação. Às vezes, parava diante de uma paisagem incrível e dizia: "Seria bom tomar um chazinho aqui, não?". Certa vez, ao olhar para Ariadne, que vinha ao longe segurando uma sombrinha, ele acenou na direção dela e disse:

— Ela é magrinha, e isso me agrada. Não gosto de gordas.

Aquilo me consternou. Pedi que não se expressasse daquela maneira a respeito das mulheres na minha presença. Ele olhou perplexo para mim e disse:

— Mas o que há de tão ruim no fato de eu gostar de magras e não gostar de gordas?

Não respondi. Uma outra vez, mais tarde, estando de ótimo humor e um tanto alegre, ele disse:

— Percebi que Ariadne Grigórievna gosta de você. Fico surpreso com essa sua indiferença.

Fiquei embaraçado com aquelas palavras. Transtornado, manifestei a ele minha visão a respeito do amor e das mulheres.

— Não sei — suspirou. — Creio que uma mulher é uma mulher, e um homem é um homem. Suponhamos que Ariadne Grigórievna, como você diz, seja poética e elevada; mas isso não significa que ela está além das leis da natureza. Você mesmo pode ver que ela já está naquela idade em que precisará ou de um marido, ou de um amante. Eu respeito as mulheres tanto quanto você, mas penso que certas relações não excluem a poesia. A poesia é uma coisa, um amante é outra. É como na agricultura: a beleza da natureza é uma coisa; o lucro das florestas e dos campos é outra.

Quando eu pescava com Ariadne, Lubkov ficava deitado na areia, zombando de mim ou me ensinando a viver.

— Fico perplexo, meu senhor, com o fato de que você consegue viver sem um romance! — dizia ele. — Você é jovem, bonito, interessante; resumindo, um homem formidável, mas que vive como um monge. Ah, esses velhos de vinte e oito anos! Eu sou quase dez anos mais velho que você, mas quem de nós é o mais jovem? Ariadne Grigórievna, quem?

— É claro que é você — respondia ela.

E quando ficava farto do nosso silêncio e da atenção com que olhávamos para os nossos anzóis, ele voltava para casa, e ela dizia, olhando para mim com raiva:

— De fato, você não é um homem, mas sim, que Deus me perdoe, um molenga. Um homem deve se divertir, cometer loucuras e erros, sofrer! Uma mulher perdoaria até a insolência e o descaramento, mas jamais perdoaria essa sua sensatez exagerada.

Ela não se irritava de brincadeira, e continuava:

— Para se ter sucesso, é necessário ser decidido e corajoso. Lubkov não é tão bonito quanto você, mas é mais interessante que você, e sempre fará mais sucesso com as mulheres, porque ele não é como você. Ele é um homem...

Sentia-se certa exaltação em sua voz. Uma vez, durante o jantar, ela, sem se voltar para mim, começou a dizer que, se ela fosse um homem, não ficaria presa ao campo, mas sim sairia para viajar, passaria o inverno em algum lugar no exterior, na Itália, por exemplo. Ah, a Itália! Nesse momento, meu pai involuntariamente jogou mais lenha na fogueira: pôs-se a falar longamente sobre a Itália, de como tudo lá era muito bom, de como a natureza era maravilhosa, dos museus! Em Ariadne nasceu subitamente o desejo de partir para a Itália. Ela até bateu com o punho na mesa, e seus olhos brilharam: partir!

Começaram então as conversas a respeito de como seria bom na Itália — ah, a Itália, ah, oh —, e assim era todos os dias, e quando Ariadne olhava para mim por sobre os ombros, eu percebia, em sua expressão fria e obstinada, que em seus sonhos ela já cativara a Itália, com todos os seus salões, estrangeiros e turistas ilustres, e que agora já era impossível contê-la. Eu sugeria a ela que aguardasse mais um pouco, adiasse a viagem por um ou dois anos, mas ela fazia uma careta de nojo e dizia:

— Você é mais medroso que uma tia velha.

Já Lubkov era a favor da viagem. Dizia que tudo sairia muito barato e que ele também iria com prazer para a Itália, para lá descansar da vida familiar. Confesso que fui mais ingênuo que um colegial. Sempre que possível, eu tentava — não por ciúmes, mas pelo pressentimento de algo terrível e incomum — não deixá-los a sós, e eles caçoavam de mim; por exemplo, quando eu entrava, faziam cara de que haviam acabado de se beijar, entre outras coisas do gênero.

Eis que, numa bela manhã, veio me procurar o irmão espírita, pálido e gorducho, manifestando o desejo de falar comigo em particular. Era um homem sem força de vontade; a despeito de sua educação e delicadeza, de modo algum conseguia conter-se e não ler uma carta alheia que estivesse diante dele sobre a mesa. Durante a conversa, reconheceu que lera por acaso uma carta de Lubkov a Ariadne.

— Por essa carta fiquei sabendo que ela em breve pretende sair do país. Meu caro amigo, estou muito inquieto! Explique-me em nome de Deus o que é isto, eu não compreendo nada!

Quando ele falava, arfava pesadamente, arfava diretamente em meu rosto, e dele exalava um odor de carne cozida.

— Perdoe-me por confidenciar-lhe os segredos desta carta — continuou ele —, mas o senhor é amigo de Ariadne, ela o respeita! Talvez o senhor saiba de alguma coisa. Ela quer partir, mas com quem? O senhor Lubkov também planeja partir, com ela. Perdão, mas isso é muito estranho da parte do senhor Lubkov. Ele é um homem casado, tem filhos, mas enquanto isso faz declarações de amor, trata Ariadne com intimidade. Perdão, mas isso é muito estranho!

Meu corpo parecia gelar, meus braços e pernas ficaram amortecidos e senti uma dor no peito, como se uma enorme pedra tivesse sido colocada sobre ele. Kotlóvitch caiu prostrado sobre uma poltrona, e seus braços penderam como açoites.

— E o que eu posso fazer? — perguntei.

— Influenciá-la, convencê-la... Pense o senhor: quem é esse Lubkov para ela? Ele lá serve para ela? Ah, meu Deus, como isso é horrível, como é horrível! — continuou ele com as mãos na cabeça. — Ela tem pretendentes tão bons, o príncipe Maktúiev e... e outros. O príncipe a adora, e na quarta-feira da semana passada seu avô Ilarion, agora falecido, garantiu com toda a certeza, como dois e dois são quatro, que Ariadne seria sua esposa. Com toda a certeza! O avô Ilarion já está morto, mas era um homem admiravelmente inteligente. Temos invocado seu espírito todos os dias.

Depois dessa conversa, passei a noite inteira sem dormir, queria me suicidar com um tiro. Pela manhã, escrevi cinco cartas e rasguei todas em pedaços, depois fiquei soluçando no celeiro. Então, peguei dinheiro com meu pai e parti para o Cáucaso sem me despedir.

É claro que uma mulher é uma mulher e um homem é um homem, mas será que de fato tudo isso é assim tão simples em nossa época como era antes do dilúvio? Será que um homem culto, dotado de uma mentalidade complexa, deveria explicar sua atração pelas mulheres apenas pelo fato de que as formas do corpo dela são diferentes das formas do seu? Oh, como isso seria horrível! Eu prefiro pensar que o gênero humano, ao lutar contra a natureza, lutava também contra o amor físico, como contra um inimigo, e que se ele não a derrotasse, de qualquer maneira conseguiria enredá-la numa teia de ilusões de fraternidade e amor; para mim, ao menos, não se trata de uma projeção de meu organismo animal, como o de um cão ou de uma rã, mas o verdadeiro amor, e cada abraço é inspirado por um ímpeto puro e cordial e pelo respeito à mulher. De fato, a aversão ao instinto animal gestou-se ao longo de séculos, por centenas de gerações, tenho essa herança em meu sangue e faz parte de meu ser; mas se agora eu idealizo o amor, será que isso não é tão natural e aceitável em nossos dias quanto o fato de que minhas aurículas são imóveis e de que eu não sou coberto de pelos? Ao que me parece, assim pensam quase todos os homens cultos, de maneira que, hoje em dia, a ausência no amor de elementos morais e poéticos já é considerada como uma manifestação de atavismo; dizem que é um sintoma de decadência e de demência. É verdade que, ao idealizar o amor, nós presumimos que haja naquelas a quem amamos qualidades que frequentemente elas não têm, o que se torna para nós fonte de constantes erros e de constantes sofrimentos. Mas é melhor, creio eu, que seja assim; isto é, é melhor sofrer que conformar-se com o fato de que uma mulher é uma mulher e um homem é um homem.

Em Tiflis, recebi uma carta do meu pai. Nela, ele dizia que Ariadne Grigórievna partira no dia tal para o exterior com a intenção de passar lá o inverno inteiro. Depois de um mês, voltei para casa. Já era outono. A cada semana, Ariadne enviava a meu pai cartas em papel perfumado, muito interessantes, escritas numa bela linguagem literária. Sou de opinião de que todas as mulheres podem ser escritoras. Ariadne contava nos mínimos detalhes como era difícil para ela reconciliar-se com a tia e pedir-

-lhe mil rublos para a viagem, e do tempo que ela passara procurando em Moscou uma parente distante, uma velhinha, para persuadi-la a acompanhá-la. Esse excesso de detalhes dava a forte impressão de que aquilo não passava de invencionice, e eu percebi que ela obviamente não tinha nenhuma companheira de viagem. Pouco depois também recebi uma carta dela, igualmente perfumada e literária. Escrevia que tinha saudades de mim, de meus olhos belos, inteligentes e apaixonados, acusava-me amigavelmente de acabar com minha juventude, de ficar preso ao campo, sendo que eu podia, como ela, viver no paraíso, sob palmeiras, sentindo o aroma de laranjeiras. E assinava assim: "daquela que você abandonou, Ariadne". Depois de uns dois dias chegou outra carta, no mesmo tom, assinada: "daquela que você esqueceu". Havia uma grande confusão em mim. Eu a amava com todas as forças, sonhava com ela todos os dias, e ainda por cima esse "abandonou", esse "esqueceu". Para que servia aquilo? Qual era a finalidade? E havia ainda o enfado do campo, as longas noites, os pensamentos insistentes em Lubkov... Aquela incerteza me torturava, intoxicava minha mente dia e noite, até tornar-se insuportável. Eu não aguentei, e parti.

Ariadne pedira que eu fosse para Abbazia. Cheguei lá num dia claro e quente, depois da chuva, cujas gotas ainda pingavam das árvores, e me hospedei na mesma *dépendance*[4] imensa e semelhante a uma caserna em que estavam Ariadne e Lubkov. Eles não estavam em casa. Dirigi-me ao parque local, vaguei pelas alamedas e depois me sentei. Passou por mim um general austríaco, que caminhava com os braços atrás das costas e tinha nas calças as mesmas bandas vermelhas que usam os nossos generais. Alguém levava um bebê num carrinho, cujas rodas rangiam pela areia úmida. Passou um velho senil com icterícia, depois uma multidão de ingleses, um padre católico, e então novamente o general austríaco. Em direção à guarita do parque, arrastavam-se os membros de uma bandinha que havia pouco chegaram de Fiume com seus clarins reluzentes; começou a música. Você alguma vez já esteve em Abbazia? É uma cidadezinha eslava, com uma única rua fedida e pela qual é impossível passar sem galochas depois da chuva. Muitas e muitas vezes eu lera, enternecido, a respeito desse paraíso na terra; mais tarde, porém, quando atravessava, com as calças arregaçadas e com muito cuidado, aquela rua estreita e

[4] Em francês, no original: "dependência". (N. do T.)

comprava, por mera distração, peras duras de uma velha senhora que, percebendo que eu era russo, tentava, sem êxito, dizer "quatro" ou "vinte"; quando eu, perplexo, me perguntava aonde, afinal, poderia ir e o que poderia fazer ali; quando todos os russos que eu encontrava pareciam tão ludibriados quanto eu, sentia-me irritado e envergonhado. Existe lá uma calma enseada, pela qual passam vapores e barcos de velas coloridas; pode-se ver dali tanto Fiume, quanto as ilhas distantes, envoltas numa bruma arroxeada; seria um belíssimo quadro, se a vista da enseada não fosse obstruída pelos hotéis e por suas *dépendances*, exemplares da desajeitada arquitetura pequeno-burguesa com que os inescrupulosos negociantes atopetaram aquela praia verdejante, de maneira que não se enxerga a maior parte do paraíso, apenas janelas, terraços e pátios, com suas mesinhas brancas e as negras casacas dos serviçais. Existe um parque, do tipo que hoje em dia se encontra em qualquer balneário estrangeiro. As palmeiras — sombrias, imóveis e silenciosas —, a areia amarelo-clara das alamedas, os bancos verde-claros, o brilho dos uivantes clarins dos soldados, as bandas vermelhas do general: tudo isso torna-se maçante em dez minutos. E no entanto, por algum motivo somos obrigados a passar ali dez dias, dez semanas! Ao vagar, a contragosto, por esses balneários, cada vez mais me convencia de quão descabida e parca é a vida dos ricos e abastados, de quão débil e fraca é sua imaginação, de quão pouco ousados são seus gostos e desejos. E quão mais felizes que eles não são os turistas, velhos e jovens, que, sem ter dinheiro para se hospedar em hotéis, ficam onde conseguem, deleitam-se ao olhar para o mar do alto de uma montanha, deitados na grama verde, andam a pé, veem de perto as florestas, as aldeias, observam os costumes do país, ouvem suas canções, apaixonam-se por suas mulheres...

Enquanto eu estava sentado no parque, começou a escurecer, e ao crepúsculo surgiu minha Ariadne, graciosa e elegante como uma princesa; atrás dela vinha Lubkov, vestido da cabeça aos pés com roupas novas e largas, provavelmente compradas em Viena.

— *Pou* que é que você está *iuitada*? — disse ele. — Eu fiz alguma coisa *pua* você?

Ao me ver, ela gritou de alegria, e, se não estivéssemos no parque, certamente teria se atirado aos meus braços; ela apertou com força minha mão e riu, e eu também ri, quase chorando de emoção. Começaram as perguntas: como iam as coisas no campo, como estava meu pai, se eu tinha visto seu irmão e assim por diante. Ela exigia que eu a olhasse nos olhos, e perguntava se eu me lembrava da nossa pescaria, de nossas pequenas brigas e dos piqueniques...

— Para falar a verdade, como era bom tudo aquilo — disse ela, suspirando. — Mas aqui nós também não estamos nada enfadados. Temos muitos conhecidos, meu querido, meu bem! Amanhã vou apresentá-lo a uma família russa que está aqui. Mas por favor, trate de comprar outro chapéu. — Ela me examinou e fez uma careta. — Em Abbazia não é como no campo — disse ela. — Aqui é preciso ser *comme il faut*.[5]

Fomos depois ao restaurante. Ariadne ria o tempo inteiro, brincava e me chamava de querido, dizia que eu era belo, inteligente, e era como se seus olhos não acreditassem no fato de que eu estava com ela. Assim ficamos até umas onze horas, e nos separamos bastante contentes, com o jantar e um com outro. No dia seguinte, Ariadne me apresentou à tal família russa: "É o filho de um famoso professor, nosso vizinho de propriedade". Falava com essa família apenas de terras e de colheitas, e o tempo todo me arrastava para a conversa. Queria passar a impressão de ser uma proprietária muito rica, e de fato conseguia fazê-lo. Portava-se magnificamente bem, como uma verdadeira aristocrata, o que, aliás, de origem, realmente era.

— Mas que tal a titia! — disse ela subitamente, olhando para mim e sorrindo. — Tivemos uma pequena briga e ela voou para Meran. Que tal?

Mais tarde, quando passeava com ela pelo parque, perguntei:

— A que titia você se referiu agora há pouco? Que tia é essa agora?

— Uma mentirinha para salvar minha pele — disse Ariadne, rindo. — Eles não podem saber que eu não tenho uma companheira de viagem. — Depois de um breve silêncio, ela trouxe seu corpo bem próximo ao meu e disse: — Meu queridinho, meu bem, faça amizade com Lubkov! Ele é tão infeliz! A mãe e a esposa são simplesmente terríveis.

Ela tratava Lubkov com formalidade e, quando ia dormir, despedia-se dele assim como de mim, dizendo "até amanhã"; estavam hospedados em andares diferentes, o que me deu a esperança de que tudo não passasse de tolice e de que entre eles não houvesse romance algum. Quando eu me encontrava com eles, sentia-me bem. E quando, certa vez, ele me pediu trezentos rublos emprestados, dei com a maior satisfação.

Todos os dias passeávamos, apenas passeávamos. Ora vagávamos

---

[5] Em francês, no original: "como se deve". (N. do T.)

pelo parque, ora comíamos, ora bebíamos. Todos os dias havia conversas com a família russa. Aos poucos me acostumei com o fato de que, se eu entrasse no parque, impreterivelmente encontraria o velho com icterícia, o padre católico e o general austríaco, que carregava consigo um maço de pequenas cartas e que, onde fosse possível, sentava-se e punha-se a jogar paciência, encolhendo nervosamente os ombros. Também a música que tocava era sempre a mesma. Quando estava em minha casa, no campo, sempre tive vergonha dos mujiques quando, num dia de semana, ia com alguém fazer um piquenique ou pescar; e lá eu também tinha vergonha dos criados, cocheiros e trabalhadores com quem me deparava. Sempre me parecia que eles me olhavam, pensando: "Por que você não faz nada?". E eu experimentava essa sensação de vergonha, da manhã até a noite, todos os dias. Foi uma época estranha, desagradável e monótona; só mudava talvez o fato de que Lubkov pedia emprestados ora cem, ora cinquenta florins, e de que esse dinheiro o fazia renascer, como morfina para um morfinômano. Começava, então, a rir em voz alta da mulher, de si mesmo e dos credores.

Mas eis que chegaram as chuvas, esfriou. Partimos para a Itália, e eu telegrafei para meu pai pedindo que ele, pelo amor de Deus, me enviasse, para Roma, uma remessa de uns oitocentos rublos. Paramos em Veneza, em Bolonha, em Florença, e em cada cidade nos hospedávamos sem falta num hotel caro, onde nos cobravam os olhos da cara, e separadamente, por luz, serviço de quarto, aquecimento, pelo pão para o desjejum, pelo direito de almoçar num reservado. Comíamos aos montes. De manhã, serviam-nos o *café complet*. À uma hora vinha o desjejum: carne, peixe, um tipo de omelete, queijo, frutas e vinho. Às seis horas, o almoço, com seis pratos, com longos intervalos, durante os quais bebíamos cerveja e vinho. Às nove horas, chá. Próximo da meia-noite, Ariadne declarava que queria comer, e exigia presunto e ovos mexidos. E nós também comíamos, para acompanhá-la. Entre uma refeição e outra, corríamos pelos museus e exposições, com o pensamento constante de não nos atrasarmos para o almoço ou para o desjejum. Eu ficava suspirando diante dos quadros; extenuado, sentia vontade de ir para casa deitar um pouco, procurava com os olhos uma cadeira enquanto repetia num tom fingido o que os outros diziam: "Que maravilha! Quanta inspiração!". Como cobras bem alimentadas, prestávamos atenção apenas em objetos reluzentes, as vitrines das lojas nos hipnotizavam, ficávamos encantados com broches falsificados e comprávamos montes de coisas inúteis e insignificantes.

O mesmo aconteceu em Roma. Lá também chovia, soprava um vento frio. Após um lauto desjejum, fomos visitar a Basílica de São Pedro; graças à nossa saciedade, e talvez ao mau tempo, ela não nos causou a menor impressão, e, acusando um ao outro de indiferença em relação à arte, por pouco não brigamos.

Chegou o dinheiro do meu pai. Fui recebê-lo, pelo que me lembro, pela manhã. E Lubkov foi comigo.

— O presente não pode ser pleno e feliz quando existe o passado — disse ele. — Levo sobre meus ombros uma grande carga do passado. Se eu conseguir o dinheiro, não terei problemas; do contrário, estarei numa grande enrascada... Acredite ou não, só me sobraram oito francos — continuou ele, abaixando a voz. — Além disso, preciso enviar para a minha mulher cem rublos e para a minha mãe a mesma quantia. E ainda tenho que viver por aqui. Ariadne, como se fosse uma criança, não quer entender a situação e continua esbanjando como uma duquesa. Para que ela comprou aquele relógio ontem? E diga-me, por que é que nós temos que continuar bancando os anjinhos? Porque essa história de ficar escondendo a nossa relação dos criados e dos conhecidos está nos custando de dez a quinze francos a mais por dia, já que eu tenho de ocupar um quarto separado. Para que isso tudo?

Foi como uma pedra afiada entrando em meu peito. Já não havia mais incerteza, tudo agora estava claro para mim. Senti um frio pelo corpo inteiro, e imediatamente me decidi: não os veria mais, fugiria deles, voltaria sem demora para casa...

— É fácil tornar-se íntimo de uma mulher — continuou Lubkov. — Basta despi-la. Mas depois como tudo se torna difícil, que tolice!

Quando eu contei o dinheiro recebido, ele disse:

— Se você não me emprestar mil francos, estarei arruinado. O seu dinheiro é o meu único recurso.

Eu emprestei, e ele imediatamente renasceu. Começou a rir de seu tio, um excêntrico que não conseguira manter em segredo de sua mulher o endereço em que agora estava. Ao chegar no hotel, fiz as malas e paguei a conta. Faltava me despedir de Ariadne.

Bati à porta.

— *Entrez*!

No quarto, uma desordem matutina: sobre a mesa estava a louça do chá, um pão comido até a metade, uma casca de ovo; sentia-se um cheiro forte e sufocante de perfume. A cama estava desarrumada, e via-se claramente que nela haviam dormido duas pessoas. A própria Ariadne levantara-se da cama havia pouco, e usava agora uma blusa de flanela; não se penteara.

Eu a saudei, depois fiquei um minuto sentado, em silêncio, enquanto ela tentava colocar em ordem seus cabelos. Perguntei, o corpo inteiro tremendo:

— Para que... para que você me chamou para cá, para o exterior?

Pelo visto ela adivinhara meus pensamentos; segurou minha mão e disse:

— Eu queria você aqui. Você é tão puro!

Fiquei com vergonha de minha agitação e do meu tremor. E de repente ainda poderia ter desatado a chorar! Saí sem dizer mais nenhuma palavra, e uma hora depois já estava no trem. Pelo caminho inteiro, por algum motivo, fiquei imaginando Ariadne grávida, e ela me era repulsiva; todas as mulheres que eu via nos vagões e estações me pareciam por algum motivo grávidas e também me eram repulsivas e deploráveis. Encontrava-me na situação do avaro ardentemente cobiçoso que de repente descobre que todas as suas moedas de ouro são falsas. As imagens puras e graciosas que por tanto tempo povoaram minha imaginação acalentada pelo amor, meus planos e esperanças, minhas recordações, minhas visões acerca do amor e das mulheres: tudo isso agora ria de mim e me mostrava a língua. Ariadne — eu me perguntava com horror — essa moça jovem, culta e de uma beleza notável, filha de um senador, ligada a esse tipo vulgar, ordinário e desinteressante? Mas por que ela não haveria de amar Lubkov? — eu respondia a mim mesmo. Em que ele era pior que eu? Ora, ela que ame quem quiser. Mas para que mentir? E por que raios ela deveria ser sincera comigo? E assim por diante, seguia pensando coisas do gênero até me sentir tonto. No trem fazia frio. Viajava na primeira classe, mas mesmo lá sentavam-se três pessoas no mesmo banco, as janelas não eram duplas, a porta exterior dava direto para o compartimento da segunda classe, e eu me sentia como numa caixa de sapatos, apertado, abandonado, miserável; minhas pernas estavam terrivelmente enregeladas e, ao mesmo tempo, de tempos em tempos vinha-me à mente a imagem de quão sedutora ela estivera naquele dia com sua blusa e seu cabelo desarrumado, e de repente tomou conta de mim um ciúme tão grande que eu dava saltos de tanta dor no coração. Meus vizinhos olhavam para mim com perplexidade e até mesmo com medo.

Em casa, deparei-me com montes de neve e com um frio de vinte graus negativos. Eu amo o inverno, amo, porque é nessa época que em casa, mesmo no frio mais intenso, eu me sinto mais aquecido. É agradável, vestido com uma peliça curta e calçando botas de feltro, num claro dia de inverno, fazer algo no jardim ou no pátio, ou ler no quarto bem aquecido, sentar-me no escritório do meu pai em frente à lareira, banhar-me numa sauna rústica... Apenas, se não há em casa uma mãe, uma irmã ou crianças, torna-se um pouco assustador durante as noites de inverno, que parecem extraordinariamente longas e silenciosas. E quanto mais quente e aconchegante, mais se sente essa ausência. Nesse inverno, durante o qual eu voltara do exterior, as noites eram muito, muito longas; eu me sentia melancólico, e por conta desse sentimento mal conseguia ler. Durante o dia ficava o tempo todo para lá e para cá, ora tirando a neve do jardim, ora alimentando as galinhas e os bezerros; mas durante a noite tudo se perdia.

Antes eu não gostava de visitas, mas agora as recebia com prazer, pois sabia que sem falta a conversa chegaria em Ariadne. O espírita Kotlóvitch vinha com frequência para falar da irmã, e às vezes trazia consigo seu amigo, o príncipe Maktúiev, que estava apaixonado por Ariadne tanto quanto eu. Estar no quarto de Ariadne, tamborilar as teclas de seu piano, olhar para as notas: tudo isso para o príncipe já era uma necessidade, ele não podia viver sem isso, e o espírito do avô Ilarion continuava predizendo que, cedo ou tarde, ela seria sua esposa. Geralmente o príncipe passava muito tempo em nossa casa, do desjejum até a meia-noite, sem dizer uma palavra; bebia em silêncio duas ou três garrafas de cerveja e apenas de quando em quando, para mostrar que ele também estava participando da conversa, dava uma risada entrecortada, triste e meio tola. Antes de ir para casa, toda vez ele me puxava para um canto e dizia a meia-voz:

— Quando o senhor viu Ariadne Grigórievna pela última vez? Ela está bem de saúde? Fico pensando se não estará enfadada por lá.

Chegou a primavera. Era preciso arar a terra, semear as tremeses e os trevos. A tristeza persistia, mas agora já com um ar primaveril; eu queria aceitar a perda. Trabalhando no campo e ouvindo as cotovias, eu me perguntava: não seria o caso de acabar de uma vez por todas com essa história de felicidade pessoal, de me casar sem pompas com uma simples moça camponesa? Mas então subitamente, no auge do trabalho, recebi uma carta com um selo italiano. Os trevos, as colmeias, os bezerros, a moça camponesa: tudo isso se dissipou como fumaça. Dessa vez

Ariadne escrevia que estava profunda e infinitamente infeliz. Acusava-me de não ter lhe estendido a mão quando ela precisou de ajuda, e dizia que eu olhara para ela do alto de minha virtude, abandonando-a no momento de maior perigo. Tudo isso fora escrito numa letra grande e nervosa, com rasuras e borrões, claramente às pressas e às custas de muito sofrimento. Na conclusão, ela suplicava que eu fosse até lá para salvá-la.

Fui novamente tirado dos eixos, arrastado pela maré. Ariadne estava em Roma. Cheguei tarde da noite, e quando me viu, ela começou a chorar, lançando-se aos meus braços. Ela não mudara nem um pouco desde o inverno, continuava tão jovem e fascinante quanto antes. Jantamos juntos e depois passeamos por Roma até o amanhecer. Falou o tempo inteiro de seu dia a dia. Perguntei, então, sobre Lubkov.

— Não me lembre dessa criatura! — gritou ela. — Tenho repulsa e nojo dele!

— Mas parecia que você o amava — disse eu.

— Nunca! No primeiro momento ele me pareceu original e me causou pena, só isso. Ele é abusado, conquista uma mulher num ímpeto e isso é muito atraente. Mas não vamos falar dele. É uma página triste de minha vida. Ele partiu para a Rússia atrás de dinheiro e era isso mesmo que ele tinha de fazer! Disse a ele que não ousasse voltar.

Ela já não estava hospedada num hotel, mas sim em um apartamento particular de dois quartos que ela decorara de acordo com seu gosto, frio e suntuoso. Depois que Lubkov partira, ela pedira emprestado a um conhecido aproximadamente cinco mil francos, e minha chegada era realmente a sua salvação. Eu tinha a esperança de levá-la de volta para casa, para o campo, mas nisso não obtive êxito. Ela tinha saudades da pátria, mas as lembranças da pobreza que enfrentara, das necessidades, do teto enferrujado da casa do irmão, produziam nela repulsa, davam-lhe arrepios, e quando eu lhe propus que voltássemos para casa, ela apertou convulsivamente minha mão e disse:

— Não, não! Lá eu morrerei de tristeza!

Depois disso, meu amor entrou em sua última fase, em seu último ciclo.

— Seja um docinho como antes, me ame um pouco — dizia Ariadne, inclinando-se para mim. — Você é sóbrio e cuidadoso demais, tem medo de se entregar a seus ímpetos e pensa sempre nas consequências, isso é muito enfadonho. Eu peço a você, eu suplico, seja carinhoso!... Você é tão puro, tão santo, meu querido, eu o amo tanto!

Tornei-me seu amante. Fiquei pelo menos um mês como louco, experimentando um grande êxtase. Ter em meus braços aquele corpo jovem e belo, deleitar-me com ele, sentir, a cada vez em que acordava, o seu calor, e me dar conta de que era ela que estava lá, a minha Ariadne — oh, não é fácil habituar-se àquilo! Mas mesmo assim acabei me habituando, e pouco a pouco comecei a enxergar minha nova situação de maneira mais clara. Acima de tudo, entendi que Ariadne, assim como antes, não me amava. Ela, porém, tinha vontade de amar a sério, temia a solidão e, principalmente, eu era jovem, forte, vigoroso, enquanto ela era voluptuosa como em geral são todas as pessoas frias; com isso, dávamos a impressão de compartilhar a mesma paixão. E mais tarde eu compreendi algumas outras coisas.

Moramos em Roma, em Nápoles, em Florença; fomos para Paris, mas achamos que era muito frio e acabamos voltando para a Itália. Nós nos apresentávamos em todos os lugares como marido e mulher, ricos donos de terras; todos se mostravam muito ávidos em nos conhecer e Ariadne fez muito sucesso. Por tomar aulas de pintura, passaram a chamá-la de artista, o que, imagine, lhe caía muito bem, embora não tivesse o mínimo talento. Ela dormia todos os dias até as duas, até as três horas; tomava seu café na cama. No almoço, comia lagosta, sopa, peixe, carne, aspargos, aves de caça, e mais tarde, ao deitar-se, eu levava para ela na cama alguma coisa, como rosbife, por exemplo, e ela comia com uma expressão triste e preocupada. Acordava de madrugada e comia maçãs e laranjas.

A característica principal e, por assim dizer, essencial dessa mulher era uma estupenda esperteza. Agia com astúcia constantemente, a todo momento, aparentemente sem qualquer necessidade, como que por instinto, seguindo os mesmos impulsos de um pardal que chilreia ou de uma barata que move suas antenas. Agia assim comigo, com os criados, com o porteiro, com os negociantes nas lojas, com conhecidos; não passava uma conversa, um encontro que fosse sem aquela afetação e aquela denguice. Se um homem tivesse de entrar no quarto — fosse ele quem fosse, um garçom ou um barão —, o olhar, a expressão de seu rosto, a voz, tudo nela mudava, até os contornos de sua silhueta mudavam. Se você a visse naquela época, uma vez que fosse, diria que não havia pessoas tão bem relacionadas e tão ricas quanto nós em toda a Itália. Não deixava passar um artista ou músico que fosse, dizendo todo tipo de mentiras absurdas a respeito de seu notável talento.

— O senhor é tão talentoso! — dizia ela com uma voz doce e melodiosa. — Dá até medo conversar com o senhor. Eu acho que deve conseguir ler os pensamentos das pessoas.

E tudo isso para agradar, sair-se bem, ser encantadora! Ela acordava todos os dias com um único pensamento: "agradar!". Era o objetivo e o propósito de sua vida. Se eu dissesse a ela que na rua tal, no prédio tal morava uma pessoa que não gostava dela, isso a faria sofrer seriamente. Todos os dias ela precisava encantar as pessoas, cativá-las, enlouquecê-las. O fato de que eu estava sob seu poder, que diante de seus encantos tornava-me uma completa nulidade, provocavam nela o mesmo prazer que os vencedores sentem durante um torneio. A minha humilhação não era suficiente, e nas madrugadas, refestelada como uma tigresa, descoberta — ela estava sempre com calor —, ela ainda lia as cartas que Lubkov mandava; ele implorava que ela voltasse para a Rússia, do contrário, jurava ele, roubaria ou mataria alguém, apenas para conseguir o dinheiro e ir até ela. Ela o odiava, mas suas cartas apaixonadas e servis deixavam-na agitada. Tinha uma opinião extraordinariamente positiva de seus encantos: achava que, se em meio a uma multidão percebessem quão bem torneado era seu corpo e que belo tom tinha sua pele, ela ganharia a Itália inteira, o mundo inteiro. Essas histórias sobre seu corpo e o tom de sua pele me ofendiam, e, tendo percebido isso, ela, quando ficava brava, apenas para me importunar, dizia todo tipo de vulgaridade, me provocava, e isso chegou a tal ponto que, certa vez, na *datcha* de uma certa dama, ela se irritou e me disse:

— Se você não parar de me aborrecer com esses seus sermões, agora mesmo vou me despir e deitar nua em cima daquelas flores!

Com frequência, ao vê-la dormindo, comendo, ou tentando conferir ao seu olhar uma expressão ingênua, eu pensava: por que é que Deus foi lhe dar essa beleza extraordinária, essa graça, essa inteligência? Será que é apenas para ficar estirada na cama, comer e mentir, mentir sem parar? E será que ela era mesmo inteligente? Ela tinha medo de três velas juntas, do número treze, tinha horror de mau-olhado e pesadelos, discorria sobre o amor livre e sobre a liberdade em geral como uma velha beata, e garantia que Boleslav Markévitch[6] era melhor que Turguêniev. Mas ela era

[6] Boleslav Mikháilovitch Markévitch (1822-1884), escritor, jornalista e crítico literário russo. (N. do T.)

diabolicamente astuta e espirituosa, e em sociedade sabia se passar por uma pessoa instruída e moderna. Não sentia a menor dificuldade, mesmo em momentos de diversão, em ofender os criados, em matar um inseto; ela adorava touradas, adorava ler sobre assassinatos e se irritava quando um acusado era absolvido. A vida que Ariadne e eu levávamos nos custava muito dinheiro. Meu pobre pai me mandou a pensão que recebia, todas as suas economiazinhas, pediu emprestado de todos a quem pôde, e quando certa vez ele me respondeu *non habeo*,[7] mandei a ele um telegrama desesperado, em que suplicava a ele que hipotecasse a propriedade. Pouco depois, pedi a ele que conseguisse dinheiro em algum lugar com uma segunda hipoteca. Fez resignadamente tanto uma coisa quanto a outra, e mandou todo o dinheiro, até o último copeque. Ariadne, porém, desprezava o lado prático da vida, não ligava para nada daquilo, e quando eu, ao gastar milhares de francos para satisfazer seus desejos absurdos, soltava lamúrias e rangidos como os de uma árvore velha, ela cantava despreocupadamente "*Addio, bella Napoli*". Aos poucos, meus sentimentos em relação a ela esfriaram, e comecei a sentir vergonha de nossa relação. Não gostava de partos ou de gravidez, mas agora às vezes parecia sonhar com uma criança que fosse pelo menos uma justificativa formal de nossa vida. Para não ficar definitivamente enojado, comecei a visitar os museus e as galerias e a ler alguns livrinhos, passei a comer pouco e parei de beber. Quando se consegue manter-se na linha da manhã até a noite, sente-se até o espírito mais leve.

Ariadne também se cansou de mim. Agora, aliás, as pessoas com quem ela fazia sucesso eram pessoas comuns, já não havia mais os embaixadores e os salões de antes, faltava dinheiro, e isso a deixava ofendida, levava-a às lágrimas, e ela finalmente declarou que talvez não fosse contra voltar para a Rússia. E é isso que estamos fazendo. Nos últimos meses antes de nossa partida, ela manteve uma assídua correspondência com seu irmão, tinha nitidamente algum projeto secreto; sabe Deus qual. Já estou cansado de tentar entender suas artimanhas. Mas não estamos indo para o campo, e sim para Ialta, depois de Ialta para o Cáucaso. Agora ela só consegue viver nesses balneários, mas se você soubesse a que ponto eu odeio todos esses balneários, como neles me sinto sufocado e envergonhado. Como eu gostaria de ir agora para o campo! Gostaria de

---

[7] Em latim, no original: "não tenho". (N. do T.)

trabalhar, conseguir o pão com o suor do meu rosto, reparar os meus erros. Sinto que agora em mim há um excesso de energia, e me parece que, ao empregar essas energias, eu conseguiria resgatar a propriedade em cinco anos. Mas há uma complicação, como você pode perceber. Não estamos no exterior, estamos na Mãe Rússia, é preciso pensar num casamento legítimo. Fica claro que a diversão já passou, não há mais nem sombra do amor de antes, mas sou obrigado, a qualquer preço, a me casar com ela.

Chamókhin, agitado com sua história, e eu descemos e continuamos a conversar sobre as mulheres. Já era tarde. Revelou-se que ambos estávamos na mesma cabine.

— Por enquanto apenas no campo a mulher ainda não está atrasada em relação ao homem — disse Chamókhin. — Lá ela pensa e sente da mesma forma, luta com o mesmo afinco que o homem contra a natureza e em nome da cultura. Já a mulher da cidade, burguesa, intelectual, há tempos tornou-se atrasada, começou a retornar a sua condição primitiva; já é em parte um ser bestializado, e graças a ela muito do que o gênero humano conquistou já se perdeu; a mulher pouco a pouco vai sumindo, e em seu lugar surge a fêmea primitiva. Este atraso da mulher intelectual oferece um sério perigo à cultura; em seu movimento regressivo, ela tenta arrastar consigo o homem, retarda seu avanço. Isto é indubitável.

Eu perguntei: por que generalizar, por que julgar apenas por Ariadne todas as mulheres? A própria aspiração das mulheres à educação e à igualdade entre os sexos, que eu entendo como uma aspiração por justiça, por si só exclui qualquer menção a um movimento regressivo. Mas Chamókhin mal ouvia o que eu dizia, e sorria com desconfiança. Ele já era um misógino convicto, inflamado, e seria impossível fazê-lo mudar de ideia.

— Ah, basta! — interrompeu ele. — A partir do momento em que uma mulher não vê em mim uma pessoa, alguém igual a ela, mas sim um macho, e em que se passa a vida toda preocupada apenas em me cativar, ou seja, em me dominar, pode-se falar de igualdade? Ora, não acredite nelas, são muito, muito espertas! Nós, homens, nos preocupamos com a liberdade delas, mas elas não querem em absoluto essa liberdade, apenas fazem de conta que querem. São horrivelmente astutas, terrivelmente astutas!

Eu já estava cansado de discutir e com sono. Virei de costas para ele, olhando para a parede.

— Pois é — ouvi, caindo no sono. — Pois é. E a culpa é toda da nossa educação, meu caro. Nas cidades, toda a formação e toda a educação da mulher se resumem essencialmente a transformá-la em um ser bestializado, ou seja, em fazê-la atrair o macho e derrotar esse mesmo macho. Pois é — suspirou Chamókhin. — Seria necessário educar e ensinar as meninas juntamente com os meninos, de maneira que ambos ficassem sempre juntos. É preciso educar a mulher para que ela possa, assim como o homem, reconhecer seus erros, posto que, do contrário, ela pensará que está sempre certa. Deve-se incutir na menina, desde o berço, que o homem não é antes de qualquer coisa um cavalheiro, um noivo, mas sim que é seu próximo, alguém igual a ela em tudo. Que a ensinem a pensar logicamente, a sintetizar as coisas; e que não a convençam de que seu cérebro pesa menos que o do homem, e de que, por isso, ela pode ser indiferente às ciências, às artes, enfim, às questões culturais em geral. Um menininho aprendiz, de sapateiro ou de pintor, também possui um cérebro de menores dimensões que um homem adulto, mas assim mesmo participa da luta pela sobrevivência, trabalha, sofre. É também preciso abandonar esse costume de atribuir tudo à fisiologia, à gravidez, ao parto, uma vez que, em primeiro lugar, a mulher não dá à luz todos os meses; em segundo lugar, nem todas as mulheres dão à luz; e em terceiro lugar, uma mulher normal, do meio rural, trabalha no campo até a véspera do parto, e não acontece nada com ela. E mais, deveria haver a mais completa igualdade na vida cotidiana. Se um homem puxa uma cadeira para uma dama ou apanha do chão um lenço que foi derrubado, ela deveria recompensá-lo da mesma maneira. Não terei nada contra se uma moça de uma boa família me ajudar a vestir o casaco ou me trouxer um copo de água.

Não ouvi mais nada, caí no sono. No dia seguinte, de manhã, quando nos aproximávamos de Sebastópol, fazia um tempo desagradável e úmido. O navio balançava. Chamókhin sentou-se ao meu lado no convés; estava pensativo e calado. Homens com as golas do casaco erguidas e senhoras com rostos pálidos e sonolentos começaram a descer quando soou o aviso da hora do chá. Uma das senhoras, jovem e muito bonita, a mesma que em Volotchisk se irritara com o fiscal de alfândega, parou diante de Chamókhin e disse a ele com a expressão de uma criança caprichosa e mimada:

— Jean, sua pombinha está mareada!

Depois, hospedado em Ialta, eu vi essa bela dama passar a galope, e atrás dela, mal conseguindo acompanhá-la, dois oficiais quaisquer; um dia, de manhã, eu a vi, com um chapéu frígio e um aventalzinho, pintar um estudo, sentada à beira-mar, enquanto uma grande multidão, encantada, olhava para ela de longe. Eu também a conheci. Ela apertou minha mão com muita força, e, olhando para mim com admiração, agradeceu com sua voz doce e melodiosa pelo prazer que eu lhe proporcionara com minhas obras.

— Não acredite nela — cochichou Chamókhin. — Ela não leu nada seu.

Certa vez, no fim da tarde, enquanto eu passeava pela beira-mar, encontrei-me com Chamókhin; segurava um grande embrulho com petiscos e frutas.

— O príncipe Maktúiev está aqui! — disse ele, alegremente. — Chegou ontem com o irmão espírita. Agora eu entendo o porquê das cartas que ela então trocava com ele! Deus! — continuou ele, olhando para o céu e apertando o embrulho contra o peito. — Se ela se arranjar com o príncipe será a liberdade para mim, poderei partir para o campo, voltar para a casa de meu pai!

E seguiu adiante, correndo.

— Começo a acreditar nos espíritos! — gritou ele, olhando para os lados. — O espírito do vovô Ilarion, pelo visto, profetizou o que aconteceria! Ah, se for verdade!

No dia seguinte, após este encontro, parti de Ialta; de que maneira terminou a história de Chamókhin, não sei dizer.

(1895)

Tradução de Lucas Simone

Fiódor Sologub

Fiódor Kuzmitch Tetiérnikov (1863-1927), conhecido como Fiódor Sologub, foi um expoente do simbolismo russo — que deve ser entendido não como uma corrente estética delimitada, mas como um movimento cultural de imenso alcance na Rússia de começos do século XX, através de suas releituras e reconstruções metafísicas e filosóficas da tradição literária nacional. Sologub ao mesmo tempo margeou e influiu poderosamente nesse movimento, sobretudo com uma das obras-chave do período, o romance *O diabo mesquinho* (1907). Autor também de poemas, peças e outros romances, Sologub foi ainda um ótimo contista, como revela este delicado e terrível "Luz e sombras", de 1896. O tema da inocência infantil e sua corrupção (cuja matriz russa mais poderosa é a obra de Dostoiévski) é central, quase obsessivo, para o autor, e ocupou outros artistas russos da época, como Riémizov.

Luz e sombras

I

Volódia[1] Lovlióv, um menino magrinho e pálido de uns doze anos, tinha acabado de voltar do ginásio e esperava o jantar. Ele estava de pé na sala de estar, junto ao piano de cauda, e folheava o último número da revista *Niva*,[2] entregue pelo correio naquela manhã. De repente, do meio do jornal que estava ali encobrindo uma das páginas da *Niva*, desprendeu-se um pequeno encarte impresso num papel fino e cinza — era o anúncio de uma revista ilustrada. Nesse livrinho cinza o editor enumerava seus futuros colaboradores — meia centena de nomes ilustres da literatura —, elogiava exaustivamente a publicação, pelo seu conjunto e por suas seções tão variadas, e dava pequenas amostras das ilustrações.

Volódia, distraído, começou a passar as páginas do livrinho cinza olhando as miniaturas dos desenhos. No rosto pálido, seus grandes olhos pareciam cansados.

De repente, uma página chamou a atenção do menino, e os olhos grandes tornaram-se ainda maiores. De alto a baixo, estavam impressas seis figuras de sombras de mãos em diversas posições, que, refletidas numa parede branca, formavam silhuetas escuras: a cabeça de uma moça usando um chapéu engraçado de chifres, a cabeça de um asno, de um touro, a imagem de um esquilo sentado, e outras coisas do gênero.

Volódia, sorrindo, examinava os desenhos com profunda atenção. Ele já conhecia essa brincadeira: sabia juntar os dedos de uma mão para fazer com que a cabeça de uma lebre aparecesse na parede. Mas ali havia

---

[1] Apelido de Vladímir. (N. do T.)

[2] *Niva* (Seara), semanário de Petersburgo cujos suplementos literários eram muito populares na época, com textos de autores como Lev Tolstói e Anton Tchekhov. A revista foi editada de 1869 até 1918. (N. do T.)

algo de diferente, algo que Volódia nunca tinha visto, e, o mais importante, todas as figuras eram bastante complexas e deviam ser feitas com as duas mãos.

Volódia sentiu vontade de reproduzir as sombras. Mas nesse momento, na luz dispersa de um dia quase extinto de outono, certamente não iria sair direito.

"Preciso ficar com este livro — pensou ele —, ninguém vai fazer nada com ele mesmo."

Nesse instante ele ouviu, do quarto ao lado, a voz da mãe e os passos dela se avizinhando. Ele corou sem saber por quê, enfiou o livro depressa no bolso e afastou-se do piano de cauda, indo ao encontro dela. A mãe se aproximava com um sorriso terno; era tão parecida com ele — no seu belo e pálido rosto, sobressaíam os mesmos olhos grandes do filho.

A mãe, como sempre fazia, perguntou:

— Quais as novidades de hoje?

— Nenhuma novidade — disse Volódia, sombrio.

Mas na hora ele percebeu que havia sido grosseiro com a mãe e sentiu vergonha. Ele sorriu com ternura e começou a contar o que havia acontecido no ginásio, mas era claro que isso o aborrecia ainda mais.

— O nosso Prujínin exibiu-se mais uma vez — começou a falar de um professor detestado pelos ginasianos por sua grosseria. — Leóntiev estava respondendo a lição a ele e se confundiu, então Prujínin disse: "Já chega, vá para o seu lugar. Não diz coisa com coisa, seu cabeça-dura!".

— E vocês não deixam escapar nada! — disse a mãe sorrindo.

— Ele é quase sempre terrivelmente grosseiro.

Volódia ficou um pouco em silêncio, deu um suspiro, e então começou a falar com voz queixosa:

— Eles estão sempre com tanta pressa.

— Quem? — perguntou a mãe.

— Os professores. Cada um só quer saber de dar logo a matéria para depois ficar repassando tudo para os exames. E, se alguém pergunta alguma coisa, na certa eles acham que o aluno só quer matar o tempo até a campainha tocar, ou evitar ser chamado para responder à lição.

— Mas vocês podem falar com eles depois das aulas.

— Essa é boa! Depois eles saem correndo, para casa ou para dar as aulas no ginásio das meninas. É tudo tão rápido — nem termina a geometria e já começa o grego.

— Não pode cochilar!

— Sim, não posso cochilar! Pareço um esquilo na rodinha. Isso me deixa realmente irritado.

A mãe sorriu com graça.

II

Depois do jantar, Volódia dirigiu-se ao seu quarto para preparar as lições. A mãe assegurava que ele vivesse com todo o conforto — ali se achava tudo que tal quarto deveria ter. Além disso, nessa hora Volódia não seria incomodado por ninguém, nem mesmo sua mãe ousaria entrar lá. Ela apareceria mais tarde para ajudá-lo, caso ele precisasse.

Volódia era um menino dedicado e, como se diz, muito talentoso. Mas nesse dia ele sentiu muita dificuldade de estudar. Qualquer que fosse a lição que pegava, algo de desagradável lhe vinha à cabeça — lembrava-se do professor daquela matéria, de uma de suas frases sarcásticas ou grosseiras, que soltara de passagem mas que penetrara fundo na alma impressionável do menino. Por algum motivo, várias das últimas aulas não correram bem: os professores mostravam-se descontentes, e o trabalho pedagógico não se desenrolava direito. O mau humor deles transferiu-se para Volódia, e agora as páginas dos livros e dos cadernos incitavam nele uma inquietação vaga e sombria.

Ele passava rapidamente de uma lição a outra, então a uma terceira, e essa sucessão de tarefas insignificantes, tolas e desnecessárias que precisava executar depressa para que no dia seguinte não virasse um "cabeça-dura", tão dura como a sua carteira de madeira, irritava Volódia. Ele começou a bocejar de tédio e de desgosto, agitava os pés com impaciência, mexia-se na cadeira, todo inquieto.

Mas Volódia sabia muito bem que era necessário decorar as lições de qualquer modo, que isso era muito importante, que disso dependia seu futuro, e, aplicado, fazia os deveres que lhe provocavam tanto tédio.

Volódia fez uma pequena mancha no caderno e pôs a caneta de lado. Examinando com atenção, decidiu que era possível tirar a manchinha com o canivete. Ele ficou contente com a distração. Como o canivete não estava em cima da mesa, enfiou a mão no bolso e começou a remexer nele. Entre todos os tipos de lixos e de quinquilharias, dos quais os bolsos dos meninos costumam estar cheios, ele tateou o canivete e o puxou, e nisso veio um livrinho junto.

Volódia ainda não sabia que papel segurava na mão, mas, ao tomá-lo, percebeu logo que se tratava do livro de sombras, e na hora ficou alegre e disposto.

Isso mesmo — era o livrinho que deixara de lado quando fora preparar as lições.

Ágil, ele pulou da cadeira, moveu a lâmpada para perto da parede, deu uma espiada, por cautela, na porta encostada — será que alguém pode entrar? — e, ao abrir o livro na página conhecida, começou a examinar o primeiro desenho com atenção e a dispor os dedos de acordo com ele. No começo a sombra saía desajeitada, não ficava como deveria: Volódia mudava a lâmpada para cá e para lá, dobrava e esticava os dedos, e, finalmente, contra a parede branca do quarto, conseguiu reproduzir a cabeça da moça com o chapéu de chifres.

Volódia ficou alegre. Inclinava as mãos e movia os dedos de leve — a cabecinha fazia reverências, sorria, fazia caretas engraçadas. Então ele passou à segunda figura, depois às outras. No início, nenhuma delas ficava boa, mas de algum jeito ele acabava conseguindo fazê-las.

Na meia hora que passou entretido com isso, esqueceu-se das lições, do ginásio, de tudo.

De repente, ouviram-se passos conhecidos atrás da porta. Volódia enrubesceu, enfiou o livro no bolso, colocou depressa a lâmpada no lugar — por pouco não a derrubou — e sentou-se, curvando o corpo sobre o caderno. A mãe entrou.

— Vamos tomar chá, Volódenka[3] — disse ela.

Volódia fez de conta que olhava a mancha e que tencionava abrir o canivete. A mãe, com ternura, colocou as mãos na cabeça dele. Volódia largou o canivete e apertou o rosto enrubescido contra o corpo da mãe. Evidentemente, ela não havia percebido nada, e ele ficou contente com isso. Mas, mesmo assim, sentiu-se envergonhado, como se o tivessem surpreendido numa tola travessura.

---

[3] Diminutivo carinhoso de Volódia. (N. do T.)

III

Em cima da mesa redonda da sala de jantar, o samovar sussurrava sua canção de arrulho. Uma lâmpada suspensa infundia luz na toalha de mesa branca e no papel de parede escuro, causando uma sensação sonolenta.

A mãe estava meditativa e inclinava o belo e pálido rosto sobre a mesa. Volódia, apoiando o braço na toalha, mexia a colher dentro do copo. Espirais açucaradas corriam pelo chá, pequenas bolhas subiam à superfície. A colher de prata tinia baixinho.

A água fervente caía ruidosamente da torneira do samovar na xícara da mãe.

Uma leve sombra projetava-se da colherinha, corria sobre o pires e a toalha de mesa e desaparecia no chá. Volódia olhava atentamente para ela: a sombra, lançada por entre as espirais açucaradas e as pequenas bolhas de ar, sugeria-lhe algo, mas o que precisamente ele não conseguia decidir. Ele inclinava e girava a colher, deslizava os dedos sobre ela, e nada.

"De qualquer maneira — pensou ele com teimosia —, sombras não são feitas apenas com os dedos. Podem ser feitas com qualquer coisa, preciso apenas achar o jeito certo."

E Volódia começou a examinar as sombras do samovar, das cadeiras, da cabeça da mãe e ainda as projetadas pela louça em cima da mesa, e em cada sombra tentava achar semelhança com alguma coisa. A mãe falava algo. Volódia ouvia desatento.

— Como Liocha Sítnikov está indo nos estudos? — perguntou a mãe.

Volódia nesse momento analisava a sombra da leiteira. Ele voltou a si e respondeu depressa:

— Com o gato.

— Volódia, você está dormindo? — disse a mãe, atônita. — Mas que gato é esse?

Volódia enrubesceu.

— Não sei por que isso me passou pela cabeça — disse ele. — Desculpe-me, mamãe, eu não ouvi direito.

IV

Na noite seguinte, antes do chá, Volódia de novo se lembrou das sombras e de novo se entreteve com elas. Uma delas, não importava quantas vezes ele esticasse e dobrasse os dedos, teimava em não sair direito.

Ele estava tão absorvido nisso que não notou que sua mãe se aproximava. Ao ouvir o rangido da porta se abrindo, meteu o livro no bolso e, embaraçado, pôs-se de costas contra a parede. Mas a mãe já tinha atentado para as mãos dele, refletindo nos grandes olhos uma agitação temerosa.

— O que você está fazendo, Volódia? O que escondeu aí?

— Não, nada, não é nada — balbuciou Volódia cambaleando, todo desajeitado e vermelho.

Por alguma razão a mãe imaginou que Volódia, com vontade de fumar, tinha escondido um cigarro.

— Volódia, mostre-me imediatamente o que você escondeu — dizia ela com voz de pavor.

— Na verdade, mamãe...

A mãe pegou Volódia pelo cotovelo.

— Então, eu mesma devo pôr a mão no seu bolso?

Ele ficou ainda mais vermelho e tirou o livro do bolso.

— Aqui está — disse ele entregando-o à mãe.

— Mas o que é isso?

— Então, aqui — explicava Volódia —, estes desenhos, está vendo, são sombras. E eu fiz com que elas aparecessem na parede, só que não ficaram muito boas.

— E que motivo tinha para esconder isso? — acalmando-se, disse a mãe. — Deixe-me ver essas sombras.

Volódia ficou com vergonha, mas, obediente, começou a mostrar as sombras à mãe.

— Veja, isto é a cabeça de um senhor careca. E esta aqui é a cabeça de uma lebre.

— Ah! — exclamou a mãe. — É assim que você faz suas lições!

— Eu fiz um pouco, mamãe.

— Um pouco?! Por que está vermelho, meu querido? Bem, já chega, pois tenho certeza de que você irá fazer todos os seus deveres.

A mãe remexeu os cabelos do filho, cortados rente, deixando-os arrepiados. Ele começou a rir e escondeu o rosto ardente sob os cotovelos dela.

A mãe saiu do quarto, mas ele continuou a sentir-se confuso e envergonhado. Ela o pegara entretido com algo de que ele mesmo teria zombado se flagrasse qualquer amigo fazendo. Volódia sabia que era um menino inteligente e se considerava uma pessoa séria, mas, apesar de tudo, lá estava ele numa brincadeira própria para meninas.

Ele colocou o livro de sombras longe de si, na gaveta da escrivaninha, e não o tirou de lá por mais de uma semana, também quase não pensou nas sombras durante esse tempo. Apenas de vez em quando, à noite, enquanto passava de uma matéria a outra, ele se pegava sorrindo ao pensar na cabeça de chifres da moça; algumas vezes chegava a colocar a mão na gaveta atrás do livro, mas logo se lembrava de como a mãe o surpreendera, sentia-se constrangido e voltava depressa aos estudos.

V

Volódia e sua mãe, Ievguénia Stepánovna, moravam nos arredores da capital da província numa casa de sua propriedade. Já fazia nove anos que Ievguénia Stepánovna tornara-se viúva. Estava agora com trinta e cinco anos, ainda era jovem e bonita, e Volódia a amava ternamente. Ela vivia inteiramente para o filho — por causa dele aprendeu as línguas antigas e ao lado dele sofria todas as aflições escolares. Calma e afável, ela olhava para o mundo com certo receio através de seus grandes olhos, que humildemente sobressaíam no semblante branco.

Com eles vivia apenas uma empregada. Praskóvia, uma viúva taciturna oriunda da pequena burguesia, era uma mulher forte e rija. Tinha quarenta e cinco anos, mas, em virtude da severa taciturnidade, parecia uma velha de cem. Ao olhar para o rosto sombrio, como que de pedra, de Praskóvia, volta e meia Volódia tentava imaginar no que ela pensava nas longas noites de inverno em sua cozinha enquanto, nas mãos ossudas, gélidas agulhas de tricô tiniam num movimento regular e, nos lábios secos, articulava-se uma conta silenciosa. Será que se lembrava do marido bêbado, ou dos filhos que tão cedo se foram? Ou talvez imaginasse sua velhice só e desamparada?

Seu rosto de pedra, inflexível, carregava uma tristeza desesperada.

VI

Foi uma longa noite de outono. Chuva e vento lá fora.

A lâmpada ardia tão cansada, tão indiferente!

Volódia apoiava-se no cotovelo, com o lado esquerdo do corpo inclinado sobre a mesa, e olhava para a parede branca do quarto e para a cortina branca da janela.

As flores pálidas do papel de parede eram quase imperceptíveis... Um branco entediado...

O abajur branco roubou à lâmpada um pedaço de luz, e a parte superior do quarto penumbrou.

Volódia ergueu a mão direita. Uma sombra comprida, de contornos frágeis e imprecisos, estendeu-se sobre a parede sombreada pelo abajur...

Era a sombra de um anjo levantando voo ao céu, longe das perversidades e aflições do mundo; uma sombra translúcida com as asas largas e a cabeça tristemente curvada sobre o peito alto.

Não estariam as mãos ternas do anjo levando embora algo importante e já esquecido?...

Volódia suspirou pesadamente. O braço deixou-se cair, preguiçoso. Os olhos aborrecidos voltaram-se para os livros.

Foi uma longa noite de outono... Um branco entediado... Lágrimas e murmúrios lá fora...

VII

Pela segunda vez a mãe surpreendeu Volódia entretido com as sombras.

Dessa vez ele obteve muito sucesso da cabeça do touro e a admirava — fazia o touro esticar o pescoço e mugir.

No entanto, a mãe não ficou contente com isso.

— É assim que você estuda! — disse ela, repreensiva.

— Foi só um pouco, mamãe — disse Volódia timidamente.

— Poderia se ocupar disso no seu tempo livre — continuou a mãe. — Você não é mais criança, deveria se envergonhar de desperdiçar tanto tempo com bobagens!

— Mãezinha, eu não vou mais fazer isso.

Mas, para Volódia, seria difícil cumprir com a promessa. Gostava muito de fazer sombras, e agora o desejo de fazê-las não raro lhe surgia também no meio de uma aula interessante.

Em certas noites essa brincadeira tomava tanto de seu tempo que o impedia de preparar as lições direito. Depois ele precisava compensar o atraso e não dormia o suficiente. Mas como abrir mão desse divertimento?

Volódia conseguiu inventar várias figuras novas, e não apenas com a ajuda dos dedos. Essas figuras viviam na parede e às vezes pareciam ter conversas divertidas com ele.

Mas mesmo antes Volódia era um tanto sonhador.

VIII

Fez-se noite. O quarto de Volódia estava escuro. Ele já tinha se acomodado na cama, mas não conseguia dormir. Deitava-se de costas e olhava para o teto.

Na rua alguém passou com uma lanterna. Sua sombra correu pelo teto entre pontos vermelhos de luz. Era evidente que a lanterna balançava nas mãos do transeunte, pois a sombra se agitava, trêmula e irregular.

Volódia, sem saber por quê, sentiu medo e pavor. Puxou rápido o cobertor sobre a cabeça e, tremendo pela afobação, virou-se depressa para o lado direito e começou a sonhar.

Agora tudo parecia terno e quente. Em sua mente, formaram-se devaneios doces e inocentes, os mesmos que costumavam visitá-lo antes de dormir.

Com frequência, quando ia se deitar, vinha-lhe um medo súbito, como se tivesse encolhido e perdido as forças; então, esquecendo os modos de um menino crescido, ele se escondia debaixo dos travesseiros, sentia-se terno e afetuoso e tinha vontade de beijar e de abraçar a mãe.

IX

O crepúsculo cinza se adensava. As sombras se confundiam. Volódia estava triste. Mas lá estava a lâmpada. Sua luz infundia-se na toalha verde da escrivaninha, e sombras graciosas e indefinidas passavam, ligeiras, pelas paredes.

Volódia sentiu-se inundado de alegria e ânimo, e apressou-se em pegar o livrinho cinza.

O touro começou a mugir... A moça ria sonoramente... E que olhos maus e redondos tinha o senhor careca!

Então foi a vez das que ele inventara.

Uma estepe. Um andarilho de mochila. Volódia parecia ouvir sua triste e monótona canção de viagem...

Volódia estava triste e alegre.

X

— Volódia, já é a terceira vez que eu o vejo com esse livro na mão. Mas será que agora você vai passar todas as noites admirando os dedos?

Volódia estava parado perto da escrivaninha, todo desajeitado, como um menino travesso pego em flagrante, enquanto o livro hesitava nos seus dedos ardentes.

— Dê-me esse livro aqui! — disse a mãe.

Volódia, desconcertado, entregou-lhe o livro; a mãe o pegou e saiu sem lhe dirigir palavra. Ele se sentou diante dos cadernos.

Volódia estava envergonhado por ter, com a sua teimosia, ofendido a mãe, e desapontado por ela lhe ter tomado o livro; mas o maior embaraço estava em si mesmo, por se ter permitido chegar a esse ponto. Sentia-se muito desconfortável, e o fato de estar desapontado com a mãe também o atormentava: tinha vergonha de estar zangado com ela, mas mesmo assim continuava zangado. E a consciência de que isso era errado deixava-o ainda mais zangado.

"Ah, não faz mal, ela que fique com o livro — pensou ele enfim. — Eu ficarei muito bem sem ele."

Na verdade, Volódia já sabia todas as figuras de memória e usava o livro apenas para conferi-las.

XI

A mãe levou o livro de sombras ao seu quarto, abriu-o e ficou absorta em pensamentos.

"O que há aqui de tão sedutor? — pensava ela. — Como um menino tão bom e inteligente fica de repente atraído por uma bobagem dessas?! Então quer dizer que não é uma bobagem!... Mas, enfim, o que é isto?" — indagava-se com insistência.

Um estranho receio apoderou-se dela — um sentimento de repulsa e medo em relação àquelas figuras pretas.

Ela se levantou e acendeu a vela. Com o livro cinza nas mãos, aproximou-se da parede e se deteve numa angústia temerosa.

"Sim, é preciso afinal saber do que se trata" — pensou, resoluta, e começou a reproduzir as sombras, da primeira até a última.

Enquanto não fizesse a figura em questão, a mãe, persistente e atenta, juntava os dedos e dobrava as mãos. Um medo indefinido agitava-se dentro dela. Ela tentava dominá-lo. No entanto, à medida que o medo crescia, ela se enfeitiçava por ele. As mãos tremiam, e os pensamentos, atemorizados com os crepúsculos da vida, aguardavam tristezas inquietantes.

De repente a mãe ouviu os passos do filho. Ela estremeceu, escondeu o livro e apagou a vela.

Volódia entrou e parou na soleira, confuso com o olhar severo da mãe e com a maneira estranha e desconcertada pela qual ela se mantinha perto da parede.

— O que você quer? — perguntou ela com tom de voz ríspido e desigual.

Um vago pressentimento surgiu na mente de Volódia, mas ele logo o repeliu e começou a conversar com a mãe.

XII

Volódia saiu do quarto.

A mãe deu várias voltas pelo aposento. Notou que sua sombra a seguia pelo chão e, fato bastante curioso, pela primeira vez na vida se sentiu embaraçada com isso. Vinha-lhe de modo incessante a ideia de que essa sombra existia, mas Ievguénia Stepánovna, por alguma razão, temia refletir sobre isso e esforçava-se em não olhar para ela.

Mas a sombra arrastava-se atrás dela e a provocava. Ievguénia Stepánovna tentava pensar em outra coisa, mas em vão.

A mãe repentinamente parou, pálida e emocionada.

— Ora essa, é apenas uma sombra, uma sombra! — exclamou ela e bateu o pé no chão numa estranha irritação. — E que mal há nisso?

Mas de imediato percebeu quão tola fora ao gritar e bater o pé daquele jeito, e acalmou-se.

Aproximou-se do espelho. O rosto estava mais pálido do que o habitual, e os lábios tremiam de raiva e pavor.

"São os nervos — pensou ela —, preciso me controlar."

XIII

Caiu o crepúsculo. Volódia estava mergulhado em devaneios.

— Vamos passear um pouco, Volódia — disse a mãe.

Contudo, na rua também havia sombras por toda parte, as misteriosas e arredias sombras da noite; e todas elas sussurravam a Volódia algo familiar e de uma tristeza infinita.

No céu recoberto de nuvens apareceram duas ou três estrelas, alheias e distantes de tudo — tanto de Volódia como das sombras que estavam à volta dele. Volódia, para tentar agradar à mãe, começou a refletir sobre as estrelas: apenas elas eram indiferentes às sombras.

— Mamãe — disse ele não notando que interrompia a fala da mãe —, pena que não seja possível apanhar as estrelas.

A mãe olhou para o céu e respondeu:

— E não é preciso. Aqui é que é o nosso lugar. Lá é tudo diferente.

— Como o brilho das estrelas é fraco! No entanto, assim é bem melhor.

— Por quê?

— Porque, se elas brilhassem com força, as sombras iriam atrás delas.

— Ah, Volódia, por que você só pensa nisso?

— Foi sem querer, mamãe — disse Volódia com arrependimento na voz.

XIV

Volódia empenhava-se nos estudos — temia que sua preguiça desagradasse à mãe. Mas, de noite, usava de toda a imaginação para dispor na escrivaninha uma porção de objetos, de modo que cada vez se produzisse uma sombra nova e ainda mais inusitada. Ajeitava na mesa tudo o que lhe caía nas mãos, mexia aqui e acolá, e ficava contente quando na parede branca surgiam contornos reconhecíveis. Essas figuras sombreadas tornavam-se próximas e queridas a ele. E não eram mudas — elas conversavam com Volódia, e ele entendia seu confuso linguajar.

Ele entendia o que o melancólico viajante murmurava enquanto vagava por uma longa estrada no meio do lamaçal de outono, com um bastão nas mãos trêmulas e uma mochila nas costas arqueadas.

Entendia o que, no meio da triste calmaria do inverno, a floresta coberta de neve lamentava com o crepitar dos galhos sob o gelo; entendia o crocitar do corvo cansado no velho carvalho; e por que se entristecia o esquilo inquieto dentro de sua casa desolada na árvore.

Entendia o choro das velhas miseráveis entre os ventos tristes de outono, decrépitas, desamparadas, vestidas com farrapos, tremendo num cemitério apertado, no meio de cruzes instáveis e de sepulturas desesperadamente pretas.

Quanta abnegação e que tristeza aflita!

XV

A mãe havia notado que Volódia continuava com suas brincadeiras. Durante o jantar, ela lhe disse:

— Volódia, eu gostaria que você nutrisse interesse por outra coisa.

— Mas pelo quê?

— Você poderia ler.

— Sim, vou começar a ler, só que eu me sinto forçado a fazer sombras.

— Pelo menos invente outra brincadeira, mesmo que faça bolhas de sabão.

Volódia sorriu tristemente.

— Sim, as bolhas de sabão vão flutuar pelo ar, e suas sombras vão segui-las pelas paredes.

— Volódia, desse jeito seus nervos vão ficar definitivamente abalados. Até emagreceu por causa disso, eu vejo.

— Mamãe, você está exagerando!

— Faça-me o favor! Eu sei que anda dormindo mal e às vezes até delira. Imagine se você cair de cama!

— Mais essa!

— Que Deus não permita, mas desse jeito ainda perderá o juízo ou morrerá. Que desgraça será a minha!

Volódia riu e atirou-se ao pescoço da mãe.

— Querida mamãe, eu não vou morrer. E não vou brincar mais disso.

A mãe percebeu que Volódia estava chorando.

— Bem, já chega — disse ela —, Deus é misericordioso. Olhe como ficou nervoso, ora ri, ora chora.

XVI

A mãe, receosa, passou a observar Volódia atentamente. Agora qualquer coisinha a deixava alarmada.

Notou que a cabeça de Volódia era algo assimétrica: uma orelha mais alta do que a outra, e o queixo um pouco deslocado para um lado. A mãe se olhou no espelho e percebeu que nisso Volódia tinha puxado a ela.

"Talvez — pensou ela — isso seja um mau traço hereditário, um tipo de degeneração. E a raiz do mal estaria em quem? Será que sou eu o problema? Ou era o pai?"

Ievguénia Stepánovna lembrou-se do falecido marido. Era um homem bom e amável, mas não tinha firmeza em suas atitudes. De impulsos insensatos, ora estava cheio de entusiasmo, ora com uma disposição mística, que o fazia sonhar com uma sociedade mais justa e viver entre as pessoas do povo. Nos seus últimos anos, passou por períodos de bebedeira. Morreu ainda jovem — tinha apenas trinta e cinco anos.

A mãe resolveu levar Volódia ao médico e lá contou os detalhes da doença do filho. O médico, um jovem animado, ouviu-a com um sorriso nos lábios. Entre observações espirituosas, ele deu conselhos sobre dieta e estilo de vida e prescreveu alegremente uma "receitinha de xarope". Por fim, em tom de brincadeira, acrescentou dando tapinhas nas costas de Volódia:

— O melhor remédio é a vara.

A mãe ficou duramente ofendida com isso, mas seguiu o restante das recomendações com exatidão.

XVII

Volódia estava sentado na classe. Sentia-se entediado e ouvia a aula de modo desatento.

Ele ergueu os olhos. Uma sombra no teto deslocava-se para a frente da sala. Volódia notou que ela surgiu da primeira janela. No começo, ela se estendeu da janela até o meio da classe, mas depois, afastando-se depressa de Volódia, dirigiu-se para a frente — obviamente, alguém passava pela rua debaixo da janela. Essa sombra ainda se movimentava quando, da segunda janela, surgiu uma outra — no início essa também se moveu para trás, e em seguida passou a voltar-se rápido para a frente. O mesmo aconteceu com a terceira e a quarta janelas — as sombras surgiam no teto e, à medida que o transeunte se movimentava, elas tomavam a direção contrária.

"Sim — pensou Volódia —, num lugar aberto não acontece desse jeito, ali a sombra segue o sujeito; aqui, enquanto o sujeito caminha, sua sombra desliza na direção oposta, e as outras o reencontram na frente."

Ele voltou os olhos para a figura esquelética do professor. O rosto frio e amarelo desse homem incomodava Volódia. Ele procurou a sombra do professor e a encontrou na parede, atrás da mesa. A sombra curvava-se, disforme, e tremulava, mas não tinha nem o rosto amarelo nem o sorriso sarcástico, e por isso, para Volódia, era agradável admirá-la. Os pensamentos do menino tinham fugido para algum lugar muito distante, e ele já não ouvia absolutamente nada.

— Lovliów! — o professor chamou seu nome.

Volódia, como de costume, levantou-se e fitou o professor com um olhar abobalhado. Tinha o ar tão distraído que os colegas começaram a rir, e então o professor assumiu uma expressão de censura. Depois Volódia percebeu que o professor, polidamente maldoso, zombava dele. O menino tremia pela ofensa e por estar impotente diante dela. No fim, o professor anunciou que ele receberia nota um,[4] pela ignorância e pela falta de atenção, e mandou-o de volta ao seu lugar.

Volódia exibia um sorriso tolo no rosto e tentava entender o que havia se passado ali.

---

[4] Nas escolas russas, a nota máxima é cinco. (N. do T.)

XVIII

O primeiro um da vida de Volódia!

Como tudo isso era estranho para ele!

— Lovliόv, onde vai fincar essa estaca?[5] — provocavam os colegas, rindo e dando empurrõezinhos nele. — Nossos cumprimentos pela conquista!

Volódia sentia-se confuso — ainda não sabia como se comportar nessas ocasiões.

— E daí? — disse ele, aborrecido. — O que você tem com isso?!

— Lovliόv! — gritou o preguiçoso Sneguirióv. — Nosso regimento ganhou reforços!

O primeiro um! E ainda precisava mostrá-lo à mãe. Isso seria embaraçoso e humilhante. Volódia sentiu nas costas o peso descomunal da mochila e do constrangimento — essa "estaca" cravara-se de modo incômodo na sua consciência e não lhe fazia sentido.

— Um!

Ele não podia acostumar-se com a ideia do um e não era capaz de pensar em outra coisa. Quando o policial que ficava perto do ginásio o encarou com sua habitual severidade, Volódia, sem razão de ser, imaginou:

"E se ele soube do meu um?"

Esse acontecimento era-lhe completamente constrangedor e inusitado — Volódia não sabia como sustentar a cabeça e onde enfiar as mãos, seu corpo estava todo atrapalhado.

E ainda, diante dos colegas, precisava assumir um ar despreocupado e conversar sobre outro assunto!

E que colegas! Volódia estava seguro de que todos eles estavam terrivelmente contentes com seu um.

XIX

A mãe olhou para o um, dirigiu os olhos interrogativos a Volódia, deu outra olhada na nota, e então disse com ênfase e em voz baixa:

---

[5] Na Rússia, quando os estudantes recebiam nota um, dizia-se que haviam ganhado uma estaca (*kol*) por sua semelhança ao número. (N. do T.)

— Volódia!

Completamente destruído, Volódia ficou parado na frente dela fitando-lhe as mãos brancas e as dobras do vestido. Sentia nas pálpebras trêmulas o olhar assustado que a mãe lhe dirigia.

— O que é isso? — perguntou a mãe.

— E daí, mamãe? — Volódia começou repentinamente a falar. — É a primeira vez!

— A primeira?!

— Mas isso pode acontecer com qualquer um. Verdade, foi sem querer.

— Ah, Volódia, Volódia!

Volódia começou a chorar e, como uma criança, limpava as lágrimas do rosto com a palma da mão.

— Querida mamãe, não fique zangada comigo — sussurrou ele.

— São essas malditas sombras! — disse a mãe.

Volódia pareceu ter ouvido lágrimas na voz dela, e isso lhe apertou o coração. Então lançou um olhar à mãe, que chorava. Volódia atirou-se a ela.

— Mamãe, mamãe — repetia ele beijando as mãos dela —, agora vou mesmo largar toda essa história de sombras.

XX

Volódia fez grande esforço para refrear suas vontades — não se ocupava mais das sombras, embora atraído por elas, e tentava compensar as lições atrasadas.

Mas as sombras, insistentes, surgiam diante dele. Mesmo que Volódia não as fizesse aparecer unindo os dedos, mesmo que não amontoasse os objetos para que se refletisse um novo contorno na parede, as próprias sombras o cercavam, persistentes e inoportunas. Os objetos em si já não o interessavam, ele quase não os via — sua atenção estava inteiramente voltada para elas.

Se, no caminho de casa, acontecia de, entre as nuvens de chuva de outono, o sol aparecer, ainda que todo esfumaçado, Volódia alegrava-se com as sombras correndo por todo lado. Quando ele estava em casa, de noite, as sombras da lâmpada lhe faziam companhia.

Elas estavam à volta dele em todos os lugares — sombras nítidas da chama das lâmpadas, sombras desbotadas da luz dispersa do dia... Todas se amontoavam em Volódia, cruzando umas com as outras, e o envolviam numa teia impossível de desmanchar. Algumas não se deixavam reconhecer, misteriosas, outras lembravam alguma coisa, sugestivas. Mas havia também as encantadoras, íntimas, familiares; e eram essas que Volódia involuntariamente procurava e apanhava em toda parte, dentre o vaivém desordenado de sombras alheias. No entanto, como eram tristes as sombras queridas e familiares...

Quando Volódia dava-se conta de que ele mesmo tentava achá-las, dirigia-se à mãe e, atormentado por sua consciência, confessava tudo a ela.

Certa vez sucedeu que Volódia não conseguiu dominar-se: pôs-se junto da parede e começou a exibir o touro nela. A mãe o surpreendeu.

— De novo! — exclamou ela, irada. — Não, eu finalmente pedirei ao diretor que o ponha no quarto do castigo.

Volódia, aborrecido, ficou vermelho e respondeu sombriamente:

— Também há paredes lá. Há paredes em todo lugar.

— Volódia — exclamou a mãe com tristeza. — O que você está dizendo?!

Sem demora, Volódia arrependeu-se de sua grosseria e começou a chorar.

— Mamãe, nem eu sei o que está acontecendo comigo.

XXI

A mãe ainda não tinha conseguido superar seu medo inexplicável das sombras. Com frequência lhe vinha a ideia de que tanto ela como Volódia iriam entregar-se de vez à contemplação delas. Mas tentava confortar-se:

— Que tolice! — dizia a si mesma. — Graças a Deus, tudo ficará bem: ele vai aprontar mais algumas e depois vai enjoar disso.

No entanto, seu coração desfalecia num temor velado; seus pensamentos, receosos da vida, insistentemente aguardavam tristezas futuras.

Nos momentos melancólicos do começo da manhã, a mãe examinava a alma, recordava a vida. Percebia, então, como toda a sua existência era vazia, insignificante e sem direção, apenas uma sucessão insensata de sombras embaralhadas no crepúsculo que se adensava.

"A que serviu minha vida? — indagava-se. — Ao meu filho? Mas para quê? Para que ele se tornasse uma presa das sombras? Um maníaco com um horizonte estreito, acorrentado a ilusões, a reflexões insensatas diante de uma parede sem vida? Quando ele realmente entrar na vida, irá criar tantos seres fantasmagóricos e desnecessários, será como um delírio."

Sentou-se na poltrona perto da janela e ficou muito tempo a pensar. Com o ânimo deprimido, ela contorcia as lindas mãos brancas. Seus pensamentos dispersaram-se. Olhou para as mãos torcidas e começou a imaginar que silhuetas poderiam sair dali. Dando-se conta do que fazia, levantou-se em sobressalto.

— Meu Deus! — exclamou ela. — Mas isso é uma loucura.

XXII

Durante o jantar, a mãe observava Volódia.

"Desde que esse maldito livro caiu-lhe nas mãos, ele ficou pálido e magro. E mudou completamente, no caráter e em tudo. Dizem que o caráter da pessoa muda diante da morte. Será que ele está perto de morrer? Não, Deus nunca o permitirá!"

A colher tremeu-lhe na mão. Ela ergueu os olhos temerosos em direção ao ícone.

— Volódia, por que você não terminou a sopa? — perguntou ela, assustada.

— Não tenho vontade, mamãe.

— Volódia, querido, deixe de ser caprichoso, ficar sem comer é ruim para você.

Volódia sorriu desanimado e continuou tomando a sopa devagar. A mãe enchera demasiado o prato do filho. Ele se recostou na cadeira e, contrariado, esteve a ponto de dizer que a sopa não estava gostosa. Mas a mãe tinha o semblante tão preocupado que Volódia não se atreveu a falar, e apenas mostrou um sorriso desbotado.

— Já estou satisfeito — disse ele.

— Ah, não, Volódia, hoje é seu prato favorito.

Volódia suspirou tristemente. Ele já sabia o que significava quando a mãe falava de pratos favoritos: ela o empanturraria de comida. E ainda suspeitava de que até no chá ela o obrigaria, como no dia anterior, a comer carne.

XXIII

De noite a mãe disse a Volódia:

— Volódia, meu querido, você será atraído por elas novamente, é melhor não fechar a porta.

Volódia começou suas lições, mas sentia-se incomodado com a porta aberta atrás de si e com a mãe passando volta e meia por ali.

— Assim eu não consigo — gritou ele empurrando ruidosamente a cadeira —, não posso estudar com a porta escancarada!

— Volódia, por que você está gritando desse jeito? — a mãe o repreendeu com doçura.

Volódia se arrependeu na hora do que fizera e pôs-se a chorar. A mãe fez uma carícia nele e tentou persuadi-lo:

— Eu só faço isso, Volódenka, porque me preocupo com você, quero ajudá-lo a controlar seus impulsos.

— Mamãe, sente-se aqui um pouco — pediu Volódia.

A mãe pegou um livro e sentou-se à mesa com Volódia. Por alguns minutos ele trabalhou tranquilamente, mas pouco a pouco a presença dela começou a irritá-lo.

"Fica me olhando como se eu fosse um doente!" — pensou ele, ofendido.

Seus pensamentos se atropelavam. Contrariado, ele se agitava e mordia os lábios. A mãe finalmente notou isso e saiu do quarto.

No entanto, Volódia não se sentiu aliviado. Torturava-o o remorso de ter deixado sua irritação transparecer. Tentou estudar, mas não pôde. Finalmente, foi atrás dela.

— Mamãe, por que você saiu? — perguntou ele timidamente.

XXIV

Era véspera de feriado. Lamparinas foram acesas diante dos ícones.

Estava muito tarde e silencioso. A mãe ainda não dormia. Na escuridão misteriosa do quarto, ela se punha de joelhos e rezava entre lágrimas, soluçando como uma criança.

Suas tranças deslizavam sobre o vestido branco, seus ombros estremeciam. Num movimento de súplica, ela elevou as mãos ao peito e dirigiu ao ícone os olhos em pranto. Sua respiração ardente fez tremular a lamparina suspensa por correntinhas. As sombras agitavam-se, amontoavam-se nos cantos, moviam-se para trás do estojo do ícone e murmuravam algo velado. Havia uma angústia desesperada nesses murmúrios, uma tristeza inexplicável nesses movimentos lentos e oscilantes.

A mãe levantou-se, pálida, com os olhos estranhamente dilatados, e cambaleou sobre as pernas enfraquecidas. Dirigiu-se silenciosamente ao quarto de Volódia. As sombras rodeavam-na, sussurravam delicadamente em suas costas, arrastavam-se aos seus pés, caíam, tão leves como teias de aranha, sobre seus ombros, e, olhando dentro de seus grandes olhos, murmuravam algo incompreensível.

Ela se aproximou cuidadosamente da cama do filho. Sob a luz da lâmpada, o rosto de Volódia estava pálido, e por ele corriam sombras nítidas e estranhas. Não se escutava sua respiração — o menino dormia tão silenciosamente que a mãe ficou estarrecida. Ela estava de pé, cercada por sombras hesitantes, sentindo o sopro de temores incertos.

XXV

As altas abóbadas da igreja estavam escuras e misteriosas. As canções noturnas elevavam-se até elas e ali ressoavam, tristes e solenes. Imagens sombrias, iluminadas pelas chamas amarelas das velas de cera, fitavam todos de modo severo e enigmático. O hálito quente da cera e do incenso inundava o ar de uma angústia majestosa.

Ievguénia Stepánovna colocou uma vela diante do ícone da Nossa Senhora e ajoelhou-se. No entanto, rezava de um jeito distraído. Olhava fixamente para o tremular da sua vela. Sombras das velas caíam sobre o vestido preto de Ievguénia Stepánovna e sobre o chão da igreja e oscilavam negativamente.

As sombras pairavam nas paredes e desapareciam nas soturnas abóbodas, de onde ressoavam canções tristes e solenes.

XXVI

Fez-se outra noite.

Volódia despertou de repente. A escuridão o envolvia num movimento sem som.

Ele livrou as mãos do cobertor, ergueu-as e começou a movê-las, com os olhos em sua direção. Na ausência de luz, ele não enxergava as mãos, mas lhe parecia que sombras escuras agitavam-se diante de si...

Pretas e misteriosas, elas traziam aflições e lamentavam a triste solidão...

A mãe também estava sem sono, atormentada por sua angústia.

Ela acendeu a vela e foi em silêncio ao quarto do filho para ver se ele dormia bem.

Entreabriu a porta sem fazer barulho e olhou timidamente para a cama de Volódia.

Um raio de luz amarelo estremeceu na parede e atravessou o cobertor vermelho de Volódia. O menino estendeu as mãos na direção da luz e, com o coração palpitando, seguiu as sombras com os olhos. Nem sequer se perguntou de onde vinha a luz.

Estava absorto ante as sombras. Seus olhos, acorrentados à parede, mostravam-se repletos de uma loucura impetuosa.

A faixa de luz alargava-se; sombras corriam, soturnas e encurvadas, como andarilhos sem lar, com pressa de largar em qualquer canto os velhos trastes que lhe oprimem os ombros.

A mãe aproximou-se da cama, trêmula de pavor, e chamou-o em voz baixa:

— Volódia!

Volódia recobrou a consciência. Por alguns segundos, ele manteve os grandes olhos fitos nela, então começou a tremer inteiro, saltou da cama e deixou-se cair aos pés da mãe, abraçando-lhe os joelhos e soluçando.

— Você tem cada sonho, Volódia! — disse a mãe com pesar.

XXVII

— Volódia — disse a mãe no desjejum —, assim não é possível, meu querido, você vai se consumir se continuar perseguindo sombras à noite.

O menino pálido baixou tristemente a cabeça. Seus lábios tremiam, nervosos.

— Sabe o que faremos? — continuou a mãe. — É melhor toda noite brincarmos um pouco de sombra juntos, e depois estudaremos as lições. Que tal?

Volódia animou-se um pouco.

— Mamãe, você é tão querida! — disse ele timidamente.

XXVIII

Na rua Volódia sentia-se sonolento e assustado. A neblina se espalhava, estava frio e triste. Sob o nevoeiro, os contornos das casas pareciam estranhos. Vultos de pessoas moviam-se através da névoa fina, como sombras inóspitas e ameaçadoras. Tudo era extraordinariamente imenso. No meio da neblina, o cavalo do cocheiro, que tirava uma soneca no cruzamento, era uma fera enorme de outro mundo.

Um policial olhou para Volódia com hostilidade. Um corvo no telhado contou-lhe em segredo aflições futuras. No entanto, o coração de Volódia já estava aflito: era triste ver como tudo o hostilizava.

Um cachorrinho com o pelo surrado latiu por uma fresta do portão, e Volódia sentiu-se estranhamente ressentido.

E os garotos na rua, a seu ver, queriam ofendê-lo e ridicularizá-lo. Em outros tempos, Volódia teria acabado com eles num átimo, mas agora o medo estava enraizado em seu peito e aprisionava suas mãos enfraquecidas.

Quando Volódia voltou para casa, Praskóvia abriu-lhe a porta e o encarou de um jeito sombrio e nada acolhedor. Ele se sentiu confuso e dirigiu-se depressa aos cômodos dos fundos, sem se atrever a olhar para o rosto deprimente da mulher.

XXIX

A mãe estava sentada sozinha em seu quarto. Já era a hora do crepúsculo, e tudo parecia cansado.

Uma luz tremeluziu em algum canto.

Volódia entrou correndo no aposento, disposto e alegre, com os olhos grandes e um pouco selvagens.

— Mamãe, a lâmpada já está acesa, vamos brincar um pouco.

A mãe sorriu e foi atrás de Volódia.

— Mamãe, eu inventei uma figura nova — disse ele, excitado, e ajeitou a lâmpada. — Olhe aqui... está vendo? É uma estepe coberta de neve, e está nevando, é uma nevasca.

Volódia ergueu as mãos e começou a ajeitá-las. Um velho apareceu com neve até os joelhos. Era difícil andar. Estava sozinho no campo vazio. A aldeia desenhava-se ao longe. Ele estava cansado, sentia frio e medo. O velho andarilho curvou-se todo.

A mãe corrigiu os dedos de Volódia.

— Ah! — exclamou Volódia, encantado. — O vento arranca-lhe o chapéu, faz seu cabelo esvoaçar, e o cobre de neve. Os montes de gelo estão cada vez mais altos. Mamãe, mamãe, está ouvindo?

— Sim, é a nevasca.

— E ele?

— O velho?

— Está ouvindo seus gemidos?

— Socorro!

Ambos estavam pálidos e tinham os olhos fixos na parede. As mãos de Volódia tremeram, e o velho caiu.

A mãe foi a primeira a voltar a si.

— Agora é hora de estudar — disse ela.

XXX

Era manhã. A mãe estava sozinha em casa. Andava de um quarto a outro, imersa em pensamentos tristes e incoerentes.

Com os raios dispersos do sol enevoado, sua sombra vagamente se delineou numa porta branca. A mãe parou diante da porta e levantou a mão num movimento largo e insólito. A sombra hesitou e começou a sussurrar algo familiar e triste. Um prazer inesperado infundiu-se na alma de Ievguénia Stepánovna — ali parada, seguindo o vaivém desordenado da sombra, ela movia as duas mãos com um sorriso selvagem no rosto.

Ouviram-se os passos de Praskóvia, e Ievguénia Stepánovna percebeu a própria atitude absurda.

Voltou a sentir tristeza e medo.

"É preciso mudar daqui — pensou ela. — Ir a algum lugar distante, onde tudo será novo. Fugir daqui, fugir!"

E subitamente se lembrou das palavras de Volódia:

— Também há paredes lá. Há paredes em todo lugar.

"Não há para onde ir!"

Em desespero, ela começou a contorcer as lindas mãos brancas.

XXXI

Era noite.

Uma lâmpada ardia no chão do quarto de Volódia. Atrás dela, perto da parede, achavam-se sentados Volódia e sua mãe. Eles olhavam para a parede e faziam movimentos curiosos com as mãos.

Sombras corriam e tremulavam.

Volódia e sua mãe as compreendiam. Eles sorriam tristemente e trocavam palavras monótonas e desconexas. Seus semblantes estavam calmos, seus sonhos eram claros — neles havia uma alegria desesperadamente triste, e uma tristeza alegremente selvagem.

Seus olhos refletiam uma loucura sagrada.

A noite caiu sobre eles.

(1896)

Tradução de Moissei Mountian e Daniela Mountian

Leonid Andrêiev

Leonid Nikoláievitch Andrêiev (1871-1919) suscitou um autêntico furor na sociedade russa com este "O abismo", de 1902 (e outros contos da mesma época, como "Na neblina"), em que recessos psicológicos dostoievskianos, hiperestesia decadentista e temas sexuais finisseculares aparecem numa síntese bombástica. Sofia Andrêievna, esposa de Tolstói, chegou a escrever uma carta de protesto ao jornal em que foram publicados. E o próprio Lev Tolstói dizia de Andrêiev: "ele tenta me assustar, mas eu não me assusto". Andrêiev foi oscilante em relação aos movimentos revolucionários do começo do século XX; deixou uma novela excelente e muito conhecida (*Os sete enforcados*, 1908, traduzida várias vezes no Brasil), em que são exibidos simultaneamente o fracasso obrigatório das revoltas políticas e a simpatia pela figura do revolucionário. Andrêiev morre na Finlândia, onde havia se autoexilado, veemente adversário da revolução bolchevique.

O abismo

I

O dia já terminava, mas os dois ainda seguiam caminhando e conversando, sem reparar no tempo ou no caminho. Mais adiante, numa colina inclinada, negrejava um pequeno arvoredo, e através dos ramos das árvores o sol ardia como brasa vermelha incandescente, inflamando o ar e transformando-o todo numa poeira de fogo dourada. O sol estava tão próximo e tão brilhante que tudo ao redor parecia ter desaparecido, e que restava apenas ele, colorindo o caminho e nivelando-o. Os olhos dos caminhantes começaram a doer; eles deram meia-volta e, de repente, diante deles tudo se apagou, tudo ficou tranquilo e claro, pequeno e nítido. Em algum lugar ao longe, uma versta ou mais, o crepúsculo vermelho arrancou o tronco alto de um pinheiro e ficou ardendo no meio do verdor como uma vela num quarto escuro; o caminho à frente foi coberto por um ataque rubro, e agora cada pedra dele lançava uma sombra comprida e negra, e os cabelos da moça brilhavam em forma de uma auréola dourada e vermelha, atravessados pelos raios do sol. Apenas um fio de cabelo fino e crespo, separado dos outros, ondulava e esvoaçava no ar como uma teia de aranha.

E o fato de mais à frente ter escurecido não interrompeu nem mudou a conversa deles. Tão clara, afetuosa e serena, ela fluía numa torrente tranquila sobre uma única coisa: a força, a beleza e a eternidade do amor. Eles eram muito jovens: a moça tinha apenas dezessete anos, Nemoviétski, quatro anos a mais; e ambos usavam uniformes escolares, ela com um vestido ginasial simples, marrom, e ele com um belo uniforme de estudante-tecnólogo. E assim como a conversa, tudo neles era jovem, belo e limpo: portes flexíveis e esbeltos, como se tivessem sido atravessados pelo ar e fossem parentes dele, um andar ligeiro e firme e vozes frescas que, mesmo nas palavras simples, soavam na forma de uma ternura dolente, como retine um regato numa noite serena de primavera, quando ainda nem toda a neve sumiu dos campos escuros.

Eles seguiam virando onde desviava-se um caminho desconhecido, e as duas sombras compridas, que se adelgaçavam pouco a pouco, engraçadas por causa das cabeças pequenas, ora avançavam separadamente, ora fundiam-se numa faixa estreita e comprida como a sombra de um álamo. Mas eles não viam as sombras, e iam conversando; enquanto conversava, ele não tirava os olhos daquele belo rosto, no qual o crepúsculo rosado deixara realmente uma parte de suas cores delicadas; e ela olhava para baixo, para a vereda, afastando as pedrinhas com a sombrinha e observando como de sob o vestido escuro avançava de modo uniforme ora uma, ora outra ponta fina do pequeno sapato.

O caminho era atravessado por uma vala com beiradas poeirentas, que tinham desmoronado por causa das caminhadas, e eles pararam por um instante. Zínotchka ergueu a cabeça, lançou um olhar nebuloso ao redor e perguntou:

— Você sabe onde estamos? Eu não estive aqui nenhuma vez.

Ele observou atentamente o lugar.

— Sei, sim. Ali, atrás daquela colina, está a cidade. Dê-me a mão, vou ajudá-la.

Ele estendeu a mão, uma mão de quem não trabalha, fina e branca como a de uma mulher. Zínotchka estava alegre, queria pular a vala sozinha, correr e gritar: "Alcance-me!", mas conteve-se; com um agradecimento altivo, ela inclinou ligeiramente a cabeça e, um pouco temerosa, estendeu a mão, que ainda preservava a fofura delicada da mão de uma criança. E ele queria apertar aquela mãozinha trêmula até doer, mas também se conteve, e, com uma leve saudação, tomou-a respeitosamente e virou-se de forma discreta quando as pernas da moça que subia entreabriram-se um pouco.

E novamente eles seguiram conversando, mas suas cabeças estavam cheias da sensação das mãos que se juntaram por um instante. Ela ainda sentia o calor seco da mão e dos dedos firmes, sentia prazer e um pouco de vergonha; e ele experimentava a dócil maciez da mãozinha pequenina e via a silhueta negra do pé e o sapato pequeno que o abraçava de forma inocente e carinhosa. E havia algo pungente, perturbador naquela imagem perene da listrinha estreita das saias brancas e da perna esbelta, e num esforço inconsciente da vontade, ele a apagou. E então ficou alegre; seu coração estava tão vasto e livre dentro do peito que ele queria cantar, estender as mãos ao céu e gritar: "Corra, eu vou alcançá-la" — uma antiga forma de amor primitivo no meio de bosques e cachoeiras estrondosas.

E por causa de todos esses desejos, as lágrimas sufocavam.

As sombras compridas e engraçadas desapareceram, e a poeira do caminho ficou cinzenta e fria, mas eles não perceberam isso e continuaram conversando. Ambos tinham lido muitos livros bons, e as imagens radiantes de pessoas que tinham amado, sofrido e morrido por um amor puro turbilhonavam diante de seus olhos. Ressurgiam na memória trechos de versos lidos não se sabe quando, nas vestes da harmonia sonora e da tristeza doce que envolve o amor.

— Você não se lembra de onde é isso? — perguntou Nemoviétski, recordando — "... e comigo está novamente aquela que amo; de quem escondi, sem dizer uma palavra, toda a saudade, todo o carinho, todo o meu amor...".[1]

— Não — respondeu Zínotchka, e repetiu pensativa. — "Toda a saudade, todo o carinho, todo o meu amor..."

— Todo o meu amor — fez ecoar involuntariamente Nemoviétski.

E novamente ficaram recordando. Recordaram as moças puras como lírios brancos, vestindo hábitos negros, suspirando solitárias no parque coberto pela folhagem do outono e felizes em sua desventura; recordaram também os homens orgulhosos, enérgicos, mas que sofriam e imploravam o amor e a compaixão delicada de uma mulher. Eram tristes as imagens despertadas, porém nelas, mais radiante e puro que a tristeza, era o amor. Enorme como o universo, brilhante como o sol, maravilhosamente lindo, o amor crescia diante de seus olhos, e não havia nada mais poderoso e belo do que ele.

— Você seria capaz de morrer por quem ama? — perguntou Zínotchka, olhando para sua mãozinha quase infantil.

— Sim, seria — respondeu Nemoviétski, decidido, olhando-a de um jeito franco, sincero. — E você?

— Sim, eu também — ela refletiu. — Pois isso é uma felicidade tamanha: morrer pela pessoa amada. Eu gostaria muito.

Seus olhos se encontraram, brilhantes e serenos, e transmitiram algo de bom um ao outro, e os lábios sorriram. Zínotchka parou.

— Pare — disse ela. — Há uma linha no seu casaco.

---

[1] Citação imprecisa de "Noites", poema de S. G. Skitáliets (nascido Petrov, 1869-1941), poeta e escritor russo. (N. da E.)

Ela ergueu a mão de modo confiante até o ombro dele e, cuidadosamente, tirou a linha com dois dedos.

— Aqui está! — disse ela e, ficando séria, perguntou: — Por que você é tão pálido e magro? Você estuda muito, não é? Não se canse tanto, não é necessário.

— Seus olhos são azuis, e neles há pontinhos brilhantes como faíscas — respondeu ele, examinando os olhos dela.

— E os seus são negros. Não, castanhos e calorosos. E neles...

Zínotchka não terminou de dizer o que havia neles e virou-se. Lentamente seu rosto enrubesceu, os olhos ficaram confusos e tímidos, e os lábios sorriram involuntariamente. E sem esperar Nemoviétski, que estava sorridente e satisfeito com alguma coisa, ela avançou mas logo parou.

— Veja, o sol se pôs! — exclamou ela com uma surpresa triste.

— Sim, ele se pôs — respondeu ele com uma tristeza repentina e pungente.

A luz apagou-se, as sombras morreram, e tudo ao redor ficou pálido, mudo e sem vida. De lá, onde antes brilhava o sol incandescente, montes escuros de nuvens estendiam-se em silêncio e devoravam pouco a pouco a vastidão azul-clara. As nuvens turbilhonavam, colidiam, mudavam de forma lenta e penosa os contornos dos monstros despertados e avançavam contrariadas, como se elas mesmas, contra sua vontade, fossem guiadas por uma força implacável e terrível. Após desprender-se das outras, desvairava-se solitária uma nuvenzinha clara e fina, fraca e assustada.

II

As faces de Zínotchka empalideceram, os lábios ficaram vermelhos, quase como sangue, as pupilas dilataram-se de forma imperceptível, escurecendo os olhos, e ela sussurrou baixinho:

— Estou com medo. Está tão silencioso aqui. Nós nos perdemos?

Nemoviétski franziu o cenho grosso e examinou curiosamente o lugar.

Sem o sol, sob o ar fresco da noite iminente, o lugar parecia inóspito e frio; para todos os lados espalhava-se um campo cinzento com mato baixo, como que pisado, barrancos argilosos, colinas e buracos. Os buracos eram muitos, profundos, íngremes e pequenos, cobertos de mato rasteiro; neles já se escondia silenciosamente, antes do anoitecer, uma escuridão taciturna; e o fato de que ali havia pessoas fazendo algo, e de agora já não haver, tornava o lugar ainda mais deserto e triste. Aqui e ali, como coágulos de um nevoeiro lilás e frio, erguiam-se arvoredos e bosquetes, parecendo esperar o que iriam lhes dizer os buracos abandonados.

Nemoviétski reprimiu um sentimento de inquietude pesado e confuso que surgia dentro de si e disse:

— Não, não nos perdemos. Eu conheço o caminho. Primeiro pelo campo, depois através daquele bosquete. Está com medo?

Ela sorriu corajosamente e respondeu:

— Não. Agora não. Mas precisamos ir depressa para casa, tomar um chá.

Eles avançaram de forma rápida e decidida, mas logo os passos diminuíram. Eles não olhavam para os lados, mas sentiam a hostilidade lúgubre do campo escavado que os cercava com mil olhos opacos e imóveis, e esse sentimento os aproximava e lançava às recordações da infância. E as recordações eram brilhantes, iluminadas pelo sol, pela folhagem verde, o amor e o riso. Como se aquilo não fosse a vida, e sim uma canção ampla e suave, e o som dela fossem eles mesmos, dois pequenos tons: um sonoro e puro como um cristal agudo, o outro um pouco mais abafado, porém mais forte, como uma campainha.

Apareceram pessoas, duas mulheres sentadas na beirada de um buraco fundo e argiloso; uma, com as pernas cruzadas, olhava fixamente para baixo; o lenço da cabeça soergueu-se, descobrindo as madeixas de cabelos emaranhados; as costas encurvadas puxavam para cima a blusa suja, com flores graúdas como maçãs e os cordões soltos. Ela nem olhou para os passantes. A outra mulher estava recostada ao lado, com a cabeça para trás. Seu rosto era rude, largo, com traços masculinos, e sob os olhos, nas maçãs salientes do rosto, ardiam duas manchas vermelhas como tijolo, parecidas com escoriações recentes. Ela estava ainda mais suja que a primeira, e olhava para os passantes de modo simples e direto. Quando eles passaram, ela começou a cantar com uma voz grossa, de homem:

Para você apenas, meu benzinho,
Como uma flor aromática eu desabrochei...[2]

---

[2] Citação de "Lua maravilhosa", romança de A. P. Deníssiev. As palavras dessa romança são uma modificação do poema "Você o amava de todo coração", de V. I. Nemiróvitch-Dántchenko (1849-1936). (N. do T.)

— Varka, está ouvindo? — virou-se ela para a amiga silenciosa e, sem obter resposta, começou a gargalhar de forma sonora e grosseira.

Nemoviétski conhecia mulheres assim, sujas até quando usam vestidos ricos e bonitos; estava acostumado com elas, e estas agora deslizaram por seu olhar e desapareceram. Mas Zínotchka, que quase tocou nelas com seu modesto vestido marrom, sentiu alguma coisa hostil, desprezível e ruim invadir por um instante sua alma. Mas em alguns minutos a impressão se dissipou, como a sombra de uma nuvem que corre por um prado dourado; e quando duas pessoas, um homem de boné e casaco, porém descalço, e uma mulher igualmente suja, passaram por eles e os deixaram para trás, ela as viu mas não sentiu nada. Sem se dar conta, ainda seguiu a mulher por algum tempo, e ficou um pouco admirada por ela ter um vestido tão fino, meio viscoso, parecendo molhado, envolvendo as pernas, e a barra com uma faixa larga de sujeira gordurosa que tinha penetrado no tecido. Havia algo inquietante, doentio e terrivelmente desesperado na agitação daquela barra fina e suja.

E de novo eles seguiram conversando, e atrás movia-se a contragosto uma nuvem escura, lançando uma sombra translúcida e cuidadosamente próxima. Nas laterais expandidas da nuvem, manchas amarelas e acobreadas iluminavam fracamente, escondendo-se por trás de sua massa pesada na forma de caminhos brilhantes em turbilhão. E a escuridão se adensava de um modo tão imperceptível e dissimulado que era difícil acreditar nela, e parecia que ainda era dia, mas um dia gravemente doente, que morria em silêncio. Agora eles falavam sobre ideias e sentimentos terríveis, que visitam o ser humano durante a noite, quando ele não está dormindo e nem os sons, nem as conversas o atrapalham, e aquela coisa que é a vida, ampla e com muitos olhos como a escuridão, aperta-se fortemente contra seu rosto.

— Você imagina o infinito? — perguntou Zínotchka, levando à testa a mão rechonchuda e semicerrando os olhos.

— Não. O infinito... Não — respondeu Nemoviétski, também fechando os olhos.

— Pois às vezes eu o vejo. A primeira vez foi quando ainda era pequena. Eram como telegas. Havia uma telega, e outra, uma terceira; e bem longe, sem fim, tudo eram telegas e telegas... É terrível — ela estremeceu.

— Mas por que telegas? — sorriu Nemoviétski, embora estivesse descontente.

— Não sei. Telegas. Uma, outra... sem fim.

A escuridão se adensava dissimuladamente, e a nuvem passou sobre a cabeça deles, e na frente parecia olhar para seus rostos pálidos e desanimados. E figuras sombrias de mulheres sujas e esfarrapadas surgiam com mais frequência ainda, como se fossem lançadas à superfície pelos buracos fundos, cavados não se sabe por quê, e suas barras molhadas agitavam-se inquietas. Elas iam aparecendo, ora apenas uma, ora duas ou três; e suas vozes soavam ruidosamente, de um modo estranho e solitário, no ar gelado.

— Quem são essas mulheres? De onde saíram tantas? — perguntava Zínotchka, baixinho e timidamente. Nemoviétski sabia quem eram aquelas mulheres, e tinha medo que eles fossem parar naquele lugar feio e perigoso, mas respondeu com tranquilidade:

— Não sei. Bem, não é preciso falar delas. Agora cruzaremos esse bosquete, e lá estarão a barreira e a cidade. É uma pena termos saído tão tarde.

Ela achou engraçado o que ele disse: que era tarde, sendo que tinham saído às quatro horas; então o olhou e sorriu. Mas as sobrancelhas dele não se mexeram, e ela sugeriu, acalmando e confortando:

— Vamos mais depressa. Quero tomar chá. E o bosque já está perto.

— Vamos.

Quando eles entraram no bosque, e as árvores juntaram silenciosamente as copas acima de suas cabeças, ficou muito escuro, porém confortável e tranquilo.

— Dê-me a mão — sugeriu Nemoviétski.

Ela deu a mão indecisa, e o leve toque pareceu dissipar a escuridão. As mãos deles estavam imóveis e não se apertavam, e Zínotchka até se afastava um pouco do companheiro, mas toda a consciência deles estava concentrada na sensação daquela pequena parte do corpo, onde as mãos se roçavam. E novamente queriam falar sobre a beleza e a força misteriosa do amor, mas falar sem romper o silêncio, falar não com palavras, e sim com olhares. E eles achavam que era preciso olhar, e queriam, mas não se atreviam.

— Veja, pessoas outra vez! — disse alegremente Zínotchka.

III

Na clareira, onde estava mais iluminado, três homens estavam sentados perto de uma garrafa vazia, aguardando em silêncio as pessoas que se aproximavam. Um, barbeado como um ator, começou a rir e assobiou, como se isso significasse:

— Oh, oh!

O coração de Nemoviétski enfraqueceu e congelou numa inquietação terrível, mas, como que impelido por trás, ele seguiu diretamente para os homens sentados, perto dos quais passava uma vereda. Os homens esperavam, e três pares de olhos iam escurecendo imóveis e terríveis. E desejando de modo confuso atrair a simpatia daquela gente sombria e esfarrapada, em cujo silêncio sentia-se uma ameaça, mostrar sua impotência e despertar nela a compaixão, ele perguntou:

— Como se chega até a barreira? Por aqui?

Mas eles não responderam. O barbeado assobiou alguma coisa vaga e maliciosa, os outros dois permaneciam calados, olhando com um interesse pesado e sinistro. Eles eram bêbados e maus, e queriam amor e destruição. Um obeso de faces coradas soergueu-se no cotovelo; depois, indeciso como um urso, apoiou-se nos pezinhos e levantou-se, suspirando pesadamente. Seus companheiros olharam rapidamente para ele, depois fixaram em Zínotchka um olhar com aquele mesmo interesse.

— Estou com medo — disse ela entre lábios.

Sem ouvir as palavras, Nemoviétski a entendeu pelo peso da mão que se apoiava. E tentando manter uma aparência de tranquilidade, mas sentindo que era inevitável e fatídico o que iria acontecer agora, ele começou a andar de modo firme e preciso. Os três pares de olhos se aproximaram, brilharam e ficaram atrás. "Precisamos correr", pensou Nemoviétski, e ele mesmo respondeu: "Não, não podemos correr".

— É bem franzino o rapaz, até dá pena — disse o terceiro deles, um calvo, com barba ruiva. — Mas a menina é bonitinha, benza Deus!

Todos os três começaram a rir meio a contragosto.

— Senhor, espere aí para trocar duas palavrinhas! — disse o grandão, com voz espessa, de baixo profundo, e olhou para os companheiros.

Estes se levantaram.

Nemoviétski seguia sem olhar para trás.

— Você precisa esperar, quando pedem — disse o ruivo. — Senão pode levar um pescoção.

— Estão falando com você! — gritou o grandão, e com dois pulos alcançou os caminhantes.

Uma mão maciça baixou sobre o ombro de Nemoviétski e o fez balançar; ao virar-se, ele encontrou bem perto do rosto uns olhos redondos, saltados e terríveis. Estavam tão perto que ele parecia olhá-los através de uma lente de aumento, distinguindo claramente as veias vermelhas na esclera e a remela amarelada nos cílios. E, soltando a mão muda de Zínotchka, ele enfiou a mão no bolso e balbuciou:

— Dinheiro!... Pegue o dinheiro. Eu dou com prazer.

Os olhos saltados ficaram mais redondos e brilhantes. E quando Nemoviétski desviou deles o olhar, o grandão recuou um pouco e, sem muita força, de baixo para cima, golpeou-o no queixo. A cabeça de Nemoviétski virou, os dentes retiniram, o boné deslizou sobre a testa e caiu; e ele desabou de costas, agitando as mãos. Em silêncio, sem gritar, Zínotchka virou-se e começou a correr, tomando logo toda a velocidade que era capaz. O barbeado deu um grito longo e estranho:

— Ah, ah, ah!

E com o grito disparou atrás dela.

Nemoviétski levantou-se cambaleando, mas nem pôde endireitar-se, pois foi novamente atingido por um chute na nuca. Eles eram três, e ele um só, fraco e sem costume de brigar, mas lutou por muito tempo, dando unhadas como uma mulher que se engalfinha, mordendo e soluçando por um desespero inconsciente. Quando estava totalmente enfraquecido, eles o ergueram e carregaram; ele resistia, mas tinha um zumbido na cabeça e foi deixando de entender o que se passava consigo, e amoleceu sem forças nos braços que o carregavam. A última coisa que viu foi um pedaço de barba ruiva quase encostando na sua boca, e por trás dela a escuridão do bosque e a blusinha clara da moça que corria. Ela corria depressa e em silêncio, como nos tempos em que brincava de pega-pega; e atrás dela, em passos miúdos, voando e alcançando, ia o barbeado. Depois Nemoviétski sentiu um vazio ao redor de si, e, com o coração desfalecido, desabou em algum lugar e estrepitou com todo o corpo ao chocar-se contra o solo, e então perdeu a consciência.

Depois de jogarem Nemoviétski numa vala, o grandão e o ruivo ficaram parados um instante, escutando o que se passava no fundo do buraco. Mas seus rostos e olhos estavam voltados para o lado onde estava Zínotchka. De lá ouviu-se um grito de mulher, alto e afogado, que cessou no mesmo instante. O grandão gritou irritado:

— Canalha! — e correu em linha reta, quebrando os ramos como um urso.

— Também quero! Também quero! — gritava o ruivo com uma vozinha fina, disparando atrás dele. Ele era fraco e ofegante; na briga havia machucado o joelho, e estava ofendido porque a ideia sobre a moça tinha lhe ocorrido primeiro, mas ela ficaria para ele por último. Ele se deteve por um momento, esfregou o joelho com a mão, assoou com um dedo o nariz e correu novamente, gritando queixoso:

— Também quero! Também quero!

A nuvem escura já se alastrara por todo o céu, e caíra uma noite negra e silenciosa. Na escuridão logo desapareceu a figura miúda do ruivo, mas ainda ouviu-se por longo tempo o tropel irregular de seus pés, o ruído de galhos empurrados e o grito rachado e queixoso:

— Também quero! Irmãos, eu também quero!

IV

A boca de Nemoviétski estava cheia de terra causando atrito nos dentes. E a primeira coisa, a mais forte que ele sentiu ao recobrar a consciência, foi o cheiro denso e agradável da terra. Sua cabeça estava abobalhada, pesada como chumbo, tanto que era difícil levantar; o corpo todo estava dolorido, e o ombro doía muito, mas não havia nada quebrado, nem fraturado. Nemoviétski sentou-se e ficou longo tempo olhando para cima, sem pensar nem lembrar de nada. Logo acima dele pendia um arbusto com folhas largas e negras, e através delas aparecia o céu limpo. A nuvem passara, sem lançar nenhuma gota de chuva e deixando o ar seco e suave; e bem alto, no meio do céu, erguia-se a lua cortada com a borda transparente derretendo. Ela vivera as últimas noites e brilhava fria, triste e solitária. Pequenos farrapos de nuvens passaram rapidamente no alto, onde um vento forte parecia continuar soprando, mas não encobriram a lua, e sim contornaram-na de forma cuidadosa. Na solidão da lua, no cuidado das nuvens altas e brilhantes e no sopro do vento imperceptível ali embaixo sentia-se a profundeza misteriosa da noite que paira sobre a terra.

Nemoviétski lembrou-se de tudo que se passara e não acreditou. Tudo o que acontecera era terrível e diferente da realidade, a qual não podia ser tão pavorosa; e ele mesmo, sentado no meio da noite e olhando de algum lugar ali embaixo para a lua revirada e as nuvens que corriam, era também estranho e diferente do verdadeiro. E ele achou que aquilo fora um sonho comum e terrível, muito terrível e ruim. E aquelas mulheres, que eles encontravam tanto, também eram sonho.

— Não pode ser — disse ele de modo afirmativo e balançou a cabeça fracamente. — Não pode ser.

Ele estendeu a mão e começou a procurar o boné para prosseguir, mas não havia nenhum. E o fato de não haver boné deixou logo tudo claro, e ele entendeu que o ocorrido não era sonho, mas uma realidade pavorosa. No instante seguinte, gelado de pavor, ele já ia subindo a custo, caindo junto com a terra que desmoronava e subindo de novo agarrado aos ramos flexíveis do arbusto.

Depois de sair, ele correu diretamente, sem raciocinar, nem escolher a direção; e correu por longo tempo, dando voltas entre as árvores. Do mesmo modo repentino, sem raciocinar, correu para o outro lado, e de novo os ramos arranharam seu rosto, e outra vez tudo ficou parecido com um sonho. Para Nemoviétski parecia que, em algum momento, já ocorrera algo semelhante com ele: a escuridão, os ramos invisíveis que arranhavam o rosto, e ele correndo, de olhos fechados, pensando que tudo era um sonho. Nemoviétski parou, depois sentou-se na posição desconfortável e desagradável de uma pessoa sentada diretamente no solo, sem elevação. E pensou de novo no boné e disse:

— Sou eu. Devo me matar. Devo me matar mesmo que seja um sonho.

Ele se levantou e correu novamente, mas reconsiderou e foi devagar, desenhando para si, de forma confusa, o lugar onde os haviam atacado. No bosque estava bem escuro, mas às vezes um raio brilhante de luar irrompia e enganava, iluminando os troncos brancos, e o bosque parecia cheio de pessoas imóveis e, por algum motivo, caladas. Isso já acontecera em algum momento, e parecia um sonho.

— Zinaída Nikoláievna! — chamava Nemoviétski, e pronunciava bem alto a primeira palavra e baixinho a segunda, como que perdendo, juntamente com o som, a esperança de que alguém respondesse.

E ninguém respondia.

Depois ele foi parar numa vereda, reconheceu-a e foi até a clareira. E ali, de novo, ele absolutamente não entendia que tudo aquilo era verdade, e cheio de pavor, ficou agitado e gritando:

— Zinaída Nikoláievna! Sou eu! Sou eu!

Ninguém respondeu, e, com o rosto voltado para onde ficava a cidade, Nemoviétski gritou prolongando as sílabas:

— So-cor-ro!...

E outra vez ficou agitado, murmurando alguma coisa, revolvendo os arbustos, quando bem diante de suas pernas surgiu uma mancha branca e turva, parecendo a mancha petrificada de uma luz fraca. Era Zínotchka que jazia.

— Senhor! O que é isso? — disse Nemoviétski, com os olhos secos mas com a voz de um homem que soluçava, e, de joelhos, tocou na moça deitada.

Sua mão atingiu um corpo desnudo, liso, flexível, frio, mas não morto, e Nemoviétski a retirou com um tremor.

— Minha querida, meu benzinho, sou eu — sussurrou ele, procurando na escuridão o rosto dela.

De novo ele estendeu a mão em outra direção, e novamente deu com um corpo nu; e assim, aonde quer que estendesse a mão, ele encontrava um corpo de mulher nu, liso e flexível, que parecia amornar-se sob a mão que o tocava. Às vezes Nemoviétski retirava a mão rapidamente, mas às vezes a mantinha; e como ele próprio, sem boné e esfarrapado, parecia irreal, do mesmo modo também não conseguia relacionar com aquele corpo desnudo a imagem de Zínotchka. E o que acontecera ali, o que os homens fizeram com aquele corpo silencioso de mulher, apareceu-lhe numa nitidez plena e asquerosa, refletindo-se com uma força estranha e loquaz por todos os seus membros. Depois de esticar-se a ponto de as articulações estalarem, ele fixou os olhos de um jeito estúpido sobre a mancha branca e franziu o cenho como um homem que está pensando. O pavor perante o ocorrido congelava dentro dele, encolhia-se e permanecia na alma como algo alheio e sem vigor.

— Senhor, o que é isso? — repetiu ele, mas o som era falso, como que proposital.

Ele tateou os batimentos: o coração batia fracamente, mas de modo regular; e quando se inclinou até o rosto, ele sentiu uma respiração fraca, como se Zínotchka não estivesse desmaiada, mas simplesmente dormindo. E ele a chamou baixinho:

— Zínotchka, sou eu.

E aqui sentiu que, por alguma razão, seria melhor se ela não despertasse por um longo tempo. Prendendo a respiração e olhando rapidamente ao redor, ele acariciou cuidadosamente as faces dela e beijou primeiro os olhos fechados, depois os lábios, que ressoaram suavemente sob o beijo forte. Ele teve medo que ela pudesse acordar, e daí afastou-se e ficou gelado. Mas o corpo estava mudo e imóvel, e em sua impotência e vulnerabilidade havia algo irritante e deplorável, irresistivelmente atraente. Com uma ternura profunda e o cuidado temeroso de um ladrão, Nemoviétski tentou lançar sobre ela os farrapos de seu vestido, e a dupla sensação do tecido e do corpo nu era afiada como uma faca e incompreensível como a loucura. Ele era o protetor e aquele que atacava, e buscava a ajuda da escuridão e do bosque circundante; mas estes não lha davam. Ali havia um banquete de animais; e subitamente lançado para o lado da vida simples, natural e humana, ele sentiu uma volúpia abrasadora, derramada no ar, e dilatou as narinas.

— Sou eu! Sou eu! — repetia ele de modo insensato, sem entender nada à sua volta e cheio de lembranças de como, certa vez, tinha visto a listrinha da saia, a silhueta negra do pé e o sapato que o abraçava carinhosamente. E enquanto escutava a respiração de Zínotchka, sem tirar os olhos do lugar onde estava seu rosto, ele aproximou a mão. Escutou e aproximou mais.

— Mas o que é isso? — gritou ele, de um modo alto e desesperado, e deu um salto, horrorizado consigo mesmo.

Por um segundo, o rosto de Zínotchka brilhou em seus olhos e desapareceu. Ele tentava entender que aquele corpo era Zínotchka, com quem caminhava hoje e que falava sobre o infinito, mas não conseguia; tentava sentir o horror do que se passara, mas esse horror era grande demais para se achar que era tudo verdade e não lhe ocorria.

— Zinaída Nikoláievna! — gritou ele, suplicando. — Por que isso? Zinaída Nikoláievna!

Mas o corpo extenuado permanecia calado, e com palavras desconexas Nemoviétski caiu de joelhos. Ele suplicava, ameaçava, dizia que iria se matar e sacudia a moça deitada, apertando-a contra si e quase cravando-lhe as unhas. O corpo aquecido cedia docemente aos seus reforços, seguindo de forma obediente os seus movimentos, e tudo aquilo era tão terrível, incompreensível e absurdo que Nemoviétski saltou de novo e gritou com a voz entrecortada.

— Socorro! — e o som era mentiroso, como que proposital.

E novamente lançou-se sobre o corpo sem resistência, beijando, chorando e sentindo diante de si um abismo escuro, terrível e atraente. Nemoviétski não estava ali. Nemoviétski permanecia em algum lugar lá atrás, e aquele que estava ali agora esmagava com uma brutalidade apaixonada o corpo quente e maleável e dizia, sorrindo com o risinho astuto de um louco:

— Responda! Ou você não quer? Eu a amo, eu a amo.

Com aquele risinho astuto ele aproximou os olhos do rosto de Zínotchka e sussurrou:

— Eu a amo. Você não quer falar, mas está sorrindo; eu vejo isso. Eu a amo, amo, amo.

Ele apertou mais fortemente o corpo macio e inerte que, com sua docilidade sem vida, despertava uma paixão selvagem, e quebrava os braços sussurrando baixinho, preservando do homem a capacidade de mentir:

— Eu a amo. Não diremos a ninguém, e ninguém saberá. Eu me casarei com você, amanhã, quando quiser. Eu a amo. Vou beijá-la, e você vai responder, está bem? Zínotchka...

E ele apertou-se com força contra os lábios dela, sentindo os dentes prensarem-se no corpo e perdendo, na dor e no vigor do beijo, os últimos lampejos de pensamento. Pareceu-lhe que os lábios da moça tremeram. Por um instante, um pavor ardente e brilhante iluminou seus pensamentos, abrindo diante dele um abismo negro.

E o abismo negro o engoliu.

(1902)

Tradução de Nivaldo dos Santos

Lev Tolstói

Este brilhante conto pertence à fase final da vida de Lev Nikoláievitch Tolstói (1828-1910), quando ele atinge alguns dos momentos maiores de sua ficção (*Padre Sérgio*, *Khadji-Murát*, entre outros). Escrito em 1903 e publicado postumamente em 1911, "Depois do baile" reúne, em uma estrutura bipartida extremamente complexa, vários dos temas do escritor: a crítica à vida em sociedade e ao poder das classes privilegiadas, a utilização de paralelismos, a simbologia refinada em torno do amor, do sexo e da morte, a reutilização sofisticada de narrativas folclóricas. Isaac Bábel, tecendo considerações sobre o conto na Rússia (e evidentemente destacando seu próprio valor como contista), dizia: "seria bom falar um pouco sobre a técnica de escrita de contos, porque a forma não é muito popular entre nós. É preciso dizer que ela nunca vingou neste país — os franceses sempre estiveram à nossa frente nisso. Na verdade, nosso único contista é Tchekhov. A maioria dos contos de Górki são romances condensados. Os contos de Tolstói também são romances condensados — exceto 'Depois do baile', que é um conto de verdade".

Depois do baile

— Então os senhores dizem que o homem não pode entender por si próprio o que é bom e o que é ruim, que toda a questão está no meio, que somos vítimas do meio. Mas eu acho que toda a questão está no acaso. Vou falar sobre mim mesmo.

Assim começou a falar Ivan Vassílievitch, respeitado por todos, depois de uma conversa que tivemos sobre o fato de que, para o aperfeiçoamento pessoal, antes é necessário mudar as condições em que as pessoas vivem. Na verdade, ninguém disse que é impossível entender por si mesmo o que é bom e o que é ruim, mas Ivan Vassílievitch tinha uma maneira *sui generis* de responder os próprios pensamentos que surgem em decorrência de uma conversa, e, por causa desses pensamentos, de contar episódios de sua vida. Muitas vezes ele esquecia completamente a razão por que estava contando, arrebatado pela história, ainda mais porque contava com muita franqueza e veracidade.

E foi assim que ele fez também naquele momento.

— Vou falar sobre mim mesmo. Minha vida inteira se constituiu assim, e não de outra forma, não por causa do meio, mas de algo totalmente diferente.

— E do que foi, então? — perguntamos.

— É uma longa história. Para entender precisaria contar muita coisa.

— Então conte.

Ivan Vassílievitch refletiu, balançou a cabeça.

— Sim — disse ele. — Toda a minha vida mudou por causa de uma noite, ou melhor, de uma manhã.

— Mas o que aconteceu?

— Aconteceu que eu me apaixonei profundamente. Eu me apaixonei muitas vezes, mas esse foi meu amor mais profundo. É uma história antiga; ela já tem uma filha casada. Foi B..., sim, Várienka B... — Ivan Vassílievitch mencionou o sobrenome. — Mesmo aos cinquenta anos ela tinha uma beleza notável. Mas, quando jovem, aos dezoito anos, era encantadora: alta, esbelta, graciosa e majestosa, precisamente majestosa. Ela sempre teve uma postura extraordinariamente aprumada, como se não pudesse ser de outra forma, a cabeça um pouco inclinada para trás, e, com sua beleza e estatura elevada, apesar de magra e até de ossos salientes, isso lhe conferia um ar régio, que afastaria as pessoas, não fosse o sorriso doce, sempre alegre, a boca, os olhos encantadores, brilhantes, e todo o seu ser, delicado e jovem.

— Como Ivan Vassílievitch dá pormenores.

— Sim, mas por mais que eu dê pormenores, não haverá pormenor que faça os senhores entenderem como ela era. Mas esse não é o ponto: o que quero contar aconteceu nos anos quarenta. Naquela época eu era estudante em uma universidade de província. Não sei se isso é bom ou ruim, mas naquela época não tínhamos em nossa universidade nenhum círculo, nenhuma teoria, simplesmente éramos jovens e vivíamos como era típico entre jovens: estudávamos e nos divertíamos. Eu era um rapaz muito alegre e determinado, e ainda por cima rico. Tinha um cavalo, um esquipador fogoso, descia morros de trenó com senhoritas (os patins ainda não estavam na moda), farreava com os amigos (naquela época não bebíamos nada além de champanhe; se não havia dinheiro, preferíamos não beber nada a beber vodca, como agora). Festas e bailes constituíam meu principal divertimento. Eu dançava bem e não era feio.

— Ah, deixe de falsa modéstia — interrompeu-o uma das interlocutoras. — Afinal conhecemos o seu retrato em daguerreótipo. O senhor não apenas não era feio, mas inclusive era muito bonito.

— Muito bonito ou não, esse não é o ponto. O ponto é que, na época do amor mais profundo que tive, eu estava em um baile no último dia de *máslenitsa*,[1] na casa do chefe da província, um velhinho bonachão, ricaço, hospitaleiro e camareiro da corte. Sua esposa, bonachona como ele, recebia os convidados com um vestido castanho de veludo, uma tiara de brilhantes na cabeça, o colo e os ombros descobertos, velhos, fartos e brancos, como retratos de Ielizaviêta Petrovna.[2] O baile estava maravilhoso: o salão estava lindo, havia uma galeria, músicos — servos de um

---

[1] *Máslenitsa* é uma festa folclórica e religiosa russa, celebrada durante a última semana antes da Quaresma, ou seja, a sétima semana antes da Páscoa. (N. da T.)

[2] Tsarina da Rússia entre 1741 e 1762. (N. da T.)

proprietário de terras amante de música, famosos naquela época, um bufê esplêndido e um mar de champanhe. Embora eu fosse um apreciador de champanhe, não bebi, porque mesmo sem bebida estava embriagado de amor, mas em compensação dançava até cair — dançava quadrilhas, valsas, polcas, e, claro, na medida do possível, todas com Várienka. Ela usava um vestido branco com uma faixa cor-de-rosa e luvas brancas de pelica, que por pouco não alcançavam os cotovelos magros, pontiagudos, e sapatinhos de cetim branco. Roubaram-me a mazurca: o mais do que detestável engenheiro Aníssimov — ainda não posso perdoar-lhe por isso — convidou-a logo que ela entrou, e eu, que fora ao barbeiro, e depois comprar luvas, acabei me atrasando. Então eu não dancei a mazurca com ela, mas com uma alemãzinha, que antes eu havia cortejado um pouco. Mas, receio que naquela noite eu tenha sido muito deselegante com a alemãzinha, pois não olhava para ela, só tinha olhos para a figura alta e esbelta de vestido branco e faixa cor-de-rosa, seu rosto radiante, corado, as covinhas, e os olhos doces, delicados. Eu não era o único, todo mundo olhava para ela e se enlevava, tanto homens como mulheres, apesar de todas serem ofuscadas por ela. Era impossível não se enlevar.

De acordo com a regra, por assim dizer, não dancei a mazurca com ela, mas na realidade dancei quase o tempo todo com ela. Sem se desconcertar, ela atravessava todo o salão direto ao meu encontro, eu saltava, sem esperar o convite, e ela agradecia minha perspicácia com um sorriso. Quando nos aproximávamos e ela não adivinhava minha qualidade[3] e não estendia a mão para mim, encolhia os ombros magros e, como prova de remorso e consolo, sorria para mim. Quando havia figuras de valsa na mazurca, passávamos muito tempo valsando, e ela, muitas vezes ofegante, sorria e dizia: "*Encore*".[4] Então eu valsava, valsava, e não sentia meu corpo.

— Ah, mas como não sentia, acho que sentia, e muito, quando a envolvia pela cintura, não só o seu corpo, mas também o dela — disse um dos convidados.

De repente Ivan Vassílievitch ficou ruborizado e, de raiva, quase gritou:

---

[3] Hábito da época, um jogo da dança: para escolher um dos cavalheiros na mazurca, a dama tinha que decidir entre duas qualidades que cada um dos cavalheiros propunha. (N. da T.)

[4] Em francês, no original: "mais uma vez". (N. da T.)

— Sim, assim são os senhores, os jovens de hoje. Os senhores não veem nada além do corpo. Na nossa época não era assim. Quanto mais profundamente eu me apaixonava, mais incorpórea ela se tornava para mim. Os senhores agora veem as pernas, os tornozelos e algo mais, os senhores despem as mulheres pelas quais estão apaixonados, mas, para mim, como dizia Alphonse Karr,[5] que era um bom escritor: no objeto do meu amor sempre havia vestes de bronze. Não somente não as despíamos, mas procurávamos cobrir a nudez, como um bom filho de Noé. Ah, mas os senhores não vão entender...

— Não lhe dê ouvidos. E o que houve depois? — disse um de nós.

— Sim. Então, eu continuava dançando com ela e não via o tempo passar. Os músicos, já com um certo desespero de cansaço, sabem, como acontece no fim de um baile, repetiam sempre o mesmo tema da mazurca, pais e mães já tinham se levantado das mesas de carteado dos salões, esperando o jantar, os criados corriam cada vez mais, levando algo. Passava das duas. Era preciso aproveitar os últimos minutos. Mais uma vez, eu a escolhi, e, pela centésima vez, percorremos o salão.

— Então, depois do jantar a quadrilha é minha? — disse-lhe eu, levando-a para o seu lugar.

— Claro, se não me levarem embora — disse ela, sorrindo.

— Não permitirei — disse eu.

— O senhor poderia me dar o leque — disse ela.

— É uma pena ter que devolver — disse eu, entregando-lhe o leque branco, barato.

— Aqui está, para consolá-lo — disse. Ela arrancou uma pluma do leque e me deu.

Peguei a pluma e só pude expressar todo o meu arrebatamento e gratidão com o olhar. Eu não estava apenas alegre, contente, eu estava feliz, ditoso, cheio de bondade, eu não era eu mesmo, mas algum ser etéreo, que não conhecia o mal e capaz de fazer apenas o bem. Escondi a pluma na luva e fiquei ali parado, não conseguia me afastar dela.

— Olhe, estão convidando papai para dançar — disse ela, mostrando a figura alta e imponente do pai, um coronel com dragonas prateadas, junto à porta, com a anfitriã e outras senhoras.

---

[5] Jean-Baptiste Alphonse Karr (1808-1890), jornalista, crítico literário e romancista francês. (N. da T.)

— Venha aqui, Várienka — ouvimos a voz alta da anfitriã com sua tiara de brilhantes e ombros *à la* Ielizaviêta.

Várienka aproximou-se da porta, e eu a segui.

— *Ma chère*,[6] convença seu pai a dar uns passos com a senhora. Ah, por favor, Piotr Vladislávitch — dirigiu-se a anfitriã ao coronel.

O pai de Várienka era um velho muito bonito, imponente, alto e enérgico. Tinha o rosto muito corado, bigodes brancos levantados *à la* Nicolau I, suíças também brancas até o bigode, o cabelo das têmporas penteado para a frente, e o mesmo sorriso doce e alegre da filha em seus lábios e nos olhos brilhantes. Tinha excelente compleição, o peito inflado à maneira militar, largo, modestamente ornado de insígnias, ombros fortes, pernas compridas e bem torneadas. Era um comandante militar do tipo veterano, do porte de Nicolau.

Quando nos aproximamos da porta, o coronel ia recusar, dizendo que tinha se desacostumado a dançar, mas, assim mesmo, sorriu, baixou o braço para o lado esquerdo, retirou a espada do cinturão, entregou-a a um jovem cortês, e, vestindo a luva de camurça da mão direita — "tudo deve ser de acordo com a regra", disse ele —, sorrindo, tomou a mão da filha e girou um quarto de volta, aguardando o compasso.

Depois de esperar o início do tema da mazurca, ele bateu um pé, com desenvoltura, estendeu o outro, e sua figura alta, corpulenta, começou a se deslocar ao redor do salão, batendo as solas e um pé contra o outro, ora de forma silenciosa e sutil, ora estrondosa e tempestuosa. O gracioso vulto de Várienka flutuava à sua volta, imperceptível, abreviando ou alongando os passos de seus pequenos pés brancos de cetim no tempo certo. O salão inteiro seguia cada movimento do par. Eu não apenas me enlevava, mas olhava para eles com uma comoção arrebatadora. As botas dele, com presilhas apertadas, comoveram-me de uma maneira especial — botas boas, de couro de bezerro, mas não na moda, de bico fino, e sim antiquadas, com pontas quadrangulares e sem salto. Pelo visto, as botas tinham sido feitas por um sapateiro de batalhão. "Para vestir sua amada filha e levá-la a bailes, ele não compra botas da moda, e usa botas feitas em casa" — pensei, e aquelas botas de pontas quadrangulares me comoviam de uma maneira especial. Era evidente que ele já tinha sido um excelente dançarino, mas agora estava corpulento, e as pernas

---

[6] Em francês, no original: "minha cara". (N. da T.)

já não eram flexíveis o suficiente para todos aqueles passos belos e rápidos que tentava executar. Mas assim mesmo ele deu duas voltas, versátil. Quando afastou as pernas, rápido, uniu-as de novo e, embora um tanto pesado, inclinou-se em um joelho, ela sorriu, ajustou a saia, na qual ele tinha esbarrado, e passou ao redor dele, sutil; choveram aplausos estrondosos. Depois de soerguer-se com algum esforço, ele tomou nas mãos a cabeça da filha, de maneira afetuosa e delicada, beijou-a na testa e trouxe-a para mim, pensando que eu dançaria com ela. Eu disse que não era seu cavalheiro.

— Bem, de qualquer maneira, agora é sua vez de dar uns passos com ela — disse ele, com um sorriso doce, enfiando a espada no cinturão.

Assim como uma gota, ao verter de uma garrafa, faz seu conteúdo transbordar, também em minha alma o amor por Várienka liberou toda a capacidade de amor escondida em mim. Naquele momento eu estava abraçando o mundo inteiro com o meu amor. Eu amava a anfitriã de tiara, com o seu busto *à la* Ielizaviêta, seu marido, seus convidados, seus criados, e até mesmo o engenheiro Aníssimov, que estava enfezado comigo. Em relação ao pai, com suas botas feitas em casa e o sorriso doce, parecido com o dela, naquele momento eu experimentava um sentimento de arrebatamento e afeição.

A mazurca terminara, os anfitriões chamaram os convidados para o jantar, mas o coronel B. recusou-se, dizendo que precisava se levantar cedo no dia seguinte, e se despediu dos anfitriões. Quase me apavorei, achando que também a levariam, mas ela ficou com a mãe.

Depois do jantar, dancei a prometida quadrilha com ela, e, embora parecesse estar infinitamente feliz, minha felicidade continuava crescendo. Nós não dizíamos nada sobre o amor. Eu nem sequer perguntava, nem a ela, nem a mim mesmo, se ela me amava. O fato de que eu a amava era o suficiente para mim. E eu temia somente uma coisa, que algo estragasse a minha felicidade.

Quando cheguei em casa, tirei a roupa e pensei em dormir, percebi que aquilo era completamente impossível. Em minha mão tinha a pluma de seu leque e ainda uma de suas luvas, que ela me dera quando nos despedimos, enquanto subia na carruagem e eu ajudava primeiro sua mãe, depois ela. Olhava para essas coisas e, sem fechar os olhos, eu a via, diante de mim, no momento em que ela, tendo que escolher entre dois cavalheiros, adivinhara minha qualidade, e então ouvi sua voz doce, dizendo: "Orgulho? Não é?" — e me deu a mão, alegre; ou quando, durante o jantar, tomara um gole de uma taça de champanhe e me olhara de soslaio, os olhos cheios de deleite. Mas, acima de tudo, eu a via formando par com o pai, enquanto ela se movia à sua volta, sutil, orgulhosa e alegre, por si mesma e por ele, lançando olhares para o público admirado. E, involuntariamente, uni pai e filha em um sentimento afetuoso e comovente.

Eu morava com meu falecido irmão naquela época. Em geral meu irmão não gostava de frequentar a sociedade e não ia a bailes; naquele momento, estava se preparando para os exames finais do curso de bacharelado e vivia da maneira mais correta possível. Estava dormindo. Fiquei olhando para sua cabeça afundada no travesseiro, coberta até a metade por um cobertor de flanela, e senti uma afeição, uma pena dele, pena porque ele não conhecia e não participava daquela felicidade que eu experimentava. Nosso lacaio, Petrucha, servo de gleba, veio ao meu encontro com uma vela, queria me ajudar a tirar a roupa, mas eu o liberei. O aspecto de seu rosto sonolento, o cabelo desgrenhado, pareceram-me comoventes, compassíveis. Tentando não fazer barulho, fui para o meu quarto na ponta dos pés e me sentei na cama. Não, eu estava feliz demais, não podia dormir. Além disso, estava sentindo calor naqueles cômodos excessivamente aquecidos, e, sem tirar o uniforme, fui até a entrada, em silêncio, vesti o sobretudo, abri a porta da frente e saí para a rua.

Tinha deixado o baile depois das quatro horas e, até chegar em casa, permanecer um tempo lá, passaram-se umas duas horas, então, quando saí, já estava claro. Fazia um tempo típico da época de *máslenitsa*, havia névoa, a neve saturada de água derretia nas ruas e todos os telhados gotejavam. Naquela época, B. morava no limite da cidade, perto de um grande campo; em uma extremidade desse campo havia um passeio público, e, na outra, um instituto para moças nobres.[7] Percorri nossa travessa deserta e saí em uma rua grande, onde começaram a se encontrar pedestres, carroceiros com lenha em trenós, cujos patins resvalavam na calçada. Cavalos, que balançavam uniformemente as cabeças molhadas sob jugos lustrosos, cocheiros, cobertos por pequenas esteiras, arrastando as enormes botas ao lado das carroças, as casas da rua, que pareciam muito altas no meio da névoa — tudo me parecia especialmente delicado e significativo.

---

[7] No original *Devítcheski Institut*, referência ao Instituto Rodiônovski para Moças Nobres de Kazan (Kazánski Rodiônovski Institút Blagoródnix Devits), situado na região periférica de Kazan e que funcionou de 1841 a 1918. (N. da T.)

Quando cheguei ao campo onde ficava a casa deles, avistei, em uma das extremidades, em direção ao passeio público, algo grande, negro, e ouvi sons de flauta e tambor, que vinham de lá. Minha alma cantava o tempo todo e, de quando em quando, ouvia-se o tema da mazurca. Mas aquela era uma música diferente, austera, ruim.

"O que é isso?" — pensei, e fui por um caminho escorregadio, que atravessava o meio do campo, em direção aos sons. Depois de percorrer uns cem passos, comecei a distinguir muitos vultos escuros por trás da névoa. Pelo visto, soldados. "Na certa, um treinamento" — pensei, e, junto com um ferreiro de peliça curta, ensebada, e avental, que carregava algo e andava na minha frente, aproximei-me. Os soldados, de uniforme negro, estavam em duas fileiras, frente a frente, e não se moviam, os fuzis em posição de descanso. Atrás deles, o tocador de tambor e o flautista, repetindo incessantemente a mesma melodia desagradável, estridente.

— O que estão fazendo? — perguntei ao ferreiro, que havia parado ao meu lado.

— Estão castigando um tártaro, por fuga — disse o ferreiro, com raiva, lançando um olhar para o distante fim das fileiras.

Comecei a olhar para lá e avistei, no meio das fileiras, algo terrível, que se aproximava de mim. Aproximava-se de mim um homem nu da cintura para cima, preso às armas de dois soldados, que o conduziam. A seu lado ia um militar alto de capote e quepe, cuja figura me pareceu familiar. Contraindo o corpo todo, arrastando os pés sobre a neve derretida, o castigado, debaixo de golpes que despencavam nele de ambos os lados, movia-se em minha direção, ora inclinando-se para trás — e então os sargentos que o conduziam preso aos fuzis empurravam-no para a frente —, ora caindo para a frente — e então os sargentos o seguravam para que não caísse e o puxavam para trás. E o militar alto não saía do seu encalço, com o passo firme, embora de vez em quando tremesse. Era o pai dela, com seu rosto corado, o bigode e as suíças brancas.

A cada golpe, o castigado, como que atônito, virava o rosto franzido por causa do sofrimento para o lado de onde vinha o golpe, e, arreganhando os dentes brancos, ficava repetindo as mesmas palavras. Somente quando ele já estava muito perto, pude distinguir essas palavras. Ele não falava, mas soluçava: "Tende piedade, irmãos. Tende piedade, irmãos". Mas os irmãos não tinham piedade, e, quando o desfile me alcançou de vez, vi o soldado que estava na minha frente dar um passo resoluto adiante e, assobiando, brandir seu bastão no ar e bater com força nas costas do tártaro. O tártaro se contraiu para a frente, mas os sargentos o seguraram, um golpe idêntico recaiu sobre ele do outro lado e, novamente, do lado de cá, e, novamente, do lado de lá. O coronel ia ao lado dele, ora olhando ao redor, prestando atenção onde pisava, ora para o castigado; aspirava o ar, inflando as bochechas, e o soltava lentamente, projetando os lábios para a frente. Quando o desfile passou no local onde eu estava, avistei entre as fileiras as costas do castigado, de relance. Era algo tão variegado, úmido, vermelho, antinatural, que eu não podia acreditar que fosse o corpo de um homem.

— Ah, meu Deus — exclamou o ferreiro ao meu lado.

O desfile começou a se afastar, mas continuavam a golpear o homem dos dois lados e ele tropeçava, contorcia-se, os tambores continuavam a bater, a flauta continuava a sibilar, e a figura do coronel, alta e imponente, continuava a caminhar com passo firme, lado a lado com o castigado. De repente, o coronel parou e se aproximou rápido de um dos soldados.

— Vou ajudá-lo — ouvi sua voz enfurecida. — Vai errar? Vai?

E vi como ele, com sua mão forte, de luva de camurça, bateu no rosto de um soldado assustado, baixo, fraco, porque este não descera seu bastão com força suficiente nas costas vermelhas do tártaro.

— Tragam açoites novos! — gritou ele, olhando ao redor, e me avistou. Fingindo que não me conhecia, ele virou depressa, franzindo a testa, com ar ameaçador e perverso. Eu estava com tanta vergonha, que, sem saber para onde olhar, como se eu é que tivesse sido desmascarado no ato mais vergonhoso do mundo, baixei os olhos e me apressei em ir para casa. O caminho todo, em meus ouvidos, ora batia o rufar do tambor e sibilava a flauta, ora ouviam-se as palavras: "Tende piedade, irmãos", ora eu ouvia a voz presunçosa, enfurecida do coronel, gritando: "Vai errar? Vai?". Enquanto isso, no meu coração, havia um pesar quase físico, que beirava a náusea, a tal ponto, que parei várias vezes, e parecia que a qualquer momento vomitaria todo aquele horror que entrara em mim por causa daquele espetáculo. Não lembro como cheguei em casa e me deitei. Mas, mal adormeci, ouvi e vi tudo de novo e me ergui de um salto.

"Pelo visto, ele sabe algo que eu não sei — pensei, em relação ao coronel. — Se eu soubesse o que ele sabe, entenderia o que vi, e isso não me atormentaria." Mas, por mais que eu pensasse, não podia entender o que o coronel sabia, e adormeci apenas ao anoitecer, depois de ter ido à casa de um amigo e bebido com ele até ficar completamente embriagado.

Então, os senhores acham que naquele momento concluí que o que tinha visto era algo ruim? De modo algum. "Se aquilo tinha sido feito com tanta convicção e se todos consideravam necessário, então quer dizer que sabiam algo que eu não sabia" — pensava, e tentava descobrir o que era. Mas, por mais que tentasse, não conseguia descobrir o que era, nem depois. E, sem descobrir, não podia ingressar no serviço militar, como antes desejava, e não apenas não servi no exército, mas nunca servi, em lugar algum, e, como os senhores podem ver, não servi para nada.

— Bem, nós sabemos que o senhor não serviu para nada — disse um de nós. — É melhor dizer: quantas pessoas não teriam servido para alguma coisa, se não fosse o senhor.

— Bem, isso já é uma completa bobagem — disse Ivan Vassílievitch, sinceramente exasperado.

— Bem, mas e o amor? — perguntamos.

— Amor? A partir daquele dia o amor começou a diminuir. Quando ela ficava pensativa, com um sorriso no rosto, como tantas vezes lhe acontecia, eu imediatamente me lembrava do coronel na praça e sentia algo incômodo e desagradável, então comecei a vê-la cada vez menos. E assim o amor se reduziu a pó. Veja como são as coisas e o que muda e direciona toda a vida de um homem. E os senhores ainda dizem... — concluiu ele.

(1903)

Tradução de Graziela Schneider

Arkadi Aviértchenko

Escritor prolífico, Arkadi Timofiêievitch Aviértchenko (1881-1924) viveu relativamente pouco, mas publicou muitíssimo, entre contos, peças e textos jornalísticos. Em seu momento áureo, quando editava os jornais *Satirikon* (1908-1914) e *Novi Satirikon* (1913-1918), de cunho evidentemente humorístico, foi um dos autores mais populares da Rússia. Mesmo na emigração (a que foi levado por suas sátiras aos bolcheviques), continuou a ser publicado na União Soviética. Hoje é pouquíssimo lembrado, e aguarda uma necessária reavaliação crítica internacional. Paradoxalmente, foi um autor russo presente em revistas e jornais ilustrados no Brasil das primeiras décadas do século XX (entre fins dos anos 1920 e o início da década seguinte, foi publicada pelo menos uma dezena de seus contos). Difícil é escolher um entre suas centenas de contos, mas este "Um dia humano", de 1910, publicado pela primeira vez na coletânea intitulada *Contos humorísticos*, em São Petersburgo, é uma boa amostra de seu modo de proceder, na soma de situações leves que geram um quadro mais complexo e sugestivo.

Um dia humano

EM CASA

De manhã, quando minha mulher ainda está dormindo, eu vou à sala de jantar e tomo chá com sua tia. A tia, uma mulher estúpida e gorda, segura a xícara com o dedo mínimo da mão direita bem esticado, achando este gesto extremamente elegante, próprio de uma elite refinada.

— Como o senhor dormiu esta noite? — pergunta a tiazinha, querendo distrair minha atenção da décima rosquinha açucarada que ela afunda com a colher no nojento chá aguado.

— Dormi muito bem. Sonhei a noite inteira com a senhora.

— Ora, meu Deus! Eu lhe faço uma pergunta séria e o senhor continua com suas brincadeiras inoportunas.

Olho pensativo para seu rosto redondo e flácido.

— Está bem, vamos falar sério. A senhora realmente está interessada em saber como eu dormi esta noite? Por que isso lhe interessa? Se eu disser que dormi mal? Isto vai deixá-la triste e chateada pelo resto do dia? E se eu dormi bem, a senhora sentirá alegria e júbilo infinitos? O dia de hoje vai lhe parecer uma festa e todas as coisas estarão iluminadas pela luz de um sol alegre e de um coração feliz?

Ela afasta a xícara, ofendida.

— Eu não entendo o senhor.

— Agora, sim, isto foi bem dito, com sinceridade. É claro que a senhora não me entende... Juro por Deus que não tenho nada contra a senhora. A senhora é uma mulher simples, comum. Porém, quando não tiver nada a dizer, fique calada. É tão simples! Pois a senhora me perguntou sobre a noite passada sem a menor necessidade, até mesmo sem o mínimo de curiosidade. E se eu lhe respondesse "dormi bem, muito obrigado", a senhora começaria a procurar desesperadamente um pretexto para a frase seguinte. A senhora perguntaria "e Jênia, ainda está dormindo?", mesmo sabendo melhor do que ninguém que ela está dormindo, já que ela dorme assim todos os dias e só sai para tomar o chá ao meio-dia, fato que a senhora, com certeza, também já sabe...

Passamos um bom tempo assim sentados, os dois em silêncio.

Porém, é difícil para ela manter-se calada. Embora esteja ofendida, eu percebo que por trás de sua testa áspera e vermelha está se revolvendo uma ideia pesada, impotente, desajeitada: o que mais poderia me dizer?

— Os dias começaram a ficar mais longos — finalmente ela diz, olhando pela janela.

— Não diga!! Não pode ser verdade. Diga-me uma coisa... a senhora está pensando em publicar esta observação extraordinária, ainda desconhecida pelos cientistas, ou queria apenas avisar-me solicitamente sobre isto, para que eu saiba como agir de hoje em diante?

Ela se levanta de um salto e afasta a cadeira com ruído.

— O senhor é um grosseirão terrível e nada mais!

— Como assim "e nada mais"? Mas eu tenho tantas outras qualidades e defeitos. Aliás eu não sou um grosseirão, de jeito nenhum. Por que a senhora considerou necessário informar-me de que os dias estão ficando mais longos? Todo mundo, até as crianças pequenas, sabe muito bem disso. Pode-se notar isto seja pelo relógio, seja pelo calendário, seja pelas lâmpadas que são acesas mais tarde.

A tia chora, sacudindo os ombros obesos.

Eu me visto e saio de casa.

NA RUA

Vem caminhando em minha direção, rápido e com uma cara preocupada, o funcionário Khriákin, indo apressado para o serviço. Ao me ver, desfaz-se num sorriso surpreso (nós nos vemos todos os dias), estende-me a mão rapidamente e se põe a falar enquanto anda.

— Como está o senhor? O que anda fazendo?

E faz um movimento para seguir em frente. Mas eu prendo sua mão nas minhas, faço uma expressão séria e digo:

— Como estou? Pois vou lhe dizer agora mesmo... Ainda que não tenha acontecido nada de especial em minha vida até este momento, mesmo assim há alguns fatos que podem interessar ao senhor... Anteontem eu me resfriei e pensei que era alguma coisa grave, mas no final não era nada... Coloquei o termômetro e ele...

O funcionário Khriákin puxa a mão aos pouquinhos, tentando se livrar, mas eu aperto mais e continuo falando com voz monótona, pausadamente, saboreando cada palavra:

— Pois é... sobre o que eu estava falando mesmo?... Pego o espelho, observo a garganta: não está vermelha... Penso, então, que não é nada, posso dar um passeio. Saio e... Saio e vejo o carteiro trazendo uma notificação. Que raios é isso, penso... de quem será? E o senhor pode imaginar...

— Desculpe — diz Khriákin, com cara de quem está sofrendo —, eu preciso ir...

— Não, vejo que o senhor se interessou pelo que eu ando fazendo. E ando fazendo o seguinte... Sim. Onde parei mesmo? Ah, sim. O que eu ando fazendo? Ontem estava indo à casa de Kokúrin para perguntar a respeito do espetáculo amador, encontrei Maria Potápovna. Ela me disse "venha visitar-nos amanhã...".

Khriákin faz um esforço sobre-humano, arranca a mão das minhas, sacode por um bom tempo os dedos grudados e corre para longe, empurrando os transeuntes...

Vou distraído pelo passeio e, em um minuto, dou com outro conhecido meu, Ignáchkin.

Ignáchkin não tem nenhuma pressa.

— Olá! Quais as novidades?

— Ora, então... — digo, com um suspiro. — O Vesúvio desmoronou ontem. Não leu sobre isso?

— Verdade? Mas que coisa. Já eu estive ontem no clube: ganhei sete rublos. O senhor fuma?

— Não, não fumo.

— É um homem feliz. Economizando dinheiro?

— Não, não tanto.

— Por falar nisso, existe uma...

— Está bem! Já sei. Uma pessoa diz a outra "se o senhor não fumasse e juntasse esse dinheiro, já teria sua própria casa". Este pergunta ao primeiro "e o senhor, fuma?". — "Não." — "Então já tem casa?" — "Não." — "Há, há." Não era isso?

— Era, era exatamente esta a piada que eu queria contar. Como o senhor adivinhou?

Eu o interrompo:

— Como vai o senhor?

— Vou bem, e o senhor?

— Obrigado. Até logo. Venha fazer uma visita.

— Irei. Até logo. Obrigado.

Eu olho com repugnância para seu rosto tranquilo e sonolento e digo:

— O senhor é um homem feliz, que o diabo o carregue!

— Por que "o diabo me carregue"?

— Isso é de uma piada. Até logo. Venha nos fazer uma visita.

— Obrigado, eu irei. Aliás, o senhor conhece a nova piada da Armênia?

— Conheço, conheço, é muito engraçada. Até logo, até logo.

CARA A CARA COM A MORTE

Nesse dia eu estive em um banquete fúnebre.

A mesa estava repleta de garrafas, pratinhos com linguiça cortada em forma de estrelinhas, caviar esparramado pelo prato de tal forma que a quantidade parecia maior do que de fato era.

Aproximou-se de mim a viúva, apertando um lenço contra a boca.

— O senhor soube? Que desgraça me aconteceu...

— Claro que soube. Senão eu não estaria aqui e não teria rezado na missa de corpo presente.

— Pois é, pois é...

Eu quero perguntar se o falecido sofreu muito e falar à viúva sobre essa condição de risco e perigo em que estamos, nas mãos de Deus, mas em vez disso digo:

— Por que a senhora segura o lenço sobre a boca? Se as lágrimas não saem daí, mas dos olhos?

Ela me olha atentamente e, de repente, se lembra:

— Uma vodcazinha? Um pedacinho de linguiça? Reze pelo nosso querido defunto.

E começa a tremer em soluços.

A senhora de lilás também chora e diz a ela:

— Não, não fique assim! Tenha piedade de si mesma... Acalme-se.

— Não!!! Não vou me acalma-a-a-ar! O que você fez comigo, Ivan Semiónitch?

— E o que ele fez com a senhora? — pergunto eu, curioso.

— Morreu!

— Pois é — suspira o velho meio grisalho, de sobrecasaca suja —, é a sina. O homem estava bem, vivo, de repente, foi-se.

— E o senhor, o que queria? — pergunto, soturno.

— Como assim? — indaga perplexo o velho grisalho.

— Ora... o senhor disse "o homem estava bem, vivo e, de repente, foi-se". O senhor queria que ele estivesse bem, vivo e, de repente, virasse um eunuco na corte de algum sultão... ou uma vaca leiteira?

O velho começa inesperadamente a rir um risinho abafado e entrecortado.

Eu adivinho: é evidente que o convidaram por piedade e é evidente que ele acha que eu sou um dos organizadores do funeral. Assim como é evidente que ele tem medo de que eu o mande embora.

Aperto sua mão suada com aprovação. Um senhor gordo enxuga as lágrimas (agora mesmo acabou de enfiar um pedaço de presunto com mostarda pela boca) e pergunta:

— E quantos anos tinha nosso querido falecido?

— Sessenta.

— Meu Deus! — o gordo balança a cabeça — Ainda tinha tanto por viver.

Essa frase clássica dá origem a mais três frases clássicas:

— Deus dá, Deus toma — profere com tom profissional um padre cabeludo.

— Estamos todos nas mãos de Deus — diz a mulher de lilás.

— Como se costuma dizer, todos chegaremos lá — concordam dois dos convidados, ao mesmo tempo, suspirando ruidosamente.

— Exatamente, "como se costuma dizer" — concordo eu. — Na verdade, tenho inveja de Ivan Semiónitch.

— É... — suspira o gordo — ele já chegou lá.

— Bom... se ele já chegou lá ou não, isto ainda é uma incógnita. Mas ele não está ouvindo tudo o que nós temos que ouvir.

De repente, o gordo se inclina até o meu ouvido:

— Ele já não ouvia muito quando ainda estava vivo... Era um imbecil como poucos. Nem mesmo percebia que sua mulher, com todos os entregadores... o senhor me entendeu... ouviu falar?

E assim nós, pessoas estúpidas e vulgares, enterrávamos nosso camarada: outra pessoa estúpida e vulgar.

Naquele dia eu me diverti, acima de tudo. Acabei em uma festa, na casa dos Karmaliêiev.

Sete pessoas rodeavam uma senhorita pálida, consumida por sonhos inatingíveis, e investiam sobre ela com insistência:

— Ah, cante!

— Sinceramente, eu não posso...

— Ah, cante!

— Eu lhe asseguro de que não estou com uma voz muito boa hoje!

— Ah, cante!

— Senhores, eu não gosto de fazer-me de rogada, mas...

— Ah, cante!

— Eu já não disse que não estou com a voz muito boa...?

— Ora, não tem problema! Ah, cante!

— O que eu faço com vocês, hein? — riu-se a senhorita. — Terei que cantar.

Quantas coisas desnecessárias nesta vida: a princípio poderia parecer que aqueles que pediam tinham muita vontade de ouvir a senhorita cantar, mas ela não queria. Na verdade, era o contrário: ninguém procurava seu canto, mas ela queria como uma louca, até a histeria, interpretar uma romança com sua péssima voz. E assim fez.

Quando ela cantava, todos sussurravam e soltavam risinhos, mas na última nota ficaram quietos e fingiram que estavam tão surpresos com seu talento que até se esqueceram de aplaudir.

"Agora — pensei — todos vão voltar a si e começar a aplaudir, dizendo 'que encantador! Ah, queridinha, como você canta...'."

Eu aproveitei o momento de pasmo antecipado, tamborilei com os dedos na mesa e disse com voz cordial:

— É... nada bem, nada bem. Fraquinho. Talvez realmente a senhora não esteja com a voz muito boa hoje.

Todos soltaram um "ah!". Eu levantei, fui ao outro quarto e lá dei com outra senhorita. Tinha um rosto bonito, inteligente, e foi a única pessoa com quem eu consegui relaxar de verdade.

— Vamos conversar — eu propus, sentando-me. A senhora é inteligente, não vai se ofender com qualquer coisa. Quantas moças como a senhora temos aqui?

Ela me observou, rindo com o olhar:

— Seis.

— E todas querem se casar?

— Loucamente.

— E todas, quando estão conversando, parece que nunca, nunca vão se casar?

— Assim mesmo... todas.

— E vão depenar os maridos e traí-los, todas?

— Se tiverem temperamento, vão traí-lo. Senão, vão somente deixá-lo sem nada.

— E a senhora também é assim.

— Eu também.

No quarto não havia ninguém além de nós. Eu abracei com força essa amável senhorita, beijei-a agradecido e saí da casa dos Karmaliêiev um tanto mais tranquilo.

ANTES DE DORMIR

Já em casa, minha mulher me recebeu chorando:

— Por que você ofendeu minha tia esta manhã?

— E por que ela fica puxando conversa?

— Mas não é possível ficar o tempo todo em silêncio...

— Pode, sim. Se não há nada a dizer.

— Ela é velha. Você deveria respeitar a idade.

— Nós temos um tapete velho. Todos os dias você ordena à serviçal que bata nele com um pau para tirar o pó. Permita-me fazer isto com sua tia. Ambos são velhos, ambos são estúpidos e ambos são cheios de pó.

Minha mulher chora e meu dia termina com a última, a mais clássica de todas as frases:

— Vocês, homens, são todos iguais.

Vou para a cama.

— Deus! Tenha ao menos pena de um ser humano e lhe mande sonhos bons e felizes!...

(1910)

Tradução de Mário Ramos e Yulia Mikaelyan

Maksim Górki

Longe dos rincões da Rússia profunda, ambiente a que habitualmente é associado, este é um Górki (Aleksei Maksímovitch Pechkov, 1868-1936) em cenário mediterrâneo. "Vendetta", de 1911, faz parte dos *Contos da Itália*, elaborados quando o escritor estava exilado em Capri. Nesse ciclo de narrativas, nota-se a mescla ambígua, mas característica do autor e de certas correntes russas do período, de temas vitalistas do fim de século, de tendências místicas (sobretudo a ideia de "construção de Deus" — *bogostroítelstvo* — compartilhada com Aleksandr Bogdânov e Anatoli Lunatchárski) e de engajamento político radical: nesse quesito, os proletários de *A mãe* eram figuras ainda recentes... Ademais, os contos italianos são um capítulo interessante da longa e complexa relação dos artistas russos com a Itália, um dos "outros" mais significativos do imaginário russo. Vale a pena lembrar que Isaac Bábel (ele mesmo autor de um "O sol da Itália") havia sugerido que Górki fora o único, na tradição literária russa, a tratar devidamente do sol.

Vendetta

Se a vida tomou tal rumo, que o homem já não encontra um pedaço de pão na terra fertilizada pelos ossos de seus antepassados; e que, ao não encontrá-lo, movido pela necessidade, ele parte a contragosto para o sul da América, que fica a trinta dias de viagem de sua pátria — se a vida tomou tal rumo, o que se pode querer de uma pessoa?

Não importa quem ela é, dá no mesmo! Ela é como uma criança separada do seio materno; o vinho estrangeiro lhe é amargo, não alegra seu coração, mas o envenena com a saudade, torna-o mole como uma esponja, e, assim como uma esponja na água, esse coração, arrancado do seio da pátria, suga com avidez todo o mal, gerando sentimentos obscuros.

Entre nós, na Calábria, os jovens, antes de partir para além do oceano, casam-se; talvez para que o amor pela esposa aprofunde ainda mais o amor pela pátria, já que a mulher atrai tanto quanto a pátria, e nada melhor para proteger um homem no estrangeiro que o amor, conclamando-o de volta ao seio de sua terra, aos braços da amada.

Mas os casamentos daqueles que a necessidade condenou ao exílio quase sempre tornam-se prólogos de terríveis dramas de destino, vingança e sangue; eis o que aconteceu recentemente na comuna de Senerchia, que fica aos pés dos Apeninos.

Esta história, simples e terrível, como que saída das páginas da Bíblia, deve ser contada desde seu distante início, cinco anos antes de nossos dias, antes de seu fim: cinco anos atrás, nas montanhas, no pequeno vilarejo de Saracena, vivia a bela Emilia Bracco, cujo marido partira para a América e que passara a viver na casa do sogro. Era uma trabalhadora saudável e habilidosa, possuía uma belíssima voz e um caráter alegre: adorava rir, gracejar; gostava de exibir sua beleza, o que provocava desejos ardentes nos rapazes do vilarejo e nos lenhadores das montanhas.

Ela brincava com palavras, mas conseguia manter sua honra de mulher casada; seu riso despertava muitos sonhos doces, mas ninguém podia jactar-se de tê-la vencido.

Vocês bem sabem que aqueles que mais sofrem de inveja no mundo são o diabo e a velha: Emilia tinha perto de si a sogra, e o diabo está sempre onde possa fazer o mal.

— Você parece muito contente sem seu marido, minha querida — dizia a velha. — Talvez eu escreva para ele contando a respeito disso. Saiba que estou seguindo todos os seus passos; lembre-se: a sua honra é a nossa honra.

No início, Emilia, compassiva, garantia à sogra que amava seu filho, que não havia motivos para acusá-la. A outra, porém, cada vez com mais frequência e severidade, insultava-a com suas suspeitas, e, incitada pelo diabo, começou a falar aos quatro ventos que a nora perdera a vergonha.

Ao ouvir isso, Emilia assustou-se, e implorou à bruxa que não a arruinasse com suas invencionices; jurou não ser culpada de nada diante do marido, que nem em sonhos sentia a tentação de traí-lo. Mas a velha não acreditava nela.

— Eu sei — disse ela. — Eu também já fui jovem, sei bem quanto valem esses juramentos! Não, eu já escrevi para o meu filho para que ele volte depressa e limpe sua honra!

— Você escreveu? — perguntou em voz baixa Emilia.

— Sim.

— Muito bem...

Nossos homens são ciumentos como os árabes: Emilia compreendia bem a ameaça que para ela significava a volta do marido.

No dia seguinte, a sogra foi à floresta recolher galhos secos; Emilia seguiu-a, com um machado escondido embaixo da saia. A própria moça foi até os *carabinieri* para dizer que matara a sogra.

— É melhor ser uma assassina, do que passar por desavergonhada quando se é honrada — disse ela.

O julgamento foi para ela um triunfo: quase toda a população de Senerchia serviu-lhe de testemunha, e muitos, com lágrimas nos olhos, diziam ao juiz:

— Ela é inocente, ela se arruinou sem motivo!

Apenas o reverendo arcebispo Cozzi decidiu erguer sua voz contra a infeliz: ele não quis acreditar em sua pureza; falou da necessidade de manter no povo as velhas tradições; advertiu as pessoas para que não incorressem no mesmo erro cometido pelos gregos, que haviam inocentado Friné, arrebatados pela beleza daquela mulher de má conduta; disse tudo que era obrigado a dizer; e, talvez graças a ele, Emilia foi simplesmente condenada a quatro anos de prisão.

Assim como o marido de Emilia, seu paisano Donato Guarnaccia vivia no além-mar, tendo deixado na pátria sua jovem esposa, entregue à triste tarefa de Penélope: tecer sonhos sobre a vida e não viver.

E então, três anos atrás, Donato recebeu uma carta da mãe; a mãe informava ao filho que sua esposa Teresa entregara-se a seu pai — o marido dela — e que agora vivia com ele. Como vocês podem ver, novamente a velha e o diabo estão juntos!

O Guarnaccia filho comprou uma passagem no primeiro vapor para Nápoles e — como que caído dos céus — apareceu em casa.

A mulher e o pai pareceram surpresos, enquanto ele, um rapagão inflexível e desconfiado, no primeiro momento manteve-se calmo, desejando certificar-se a veracidade da denúncia; ele ouvira a história de Emilia Bracco; acariciou sua mulher e, por algum tempo, ambos viveram novamente o amor, como que em lua de mel, o cálido banquete da juventude.

A mãe tentava derramar-lhe veneno nos ouvidos, mas ele a detinha:

— Basta! Quero me certificar por conta própria da verdade de suas palavras, não me atrapalhe.

Ele sabia que não se pode confiar numa pessoa ofendida, mesmo que ela seja sua própria mãe.

Quase metade do verão se passou, calma e pacificamente, e talvez assim se passasse a vida toda; mas em casa, durante algumas breves ausências do filho, seu pai novamente a assediar a nora; ela resistia à impertinência do velho indecente, e isso o encolerizou: de maneira por demais abrupta fora privado dos prazeres daquele corpo jovem, e ele então decidiu vingar-se da mulher.

— Você vai morrer — ameaçou ele.

— Você também — respondeu ela.

Entre nós fala-se pouco.

Um dia depois, o pai disse ao filho:

— Você por acaso sabe que sua mulher foi infiel?

O outro empalideceu e, olhando diretamente nos olhos do pai, perguntou:

— O senhor tem provas?

— Sim. Os homens que gozaram de suas carícias me disseram que ela tem uma grande marca logo abaixo da barriga; não é verdade?

— Pois bem — disse Donato. — Já que o senhor, meu pai, está dizendo que ela é culpada, ela morrerá!

O pai meneou a cabeça sem qualquer vergonha.

— Pois bem! As mulheres depravadas têm que morrer.

— Os homens também — disse Donato, saindo.

Ele se aproximou de sua mulher, pôs suas pesadas mãos sobre os ombros dela...

— Escute, eu sei que você me traiu. Em nome do amor que habitava conosco e dentro de nós antes e depois da traição, diga-me: com quem?

— Rá! — gritou ela. — Você só pode ter descoberto isso pelo seu pai, maldito, foi apenas ele...

— Ele? — perguntou o camponês, e seus olhos injetaram-se de sangue.

— Ele me possuiu à força, com ameaças; mas que toda a verdade seja dita até o final...

Ela parecia sufocada, enquanto o marido a sacudia.

— Diga!

— Ai, sim, sim, sim! — sussurrou a mulher em desespero. — Nós estivemos juntos, eu e ele, como homem e mulher, umas trinta, quarenta vezes...

Donato irrompeu em direção à casa, pegou sua espingarda e correu em direção ao campo para onde fugira o pai. Lá, disse a ele tudo que um homem pode dizer a outro em um momento como esse, e com dois tiros acabou com a vida do outro; depois, cuspiu em seu corpo e quebrou seu crânio com a coronha. Dizem que ele passou um longo tempo espezinhando o morto: pulava em suas costas e dançava sobre ele seu baile de vingança.

Depois foi até sua mulher e disse a ela, carregando a espingarda:

— Dê quatro passos para trás e comece a rezar...

Ela se pôs a chorar, pedindo a ele que lhe poupasse a vida.

— Não — disse ele. — Estou agindo da maneira que exige a justiça e pela qual você deveria agir comigo se fosse eu o culpado...

Ele atirou nela, como se fosse em um pássaro, e depois entregou-se às autoridades; e, quando passava pelas ruas do vilarejo, o povo abria caminho diante dele e muitos diziam:

— Você agiu como um homem honrado, Donato...

No tribunal, ele se defendeu com uma energia sombria, com a eloquência rústica de um espírito primitivo.

— Eu tomo uma mulher como esposa para que do amor entre nós dois nasça uma criança; nela existiremos os dois, ela e eu! Quando se ama, não há pai, não há mãe, há apenas o amor, e ele dura eternamente! Aqueles que o mancharem, mulheres e homens, serão amaldiçoados com a esterilidade, com doenças terríveis e uma morte torturante...

A defesa pediu aos jurados que considerassem o assassinato como resultado de um acesso de fúria e de excitação; os jurados, porém, absolveram Donato, sob uma copiosa salva de palmas; e Donato retornou a Senerchia coroado como herói: foi recebido como um homem que seguira à risca as antigas tradições populares da vingança de sangue pela honra ofendida.

Pouco tempo depois da absolvição de Donato, sua conterrânea Emilia Bracco também foi libertada; foi na triste época do inverno, quando se aproximavam as festividades do Natal; nesses dias, as pessoas sentem de maneira especialmente forte o desejo de estar entre os seus, no seio familiar; Emilia e Donato, porém, estavam sozinhos, já que sua glória não era a glória que desperta o respeito das pessoas — um assassino é sempre um assassino: ele pode causar espanto, mas apenas isso; pode ser absolvido, mas será amado? Os dois tinham sangue nas mãos e o coração partido; ambos haviam passado pelo difícil drama do julgamento. Ninguém em Senerchia achou estranho quando essas duas pessoas marcadas pelo destino envolveram-se, e decidiram tornar mais bela a dura vida um do outro: ambos eram jovens e precisavam de carinho.

— O que temos a fazer aqui, em meio às tristes lembranças do passado? — disse Donato a Emilia após os primeiros beijos.

— Se meu marido voltar, ele me matará, pois eu agora de fato não só em pensamento o traí — disse Emilia.

Decidiram partir para além-mar assim que juntassem o dinheiro suficiente para a viagem, e talvez assim conseguissem encontrar neste mundo um pouco de felicidade e um canto tranquilo; mas ao redor deles havia muitas pessoas que assim pensavam:

"Nós podemos perdoar um crime passional, nós aplaudimos o assassinato em defesa da honra, mas será que agora essas pessoas não vão de encontro às próprias tradições em nome da qual derramaram tanto sangue?"

Essas opiniões severas, sombrias, ecos de uma inflexível antiguidade, ouviam-se cada vez mais frequentemente, até que chegaram aos ouvidos da mãe de Emilia, Serafina Amato, mulher orgulhosa, forte, e que, apesar de seus cinquenta anos, mantivera a beleza de uma montanhesa nativa.

No início, ela não acreditou nos boatos, que muito a ofendiam.

— Isso é uma calúnia — dizia ela às pessoas. — Vocês parecem ter se esquecido de como minha filha sofreu para resguardar sua honra!

— Não, não fomos nós; foi ela que se esqueceu disso — respondiam as pessoas.

Serafina, que morava em outro vilarejo, foi então até sua filha e disse-lhe:

— Não quero que falem de você como passaram a falar. O que você fez no passado foi algo justo, distinto, apesar de todo o sangue. E assim deve permanecer, para ensinamento das pessoas!

A filha pôs-se a chorar, e disse:

— O mundo inteiro é para as pessoas, mas qual é a finalidade das pessoas se elas não existem para si mesmas...?

— Pergunte para um padre, se você é tão estúpida que nem isso sabe — respondeu-lhe a mãe.

Foi depois até Donato, e, com toda a sua energia, advertiu-o:

— Deixe minha filha em paz, ou o mal recairá sobre você!

— Escute — pôs-se a implorar a ela o jovem. — Estou perdidamente apaixonado por essa mulher, que é tão infeliz quanto eu! Deixe-me levá-la para viver sob um novo céu e tudo ficará bem!

Com essas palavras, ele apenas jogou mais lenha na fogueira.

— Vocês querem fugir? — gritou Serafina em fúria e desespero. — Não, isso não vai acontecer!

Eles se afastaram, rosnando como animais e olhando um para o outro com olhos em chama, como inimigos implacáveis.

Desse dia em diante, Serafina pôs-se a seguir o casal apaixonado, qual cão inteligente atrás da caça, o que, porém, não os impedia de se encontrarem às escondidas, de madrugada; o amor, afinal, é sorrateiro e astuto como um animal.

Mas, certa vez, Serafina conseguiu ouvir sua filha e Guarnaccia discutindo o plano para a fuga. E foi nesse terrível momento que ela decidiu fazer algo horrendo.

No domingo, o povo reunira-se na igreja para ouvir a missa; na frente, de pé, ficavam as mulheres, usando véus e vistosas saias festivas; atrás delas, de joelhos, os homens; o casal apaixonado também viera, para rogar à Madona em favor de seu destino.

Serafina Amato chegou à igreja depois de todos, também vestida com roupas festivas, usando uma saia e, sobre ela, um largo avental de lã colorida; sob o avental, um machado.

Lentamente, com uma oração nos lábios, ela se aproximou da imagem do arcanjo Miguel, patrono de Senerchia, pôs-se de joelhos diante dele, tocou com suas mãos as mãos dele, depois seus lábios, e, aproximando-se furtivamente do homem que seduzira sua filha, que estava de joelhos, golpeou-o duas vezes na cabeça, entalhando nela um cinco romano, a letra V, que significa *vendetta*, vingança.

Um turbilhão de terror tomou conta das pessoas: aos gritos e gemidos, todos lançaram-se em direção à saída, muitos caíram sem sentidos sobre os ladrilhos do chão, outros choravam como crianças, enquanto Serafina permanecia parada, com o machado nas mãos, e diante dela jaziam o pobre Donato e sua filha, que perdera os sentidos, como uma Nêmesis do campo, deusa da justiça para as pessoas de caráter reto.

Assim permaneceu por vários minutos, e quando as pessoas, voltando a si, agarraram-na, ela começou a rezar em voz alta, levantando os olhos em direção o céu; neles ardia uma alegria selvagem:

— São Miguel, a ti agradeço! Tu me deste a força necessária para vingar a honra manchada desta mulher, minha filha!

Quando soube que Guarnaccia estava vivo e que fora levado de maca para uma farmácia para atar as terríveis feridas, foi tomada por tremores, e, revirando os olhos ensandecidos e cheios de pavor, ela disse:

— Não, não, eu acredito em Deus, esse homem morrerá! As feridas que eu provoquei foram profundas, senti isso em minhas mãos. Deus é justo: esse homem deve morrer...!

Em breve, essa mulher será julgada e, evidentemente, receberá uma pesada sentença; mas o que um golpe como esse pode ensinar a alguém que se considera no direito de golpear e provocar feridas? O ferro, afinal, não se torna mais macio quando nele batem.

O juízo dos homens diz a uma pessoa:

— Você é culpado!

A pessoa diz "sim" ou "não", e tudo continua como estava antes. Mas no fim das contas, caros *signori*, é preciso dizer que o homem deve crescer e se multiplicar no lugar em que o Senhor o semeou, onde é amado pela terra e por sua mulher...

(1911)

Tradução de Lucas Simone

Velimir Khliébnikov

Velimir Vladímirovitch Khliébnikov (1885-1922), figura icônica e espetacular da vanguarda russa, é conhecido no Brasil sobretudo pelo trabalho de recriação poética realizado por Boris Schnaiderman, Haroldo de Campos e Augusto de Campos em *Poesia russa moderna*. A partir de 1910, torna-se figura de proa dos cubofuturistas russos — ou *budietliânie* (de *búdiet*, o verbo "ser" no futuro), como ele intitulou o grupo. Também se nomeou "Presidente do mundo". À parte os aspectos mais sensacionais de sua vida, Khliébnikov elaborou uma das mais radicais pesquisas de linguagem do século XX. Sua prosa (dele já se publicou o conto "Ka", com tradução de Aurora Fornoni Bernardini) também traz as marcas desse experimentalismo. "Dia de Páscoa", escrito em 1911, com sua transformação cósmica e neoprimitivista de um mote gogoliano, é um ano posterior ao crucial poema "Encantamento pelo riso". Inspirado nas novelas da juventude de Gógol, o conto foi publicado em 1931, em cópia mimeografada, por uma editora amadora chamada Grupo de Amigos de Khliébnikov, e republicado na coletânea *Tvoriéniia* (Obras), já em 1987.

Dia de Páscoa

(Imitação de Gógol)

— Hoje é dia de Páscoa,[1] vista a *khustka*[2] e vá ficar bem bonitinha — falava desanimada a mulher, dirigindo-se à moça sentada ao lado da janela, que penteava os cabelos e jogava a cabeça para trás.

— Pensa que eu num sei disso? — respondia contrariada, levantando o braço para alisar a melena teimosa, que como uma cobrinha fazia cócegas em seu seio.

Hoje é dia de Páscoa. Ela irá se misturar à multidão de ucranianas, ela, a filha do fogo, vestida como elas, e irá com elas a um alto e antigo templo numa alta montanha, rodeada por um arvoredo centenário e por uma paisagem vasta de campos, aldeias, rios, onde morreu nos corações o Venerado.

E quando o antigo sineiro barbidourado badalar os grandes e os pequenos sinos e os pombos voarem sobre o mundo, neste mesmo momento eles desaparecerão lentamente, um por um, na entrada alta e escura.

Um jovem mancebo, membro de alguma sociedade obscura, estava parado e admirava avidamente o que era um novo mundo para ele. Aqueles que lutaram com Igor[3] e choraram com Iaroslavna,[4] compareciam ao templo um após o outro, com os rostos comovidos e severos e, com cer-

---

[1] Literalmente, "o grande dia" (*velik-den*), expressão ucraniana que significa "Páscoa". No conto são utilizadas diversas palavras e expressões em ucraniano. Serão indicados, em notas a seguir, os casos mais significativos. (N. do T.)

[2] Em ucraniano, no original: xale. (N. do T.)

[3] Referência ao poema épico anônimo *Canto do exército de Igor*, presumivelmente do século XII e considerado o mais conhecido poema épico da Rússia antiga. O texto foi escrito em russo antigo e narra os feitos militares do príncipe Sviatoslávitch. (N. do T.)

[4] Esposa do príncipe Igor. (N. do T.)

to ar altivo, olhavam para o ocioso *pánitch*.[5] As garbosas *kereias*[6] estavam jogadas sobre seus ombros. E ao longe cintilavam suas "Virgens" carmesins, como um coração vermelho, gravadas nas golas. Tudo levava à reflexão... Ele foi parar num recanto da velha Rússia, que desconhecia completamente. A mesma pergunta perplexa vinha à sua mente, já quase pela centésima vez. Por que os russos não usam esta roupa? Poderiam os melhores povos deixar um povo sozinho em sua luta por seus costumes e tradições? E deve-se ter vergonha da roupa com a qual combatiam e morriam os antepassados? O aspecto de seus próprios botões de cobre, amarelos, balançando monotonamente em seus lugares, deprimia-o um pouco. Afinal, por que ele não vestiria esta bela *kereia* com a "Virgem" carmesim que usavam seus antepassados?

Atônito, lançava seu olhar de um rosto de bela ucraniana para outro e, de repente, encontrou o olhar sorridente e brincalhão da filha do fogo. Ela trazia ao redor da cabeça uma coroa de flores de papel e um *namisto*[7] de exuberantes contas verdes e vermelhas, mas tinha algo de celestialmente diabólico, o que fez com que ele proferisse: "Eh! A coisa aqui não é fácil. Ou é a filha mais linda da Ucrânia, ou é um fruto dos céus! De qualquer jeito, o negócio aqui não vai bem". Alguma coisa estremeceu na alma do valoroso herói,[8] algo pôs-se a falar e palpitar entre as folhas de carvalho talhadas em sua alma. Ele mesmo estremeceu e olhou para a feiticeira da aldeia de um outro jeito, viril, com um duro ar de reprovação. Já no rosto dela, lia-se a felicidade e o orgulho da consciência do próprio poder. Murmúrio e risos eram ouvidos ao redor. — Olhem, um *pánitch*! — gorjeavam algumas das diabinhas, enquanto outras perguntavam, entre risadas: "Ah, o que é aquilo?". E, rindo, respondiam: "E nós lá sabemos... o que é aquilo?".

Neste momento apareceu um rapaz de braços dados com uma moça da cidade, um que havia estudado na remota e nebulosa capital. Como

[5] Do polonês *panicz*; em ucraniano, significa "senhorzinho". (N. do T.)

[6] Tipo de cafetã usado pelos cossacos ucranianos. (N. do T.)

[7] Colar ucraniano. (N. do T.)

[8] Em russo, o autor utiliza a forma fixa *dóbri mólodetz*, literalmente, "gentil-homem" ou "homem audaz". A forma é constantemente repetida, em referência aos heróis, nas bilinas, antigos textos épicos eslavos de tradição oral. (N. do T.)

se estivesse ferida de morte, a *pánnotchka*[9] celestial começou a tremer ao ver passar os habitantes locais. "Veja! — começou a gritar, apontando com a mão para ele. — Veja" — repetiu, perdendo o fôlego e tirando a cinta. De repente, levantou as mãos e exclamou: "Mas o que é que é isso! Será possível que nós, alvas russas, tenhamos vergonha e não ousemos mostrar o rosto, olhar na cara dos alemães? Será possível que não haja um jovem russo que nos defenda? *Haidamakas*! *haidamakas*!".[10] E jogou a coroa no chão, cobriu o rosto com as mãos, chorou e foi embora correndo. Então, ao olhar à sua volta com os olhos duros e tristes, o jovem mancebo a seguiu e todos puderam ver que ele declamou um sério juramento de guerreiro diante dela, pálida e tímida. Jurou defender a pátria e seus costumes. "Você se sente ofendida, difamada, e não há ninguém que a defenda" — repetia ele para si mesmo. E disse, também para si mesmo: "A Rússia é feita para os costumes russos".

"Ora, sim, quem são vocês? Acaso não são homens? — pronunciou ela, já entre lágrimas. — Prestem atenção, vejam o que vocês são, com o que vocês se parecem." Virou-se e fez um bico. E os rapazes coçavam os topetes, zangados, e diziam: "Apesar de ser uma mocinha, ela não está falando besteira, está dizendo a verdade. Juro por deus, a verdade!".

Enquanto isso, os essedês e as essedês[11] do local sentaram-se como pardais na *zaválinka*[12] e começaram a gorjear sobre Kautsky,[13] tal como fazem os pardais num dia de sol. Passando perto deles, a *pánnotchka* disparou um olhar colérico e sentenciou: "Uuuh, maldosos!".

Naquela mesma noite, repreendeu-a a anciã: "Onde já se viu isto de você ficar tanto tempo fora? Não se deve fazer isso! Não vá trazer má sorte para ele, senão vão acabar por torturá-lo, vão apresentar a ele seus

---

[9] Em ucraniano, no original: "senhorita". (N. do T.)

[10] *Haidamakas*: bandos paramilitares que, na Ucrânia do século XVIII, revoltaram-se várias vezes contra a dominação polonesa. (N. do T.)

[11] Em russo, *ésdek*: palavra formada a partir da inscrição por extenso das iniciais SD, de Social-Democrata. Na Rússia, até a Primeira Guerra Mundial, todos os ideólogos de esquerda eram considerados sociais-democratas. (N. do T.)

[12] Banco de terra em torno de uma isbá (pequena casa de camponeses ucranianos). (N. do T.)

[13] Karl Kautsky (1854-1938): teórico político alemão, foi um dos fundadores da ideologia social-democrata e um dos mais importantes teóricos do marxismo e do socialismo. (N. do T.)

alicates. Não vai acontecer nada com você, mas e quanto a ele? Você sabe que isto já aconteceu antes". — "Não, mamá! — respondeu a *pánnotchka*, rindo feliz — nós vamos ajeitar isto tudo."

(1911)

Tradução de Mário Ramos

Nadiéjda Téffi

Natural de São Petersburgo, Téffi (pseudônimo de Nadiéjda Aleksándrovna Butchínskaia, 1872-1952) escreveu poesia, prosa e artigos jornalísticos, inclusive na mesma revista *Satirikon* do aqui presente Aviértchenko. Terá pontos de contato também com Zóschenko, mas, exilada na Europa ocidental desde 1919, a ironia de seus contos estará voltada cada vez mais não para o meio soviético, e sim para a comunidade *emigré* de Paris. Este conto dá boa mostra do estilo de Téffi, em que um mote aparentemente banal, com jeito de crônica de costumes, serve para desenvolver imagens surpreendentes, às vezes perturbadoras. Pertence ao segundo volume da coletânea *Contos humorísticos* (São Petersburgo, 1911). O trem, emblema de modernidade, *et pour cause* símbolo apocalíptico sempre presente na moderna tradição literária russa (a partir de 1918, adquirindo roupagens blindadas), aparecerá com destaque neste "Tempo do cão".

Tempo do cão

Lentamente, a terra volteia, mas por mais que demore e por mais que se prolongue, mesmo assim não se pode escapar do destino, e a cada ano, em uma determinada época, um planeta infeliz tem de adentrar a constelação do Cão Maior.

Na minha opinião, a do Cão Menor seria o bastante, mas, repito, não se pode escapar do destino.

E depois chegam, para a pobre humanidade, os dias mais bestas de todo o ano, a chamada "canícula", que vem da palavra *caniculi*, ou, traduzindo, simplesmente "tempo do cão".

A influência do Cão Maior se manifesta literalmente em tudo: nos repertórios, nos menus de restaurante, nos quadros, nas ferrovias, nos reparos de casas, nas seges, nas sardas, nos balconistas, na saúde e nos chapéus. O Cão deixa sua pegada em tudo. Se você vir, em uma senhora, em vez de chapéu, um lugar espaçoso para bichos e produtos hortícolas, não a julgue, não seja rigorosa demais. Não é culpa dela. Foi o Cão que lhe empurrou aquele galo, com família e tudo, e mais catorze nabos, entre os quais dois tomates, temperados com verdura de cenoura. Ela é inocente, acredite em mim! E o que dizer do balconista que trabalha nas férias!

Se você lhe pedir um carretel de linha preta, a mais simples linha preta, ele vai fazer ar de pensador, subir em algum lugar, erguer-se *à la* Colosso de Rodes, um pé na prateleira com as mercadorias, o outro sobre o balcão, ainda vai pisar no seu dedo (tire as mãos!) e, depois de trombar em você com uma caixa de papelão despencando sobre a cabeça, vai oferecer um pedaço de veludo azul, com dignidade.

— Não preciso de veludo azul — você vai dizer, gentil. — Pedi um carretel de linha preta. Simples, número 60.

— Perdão! É realmente azul — o balconista vai pedir desculpas e se meter em algum lugar debaixo do balcão, tão fundo que alguns minutos depois a única coisa visível será a pontinha do seu paletó. Quando, movida por uma curiosidade natural, você se inclina para ver o que ele está fazendo, de repente ele se endireita e enfia uma caixa bem na sua cara.

Na caixa haverá fitas e cordões, que ele generosamente oferecerá para você escolher, prometendo dar desconto.

Percebendo que você continua insistindo no seu desejo de adquirir um carretel de linha preta, ele ficará muito sentido, e, mergulhando debaixo do balcão, vai desaparecer no cubículo ao lado. E era uma vez! Por mais que você espere, ele não vai mais voltar.

Vá para outra loja e peça um véu cor-de-rosa, talvez o Cão se embanane tanto que você obtenha um carretel de linha por engano. Não há outro caminho.

Nas ferrovias o poder do Cão se manifesta em alguns trens extras e de subúrbio, nos quais não há nem rotina, nem força de vontade, e eles vagam por aí ao léu, sem hora, velocidade ou direção certa. Você se senta nesse trem e pensa: "Para onde é que você está me levando, meu caro?". É terrível perguntar. É, mas também pra quê? Só vai deixar o condutor em uma posição embaraçosa.

Mas o que mais surpreende nesses trens é seu fervor instável. De repente param em algum apeadeiro, e nada de eia, nada de vamos! Duas horas parado.

Os passageiros se enervam. A fantasia se põe a trabalhar.

— Por que está parado? Provavelmente atropelaram uma mulher.

— Uma bezerra, não uma mulher. Ontem atropelaram uma mulher, não é todo dia mulher. Hoje provavelmente foi uma bezerra.

— Ah sim, vão parar, precisa parar por causa da bezerra!

— Claro que vão. Precisam tirar a roda de cima dela.

— Só que o condutor foi tomar chá, e aqui estamos nós parados — acrescenta um cético.

— Isso, tomar chá! Querem nos roubar, isso sim. Agora provavelmente estão limpando o vagão dianteiro, e então chegarão até nós. Certeza: vão roubar.

Mas o trem começa a andar tão inesperadamente como parou, e todos ficam um tempo contrariados, porque não tinha acontecido nenhuma cachorrada. Então por que pararam?

O condutor, uma pessoa pouco instruída e que não possui nada em comum com o Observatório de Púlkovo, não pode explicar-lhes o que significa toda essa coisa de Cão, maior e detestável.

A influência desse mesmo Cão se vê nas pessoas irrequietas. Elas mesmas vão sem saber para onde nem por quê. Não porque estejam procurando um lugar fresco — como muitos, por exemplo, gostam de visitar Berlim no verão, onde, como se sabe, faz um calor tão tórrido que nem mesmo um cavalo sem chapéu põe o nariz para fora na rua, nem por todo o dinheiro do mundo, e toda vaca honrada tem sua sombrinha.

Todos correm de seus lugares habituais, deixando que uma "tia-avó da tia cozinheira" cuide do apartamento. Durante o dia, essas mulheres ventilam os cômodos, debruçando seus narizes bexiguentos na janela. E no pátio esvaziado, saltando para fora das paredes altas, alastram-se sonoras suas conversas animadas, acaloradas.

— Marta-a! — crocita um nariz de um postigo do quarto andar. — Marta-a!

— A-a-a! — sibila e se desprende de todas as paredes.

— O quê? — pia um nariz, que se ergue do postigo do segundo andar.

— O-o-o! — responde o pátio.

— A tina da Potápovna está talhada!

— I-i-i!

— Molhada? — pia o nariz do segundo.

— Talhada! A tina da Potápovna está talhada!

— I-i-i!

— Tira-a?

— Tina! Tina-a!

— U-u-u-a-a!

— Da Protássova?

— Da Potápovna! A tina da Potá...

Feche a janela, morra como uma mosca no calor sufocante, mas não ouça as mulheres conversando. Elas estão sob a proteção especial do Cão Maior. À noite, aliás, vão matar essas mulheres e roubar o apartamento.

Os bandidos têm certeza absoluta de que deixaram essas vigias especialmente para sua conveniência. Senão ninguém conseguiria abrir as portas. Quebrar sozinho os ganchos da entrada, as travas e trancas é muito complicado, inconveniente e, acima de tudo, é difícil não fazer barulho. E essa velhinha de Deus vale ouro, não é qualquer pessoa. Vai abrir e deixar entrar. E o Cão Maior só se alegra. E o que ele tem com isso? Mas o pior de todos os castigos do Cão, é claro, é o sol. Não vou discutir, há alguns anos ele estava muito na moda. Escreviam seu nome com letra maiúscula, poetas lhe dedicaram versos, nos quais cantavam suas diversas qualidades agradáveis e benéficas.

Confesso que eu nunca simpatizei com essa tendência.

— "Seremos como o sol!"[1]

— Ora, muito obrigado! Isso significa levantar às cinco da manhã! Estou fora!

Se falarmos sobre o sol com calma e sem ênfase, ele é a criatura mais insuportável de todo o universo. Claro, é bom que ele faça pepinos e tudo mais crescer. Mas a verdade é que seria melhor se a humanidade encontrasse um meio de tratar seus recursos aquecendo e iluminando sua terra e cultivando nela o necessário sem a ajuda alheia. O sol é insuportável!

Imagine um ser com o rosto vermelho redondo, que se levanta diariamente ao romper da aurora e passa o dia debochando de você.

Vai produzir tanto vapor ao redor, que não será possível sequer respirar. Vai salpicar suas bochechas de manchas marrons, descascar a pele do nariz. Para onde quer que você olhe, vai multiplicar moscas e mosquitos ao redor. Pior impossível! Mas as pessoas não deixarão de se alegrar: — Ah, o levante, o poente! — Ah, o ocaso, o alvorecer!

É uma coisa surpreendente, você vai pensar, que o sol se deite! Algumas pessoas se levantam e se deitam umas duzentas vezes por dia, e ninguém se comove com isso.

Bajulam pessoas por causa de benefícios e vantagens. Adulam o sol porque ele faz pepinos crescerem. Que vergonha!

Você vive e não se dá conta de nada. Mas quando chegar o tempo do Cão, e ele a queimar, assar, incendiar por todos os lados — então você vai pensar em tudo com mais seriedade.

Ah, acredite, não é por causa de umas sardas que eu intercedo e me revolto contra o sol! Não, nós estamos acima disso, e, além do mais, existem véus. Apenas não quero, por causa de um benefício material (pepino), fazer rapapés a uma fisionomia vermelha banal, que assoma ao longe, no alto, sobre nós!

---

[1] Alusão à primeira estrofe do poema de K. Balmont (1867-1942), "Búdem kak sôlntse" ("Seremos como o sol!"). (N. da T.)

Acordem, senhores! Olhem ao redor de vocês mesmos! Que vergonha! Hein?

(1911)

Tradução de Graziela Schneider

Boris Pasternak

O leitor brasileiro ligará imediatamente o nome de Boris Leonídovitch Pasternak (1890-1960) à poesia e ao romance *Dr. Jivago*, de fama devida não apenas a suas qualidades literárias, como ao escândalo motivado em 1958 pela recusa do autor ao Prêmio Nobel. Os que trabalham com tradução poderão evocar suas versões de Shakespeare, Goethe e Schiller, que marcaram época na cultura russa. Seus contos e novelas são pouco conhecidos entre nós. "Cartas de Tula" foi escrito em 1918 e publicado em 1922, período turbulento para a Rússia, mas fecundo para a criação artística de Pasternak, inclusive no campo da prosa (é dessa época a ótima novela *A infância de Louvers*). A arte de Pasternak teve ligações com várias das correntes modernas russas, embora tenha se mantido sempre individualizada. Um olhar participante, e ao mesmo tempo externo, sobre o movimento futurista russo é um dos elementos deste conto, que, segundo alguns críticos, apresenta nas entrelinhas um debate com Maiakóvski a propósito da relação do artista com a vida e o público. "Cartas de Tula" é um dos primeiros textos da literatura russa a tomar como tema a gravação de uma produção cinematográfica (no caso, a gravação de um filme sobre o período histórico da Rússia denominado "Tempo de Revoltas", que ocorreu entre 1598-1613).

Cartas de Tula

I

Cotovias cantavam em liberdade e, no trem que seguia de Moscou, o sol era transportado, sufocado em meio à multidão de sofás listrados. Ele estava se pondo. Uma ponte com a inscrição "Upa"[1] deslizou pela centena de janelinhas, no mesmo instante em que, no ruído de seus próprios cabelos e no frescor da excitação da tarde, o foguista, que voava no tênder diante do comboio de vagões, viu abrir-se a cidade, vindo rapidamente ao seu encontro.

Enquanto isso, por ali, cumprimentando-se nas ruas, diziam: "Boa noite". Alguns acrescentavam: "Está vindo de lá?" — "Vou para lá", respondiam outros. A estes, retrucavam: "É tarde. Acabou tudo".

"Tula, dia 10.

Quer dizer que você mudou de compartimento, como havíamos combinado com o encarregado do vagão. Agora mesmo o general que tinha ido ao bar e liberado o assento saudou-me como um bom conhecido. O próximo trem para Moscou é às três da madrugada. Então ele se despediu, partindo. O porteiro está abrindo as portas para ele. Lá estão os cocheiros fazendo barulho. Lá longe, como pardais. Querida, esta despedida foi uma loucura. Agora a separação é dez vezes mais pesada. A imaginação já tem com o que trabalhar. Vai me corroer. Aproxima-se ali um bonde a cavalos, estão trocando os animais. Vou ver a cidade. Oh, tristeza! Vou golpeá-la, fustigá-la, essa tristeza violenta, com poemas."

"Tula.

Ah, não existe meio-termo. É preciso ir embora depois da segunda chamada ou então partir unidos no mesmo rumo até o fim, até o túmulo.

---

[1] Rio na região da cidade de Tula, na Rússia. (N. do T.)

Ouça, pois logo amanhecerá e eu farei todo este caminho em ordem inversa, em todas as suas minúcias, até as mínimas. Elas serão agora as delicadezas de uma refinada tortura.

Que desgraça é nascer poeta! Que tormento é a imaginação! O sol agora está na cerveja. Baixa até o fundo da garrafa. Duas mesas adiante temos um agrônomo ou qualquer coisa do gênero. Tem um rosto pardo. Está mexendo o café com a mão esverdeada. Ah, querida, todos ao meu redor são estranhos. Havia uma testemunha, mas que se foi (um general). Há outro, um juiz de paz, mas ninguém o reconhece. Miseráveis! Eles acham mesmo que estão sorvendo o seu próprio sol, com o leite, de um pires. Eles pensam: não é na minha nem na nossa imundície que as moscas se atolam; as panelas dos ajudantes de cozinha tilintam, a água com gás espirra e, num estalido, como se feito com a língua, os rublos se chocam contra o mármore. Vou ver a cidade. Ela acabou ficando de lado. Há um bonde a cavalos, mas não vale a pena; dizem que são uns quarenta minutos a pé. Achei o recibo, você estava certa. Duvido que amanhã haja tempo, é preciso dormir bem. Depois de amanhã. Você não se preocupe, é uma casa de penhores, a coisa pode esperar. Ah, escrever é somente torturar-se. Não tenho forças para me despedir."

Passaram-se cinco horas. Estava um silêncio inacreditável. Os olhos já não podiam dizer o que era grama, o que era carvão. Uma estrela cintilava. Não havia mais vivalma perto da caixa-d'água. Na cavidade podre de musgos, a água negrejava. Nela, tremulava o reflexo de uma pequena bétula. Ela tinha calafrios. Mas isto era muito longe. Muito, muito longe. Fora a bétula, não havia nem uma alma no caminho.

Havia o silêncio inacreditável. As caldeiras e os vagões inanimados estavam deitados na terra plana, como aglomerados de nuvens baixas em noites sem vento. Se não fosse abril, brilhariam os relâmpagos. Mas o céu estava agitado. Derrotado pela diafanidade, como se doente, roído por dentro pela primavera, ele estava agitado. O último vagão do bonde a cavalos de Tula chegou da cidade. Começaram a bater os bancos reclináveis. Com o último, apeou um homem com cartas que sobressaíam dos largos bolsos do largo sobretudo. Os outros se dirigiram à sala, até o grupinho de jovens bem esquisitos que jantavam ruidosamente ao fundo. O homem ficou diante da fachada, procurando a caixa verde. Mas não se podia dizer o que era grama, o que era carvão e, quando um casal cansado começou a arrastar um arado que ia marcando a trilha com um pedaço de ferro, não se via nem o pó, e somente um farol perto dos estábulos dava uma vaga noção disso. A noite exalou um longo som gutural, e tudo se calou. Isto foi muito, muito longe, além do horizonte.

"Tula, dia 10 (riscado), 11, uma da madrugada. Querida, resolva usando o manual. O de Kliutchévski[2] está com você, eu mesmo pus na mala. Não sei como começar. Ainda não estou entendendo nada. Tão estranho, tão assustador. Enquanto escrevo para você, tudo continua como de costume do outro lado da mesa. Eles estão se genializando, declamando, atiram-se uns aos outros com frases, jogam dramaticamente os guardanapos sobre a mesa depois de limpar as bocas barbeadas. Eu não disse quem são eles. A pior espécie de boemia (cuidadosamente riscado). Uma companhia cinematográfica de Moscou. Encenavam 'Tempo de Revoltas'[3] no Kremlin, onde havia uma multidão.

Consulte no Kliutchévski. Eu não li, mas acho que lá deve haver o episódio com Pedro[4] e Bolótnikov.[5] Foi isto o que os trouxe ao Upa. Eu soube que eles reconstruíram tudo minuciosamente e gravaram a partir da outra margem do rio. Agora o século XVII está metido em suas malas e o que sobrou ficou jogado numa mesa imunda. As polonesas são horríveis, os filhos dos boiardos[6] são ainda piores. Minha querida amiga! Me dá náuseas. Isto é uma mostra dos ideais do século. A fumaça que eles lançam no ar é a minha fumaça também, a de nós todos. É um vapor de ignorância e de descaramento da pior espécie. Sou eu próprio. Querida, enviei para você duas cartas. Não me lembro delas! Aqui está o glossário desses (riscado e deixado sem as referências). Aqui vai o glossário deles: gênio, poeta, tédio, versos, incapacidade, mesquinhez, tragédia, mulher, eu e ela. Como é assustador ver a si mesmo nos outros. É uma caricatura de (frase interrompida)."

---

[2] Vassili Kliutchévski (1841-1911), famoso historiador russo, autor de um manual completo sobre a história russa. (N. do T.)

[3] Também conhecido como "tempo de dificuldades" ou "tempos turbulentos", é a denominação de um conturbado período da história da Rússia, que tem início após a morte do tsar Fiódor Ivánovitch (1557-1598), último tsar da dinastia de Riúrik, e vai até o estabelecimento da dinastia dos Románov, em 1613. (N. do T.)

[4] Conhecido na história da Rússia como Falso Pedro, um dos tantos impostores que tentavam se passar por filhos do tsar Fiódor Ivánovitch (1557-1598). (N. do T.)

[5] Ivan Bolótnikov (?-1608), líder de uma revolta popular ocorrida entre 1606 e 1607. (N. do T.)

[6] Título atribuído aos aristocratas russos entre os séculos X e XVII. (N. do T.)

"2 horas. A fé do coração é maior do que nunca, juro a você, virá o momento... não, deixa, mais adiante contarei. Tortura-me, tortura-me, é noite, ainda não foi tudo, queima até às cinzas, arde, arde luminosa e clara, invade, abrindo passagem, insensível, colérica, a flamejante palavra 'consciência' (abaixo desta palavra um traço rasgou em alguns pontos o papel). Oh, arde, furiosa língua de petróleo que encheu de luz a meia-noite.

Estabeleceu-se, hoje em dia, tal estilo de vida, que já não há mais no mundo situações em que o homem possa aquecer a alma com o fogo da vergonha; a vergonha ficou toda encharcada e não arde. Mentira e uma devassidão confusa. Vivem assim já há trinta anos, encharcando a vergonha, todos estes extraordinários, os velhos e os jovens, e já difundiram isto pelo mundo, entre os normais. Pela primeira, primeira vez desde a mais remota infância estou ardendo de (tudo riscado)."

Nova tentativa. A carta não será enviada.

"Como descrever para você? Terei que começar pelo final. Senão não vai funcionar. Bem, permita-me usar a terceira pessoa. Eu escrevi a você sobre um homem que passeava ao longo do balcão de bagagens? Então. O poeta, e que esta palavra, até que passe pela purificação do fogo, seja colocada entre aspas, o 'poeta' se observa no comportamento indecoroso dos atores, na ignomínia que desmascara os camaradas e a época. Estaria se exibindo? Não. Eles confirmam que sua identificação não é uma quimera. Levantam-se, aproximam-se dele. 'Colega, pode trocar três rublos para nós?' Ele dissipa o equívoco. Não são só os atores que fazem a barba. Aí está, três rublos em moedas de vinte copeques. Livra-se do ator. Mas o problema não diz respeito a bigodes raspados. 'Colega', disse aquele vigarista. Sim. Ele tem razão. É uma prova de acusação. Neste momento acontece algo novo, uma coisa à toa, que à sua maneira abala tudo o que havia acontecido e que fora sentido na sala até este momento.

O 'poeta' reconhece finalmente o homem que passeava pelo balcão de bagagens. Já havia visto aquele rosto alguma vez. É desta região. Já havia visto, não uma vez só, mas durante um dia inteiro, em diferentes horários e em diferentes lugares. Aconteceu quando compuseram um trem especial para Astápovo,[7] com um vagão de cargas para o caixão, e uma multidão de gente desconhecida partia da estação em diferentes trens

---

[7] Estação ferroviária onde morreu Lev Tolstói. (N. do T.)

que circulavam e se cruzavam o dia todo nos imprevistos do confuso entroncamento onde quatro ferrovias se juntavam, separavam-se e dispersavam-se.

Neste ponto a reflexão de um instante recai sobre tudo o que estava na sala com o 'poeta' e como se com uma alavanca, a cena é girada, e pronto. Mas esta é Tula! E nesta noite, uma noite em Tula. Uma noite nos lugares que estão na biografia de Tolstói. Seria um milagre se começassem a dançar aqui os ponteiros magnéticos? O fenômeno está na natureza do lugar. É um acontecimento no território da consciência, em seu território gravitacional magnético. Não haverá mais 'poeta'. Ele jura para você. Ele jura para você que um dia, quando ele assistir na tela 'Tempo de Revoltas' (pois vão exibi-lo um dia), a exposição da cena às margens do Upa irá surpreendê-lo totalmente sozinho, caso os atores não se adéquem àqueles tempos e, uma vez pisoteado por todo o dia o campo minado do espírito, os sonhadores de engodos permaneçam em sua ignorância e fanfarronice."

Enquanto estas linhas eram escritas, luzes baixas saíram das cabines e começaram a se arrastar pela ferrovia, sobre os dormentes. Soaram os apitos. Despertava o ferro fundido, soltavam gritos as correntes feridas. Ao lado da plataforma, os vagões deslizavam bem quietinhos. Deslizavam já há algum tempo, e eram incontáveis. Atrás deles aproximava-se num crescendo algo resfolegante, misterioso, taciturno. Porque junção por junção, atrás da locomotiva a vapor, aproximava-se a inesperada purificação das vias, o imprevisto surgimento da noite no horizonte da plataforma vazia, o aparecimento do silêncio por toda a amplidão de semáforos e estrelas, a invasão do sossego do campo. E era este instante que rosnava no final do trem de carga, inclinando-se sobre o toldo baixo, aproximando-se e deslizando.

Enquanto estas linhas eram escritas, começavam a compor o trem misto para Ieliéts.

Aquele que escrevia saiu para a plataforma. A noite tomava toda a extensão da úmida consciência russa. Os faróis iluminavam-na. A partir da plataforma, sucediam-se os vagões de limpeza cobertos com lona, comprimindo os trilhos. Pisoteavam-na as sombras e aturdiam-na os flocos de vapor que, como pequenos galos, saíam das válvulas. Aquele que escreve contornou a estação. Saiu por trás da fachada.

Nada se modificou em todo o espaço da consciência enquanto eram escritas estas linhas. Ela cheirava a podridão e barro. Longe, longe, do outro lado dela, cintilava a pequena bétula e, como um brinco caído, a cavidade se desenhava no charco. Escapando sala afora, faixas de luz caíam sobre o chão do bonde de cavalos, sob os bancos. Estas faixas desatinavam. O ruído da cerveja, da loucura e do fedor amontoava-se sob os bancos, por trás delas. E mais, quando se imobilizavam as janelas da estação, em algum lugar por perto ouviam-se crepitações e rosnados. Aquele que escreve passeava. Ele pensava em muitas coisas. Pensava em sua arte e em como tomar a direção correta. Esqueceu com quem viajava, de quem havia se despedido, a quem escrevia. Supôs que tudo teria início quando parasse de ouvir a si mesmo e sentisse na alma um silêncio físico absoluto. Não o ibseniano, mas o acústico.

Assim ele pensava. Um tremor percorreu seu corpo. O leste se acinzentava e sobre a face da consciência, ainda mergulhada na noite profunda, surgiu um instantâneo e confuso orvalho. Era hora de pensar na passagem. Os galos cantavam e o caixa ressuscitava.

II

Só então, finalmente, deitou-se num quarto de um hotel da cidade, na rua Possólskaia, o velho extraordinariamente estranho. Enquanto as cartas eram escritas na estação, o quarto estremecia com passos ligeiros e a vela na janela apanhava um sussurro que amiúde interrompia o silêncio. Não era a voz do velho, embora não houvesse mais ninguém no quarto. Tudo isso era absurdamente estranho.

O velho passou um dia insólito. Saiu entristecido do relvado quando soube que não se tratava de nenhuma peça teatral, mas por enquanto somente de uma fantasia livre que se tornaria peça assim que apresentada no *Magia*.[8] A princípio, ao ver boiardos e voivodas agitando-se do outro lado do rio e os homens de preto que arrastavam prisioneiros e derrubavam seus gorros sobre as urtigas, ao ver os poloneses que se agarravam aos arbustos pelo barranco e seus machados, insensíveis ao sol e que não faziam nenhum ruído, o velho começou a remexer em seu

---

[8] *Magia* era um dos muitos eletroteatros de São Petersburgo nos primeiros anos do século XX, no período pré-revolução. Os eletroteatros eram pequenas salas temporárias e improvisadas para projeção de filmes. (N. do T.)

próprio repertório. Não encontrou lá tal crônica. Então ele concluiu que era algo de tempos ainda mais remotos, de Ózerov[9] ou de Sumarókov.[10] Neste momento, indicaram-lhe um fotógrafo e, ao mencionar o *Magia*, instituição que ele odiava do fundo da alma, lembraram-lhe de que ele era velho, solitário, e que os tempos haviam mudado. Ele foi embora, desconsolado.

Caminhava com suas velhas calças de nanquim e pensava que já não havia ninguém neste mundo que pudesse chamá-lo de Sávvuchka.[11] Era um dia de festa. Ele se aquecia no calor dos girassóis esparramados.

Por meio de um discurso de baixo nível, escarraram sobre ele o moderno. Nas alturas, a lua se desvanecia, porosa como um pãozinho. O céu parecia frio, inacreditavelmente distante. As vozes estavam ensebadas de comida e bebida. Cogumelos, pão de centeio, toucinho e vodca impregnavam até o eco que ressoava do outro lado do rio. Nas outras ruas havia muita gente. Os babados grosseiros conferiam às mulheres e às saias um matiz especial.

O matagal estava a menos de um passo dos pedestres. A poeira se elevava, grudando nos olhos e cobrindo a bardana que, em rolos, batia-se contra as cercas e se agarrava nos vestidos. A bengala parecia uma parte da esclerose do velho. Ele se apoiava nessa extensão de seus tendões nodosos, numa tensão convulsiva de gota.

Por todo o dia ele teve a sensação de haver estado no meio de uma feira extremamente barulhenta. Eram os efeitos do espetáculo. Ficara insatisfeita sua necessidade de ouvir um discurso humano e trágico. Esta lacuna silenciosa ressoava nos ouvidos do velho.

Por todo o dia ele caminhou sofrendo por não ter ouvido da outra margem nem uma linha escrita em pentâmetro.

E quando a noite chegou, sentou-se à mesa, apoiou a cabeça com a mão e pôs-se a refletir. Ele decidiu que sua morte havia chegado. Esta desordem espiritual era tão distinta dos últimos anos de sua vida, amargos e iguais. Decidiu tirar as condecorações do armário e avisar alguém, mesmo que fosse o porteiro, tanto faz quem, e enquanto isso continuava sentado, esperando que talvez não fosse nada, que aquilo passaria.

---

[9] Vladislav Ózerov (1769-1816), dramaturgo russo. (N. do T.)

[10] Aleksándr Sumarókov (1717-1777), poeta e dramaturgo russo. (N. do T.)

[11] Diminutivo do nome masculino Savva. (N. do T.)

Adiante, tilintando, passou o bonde a cavalos. Era o último que ia à estação.

Meia hora se passou. Uma estrela brilhava. Lá fora, ao redor, não havia vivalma. Já era tarde. Uma vela ardia, sentia frio e estremecia. Agitava-se a silhueta amolecida da estante com quatro filetes negros. Neste instante, a noite soltou um longo som gutural. Longe, longe. Na rua, bateram uma porta e começaram a conversar em voz baixa e em tom emotivo, como convém a esta noite de primavera, quando não há ninguém por perto e somente no quarto de cima há luz e a janela está aberta.

O velho se levantou. Transfigurou-se. Finalmente. Ele encontrou. Encontrou-a e a si mesmo. Ajudaram-no. E ele se lançou a dar margens a estes indícios para não deixar que ambos escapassem, para que não fugissem, para cravá-los e fixá-los. Alcançou a porta em poucos passos, com os olhos semicerrados, agitando uma mão e escondendo o queixo na outra. Ele se lembrava. De repente, aprumou-se e caminhou de volta, animado, com um passo que não era o seu. Aparentemente, estava representando.

"Mas que nevasca, que nevasca, Liubov Petrovna", ele proferiu, tossiu e cuspiu no lenço, e outra vez: "Mas que nevasca, que nevasca, Liubov Petrovna", proferiu, mas não tossiu, e desta vez saiu verossímil.

Começou a mover as mãos, agitando o ar, como se tivesse chegado do mau tempo e estivesse se despindo, tirando o casaco. Esperou que lhe respondessem da divisória e, como não obtivesse o esperado, perguntou "Será que a senhora não está em casa, Liubov Petrovna?" com a mesma voz alheia e estremeceu quando, como era previsível, a uma distância de uns vinte e cinco anos, ouviu detrás daquela divisória um gentil e alegre "Em ca-a-sa". Então, novamente, e desta vez com tamanha verossimilhança que deixaria orgulhoso qualquer um de seus amigos em tal situação, como se estivesse mascando tabaco e com um olhar oblíquo para a divisória, ele dilatou as partes da oração, descompondo-as: "M--m-m-me perdoe, Liubov Petrovna, e o Savva Ignátievitch, então, não está por aí?".

Isso já era demais. Ele viu os dois. A ela e a si mesmo. O velho foi sufocado por um pranto mudo. Passaram-se horas. Ele chorava e murmurava. Fazia um silêncio descomunal. Enquanto o velho tremia e enxugava impotente os olhos e o rosto com um lenço, sacudia-se e amassava o lenço, balançando a cabeça e se esquivando, como alguém que ri enquanto está sufocando e se surpreende, como assim, Deus me perdoe, como ele pode estar ainda inteiro e não despedaçado. Começaram a compor o trem misto para Ieliéts.

Durante uma hora ele ficou conservando sua juventude em lágrimas, como se fora em álcool, e quando as lágrimas se acabaram, tudo se desfez, dissipou-se, desapareceu. Num segundo ele ficou opaco e como que coberto de pó. E então, suspirando como um culpado e bocejando, preparou-se para dormir.

Ele também raspava o bigode, como todos no relato. Ele também, como a personagem principal, procurava por um silêncio físico. No relato, somente ele o encontrou, ao fazer com que outro falasse por sua própria boca.

O trem ia para Moscou e transportava nele um enorme sol escarlate por sobre a multidão de corpos sonolentos. Ele acabara de surgir por detrás de uma colina e se levantava.

(1918)

Tradução de Mário Ramos e Yulia Mikaelyan

[illegible] no mercado.

Durante uma noite de [illegible], [illegible] grupo de [illegible]
[illegible]
[illegible] Assumpção [illegible]
[illegible] suspeitando [illegible]
[illegible] para [illegible].

[illegible] personagem principal [illegible]
[illegible]
[illegible].

[illegible]
[illegible]
[illegible].

Ievguêni Zamiátin

Autor de contos, novelas, romances, peças e crítica literária, Ievguêni Ivânovitch Zamiátin (1884-1937) tornou-se famoso mundialmente pelo seu romance distópico *Nós*, publicado inicialmente em inglês, em 1924. Seus ensaios e palestras sobre a literatura russa são fundamentais para um entendimento da posição da arte na cultura pós-revolucionária. Em sua defesa da ambiguidade, Zamiátin foi vital para grupos artísticos como o Irmãos Serapião. Ele dizia que a arte deve ser feita por "loucos, hereges, visionários", postura que lhe valeu ataques contínuos de setores proletários e da ortodoxia partidária, e que conduziu por fim a seu exílio. Como boa parte dos artistas do período, Zamiátin jogou em sua ficção com a justaposição de tempos históricos distintos, analogias primitivistas e um tom geral apocalíptico, tudo isso vazado em uma linguagem experimental repleta de metáforas e imagens de choque. "A caverna" (1920), um de seus melhores contos, publicado na ressaca da devastadora experiência da guerra civil, presta tributo ao *topos* da Petrogrado arruinada. Escrito em 1920, foi publicado pela primeira vez na revista *Zapiski Metchtátelei* (Notas de Sonhadores), número 5, em Moscou, em 1922. No mesmo ano foi republicado na revista *Gólos Rossii* (A Voz da Rússia), de Berlim, e, dois anos depois, na *Literatúrnaia Rossiia* (Rússia Literária), de Moscou.

A caverna

Geleiras, mamutes, desertos. Negros penhascos noturnos, semelhantes a prédios. Nos penhascos, cavernas. Ninguém sabe quem trombeteia, à noite, no desfiladeiro de pedra entre esses penhascos e, farejando o caminho, ergue uma branca poeira de neve: talvez, um mamute de tromba cinzenta... talvez, o vento. Ou talvez o próprio vento seja o rugido gelado de algum mamute mamutesco. Uma coisa é certa: é inverno. E é preciso apertar com mais força os dentes para que eles não batam; é preciso rachar a madeira com um machado de pedra; é preciso a cada noite levar tochas de caverna em caverna, a uma profundidade cada vez maior; é preciso, acima de tudo, enfiar-se em peles felpudas de animais.

No lugar onde há séculos ficava São Petersburgo, um mamute de tromba cinzenta vagava pela noite, entre os penhascos. E os trogloditas, enrolados em peles, em casacos, em cobertores, em farrapos, recuavam de caverna em caverna. No dia de Nossa Senhora,[1] Martin Martínitch e Macha[2] lacraram o gabinete; no dia de Nossa Senhora de Kazan,[3] abandonaram a cozinha e alojaram-se no quarto. Dali não havia mais para onde fugir: era suportar o cerco ou morrer.

O quarto da caverna de São Petersburgo era como uma nova Arca de Noé, com criaturas puras e impuras amontoadas diluvianamente. Uma escrivaninha de madeira vermelha, livros, moldes de barro da idade da

---

[1] Literalmente, em russo, "dia da proteção da Mãe de Deus": uma das festividades religiosas mais importantes da Igreja Ortodoxa Russa, identificada apenas pela palavra *pokróv* ("proteção"). A data é comemorada no dia 1º de outubro pelo antigo calendário da Igreja Ortodoxa (dia 14 de outubro no calendário atual). (N. do T.)

[2] Diminutivo de Maria. (N. do T.)

[3] A Nossa Senhora de Kazan (ou Mãe de Deus de Kazan) é um ícone religioso, desaparecido durante o período soviético, na Rússia. A festa em sua homenagem é comemorada no dia 4 de novembro pelo calendário atual. (N. do T.)

pedra, a *opus* 74 de Skriábin,[4] um ferro de passar, cinco batatas lavadas com cuidado até ficarem brancas, grades niqueladas de camas, um machado, um roupeiro, lenha. E, no centro deste universo, um deus de pernas curtas, de um ruivo oxidado, atarracado, o ávido deus da caverna: uma lareira de ferro.

O deus zumbia, poderoso. O grandioso milagre do fogo na caverna escura. Os humanos, Martin Martínitch e Macha, em silêncio e com gratidão, erguiam as mãos para ele em reverência. Por uma hora somente, foi primavera na caverna. Por uma hora, puseram de lado as peles de animais, as garras, as presas, e da crosta congelada do cérebro irromperam os talinhos verdes dos pensamentos.

— Mart,[5] mas você esqueceu que justo amanhã... Claro, já vi tudo, você esqueceu!

Em outubro, quando as folhas já desbotaram, definharam, murcharam, às vezes há dias de olhos azuis. Em dias assim, inclina-se a cabeça para trás para não ver a terra e quase dá para acreditar que ainda existe alegria, que ainda é verão. Acontece assim também com Macha: se fechamos os olhos e só a ouvimos, dá para acreditar que ela é a Macha de antes, que ela vai começar a sorrir, vai se levantar da cama, dar um abraço. E crer que essa voz de faca roçando o vidro que ouvi há uma hora não era a dela, de jeito nenhum, não era ela...

— Ah, Mart, Mart! Como andam as coisas... Antes você não costumava esquecer. Dia vinte e nove: dia de Santa Maria, o meu aniversário...

O deus de ferro ainda zumbia. Como sempre, não havia luz. Ela só chegava depois das dez horas. As arcadas escuras e irregulares da caverna tremulavam. Martin Martínitch, de cócoras, enrodilhado, era um nó apertado, cada vez mais apertado! Com a cabeça inclinada para trás, ainda olhava para o céu de outubro para não ver os lábios murchos, amarelentos. E Macha:

— Sabe, Mart, e se amanhã começarmos a acender o forno desde

---

[4] Aleksándr Nikoláievitch Skriábin (1872-1915), compositor e pianista russo. Em seu romantismo tardio, foi influenciado principalmente por Chopin e Wagner e pela filosofia de Friedrich Nietzsche. Era também fortemente influenciado pela teosofia e por teorias místicas. (N. do T.)

[5] *Mart* funciona, aqui, como diminutivo de Martin. Apesar das diversas possibilidades de construções de diminutivos para nomes em russo, *Mart* não é uma forma reconhecida. A palavra representa literalmente “março”, em língua russa. (N. do T.)

cedo, para que ele fique o dia todo como agora, hein? Bem... quanto nós temos? Será que temos mais meia braça no gabinete?

Fazia já muito, muito tempo que Macha não tinha condições de chegar sozinha ao gabinete glacial, nem sabia quanto... o nó apertado, cada vez mais apertado!

— Meia braça? Tem mais! Eu acho que deve ter...

De repente, a luz: às dez em ponto. Estremecendo, Martin Martínitch apertou os olhos, desenrodilhou-se: era mais difícil à luz do que sob a escuridão. À luz se via com clareza: seu rosto estava enrugado, argiloso, e muitos agora tinham os rostos argilosos, de volta a Adão! E Macha:

— Sabe, Mart, talvez eu tente me levantar... se você acender a lareira desde cedo.

— Bem, Macha, é claro... num dia como este... com certeza, desde cedo.

O deus da caverna acalmava-se, encolhia-se, sossegado, estalando um pouco. Ouve-se abaixo, nos Obiértichev, estilhaçarem as toras de uma canoa com um machado de pedra. Com um machado de pedra, picam Martin Martínitch em pedaços. Um pedaço de barro de Martin Martínitch sorriu para Macha e moeu no moedor de café uma casca ressecada de batata para a torta. Outro pedaço de Martin Martínitch, como um pássaro que vem de fora e entra num quarto, lançou-se cego e estúpido contra o teto, as vidraças, as paredes: "Onde está a lenha? Onde está? Onde?".

Martin Martínitch vestiu o casaco, passou sobre ele um cinturão de couro (nas cavernas, as pessoas creem no mito de que isto aquece mais), fez um estrondo com o balde, no canto do guarda-roupa.

— Aonde você vai, Mart?

— Eu já volto. Vou buscar água lá embaixo.

Na escada escura e congelada pelas águas derramadas, Martin Martínitch se deteve, tremeu e suspirou. Fazendo o balde ressoar como se fossem grilhões, desceu aos Obiértichev. Eles ainda tinham água. O próprio Obiértichev abriu a porta, com um casaco cingido por uma corda, o rosto há muito sem barbear — terreno baldio coberto de lado a lado por um capim vermelho e empoeirado. Em meio ao capim, dentes amarelos de pedra. Entre essas pedras, o sorriso: cauda fugidia de um lagarto.

— Ah, Martin Martínitch! Então, veio buscar uma aguinha? Às ordens, às ordens, às ordens.

Na jaula estreita, entre a porta externa e a interna, era impossível girar o corpo carregando um balde. Nesta jaula está a lenha dos Obiértichev. O argiloso Martin Martínitch bate as costelas dolorosamente contra a lenha e em seu barro surge uma fenda profunda. E outra ainda mais profunda, na escuridão do corredor, contra a quina da cômoda. Atravessa a sala de jantar. Nela estão a fêmea de Obiértichev e seus três obiértichevinhos. A fêmea esconde rapidamente a tigela sob um guardanapo: Deus sabe se o homem que veio da outra caverna não vai, de repente, se atirar sobre ela para apanhar a comida.

Na cozinha, abrindo a torneira, Obiértichev sorriu com seus *pedrentes*:

— Então, diga lá, como está sua esposa? Como está? Como está?

— Nem fale, Aleksei Ivánitch, do mesmo jeito, mal. E logo amanhã, que é seu aniversário, eu não tenho com que acender o fogo.

— Você pode acender, Martin Martínitch, com cadeirinhas, armariozinhos... Livros também: livros queimam muito bem, muito, muito bem...

— Como você sabe, toda a mobília que está lá, tudo é do dono, menos o piano...

— Ai, ai, ai... Triste, triste!

Na cozinha ouve-se o pássaro perdido, que começa a voar e fazer barulho com as asas, revoando de um lado para o outro. De repente, num arranque desesperado, lança-se de peito à parede:

— Aleksei Ivánitch, eu queria... Aleksei Ivánitch, seria muito incômodo pedir a você umas cinco ou seis achas...

Os dentes de pedra amarelentos surgem entre o capim. Dentes amarelos saem dos olhos. Obiértichev cobriu-se inteiro de dentes, todos ficando muito compridos.

— Como assim, Martin Martínitch, como assim, como assim? Nem para nós temos... Você mesmo sabe como as coisas andam agora... você sabe, você sabe...

O nó aperta mais! Mais, aperta ainda mais! Martin Martínitch dobrou-se, ergueu o balde e passou pela cozinha, pelo corredor escuro, pela sala de jantar. No umbral da sala de jantar, Obiértichev ofereceu repentinamente a escorregadia e ágil mão lagartixesca:

— Então, é tudo... Martin Martínitch, só não esqueça de bater a porta, não esqueça. As duas portas, as duas, as duas. Senão não há quem se aqueça!

No patamar gelado e escuro, Martin Martínitch pousou o balde, voltou-se e deu uma pancada forte na primeira porta. Escutou atentamente e ouviu apenas o tremor seco de seus próprios ossos e sua respiração palpitante, pontilhada e entrecortada. Na estreita jaula entre as duas portas estendeu a mão e apalpou: uma acha, e mais uma... mais outra... Não! Depressa lançou-se ao patamar e encostou a porta. Agora era preciso apenas bater com um pouco de força para a fechadura trancar...

Mas não havia mais força. Não havia força para o amanhã de Macha. Na linha tenuemente traçada por sua respiração pontilhada, engalfinharam-se mortalmente dois Martin Martínitch: o antigo, que ouvia Skriábin, e que sabia que é errado; e o novo, o da caverna, que sabia que é preciso. O da caverna, rangendo os dentes, esmagou, estrangulou Martin Martínitch e, lascando as unhas, abriu a porta e lançou a mão à lenha... uma acha, a quarta, a quinta, sob o casaco, sob o cinturão, no balde. Bateu a porta com força e subiu com passos imensos e ferozes. De repente, parou no meio da escada sobre um degrau gelado e colou as costas na parede fria, fundindo-se a ela. Embaixo, soou novamente a porta. E a voz poeirenta de Obiértichev:

— Quem é? Quem está aí? Quem?

— Sou eu, Aleksei Ivánitch. Eu... eu esqueci de fechar a porta... eu queria... eu voltei, queria fechar melhor.

— Você? Hum... mas como você pôde fazer isso? Tem que ter cuidado, tem que ter cuidado. Hoje em dia roubam tudo. Você mesmo sabe. Você sabe. Como pôde fazer isto?

Dia vinte e nove. Desde cedo este céu de algodão, baixo, com rasgos por onde desliza o gelo. Mas o deus da caverna tinha enchido a pança desde cedo e começou a zumbir, benevolente. E pouco importam os rasgos, pouco importa se um Obiértichev coberto de dentes conta agora suas achas, pouco importa, tanto faz. O que há é o hoje. Não se sabe o que é o amanhã na caverna. Somente daqui a um século vão saber o que será o amanhã, o depois de amanhã.

Macha levantou-se e, cambaleando com um vento invisível, penteou-se como antigamente: dividiu o cabelo no meio, jogou sobre as orelhas. E era como uma última folha murcha caindo de uma árvore nua. Da gaveta do meio da escrivaninha, Martin Martínitch retirou papéis, cartas, um termômetro, um certo frasquinho azul (rapidamente meteu-o de volta, para que Macha não visse) e, por fim, do canto mais profundo, uma caixinha preta laqueada. Lá no fundo dela ainda havia, sim, sim! O verdadeiro, o mais verdadeiro dos chás! Beberam chá de verdade. Martin

Martínitch, jogando para trás a cabeça, ouviu aquela voz, muito parecida à de antigamente:

— Mart, você se lembra do meu quarto azulzinho e o piano com uma capa por cima...? e sobre o piano, um cavalinho de madeira e um cinzeiro. Eu tocava e você vinha chegando perto de mim, por trás...

Sim, naquela mesma noite foi criado o universo e a assombrosa e perspicaz face da lua. E o som da campainha no corredor era um gorjeio de pardal.

— Você se lembra, Mart? A janela aberta, o céu verde e, lá de baixo, de um outro mundo, um tocador de realejo?

Tocador de realejo, milagroso tocador, onde está você?

— E à margem do rio... Lembra? Os ramos ainda nus, a água rosada, e passa flutuando um bloco de gelo azul, como um caixão. E o caixão nos fez rir, porque, afinal de contas, nós nunca morreríamos. Lembra?

Embaixo, começaram a rachar lenha com o machado de pedra. De repente, pararam. Houve uma correria, um grito. Martin Martínitch, rachado ao meio, com uma de suas metades viu o imortal tocador de realejo, o imortal cavalinho de madeira, o imortal bloco de gelo; mas a outra metade, de respiração pontilhada, contava com Obiértichev as achas de lenha. Obiértichev terminou a conta, agora já vestia casaco e, todo coberto de dentes, golpeava ferozmente a porta e...

— Um momento, Macha. Parece que estão batendo aqui.

Não. Ninguém. Por enquanto, ninguém. Ainda dá para respirar, ainda dá para jogar a cabeça para trás e ouvir aquela voz, parecida com a voz de antigamente.

Crepúsculo. O vinte e nove de outubro envelheceu. Os olhos de velha estão fixos, embaçados, e tudo se encolhe, se enruga, se acorcova sob esse olhar fixo. A abóbada do teto desce, achatam-se as poltronas, a escrivaninha, Martin Martínitch, a cama e, sobre a cama, totalmente plana, uma Macha de papel.

No crepúsculo, chegou Selikhov, o chefe da casa. No passado, ele chegara a pesar mais de cem quilos. Agora, já esvaziado pela metade, agita-se na casca da jaqueta como uma noz num chocalho. Porém, sua risada ainda troa como antigamente.

— Pois bem, Martin Martínitch, em primeiro e em segundo lugar, feliz aniversário a sua esposa. Então, então! Obiértichev me contou...

Martin Martínitch disparou de sua poltrona, precipitando-se, e apressou-se a falar, falar qualquer coisa...

— Um chá? Agora mesmo, num minutinho... Hoje nós temos um de verdade, entende? De verdade! Eu vou agora mesmo...

— Chá? Sabe, eu preferiria mesmo champanhe. Não tem? Mas como não! Ha-ha-ha! Sabe, uns dias atrás eu e um amigo entornamos um Hoffmann! Que diversão! Ele se lambia e dizia: "Eu sou Zinóviev...[6] de joelhos!". Que diversão! E de lá estou eu voltando pra casa, quando no campo de Marte vem em minha direção uma pessoa só de colete, juro por deus! "Que há com você?", digo. "Nada de mais — ele diz... — Tiraram a minha roupa agora há pouco, vou correndo pra casa, em Vassílievski. Que diversão!"

Achatada na cama, a Macha de papel ria-se. Todo tensionado num nó, mais ruidoso ainda do que todos ria-se Martin Martínitch, para jogar lenha em Selikhov, somente para que ele não parasse, somente para que não parasse, para que contasse mais qualquer coisa...

Mas Selikhov já parava, resfolegando um pouco, mais sossegado. Chacoalhava-se na casca da jaqueta para um lado e para o outro. Levantou-se.

— Bem, aniversariante, dê-me suas mãos! Thoc! Como, vocês não sabiam que se fala assim? Tenho a honra de cumprimentá-lo: t.h.o.c.! Que diversão!

Seu riso troou no corredor, na antessala. Mais um segundo, agora vai sair, ou...

O chão oscilava um pouquinho, girava sob os pés de Martin Martínitch. Com um sorriso argiloso, apoiava-se no umbral. Selikhov resfolegava, enfiando os pés numas botas enormes.

Já de botas, de casaco de peles, mamutecido, endireitou-se, tomou fôlego. Depois, silenciosamente, tomou Martin Martínitch pelo braço e, ainda calado, abriu a porta para o gabinete glacial. Em silêncio, sentou--se no sofá.

O chão no gabinete é um bloco de gelo, um bloco de gelo que com um ruído quase imperceptível desprendeu-se da margem, flutuou, flutuou, girando e levando consigo Martin Martínitch. E de lá do sofá, lá da margem distante, quase não podia ouvir Selikhov.

---

[6] Referência a Grigori Zinóviev (1883-1936), revolucionário bolchevique ucraniano que, após a morte de Lenin, participou da cúpula de poder na União Soviética junto a Iossif Stálin e Liév Kámenev. Condenado à prisão, foi executado durante os expurgos stalinistas da década de 30. (N. do T.)

— Em primeiro e em segundo lugar, meu senhor, é preciso dizer isto a você: esse Obiértichev, esse piolho, eu juro que eu... Veja bem: se ele oficialmente declara, se diz "amanhã eu vou ao tribunal"... É um piolho! Eu posso dar somente este conselho: vá hoje mesmo, agora mesmo falar com ele, e tape a goela dele com estas tais achas de lenha.

O bloco de gelo flutua ainda mais rápido. Minúsculo, achatado, quase invisível, assim... uma lasquinha, Martin Martínitch respondeu muito mais para si mesmo e não falando sobre a lenha... a lenha, qual! Não, falando sobre outra coisa:

— Está certo. Hoje mesmo. Agora mesmo.

— Assim está perfeito, está perfeito! Aquilo é um piolho, um piolho, eu digo a você...

Ainda estava escuro na caverna. Argiloso, frio, cego, Martin Martínitch trombava torpe contra a torrente de tranqueiras atravancadas na gruta. Estremeceu com aquela voz semelhante à da Macha de antigamente...

— Sobre o que você falava com Selikhov? O quê? Formulários de alimentação? Mart, eu estava aqui deitada e pensava em tomar coragem, juntar tudo e partir para onde haja sol... Ah, como você berra! Você faz de propósito! Você bem sabe que eu não posso suportar isto, não posso, não posso!

Uma faca sobre o vidro. Aliás, agora tanto faz. As pernas e os braços são mecânicos. Para levantá-los e abaixá-los é necessário usar correntes, roldanas, como nos mastros de navio. Para girar a roldana, um homem não basta: precisa-se de três. Usando suas forças para estender essas correntes, Martin Martínitch colocou para esquentar a chaleira, uma panelinha, e meteu no fogo as últimas achas de Obiértichev.

— Você está ouvindo o que eu lhe digo? Por que não fala? Está me ouvindo?

Esta certamente não é a Macha, não, não é a sua voz. Martin Martínitch se movia muito lentamente, as pernas presas em areia movediça. Girar a roldana era cada vez mais difícil. De repente, a corrente desprendeu-se de uma polia e a mão-guindaste desmoronou para baixo, chocou-se absurdamente contra a chaleira, a panelinha. Num estrondo, tudo foi ao chão e o deus da caverna silvou como uma cobra. Lá de longe, da margem distante, da cama, veio uma voz estranha, estridente:

— Você fez de propósito! Fora! Eu não preciso de ninguém, de nada, de nada, não preciso! Vá embora!

O vinte e nove de outubro morreu e estavam mortos o imortal tocador de realejo, o bloco de gelo sobre a água avermelhada pelo poente, Macha. Melhor assim. Era preciso que não houvesse um amanhã inverossímil, nem Obiértichev, nem Selikhov, nem Macha com seu Martin Martínitch. Que morresse tudo.

Mecânico, distante, Martin Martínitch ainda fazia alguma coisa. Talvez estivesse acendendo novamente o fogão e recolhendo do chão a panelinha, talvez colocando a chaleira para ferver. Macha diria qualquer coisa que ele nem ouviria. Havia apenas as inexpressivas e dolorosas cavidades no barro feitas por aquelas palavras, pelas quinas do guarda-roupa, da escrivaninha.

Martin Martínitch lentamente tirou da escrivaninha um feixe de cartas, um termômetro, um lacre para cartas, a caixinha com chá e mais cartas. Por fim, de algum lugar lá no fundo, o frasquinho azul-escuro.

Às dez, ligaram a luz. Nua, áspera, simples e fria como a vida e a morte na caverna: a luz elétrica. E o frasquinho azul-escuro, tão simples, ao lado do ferro de passar, da *opus* 74, dos moldes de barro. O deus de ferro começou a zumbir com benevolência, devorando o papel das cartas, o pergaminho amarelo, azulado, branco. De mansinho, a chaleira fazia notar sua própria presença, com um estalo da tampa. Macha se voltou:

— Ferveu o chá? Mart, querido, dê para mim.

Então ela viu. Num instante atravessado de ponta a ponta pela claridade da luz elétrica nua e áspera, viu Martin Martínitch agachado diante da lareira. Sobre as cartas, um reflexo avermelhado como a água sob o poente. Mais além, o frasquinho azul.

— Mart! Você... você quer...

Silencioso, o deus de ferro ronronava discretamente, devorando as palavras imortais, amargas, ternas, amarelas, brancas, azuis. E Macha, com a mesma simplicidade com que havia pedido o chá:

— Mart, querido! Mart, dê-me isto!

Martin Martínitch sorriu de longe:

— Você sabe, Macha. Só dá para um de nós.

— Mart, de qualquer modo, já não resta nada de mim. Isto que está aqui não sou mais eu. Na verdade, tanto faz, eu logo... Mart, você não entende? Mart, tenha dó de mim... Mart!

Ah, aquela mesma, a mesma voz... Talvez se voltasse a cabeça para trás...

— Macha, eu enganei você. Nós não temos no gabinete sequer uma acha de lenha. E eu fui ao Obiértichev e lá, na antessala... Eu roubei, você entende? E Selikhov me disse que... Eu devia levar agora de volta, mas eu queimei tudo, eu queimei tudo, tudo! E eu lá sei de lenha agora! Qual lenha! Você me entende?

O deus de ferro cochilava, indiferente. Exaurindo-se, tremulavam as abóbadas da caverna, e também tremulavam a casa, os penhascos, os mamutes, Macha.

— Mart, se você ainda me ama... Bem, Mart, lembre-se! Mart, querido, dê-me!

Imortais os patins de madeira, o tocador de realejo, o bloco de gelo. E esta voz... Martin Martínitch lentamente ergueu-se sobre os joelhos. Lentamente, movendo a grua com dificuldade, pegou da mesa o frasquinho azul e entregou a Macha.

Ela tirou a coberta, sentou-se na cama, rosada, rápida, imortal como a água sob o poente, agarrou o frasco e pôs-se a rir.

— Está vendo: não foi em vão que eu fiquei deitada pensando em ir embora daqui. Acenda ali a lâmpada, aquela, sobre a mesa. Assim. Agora jogue mais alguma coisa na lareira. Eu quero fogo...

Martin Martínitch, sem olhar, pegou alguns papéis da mesa e lançou na lareira.

— Agora... Vá passear um pouquinho. Lá fora já deve ter saído a lua, a minha lua, você se lembra? Não se esqueça de pegar a chave. Bata a porta com força e, para abrir...

Não, lá fora não havia lua. Na abóbada, nuvens baixas, escuras, fechadas. Depois somente a imensa e silenciosa caverna. Estreitas e intermináveis as passagens entre as paredes e penhascos gelados, escuros como um prédio. Nos penhascos, profundos buracos de luz púrpura. Lá, nos buracos, junto ao fogo, estão as pessoas acocoradas. Uma breve corrente de ar, leve e gelada, sopra por debaixo das pernas um pó branco. E ninguém consegue ouvir, no meio do pó branco, nos blocos, nas cavernas, entre as pessoas de cócoras, a enorme e regular passada de um certo mamute mamutesco.

(1920)

Tradução de Mário Ramos

Aleksandr Grin

Poucas cidades têm uma mitologia tão complexa quanto São Petersburgo--Petrogrado-Leningrado. Este conto de 1924, "O caça-ratos", é a contribuição de Aleksandr Stiepánovitch Grin (abreviação de Grinevski, 1880-1932) à imagem da Petrogrado fantasmagórica, derruída e zoológica que se sobrepôs, no período pós-revolucionário, à extensa tradição fantástica da urbe. Nascido em um arrabalde da cidade de Viatka, Grin passou, "gorkianamente", por diversos empregos e bicos. Foi preso mais de uma vez por sua atividade política revolucionária. Embora tenha desfrutado de popularidade considerável no começo dos anos 1920, Grin é aos poucos colocado no ostracismo pelos editores soviéticos, e morre na miséria. Grin criou um mundo artístico composto por uma linguagem elaboradíssima e por referências a terras e portos distantes e imaginários. Para muitos leitores russos, Grin está associado, bem ou mal, a um universo aventuresco juvenil, mas esta definição parece estreita demais para dar conta do estranhamento estético gerado pela sua ficção.

O caça-ratos

No seio das águas está Chilion,
Lá, no subterrâneo, sete colunas
Cobertas do musgo sombrio dos anos.[1]

I

Na primavera de 1920, precisamente em março, precisamente no dia 22 — faremos essas oferendas de precisão para pagar a entrada no seio dos documentalistas declarados, sem o que o perscrutador leitor do nosso tempo provavelmente questionará as redações —, eu entrei no mercado. Entrei no mercado no dia 22 de março, repito, de 1920. Era o Mercado Sennói.[2] Mas não sou capaz de indicar em que canto eu estava, assim como não me lembro do que publicaram nos jornais daquele dia. Eu não estava num canto porque andava de um lado a outro da calçada, ao longo do edifício destruído do mercado. Vendia uns livros: a última coisa que eu tinha.

O frio e a neve úmida, que caía pesada sobre as cabeças da multidão ao longe, como nuvens de centelhas brancas, davam ao espetáculo um aspecto repulsivo. Cansaço e frio irradiavam de todos os rostos. Eu estava sem sorte. Vaguei mais de duas horas e encontrei apenas três pessoas que perguntaram o que eu gostaria de receber por meus livros, mas também estas acharam o preço de cinco libras de pão desmedidamente alto. Entretanto, começava a escurecer, circunstância nada favorável a livros. Fui para a calçada e encostei-me à parede.

---

[1] Trecho do poema de Lord Byron (1788-1824) "The Prisoner of Chillon" (1816): "*There are seven pillars of Gothic mould,/ In Chillon's dungeons deep and old,/ There are seven columns, massy and grey*". (N. da T.)

[2] Literalmente: mercado de feno. Aberto em 1737, em São Petersburgo, no local onde já acontecia a venda livre de feno, palha e lenha. A partir de 1820, passou a abrigar todo tipo de produto, e ficou conhecido como o mais diversificado e o mais barato da cidade. (N. da T.)

À minha direita, estava uma velha de albornoz e chapeu preto velho com avelórios. Sacudindo a cabeça mecanicamente, ela estendia, com dedos nodosos, um par de toucas infantis, fitas e um maço de colarinhos amarelados. À esquerda, prendendo com a mão livre um xale cinza quente sob o queixo, estava uma jovem de aparência bem à vontade, segurando o mesmo que eu: livros. As suas botas pequenas, bem decentes, a saia, que descia tranquila até a meia, diferente daquelas sainhas inquietas, encurtadas até o joelho, que então até as velhas começavam a usar, o seu casaquinho de feltro, as luvas quentes envelhecidas, com o estofo desnudo, espiando pelos buracos dos dedos, assim como a maneira com que dirigia o olhar aos transeuntes, sem sorrisos nem convites, às vezes baixando pensativamente os cílios longos até os livros, e a maneira como os segurava e como dava gemidos contidos quando o transeunte, após lançar os olhos às mãos e depois ao rosto, afastava-se como se tivesse se admirado de algo, enfiando "sementinhas" na boca; tudo isso me agradou muito, e no mercado parecia ter ficado até mais quente.

A nós interessam aqueles que correspondem à imagem que fazemos do ser humano em determinada situação, por isso perguntei à moça se ia bem o seu pequeno comércio. Ela tossiu fracamente, voltou a cabeça, dirigiu a mim atentos olhos de um cinza-azulado e disse: "Assim como o seu".

Trocamos observações relativas ao comércio em geral. No início ela falava somente o necessário para ser compreendida; depois, um homem de óculos azuis e culotes comprou dela o *Dom Quixote*, e então ela se animou um pouco.

— Ninguém sabe que eu trago livros para vender — disse ela, mostrando-me, com confiança, um papelzinho falsificado, empurrado à força, no meio de outros, a cidadãos cautelosos, e balançando-o meio distraída. — Quer dizer, eu não roubo nada, mas pego das estantes quando o meu pai está dormindo. Minha mãe morreu... Na época, vendemos tudo, praticamente tudo. Não tínhamos pão, nem lenha, nem querosene. O senhor entende? No entanto, o meu pai ficaria indignado se soubesse que ando por aqui. Então eu venho, trago aos pouquinhos. Dá pena dos livros, mas fazer o quê? Graças a Deus são muitos. O senhor também tem muitos?

— Não — disse eu num tremor (já naquela época eu estava resfriado e um pouco rouco) —, acho que não eram muitos. Pelo menos isso é tudo que tenho.

Ela dirigiu a mim um olhar ingenuamente atento, tal como criancinhas do interior, amontoadas na isbá, observam um funcionário recém-chegado tomando chá, e, estendendo a mão, roçou a pontinha desnuda do dedo na gola da minha camisa. Nela, como também na gola do meu casaco de verão, não havia botões, eu os perdera e não tinha pregado outros, pois há muito não me cuidava, já dera de ombros tanto ao passado quanto ao futuro.

— O senhor vai ficar resfriado — disse ela, automaticamente apertando ainda mais o xale nos dedos, e eu entendi que o pai amava essa moça, que ela era mimada e divertida, mas boazinha. — Vai ficar gripado, pois anda com a gola despregada. Venha até aqui, cidadão.

Ela colocou os livros debaixo do braço e foi até o arco da entrada. Ali, erguendo a cabeça com um sorriso tolo, deixei a minha garganta à sua disposição. A moça era esbelta, mas significativamente mais baixa do que eu; por isso, depois de pegar aquilo de que precisava, tendo no rosto a expressão enigmática e imperturbável que as mulheres costumam demonstrar quando se ocupam de alfinetes, ela colocou os livros no frade de pedra, fez um breve esforço sob o casaquinho e, erguendo-se na ponta dos pés, respirando com concentração e solenidade, fechou bem a minha camisa e juntou as pontas dela com as do casaco, usando um alfinete de segurança branco.

— Que derretimento — disse uma mulher corpulenta ao passar por nós.

— Aqui está — a moça examinou o próprio trabalho com olhar crítico, dizendo "hum". — Pronto. Vá passear.

Desatei a rir e fiquei surpreso. Poucas vezes encontrei uma simplicidade assim. Nós ou não acreditamos nela ou não a enxergamos; infelizmente a enxergamos só quando estamos mal.

Eu tomei a mão dela, apertei, agradeci e perguntei qual era o seu nome.

— Não custa nada dizer — respondeu, olhando para mim com pesar —, mas para quê? Não vale a pena. A propósito, anote o nosso telefone; talvez eu peça pra você vender uns livros.

Eu anotei, acompanhando com um sorriso o seu indicador, que ela, mantendo os outros dedos cerrados, levava pelo ar, enquanto ditava número após número num tom professoral. Depois fomos cercados e separados por uma multidão que corria da guarda montada. Eu derrubei os livros e, quando os peguei, a moça tinha desaparecido. O alarme não foi suficiente para esvaziar de todo o mercado, e os meus livros, alguns minutos depois disso, foram comprados por um velhote típico de Andrêiev, com barba de bode e óculos redondos. Ele deu pouco, mas eu fiquei contente até com isso. Só ao me aproximar de casa, percebi que tinha vendido também aquele livro, onde anotara o telefone, e que esquecera completamente o número.

II

No início, reagi com a leve perplexidade devida a qualquer pequena perda. A fome não aplacada abafava as impressões. Contemplativo, eu fritava batatas num cômodo de janela apodrecida, recoberta de umidade. Eu tinha um pequeno fogão de ferro. Lenha... Naquela época muitos andavam pelos sótãos; eu também andava, passeava pela penumbra inclinada dos telhados, com a sensação de ser um ladrão, ouvindo o vento zunir pelos canos e fitando, através da claraboia arrombada, a mancha pálida do céu que semeava cristais de neve no lixo. Eu encontrava ali lascas do corte das asnas, caixilhos velhos de janelas, cornijas desmanteladas, e levava isso de madrugada para minha casa, no porão, prestando atenção para ouvir se nos corredores não rangia a trava da porta, deixando entrar um frequentador retardatário. Parede-meia comigo, morava uma lavadeira; dias inteiros eu me punha a escutar o forte movimento das suas mãos na tina, produzindo o som do ruminar cadenciado de um cavalo. Lá também tamborilava, em geral altas horas da noite, como um relógio enlouquecido, uma máquina de costura. Uma mesa vazia, uma cama nua, um tamborete, uma xícara sem pires, uma frigideira e uma chaleira, em que eu cozinhava minhas batatas — chega dessas lembranças. O espírito do cotidiano com frequência afasta-se do espelho colocado, com zelo, à sua frente por pessoas irrepreensivelmente cultas, que xingam na nova ortografia com o mesmo êxito com que o faziam na velha.[3]

Assim que caiu a noite, lembrei-me do mercado e recapitulei tudo vivamente, fitando o alfinete. Carmen fez muito pouco, só atirou uma flor ao indolente soldado. Não mais do que isso tinha acontecido ali. Eu há muito refletia sobre os encontros, o primeiro olhar, as primeiras palavras. Eles ficam guardados na memória e cravam profundamente a sua

---

[3] Menção à reforma ortográfica da língua russa, debatida desde 1904, mas implementada em 1917-18. (N. da T.)

marca quando não acontece nada de excessivo. Há então a pureza impecável dos instantes que podemos converter por inteiro em linhas ou num desenho; é isso que na vida lança a base da arte. O caso autêntico, acorrentado à simplicidade serena do verdadeiro tom natural, pelo qual ansiamos a cada passo com todo o nosso coração, está sempre cheio de encantamento. A impressão soa então por pouco tempo, mas plenamente.

Por isso, mais de uma vez voltei ao alfinete, repetindo na memória o que tinha sido dito por mim e pela moça. Depois fiquei cansado, deitei, despertei, mas, ao me levantar, logo caí e perdi os sentidos. Era o começo do tifo, e de manhã me levaram para o hospital. Entretanto, tive memória e imaginação suficientes para colocar o meu alfinete numa caixa de metal, que servia de tabaqueira, e não me separei dela até o fim.

III

Aos 41 graus, o delírio tomou a forma de visitas. Vinham me visitar pessoas a respeito das quais eu não tinha nenhuma informação há vários anos. Eu conversava longamente com elas, e a todas pedia que me trouxessem coalhada. Porém, como se tivessem combinado, todas repetiam que o médico tinha proibido a coalhada. Enquanto isso, no íntimo, eu esperava que aparecesse ali, entre aqueles rostos que tremulavam como no vapor da sauna, o rosto da nova enfermeira, que devia ser ninguém mais ninguém menos que a moça com o alfinete de segurança. De tempos em tempos ela passava pelo muro, entre flores altas, de coroa verde, com o céu dourado ao fundo. Como os seus olhos brilhavam meiga e alegremente! Até quando ela não aparecia, a sua presença invisível enchia a barraca, que cintilava à luz do fogo mortiço, e eu, de tempos em tempos, roçava os dedos na caixa com o alfinete. Ao amanhecer, tinham morrido cinco pessoas, levadas em padiolas por sanitaristas corados, enquanto o meu termômetro mostrava 36 e pouco; depois disso teve início um estado de convalescença sóbrio, mas sem forças. Deram-me alta quando eu já conseguia andar, apesar da dor nas pernas, passados três meses de doença; eu saí e fiquei sem teto. No meu antigo cômodo, instalara-se um inválido, e para andar pelas repartições cuidando de arranjar um cômodo eu não teria disposição de espírito.

Talvez agora seja oportuno dizer algo sobre a minha aparência, usando para isso um fragmento da carta do meu amigo Riépin ao jornalista

Fingal. Eu faço isso não por querer gravar os próprios traços nas páginas do livro, mas a título de evidência. "Ele está amorenado — escreve Riépin —, o rosto regular tem uma expressão contrafeita a tudo, usa cabelos curtos, fala lentamente e com dificuldade." É verdade, mas essa minha maneira de falar não era consequência da doença: ela vinha da sensação lamentável, raramente reconhecida por nós, de que o nosso mundo interior interessa a poucos. A mim, no entanto, interessava profundamente qualquer outra alma, pois eu pouco falava de mim mesmo, mais ouvia. Por isso, quando se reuniam pessoas que tentavam, com animação, interromper uma às outras o maior número de vezes possível, para chamar mais atenção a si, em geral eu ficava de lado.

Por três semanas dormi na casa de amigos e de amigos de amigos, numa rede de compaixão. Dormi no chão e em sofás, em cima do fogão e sobre caixas vazias, em cadeiras ajuntadas e, certa vez, até numa tábua de passar roupas. Nesse tempo, vi uma multiplicidade de coisas interessantes que, em homenagem à vida, lutam resolutamente por calor, amigos, comida. Vi acenderem fogão com pedaços do aparador, esquentarem chaleira em candeeiro, fritarem carne de cavalo em óleo de coco e roubarem vigas de madeira de edifícios desmoronados. Mas tudo isso e muito, muito mais já foi descrito por penas que estraçalharam a carne fresca em pedacinhos; nós não tocamos em pedaços já arrancados. É outra coisa que me atrai: aquilo que aconteceu comigo.

IV

No final da terceira semana, adoeci de insônia aguda. Como isso começou é difícil dizer, lembro-me apenas de que pegava no sono cada vez com mais dificuldade e despertava cada vez mais cedo. Nessa época, um encontro casual levou-me a um abrigo duvidoso. Eu vagava pelo canal do Moika e apreciava o espetáculo da pesca — um mujique, com uma rede em uma vara longa, rodeava lentamente o granito da margem, lançando às vezes o seu equipamento na água e arrastando um punhado de peixinhos miúdos —, quando encontrei um comerciante, do qual alguns anos antes comprava produtos de mercearia anotados em caderneta; agora esse homem se ocupava de coisas do tesouro público. Ele tinha acesso a muitos prédios por conta de questões do erário. Eu não o reconheci de imediato: sem avental, sem a camisa de chita com desenho turco, sem barba e sem bigodes. O comerciante usava um traje austero, de feitio militar, estava bem escanhoado e lembrava um inglês, porém com traços de Iaroslavl. Embora levasse uma pasta grossa, não tinha o poder de me instalar onde quisesse, por isso propôs as câmeras esvaziadas do Banco Central, onde havia duzentos e dezesseis cômodos quietos e vazios, como água no tanque.

— Um Vaticano — disse eu, estremecendo levemente só de pensar em ter uma casa daquelas. — Como assim? Então ninguém está morando lá? Ou será que aparecem às vezes, e o zelador vai me mandar pra polícia?

— Ora! — disse apenas o ex-comerciante. — O prédio não fica longe; vá e veja.

Ele me levou a um pátio grande, separado de outros pátios por arcos, olhou ao redor e, como por ali não tínhamos visto ninguém, dirigiu-se com segurança a um canto escuro, de onde subia uma escada preta. Parou no terceiro patamar, diante de uma porta residencial comum; na fresta inferior acumulava-se lixo. O patamar estava compactamente entupido de papéis sujos. Parecia que um silêncio ermo, postado junto à porta, infiltrava-se pelo buraco da fechadura numa enorme massa de vazio. Ali, o comerciante me explicou como abrir sem chave: puxou a maçaneta, deu um tranco, empurrou para cima, e as duas metades abriram-se, pois não havia ferrolhos.

— Há uma chave — disse o comerciante —, mas não está comigo. Quem conhece o segredo entra muito facilmente. Porém, não conte a ninguém o segredo; pode-se trancar tanto por dentro quanto por fora, é só bater. Quando precisar sair, primeiro dê uma olhada na escada. A janelinha serve para isso (realmente, na altura do rosto, na parede, perto da porta, negrejava uma janela pequena com o vidro quebrado). Eu não vou entrar. O senhor é um homem culto e verá por si só o melhor jeito de se arranjar; saiba apenas que aqui pode se abrigar uma companhia militar inteira. Fique uns três dias; assim que eu encontrar um canto, informarei o senhor imediatamente. Portanto, desculpe a indelicadeza, mas todo mundo precisa comer e beber: tenha a bondade de aceitar um empréstimo até que a situação melhore.

Ele abriu uma bolsinha ensebada, em silêncio enfiou algumas notas na minha mão pendente, como a um médico pela consulta, repetiu o conselho e saiu; já eu, depois de fechar a porta, sentei em uma caixa. Enquanto isso, o silêncio que sempre ouvimos em nosso próprio interior, com lembranças de sons da vida, já me atraía, como um bosque. Escondia-se atrás da porta semicerrada do cômodo. Levantei-me e comecei a andar.

Eu passava de porta em porta, percorrendo cômodos grandes e altos, com a sensação de quem pisa em gelo fino. Havia muito espaço e eco ao redor. Eu mal deixava uma porta para trás e já via outras à frente e dos lados, que levavam a uma luz baça ao fundo, com entradas ainda mais escuras. Nos parquetes, junto com a neve dos caminhos da primavera, revolviam-se papéis. A sua abundância lembrava a operação de limpeza de neve nas ruas. Em algumas instalações, ainda na porta, era preciso vencer monturos movediços, que chegavam à altura do joelho.

Papéis de todos os tipos, de todas as destinações e cores espalhavam sua confusão onipresente num ímpeto de desastre natural. Inundavam as paredes e pendiam das beiradas das janelas; de parquete em parquete, corria a sua enxurrada branca, que jorrava dos armários escancarados, entulhando os cantos, formando barreiras e campos revolvidos em alguns pontos. Blocos, formulários, livros-caixa, dados numéricos, papéis pautados, textos impressos e manuscritos — o conteúdo de milhares de armários revirado diante dos olhos; o olhar desnorteava-se, abatido pelo tamanho da impressão. Qualquer rumor, o ruído dos passos e até a minha própria respiração soavam como se produzidos bem perto do ouvido, tão grandioso e arrebatador era aquele silêncio. Todo o tempo perseguia-me um cheiro enjoativo de poeira; as janelas estavam hermeticamente fechadas. Olhando através do seu vidro crepuscular, eu via ora as árvores do canal, ora os telhados das casas ou então as fachadas da avenida Niévski. Isso significava que a edificação contornava toda a quadra, mas as suas dimensões, graças à frequente e esgotante tangibilidade do ambiente dividido por portas e paredes ininterruptas, pareciam trilhas de uma caminhada de muitos dias; era a sensação inversa à que sentimos ao pronunciar "rua Pequena" ou "praça Pequena". Mal tinha começado a dar a volta e já comparava esse lugar a um labirinto. Tudo era uniforme: monturos de trastes, o vazio aqui e ali, marcado por janelas ou uma porta, e a expectativa de outras portas, privadas de multidão. Assim se movimentaria uma pessoa, se isso fosse possível, no interior do reflexo do espelho, quando dois espelhos repetem até o esgotamento o ambiente abarcado por eles, e só faltaria a própria pessoa, postada à porta, como em uma moldura.

Eu tinha percorrido não mais de vinte cômodos e já me confundia, então comecei a distinguir sinais para não me perder: uma camada de informações no chão; ali uma escrivaninha quebrada, uma tábua de porta arrancada encostada à parede, a beirada da janela atulhada de tinteiros lilases, um cesto de arame, uma pilha de mata-borrões usados, uma lareira, aqui e ali um armário ou cadeira abandonada. Mas também os sinais começaram a se repetir: olhando ao redor, eu notava às vezes, com surpresa, que tinha ido parar onde já havia estado, constatando o engano só por uma série de outros objetos. Às vezes me deparava com um cofre de aço com a portinhola pesada arrancada, como um fogão vazio; um aparelho de telefone no meio da devastação, como uma caixa de correio ou um cogumelo numa bétula; uma escada portátil; encontrei até uma forma preta para chapéus, incluída no inventário não se sabe como nem quando.

O crepúsculo já roçava as profundezas da sala, com papéis branquejando ao fundo; as redondezas e os corredores fundiam-se com a penumbra, e a luz baça, em losangos, entortava os parquetes nas portas, mas as paredes adjacentes às janelas ainda resplandeciam aqui e ali com o brilho intenso do pôr do sol. A lembrança daquilo que, ao passar, eu deixava para trás coalhava como leite assim que novas entradas erguiam-se diante de meus olhos, e eu só lembrava e sabia, basicamente, que estava andando entre paredes, no meio de lixo e papéis. Num lugar, tive de fazer uma escalada e amassar um monte de pastas escorregadias sob os pés; som de arbustos. Enquanto caminhava, eu olhava ao redor e estremecia — bem pegajoso, sem se desprender de mim, havia no silêncio o mais ínfimo dos sons, como se eu arrastasse nos pés molhos de vassouras secas, prestando atenção para ver se essa peregrinação não melindrava os ouvidos de algum estranho. No início eu caminhava pela matéria nervosa do banco e pisoteava os grãos negros das cifras com a sensação de estar destruindo o elo de notas orquestradas, ouvidas do Alasca até o Niágara. Eu não buscava comparações: elas, despertadas por um espetáculo inesquecível, apareciam e desapareciam, como uma corrente de figuras de fumaça. Parecia-me que eu estava andando no fundo de um aquário, do qual haviam retirado a água, ou no meio do gelo ou ainda — mais preciso e sombrio — que eu vagava nos séculos passados, convertidos no dia de hoje. Percorri um corredor interno tão sinuosamente longo que por ele seria possível andar de bicicleta. No final havia uma escada, subi ao andar seguinte e desci por outra escada, transpondo uma sala de tamanho médio, com piso fixado em uma armação. Ali se vislumbravam bolas de vidro opacas, abajures no formato de tulipas e sinos, lustres de bronze no formato de serpente, rolos de fios, montes de faiança e artigos de cobre.

Em seguida, um corredor emaranhado levou-me a um arquivo, onde, entre o aperto escuro das prateleiras que cruzavam o ambiente em linhas paralelas, unindo o chão ao teto, era impensável passar. Uma massa de livros de registro de correspondências erguia-se acima da linha do peito; nem sondar com a devida atenção eu conseguia, tão densa era toda a mistura.

Atravessando a porta lateral, fui seguindo as paredes brancas na penumbra, até ver um arco grande, que ligava as galerias à área do salão central, provido de duas filas de colunas pretas. O parapeito da tribuna de alabastro estendia-se no alto dessas colunas em enormes quadriláteros; mal se distinguia o teto. Quem tem medo de grandes espaços, sairia correndo, de rosto tapado, de tão longe que se encontrava o final desse recipiente de multidões, onde negrejavam portas do tamanho de uma carta de baralho. Ali podiam dançar mil pessoas. No meio havia uma fonte, e as suas máscaras, com bocas abertas de comédia ou de tragédia, pareciam um monte de cabeças. Junto às colunas, em forma de arena, abria-se uma barreira com balcão inteiriço e divisória de vidro opaco, com indicação de caixa e contabilidade em letras douradas. Biombos quebrados, cabinas desmanteladas, mesas afastadas para junto das paredes, tudo isso quase não se notava por causa da enormidade da sala. Com certa dificuldade o olhar capturava objetos tão devastados e sem vida como todo o resto. Eu permanecia imóvel, observando. Começava a tomar gosto por esse espetáculo, a assimilar o seu estilo. O animado sentimento de espectador de um grande incêndio era óbvio de novo. O caráter sedutor da destruição começava a tocar inspirações poéticas, diante de mim abria-se uma singular paisagem, uma localidade e até um país. O seu colorido naturalmente sugeria algo semelhante à sugestão musical de um motivo original. Era difícil imaginar que em algum lugar dali tivesse passado uma multidão, com milhares de negócios nas pastas e na cabeça. Em tudo havia a marca do apodrecimento e do silêncio. De porta em porta estendia-se o prenúncio da inaudita impertinência de uma desolação desastrosa e indomável, que podia se revirar tão facilmente quanto se esmaga uma casca de ovo com o pé. Essas impressões semeavam singular comichão na cabeça, atraindo pensamentos sobre catástrofes, com os mesmos ímãs do coração que nos levam a olhar um abismo. Parecia que um único pensamento, como eco, abarcava em si todas as formas e num som perseguia insistentemente os ouvidos, o pensamento que lembrava a divisa:

"Está feito — silêncio."

V

Finalmente, me cansei. Era com dificuldade que conseguia distinguir corredores e escadas. Estava com fome. Não tinha vontade de procurar a saída para então poder comprar algo comestível num canto qualquer. Em uma das cozinhas, matei a sede, abrindo a torneira. Para minha surpresa, saiu água, ainda que num filete, e esse insignificante sinal de vida, do seu modo, me animou. Depois comecei a arrumar o cômodo. Isso ainda me ocupou alguns minutos, até que encontrei no gabinete uma porta, uma lareira e um telefone. Praticamente não havia mobília; o único lugar em que se podia deitar ou sentar era um sofá escalpelado e sem pés; pedaços de couro cortado, molas e filamentos em todos os cantos. Em um nicho da parede, havia um armário alto de nogueira: trancado. Fumei um cigarro, depois outro, até alcançar relativo equilíbrio, e comecei a cuidar do pouso.

Há muito eu não sentia a felicidade do cansaço, do sono profundo e tranquilo. Enquanto o dia brilhava, eu pensava na chegada da noite com o cuidado de quem carrega um pote cheio de água, tentando não se exasperar, quase certo de que desta vez o esgotamento vencerá a onerosa animação da consciência. Porém, assim que caía a noite, o medo de não pegar no sono tomava conta de mim com a força de um pensamento impertinente e eu me afligia, clamando pela chegada da noite para então saber se pegaria afinal no sono. No entanto, quanto mais se aproximava a meia-noite, mais claramente as minhas sensações me convenciam de sua acuidade antinatural; uma vivacidade inquieta, semelhante ao brilho do magnésio no meio da escuridão, retorcia a minha força nervosa em uma corda sonora que se retesava à menor impressão, e eu acordava do dia para a noite, com o seu longo caminho pelo interior do coração inquieto. O cansaço dispersava-se, os olhos arranhavam, como se neles houvesse areia seca; o começo de qualquer pensamento lentamente se desenvolvia, em toda a complexidade de seus reflexos, e as horas iminentemente longas e sem atividade, cheias de lembranças, já se revoltavam sem força, como um trabalho obrigatório e infrutífero, do qual não se podia fugir.

Eu chamava o sono como era possível. De manhã, parecia que tinham jogado água quente em meu corpo, e eu sugava a falsa presença do sono com um bocejo artificial, mas, assim que fechava os olhos, experimentava a mesma sensação que experimentamos ao fechar os olhos durante o dia sem necessidade: a inutilidade dessa posição. Eu experimentei todos os recursos: observar pontos na parede, fazer contas, ficar imóvel, repetir uma única frase, sem êxito.

Eu tinha um toco de vela, coisa absolutamente imprescindível naquela época em que as escadas não eram iluminadas. Embora turvamente, iluminei com ele a altura fria do cômodo, depois preenchi os buracos do sofá com papel e amontoei livros na cabeceira. O casaco serviu-me de cobertor. Convinha alimentar a lareira para ficar olhando o fogo. Além disso, nem na época do verão havia ali calor suficiente. De qualquer modo, eu inventara uma ocupação e estava feliz. Logo maços de contas e de livros queimaram naquela lareira grande, produzindo um fogo alto e desmanchando-se em cinza na grelha. A chama fazia oscilar a treva das portas abertas, escapando até a lonjura de uma poça brilhante e tranquila.

Mas esse fogo ocasional ardeu em segredo e sem frutos. Não iluminou objetos que, observados habitualmente sob o reflexo fantástico de brasas vermelhas e douradas, levam-nos ao calor interior e à luz da alma. Não era aconchegante como a fogueira de um ladrão. Fiquei deitado, com a cabeça apoiada na mão dormente, sem nenhuma vontade de cochilar. Todos os meus esforços nesse sentido eram iguais aos da simulação de um ator que se deita na cama, bocejando diante do público. Além disso, eu estava com fome e, para silenciar a fome, fumava com frequência.

Eu estava deitado e preguiçosamente olhava o fogo e o armário. Então me veio à mente que o armário estava trancado não sem motivo. Mas o que podia estar trancado dentro dele, a não ser aqueles montes de negócios mortos? O que ainda não teria sido arrancado dali? A triste experiência com pequenas lâmpadas elétricas queimadas, das quais eu encontrara um monte num desses mesmos armários, obrigava-me a suspeitar que o armário estava trancado sem nenhum propósito, apenas porque a chave girara funcionalmente. E, ainda assim, eu contemplava as portas sólidas como se fossem a porta de entrada de um prédio e o tempo todo pensava em comida. Eu não esperava muito seriamente encontrar nele algo que servisse para comer. O meu estômago incitava-me cegamente, condenado a pensar sempre num mesmo padrão, peculiar apenas a ele, assim como produzia uma saliva faminta diante de comida. Para me distrair, andei por alguns cômodos próximos, mas, vagando por lá sob a luz do toco de vela, não encontrei nem mesmo um farelo de torrada e voltei, cada vez mais atraído pelo armário. Na lareira, sombriamente, restara apenas cinza. As minhas reflexões tratavam de vagabundos como eu. Algum deles não teria trancado naquele armário um pedaço de pão, ou, quem sabe, uma chaleira, chá e açúcar? Diamantes e ouro são guardados em outro lugar; era bastante evidente a situação. Eu me considerava no direito de abrir o armário, uma vez que, é claro, não tocaria em absolutamente nada do que estava trancado ali; mas, comida, fosse lá o que dissesse a letra da lei, naquele momento, naquele momento era um direito meu.

Iluminado pelo toco de vela, entretanto, não me apressei a submeter esse raciocínio a críticas para não perder o ocasional ponto de sustentação moral. Por isso, peguei uma régua de aço, enfiei uma ponta dela na fresta junto à fechadura e, fazendo pressão, forcei ainda mais. A lingueta tiniu e saltou; o armário, rangendo fortemente, abriu-se — eu dei um passo atrás assim que vi o extraordinário. Lancei a régua longe, num movimento brusco, estremeci e não gritei apenas porque não tive forças. Foi como se tivessem despejado sobre mim um tonel de água fria.

VI

O primeiro tremor da abertura foi um tremor instantâneo, porém, ao mesmo tempo, da mais terrível dúvida. No entanto, os sentidos não me enganavam. Vi um depósito de provisões valiosas em sete prateleiras, que se inclinavam fortemente para o fundo do armário, sob o peso da carga que o abarrotava. Ela se compunha de artigos raros: produtos selecionados de uma mesa farta, cujo gosto e sabor já haviam se tornado vaga lembrança. Puxei uma mesa e comecei a vistoria.

Antes de mais nada, fechei as portas, com vergonha dos espaços vazios, como olhos suspeitos; até saí para investigar se havia alguém rondando por aquelas paredes, como eu. O silêncio serviu de sinal.

Comecei a vistoria por cima. O topo, ou seja, a quinta e a sexta prateleiras, estava ocupado com quatro cestas grandes, de onde, assim que as balancei um pouco, saltou um enorme rato castanho, que bateu no chão, soltando um guincho de causar náusea. Convulsivamente, retirei a mão às pressas, enrijecendo de nojo. O próximo movimento provocou ainda a fuga de dois répteis, que desapareceram por entre as minhas pernas, como lagartos grandes. Então sacudi uma cesta e bati no armário, afastando-me, com medo de que caísse dali uma chuva de mamíferos tenebrosos e serpenteantes, balançando o rabo. Mas os ratos, se lá ainda havia outros exemplares, fugiram provavelmente pela parte de trás do armário, passando por fendas na parede: o armário ficou quieto.

Naturalmente, fiquei espantado com esse recurso de guardar reservas comestíveis em um lugar onde ratos (*Murinae*) e ratazanas (*Mus decumanus*) deviam se sentir em casa. Mas o meu êxtase precedia qualquer tipo de reflexão; ela mal penetrava, como numa represa, nesse turbilhão apoteótico. Que não me venham dizer que os sentimentos relacionados com comida são baixos, que o apetite iguala o ser humano a um anfíbio. Em minutos semelhantes aos que vivi, todo o nosso ser se inspira, e a alegria não é menos esplêndida do que aquela experimentada diante do sol que nasce detrás das montanhas. A alma movimenta-se ao som da marcha. Eu já estava embriagado diante do tesouro, ainda mais que cada cesta apresentava um sortimento de encantos de mesma natureza, porém num conjunto variado. Em uma cesta, havia queijos, uma coleção de queijos, desde o esverdeado e seco até o de Rochester e o *brie*. A segunda, não menos carregada, cheirava a uma banca de embutidos; os seus presuntos, salsichas, línguas defumadas e perus recheados espremiam-se ao lado de outra cesta, provida de montes de conserva. A quarta enfunava-se com uma montanha de ovos. Eu fiquei de joelhos, uma vez que agora tinha de olhar embaixo. Ali descobri oito embrulhos de açúcar, uma caixa com chá; um barrilzinho com aros de cobre cheio de café; cestas com biscoitos, bolos e torradas. As duas prateleiras de baixo lembravam um bufete de restaurante, uma vez que a sua carga era composta exclusivamente de garrafas de vinho, com a mesma ordem e aperto de lenha empilhada. Os seus rótulos nomeavam todos os sabores, todas as marcas, todas as glórias e artifícios dos vinicultores.

Convinha, ainda que sem pressa, mas por via das dúvidas, começar a comer, uma vez que, é claro, um tesouro desses, com o aspecto fresco de uma reserva bem planejada, provavelmente não seria deixado ali com a intenção de proporcionar a algum visitante ocasional desse local o prazer de um grande achado. Durante o dia ou à noite, podia aparecer alguém aos gritos e de braços erguidos, senão com algo ainda pior, como uma faca. Tudo isso testemunhava a obscura astúcia do acaso. Ali havia muito o que recear, pois eu me avizinhava do desconhecido. Entretanto, a fome começava a se manifestar; eu semicerrei o armário e sentei--me nos restos de sofá, depois de ter me cercado de pedaços colocados sobre grandes folhas de papel que serviam de prato. Eu comi o mais essencial, ou seja, torradas, presunto, ovos e queijo, completando isso com biscoitos e bebendo vinho do Porto, com uma sensação de deslumbramento a cada gole. No início eu não conseguia conter os arrepios e um riso pesado e nervoso, mas, quando me aquietei um pouco e me acostumei um pouco com a posse daquelas coisas gostosas, arrancadas das nuvens não mais de quinze minutos atrás, contive os movimentos e os pensamentos. A saciedade veio logo, muito mais rapidamente do que eu imaginara quando começara a comer, em consequência da aflição, que esgota até o apetite. No entanto, eu estava abatido demais para passar à resignação, e a saciedade deleitou-me completamente, sem o embotamento sonolento do cérebro que costuma acompanhar a absorção diária de pratos abundantes. Depois de comer tudo que tinha separado e de liquidar escrupulosamente os restos do banquete, senti que aquela era uma noite boa.

Entretanto, como eu não mergulhara em conjecturas, elas, naturalmente, apenas arranhavam, como faca cega, a superfície do acontecimento, deixando a sua essência oculta a um olhar não iniciado. Perambulando pelo gigante adormecido do banco, talvez eu tivesse compreendido muito bem em que sentido o meu comerciante estava envolvido com esse Klondike[4] de papel de impressão: dali se podia tirar e carregar centenas de cargas de invólucros, tão valiosos aos comerciantes para aumentar o peso; além disso, fios elétricos e armações miúdas somariam mais de um maço de notas; não sem motivos tinham arrancado fios e tomadas em toda parte, por onde eu examinara as paredes. Por isso, não tornei o comerciante proprietário do segredo das provisões; ele, com certeza, servia--se dela em outro lugar. Mas, além desse ponto, não dei nem um passo, todas as minhas reflexões subsequentes foram impessoais, como em qualquer descoberta. Que ninguém tocava nas provisões havia algum tempo, isso era confirmado pelos vestígios dos ratos; os seus dentes deixaram buracos amplos em presuntos e queijos.

---

[4] Região do noroeste do Canadá, famosa pela febre do ouro no final do século XIX. (N. da T.)

Saciado, pus-me a investigar minuciosamente o armário, reparando em muito do que tinha deixado passar nos minutos da descoberta. Entre as cestas, havia um pacote de facas, garfos e guardanapos; atrás dos embrulhos de açúcar, escondia-se um samovar de prata; em uma caixa, bateram montes de taças, copos e cálices, tilintando. Pelo visto, ali se reunia uma sociedade que perseguia objetivos prazerosos ou conspiratórios e contava com o isolamento e o sigilo, talvez uma organização poderosa, com o conhecimento e a participação de comitês de moradores. Nesse caso, eu devia ficar alerta. Como podia, arrumei o armário minuciosamente, considerando que a quantidade insignificante liquidada por mim no jantar mal seria notada. No entanto (eu não me senti culpado por isso), peguei mais uma coisa ou outra junto com uma garrafa de vinho, fiz um embrulho e escondi sob um amontoado de papéis numa sinuosidade do corredor.

De minha parte, nessa hora, não havia intenção de dormir, nem de deitar. Fumei um cigarro claro aromático, de tabaco em fibra e boquilha longa, o único achado ao qual prestei inteira continência, tendo enchido todos os bolsos daqueles divinos cigarros. Eu estava em um estado de melodiosa e arrebatadora inquietação e pensava em mim como um homem que pode esperar uma série de maravilhas ruidosas. Em meio a essa agitação radiante, lembrei-me da moça de roupa cinza, que fechara o meu colarinho com um alfinete de segurança; seria possível esquecer aquele movimento? Ela era a única pessoa em quem eu pensava com palavras bonitas e tocantes. Inútil citá-las, pois assim que são pronunciadas perdem já o seu aroma de fascinação. Aquela moça, cujo nome eu nem sabia, deixara um rasto ao desaparecer, semelhante a uma faixa brilhante de água, que corre para o poente. Esse efeito suave ela produzira com um simples alfinete de segurança e com o som de sua respiração concentrada, quando se erguera na ponta dos pés. Essa sim é a verdadeira magia branca. Uma vez que a moça também passava necessidade, eu queria muito mimá-la com a minha descoberta deslumbrante. Mas não sabia onde ela estava, não podia lhe telefonar. Nem um favor da memória, gritando o número por mim esquecido, poderia ajudar, em meio a um monte de telefones, dos quais meus olhos automaticamente escolheram um: eles não funcionavam, não podiam funcionar por motivos muito evidentes. Olhei para o aparelho, entretanto, com certa dúvida perscrutadora, em que o pensamento racional não tinha absolutamente nenhuma participação. Arrastei-me até ele com a disposição de brincar. O desejo de fazer uma tolice não me deixava, e, como todo disparate noturno, adornava-se com efemérides da fantasia insone. Eu tentava convencer a mim mesmo de que me lembraria do número assim que assumisse a postura física de quem vai falar ao telefone. Além disso, desde longa data, eu considerava aqueles misteriosos cogumelos de parede, com boca de borracha e orelha de metal, como objetos não inteiramente elucidados, um tipo de superstição, inspirada, entre muitos outros, em *A atmosfera* de Flammarion, com o relato sobre o relâmpago. Eu aconselho veementemente a todos que releiam esse livro e reflitam outra vez sobre as estranhezas da tempestade elétrica, em particular sobre as ações do relâmpago em forma de esfera, que, por exemplo, pendura na parede a faca atingida por ele e nela uma frigideira ou um sapato, que revira o telhado de tal modo que as telhas se rearranjam do avesso, com a precisão de um desenho; isso sem falar nas fotografias no corpo das pessoas mortas por relâmpagos, fotografias das condições em que aconteceu a tragédia. Elas são sempre de uma cor azulada, como nos antigos daguerreótipos. "Quilowatts" e "amperes" dizem pouco a mim. No meu caso, em relação a aparelhos, não passei sem pressentimentos, sem aquela estranha languidez, sem o encobrimento da consciência que acompanham a maioria dos absurdos realizados por nós. Quer dizer, eu explico isso agora, na época eu parecia apenas o ferro diante do ímã.

Peguei o fone. Ele me pareceu mais frio do que na realidade, mudo, diante da parede indiferente. Aproximei-o do ouvido com uma expectativa não maior do que em relação a um relógio quebrado e apertei a tecla. Não sei se aquele som estava em minha cabeça ou na memória sonora, mas o fato é que eu estremeci ao ouvir um zumbido de mosca, um ruído semelhante ao de um inseto, uma vibração de fios, que, naquelas condições, era exatamente o absurdo pelo qual eu ansiava.

O esforço caprichoso de compreender como o verme pode consumir até o mármore da escultura, privando de forças todas as impressões de fonte oculta. A tentativa de compreender o incompreensível não estava entre as minhas virtudes. Mas eu me pus à prova. Ao pegar o fone, reproduzi o som característico na imaginação e só o recebi pela segunda vez quando de novo prestei atenção no fone. O som não pulava, não se entrecortava, não se enfraquecia, nem se fortalecia; no fone, como se deve, soava um ambiente invisível, à espera de contato. Fui tomado por imagens vagas, tão estranhas quanto aquele ruído do fio, agindo sobre o prédio morto. Vi entroncamentos de fios emaranhados, arrebentados por rajadas, fazendo a ligação entre pontos não rastreáveis do seu próprio caos; feixes de faíscas elétricas, voando das espinhas curvadas de gatos que saltavam por telhados; fulgurações magnéticas de linhas de bonde; o tecido e o coração da matéria na forma de cantos agudos de um desenho futurista. Esses pensamentos e visões não excediam o tempo da batida do coração empinado; ele batia, percutindo na língua intraduzível da sensação das forças noturnas.

E então, de trás das paredes, ergueu-se claramente, como lua nova, a imagem daquela moça. Como eu podia imaginar que a impressão fosse assim tão viva e inabalável? Cem forças humanas agitavam-se e badalavam dentro de mim quando, contemplando o número apagado do aparelho, eu conduzi a memória através de uma tempestade de números, tentando, em vão, determinar qual combinação lembraria o número perdido. Memória traiçoeira, infiel! Ela jura que não vai esquecer nem números, nem datas, nem detalhes, nem o rosto querido, mas, num olhar de inocência, responde com a dúvida. Mas chega a hora e, crédula, vê que fechou negócio com um macaco sem-vergonha, que devolve o anel de brilhante em troca de um punhado de amendoins. São incompletos e vagos os traços do rosto lembrado; do número de telefone escapam algarismos; as circunstâncias misturam-se, e a pessoa força a cabeça em vão, atormentando-se com a lembrança escorregadia. Mas se lembrássemos, se pudéssemos lembrar tudo, que juízo suportaria impunemente a vida inteira num único momento, em particular as lembranças dos sentimentos? Insensatamente, repeti números, mexendo os lábios, para palpar a sua autenticidade. Finalmente, surgiu uma série parecida com a impressão do número esquecido: 107-21. "Cento e sete, vinte um" — pronunciei, atento, mas sem saber exatamente se estava ou não enganado mais uma vez. Uma dúvida súbita cegou-me quando apertei a tecla pela segunda vez, mas já era tarde — o zumbido derramou-se em um ruído surdo, algo retiniu e modificou-se nas lonjuras telefônicas, e diretamente na pele da face, um contralto feminino cansado disse secamente: "Estação." "Estação!" — repetiu impaciente, mas ainda assim eu não falei de imediato, tanto se contraiu a minha garganta friamente, porque no fundo do coração eu o tempo todo apenas brincava.

Apesar de tudo, uma vez que evoquei e encantei espíritos — quaisquer que fossem eles, relacionados com *A atmosfera* ou com os *Quilowatts* da sociedade do ano de 86 —, eu estava falando e me respondiam. As rodas do relógio danificado começaram a girar a engrenagem. Os raios de aço dos ponteiros começaram a se mover em cima de minha orelha. Quem quer que tenha empurrado o pêndulo, o mecanismo começou a bater, compassado e ritmado. "Cento e sete, vinte e um"— disse eu, baixinho, olhando para a vela que se extinguia, em meio às tralhas. "Para o grupo *A*" — ressonou uma resposta descontente, e o ruído foi abafado pelo movimento distante de uma mão cansada.

Meu cérebro estava fervendo naqueles instantes. Eu pressionava justo a tecla com a letra *A*; dessa forma, não apenas o telefone funcionava, mas ainda confirmava aquela realidade surpreendente de que os fios haviam sido emaranhados — um detalhe significativo para uma alma impaciente. Tentando conectar *A*, pressionei *B*. Então, no uivo da corrente liberada para sair, irromperam, como de uma porta aberta de repente, vozes agudas, que lembravam o palavrório de um tubo de gramofone — oradores misteriosos, batendo em minha mão, que apertava o ressonador. As vozes interrompiam umas as outras, precipitadas e frenéticas como pessoas que acabaram de sair correndo para a rua. As frases desconexas lembravam um concerto de gralhas — "*A-la-la-la-la*!", berrava uma criatura desconhecida com o pano de fundo de um barítono de uma fala sensata e morosa, delimitada por pausas e sinais de pontuação com expressividade melosa. — "Eu não posso dar..." — "Se você vir..." — "Um dia..." — "Estou dizendo que..." — "Você está escutando..." — "Tamanho trinta e cinco..." — "Sinal de interrupção..." — "O carro foi enviado... — "Não entendo nada..." — "Desligue o telefone..." Nesse transe de mercado, fraco, como o canto de um mosquito, rastejavam-se gemidos, um choro longínquo, um riso, soluços, compassos de violino, o excesso de passos sem pressa, um sussurro e um murmúrio. Onde, em que ruas ressoavam essas palavras de inquietações, gritos, repreensões e queixas? Finalmente, um impulso prático tilintou, as vozes sumiram, e no zumbido do fio entrou a mesma voz, dizendo: "Grupo *B*".

— *A*! Passe-me o *A* — disse eu. — Os fios estão emaranhados.

Depois de um momento de silêncio, durante o qual o zumbido cessou duas vezes, uma nova voz, mais melodiosa e mais baixa, informou: "Grupo *A*". — "Cento e sete, vinte e um" — escandi, da maneira mais nítida possível.

— Cento e seis, zero um — repetiu a telefonista, apática, com um tom atencioso, e mal consegui me conter para não deixar escapar uma correção prejudicial, pronta: esse erro com certeza denunciava o número esquecido; logo que ouvi, reconheci, e me recordei dele, assim como nos lembramos do rosto de uma pessoa que vem em nossa direção.

— Sim, sim — disse eu, com a agitação extraordinária de alguém que estava correndo, no alto, à beira de um abismo vertiginoso. — Sim, é isso mesmo, cento e seis, zero um.

Nesse momento tudo parou dentro e fora de mim. O som da transmissão apertou meu coração com uma onda fria; não ouvi sequer o habitual "estou telefonando" ou "ligação estabelecida" — não lembro o que foi dito. Eu estava escutando os pássaros que entoavam trinos prodigiosos. Desfalecendo, encostei-me na parede. Em seguida, depois de uma pausa, que era igual à violência, uma voz ponderada e fresca, fresca como o ar, disse, cautelosa:

— Vou tentar isso. Falo por um telefone que não funciona, você ouviu como ele tocou? Quem está no telefone? — disse ela, pelo visto sem esperar resposta, mas, por via das dúvidas, em um tom com uma severidade frívola.

Quase gritando, eu disse:

— Eu sou aquele que falou com você no mercado e foi embora com o alfinete de segurança. Estava vendendo livros. Lembre-se, eu imploro. Não sei seu nome — confirme que é você.

— Milagre — respondeu, tossindo, a voz ecoando. — Espere, não desligue. Estou pensando. Velho, você já viu algo parecido?

A última frase não se dirigiu a mim. Respondeu-lhe uma voz masculina, indistinta, aparentemente de outro quarto.

— Eu me lembro do encontro — ela se dirigiu a meu ouvido de novo. — Mas eu não me lembro de que alfinete você está falando. Ah, sim! Eu nem imaginei que você tinha uma memória tão boa. Mas é estranho que esteja falando com você: nosso telefone está desligado. Mas o que aconteceu? De onde você fala?

— Está me ouvindo bem? — respondi, evitando nomear o lugar onde estava, como se não tivesse entendido a pergunta, e ao receber a resposta afirmativa, continuei: — Não sei se nossa conversa será longa. Há razões para que eu não me detenha mais nisso. Eu, assim como você, não sei muitas coisas. Por isso, sem mais delongas, preciso que me informe seu endereço, não o tenho.

Durante algum tempo, a corrente zumbiu de maneira regular como se minhas últimas palavras tivessem interrompido a transmissão. De novo, como uma parede bem fechada, instalou-se uma distância — uma terrível sensação de irritação e de tédio vergonhoso por pouco não fez com que eu começasse longas e complicadas ponderações sobre a especificidade das conversas telefônicas que não deixam que as nuances dos sentimentos mais naturais e simples se expressem livremente. Em alguns casos, rosto e palavras são inseparáveis. Talvez ela também estivesse pensando o mesmo durante o silêncio; depois eu ouvi:

— Para quê? Bom, tudo bem. Então, anote — ela disse esse "anote" de maneira ardilosa —, anote meu endereço: quinta linha, 97, apartamento onze. Mas para quê, para que você precisa do meu endereço? Eu, francamente, não entendo. À noite, estou em casa...

A voz continuou a soar, sem pressa, mas, de repente, ecoou, baixa e distante, como se estivesse em uma caixa. Ouvi que ela estava falando, aparentemente estava contando algo, mas eu não distinguia as palavras. A fala fluía cada vez mais distante, mais vaga, até se assemelhar a um chuvisco — finalmente, a pulsação da corrente, que mal podia se ouvir, mostrou que havia parado de funcionar. A ligação sumiu, o aparelho estava estupidamente mudo. Diante de mim, a parede, a caixa e o fone. Uma chuva noturna tamborilava no vidro. Apertei a tecla, que tilintou e cessou. O ressonador morreu. O encanto acabou.

Mas eu ouvi, eu falei, o que acontecera não podia não ter acontecido. As impressões sobre aqueles instantes baixaram e desapareceram como um turbilhão, mas eu ainda estava cheio de ecos dessas impressões e me sentei, de repente cansado, como se tivesse escalado uma escada íngreme. Entretanto, isso era apenas o começo dos acontecimentos. Seu desenrolar começou com o ruído de passos afastados.

VII

Ainda muito distante de mim — será que foi bem no começo do caminho que percorri? —, talvez do outro lado, a uma distância considerável do primeiro som percebido, soaram os passos misteriosos. Como foi possível constatar, alguém estava andando sozinho, pisando de forma versátil e leve, por um caminho conhecido, em meio à escuridão e, possivelmente, iluminando o percurso com uma lanterna ou vela. Contudo, vi mentalmente que ele se apressava com cuidado na escuridão; enquanto andava, ele observava e olhava ao redor. Não sei por que imaginei isso. Eu me encontrava em um estado de torpor e confusão, como se tivesse sido agarrado de longe pelas pontas de um alicate gigante. Eu verti, me preenchi de espera até sentir dor nas têmporas, minha preocupação impedia qualquer possibilidade de resistência. Eu me tranquilizaria, ou pelo menos começaria a me tranquilizar, se os passos se distanciassem, mas eu os ouvia cada vez mais nítidos, mais próximos de mim, e não sabia o que pensar a respeito da intenção dessa longa travessia, que torturava meus ouvidos pelo edifício vazio. Já o pressentimento de que não seria possível escapar de um encontro tocou minha consciência de maneira desagradável; eu me ergui, sentei-me de novo, sem saber o que fazer. O meu pulso seguia precisamente a precisão ou a interrupção dos passos, mas, ao finalmente superar a limitação sombria do meu corpo, o coração passou a bater em um compasso exato, de modo que pude sentir o meu estado em cada uma de suas palpitações. As minhas intenções se fundiram; eu estava oscilando entre apagar a vela ou deixá-la acesa, não motivos racionais, mas sim a possibilidade geral de realizar alguma ação, parecia-me um meio bem pensado de evitar o perigoso encontro. Eu não duvidava que esse encontro fosse perigoso ou preocupante. Tateei a tranquilidade entre as paredes inabitadas e ansiava deter a ilusão noturna. Por algum tempo eu saía do quarto tentando andar na ponta dos pés, com o objetivo de ver em qual dos quartos vizinhos podia me esconder, como se aquele quarto onde estava sentado, encobrindo a vela queimada com as costas, já estivesse marcado para a visita, e como se alguém soubesse que eu me encontrava nele. Deixei isso para lá depois de pensar que, enquanto realizo travessias, faço como um jogador de roleta que, quando troca de número, percebe, exasperado, que perdeu apenas por ter traído o número abandonado. O mais prudente era sentar e esperar, com as luzes apagadas. E foi isso que eu fiz: passei a aguardar na escuridão.

Entretanto, já não restava nenhuma dúvida de que a distância entre mim e o visitante desconhecido estava se abreviando a cada pulso. Ele estava andando agora a não mais do que cinco ou seis paredes de mim, correndo de porta em porta, com a rapidez tranquila de um corpo leve. Encolhi, imobilizado por seus passos, que iam em direção ao momento do encontro dos olhares, momento este que se aproximava, voando, com a velocidade de um automóvel: olhos nos olhos, eu só pedia a Deus que suas pupilas não tivessem um risco enlouquecido no branco dos olhos sobre o seu brilho interno. Já não estava esperando, apenas sabia que o veria; o instinto, que havia substituído a razão naqueles instantes, falava a verdade, enfiando o rosto cego na navalha do medo. Os espectros entraram na escuridão. Vi uma criatura peluda no canto do quarto das crianças, um fantasma obscuro, e, mais assustador do que tudo, mais terrível do que cair do alto era aguardar que os passos cessariam bem na porta, que não haveria ninguém, e que essa ausência, fosse de quem fosse, tocaria o meu rosto como um sopro de ar. Já não havia tempo para imaginar uma pessoa igual a mim mesmo. O encontro voava em minha direção; eu não podia me esconder em lugar algum. De repente os passos cessaram, pararam bem perto da porta, e eu não ouvia nada, além do barulho de ratos que corriam nas pilhas de papéis, por tanto tempo que eu mal conseguia conter um grito. Tive a seguinte impressão: alguém passava através da porta agachado, sem fazer barulho, com o objetivo de me agarrar. O estupor da exclamação enlouquecida que soou na escuridão me jogou para a frente como um furacão, com as mãos entendidas: afastei-me, cobrindo o rosto. A luz brilhou, jogando de porta a porta toda a distância acessível aos olhos. Ficou claro como dia. Tive uma espécie de abalo nervoso, porém, depois de esperar um pouco, avancei. Então, atrás da parede mais próxima, uma voz feminina disse: “Venha aqui”. Então ressoou uma risada baixa e provocativa.

Apesar de todo o meu espanto, eu não esperava tal fim para a tortura que aguentei talvez durante uma hora. “Quem está chamando?” — perguntei em voz baixa, aproximando-me com cuidado da porta, atrás da qual uma mulher desconhecida havia revelado sua presença com uma voz tão bela e afetuosa. Ouvindo-a, imaginei que sua aparência correspondia ao prazer da audição e, confiante, prossegui ouvindo a repetição das palavras “Venha, venha aqui”. Mas não vi ninguém atrás da parede. As esferas e lustres foscos brilhavam sob os tetos, semeando um dia noturno em meio às janelas escuras. Assim, cada vez que perguntava recebia invariavelmente a mesma resposta, que vinha de trás da parede do quarto vizinho: “Venha, mas venha logo!”. Examinei cinco ou seis quartos, e, em um deles, percebi a mim mesmo no espelho, transferindo o olhar de um vazio para o outro. Então me pareceu que as sombras da profundeza espelhada estavam cheias de mulheres agachadas, andando vagarosamente uma atrás da outra, com mantilhas ou véus que elas apertavam contra o rosto para esconder seus traços e, apenas os seus olhos negros, com um sorriso entre as sobrancelhas franzidas, astuciosas, brilhavam e cintilavam, ariscos. Mas eu me enganei, pois olhei para trás com uma rapidez que não deixaria escapar nem mesmo os seres mais velozes daquela casa. Cansado e com medo de que, com toda a agitação que me preenchia, algo de fato ameaçador pudesse aparecer no meio dos vazios silenciosamente iluminados; afinal, eu disse, de maneira abrupta:

— Mostre-se ou eu não vou continuar. Quem é você e por que me chama?

Antes que me respondessem, um eco estragou minha exclamação com um zumbido vago e silencioso. Ouvia-se uma inquietação solícita nas palavras da mulher misteriosa quando, preocupada, ela me chamou de um canto desconhecido: "Rápido, não pare; venha, venha, sem objeções". Parecia que estas palavras haviam sido pronunciadas bem perto de mim, rápidas como o ruído da água caindo e sonoras, em seu semissussurro, como se ressoassem no ouvido; mas, em vão, movido por um ímpeto impaciente, eu me precipitava de uma porta a outra, escancarando-as ou contornando alguma passagem complexa para dar uma olhada, de surpresa, um movimento resvaladiço da mulher; em tudo quanto é lugar, encontrei apenas o vazio, as portas e a luz. Assim essa história continuou, parecendo esconde-esconde, e algumas vezes eu suspirei, já exasperado, sem saber se deveria seguir em frente ou parar, parar de uma vez só, antes de ver com quem estava falando, em vão, à distância. Se eu cessava, a voz me buscava; ela soava cada vez mais cordial e inquieta enquanto me mostrava a direção, de imediato, e exclamava baixinho, em frente, atrás de uma nova parede:

— Por aqui, rápido, venha até mim!

Embora eu fosse sensível, em geral, às nuances de vozes, e especialmente nessa situação de extrema tensão, não percebi nos chamados, nos insistentes convites da mulher que se afastava, correndo, silenciosa, nem zombaria, nem fingimento; apesar de seu comportamento ser mais do que espantoso, até então eu não tinha motivos para pensar em algo sinistro ou, de modo geral, em qualquer mal, porque não sabia que tipo de circunstâncias havia provocado o comportamento dela. O mais provável era imaginar um insistente desejo de dizer ou mostrar algo às pressas, apreciando o tempo ao máximo. Se eu me enganasse e fosse parar em outro lugar que não o quarto de onde se apressava em minha direção, junto com um sussurro e uma respiração acelerada, uma exclamação melodiosa e iminente, eles me guiavam, mostrando o caminho com um insinuante e suave "Por aqui!". Eu já tinha ido longe demais para voltar atrás. Fui atraído de uma maneira inquietante pelo desconhecido, quase correndo pelo amplo piso de parquete, com os olhos fixos, em direção à voz.

— Estou aqui — disse, finalmente, a voz, com um tom de fim da história. Foi no cruzamento do corredor e da escada que, com alguns degraus, subia para um outro corredor, situado mais acima.

— Bem, mas é a última vez — avisei. Ela me esperava no início do corredor, à direita, onde a luz brilhava menos; ouvi sua respiração e, depois de subir a escada, olhei a penumbra com raiva. Com certeza, ela, de novo, enganou-me. Ambas as paredes do corredor tinham pilhas de livros amontoados que deixavam uma passagem estreita. À luz de uma lâmpada, que mal iluminava a escada e o início da passagem, à distância, eu não podia distinguir uma pessoa.

— Onde está você? — disse eu, olhando, atento. — Pare, você está indo depressa demais. Venha aqui.

— Não posso — respondeu a voz, baixinho. — Mas será que você não está me enxergando? Estou aqui. Fiquei cansada e me sentei. Venha mais perto de mim.

De fato a ouvi bem perto. Convinha evitar o entorno. Atrás dele havia uma escuridão, marcada no final pela clara mancha da porta. Tropecei nos livros, escorreguei, comecei a cambalear e, caindo, derrubei a instável pilha de livros de escrituração. Ela despencou profundamente. Caindo em cima das mãos, mergulhei em um vazio íngreme, e por pouco não pulei além da beira do fosso, de onde, em resposta a meu grito, soou o estrondo de uma avalanche de livros. Saí são e salvo somente porque, por acaso, havia caído antes de me aproximar da beira. Se, naquele momento, o espanto do medo tivesse feito com que a suposição se afastasse, então o riso, um riso frio e alegre do outro lado da ratoeira, logo explicou meu papel. O riso se afastou, acalmou-se, com uma entonação cruel, e então não o ouvi mais.

Eu não dei um salto, nem me afastei, rastejando, com o barulho excessivo de minha provável queda; depois de perceber o que estava acontecendo, nem me mexi, deixando que a imaginação alheia se consolidasse no sentido que ela desejasse. Mas era preciso dar uma olhada no leito que havia sido preparado para mim. Por enquanto não havia quaisquer sinais de vigilância e eu, com muita precaução, acendi um fósforo e vi um alçapão quadrangular no chão quebrado de ponta a ponta. A luz não iluminou o fundo, mas ao me lembrar da pausa que houve entre o golpe e o ruído da batida dos livros, defini a altura da queda em aproximadamente doze metros. Dessa forma, o chão do andar de baixo foi destruído, de maneira simétrica ao buraco de cima, formando, assim, um vão duplo. Eu estava atrapalhando alguém. Podia entender isso porque tinha provas sólidas, mas o que eu não entendia era como a mulher mais leve podia sobrevoar um amplo alçapão, cujas paredes não possuíam nenhuma borda que servisse de passagem; a largura chegava a seis *archins*.[5]

Na expectativa de que o acontecimento perdesse seu frescor de perigo, rastejei de volta para o lugar onde a luz que chegava de longe permitia distinguir as paredes, e me ergui. Não me atrevia a voltar para os espaços iluminados. Mas também já não estava em condições de deixar o cenário no qual quase representei o final do quinto ato. Havia tocado em coisas muito sérias para tentar ir adiante. Sem saber por onde começar, eu andava com cuidado, na direção oposta, às vezes me escondendo atrás de saliências da parede, para verificar se tudo estava deserto. Em uma dessas saliências se encontrava uma pia; pingava água da torneira; ali mesmo estava pendurada uma toalha com marcas molhadas de mãos que acabaram de se enxugar. A toalha ainda estava se mexendo; então alguém se afastou, talvez, a uma distância de dez passos de mim, tornando-se imperceptível para mim, assim como eu, para ele, pela força das circunstâncias. Não convinha mais testar esses lugares. Estupefato por causa da tensão provocada pelo aspecto da toalha, que por pouco não havia sido tocada diante de meus olhos, finalmente recuei, prendendo a respiração, e fiquei aliviado ao ver uma porta lateral, estreita, na sombra da saliência, quase enterrada em meio a papéis. Apesar da dificuldade, foi possível afastá-la um pouco, para me enfiar. Entrei nessa brecha como se estivesse entrando na parede e fui parar em uma passagem iluminada, tranquila e erma, muito estreita, com um contorno próximo, para onde não me arrisquei a olhar; então me ergui e me apoiei na parede, em um nicho de uma porta fechada.

Nenhum som, nenhum fenômeno perceptível aos sentidos teria me escapado naqueles instantes, já que eu estava interiormente aguçado, tenso, todo concentrado na audição e na respiração. Mas parecia que a vida na terra havia morrido: um enorme silêncio olhava nos meus olhos, com a luz imóvel da passagem branca e silenciosa. Parecia que todos os seres vivos haviam ido embora dali ou estavam à espreita. Comecei a me sentir sucumbido por fadiga, aspirando, em desespero, qualquer ruído,

---

[5] Antiga medida russa equivalente a 71,12 centímetros. (N. da T.)

querendo somente sair dessa luz entorpecida que apertava o coração com silêncio. De repente, surgiram sons mais do que suficientes para me acalmar — se é possível usar tal palavra para descrever uma "bonança na tempestade": o barulho de muitos passos ressoou atrás da parede, lá no fundo. Distingui vozes, exclamações. A esses sons, de uma reanimação desconhecida que tinha começado, juntou-se o som de instrumentos afinados; um violino gemeu, dramático; um violoncelo, uma flauta e um baixo prolongaram, sem ordem, alguns compassos, que foram abafados pela movimentação de móveis.

No meio da noite — eu não sabia que horas eram —, essa manifestação de vida, nas profundezas dos três andares, depois daquilo que eu já havia experimentado em cima do alçapão, soou para mim como uma nova ameaça.

Talvez, se eu andasse incansavelmente, encontrasse uma maneira de sair dessa casa sem fim, mas não agora, quando eu não sabia o que podia me aguardar atrás da próxima porta. Eu poderia definir a minha condição somente se determinasse o que estava acontecendo embaixo.

Ouvindo, atento, defini a distância entre mim e os sons. Era bastante longa, no sentido da parede oposta, para baixo.

Passei tanto tempo no meu nicho da porta que finalmente tive coragem de sair, para ver se era possível resolver alguma coisa. Depois de passar para a frente, silencioso, notei uma abertura na parede, à minha direita, não maior que uma pequena janelinha, fechada com vidro sobre a minha cabeça, de uma maneira que permitia tocá-lo. Um pouco adiante havia uma escada portátil dupla, uma daquelas que pintores usam no caso de problemas nos tetos. Ao arrastar a escada, com todo o cuidado para não batê-la nem encostá-la nas paredes, eu a coloquei na abertura. Embora o vidro estivesse empoeirado dos dois lados, eu o esfreguei com a palma da minha mão, o quanto e como pude, conquistei a possibilidade de ver, mas como se fosse através da fumaça.

Minha suposição, que havia surgido devido à minha orientação auditiva, foi confirmada: eu estava olhando para aquela sala central do banco, onde estive à noite, mas não podia vê-la da parte inferior, porque a janelinha dava para a galeria. O amplo teto modelado estava muito próximo; a balaustrada, que aparecia daquele lado bem diante dos meus olhos, escondia a profundidade da sala; podia-se ver menos do que a metade das colunas distantes, do lado oposto. Não havia vivalma em toda a extensão da galeria, entretanto, embaixo, uma vida alegre fluía, cuja invisibilidade me atormentava. Ouvi risos, exclamações, a movimentação de cadeiras, fragmentos indistintos de conversas, o ruído tranquilo das portas inferiores. A louça tilintava com convicção; tosse, alguém assoando o nariz, uma cadeia de passos leves e pesados e entonações melódicas e maliciosas — sim, era um banquete, um baile, uma reunião, convidados, comemoração; o que quer que fosse, mas não era o mesmo frio e imenso vazio, com um eco estagnado na poeira. Os lustres levavam o brilho de um arabesco ígneo para baixo, e, embora minha masmorra também estivesse iluminada, a luz mais brilhante da sala jazia na minha mão.

Já que tinha quase certeza de que ninguém iria para lá, para aquele beco que mais parecia um sótão do que uma artéria da passagem inferior, eu me atrevi a tirar o vidro. Seu caixilho, preso por dois pregos tortos, estava frouxo. Desparafusei os pregos e eliminei um obstáculo. Então, o ruído tornou-se preciso como vento no rosto; e, enquanto me acostumava ao seu caráter, a música começou a tocar, uma peça frívola, mas inexplicavelmente baixa, que não podia ou não queria se desenvolver. A orquestra tocou "em surdina", como se fosse devido a uma ordem.

No entanto, as vozes, abafadas pelo ruído, começaram a soar mais alto, fazendo um esforço natural e chegando até o meu refúgio no invólucro de seu significado. Até onde pude entender, o interesse dos diferentes grupos da sala girava em torno de negócios suspeitos, embora não houvesse para mim a relação precisa de uma conversa mais próxima. Algumas frases lembravam relinchos, outras, um grito atroz; o riso muito pesado, de negócios, misturava-se a um silvo. As vozes das mulheres soavam com um timbre tenso e sombrio, transformando-se de quando em quando em um gracejo sedutor, com as entonações libertinas das camélias. Às vezes, uma observação solene de alguém conduzia a conversa para a denominação do preço do ouro e das pedras preciosas; outras palavras faziam tremer, aludindo a assassinato ou a outro crime de contornos não menos categóricos. Os jargões de prisão, o descaramento das ruas à noite, o verniz superficial de intrigas acaloradas e a eloquência animada da alma que olha para todos os lados, nervosa, misturavam-se com os sons de outra banda, à qual a primeira respondia com réplicas finas e jocosas.

Sobreveio uma pausa; algumas portas se abriram no abismo de fundos distantes, e foi como se entrassem pessoas novas. Isso foi imediatamente confirmado por exclamações solenes. Após negociações vagas, retumbaram advertências e convites para que ouvissem. Naquele momento a fala de alguém já estava fluindo tranquilamente ali, deslizando como se fosse um besouro na folhagem da floresta, soltando gotas periódicas.

— Saudações ao Redentor! — proclamou o coro, com um rugido. — Morte ao Caça-ratos!

— Morte! — soaram as vozes sombrias das mulheres. As ressonâncias se transformaram em um longo uivo e depois cessaram. Não sei por quê, embora estivesse atemorizado e tomado por aquilo que estava ouvindo, mas naquele instante me virei, como se alguém me olhasse por detrás; mas apenas respirei fundo — ninguém estava atrás de mim. Eu ainda tinha tempo de descobrir como fugir: atrás do canto do contorno claramente passaram duas pessoas, sem suspeitar da minha presença. Pararam. Sua sombra fraca caiu no meu refúgio, na transversal, mas, olhando para ela, eu distinguia apenas uma mancha. Eles começaram a falar com a confiança de interlocutores que acham que estão sozinhos. A conversa, aparentemente, era uma continuação. Sua rota parou no caminho dessas pessoas, em uma questão que eu não conhecia, que agora teve a sua resposta. Eu me lembro de cada palavra daquela promessa vaga e pungente.

— Ele morrerá — disse um desconhecido —, mas não imediatamente. Aqui está o endereço: quinta linha, noventa e sete, apartamento onze. A sua filha está com ele. Essa será a grande questão do Libertador. O Libertador veio de longe. Seu caminho é extenuante e estão esperando por ele em muitas cidades. Hoje à noite tudo deve terminar. Vá e examine o movimento. Se nada ameaçar o Libertador, o Caça-ratos estará morto, e nós veremos seus olhos vazios!

VIII

Eu estava escutando esse discurso vingativo, já tocando o chão com o pé, porque tinha acabado de ouvir o endereço exato da menina, cujo nome não consegui saber naquele dia, já que fui cegamente arrastado para baixo — correr, fugir e voar como um mensageiro para a linha cinco. Diante das dúvidas mais razoáveis, os números e nome da rua não poderiam me informar se havia nesse apartamento mais uma família — era suficiente que eu pensasse naquela e que esta estava lá. Em um estado assustador, de pressa agonizante, como em um incêndio, não calculei o último passo para baixo; a escada se deslocou com um estrondo, minha presença foi revelada, e a princípio eu permaneci imóvel, como se fosse um saco caído. Instantaneamente, a luz foi apagada; instantaneamente, a música parou, e um grito de raiva me ultrapassou em minha corrida cega pelo espaço estreito; então, sem saber como, bati o peito na porta através da qual tinha penetrado ali. Com a força inexplicável de um impulso, afastei os trastes que a obstruíam e saí correndo para o inesquecível corredor do fosso. Salvação! O alvorecer se iniciava com sua primeira névoa, mostrando o espaço das portas, e eu podia correr até perder o fôlego. Mas, instintivamente, eu procurava passagens, não para baixo, mas para cima, saltando por escadas curtas e passagens vazias. Às vezes ficava confuso, girando em um só lugar, achando que portas que haviam sido desprezadas eram novas ou entrando em um beco sem saída. Foi horrível como um sonho ruim; além disso, eu estava sendo perseguido — estava ouvindo pessoas correndo, atrás e na frente —, aquele ruído mental que me alcançava e do qual eu não podia escapar. Ele soava com a irregularidade do trânsito da rua, às vezes tão perto que eu pulava para fora da porta; ou me seguia exatamente ao lado, como se prometesse desabar em um segundo, atravessando meu caminho. Eu estava fraquejando, entorpecido por causa do medo e do barulho contínuo dos pisos retumbantes. Mas eu já corria entre mansardas. A última escada que vi se apoiava em um buraco quadrado do teto; pulei em cima dela como se sentisse uma pancada sobre as minhas costas — aproximavam-se de mim com tanta pressa, de todos os lados. Eu me encontrei na escuridão abafada do sótão, derrubando imediatamente em cima do alçapão tudo de vago que embranquecia ao redor; era um monte de caixilhos de janelas, que só poderiam ter sido movidos com o impulso da força do desespero. Eles caíram, atravessados de cima a baixo, com a espessura impenetrável de suas armações. Depois de fazer isso, corri para a distante janela à prova de som em cuja mancha cinza barris e tábuas estavam à mostra. O caminho estava consideravelmente atravancado. Eu pulava vigas, caixas, bordas de tijolos das paredes entre buracos e tubos, como se estivesse em uma floresta. Finalmente, eu estava perto da janela. O frescor do espaço aberto soprava um sono profundo. Atrás do telhado distante, uma sombra vaga e rosada se erguia; a fumaça não saía dos tubos dos telhados, não era possível ouvir transeuntes. Saí, arrastando-me, e me aproximei a duras penas do funil de uma calha. Ela cambaleava; suas conexões racharam quando comecei a descer; na metade da descida seu ferro frio estava coberto com orvalho e eu deslizei para baixo em um ritmo frenético, mal conseguindo me equilibrar na conexão. Finalmente, os pés sentiram a calçada, e me precipitei para o rio, receando encontrar a ponte separada; por isso, assim que tomei fôlego, comecei a correr depressa.

IX

Mal dobrei a esquina e tive que parar quando vi um menininho de uns sete anos chorando, com o rosto pálido por causa das lágrimas; aflito, ele esfregava as mãos nos olhos e soluçava. Com pena, natural para qualquer um nesse tipo de encontro, eu me inclinei até perto dele e perguntei: "De onde você é, menino? Por acaso o abandonaram? Como você veio parar aqui?".

Ele soluçava, calado, olhando-me de soslaio e me aterrorizando com a sua situação. Estava vazio ao redor. Aquele corpo magrinho tremia, seus pezinhos estavam sujos de lama e descalços. Apesar da toda a minha pressa em chegar ao local do perigo, não podia abandonar uma criança, ainda mais porque ela estava calada, de susto ou cansaço, dócil, estremecendo e encolhendo-se com cada pergunta minha, como se fosse uma ameaça. Não cheguei a lugar algum passando a mão em sua cabeça e olhando nos seus olhos cheios de lágrimas; ele só conseguia abaixar a cabeça e chorar. "Amiguinho — disse eu, decidido a bater na porta de alguma casa para que acolhessem a criança —, fique aqui, volto logo, e encontraremos sua mãe desnaturada." Mas, para a minha surpresa, ele agarrou minha mão com força e não a soltava. Nesse esforço havia algo de miserável e selvagem; ele até se deslocou pela calçada e apertou os olhos, com força, quando eu, tomado por uma desconfiança repentina, puxei minha mão. Seu belo rostinho estava todo contraído, oprimido por causa da tensão. "Ei, você! — gritei, tentando libertar minha mão. — Solte-me!" Então o empurrei. Já não chorava, mas continuava calado, deitou em mim seus enormes olhos negros, francos; depois se ergueu e, dando risada, começou a andar tão rápido que eu estremeci, pasmo. "Quem é você?" — gritei, em tom de ameaça. Ele soltou uma risadinha e, apressando os passos, desapareceu na esquina; ainda continuei a olhar naquela direção por algum tempo, com a sensação de ter levado uma ferroada, depois recobrei a consciência, e corri, com a rapidez de quem esta tentando alcançar o bonde. Fiquei sem ar. Tive que parar duas vezes, depois andei o mais depressa possível, corri outra vez e perdi o ar de novo, precipitei-me com o passo enlouquecido, brusco, como em uma corrida.

Já estava no Bulevar Krasnogvardiéiski quando uma moça, que me olhou de relance com a expressão de fazer esforço com a memória, ultrapassou-me. Ela quis continuar, mas eu a reconheci em seguida, por força de um impulso interno, idêntico a um êxtase de salvação. O meu grito e a leve exclamação dela soaram ao mesmo tempo, então ela parou, com a nuance de uma agradável irritação.

— Mas é você mesmo! — disse ela. — Como é que não reconheci! Podia passar reto se não tivesse sentido que você se alarmou. Como você está extenuado, como está pálido!

Fui tomado por uma grande perplexidade, mas também por uma tranquilidade maior ainda. Olhei para aquele rosto perdido, com fé no complexo significado do acaso, que expressava uma confusão iluminada e pungente. Estava tão aturdido, tão suspenso e arrebatado por ela, mas diante das circunstâncias do fim do caminho, suscitadas pela imaginação, que sempre está a nossa frente, tive a sensação de uma queda: teria sido mais agradável ir até ela, ali.

— Escute — disse eu, sem parar de fitar seus olhos confiantes —, estou com pressa de chegar até você. Ainda não está tarde...

Ela me interrompeu, levando-me para o lado, pela manga.

— Agora está cedo — disse ela, expressiva —, ou tarde, como quiser. Está claro, mas ainda é de noite. Você ficará na minha casa à noite, ouviu? Eu lhe contarei tudo. Refleti muito sobre a nossa relação. Saiba: eu amo você.

Houve algo semelhante à parada da batida de um relógio. Com ela, minha alma havia parado de viver naquele instante. Ela não podia, não devia ter dito aquilo. Com um suspiro soltei sua mão, pequena e fresca, que apertava a minha, e recuei. Ela me olhou e o seu rosto estava prestes a se contrair, impaciente. Essa expressão distorceu os seus traços, o afeto foi substituído por insensibilidade, o olhar saltou, pungente, e, rindo muito, ameacei-lhe com o dedo.

— Não, você não vai me enganar — disse eu —, ela está lá. Agora ela está dormindo, e eu a acordarei. Vá embora, sua ignóbil, não importa quem você é.

O movimento do lenço, rápido, lançado bem diante do rosto, foi a última coisa que vi, precisamente, a dois passos. Depois começaram a aparecer as clareiras estreitas entre as árvores, ora lembrando uma figura feminina que corria em meio a elas, ora mostrando que eu mesmo corria a todo vapor. Já aparecia o relógio da praça. Em cima da ponte, as barreiras. Ao longe, do lado oposto da via marginal, um rebocador negro soltava fumaça, puxando a corda de uma barca. Saltei por cima da barreira e consegui passar pela ponte no último instante, quando a parte que levanta começava a abrir uma brecha, separando os trilhos do bonde. O meu salto voador foi recebido por gritos desesperados dos vigias, mas, olhando apenas de relance para a brecha de água que brilhava embaixo, eu já estava longe deles, e corri até alcançar o portão.

x

Então, ou mais precisamente algum tempo depois, chegou o momento cuja ação, desaparecida e apagada, consegui restaurar, de forma parcial, apenas mais tarde. Antes de tudo, vi uma moça que estava na porta, ouvindo com atenção, estendendo a mão em minha direção, como fazem quando silenciosamente pedem ou mandam ficar quieto. Ela estava vestindo um sobretudo de verão; seu rosto parecia preocupado e triste. Antes do meu aparecimento, ela estava dormindo. Eu sabia disso, mas as circunstâncias do meu aparecimento escorreram como água na mão comprimida, mal consegui fazer um esforço consciente de relacionar tudo imediatamente. Obedecendo ao seu gesto cheio de preocupação, permaneci sentado e imóvel, esperando para ver como seria o fim daquela percepção auditiva. Tentei compreender seu sentido, em vão. Se continuasse mais um pouco, eu faria um esforço decisivo para superar a extrema fraqueza; queria perguntar o que aconteceria então naquele quarto grande, quando a moça, como se tivesse adivinhado o meu movimento, virou a cabeça, franzindo a testa e ameaçando com o dedo. Lembrei então que o seu nome era Susi, que assim alguém que saíra dali a chamara, dizendo: "Deve haver silêncio absoluto". Estaria eu dormindo ou apenas disperso? Tentando solucionar essa questão, abaixei o olhar automaticamente e vi que a aba do meu sobretudo estava rasgada. Mas ele estava inteiro quando eu corria para lá. Passei da perplexidade à surpresa. De repente tudo começou a estremecer, como se tivesse sido lançado para fora, misturando a luz; o sangue subiu à cabeça: um estrondo ensurdecedor soou, como um tiro perto da orelha, e depois um grito. "Halt!" — gritou alguém atrás da porta. Levantei-me de um salto, suspirando profundamente. Da porta saiu um homem de jaleco cinza e estendeu para a moça, que recuara, uma pequena tábua na qual estava pendurado um enorme rato preto, cortado ao meio pelo arco do arame. Seus dentes estavam arreganhados e o rabo pendurado.

Então a minha memória, tirada daquele estado verdadeiramente deplorável por causa da batida e do grito, atravessou um precipício obscuro. De imediato, agarrei e segurei muita coisa. Os sentidos começaram a falar. A visão interior voltou-se para a cena inicial, repetindo a cadeia de esforços. Lembrei como escalei o portão tomando cuidado para não bater e não atrair um novo perigo, como contornei a porta e toquei a campainha do terceiro andar. Mas a conversa através da porta — uma conversa longa e perplexa, a discussão de uma voz feminina e outra masculina — esqueci, irrevogavelmente. Ela foi reconstruída mais tarde.

Todos esses traços que ainda não tinham se juntado por completo, surgindo com a rapidez de um olhar pela janela. O velho que carregava a ratoeira estava com um gorro espesso, tinha cabelos grisalhos, cortados em um círculo regular que lembrava a cobertura do fruto de um carvalho. O nariz aquilino, os lábios barbeados, finos, com uma expressão complexa e teimosa, os olhos brilhantes, sem cor, e os farrapos das costeletas no rosto rosado, que terminava com o queixo apontado para a frente, imerso em um cachecol azul, podiam interessar um retratista amante de traços característicos.

Ele disse:

— Você está vendo o assim chamado rato-da-guiné. Sua mordida é extremamente perigosa. Causa o apodrecimento da carne viva, transformando a vítima em uma coleção de inchaços e erupções. Esse tipo de roedor é muito raro na Europa, às vezes é trazido por navios. A "Passagem Livre", da qual você havia ouvido falar a noite, é um caminho artificial feito por mim, perto da cozinha, para fazer uma experiência com as ratoeiras de vários sistemas; de fato nos dois últimos dias essa passagem estava livre, pois eu estava imerso na leitura de Ert Ertrus: *Armazém do rei dos ratos*, um livro que é uma verdadeira raridade. Foi publicado na Alemanha quatrocentos anos atrás. O autor foi queimado na fogueira por heresia, em Bremen. A sua história...

Dessa forma, eu já havia contado tudo sobre o motivo pelo qual havia ido até ali. Mas ainda me restavam dúvidas. Perguntei:

— Vocês tomaram as providências? Será que estão a par de que tipo de perigo é esse, já que eu não o compreendo por completo?

— Medidas? — disse Susi. — De que medidas você está falando?

— O perigo... — começou o velho, mas parou, olhando para a filha. — Não entendo.

Houve uma ligeira confusão. Nós três nos entreolhamos com esperança.

— Eu digo — comecei, inseguro — que vocês devem se precaver. Acho que já falei isso, mas me perdoem, eu não me lembro bem o que havia dito. Agora me parece que tive uma síncope profunda.

A moça olhou para o pai, depois para mim e sorriu, com dúvida: "Como isso é possível?".

— Ele está cansado, Susi — disse o velho. — Conheço bem a insônia. Tudo foi dito e as medidas foram tomadas. Se eu chamar esse rato — ele pôs a ratoeira aos meus pés com o contentamento de um caçador — de "Libertador", você já saberá alguma coisa.

— É uma brincadeira — retruquei —, uma piada que, é claro, corresponde à ocupação de um Caça-ratos. — Ao dizer isso me lembrei de uma placa pequena, sobre a qual estava a campainha. Nela, estava escrito:

"CAÇA-RATOS". Exterminação de ratos e camundongos.
O. Jensen. Tel. 1-08-01.

Eu a tinha visto na entrada.

— Você deve estar brincando, pois não acho que esse "Libertador" possa lhe causar tantos problemas.

— Ele não está brincando — disse Susi. — Ele sabe.

Comparei aqueles dois olhares, aos quais respondi naquele momento com o sorriso de vãs adivinhações — o olhar da juventude, repleto de uma verdadeira convicção, e o olhar de olhos velhos, porém lúcidos, que expressavam dúvida quanto à necessidade da conversa seguir do jeito como fora iniciada.

— Deixe que Ert Ertrus lhe conte sobre essas coisas no meu lugar.

O Caça-ratos saiu e trouxe um livro antigo, com capa de couro e o topo das folhas em vermelho. — Este é o trecho, sobre o qual você pode rir ou pensar, como quiser.

"... Essa criatura astuta e sombria domina a força da mente humana. Ela também possui os segredos dos subsolos, onde se esconde. Ela tem o poder de mudar a sua aparência, surgindo feito um homem, com braços e pernas, de roupa, com rosto, olhos e movimentos semelhantes aos dos humanos ou até como os de um homem, como sua imagem totalizante, embora falsa. Os ratos também são capazes de causar uma doença incurável, usando para isso meios aos quais apenas eles têm acesso.

Epidemias, fome, guerras, inundações e invasões lhes favorecem. Eles então se juntam sob o símbolo das transformações secretas, agindo como se fossem pessoas, e você falará com eles sem saber o que são. Eles roubam e vendem com um lucro surpreendente para um trabalhador honesto, e enganam pelo brilho das suas vestimentas e pelas falas brandas. Eles matam e queimam, trapaceiam e vigiam; cercam-se de luxo, comem e bebem com fartura e têm de tudo.

As suas presas preferidas são o ouro e a prata, bem como as pedras preciosas, para os quais eles criam armazéns subterrâneos."

— Mas já chega de ler — disse o Caça-ratos. — É claro que você adivinhou por que citei justamente esse trecho. Você está cercado de ratos.

Eu já havia compreendido. Em alguns casos, preferimos permanecer calados para que uma impressão, oscilante e dividida por outras ideias, possa encontrar um asilo seguro. Enquanto isso, as capas dos móveis começaram a brilhar com a luz que vinha da janela, cada vez mais forte, e as primeiras vozes da rua soaram nítidas como se estivessem no quarto. Mergulhei novamente no nada. Os rostos da moça e do seu pai se afastavam como uma visão vaga, encoberta por uma névoa transparente. "Susi, o que há com ele?" — soou uma pergunta em voz alta. A moça se aproximou; estava em algum lugar perto de mim, mas eu não vi exatamente onde, pois era incapaz de virar a cabeça. De repente, senti calor na testa, por causa da mão feminina encostada nela, ao mesmo tempo em que todo o resto, distorcendo e misturando as linhas, desapareceu no abismo caótico da alma. Um sono selvagem e denso estava me levando. Ouvi a voz dela: "Ele está dormindo", palavras com as quais acordei após trinta horas que não existiram. Transferiram-me para o apertado quarto ao lado, para uma cama de verdade, e depois disso eu soube que "sou muito leve para um homem". Tiveram dó de mim; o quarto do apartamento vizinho estava completamente à minha disposição nesse dia e no dia seguinte. O resto não conta. Mas depende de mim que seja como no momento em que senti o toque da mão quente em minha cabeça. Preciso ganhar confiança...

E mais — nem uma palavra sobre isso.

(1924)

Tradução de Denise Sales e Graziela Schneider

Ivan Búnin

Ivan Alekséievitch Búnin (1870-1953) escreveu poesia, romances e memórias, mas o gênero conto se mostrou o mais favorável para seu talento. Manifestamente filiado à tradição do realismo do século XIX (sobretudo Tolstói e Tchekhov), Búnin, *malgré lui*, possui diversos pontos de contato com a prosa modernista. Em raros momentos da literatura russa, natureza, morte, acaso e amor foram compactados com tamanha perfeição em pequenas narrativas da transitoriedade. Em vez do onipresente "Um senhor de São Francisco", optamos aqui pelo igualmente forte "Insolação", de 1925. Radicado na Europa logo após a revolução russa, Búnin se tornou uma das figuras mais presentes nos círculos de emigrados, e foi o primeiro autor russo a ganhar o Prêmio Nobel de Literatura, em 1933.

Insolação

Depois do almoço, saíram do restaurante iluminado, vivo e incandescente para o convés, e pararam perto da balaustrada. Ela fechou os olhos e, com a palma à mostra, encostou a mão na maçã do rosto; desatou a rir, um riso simples, encantador — tudo era encantador nessa pequena mulher —, e disse:

— Acho que estou bêbada... De onde foi que você surgiu? Há três horas eu sequer suspeitava de sua existência. Nem sei onde você embarcou. Em Samara? Mas tanto faz... É a minha cabeça que está rodando ou viramos para algum lugar?

Adiante, escuridão e luzes. Da escuridão, um vento forte e fresco batia no rosto, as luzes deslizavam para algum lugar, ao lado: o barco a vapor, com a valentia do Volga, traçava abrupto um vasto arco, aproximando-se, veloz, de um pequeno cais.

O tenente tomou a mão dela, levando-a aos lábios. A mão, pequena e forte, exalava o cheiro de sol. E o coração ficou suspenso, com júbilo e espanto diante do pensamento de como, provavelmente, ela devia ser toda firme e bronzeada sob aquele vestido leve de linho depois de um mês inteiro deitada sob o sol meridional, na incandescente areia da praia (ela disse que tinha vindo de Anapa). Ele murmurou:

— Vamos descer...

— Onde? — perguntou ela, admirada.

— Naquele cais.

— Para quê?

Ele ficou calado. Novamente ela aproximou o dorso da mão à maçã incandescente.

— Que delírio...

— Vamos descer — repetiu ele, em um torpor. — Eu lhe imploro...

— Ah. Está bem, faça como quiser — disse ela, voltando-se.

Com uma pancada suave, o barco em movimento bateu no cais de iluminação diáfana, e por pouco eles não caíram um sobre o outro. A extremidade de uma corda passou voando sobre suas cabeças, depois disparou de volta; a água começou a ferver, com um rumor, a prancha ressoou... O tenente foi correndo buscar as coisas.

Depois de um instante, passaram por um escritório modorrento, saíram em um trecho de areia afundada por uma roda e se sentaram, calados, em uma caleça empoeirada. A encosta suave da montanha, em meio a postes esparsos e arqueados na estrada, macia por causa do pó, parecia interminável. Mas subiram, chegaram, e começaram a conversar pela calçada, passando por uma praça, escritórios públicos, a torre dos bombeiros, o calor e os aromas de uma cidade provinciana de veraneio à noite... O cocheiro parou ao lado de uma entrada iluminada, cujas portas abertas revelavam uma velha escada de madeira, que subia, abrupta; um criado velho, barba por fazer, com uma camisa russa cor-de-rosa com botões laterais e sobrecasaca, pegou as coisas de má vontade e seguiu adiante com seus passos pesados. Entraram em um quarto grande, mas terrivelmente abafado, esquentado pelo sol durante o dia, incandescente, cortinas brancas abaixadas nas janelas e duas velas não usadas sobre o consolo — e assim que entraram e o criado fechou a porta, o tenente se precipitou na direção dela com tanto ímpeto — e os dois se beijaram, frenéticos, até perder o fôlego —, que, depois, por muitos anos se lembrariam desse momento: nem um nem outro jamais experimentaria nada parecido em toda a vida.

Às dez horas de uma manhã ensolarada, quente, feliz, com o badalar das igrejas, a feira pública na praça em frente ao hotel, o aroma de feno, de alcatrão, e mais uma vez, de tudo aquilo de complexo e aromático que exala uma cidade de província russa, ela, essa pequena mulher anônima, que se recusava a dizer seu nome, e de brincadeira se referia a si mesma como bela desconhecida, foi embora. Dormiram pouco, mas de manhã, ao surgir de trás do biombo, ao lado da cama, depois de se lavar e vestir em cinco minutos, ela estava fresca como aos dezessete anos. Será que estava envergonhada? Não, muito pouco. Continuava simples, alegre e, agora, sóbria.

— Não, não, querido — disse ela em resposta a seu pedido para que seguissem juntos —, não, você deve esperar o próximo barco. Se formos juntos, tudo vai se perder. Será muito desagradável. Dou minha palavra de honra que não sou nada disso que você pode estar pensando de mim.

Jamais aconteceu comigo nada sequer parecido com o que houve, nem vai acontecer de novo. É como se tivesse ocorrido um eclipse comigo... Ou melhor, nós dois fomos acometidos por algo como uma insolação...

Por alguma razão, o tenente logo concordou com ela. Com o espírito leve e feliz, ele a levou até o cais, bem na hora em que o *Samoliôt*[1] cor-de-rosa zarpava — beijou-a no convés, diante de todos, e por pouco não conseguiu saltar para subir na prancha, que já se movia para trás.

E da mesma forma leve, despreocupada, ele retornou ao hotel. Entretanto, algo tinha mudado. O quarto, sem ela, parecia totalmente diferente de quando ela estava ali. Ele ainda estava repleto dela — e vazio. Que estranho! Ainda exalava a sua magnífica água-de-colônia inglesa, a sua xícara por terminar ainda estava na bandeja, mas ela já não estava... E de repente o coração do tenente se apertou com tanta delicadeza, que ele logo acendeu um cigarro e ficou perambulando de um lado para o outro pelo quarto.

— Que aventura estranha! — disse ele em voz alta, rindo e sentindo que caíam lágrimas de seus olhos. — "Dou minha palavra de honra que não sou nada disso que você pode estar pensando de mim..." E foi embora...

O biombo tinha sido afastado, a cama ainda não estava arrumada. E o tenente sentiu que simplesmente não teria coragem de olhar para essa cama agora. Ele a cobriu com o biombo, fechou a janela para não escutar a algazarra do mercado e o ranger das rodas, baixou as cortinas brancas infladas, sentou no sofá... Pois é, vejam que fim foi ter essa "aventura itinerante"! Foi embora — e agora já estava longe, sentada, provavelmente, em uma cabine branca transparente, ou no convés, contemplando o rio imenso, brilhante sob o sol, as balsas que vinham da direção oposta, os bancos de areia amarela, a distância fúlgida de água e céu, toda essa vastidão desmedida do Volga... E adeus, para sempre, por toda a eternidade... Porque, afinal, onde eles poderiam se encontrar agora? "Não, não posso — pensou ele —, não, não posso, sem mais nem menos, ir a essa cidade, onde está seu marido, sua filha de três anos, toda sua família e toda a sua vida prosaica!" E essa cidade lhe pareceu algo especial, uma cidade secreta, e o pensamento de que ela viveria ali sua vida solitária, com a lembrança dele, talvez, latente, lembrança do encontro

---

[1] "Avião", em russo. (N. da T.)

fortuito, tão fugidio, e de que ele jamais voltaria a vê-la, deixou-o surpreso e assombrado. Não, isso não é possível! Isso seria cruel, artificial, inverossímil demais! E percebeu que o resto de sua vida sem ela seria tão doloroso e tão inútil, que um terror, um desespero apoderou-se dele.

"Com os diabos! — pensou ele, levantando, e de novo começou a andar pelo quarto, tentando não olhar para a cama atrás do biombo. — Mas o que está havendo comigo? E o que ela tem de especial e o que, realmente, aconteceu? De fato, foi como uma insolação! E o mais importante, como vou agora, sem ela, passar o dia inteiro neste fim de mundo?"

Ele ainda tinha em sua memória a imagem dela inteira, em seus traços mais ínfimos; a pele que exalava sol, o vestido de linho, seu corpo firme, o som vivo, simples e alegre de sua voz... Era extraordinário o sentimento de que todo aquele fascínio feminino e os deleites há pouco experimentados ainda estavam vivos nele, mas agora o mais importante, apesar de tudo, era esse segundo sentimento, totalmente novo — esse sentimento estranho, incompreensível, que não existia enquanto estavam juntos, que ele sequer poderia admitir dentro de si; esse que começara ontem, como ele tinha pensado, apenas como um encontro fortuito, e sobre o qual agora já não poderia falar com ela! "E o mais importante — pensou ele —, é que você jamais falará! E o que fazer, como sobreviver a esse dia interminável, com essas lembranças, esse sofrimento insolúvel, nessa cidade esquecida por Deus, sobre o fúlgido Volga, por onde aquele barco cor-de-rosa a leva?!"

Ele precisava se salvar, ocupar-se com algo, distrair-se, ir a algum lugar. Vestiu o quepe, resoluto, pegou o chicote, atravessou depressa o corredor vazio, ressoando as esporas, desceu correndo pela escada abrupta para a entrada... Sim, mas aonde ir? Na entrada havia um cocheiro, jovem, com um confortável casaco longo, acinturado, fumando, calmo, um cigarro barato enrolado. O tenente olhou para ele desnorteado e surpreso: como era possível estar sentado na boleia, tão calmo, fumando, e no mais ser assim, simples, despreocupado, indiferente? "Devo ser o único que se sente tão terrivelmente infeliz em toda esta cidade" — pensou ele, indo em direção à feira.

A feira já estava sendo desmontada. Sabe-se lá por quê, ele caminhou algum tempo em meio ao esterco fresco por entre as telegas, em meio às carroças carregadas de pepinos, em meio às novidades em matéria de tigelas e panelas; mulheres sentadas no chão, disputando-o no grito, panelas nas mãos, batiam, tamborilavam os dedos nelas, mostrando a qualidade; os mujiques o ensurdeciam, gritavam-lhe: "Pepininhos de primeira, vossa excelência!". Tudo isso era tão tolo, absurdo, que ele fugiu da feira. Foi para a catedral, onde já cantavam alto, alegres, resolutos, com a consciência do dever cumprido; depois andou por muito tempo, deu voltas em um pequeno jardim, quente, abandonado, na encosta de uma montanha, sobre a incomensurável vastidão do rio cor de aço brilhante... As ombreiras e os botões de sua túnica militar estavam tão quentes que era impossível tocá-los. A cinta do quepe estava úmida de suor por dentro, o rosto ardia... Retornando ao hotel, entrou com gosto no amplo restaurante, vazio e fresco, do andar inferior; tirou o quepe com gosto e sentou-se a uma mesinha ao lado de uma janela aberta, pela qual entrava um ar quente, mas da qual, apesar de tudo, soprava uma brisa; pediu uma sopa fria de *kvas*,[2] folha de beterraba e peixe, com gelo... Tudo era bom, em tudo havia uma felicidade desmedida, uma grande alegria: até nessa canícula e em todos os aromas do mercado, em toda essa cidade desconhecida e nesse velho hotel provinciano estava ela, essa alegria, e ao mesmo tempo o coração dele estava simplesmente despedaçado. Ele bebeu alguns copinhos de vodca, beliscando pepinos em conserva com endro, e, percebendo que, sem titubear, seria capaz de morrer no dia seguinte em troca do milagre que a trouxesse de volta, para passar com ela mais um dia, no presente — somente e tão somente para lhe contar, provar algo, para convencê-la de seu amor cheio de sofrimento e êxtase... Para que provar? Para que convencer? Ele não sabia para quê, mas isso era mais imprescindível que a vida.

— Estou com os nervos à flor da pele! — disse ele, enchendo o quinto copinho de vodca.

O tenente afastou a sopa, pediu café preto e começou a fumar e pensar, atento: o que deveria fazer agora, como se livrar desse amor súbito, inesperado? Mas era impossível se livrar — ele sentia isso tudo de maneira muito viva. E de repente, de novo, ele se levantou depressa, pegou o quepe e o chicote, perguntou onde ficava o prédio dos correios e foi para lá, apressado, com a frase do telegrama já pronta na cabeça: "Deste momento em diante, toda a minha vida é sua, está em suas mãos, para sempre, até a morte". Mas, quando chegou ao velho edifício de paredes espessas dos correios e telégrafos, parou, aterrorizado: sabia a cidade em

---

[2] Bebida refrescante feita a partir da infusão de levedura e malte ou pão de centeio torrado. (N. da T.)

que ela morava, sabia que ela tinha um marido e uma filha de três anos, mas não sabia nem o seu sobrenome, nem o nome! Ontem, durante o almoço e no hotel, ele tinha perguntando isso algumas vezes, mas a cada vez que ele perguntava, ela ria, e dizia:

— E para que você precisa saber quem sou eu, qual o meu nome?

Na esquina, ao lado do prédio dos correios, havia uma vitrine de fotografias. Passou um tempo contemplando um grande retrato de um militar, as espessas dragonas, os olhos proeminentes, a testa baixa, as suíças assombrosamente esplêndidas e o tórax larguíssimo, todo ornamentado com insígnias... Como é cruel e terrível tudo o que é trivial, prosaico, quando o coração fica assombrado — é, assombrado, agora ele entendia — aquela terrível "insolação", amor grande demais, felicidade grande demais! Olhou para um casal de recém-casados — um jovem de sobrecasaca comprida e gravata branca, cabelo cortado rente, em posição de sentido, de braços dados com uma moça de véu de noiva — desviou os olhos para o retrato de uma bela e provocante senhorita da alta sociedade, de boina colegial inclinada... Depois, consumindo-se por uma inveja torturante de todas essas pessoas desconhecidas, que não sofriam, começou a olhar ao longo da rua, atento.

— Aonde ir? O que fazer?

A rua estava completamente vazia. As casas eram todas idênticas, brancas, dois andares, com grandes jardins, típicas de comerciantes, e parecia que nelas não havia vivalma; uma espessa poeira branca jazia sobre a calçada; e tudo isso ofuscava, tudo estava inundado por um sol quente, ardente e alegre, mas agora era como se fosse vão. Ao longe, uma rua se erguia, arqueava-se e tocava a linha do horizonte, sem nuvens, acinzentada, com um reflexo. Nele havia um quê do sul, que lembrava Sebastópol, Kerch... Anapa. Isso tudo era extremamente insuportável. E o tenente, cabisbaixo, apertando os olhos por causa da luz, olhando por onde pisava, concentrado, cambaleando, tropeçando, enganchando uma espora na outra, começou a caminhar de volta.

Retornou ao hotel exaurido de cansaço, como se tivesse realizado uma enorme travessia em algum lugar do Turquistão, do Saara. Reunindo as forças que lhe restavam, entrou em seu quarto, grande e vazio. O quarto já estava arrumado, privado dos últimos vestígios dela — somente um grampo, que ela esquecera, estava no criado-mudo! Ele tirou o quepe e olhou para si mesmo no espelho: seu rosto — um rosto trivial de oficial, escurecido pelo sol, o bigode esbranquiçado, queimado de sol, e o branco dos olhos azulados que parecia ainda mais branco pelo contraste com o sol na pele, — tinha agora uma expressão agitada, desvairada, e na fina camisa branca com colarinho romano engomado havia algo jovem e profundamente infeliz. Deitou na cama de costas, apoiou as botas cobertas de pó no pé da cama. As janelas estavam abertas, as cortinas abaixadas, infladas por uma brisa leve de tempos em tempos, soprando para dentro do quarto o calor do telhado de ferro em brasa e todo esse luminoso mundo do Volga, silente, e que agora tinha se esvaziado completamente. Ele estava deitado, as mãos sob a nuca, o olhar fixo à sua frente. Depois cerrou os dentes, fechou as pálpebras, sentindo como, debaixo delas, as lágrimas deslizavam pelas maçãs do rosto — finalmente adormeceu, e, quando abriu os olhos de novo, além das cortinas o sol vespertino, já avermelhado, ia se tornando amarelo. O ventou cessou, o quarto estava abafado e seco, como um forno... E o dia de ontem e a manhã de hoje vinham-lhe à memória como se tivessem acontecido há dez anos.

Ele levantou, sem pressa, lavou-se sem pressa, ergueu as cortinas, ligou e pediu o samovar e a conta, depois tomou o chá com limão devagar. Então mandou chamar o cocheiro, para levar as coisas e, sentando na caleça, em seu assento vermelho, desbotado, deu cinco rublos para o criado.

— Acho que fui eu, vossa excelência, que o trouxe à noite! — disse, alegre, o cocheiro, tomando as rédeas.

Quando desceram ao cais, a noite anil de verão já azulejava sobre o Volga, havia vários pontinhos multicoloridos difusos no rio e luzes suspensas nos mastros do barco, que se aproximava, veloz.

— Bem na hora! — disse o cocheiro, lisonjeiro.

O tenente também deu cinco rublos para ele, pegou a passagem, atravessou o cais... Assim como ontem, uma batida suave no desembarcadouro e uma leve vertigem por causa da instabilidade sob os pés, depois o cabo voador, o rumor das águas que começavam a ferver e corriam, na frente, sob as pás do barco, que se afastava, ficando um pouco para trás... E esse barco parecia extraordinariamente bom, acolhedor, por causa de sua multidão, de sua cozinha já toda iluminada, aromática.

Depois de alguns instantes continuaram a correr para cima, lá para onde, não havia muito tempo, de manhã, também ela tinha sido levada.

O sombrio crepúsculo de verão se extinguia adiante, longe, refletindo-se no rio, obscuro, sonolento e multicor, e sob ele, na distância, uma ondulação ainda brilhava oscilante aqui e ali, sob aquele crepúsculo, e as luzes flutuando, flutuando para trás, difusas na escuridão ao redor.

O tenente sentou-se sob a tolda, no convés, sentindo que havia envelhecido dez anos.

(Alpes Marítimos, 1925)

Tradução de Graziela Schneider

Mikhail Zóschenko

Mikhail Mikháilovitch Zóschenko (1895-1958) nasceu em Poltava, na Ucrânia — a mesma região de Gógol —, mas esteve sempre associado à cultura de Petrogrado-Leningrado. À maneira de Aviértchenko, teve no Brasil durante longo tempo a reputação de humorista leve. Por trás dos seus contos breves, em muitos casos constituídos apenas por diálogos, esconde-se um prosador excepcional, que nada fica a dever a outros experimentos artísticos do primeiro período soviético. Desse ambiente, do qual faz parte o conto "A crise", Zóschenko derivou o cenário para as suas obras mais interessantes: as idas e vindas, ascensões, quedas e apertos da cultura característica da Nova Política Econômica. Seu estilo breve e satírico o tornou um dos escritores mais populares da época. Os seus textos das décadas subsequentes mostram as marcas inevitáveis da pressão política crescente, embora Zóschenko não tenha cedido inteiramente ao convencionalismo — a ponto de ter sido escolhido como um dos alvos de Jdânov na sua famigerada campanha de 1946. Para a tradutora Denise Sales: "Os contos da década de 1920 são os mais característicos do engenho literário de Mikhail Zóschenko. 'A crise', publicado pela primeira vez em uma revista satírica no ano de 1925, traz vários dos elementos que consagraram o escritor: o tratamento satírico-humorístico de temas sociais relevantes, a reelaboração literária da fala do homem simples, as frases curtas, a expressão cômica, e ao mesmo tempo melancólica, da realidade soviética cotidiana".

A crise

Faz pouco, camaradas, levavam uma carroça de tijolos pela rua. Eu juro, é verdade!

Sabe, o meu coração até disparou de alegria. Ora, ora... estamos construindo, camaradas. Não é à toa que estão carregando tijolos. Quer dizer que em algum lugar por aí estão construindo uma casinha. O negócio já começou — é cuspir pro lado pra não dar azar.

Daqui a uns, vamos ver, uns vinte anos, ou até menos, cada camarada, sem falta, vai ter um cômodo inteirinho só pra ele. E mais, se a população não crescer além da conta, e se, quem sabe, o aborto for liberado — então serão dois. Ou três por focinho. Com quarto de banho.

Aí é que o povo vai começar a viver bem, camaradas! Digamos assim: num cômodo — dormir; noutro, receber visitas; e no terceiro, alguma outra coisa... Nem sei bem o quê, de tanto que pode ser! Quanta coisa não existe numa vida assim tão folgada!

Pois é, mas, por enquanto, esse negócio do metro quadrado anda meio difícil. Uma sovinice só por conta da crise.

Eu, por exemplo, já morei em Moscou, meus colegas. Acabei de voltar de lá. Experimentei essa crise na própria pele.

Sabe, cheguei em Moscou e fiquei zanzando pela rua, com as minhas tralhas na mão. Quer dizer, não tinha jeito de achar lugar. Nada de lugar pra mim, nada de lugar pras tralhas.

Fiquei andando rua afora, sabe, duas semanas inteiras, com as tralhas — a barbicha cobriu a cara toda, e as tralhas... foram sumindo pelo caminho. No final, ficou até leve. E eu procurando um estabelecimento.

Até que enfim, num prédio, um homenzinho apeou da escada.

— Por trinta rublos — disse ele — posso arranjar um alojamento no quarto de banho. O apartamentinho é grã-fino... Três banheiros... E um quarto de banho... Pois pode ir vivendo nele. Sem janelas, infelizmente... em compensação, tem porta. E água ao alcance da mão. Deu vontade, enche a banheira e fica mergulhando o dia todo se quiser.

Eu respondi:

— Prezado camarada, eu não sou peixe. Não tenho necessidade de mergulhar. Meu negócio é viver no seco. Dê um descontinho — eu pedi — por conta da molhadura.

Pois o homem disse:

— Não posso, camarada. Faria com prazer, mas não posso. Não depende nadinha de mim. O apartamentinho é comunitário, muita gente mora aqui, dividindo a cozinha e o quarto de banho. E o aluguel foi estabelecido com rigor.

— Fazer o quê, então? — disse eu. — Combinado. Vá logo me arrancando os trinta, mas libere a entrada, bem depressa. Três semanas zanzando pelas calçadas. Desse jeito vou me cansar.

Pois bem. Deixaram. Comecei a morar.

O quarto de banho era mesmo grã-fino. Pisa aqui, pisa ali — tudo banheira de mármore, aquecimento a gás e torneirinhas. Mas lugar pra sentar, a propósito, nenhum. Na bordinha, podia ser, mas ficava desabando na banheira de mármore o tempo todo.

Fiz então um andaime de tábua, e fui vivendo.

Por falar nisso, daí a um mês, me casei.

Calhou uma jovem, sabe, boazinha. Sem casa.

Por conta desse quarto de banho, pensei, ela vai me recusar, e aí eu perdia a chance de ter a felicidade e o conforto de um lar, mas não, ela não recusou. Só fechou um pouco a cara e disse:

— Fazer o quê? Em quarto de banho também mora gente boa. E, em último caso — disse ela — dá pra dividir com um biombo. Aqui, por exemplo, um budoar pra mim, ali a sala de jantar...

— Podia mesmo, cidadã, dividir — eu respondi. — Só que os moradores, esses diabos, não autorizam. Falam aí, o tempo todo: nada de biombos.

Tudo bem. Vamos tocando a vida do jeito que dá.

Passou-se menos de um ano, a esposa e eu ganhamos uma criancinha.

Demos o nome de Volódka, e fomos tocando. Ali mesmo no quarto de banho, a gente dava banho nele, e ia vivendo.

E sabe de uma coisa, tudo até que corria muito bem. O menino tomava banho todo dia e nem pegava resfriado.

Só um incômodo: à noite, os moradores do coletivo se ajuntavam pra tomar banho.

Nessa hora, a família toda zunia pro corredor.

Eu pedia tanto aos moradores:

— Cidadãos — eu dizia —, tomem banho aos sábados. Tomar banho todo dia — repetia eu — não tem o menor cabimento. Como é que a gente vai viver? Entendam a minha situação.

Mas eles, os canalhas, sabe quantos eram? Trinta e dois. E todos nervosos. Brigavam por qualquer coisa, ameaçavam enfiar a mão na fuça.

Fazer o quê? Não podia fazer nada. O jeito era tocar a vida.

Passou-se um tempo, e a mãe da minha mulher chegou do interior, ficou morando no quarto de banho. Arranjou-se atrás do aquecedor.

— Eu — disse ela — vivia sonhando em embalar meu neto. Você não pode me negar essa distração.

Então eu disse:

— Não estou negando nada. Anda logo, minha velha, embala! Que se danem todos vocês! Pode encher a banheira de água e ficar aí, mergulhando, junto com o neto.

E pra esposa eu disse:

— Vem mais algum parente seu pra cá, cidadã? Se vem, diga logo, não fique enrolando.

Ela respondeu:

— Talvez o meu irmãozinho, no feriado do Natal...

Nem esperei o irmãozinho, saí de Moscou. O dinheiro pra família eu mando pelo correio.

(1925)

Tradução de Denise Sales

Valentin Katáiev

Este maravilhoso conto faz referência à vida do poeta de Odessa, Eduard Bagrítzki (1897-1934). Seu conterrâneo, Valentin Pietróvitch Katáiev (1897-1986), atravessou o século XX e oscilou junto com ele: começou com narrativas marcadas pelo humor e pelas imagens brilhantes características do grupo de Odessa ("O vadio Eduard", de 1925, é fruto desse período), passou pelo realismo socialista, e, nas suas décadas finais, voltou a experimentar com novas modalidades de escrita, sobretudo as memorialísticas. Sua peça *A quadratura do círculo* foi montada no começo dos anos 1960 pelo Teatro Oficina, com o título de *Quatro num quarto*. Seus contos entre nós são desconhecidos, mas, segundo Boris Schnaiderman, ele é um dos "maiores contistas modernos": "Os contos de Katáiev representam de fato um momento importante da literatura soviética. Ele soube refletir nas histórias curtas as suas múltiplas e ricas experiências pessoais, como soldado na Primeira Grande Guerra e, depois, como habitante de Odessa, que viveu as intricadas peripécias da defesa da região pelos 'brancos' contra os 'vermelhos', da intervenção estrangeira, da instauração do regime comunista [...] A sua prosa expressa o colorido e a vivacidade meridionais, e o insólito do que acontecia encontra nele um intérprete vigoroso, que o consegue por meio da velha arma gogoliana: o grotesco" ("Valentin Katáiev", *O Estado de S. Paulo*, 5/1/1963).

O vadio Eduard

I. OS DEUSES TÊM SEDE

A história do casamento do meu amigo Eduard Tótchkin é tão simples quanto divertida. Parece-me que vale a pena contar alguma coisa dela.

Mas, se é para contar, então o melhor é contar sem temer exageros nem metáforas — no espírito daquela época maravilhosa e romântica.

Ele era um poeta extremamente pobre, um varapau que se viu em apuros por causa de circunstâncias inesperadas. Preguiçoso excepcional, trapaceiro e aventureiro, foi condigno discípulo de seu lendário professor, o glorioso mestre Arthur Rimbaud. E, embora não estivesse predestinado a traficar negros, ocupou-se, não sem êxito, de outras coisinhas no mesmo espírito.

O outubro da nossa revolução saiu bem a seu gosto. Ele ressuscitou na exuberante imaginação as sombras românticas de Desmoulins, Robespierre e Marat, as mesinhas do Palais Royal, o clube jacobino e a carmanhola — resumindo, para ele, era *Os deuses têm sede*. Em geral todos nós delirávamos com France naquela época. O dia inteiro ele ficava na rua ou em cafés gregos, em falsos antiquários repletos da água azul da fumaça de tabaco. O som da metralhadora levava-o ao êxtase. Os chefes da Guarda Vermelha inspiravam em seu coração uma inveja servil, com seus calções de montar e as caixas polidas de suas máuseres, penduradas nos traseiros arredondados. Em cada marinheiro atarracado da frota do Mar Negro, de rosto bexiguento, bem grosseiramente trabalhado em nogueira com grosa e formão, ele via um líder extraordinário, em especial quando esse marinheiro passava rapidamente à sua frente, estendido no para-lama coberto de cusparadas de um caminhão confiscado, com o gurupés da carabina apontado.

A cidade alimentada por cheiros coloniais acres, a cidade que via em suas praças exércitos de ocupação de mais de seis potências europeias, a cidade abalada por estrondosas tropas de desembarque e reviravoltas cinematográficas, contraespionagem, tipografias secretas e explosões de pontes de estradas de ferro era o seu ambiente.

E apenas algumas vezes, à noite, à chama fraca do lampião a querosene, na cozinha gelada, ele escrevia, molhando o lápis com saliva, em cima das anotações comerciais do pai feitas no livro contábil ensebado como cartas de baralho de cocheiros, versos românticos a respeito da revolução, em excelentes iambos pentâmetros com cesura no segundo pé.

II. EDUARD QUERIA COMER

No entanto, a revolução, que começara tão elevada, trouxe consigo dias árduos de privação, luta e fome. A república, cercada por inimigos, experimentando a cada minuto novos e novos abalos, sem condição de se ocupar dos cidadãos civis, entregava todas as suas forças ao exército. O severo regime do comunismo de guerra, com toda a sua gravidade, era inevitável.

No terceiro ano da república, em certa hora da madrugada, pela última vez os raios poeirentos dos holofotes franceses voltearam o céu bélico e pela última vez os canhões da marinha mostraram as línguas avermelhadas à cidade, em que entravam as vanguardas soviéticas. A madrugada, cortada por rajadas de metralhadoras em todas as direções, ergueu-se em facas inesperadas, e, logo de manhã, os vapores de emigrantes que zarparam do porto mergulhavam no horizonte, na mistura confusa do azulado do céu com o monte de fumaça de escória lançada do mar.

Nesse mesmo ano, o pai do poeta morreu de asma e desgosto. O pobre velho não conseguia se conformar com a perda da lojinha. Depois de chorar o marido pelo número devido de dias e noites, madame Tótchkina, antes de tudo, tomou medidas para proteger os modestos bens das investidas de Eduard, uma vez que, valendo-se dos primeiros dias de luto, ele já conseguira vender uma ou outra coisa a adeleiros.

Antes de tudo, ela trancou no baú as colheres e castiçais de prata, a bacia de cobre e a rotunda de esquilo, essa venerável preciosidade de família. A chave do baú colocou entre os seios descarnados. Assim Eduard, que baseara o próprio bem-estar futuro justamente nessa rotunda de esquilo, ficou sem chão temporariamente, até que a mãe morresse, e foi obrigado a arranjar um trabalho para não morrer de fome. No mais curto tempo, experimentou considerável quantidade de profissões — de correspondente de guerra da agência radiotelegráfica a diretor do clube do Exército Vermelho. Mas de toda parte o enxotavam, uma vez que ele não servia para trabalho nenhum. Só sabia escrever versos grandiosos, que não eram necessários a ninguém.

Em casa, não entrava nada comestível, pois madame Tótchkina fazia as refeições na residência de parentes. Eduard passava fome. Não era aquela fome estudantil tradicional, ou seja, chá à vontade, pãozinho e embutidos cozidos, sobre a qual tanto gostavam de escrever os românticos russos da década de oitenta. Não era a fome de mendigos e aleijados. Não, era uma fome desesperada e absoluta, que fazia a cabeça girar e bambearem as pernas.

Comer meia libra de pão preto era para ele uma felicidade; ficar num cômodo aquecido, um sonho inacreditável e fabuloso.

III. MAS ELE NÃO DESANIMAVA

Enquanto isso entrava o inverno. O vento assobiava nos escombros das *datchas* cobertas de gelo. O agitado mar verde-azulado afluía e encrespava-se em corcovas lúgubres, rebentando em mil pedaços no quebra-mar e fervilhando em espuma, que voava até as gaivotas, sobre as estacadas vazias e os braços das gruas. À noite a população dos subúrbios derrubava árvores, destocava as fortes raízes amarelo-limão das acácias, destruía *datchas* e cercas, desmontava escadas e venezianas. E enormes constelações outonais, sopradas por gélidos turbilhões, ardiam e reviravam no céu de ferro.

Nessa época, Eduard andava de casaco curtinho de verão e botas alpinas de soldado e escondia o nariz vermelho, com coriza, na gola erguida e no cachecol branco. Usava calças de lona grosseiras como zinco e sibilantes como facas de uma boa cozinheira do interior, quando ela as afia uma na outra, preparando-se para cortar um leitão.

Ele disse:

— Deixa estar, a velha não dura muito, e então viverei às mil maravilhas. Pois a rotunda de esquilo alguma coisa vale lá no mercado.

Quando conseguia enganar o atento vigia e a moça do caixa, penetrava na casa de chá do Exército Vermelho e bebia com avidez uma água suja numa lata de conserva enferrujada, com bordas amassadas, apertando cuidadosamente com a língua, contra o céu da boca, o vidrilho açucarado, recebido junto com um pedaço de pão úmido. À tarde, ficava sentado na sala de leitura do clube do exército vermelho até fechar, deliciando-se com Kipling e com o calor gratuito. Despreocupadamente, inventava as tramas mais inacreditáveis para conseguir comida, por pouca que fosse. Eu poderia contar como ele seduziu a moça que servia o almoço no restaurante comunitário para poder ganhar uma porção a mais de mingau ou como se infiltrou no subsolo da contrarrevolução, onde, no decorrer de duas semanas, tirou dinheiro clandestino de um capitão impetuoso, mas bastante estúpido, que, pouco tempo depois, é claro, seria fuzilado.

No entanto, apesar de todas essas tragédias, ele não desanimava. Ao contrário, era invariavelmente alegre. A sua fantasia colossal "de pirata e bárbaro" trabalhava sem pausa, fabricando chistes e epigramas, logo apanhados e repetidos por todos. E o bom Deus burguês, obrigado, por força da propaganda comunista, a emigrar e ir viver por conta do rei inglês, aquele velho extraordinário, desgrenhado e justo, exatamente aquele que "alimenta a ave no campo e cobre a flor de orvalho", de vez em quando enviava ao romântico vagabundo um anjo protetor. Às vezes esse anjo protetor surgia como uma remuneração da academia, às vezes tomava a forma de um espírito bondoso — pintor ou poeta.

E eis que certa vez...

IV. ESPERO QUE NÃO RECUSE UM...

O encontro dos amigos aconteceu no mercado, perto das bancas cobertas, semelhantes a uma estação de trem suíça enegrecida de fuligem, no meio de expressiva multidão de compradores e vendedores, que riam, suplicavam, gritavam, pessoas debilitadas, famintas e saciadas. Ali, generais de rostos emaciados, mas distintos, empurravam aos transeuntes comoventes *nécessaires* e bolsinhas, ali maltrapilhos arroxeados de frio passavam voando, pregados nas cruzes de linho das camisas, ali arrancavam da multidão canos e gáspeas de botas roubadas, atiravam aos olhos alianças e monogramas e, por toda parte, misturavam e distribuíam baralhos de papel-moeda.

Dessa vez o anjo protetor era um jovem lírico, autor de poemas florentinos, que alcançara invejada popularidade entre as senhoritas da cidade, um amigo de Eduard. Ele estava completamente absorvido na venda de uma saia de cheviote inglês, que ainda cheirava a perfume e lembrava vagamente estalidos de bolas de *croquet* e o ranger de redes nas *datchas*.

Eduard segurava nas mãos hirtas a moldura preta do retrato do pai. Os dois bateram ombro com ombro sobre as costas desgastadas de um procurador míope em busca do *pince-nez* perdido.

— Ah, meu velho! — exclamou Eduard. — Há muito não o vejo. Aonde os diabos o levaram?

— Comandante, eu vou me casar — respondeu com afetação o lírico.

— Maravilha! Vejo que o senhor está bem à vontade, vendendo os bens de sua noiva. Que espetáculo sombrio. Aconselho-o a terminar logo essa operação infame para corrermos ao Âncora Dourada, onde, como o senhor sabe, pode-se encontrar pão branco e um excelente chá chinês.

— Desculpe, *sir*! Não posso. Sobre mim pesam obrigações. Eu, como único arrimo da família...

— Arrimo bambo — resmungou o romântico.

— Olhe só, meu velho — disse o lírico depois de algum tempo de silêncio —, vá lá em casa hoje, às sete da noite. Acho que não vai recusar um bom e velho café e *korjikis*[1] com geleia, que minha... amiga prepara maravilhosamente bem. Você vai? Estou morando na casa dela.

— Oh, marquês! Será que posso...

Em cinco minutos, Eduard ficou sabendo que o amigo unira-se a uma moça sedutora, de dezenove anos de idade e cabelos castanhos, que a irmã da moça trabalhava em um estabelecimento muito lucrativo, de produtos alimentícios, que no cômodo havia um fogão de ferro, que a vida era maravilhosa e que as irmãs encantadoras tinham ainda muitas coisas para vender.

Ficou sabendo de tudo.

---

[1] Biscoito doce redondo, feito geralmente com massa de farinha de trigo, ovos, manteiga, creme de leite, açúcar e uma pitada de bicarbonato de sódio. (N. da T.)

Eduard não se fez esperar. Às sete da noite em ponto, ou até um pouco antes, atravessou pela primeira vez o umbral daquele paraíso quente, onde, das articulações incandescentes do fogão de ferro, emanava um calor extasiante. Levava debaixo do braço um batente de porta de carvalho.

Ele disse:

— Os *korjikis* estão prontos? Se não tiverem lenha suficiente, ofereço esse pinheirinho, cortado no bosque ao lado.

Com essas palavras, o romântico colocou o batente da porta sobre a cadeira.

Reconheçam que, para uma primeira visita, isso foi bastante galante.

A estatura elevada, a sombria "aparência de assassino", a gotinha sob o nariz e as calças de lona provocaram uma impressão bastante forte nas damas. Enquanto ele desenrolava o cachecol, fungando e examinando o ambiente com ar profissional, as jovens o observavam com olhos vidrados, cheios de um medo supersticioso. Uma delas, penteada modestamente, gordinha, de orelhinhas rosadas, parecida com uma menininha crescida de *pince-nez*, lavava a louça; a outra, que ardia perto do fogão, em pedaços lilases e brancos de um vestido de baile, mãos nuas morenas e madeixas rebeldes, em toda a sua aparência manifestava aquele sentimento complexo da primeira aproximação, de orgulho, felicidade, modéstia e meiguice, que permitia garantir, com toda a certeza, que era justamente ela a feliz amiga do lírico.

E o lírico estava sentado em uma poltrona, perto da janela, no fundo do cômodo acumulado, até não mais poder, de um monte de coisas variadas. Havia ali uma pequena penteadeira, com uma crinolina de chita limpinha e engomada, uma máquina de costura imponente, cortinas, pratos de gesso com cabecinhas inglesas, cadeiras, armários, um casaco no cabide, cristaizinhos, frasquinhos, serrinhas, caixas de papelão listradas com chapéus, espelhos brilhantes virados. No meio apitava o fogareiro, com sua coroa azul quebrada e, por causa dele, como também por causa da cama niquelada e do atravancamento geral, o cômodo todo lembrava um pouco uma oficina de bicicletas.

"Deus, quantas coisas, e que coisas!" — pensou o romântico. — "Nem em cem anos é possível vender todos esses bens. Não, irmão, não é uma mera rotunda de esquilo."

Ele foi apresentado às irmãs. Desabituado das maneiras da sociedade, no início ficou extremamente acanhado. O hábito de fungar, que ele não notava em outras ocasiões, agora o deixava embaraçado e obrigava-o a se comportar com excessiva falta de cerimônia. Desesperado, mostrava-se num *páthos* sombrio e, resfolegando a cada frase, mentia com excitação sobre uma viagem à Pérsia e sobre os ardentes rouxinóis de Hafiz.

A propósito, o café servido restabeleceu o equilíbrio e assentou uma base de amizade sólida...

Depois do café, os homens acenderam cigarros da cota de racionamento. Símotchka[2] sentou-se no sofá de oleado, ao lado do seu lírico, e ficaram recostados ali longamente, enredados pela fumaça azulada do tabaco. Caiu a noite. As janelas tingiram-se inteiras de azul. Eduard sentou-se na poltrona do fundo, esticou as pernas descarnadas na direção do fogão, e luzinhas vermelhas lustrosas refletiam-se em seus olhos. A irmã mais velha, Lida, esfregava a frigideira. Era ela a dona do cômodo. Depois acendeu a lamparina de benzina. Quatro garrinhas vivas irromperam sobre o canudo, espetado na latinha de mostarda. Todo o cômodo envolveu-se numa teia finíssima dourado-escura. Um rato triscou. Da cozinha vinha um mofo gelado.

Depois de meia hora sentado, o romântico levantou-se sem vontade. Oh, não queria nem um pouco sair à rua, na escuridão e no frio! Não o detiveram. Atrás dele, na entrada, saiu correndo Lida e enfiou-lhe no bolso um maço de cigarros.

— Permita-me — disse Eduard.

Ela estendeu a mão, que o romântico bicou desajeitadamente.

— Até logo, venha outras vezes! — gritou ela, inclinando-se sobre o corrimão.

— Obrigado, condessa! — resmungou o romântico.

[2] Hipocorístico de Sima. (N. da T.)

VI. ÉDIA,[3] FIQUE! ÉDIA, DEIXE DE TOLICES!...

No dia seguinte, o romântico apareceu de novo. Dessa vez, trazia o espaldar de uma cadeira vienense. Ele disse:

— Eis aqui mais um pinheirinho. Combustível, nunca se sabe...

Desta vez estava bem barbeado e muito amável. Gracejou extraordinariamente, recitou poemas, rugindo e disparando saliva, contou histórias interessantes e imitou pássaros. De tempos em tempos, os seus olhos cinzentos paravam, pensativos, em objetos diversos, e então parecia que se ocupava de alguma ideia importante e muito urgente.

Tomaram café, fumaram e sentaram-se à luz de benzina.

O romântico parou os olhos cinzentos em Lida, e essa moça gordinha e rosada, de *pince-nez*, séria e atarefada, sobre cuja penteadeira havia um retrato grande do falecido marido, olhava com ternura maternal para o poeta faminto, dava-lhe cigarros e pregava um botão num casaco. Com a aproximação da noite, a saúde do romântico abateu-se rapidamente. Primeiro ele começou a tossir. Depois anunciou que estava com febre. Depois pôs a mão na cabeça e calou-se. A cada pergunta só mugia. Depois, olhou ao redor com olhos sofredores, mortiços, e solicitou uma aspirina. Daí a dez minutos, levantou-se sem firmeza, deu dois passos, cambaleando, e informou que ia embora. Tentaram convencê-lo a desistir dessa loucura. Teimosamente, ele puxou o casaco.

— Meu velho! — disse o lírico. — Você enlouqueceu! Passe a noite aqui. Daremos um jeito de acomodá-lo.

— Bobagem! Não quero incomodar vocês.

— O que é isso, Édia! Fique — disse Símotchka.

— Não, não, eu vou... Darei um jeito de chegar. Embora, provavelmente, acabe caindo pelo caminho.

— Édia, fique, Édia, deixe de tolices! — pediu Lida, suplicante, girando a manga vazia do casaco meio vestido.

— Não, não! Não ficarei por nada! Em vão me pedem. Além disso, onde vocês vão me colocar?

Convenceram-no, prometeram arranjar-lhe uma cama com três cadeiras atrás do armário. Assim que decidiu ficar, o romântico alegrou-se e sentiu-se melhor. Todos ainda conversaram longamente, depois come-

[3] Hipocorístico de Eduard. (N. da T.)

çaram a se preparar para deitar. O lírico e a amiga deitaram no sofá de oleado. Era um amigo fiel, que há pouco assumira o doce fardo da proximidade. Lida deitou-se na sua cama, grande demais para uma pessoa só, no colchão de molas que ainda se lembrava muito bem da carga pesada do médico militar. Apagaram a luz. Acanhados e aos sussurros, todos começaram a se despir. Ouviu-se o baque de botas descalçadas, o farfalhar de saias e o rumor de corpos cobrindo-se com o edredom. Depois baixou um silêncio, e nesse silêncio e escuridão ainda por muito tempo adejaram mariposas silenciosas, vaguearam aqueles sons quase inaudíveis de beijos e abraços, que sempre cercam o sono de novos amantes. Lida revirou-se por muito tempo na cama grande demais, e as molas do colchão ironicamente tiniam e rangiam debaixo dela. Eduard batia rudemente as cadeiras no armário e rosnava:

— Leito miserável...

O fogão apagou-se. A noite de fevereiro arrastava-se longamente. A cada minuto ficava mais frio no cômodo. Derramava-se nele uma luz azulada, cheia de rumores e coisas. Mais quente que todos estava o lírico com a amiga.

No dia seguinte, quando despertou, ao meio-dia, o lírico foi surpreendido por um espetáculo estranho, mas tocante. Eduard, inteiramente coberto pelo edredom azul acolchoado, dormia tranquilamente na cama grande do médico, resfolegando. Lida não estava; pelo visto, tinha ido trabalhar.

— Levante-se, levante-se! — gritou o lírico, boquiaberto. — Como foi parar aí, meu velho?

— Hum... Hum... — mugiu Eduard, virando-se. — O que foi? Já tomaram café?

— Como você foi parar aí? Levante-se! Já é meio-dia.

— Por que está berrando? Qual é o problema? Lídotchka foi trabalhar, e eu passei para o leito dela, por assim dizer. Nã-ão estou en-ten-den-do.

— Levante-se! Não vai querer ficar aí a vida toda.

Eduard bocejou vagamente. É claro que não queria ficar ali a vida toda, mas por ora podia ficar deitado mais um pouquinho. Ainda se sentia muito mal. Provavelmente estava com febre, e pedia que o deixassem de todo em paz. Por enquanto. Depois, veriam.

O lírico começou a se vestir em silêncio. O café, passado por Símotchka, Eduard exigiu que lhe servissem na cama. Deram-lhe. Depois exigiu livros. Deram-lhe livros. Depois Símotchka foi ao mercado vender mais um lençol para alimentar o seu lírico no almoço. O lírico passou a mão no lápis. Eduard ficou lendo. Às quatro horas, Lida voltou. Estava rosadinha, e os seus olhos esguelhavam, aflitos. Antes de mais nada, olhou para a própria cama.

— Édinka[4] — disse ela —, o senhor já acordou? Está bem acomodado?

— Como um peixe preso no gelo.

— Quer que eu faça um mingau para o senhor?

Eduard fez uma careta azeda.

— Sabe — resmungou Eduard —, sabe, mingau é uma coisa boa, é claro, mas eu tenho uma doença: não como comida aguada. É orgânico.

— O que o senhor come?

— *Brinza*[5] — respondeu Eduard, lacônico.

— Mas isso nós não temos, só no mercadinho.

— Ah, Lídotchka,[6] a senhora podia ir lá.

E, fazendo uma careta meiga, com intenção de representar um jovenzinho manhoso, Eduard, esse "velho pirata", ciciou:

— Édia não quer mingau. Édia quer *brinza*.

Submissa, Lida pegou o xale escuro tricotado e foi ao mercadinho. O lírico e Símotchka entreolharam-se. Eduard continuou lendo, indiferente.

Na hora do almoço, todos se calaram longamente. No final, Símotchka, cujos olhos pararam de piscar de tanta surpresa, disse com firmeza:

— Lida, o que significa isso?

Lida não respondeu nada. Eduard continuou lendo.

VII. VOCÊ TAMBÉM GRITA ASSIM COM A LIDA?

Desnecessário acrescentar que, a partir desse dia, Eduard instalou-se compactamente e lançou raízes firmes no solo da hospitalidade.

---

[4] Hipocorístico de Eduard. (N. da T.)

[5] Queijo de leite de ovelha. (N. da T.)

[6] Hipocorístico de Lida. (N. da T.)

Nos três primeiros dias, não se levantou nem uma vez da cama do médico, da manhã até a noite lia romances de Stevenson, desenterrando-se da leitura apenas para comer.

Recompensava-se das longas privações.

No final do quarto dia, irrompeu no cômodo uma dama magra, de rosto pálido, expressivo, como um passarinho eternamente de perfil. Logo pôs os olhinhos confiantes sobre Eduard e falou rapidamente, com voz azafamada, grugulejando, como fazem quase todas as mães idosas de nossa cidade:

— Édia, você está aqui, Édia? Por que está aqui? Por que há três dias não aparece em casa? O que quer dizer isso? Com certeza, não tem nada para comer! Dão alguma coisa pra você comer aqui?

Madame Tótchkina percorreu o cômodo com um olhar experiente e parou em Lida. Por que ela não parou em Símotchka? Por que ela não parou no lírico? Ela, essa velha mãe, tinha bom faro.

— Você tem dado leite ao Édia? Édia precisa se alimentar. Ele é um homem muito doente. O que ele comeu hoje?

— *Brinza* — respondeu Lida timidamente.

Madame Tótchkina acalmou-se um pouco, mas, de qualquer modo, observou, impertinente:

— E leite, ele não tomou? Ele precisa de leite. Édia, você precisa de leite. Olhe aqui, Édia, eu trouxe leite pra você! — Ela mostrou uma garrafa de leite verde.[7] — Este leite, Édia, é para você. Não dê a ninguém. É claro, eu sei, todo mundo quer leite. Édia, você é bom, os amigos sempre se aproveitam da sua bondade. Você está sempre pronto a entregar a última camisa. Mas este leite, não dê a ninguém. Este leite é só para você. Está ouvindo?

E madame Tótchkina olhou severamente para Lida.

— Não se esqueça, só Édia deve tomar deste leite. A senhora está ouvindo?

— Estou — respondeu Lida com ar de culpa.

— Ui, mama! Você já me encheu — gritou Eduard, furioso.

— Que bravo. — disse a mãe de Édia, carinhosamente. — Você também grita assim com a Lida? He-he!

---

[7] Vitamina de leite com vegetais verdes. (N. da T.)

Na despedida, deu umas palmadinhas na bochecha de Lida.

— Que mocinha você é! Pois tome conta de Édia. Édia é fraco. Igualzinho ao falecido pai.

Depois a mãe de Édia e Lida beijaram-se. Foi um momento histórico.

Assim começou a vida em família do meu amigo Eduard Tótchkin, primeiro mestre da escola romântica do sul da Rússia, discípulo de Arthur Rimbaud, vagabundo, preguiçoso e aventureiro, como ele próprio costumava dizer, exagerando obviamente tanto as próprias qualidades, quanto os defeitos.

VIII. LIDÚSSIA,[8] MINHA GATINHA, LARGUE O EMPREGO!

Assim ele conseguiu o que queria. Obrigou-a a largar o emprego. É claro que não exigia nem ordenava. Para isso, no início, foi muito cuidadoso. Pediu. Desenterrou das páginas de Stevenson os seus olhos cinzentos de herói e suplicou. No final, deu um tapinha carinhoso no ombro da amiga e entortou a boca grande desdentada num sorriso (na verdade, apenas um dente da frente tinha caído da boca dele, mas, à primeira vista, ninguém conseguia determinar se ele só tinha um dente ou se lhe faltava só um dente). Ele disse:

— Lidússia, gatinha, minha menina... Largue o emprego!

— Que ideia, Édinka! — exclamou Lida, assustada, entortando os olhinhos negros através do *pince-nez*. — Como vamos viver então? Morreremos de fome.

— Lidússia! Macaquinha! Mas eu estou pedindo. Não vamos morrer nada.

— O que é isso, Édinka! Pense bem. Você é tão inteligente.

Mas Eduard Tótchkin não era o tipo de homem que se deixa convencer por uma mulher. Ele fungou com ar profissional.

— Eu já pensei bem.

Nesse momento, puxou a amiga, um tanto pesada, até os joelhos descarnados, coçou-lhe carinhosamente atrás da orelha e disse com ar sonhador:

---

[8] Hipocorístico de Lida. (N. da T.)

— Escute, minha avezinha... Você larga o emprego e fica cuidando da casa. Você vai viver exclusivamente para o seu menininho manhoso. Isso vai ser encantador, não é verdade? Primeiro passa as minhas calças. Depois prepara o almoço. Depois vai ao mercado. E eu vou trabalhar: sempre é o homem que deve trabalhar. É claro, enquanto procuro trabalho, talvez seja preciso vender umas coisinhas. — Ele percorreu o cômodo com olhar experiente e continuou: — Mas, você, minha avezinha, não se preocupe! Será assim só no começo. Depois vou conseguir tanto dinheiro que teremos uma vida farta. De manhã tomaremos café com sacarina (temos de ser econômicos). No almoço, você vai fritar um monte de batatas no óleo. E, é claro, vamos comprar *brinza*. Sem *brinza* eu não posso ficar. No máximo um quarto de libra — pra mim isso basta...

Ele desenrolou diante dela quadros extasiantes da vida em família. Contou sobre os amigos, vagabundos, artistas aventureiros, poetas e simplesmente piadistas como ele que viriam se regalar com chá e pasteizinhos.

Não se sabe o que exerceu maior influência sobre ela: a eloquência ou os carinhos bárbaros. Ela cedeu, protestando fracamente:

— Édinka, mas o que você vai fazer? Onde vai conseguir trabalho? Sem trabalho com certeza morreremos de fome.

— Ai, Lidússia, como você é boba! Juro que não passaremos fome. Vá até a rua e pergunte a qualquer garotinho vendedor de cigarros: "Diga-me, garoto, Eduard Tótchkin passou fome alguma vez?", e o garoto responderá: "Não, Eduard Tótchkin nunca passou fome". Vou escrever um poema em iambos brancos sobre taverna, comida, o destino do poeta e sobre muitas coisas boas, e isso vale alguma coisa. Em último caso, trabalharei na propaganda política. Ora, diabos, vou dirigir o clube, com duas libras de pão garantidas por dia e o soldo do Exército Vermelho todo mês.

Pausa.

— Ah, Lidússia, largue o emprego. Minha macaquinha, não seja teimosa.

Lida cedeu.

Deixou o emprego e, com heroica submissão, começou a vender as coisas.

Depois Eduard impôs suas ordens. Exigiu que não perturbassem a sua leitura, que não perturbassem o seu sono, que não perturbassem as suas reflexões e que não perturbassem a sua hora de fumar. Tornou-se caprichoso e insuportável na convivência social. Envenenou a vida do lírico e de Símotchka. Porém, uma vez que o cômodo pertencia a Lida e uma vez que Lida, tendo perdido completamente a cabeça, ocupava-se da tranquilidade do seu Édik[9] com uma aplicação digna de melhor uso, o lírico e Símotchka logo murcharam e, para evitar brigas, foram obrigados a se mudar para outro lugar.

Depois Eduard informou que estava com "rostomania" e não podia ver absolutamente ninguém.

Em seguida, Eduard desabrochou como uma flor suntuosa.

Sobre trabalho, é claro, nem uma palavra.

Com abnegação, Lida levava os próprios trastes ao mercado, passava as calças de lona, lavava, cozinhava, lia Stevenson em voz alta e a cada dia apaixonava-se mais e mais pelo seu soberano.

Eduard aceitava isso como algo justo. Estava firmemente convencido de que o bom Deus romântico recompensava-o pelas privações e dificuldades da vida de pobreza anterior. Estava quase placidamente feliz. No entanto, um verme corroía lenta, mas obstinadamente, o seu coração. Uma desgraça aproximava-se.

Os primeiros sinais da catástrofe foram tão imperceptíveis e insignificantes que quem não tivesse penetrado em todos os segredos da psique desse excêntrico não teria prestado a mínima atenção neles. Mas os amigos, conhecendo Eduard como a palma da mão, horripilaram-se previamente.

Coitados! Nem eles foram capazes de prever as dimensões da desgraça. Seria realmente uma catástrofe.

Tudo começou quando, certa vez, com o jaleco e os sapatos do falecido médico, Eduard chegou à janela. A sua expressão era extremamente preocupada. Ele ficou muito tempo ali, à janela, acompanhando com encantadora ternura a algazarra dos pombos e o voo das gralhas tristes. Enquanto isso, assobiava.

No dia seguinte, sem dizer nem uma palavra, foi à casa da mãe e

[9] Hipocorístico de Eduard. (N. da T.)

pegou lá *A vida dos animais* de Brehm. Passou a tarde inteira concentrado na leitura.

Depois, passado algum tempo, disse a Lida:

— Lidússia, minha avezinha! Meu melro! Minha felosa de cabeça vermelha!

Ela então, enrubescendo e entortando os olhos ternamente, pegou-o pelas orelhas, como se ele fosse um cachorro grande e bondoso, e, apertando-se contra a sua bochecha seca, disse:

— Édinka, meu menino! Será que sou tão monstruosa que pareço um passarinho? Mas eu sou gordinha. Ou será que você não me ama mais?

— Ah, Lídotchka,[10] você não está entendendo nada. Melhor ficar calada. Não há nada mais agradável no mundo do que os pássaros. Quando ficarmos ricos, compraremos muitas gaiolas e pássaros. Isso vai ser maravilhoso, não é verdade?

E com eloquência e calor ameaçador, cuspindo saliva, jurando por Deus, por todos os próprios órgãos e antepassados, Eduard começou a descrever o encanto dos pássaros. Falava do canto do melro, daquilo que a felosa de cabeça vermelha gosta de comer, dos hábitos do pintassilgo na velhice, de como é graciosa a mejengra. Contou um monte de particularidades da vida dos lugres e das pegas, garantindo que existem estorninhos que sabem na ponta da língua a tabuada de multiplicação. Ele afirmava que, sem os pássaros, a vida do homem perderia o sal e o sentido. Imitava os pássaros, assobiava, estridulava, batia asas imaginárias, limpava as penas com o bico e até fazia uma espécie de tentativa de voar.

Tocada pela sua agitação, Lida olhava para ele com olhos apaixonados e acariciava a sua cabeça.

— Édinka, que garoto engraçado você é! Então você gosta mesmo de pássaros a esse ponto? Pois eu não sabia disso. Mas, então, está bem, venderemos aquele vestido cinza velho (lembra-se, aquele de bordado preto), e eu comprarei um passarinho para você. Quer, Édinka?

— Ui, Lídotchka! Você é a minha essência da beleza.[11] Compre o passarinho, sem falta. Édia quer passarinho.

---

[10] Hipocorístico de Lida. (N. da T.)

[11] Verso de Aleksandr Púchkin no poema "Para ***" — "Recordo o luminoso instante/ quando eu, tomado de surpresa/ te vi: súbita imagem, diante/ de mim, da essência da beleza". Tradução de Boris Schnaiderman e Nelson Ascher, *A dama de espadas: prosa e poemas*, São Paulo, Editora 34, 1999, p. 263. (N. da T.)

— Meu menino!

A partir de então, Eduard não parou de falar no passarinho.

E eis que um dia o vestido cinza de bordado preto foi vendido. No cômodo apareceu uma gaiola bonita, com um pássaro. Que pássaro era aquele, não se podia determinar. Estava extremamente sujo e depenado. Além disso, metade da cauda tinha sido arrancada. Nem ouvido nem voz aquele pássaro sombrio tinha. O som que ele produzia, raspando o bico na grade, era abominável. Mas Eduard encantava-se com ele. Afirmava que aquele era um tipo muito raro de melro. Colocava água para o pássaro repugnante, enchia-o de sementes de cânhamo, piscava-lhe, enfiava o dedo pela grade e batia afetuosamente no bico encarniçado e sujo.

— Esperem só, ele logo vai cantar. Não serei eu se ele não cantar. Pois entendo muito bem de pássaros.

— Édinka — dizia Lida, confusa —, não seria melhor comprar um canário? Ele cantaria aqui.

Em pouco tempo Eduard se enfureceu. Cuspia saliva e chiava:

— Ai, Lida! Não me irrite. Você não entende nada de pássaros. O que pode ser mais ordinário do que um canário? O canário é o mais burguês dos pássaros. Eu sei bem do que estou falando. Já este é um exemplar muito raro de melro.

Lida emudeceu.

X. ELE ARRANJOU UM EMPREGO

Pouco tempo depois, Eduard arranjou um emprego na IUgROSTA.[12] Era a única instituição da república onde a sua colossal fantasia conseguiu encontrar utilidade.

Os seus primeiros passos no novo campo foram indescritíveis.

No início, designaram-no folhetinista de versos do jornal mural.

Os cidadãos que tiveram o prazer de morar no sul, no período do segundo e terceiro anos da república, provavelmente sabem o que é o jornal mural da IUgROSTA. Não há nenhuma necessidade de nos estendermos a respeito dele. Já os cidadãos que não tiveram o prazer de passar os dois anos recém-mencionados no sul, pode ser que, até o fim de seus

[12] Acrônimo de Seção Sul da Agência Russa de Telégrafos. (N. da T.)

dias, nunca saibam o que é o jornal mural da IUgROSTA, pois ainda não nasceu neste mundo de Deus um mestre capaz de descrever esse jornal refratário a descrições.

Mas eis que Eduard virou folhetinista desse jornal.

Antes de tudo, chegando à redação, olhou ao redor de si com ar profissional e farejou o ar, o que levou duas datilógrafas a passarem mal e uma terceira a redigir um requerimento ao *komsluj*.[13] Depois, socialmente, deu uma piscadela ao secretário, homem jovem e muito polido, que fugira do serviço militar obrigatório, e, enrolando um cigarro enorme com o tabaco do próprio secretário, anunciou sombriamente:

— Crosta, doença na pele; *iugrosta*, na parede.

Depois disso, foi rapidamente transferido para o departamento de propaganda visual.[14]

No departamento de propaganda visual, Eduard ficou quatro dias. No primeiro, arrastou consigo uma cadeira da oficina e também alguns pedaços de compensado. No segundo, adoeceu de asma. No terceiro, aproximou-se de um cartaz, pronto para ser enviado ao *aguitpunkt*,[15] cobriu com tinta um escrito não muito espirituoso, porém bastante honesto, e escreveu uma nova quadra, elaborada de improviso:

A burguesia mimou
Toda a vida o proletário,
Acarinhou, afagou,
Pôs em forcas, pen-du-ra-do[16]

No quarto dia, explicou-se ao diretor da seção, solicitou um adiantamento e descansou sobre os louros. Dinheiro não lhe deram, pois na instituição não havia nenhum, mas, em compensação, no quinto dia, destinaram-no ao jornal oral.[17]

---

[13] Acrônimo de Comitê dos Servidores (da Agência de Telégrafos). (N. da T.)

[14] Importante instrumento de propaganda do novo regime. Os cartazes políticos deste departamento são considerados até hoje grandes obras das artes gráficas. (N. da T.)

[15] Sigla de *aguitatsióni punkt* — centro de propaganda política. (N. da T.)

[16] A tradução dos versos é de Mário Ramos. (N. da T.)

[17] Assim como o jornal mural, elemento importante da propaganda política no período soviético. Também chamado de jornal vivo. (N. da T.)

Em resumo, passadas duas semanas, o diretor da IUgROSTA, terror das datilógrafas, gritou para todo o gabinete, contorcendo-se em convulsões:

— Paguem a ele o salário de duas semanas adiantado, e que vá se juntar aos porcos! Ele me esgotou! Desse jeito não podemos continuar.

Depois de ajeitar os papeizinhos azuis em um maço bonito, mas não muito grosso, Eduard deu uma piscadela para o caixa rosado e, com ar profissional, foi para casa, refletindo sobre diversas questões, extremamente importantes.

XI. DEPOIS TIVERAM INÍCIO OS PÁSSAROS

— Aqui está — disse Eduard, lacônico, atirando o dinheiro sobre a mesa e, no mesmo instante, guardando-o de volta.

Lida soltou um ai, admirada.

Depois disso, Eduard ocupou-se da compra de pássaros.

De todas as partes, os amigos, admiradores de sua escola poética, aquelas crianças ingênuas, prontas a abrir o crânio uma da outra por causa de uma cesura incorretamente colocada, levaram gaiolas de passarinho para ele. Eram gaiolas das mais diversas qualidades, formas, tamanhos e materiais.

Entre elas, havia garbosas gaiolas de bambu, daquele tipo que encontramos penduradas nas salas de estar baixinhas de velhos mecânicos e capitães de longos percursos no mar, trazidas do Japão junto com um biombo de seda preta com crisântemos e uma caixinha de cigarros laqueada.

Havia também gaiolas metálicas de mau gosto, de viúvas de oficiais subalternos, e gaiolas de comerciantes, enormes, do tamanho de uma pequena casa, com arquitetura muito complexa, pequenos mezaninos, balcõezinhos, câmeras internas, poleiros e faceiros comedouros automáticos.

Finalmente, havia também respeitáveis gaiolas de caça para codornizes, com a parte de cima reticulada, de madeira, grosseiras e escuras como um refeitório enegrecido pela fumaça, no estilo feudal inglês antigo.

Um rapaz demasiadamente zeloso, em vez de gaiola, levou um pequeno aquário, o que sugeriu ao romântico a ideia de arranjar, além de pássaros, também peixes e algas.

Depois teve início a compra de pássaros.

Diariamente, pela manhã, Eduard pegava uma gaiola vazia e dirigia-se a um mercadinho distante, que chamava de "fileira de caçadores".[18] Segundo ele, lá era possível comprar ou trocar qualquer pássaro das amplidões do norte. Lá ele tinha conhecidos misteriosos, ainda daqueles bons tempos em que, em vez de ir à escola, dirigia-se à parte selvagem da praia, armava lá uma rede de passarinheiro, estendia-se de barriga sob um arbusto amarelado de lilases, no seco matagal de losnas e sempre-vivas reluzentes como mica, e assobiava disfarçadamente para os tolos pintassilgos, segurando com firmeza a corda traiçoeira. Bandos de aves desfiavam, de arbusto em arbusto, como contas de um colar. A penugem leve e os fiapos vaporosos da bardana voavam sobre as ramagens secas das ervas daninhas, enquanto do mar se estendiam as madeixas leitosas e frias do primeiro nevoeiro.

Excitado pela fome e pelas lembranças, Eduard ia almoçar em casa, levando consigo os pássaros.

Lida limpava as gaiolas, colocava comida, batia os pregos na parede e encantava-se com os pássaros.

Ao olhar não iniciado, eram horríveis. Sujos, desgrenhados, aterrorizados, vorazes e completamente mudos. Muitos deles estavam sem rabo e com os pezinhos quebrados.

Mas, a todos os comentários irônicos dos amigos a respeito dos pássaros, Eduard respondia com um rugido furioso:

— Calem-se, asnos! Vocês não entendem nada. São exemplares muito raros. Esse aqui, por exemplo, esse cinzento no poleiro, estão vendo? É um raro exemplar de toutinegra. É verdade, está com o pé um pouquinho machucado e o rabinho um tantinho arrancado, mas, vejam os olhinhos inteligentes que ele tem. Juro pela memória de meu falecido pai, que me cuspam nos olhos se daqui a dois dias ele não começar a cantar. Vocês nunca ouviram o canto da toutinegra?

E começava a assobiar, a cantar *liu-liu-liu* e a girar a cabeça.

No entanto, passada uma semana, o raro exemplar de toutinegra continuava mudo como antes, mas muito voraz.

Em pouco tempo, todas as paredes cobriram-se completamente de exemplares raros e até raríssimos.

---

[18] Em Moscou, no século XVII, os vários mercados eram chamados de "fileira de comércio". Na "fileira de caça", permitia-se a venda de animais vivos ou mortos, capturados ou abatidos nos arredores de Moscou. (N. da T.)

Além do mais, todos os pássaros pareciam-se uns com os outros, como detentos em uma mesma cela. Pelo menos não havia nenhuma diferença significativa entre eles, embora todos tivessem nomes diferentes e muito promissores: melros, felosas de cabeça vermelha, pintassilgos, dom-fafes, tentilhões, lugres...

Era assustador entrar no cômodo. O estalo dos bicos e das asas ensurdecia o ouvido desabituado. As penas e penugens voavam pelo cômodo à moda daqueles turbilhões de verão que se erguem de repente nos pátios dos aviários, apesar da completa ausência de vento.

Ciscos, cascas de sementes de cânhamo, respingos e pedrinhas despencavam das gaiolas até o chão.

Além disso, no canto, havia uma banheira infantil onde, assomando o pequeno escudo de melancia e o focinho de camelo, uma tartaruga se remexia e apertava os olhos curiosamente.

Eduard ficava sentado, com chinelos acolchoados, de livro na mão, sob o grande retrato do severo médico militar.

Às vezes, erguia os olhos para o retrato, respeitosamente levava o dedo indicador aos lábios e pronunciava em voz baixa:

— Chanceler!

Perturbada, Lida olhava os pássaros de esguelha, e, no seu hesitante rostinho infantil, surgiam vincos quase imperceptíveis de preocupação e secreta cólera. Tudo isso se acumulava ao redor do narizinho redondo e gordo de criança.

XII. LOGO "ELES" VÃO COMER A MÁQUINA DE COSTURA

Os pássaros teimavam em não cantar, mas se empanturravam bem. Lida calava-se pacientemente. Eduard sonhava com novos e novos exemplares. A situação ia de mal a pior. Não tinham nenhum ganho, enquanto os pássaros devoravam uma quantidade enorme de comida cara. Não se satisfaziam com migalhas de pão nem restos de mingau de cevadinha. Para eles, era preciso ovos de formiga, sementes de cânhamo e alpiste e uns carunchos de farinha muito caros, sem os quais, segundo Eduard, eles nunca cantariam.

Era preciso gastar quase todo o dinheiro com os pássaros. Lida tentava objetar. Eduard permanecia inflexível. Exigia que Lida vendesse os últimos trapos. O cômodo, à medida que se enchia de pássaros, cada vez mais se esvaziava das outras coisas. Finalmente, restou só a máquina de costura.

— Lidússia! Você sabe por que a felosa de cabeça vermelha não canta? Ela não canta porque precisa de carunchos de farinha. Venda a máquina de costura, e então alimentaremos o passarinho.

— Édinka, você enlouqueceu! Se nem nós temos o que comer! Logo morreremos de fome.

— Não diga bobagem, Lídotchka! Para mim basta um quarto de libra de *brinza* por dia. Desde que os nossos passarinhos cantem...

Lida ergueu as sobrancelhas. E, quando Eduard foi ao mercado buscar comida de passarinho, ela chamou a vizinha e queixou-se amargamente dos pássaros.

— Querida, logo morreremos de fome! — disse Lida tristemente, abraçando a vizinha. — Os pássaros vão nos levar à ruína. Eles comeram tudo. Comeram o meu vestido cinza com bordado preto, comeram o meu casaco de verão. Comeram os lençóis e as fronhas. Em breve vão comer a máquina de costura, e então será o fim. Édia não quer ouvir nada. Enlouqueceu completamente... Oh, como eu odeio esses pássaros asquerosos!

A vizinha balançava a cabeça compadecida, pensando em seus próprios infortúnios, enquanto a sua filhinha, uma boneca de três anos de idade, com um laço de fita vermelha enorme no cocuruto, aproximava-se das gaiolas, olhava timidamente ao redor e ameaçava os pássaros com o dedinho:

— Passarinhos nojentos! Passarinhos malvados. Os passarinhos comeram o *vesdido zinza*.

Depois o seu rostinho se iluminava com indescritível ternura e, aproximando-se da banheira, radiante de alegria e meiguice, ela chamava a tartaruga de *daruga*.

Enquanto isso, as ruguinhas ao redor do nariz de Lídotchka tornavam-se cada vez mais definidas.

XIII. UM CAPÍTULO LÚGUBRE, EM QUE LIDA PRINCIPALMENTE SE CALA

— Esse, Lídotchka, é um melro — dizia Eduard, entrando no cômodo segurando uma gaiola com um pássaro grande e feio, parecido com uma galinha mal-acabada. — Não pense você que esse é um pássaro qualquer. Esse é um exemplar muito raro. Juro pelo meu falecido pai que daqui a dois dias ele vai cantar que é uma beleza. Pois eu entendo muito bem dessas coisas. É verdade, precisamos comprar para ele mais caruncho de farinha, mas, em compensação, você nem imagina como ele vai cantar! Será algo inédito. Venda a fronha.

Lida ficou calada.

— Veja, veja, Lídotchka! — exclamou de repente Eduard. — Veja, foi logo pousando no poleiro. Isso é sinal garantido de que ele viverá muito e ainda vai cantar muito bem. Pode acreditar em mim. Pois eu entendo muito bem dessas coisas.

Pausa.

— Venda a fronha.

— Está bem — disse Lida, com fria resignação.

À noite, depois de tomar o café de cevada, sem pão nem açúcar, os cônjuges deitaram-se na sólida cama do médico, que, lúgubre e desaprovadora, fazia todas as molas tinirem.

— Édinka — disse Lida, meiga, mas firmemente, enfiando o edredom debaixo do romântico. — Édinka, assim não pode continuar. Vamos morrer de fome. Os pássaros nos arruinaram completamente. Os carunchos de farinha custam muito mais caro do que a farinha. As sementes de cânhamo, temos de sair procurando pelo mercado inteiro, e custam uma quantidade absurda de dinheiro. Será que já não basta de pássaros? O que você me diz? Deixamos um dos exemplares, o mais raro... Pois, pra falar a verdade, eles não são assim tão notáveis, esses passarinhos. É claro, todos são exemplares raros, mas, de qualquer modo...

— Eu não quero ouvir essas bobagens — resmungou Eduard, bravo. — Em breve eles vão cantar. Tenho certeza disso. O exemplar raro de toutinegra hoje mesmo ensaiou cantar. Eu li isso em seus olhos.

— Édinka! Eu imploro. Amanhã já não teremos mais nada para comer. Nem para vender.

— Como assim, nada para vender? E a máquina de costura? Ou você pensa que não darão nada por ela?! E o espelho da penteadeira também vale alguma coisa.

— Édia! O que está dizendo! — apavorou-se ela. — Se vendermos a máquina, como é que eu vou costurar as suas calças e camisas? Você está todo rasgado. Precisa de roupas. Senão vai andar por aí como um mendigo.

Eduard ficou pensativo.

— Sabe, Lídotchka, tive uma ideia. Amanhã você vende o espelho. Nós compramos comida de passarinho e também comemos um pouco. Tomara que dê para uma semaninha. Nesse tempo, com seu casaco de inverno, você faz pra mim uma calça e uma jaqueta (de qualquer modo, está chegando o verão). Depois já podemos vender a máquina de costura. Não é verdade, minha menina? Mas admita, menina travessa, que o seu marido é um gênio.

Lídotchka ficou calada.

Eduard virou-se para o lado e começou a resfolegar.

— Édia, você insiste nisso?

— É claro, tolinha! Além disso, amanhã ou depois a minha mãe morre (sei muito bem disso). A velha não dura muito, pra mim isso está claro. Então a nossa situação vai melhorar logo. Pois a rotunda de esquilo e a bacia de cobre não ficarão jogadas por aí. O que você pensa disso, macaquinha?

Lida ficou calada.

Na escuridão, ela refletia profundamente sobre algo.

Depois ela disse, com voz tão baixinha, tão meiga e tão premente, que por um minuto os pássaros pararam de fazer barulho e ouviu-se de algum ponto o rumor do automóvel da *gubtcheka*:[19]

— Quer dizer, então, que você insiste nisso?

— Claro, tolinha! Mas confie em mim, eu sei muito bem do que estou falando. Confie em mim.

O romântico adormeceu.

Lida ficou calada. Passou a noite inteira deitada, de olhos abertos. E quando a janela se iluminou e o alvorecer começou a despejar-se em cor de cereja, com cuidado para não acordar o marido, ela saiu da cama e, arrastando os pés descalços, mordendo os lábios, dirigiu-se às gaiolas dos pássaros.

XIV. NEM SEI O QUE PENSAR

No dia seguinte, depois de encontrar os amigos no bulevar, onde já tinha início o passeio primaveril, Eduard disse, amargurado:

---

[19] Sigla da Comissão Extraordinária de Combate à Contrarrevolução e à Sabotagem. (N. da T.)

— Amigos, estão acontecendo coisas inexplicáveis com os meus pássaros. Hoje à noite morreram dois exemplares muito raros. Decididamente não consigo entender por que isso aconteceu. Eu os alimentava bem. Cuidava deles com toda a atenção. Absolutamente, não entendo. Aliás, morreu justo aquele melro que ontem subiu no poleiro. Isso então é que eu não consigo entender de jeito nenhum. Eu sei muito bem que o pássaro que vai logo pousando no poleiro em uma gaiola nova vive longamente e canta muito bem.

Eduard balançou a cabeça, confuso.

Entretanto a morte misteriosa dos pássaros não produziu impressão nenhuma sobre os amigos. Eles estavam ocupados com outra coisa.

Em todos os postes e muros, tinham afixado um novo decreto. Em torno das folhas variegadas de papel oficial, aglomeravam-se cidadãos. Acotovelavam-se, pisavam nos pés uns dos outros, derrubavam chapéus. Os comerciantes do sul, durante dois anos privados do direito de comprar e vender, esmagados pela disciplina de ferro do comunismo de guerra, agora enchiam as esquinas e parques, os bulevares e becos, discutindo o inesperado decreto em todos os seus aspectos.

As primeiras andorinhas da nova política econômica, que naquela época ainda não tinha o apelido de "NEP", faziam os primeiros ninhos sob as abóbadas de vidro dos mercados abertos. Sancionadas de cima, as viúvas de oficiais superiores vendiam, com desenvoltura, doces folhados e rendas de Brabant, sem medo de batidas-relâmpago da polícia nem de esquadrões da guarda nacional da república. As corrediças das lojas, em outros tempos baixadas com sibilos e estrondos, aqui e ali já começavam a se soerguer, como viseiras de cavaleiros no final de um duelo mortal, e montões de bolos enormes, variegados, inebriantes, monstruosos e inacreditáveis, bolinhos de rum confeitados, embutidos, pães e biscoitos, através do vidro leve das vitrines esplendidamente esmeriladas, golpeavam os olhos esfomeados dos habitantes, cujo limite dos sonhos, no decorrer de dois anos, havia sido uma grave rosquinha da cesta que a pequena vendedora ambulante levava pela rua. O judeu bíblico, inclinando os *peiot* sobre o tabuleiro de cigarros, à luz fraca da lanterninha gradeada da meia-noite, apareceu pela última vez na escuridão sonora da rua completamente erma, e de manhã, pelo bulevar, passou a primeira mulher num *sac* longo e com um buquezinho de violetas de borragem de estufa.

Em casa, novas contrariedades aguardavam Eduard. Enquanto ele estava fora, morreram mais dois pássaros. Um se estrangulara sozinho, depois de ter enfiado a cabeça entre as barras da grade. O outro fora comido por um gato, que, ardilosamente, na ausência de Lida, conseguira abrir a portinha da gaiola com a pata.

Eduard ficou arrasado. E Lida, calada.

No dia seguinte, morreu mais um pássaro. No terceiro dia, ainda mais.

— Parece até que um espírito do mal se instalou em minha casa — dizia Eduard aos amigos. — Por que os pássaros estão se acabando? Eu não consigo entender isso de jeito nenhum. Pois eu estudei tão bem todas as doenças de pássaros, e posso jurar pela balada clássica que nenhum deles estava doente.

Em poucos dias, finaram-se quase todos os pássaros de Eduard. O romântico ficou tão abalado que até parou de falar disso. Ele apenas acariciava Lida meigamente.

— Lídotchka, nossos passarinhos estão morrendo. E eles iam cantar tão encantadoramente! Tenho certeza de que iam cantar. Você, Lidússia, tem pena dos passarinhos?

— É claro, tenho sim — dizia Lida, e seus olhinhos infantis enchiam--se de lágrimas que cintilavam através do *pince-nez*. — Muita pena, mas o que fazer?

Ela pegava Èduard pelas orelhas sujas e cobria de beijinhos pequenininhos e quentinhos o seu rosto terrivelmente magro e com a barba por fazer. Como se apertasse botõezinhos de pressão. E dizia:

— Não se preocupe, Édinka! Logo a nossa vida vai se ajeitar. Então arranjaremos outros passarinhos.

XV. O ÚLTIMO PASSARINHO

Depois tive de ficar fora da cidade o verão inteiro e fui à casa de Eduard me despedir.

Quando passava junto à sua janela alta, já aberta, vi uma mão de mulher, segurando uma gaiola. A outra mão abriu a portinhola e, então, um pássaro grande e desengonçado saltou para o parapeito, bateu as asas desabituadas do movimento e, sem jeito, de lado, voou para o azul do céu, prendendo-se nos galhos das acácias, que já se esverdeavam com minúsculos brotos de folhas novas.

Entrei no cômodo. Lida estava sozinha à janela, com os olhos cheios de lágrimas. Ela se desconcertou.

— Sabe o que aconteceu? Mais um infortúnio. Acabou de voar o último dos queridos passarinhos de Édia. Eu estava costurando. De repente, a gaiola se abriu e... *frrr*, eu me levantei num pulo, mas não consegui, já tinha ido! O raro exemplar de felosa de cabeça vermelha saiu voando pela janela. Como foi que ela conseguiu abrir a portinhola? Não consigo entender.

Ela baixou os olhos.

Eu me calei.

Então ela disse:

— Sabe... É uma pena, claro, mas, de qualquer modo, foi bom que acabaram os passarinhos. Senão, nós é que morreríamos. Pelo menos sobrou a máquina de costura, e o senhor vai ver só como Eduard ficará bonito no outono.

Logo chegou Eduard. A perda do último pássaro não o afligiu particularmente. Em silêncio, ele tirou da parede as gaiolas inúteis e levou-as para o sótão.

— Você tem uma mulher boa — disse eu, dando-lhe um aperto de mão de despedida.

— Isso não é nada, meu velho! No outono terei de novo muitos pássaros. Nova política. As coisas vão melhorar. Você vai ver.

— Tomara, adeus!

No outono eu voltei. Eduard estava vivendo mal. As pessoas ao redor vendiam, compravam, enriqueciam e engordavam. Mas Eduard, aquele sonhador incorrigível, preguiçoso e de alma aventureira, também na nova política econômica não conseguia encontrar para si utilidade nenhuma. Talvez agora estivesse até pior do que antes. Ele já tinha trabalhado em um hospital militar como chefe da biblioteca. Morava em uma *datcha* semidestruída, à beira-mar, em um cubículo com uma única janela...

Na parede só faltava um bom arreio para que aquele cubículo em nada se distinguisse do quartinho do cocheiro de um pequeno proprietário de terras.

No cômodo não havia nada além da cama de ferro, um fogão e uma cômoda. A máquina de costura tinha sido vendida. Eduard estava usando uma camisa limpinha e calças de criança, feitas de uma saia velha de Lídotchka. Uma gravatinha barata e janota pendia de seu pescoço descarnado. Ele tinha um aspecto desajeitado e apertado e ele próprio lembrava um pássaro selvagem de pernas finas e bico aberto.

Lida andava descalça, com um lenço vermelho desbotado amarrado na cabeça, à moda do campo.

— Então, meu velho! — disse Eduard, solenemente. — Veja você mesmo: as coisas melhoraram. Estou recebendo um soldo regular e vivo muito bem.

Pobre coitado, ainda julgava a vida pelos padrões de ferro do comunismo de guerra!

— Logo terei pássaros de novo. Agora eu mesmo vou pegá-los. Há pouco consegui uma arapuca excepcional. Perto do mar apareceram muitos pintassilgos. Eu conheço um lugar onde fica um mundão deles. Vamos lá.

Ele tirou uma gaiola de debaixo da cama, e fomos.

— Juro pelo meu falecido pai, que me cuspa nos olhos se daqui a meia hora a minha gaiola não estiver cheia de pássaros.

Ele pendurou a arapuca em um galho de lilás do campo. Fomos para a praia.

Enquanto esperávamos o pássaro cair na armadilha, vagamos pela praia, junto à água densa e morna, que cheirava a iodo, areia e lodo. Gaivotas e velas branquejavam como vírgulas ligeiras no longínquo azul celeste do ar e do mar. Os marcos musgosos da área de banho andavam e oscilavam em longos reflexos luzidios, na ondulação rasa e quase imóvel.

No meio da conversa, Eduard de repente se agitou.

— Velho, está na hora! Dou a minha palavra, com certeza já pegamos uns pássaros. Pois eu sei muito bem como pegá-los.

Fomos rapidamente até a gaiola.

O arbusto continuava no lugar de antes, mas a gaiola não.

Desnorteado, Eduard olhou ao redor e, de repente, começou a rugir de raiva. Levou a mão aos olhos e praguejou terrivelmente. Eu olhei para a frente. Ao longe, deslocando-se pelas corcovas de camelo da beira-mar e pelo azul do mar, precipitava-se um garotinho. Ele balançava a gaiola, fazendo lembrar um moinho de vento. Eduard deu um salto, mas, lembrando-se da asma herdada do pai, deu de mão.

— Que vá pro diabo — disse ele, com um sorriso sombrio. — Juro pela rotunda de esquilo da velha que esse rapazinho vai longe.

Ele se arrastou lentamente até a casa.

Fui atrás dele, retorcendo-me de ataques de riso.

Eu inspirava o ar fresco do mar e com a mão protegia os olhos do sol envidraçado de outono, que cercava com uma teia brilhante os jardins pesados e cheios de poeira.

No seu denso matagal, já transpareciam as manchas amarelo-limão das acácias e os corais dos bordos.

(1925)

Tradução de Denise Sales

Iuri Oliécha

Iuri Kárlovitch Oliécha (1899-1960), um dos melhores escritores russos da década de 1920, nasceu em Elizavetgrad (atual Kropivnitski), na Ucrânia, mas passou sua infância e juventude em Odessa. Aos dezesseis anos, grande leitor dos clássicos russos, começou a compor e a declamar versos. Em 1920 mudou-se para Moscou onde, em 1922, passou a trabalhar como "colador de envelopes" no "setor de informações" dos ferroviários, e a colaborar com poemas para a revista deles, *Gudok* (O Apito), onde encontrou os escritores Mikhail Bulgákov e Valentin Katáiev e o humorista Iliá Ilf. Em 1924 reuniu os poemas em uma coletânea a que chamou *Zubilo* (O cinzel), pseudônimo com que os assinava. Sua fama, entretanto, veio-lhe de sua primeira publicação em prosa, *Inveja* (1927), um romance curto em que, com metáforas irônicas e uma linguagem muito viva, narra as desventuras de um intelectual em plena época do maquinismo dos planos quinquenais. Até 1930, publicou *Três homens gordos* — uma narrativa fantástica para crianças —, peças para teatro (algumas delas encenadas por Meyerhold e Stanislavski), artigos, esboços e roteiros de cinema. Depois abandonou a criação literária. Em sua autobiografia, escrita em 1947, relata que durante a Segunda Guerra Mundial realizou mais de cinquenta intervenções na rádio de Achkhabad, lugarejo para onde fora evacuado, junto com outros intelectuais. Em 1965, foi publicada postumamente em Moscou uma reunião de seus escritos esparsos com o nome de *Nem um dia sem uma linha*. O presente "Liompa", um dos pontos altos da arte do conto de Oliécha, é de 1928. (Nota de Aurora Fornoni Bernardini) [illegible] (1895-1962) [illegible] escreveu [illegible] escreve [illegible]

[illegible]

[illegible] primeira publicação em prosa [illegible]

[illegible] cinema [illegible]

[illegible]

Liompa

O menino Aleksandr estava aplainando uma tabuinha na cozinha e se machucou. Os cortes nos dedos cobriram-se de casquinhas douradas, comestíveis.

A cozinha dava para o pátio; como já era primavera, as portas não estavam fechadas: a grama crescia em volta da soleira e a água brilhava sobre a pedra. Na lixeira apareceu uma ratazana. Na cozinha estavam fazendo batatinha frita, bem fininha. Haviam acendido o fogareiro. A vida do fogareiro começava a toda: sua chama chegava até o teto. Quando ele morria seu foguinho ficava curto e azul. Os ovos pulavam na água fervente. Um morador cozinhava lagostins. Ele pegava o lagostim vivo pela cintura, com dois dedos. Os lagostins eram esverdeados, cor de encanamento. De repente da boca da torneira saíam voando por conta própria duas ou três gotinhas. A torneira se assoava sozinha. Depois, lá de cima, os canos começaram a conversar. Então, de repente, entardeceu. Apenas um copo ainda brilhava no peitoril da janela. É que os últimos raios do sol conseguiam chegar até lá, pela cancela. A torneira conversava. Em volta do fogão uma porção de coisas começou a crepitar e a mover-se.

O pôr do sol era maravilhoso. As pessoas comiam sementes de girassol, cantavam e a cor amarela do quarto caía na calçada, a mercearia iluminava-se.

No quarto, ao lado da cozinha, Ponomariôv estava deitado na cama, muito doente. Estava sozinho no quarto, a vela ardendo, o frasco de remédio no alto, em cima da cabeça, com o papel da receita meio descolado.

Toda vez que algum conhecido vinha vê-lo, ele dizia:

— Dê-me os parabéns, eu estou morrendo.

À tardinha começou a delirar. O frasco de remédio olhava para ele. A receita despregava-se do frasco, feito cauda de vestido. O frasco era uma duquesa casadoura. Ele se chamava "Natalício Régio". O doente delirava. Queria escrever um tratado. Conversava com o cobertor.

— Você não tem vergonha na cara?... — sussurrava-lhe.

O cobertor sentava-se ao seu lado, deitava-se ao seu lado, ia embora, contava-lhe as novidades.

Havia uma porção de coisas em volta do doente: colher, remédio, lâmpada, papel de parede. As outras coisas tinham ido embora. Quando ele soube que estava muito doente e que ia morrer, ficou sabendo também quão grande e variado é o mundo das coisas e quão pouco dele ainda permanecia em seu poder. A cada dia que passava, o número de coisas ia diminuindo. Uma coisa tão próxima como o bilhete do trem já havia se tornado para ele irremediavelmente distante. No começo, o número das coisas começou a diminuir nas bordas, longe dele. Depois a diminuição começou a se aproximar cada vez mais do centro, dele e de seu coração — do pátio, da casa, do corredor, do quarto.

No começo, o desaparecimento das coisas não o deixava triste.

Depois, as paredes, a América, a possibilidade de ficar rico ou bonito, a família (ele era solteiro)... Com o sumiço dessas coisas a doença nada tinha a ver: elas desapareciam à medida que ele ia ficando velho, mas a verdadeira dor chegou quando ele percebeu que aquelas coisas que sempre o haviam acompanhado começaram também a se afastar. Num único dia desapareceram sua rua, seu trabalho, o correio, os cavalos. De súbito, o desaparecimento chegou bem perto dele: o corredor se esgueirou de seu poder e em seu próprio quarto, bem debaixo de seus olhos, cessou o significado do sobretudo, do ferrolho da porta, dos chinelos. Ele sabia: a morte, em seu caminho até ele, ia anulando as coisas. De toda a enormidade e a magnificência, a morte só lhe deixava algumas poucas coisas, e essas eram coisas que ele — se lhe fosse dado decidir — nunca consentiria que ficassem em seu poder. Ele recebeu o sorrateiro. Ele recebeu visitas terríveis e olhares terríveis dos conhecidos. Ele compreendeu que não tinha forças para defender-se da invasão dessas coisas inúteis e não desejadas. Agora, porém, elas eram únicas e indiscutíveis. Ele perdeu o direito de escolher as coisas.

O menino Aleksandr estava fazendo um aeromodelo. Ele era bem mais sério e complexo do que os outros pensavam. Quando cortou seus dedos, o sangue escorreu e manchou as aparas, ele sujou-se de cola, pediu giz, chorou e levou uns pescoções. Os adultos achavam que estavam mais do que certos. No entanto, o menino agia exatamente como um adulto.

Mais do que isso — ele agia como só pode agir um tipo especial de adulto: de pleno acordo com a ciência. O aviãozinho era construído segundo um projeto, tudo havia sido calculado — o menino conhecia as leis. Ele podia contrapor aos ataques dos adultos a explicação das leis, a demonstração dos experimentos, mas não dizia nada por não se julgar no direito de mostrar-se mais sério que os adultos.

Em volta do menino se espalhavam torniquetes de borracha, fios, ripas, giz, tecido leve de seda chinesa, cheiro de cola. O céu brilhava. Os insetos andavam pela pedra. Na pedra havia uma concha petrificada.

Um outro menino bem mais novo, de calção azul-marinho, sem mais nada, chegou perto do menino que trabalhava. Ele ficou mexendo nas coisas dele e o atrapalhou. Aleksandr o enxotou. O menino peladinho, rechonchudo, ficou andando pela casa, pelo corredor, onde estava a bicicleta. (A bicicleta havia sido encostada, com o pedal na parede. O pedal havia arranhado o papel de parede. Era como se a bicicleta se segurasse à parede pelo arranhão.)

O menininho entrou no quarto de Ponomariôv. Via-se a cabeça do pequeno na borda da cama. As têmporas do doente eram brancas, como as de um cego. O menininho chegou bem perto da cabeça dele e ficou olhando. Ele achava que o mundo era e seria sempre assim: o homem de barba no quarto, deitado na cama. O menininho só chegava perto do cognoscível das coisas. Ele ainda não sabia discernir a diferença no tempo da existência dessas coisas.

Ele virou-se e começou a andar pelo quarto. Viu o parquete do chão, a poeira do rodapé, as rachaduras do reboco. À volta dele compunham-se e distribuíam-se as linhas, as nervuras dos corpos. De repente apareceu um pontinho de luz brilhante. O menininho correu até ele, mas mal dava um passo, a mudança de lugar apagava o pontinho. O menininho olhava à sua volta, para cima, para baixo, atrás da estufa, procurava e, nada encontrando, confuso, abria os braços. Cada instante criava alguma coisa nova para ele. Incrível era a aranha. Ela voou quando ele teve a ideia de tocá-la com a mão.

As coisas que desapareciam deixavam ao doente apenas os seus nomes.

No mundo havia uma maçã. Ela brilhava no meio das folhagens, virava-se e, virando-se, agarrava fragmentos do dia, o azul do jardim, o caixilho da janela. As leis da gravidade esperavam-na embaixo da árvore, sobre a terra negra, aos montinhos. Entre eles corriam as formigas-miçangas. Newton estava sentado no jardim. Na maçã estava escondida uma enormidade de causas, capaz de suscitar uma enormidade ainda maior de efeitos. Mas nenhuma dessas causas se destinava a Ponomariôv. A maçã havia se tornado para ele uma abstração. E o fato de que tantas coisas fugissem dele e só ficasse a abstração era doloroso.

"Eu pensava que o mundo não existisse — raciocinava ele para consigo —, eu pensava que meu olho e meu ouvido governassem as coisas, eu pensava que o mundo deixaria de existir quando eu deixasse de existir. Mas agora... o que estou vendo é que tudo se afasta de mim, ainda vivo. Pois eu ainda existo! Por que as coisas deixam de existir? Eu pensava que fosse meu cérebro a lhes dar forma, peso, cor — mas elas se afastaram de mim, e agora apenas seus nomes ficaram enxameando no meu cérebro — nomes sem nenhuma utilidade, nomes que perderam seus donos. O que eu tenho a ver com eles?"

Ponomariôv olhou para o menininho com tristeza. Ele andava por todo lado. As coisas iam ao encontro dele. Ele sorria para elas, sem saber um único nome. Ele saía e a suntuosa cauda das coisas saía atrás dele.

— Escute — chamou o doente. — Escute... Você sabe que quando eu morrer não vai sobrar mais nada? Nem a porta, nem a árvore, nem papai, nem mamãe. Vou levar tudo comigo.

A ratazana havia penetrado na cozinha.

Ponomariôv ouviu-a: ela era a dona da casa. Batia com os pratos, abria a torneira, fuçava no balde.

"Xi, ela está lavando a louça" — pensou Ponomariôv.

Aí, de repente, veio-lhe à cabeça um pensamento que o inquietou: a ratazana podia ter um nome só dela, desconhecido das pessoas. Ele começou a imaginar que nome seria. Delirava. Quanto mais ele imaginava, tanto mais forte o medo se apossava dele. Compreendeu que, de algum jeito, ele tinha que parar, e não pensar mais no nome da ratazana — mas ao mesmo tempo ele continuava, sabendo que no exato instante em que descobrisse aquele único nome, terrível e sem sentido, ele morreria.

— Liompa! — gritou de súbito, com voz assustadora.

A casa dormia. Era de manhãzinha — cinco e pouco. O menino Aleksandr não dormia. A porta da cozinha estava aberta para o pátio e o sol estava ainda baixinho, em algum lugar.

O moribundo foi até a cozinha, inclinado para a frente, com os braços esticados e as mãos pendentes. Ia juntar as coisas.

O menino Aleksandr corria no pátio. O aviãozinho voava à sua frente. Esta foi a última coisa que Ponomariôv viu. Não conseguiu pegá-lo. Ele voou. Durante o dia apareceu na cozinha um caixão azul com enfeites amarelos.

O menino rechonchudo ficou espiando do corredor, com as mãozinhas atrás das costas. Demoraram muito tempo para girar o caixão para que ele passasse pela porta. Esbarraram na estante, na panela, esfolaram o reboco. O menino Aleksandr subiu no fogão e ajudou a segurar o caixão, por baixo. Quando finalmente o caixão conseguiu entrar no corredor, tornando-se preto de repente, o menino rechonchudo correu à frente, chapinhando nas sandálias.

— Titio! Titio! — gritou ele. — Trouxeram um caixão para você.

(1928)

Tradução de Aurora Fornoni Bernardini

Andrei Platónov

Segundo artistas como Tatiana Tolstaia e Ióssif (Joseph) Bródski, Andrei Platónovitch Platónov (1899-1951, seu sobrenome de batismo é Klimiéntov) é o maior prosador russo do século XX — o que não é dizer pouca coisa. Alguns de seus tradutores e apreciadores vão além, e chegam a sugerir que ele é o maior prosador russo de todos os tempos. Parece incrível que ele seja praticamente desconhecido entre nós. Este conto de 1929, "Makar, o duvidador", é a primeira tradução de Platónov no Brasil. Nascido em Vorônej numa família operária, Platónov trabalhou em ferrovias, lutou na guerra civil e formou-se em engenharia elétrica (trens, a guerra e a eletricidade seriam temas constantes da sua ficção e de sua visão de mundo). Escreveu artigos críticos, poesia, contos e romances, sendo que estes dois últimos gêneros ocupam o primeiro plano em sua criação. Platónov situa-se em um lugar de difícil definição dentro da cultura soviética dos anos 1920-40: publicado e censurado alternadamente, permanece fiel a uma forte e idiossincrática noção utópica do comunismo, ao mesmo tempo em que cria um universo da estranheza e da ambiguidade, que impõe os mais complexos desafios a seus tradutores.

Makar, o duvidador

Entre as demais massas trabalhadoras, viviam dois membros do Estado: um mujique normal, Makar Ganuchkin, e outro mais destacado, o camarada mais inteligente do povoado, Lev Tchumovói, que, graças à inteligência, levava o movimento popular adiante, diretamente ao bem-estar social. Por isso, toda a população da aldeia falava de Lev Tchumovói, quando ele passava sem dar atenção a ninguém.

— Lá vai a passo nosso guia, amanhã pode esperar alguma tomada de medidas... Que cabeça inteligente, só que de mãos nulas. Vive de pura inteligência...

Já Makar, como qualquer mujique, gostava mais de ofícios do que de lavoura e preocupava-se não com o pão, mas com o espetáculo, porque tinha, segundo o camarada Tchumovói, a cabeça oca.

Sem pedir autorização ao camarada Tchumovói, Makar organizou certa vez um espetáculo — um carrossel popular, que devia girar movido pela potência do vento. O povo reuniu-se ao redor do carrossel de Makar numa nuvem compacta e ficou esperando o temporal, que daria impulso ao carrossel. O temporal, porém, estava atrasado, o povo ia ficando ali à toa, e, enquanto isso, o potro de Tchumovói correu para a várzea e lá se perdeu em locais alagados. Se o povo estivesse sossegado, então logo teria apanhado o potro de Tchumovói e não teria permitido que Tchumovói levasse prejuízo, mas Makar havia tirado o povo do sossego e assim ajudou Tchumovói a sofrer o dano.

O próprio Tchumovói não correu atrás do potro, mas se aproximou de Makar, que estava calado e abatido por causa do temporal, e disse:

— Você desvia o povo para cá, e eu não tenho quem vá correr atrás do potro...

Makar recobrou-se do estado contemplativo por adivinhação. Não era capaz de pensar, pois tinha uma cabeça oca sobre mãos inteligentes, mas, em compensação, adivinhava tudo bem depressa.

— Não se aflija — disse Makar ao camarada Tchumovói —, farei para você um automotor.

— Como assim? — perguntou Tchumovói, pois, com suas mãos nulas, não sabia fazer um automotor.

— Com aros e cordas — respondeu Makar sem pensar, mas sentindo a força de tração e de rotação desses futuros aros e cordas.

— Então faça bem depressa — disse Tchumovói — senão cuidarei de lhe atribuir responsabilidade legal pelo espetáculo ilegal.

Mas Makar nem estava pensando em multa — ele não era capaz de pensar —, queria era lembrar onde tinha visto ferro, mas não se lembrou, porque toda a aldeia era feita de materiais de superfície: argila, palha, madeira e cânhamo.

O temporal não aconteceu, o carrossel não andou, e Makar voltou para casa.

Em casa, de tristeza, Makar bebeu água e sentiu o gosto travoso daquela água.

"Deve ser por isso que não acho ferro", intuiu Makar, "porque nós o bebemos com a água."

À noite Makar entrou em um poço seco e abandonado e passou lá um dia inteiro, procurando ferro sob a areia úmida. No segundo dia, Makar foi arrastado para fora por mujiques comandados por Tchumovói, temeroso de que um cidadão morresse fora da linha de frente da edificação do socialismo. Era impossível içar Makar — em suas mãos havia um torrão castanho de minerais ferrosos. Os mujiques arrastaram-no para fora e amaldiçoaram a carga, enquanto o camarada Tchumovói prometeu a Makar uma multa adicional por perturbação da ordem pública.

No entanto, Makar não lhe deu atenção e daí a uma semana transformou o torrão em ferro, no fogão de sua casa, depois que a mulher tinha terminado de assar nele o pão. Como temperou o metal no fogão, ninguém sabe, porque Makar agiu com suas mãos inteligentes e com a cabeça muda. E, num dia, ele fez uma roda de ferro, depois ainda outra roda, mas nenhuma das rodas andava sozinha: era preciso empurrá-las com as mãos.

Tchumovói foi procurar Makar e perguntou:

— Fez o automotor em lugar do potro?

— Não — disse Makar — eu estava adivinhando que elas deviam rodar sozinhas, mas... não rodam.

— Por que é que me enganou, sua cabeça desastrosa! — exclamou Tchumovói em tom profissional. — Faça então um potro!

— Eu não tenho carne, senão faria — recusou-se Makar.

— E como foi que fez ferro de argila? — lembrou Tchumovói.

— Não sei — respondeu Makar —, eu não tenho memória.

Aqui Tchumovói se ofendeu.

— O quê? Quer dizer que está querendo ocultar uma descoberta de importância nacional, indivíduo-diabo! Você não é um homem, é um camponês descooperado! Agora mesmo multarei você inteiramente, então vai aprender a pensar!

Makar resignou-se:

— Mas eu não penso, camarada Tchumovói. Sou um homem vazio.

— Então encurte essas mãos, não faça aquilo que não entende — censurou-lhe o camarada Tchumovói.

— Se a minha cabeça fosse a sua, camarada Tchumovói, então eu também pensava — reconheceu Makar.

— Exatamente! — confirmou Tchumovói. — Mas esta cabeça aqui é uma só para o povoado inteiro, e você deve se submeter a mim.

E aqui Tchumovói multou Makar inteiramente, de modo que ele foi obrigado a ir procurar trabalho em alguma oficina de Moscou, para pagar aquela multa, deixando o carrossel e a propriedade aos cuidados diligentes do camarada Tchumovói.

Makar tinha andado de trem dez anos antes, em 1919. Daquela vez o levaram de graça, porque Makar parecia logo um lavrador assalariado, e dele nem documentos pediam. "Siga em frente", dizia-lhe, às vezes, a guarda proletária, "tem nossa afeição, já que é um coitado."

Dessa vez, assim como nove anos atrás, Makar entrou no trem sem pedir permissão, surpreso com o povo escasso e as portas abertas. Mas, de qualquer modo, Makar sentou-se não no meio do vagão, mas perto do engate, para ver como funcionavam as rodas em movimento. As rodas começaram a funcionar, e o trem partiu para o centro do Estado — para Moscou.

O trem corria mais rápido do que qualquer cavalo mestiço. As estepes corriam de encontro ao trem e não acabavam mais. "Eles torturam a máquina", pensou Makar, com pena das rodas, "realmente, há de tudo neste mundo, pois ele é espaçoso e vazio."

As mãos de Makar estavam em repouso, e a força inteligente e livre subiu para a cabeça volumosa e oca, e ele começou a pensar. Makar sentou-se no engate e ficou pensando, como podia. Mas não ficou sentado por muito tempo. Aproximou-se dele um guarda sem arma e pediu-lhe a passagem. Makar não tinha passagem, pois, em suas considerações, havia um poder soviético forte, que agora, e absolutamente de graça, transportava todos os necessitados. O guarda-cobrador disse a Makar que, para evitar uma desgraça, o melhor era saltar no primeiro apeadeiro, onde havia um bufete, para que Makar não morresse de fome naquele longo trajeto. Makar viu que o poder se preocupava com ele, pois não o tocava simplesmente, mas propunha um bufete, então agradeceu ao chefe dos trens.

No apeadeiro, entretanto, Makar não saltou, embora o trem tivesse parado para descarregar envelopes e cartões do vagão do correio. Makar lembrou-se de uma consideração técnica e ficou no trem, para ajudá-lo a seguir adiante. "Quanto mais pesada uma coisa", pensava Makar, comparando uma pedra e uma pluma — "mais longe ela vai quando a soltamos: assim, no trem, sou um tijolo a mais para que o trem possa chegar bem rápido até Moscou."

Para não ofender o guarda do trem, Makar escorregou até as profundezas do mecanismo, sob o vagão, e lá se deitou para descansar, ouvindo a rapidez inquieta das rodas. Por causa do sossego e do espetáculo da areia nos trilhos, Makar dormiu profundamente e sonhou que tinha se desprendido do chão e voava por ares gelados. Por causa dessa sensação esplêndida, ele sentiu pena das pessoas que tinham ficado na terra.

— Ei, Seriojka,[1] você está deixando os moentes quentes!

Makar foi despertado por essas palavras e apalpou o próprio pescoço: será que o corpo estava inteiro e toda a sua vida interior também?

— Tudo bem! — gritou Seriojka de longe. — Falta pouco até Moscou: não vai queimar!

O trem parou na estação. Os operários verificavam os eixos dos vagões e xingavam baixinho.

Makar saiu de debaixo do vagão e viu ao longe o centro de todo o Estado — a importante cidade de Moscou.

"Agora eu vou até a pé!", considerou Makar, "Quem sabe o trem não chega rápido mesmo sem peso complementar?"

---

[1] Hipocorístico do nome Serguei. (N. da T.)

E Makar partiu na direção das torres, igrejas e instalações sisudas — para a cidade das maravilhas da ciência e da técnica, a fim de arranjar sua vida sob as cabeças douradas dos templos e dos guias.

Makar descarregou-se do trem e saiu andando na direção daquela Moscou visível, interessado naquela cidade central. Para não se perder, Makar caminhava perto dos trilhos e espantava-se com as frequentes plataformas de estações. Perto da plataforma, cresciam bosques de pinheiros e de abetos, e nos bosques havia casinhas de madeira. As árvores cresciam ralas, debaixo delas rolavam papéis de bombom, garrafas de vinho, pelinhas de embutidos e outros bens avariados. Não crescia relva sob o peso do ser humano, e as árvores também sofriam muito e cresciam pouco. Makar não compreendia bem essa natureza:

"Será que aqui vivem tamanhos patifes que até as plantas finam-se por causa deles!? Pois isso é triste demais: o homem vai vivendo e planta um deserto ao redor de si! Onde é que está aqui a ciência e a técnica?"

Makar afagou o próprio peito de dó e seguiu adiante. Na plataforma da estação de trem, descarregavam do vagão latões de leite vazios e trocavam por outros cheios. Makar parou, pensando.

— De novo sem técnica! — avaliou a situação em voz alta. — Carregam o vasilhame com leite, isso está certo: na cidade também moram crianças que esperam o leite. Mas, e os latões vazios, por que colocam no carro? Pois apenas gastam a técnica em vão, e o vasilhame é volumoso!

Makar aproximou-se do chefe do leite, que administrava os latões, e aconselhou-o a construir um cano de leite dali até Moscou, para não ter de tocar vagões com vasilhames de leite vazios.

O chefe do leite ouviu Makar — ele tinha consideração pelas pessoas da massa —, entretanto, aconselhou-o a dirigir-se a Moscou: lá se encontram as pessoas mais inteligentes, e elas administram todos os reparos.

Makar ficou bravo:

— Mas é você que leva o leite, ora, e não eles! Eles apenas tomam o leite, não estão vendo o desperdício da técnica!

O chefe explicou:

— O meu negócio é organizar cargas: eu sou um executor, e não um inventor de canos.

Então Makar afastou-se dele e, em dúvida, foi até Moscou.

Em Moscou, a manhã ia alta. Dezenas de milhares de pessoas andavam às pressas pelas ruas, como camponeses na colheita da safra.

"Aonde vão, fazer o quê?", pensava Makar, ali em pé, no meio da multidão sem fim. "Pelo visto, existem aqui fábricas grandiosas, que vestem e calçam todo o povo das aldeias distantes!"

Makar olhou os próprios sapatos e disse às pessoas apressadas: "obrigado!" — sem elas, ele viveria descalço e desnudo. Quase todas as pessoas tinham, debaixo do braço, sacos de couro, onde provavelmente levavam pregos e linhol para os sapatos. "Mas pra que estão correndo, gastando as forças?", desconcertou-se Makar. "O melhor mesmo era trabalhar em casa, e podiam distribuir a boia de casa em casa!"

Mas as pessoas corriam, enfiavam-se nos bondes até comprimir completamente as molas e não tinham pena do próprio corpo em nome do trabalho. Com isso Makar ficou inteiramente satisfeito. "Que gente boa", pensou ele, "é difícil chegar até as oficinas, mas quanta disposição!"

Makar gostou dos bondes, porque andam por si sós, e o maquinista fica sentado no primeiro vagão bem tranquilo, como se não carregasse nada. Makar se enfiou no vagão também sem nenhum esforço, pois foi empurrado para dentro pelos apressados que vinham atrás. O vagão partiu suavemente; sob o piso rugia a força oculta da máquina; Makar ouvia essa força e sentia compaixão por ela.

"Pobre trabalhadora!", pensava Makar a respeito da máquina, "Carrega e faz força. Em compensação, leva pessoas úteis a algum lugar — poupa pernas vivas!"

Uma mulher, a senhoria do bonde, dava recibos às pessoas, mas Makar, para não dificultar o trabalho dela, recusou o recibo:

— Estou bem assim! — disse Makar e passou direto.

Gritavam à senhoria algo a respeito de um ponto, e a senhoria concordava. Makar, para ficar sabendo que ponto era aquele, também disse:

— Senhoria, um ponto pra mim também!

A dona puxou uma corda, e o bonde logo reduziu.

— Desça aí. É este o ponto — disseram os cidadãos a Makar e empurram-no com força, fazendo pressão.

Makar saiu ao ar livre.

O ar era de capital: cheirava a gás combustível de carros e a pó de ferro dos freios do bonde.

— Onde é que fica aqui o centro exato do Estado? — perguntou Makar a uma pessoa qualquer.

A pessoa apontou com a mão e jogou o cigarro na lixeira da rua. Makar chegou perto do cesto e cuspiu lá também, para ter o direito de usar de tudo na cidade.

Os prédios erguiam-se tão tristes e altos que Makar teve pena do poder soviético: como era difícil manter todo aquele aparelho de residências.

No cruzamento, um policial levantou a ponta de um pedaço de pau vermelho e fechou o punho da mão esquerda para um condutor, que transportava farinha de centeio.

"Aqui não estimam a farinha de centeio", concluiu Makar em pensamento, "aqui se alimentam só de biscoito doce."

— Onde é que fica o centro aqui? — perguntou Makar ao policial.

O policial mostrou a Makar o sopé de um morro e informou:

— Perto do teatro Bolchoi, no despenhadeiro.

Makar foi até o morro e viu-se entre dois relvados floridos. De um lado da praça, havia um muro, do outro, um prédio com colunas. As colunas sustentavam quatro cavalos de ferro, mas podiam ter feito as colunas um pouco mais finas, pois os quatro não eram assim tão pesados.

Makar começou a procurar na praça alguma vara com uma bandeira vermelha, que indicaria o meio da cidade central e o centro de todo o Estado, mas não havia nenhuma vara em lugar nenhum, e sim uma pedra com uma inscrição. Makar apoiou-se na pedra para poder ficar bem no centro e sentir respeito por si próprio e por seu Estado. Makar suspirou feliz e sentiu fome. Então foi até o rio e viu o canteiro de obras de um prédio incrível.

— O que estão construindo aqui? — perguntou ele a um transeunte.

— Um prédio eterno, de ferro, concreto, aço e vidro brilhante — respondeu o transeunte.

Makar resolveu passar por lá, para trabalhar um pouco na construção e conseguir comida.

No portão havia sentinela. O guarda perguntou:

— O que quer, hein, grosseirão?

— Eu queria trabalhar um pouco em alguma coisa, senão vou acabar minguando — informou Makar.

— E em que é que vai trabalhar aqui, se veio sem nenhum talão? — disse o guarda tristemente.

Nisto se aproximou um pedreiro e ficou ouvindo Makar.

— Vá até o caldeirão comum, na barraca, lá os rapazes lhe darão comida — ajudou o pedreiro. — Mas trabalhar conosco, logo de cara, não vai poder; você vive solto, então não é ninguém. Primeiro precisa se inscrever na união dos trabalhadores, passar pela inspeção de classe.

Então Makar foi até a barraca comer do caldeirão e assim conservar em si a vida para um destino melhor no futuro.

Em Moscou, no canteiro de obras desse prédio que o transeunte chamava de eterno, Makar acomodou-se. Primeiro ele tomou um nutritivo mingau de trigo sarraceno na barraca dos operários, depois foi examinar o trabalho de construção. Realmente, por todo lado a terra tinha sido golpeada com buracos, havia um alvoroço de gente, máquinas de nome desconhecido batiam estacas no solo. O mingau de concreto escoava naturalmente pelas calhas, e outros acontecimentos operários também aconteciam à vista. Via-se que estavam construindo um prédio, embora não se soubesse para quem. Makar não se interessava em saber a quem caberia o quê, ele se interessava pela técnica como um bem futuro para todas as pessoas. O chefe de Makar em seu povoado natal, o camarada Lev Tchumovói, esse, pelo contrário, estaria interessado na distribuição da área residencial no futuro prédio, e não no cabeçote da estaca de ferro, mas, em Makar, só as mãos eram alfabetizadas, a cabeça não; por isso ele só pensava em como fazer as coisas.

Makar percorreu toda a obra e viu que o trabalho corria rápido e bem. Porém, algo de lastimoso o afligia: naquele momento não sabia o quê. Ele foi até o meio dos trabalhos e abarcou o quadro geral da construção com o olhar: estava claro que faltava algo naquela obra, havia um desperdício, mas o que exatamente, não se sabia. Apenas crescia no peito de Makar uma tristeza operária consciensiosa. De tristeza e por ter saciado a fome, Makar procurou um lugar tranquilo e caiu no sono. Em sonho Makar viu um lago, pássaros, o arvoredo rural esquecido, mas aquilo que era preciso, aquilo que faltava na obra — isso Makar não viu. Então Makar despertou e, de repente, descobriu a falha da obra: para fazer a parede, os trabalhadores embalavam o concreto em carcaças de ferro. Mas isso já não era técnica, era trabalho braçal! Para virar técnica, o concreto tinha de ser levado para cima por canos, e o trabalhador só precisaria segurar o cano e não se cansaria, evitando, assim, que a força vermelha da inteligência fosse desviada para as mãos do trabalho braçal.

No mesmo instante Makar foi procurar o escritório técnico-científico central de Moscou. Esse escritório ficava em um recinto sólido e resistente ao fogo, em um vale da cidade. Lá Makar encontrou um moço junto à porta e disse a ele que tinha inventado uma tripa construtiva. O moço escutou e até fez perguntas sobre aquilo que o próprio Makar não sabia, depois levou Makar até uma escada e mandou-o ao escrivão-chefe. Esse escrivão era um engenheiro formado, porém, não se sabe por quê, tinha resolvido escrever em papéis, sem nem encostar as mãos no negócio da construção. Makar contou-lhe também sobre a tripa.

— Prédios a gente não deve construir, mas sim despejar — disse Makar ao escrivão formado.

O escrivão ouviu e concluiu:

— E como você pode provar, camarada inventor, que a sua tripa é mais barata do que a concretagem habitual?

— A prova é que eu sinto isso claramente — demonstrou Makar.

O escrivão pensou algo em segredo e mandou Makar ao final do corredor:

— Lá dão a inventores desprovidos um rublo para a boia e a passagem de trem de volta.

Makar recebeu o rublo, mas recusou a passagem, pois tinha resolvido viver em frente, sem voltar atrás.

Na outra sala, deram a Makar um documento destinado ao sindicato, para que lá ele recebesse ajuda reforçada por ser homem da massa e inventor da tripa. Makar pensou que no sindicato lhe dariam, no mesmo dia, dinheiro para a construção da tripa e foi para lá bem alegre.

O sindicato ficava em um prédio ainda maior que o do escritório técnico. Makar vagou duas horas pelos desfiladeiros do prédio do sindicato em busca do chefe das pessoas das massas, como estava escrito no documento, mas o chefe não estava no local de trabalho, ocupava-se dos trabalhadores restantes em algum outro lugar. Na hora do crepúsculo, o chefe chegou, comeu uma fritada de ovos e leu o papelzinho de Makar por intermédio de sua assistente — uma moça bastante graciosa e progressista, com uma trança longa. Essa moça foi ao caixa e trouxe para Makar um novo rublo, e Makar assinou o recebimento dele como lavrador assalariado. Deram o documento de volta a Makar. Nele, junto com as outras letras, agora figurava: "Camarada Lopin, ajude este membro de nosso sindicato a erigir a sua invenção de tripa na linha de produção".

Makar ficou satisfeito e, no dia seguinte, foi procurar a linha de produção e encontrar o camarada Lopin. Nem o policial, nem os transeuntes conheciam essa tal linha, e Makar resolveu achá-la por conta própria. Nas ruas havia cartazes e um cetim vermelho com a inscrição daquele estabelecimento de que Makar precisava. Nos cartazes, estava indicado claramente que todo o proletariado devia permanecer firme na linha de desenvolvimento da produção. Isso logo caiu no entendimento de Makar: primeiro era preciso descobrir o proletariado, sob ele estaria a linha e, em algum local próximo à linha, o camarada Lopin.

— Camarada policial — pediu Makar —, mostre-me o caminho até o proletariado.

O policial pegou a caderneta, encontrou lá o endereço do proletariado e deu aquele endereço ao nobre Makar.

Makar foi andando por Moscou em busca do proletariado e surpreendeu-se com a força da cidade, da multidão que corria em ônibus, em bondes e em pernas vivas.

"Quanta boia não é preciso pra alimentar esse movimento corporal!", raciocinou Makar em sua cabeça, que conseguia pensar quando as mãos não estavam ocupadas.

O preocupado e aflito Makar finalmente chegou ao prédio, cuja localização lhe fora indicada pelo sentinela. Esse prédio consistia em um abrigo noturno, onde a classe pobre deitava a cabeça durante a noite. Antes, na época pré-revolucionária, a classe pobre deitava a cabeça na terra normal, e sobre essa cabeça caía chuva, brilhava a lua, passavam estrelas, sopravam ventos, enquanto a cabeça ficava lá deitada, esfriava e dormia porque estava cansada. Mas, atualmente, a cabeça da classe pobre já descansava no travesseiro, sob um teto e sob a cobertura de ferro de um telhado, e o vento noturno da natureza já não atrapalhava os cabelos na cabeça do pobre coitado que outrora dormia diretamente sobre a superfície do globo terrestre.

Makar viu alguns prédios novos asseados e ficou satisfeito com o poder soviético.

"É bem bom esse poder!", avaliou Makar, "Só não vamos mimá-lo, porque ele é nosso!"

No abrigo noturno havia um escritório, como em todos os prédios residenciais de Moscou. Sem escritório, pelo visto, agora mesmo teria início por toda parte o fim do mundo, já que os escrivães davam a qualquer vida um rumo certo, apesar de lento. Makar respeitava também os escrivães.

"Que vivam!", decidiu Makar a respeito deles. "Alguma coisa eles pensam, já que recebem um ordenado, e uma vez que pensam por causa do serviço, então, provavelmente, vão se transformar em pessoas inteligentes, e desses é que nós precisamos!"

— O que quer? — perguntou a Makar o administrador do abrigo noturno.

— Eu preciso ver o proletariado — informou Makar.

— Qual camada? — quis saber o administrador.

Makar nem parou para pensar, ele sabia de antemão de que precisava.

— Baixa — disse Makar. — Ela é mais grossa, com mais gente, lá está a própria massa!

— Ah! — compreendeu o administrador. — Então você precisa esperar até a noite: de quem vier mais, com esses é que você vai pernoitar, ou com os miseráveis ou com os temporários...

— Eu preciso ficar com aqueles que estão construindo o socialismo — pediu Makar.

— Ah! — de novo compreendeu o administrador. — Você precisa, então, é de quem está construindo os prédios novos?

Aqui Makar ficou em dúvida.

— Mas prédios já construíam ainda antes, quando não havia Lênin. Que socialismo é esse em casa vazia?

O administrador também hesitou, ainda mais que ele próprio não sabia exatamente em que forma devia se apresentar o socialismo — haveria no socialismo uma alegria surpreendente? E qual seria?

— É, prédios também construíam antes — concordou o administrador. — Só que neles moravam patifes, mas agora eu entrego a você um talão para pernoite em um prédio novo.

— É verdade — alegrou-se Makar. — Então quer dizer que você é um bom ajudante do poder soviético.

Makar pegou o talão e sentou-se em um monte de tijolos de construção, abandonados ali.

"E mais essa...", raciocinou Makar, "há esses tijolos debaixo de mim, o proletariado se martirizou e fez esses tijolos: é pequeno o poder soviético — não vê os seus bens!"

Makar ficou sentado sobre os tijolos até a noite e acompanhou, seguidamente, o sol se extinguir, as luzes se acenderem, os pardais saírem do estrume para o repouso.

Finalmente, começaram a aparecer os proletários: alguns com pão, outros sem, alguns doentes, outros cansados, mas todos gentis, por causa do trabalho prolongado, e bons, com aquela bondade que vem da extenuação.

Makar esperou o proletariado deitar-se nos leitos estatais e descansar da construção diária. Então, sem hesitar, ele entrou na sala do pernoite e informou, de pé no centro do piso:

— Camaradas operários do trabalho! Vocês vivem na cidade natal de Moscou, na força central do Estado, e nela há desordem e desperdício de valores.

O proletariado inquietou-se nos leitos.

— Mitri![2] — exclamou uma voz potente e surda. — Dá um tapa nele aí, pra ver se ele fica normal.

Makar não se ofendeu, porque diante dele estava o proletariado e não a força inimiga.

— Vocês não pensaram bem — disse Makar. — As latas de leite vazias são levadas por máquinas caras, mas estão vazias, já beberam tudo. Aqui bastariam canos e uma bomba de êmbolo... O mesmo na construção de prédios e galpões: é preciso despejá-los de tripas, mas vocês constroem aos bocados... Eu inventei essa tripa e posso dar a vocês de graça, para o socialismo e o conforto restante chegarem mais depressa...

— Que tripa? — perguntou aquela mesma voz surda do proletário desconhecido.

— A minha própria — afirmou Makar.

O proletariado de início ficou calado, mas depois uma voz clara gritou lá do canto algumas palavras, e Makar as ouviu como o vento:

— Nós não prezamos a força, fazemos os prédios aos bocados mesmo, prezamos é a alma. Se você é homem, então o negócio não são os prédios, mas o coração. Nós aqui recebemos um salário acertado, vivemos na proteção do trabalho, estamos nos sindicatos, temos diversão nos clubes, mas não prestamos atenção um no outro: deixamos um ao outro nas mãos da lei... Dê a nós uma alma, já que é inventor!

Makar de imediato perdeu o ânimo. Ele inventava todo tipo de coisa, mas alma não era negócio seu, e acontecia que, para o povo local,

---

[2] Hipocorístico de Dmitri. (N. da T.)

essa seria a invenção mais importante. Makar deitou-se no leito estatal e ficou quieto, em dúvida — será que a vida toda tinha se ocupado de negócios não proletários?

Makar não dormiu muito, porque no sono começou a sofrer. E o sofrimento transformou-se em sonho: ele viu uma montanha ou uma elevação, e nessa montanha um homem das ciências. Makar estava no sopé da montanha, feito um bobo sonolento, e olhava para o homem das ciências, esperando dele palavras ou ações. Mas esse homem ficava ali calado, não via o aflito Makar e pensava apenas em escala coletiva e não no Makar individual. O rosto do homem sapientíssimo estava iluminado pelo clarão da vida futura das massas, que se alastrava sob ele ao longe, mas os olhos eram medonhos e sem vida, por ele estar nas alturas e olhar muito à frente. O homem das ciências ficava em silêncio, enquanto Makar sonhava e entristecia.

— O que é que eu posso fazer na vida para ser útil também aos outros? — perguntou Makar e calou-se de pavor.

O homem das ciências calava-se, como antes, sem resposta, e milhões de vidas vivas refletiam-se em seus olhos mortos.

Então, admirado, Makar rastejou até as alturas pelo solo pedregoso e sem vida. Três vezes penetrou nele o medo diante do imóvel homem das ciências, e três vezes o medo foi banido pela curiosidade. Se Makar fosse um homem inteligente, não teria rastejado até as alturas, mas ele era um homem atrasado, que tinha apenas mãos curiosas, sob uma cabeça insignificante. E, com a força da sua bobagem curiosa, Makar chegou até o cultíssimo e tocou de leve o seu corpo enorme e volumoso. Por causa do toque, o corpo desconhecido balançou, como vivo, e no mesmo instante desabou sobre Makar, porque estava morto.

Makar despertou por causa do golpe e viu sobre si o inspetor do abrigo noturno, que tinha batido a chaleira na cabeça de Makar para que ele acordasse.

Makar sentou-se no leito e viu um proletário bexiguento, lavando-se com a água de um pires, sem perder nem uma gota. Makar surpreendeu-se com esse modo de lavar-se bem com um punhado de água e perguntou ao bexiguento:

— Todos foram trabalhar, por que só você ficou e está se lavando?

O bexiguento passou o rosto molhado no travesseiro, secou-o e respondeu:

— Há muitos proletários trabalhadores, pensadores são poucos; eu resolvi pensar por todos. Você entendeu ou está calado de burrice e abatimento?

— De angústia e dúvida — respondeu Makar.

— Ah, então vamos juntos, assim pensaremos por todos — disse o bexiguento, refletindo.

E Makar levantou-se para ir com o homem bexiguento, chamado Piotr, tentar descobrir a própria utilidade.

Ao encontro de Makar e Piotr veio uma grande variedade de mulheres, vestidas com roupas apertadas, indicando que elas queriam ficar nuas; havia também muitos homens, mas eles se cobriam com mais liberdade para o corpo. Milhões de outras mulheres e homens, com pena dos próprios troncos, iam em automóveis e faetones, assim como em bondes que mal se arrastavam e rangiam por causa do peso vivo das pessoas, mas aguentavam. Passageiros e pedestres seguiam adiante com uma expressão científica no rosto, que, em essência, se parecia com a daquele homem enorme e poderoso que Makar contemplara inviolavelmente em sonho. Por causa da observação daquelas personalidades inteiramente científico-cultas, Makar teve uma sensação interior de arrepio. Em busca de ajuda, olhou para Piotr: não seria também este apenas um homem das ciências com o olhar no horizonte?

— Você, será que conhece todas as ciências e enxerga longe demais? — perguntou Makar timidamente.

Piotr concentrou a sua consciência.

— Eu? Eu espero viver como Ilitch Lênin: eu olho longe, perto, amplo, profundo e alto.

— Ah, é assim! — acalmou-se Makar. — Pois eu, faz pouco, vi um homem das ciências, enorme: ele ficava olhando para longe, enquanto perto dele, a umas duas braças, estava um homem isolado, sofrendo sem auxílio.

— Ora essa! — pronunciou Piotr, com inteligência. — Ele está na encosta, então lhe parece que tudo está longe, perto não há nem o diabo! Enquanto outro só olha sob os próprios pés — contanto que não tope com um monturo e não leve uma pancada mortal — e se considera certo; mas para as massas é entediante viver em marcha lenta. Nós, irmão, não temos medo de monturos no solo!

— O nosso povo agora está calçado! — afirmou Makar.

Mas Piotr manteve a sua reflexão e seguiu adiante, não se afastou nem um pouco.

— Você viu alguma vez o partido comunista?

— Não, camarada Piotr, não me mostraram. Na aldeia, eu vi o camarada Tchumovói!

— De camaradas Tchumovóis aqui também há uma grande quantidade. Mas estou falando do partido puro, que tem o olhar preciso, dirigido ao ponto exato. Quando estou na assembleia, no meio do partido, sempre me sinto um bobo.

— E por que isso, camarada Piotr? Pois você, na aparência, é quase um homem das ciências.

— Porque o meu corpo dá cabo da inteligência. Eu gosto de iguarias, mas o partido diz: primeiro construiremos fábricas; sem ferro, o pão cresce bem fraco. Você entendeu, então, qual é aqui o rumo e a ordem das coisas?

— Entendi — respondeu Makar.

Quem constrói máquinas e fábricas, esse ele entendia logo, como se fosse um cientista. Makar, desde o próprio nascimento, observava as aldeias de palha e argila e não confiava nem um pouco na sua sorte sem máquinas de fogo.

— Aí está — informou Piotr. — Mas você diz: há pouco você não gostava do homem! Nem o partido, nem eu gostávamos: pois ele era um produto do tolo capitalismo; mas nós, aos poucos, vamos lançando os iguais a esse encosta abaixo!

— Eu também sinto alguma coisa, só não sei o quê! — exclamou Makar.

— Já que você não sabe o quê, então siga a sua vida sob o meu comando, senão, sem falta, sairá da linha estreita e rebentará lá embaixo.

Makar desviou o olhar para o povo moscovita e pensou:

"As pessoas aqui estão saciadas, de rosto asseado, vivem na abundância, então deviam se multiplicar, mas criança não se vê."

Makar informou isso a Piotr.

— Aqui temos não a natureza, mas a cultura — explicou Piotr. — Aqui as pessoas vivem em família sem se multiplicar, aqui comem sem a produção de trabalho...

— Mas como assim? — surpreendeu-se Makar.

— Simplesmente assim — informou o entendido Piotr. — Um escreve uma ideia e ganha um recibo: com isso ele e a família se alimentam por meio ano... Enquanto outro não escreve nada e simplesmente vive para a edificação dos outros.

Makar e Piotr andaram por todo o final da tarde, examinaram o rio Moscou, as ruas, as lojas onde vendiam malhas, e ficaram com fome.

— Vamos à polícia almoçar — disse Piotr.

Makar foi: ele pensou que na polícia davam comida.

— Eu falo, você fica calado e faz cara de doente — de antemão avisou Piotr a Makar.

No departamento de polícia, havia ladrões, pessoas sem lar, homens-fera e infelizes desconhecidos. À frente de todos, estava sentado um inspetor, que recebia o povo numa fila viva. Alguns ele encaminhava à casa de detenção, outros, ao hospital, outros despachava para fora dali.

Quando na fila chegou a vez de Makar e Piotr, então Piotr disse:

— Camarada chefe, eu trouxe para vocês um doido que encontrei na rua e arrastei pela mão.

— Que tipo de doido ele é? — perguntou o funcionário de plantão. — O que ele destruiu no espaço público?

— Nada — disse Piotr abertamente. — Ele só andava agitado, mas depois vai que pega e mata? Aí já é caso de julgamento. A melhor luta contra o crime é a prevenção. Pois estou evitando um crime.

— Faz sentido! — concordou o chefe. — Agora mesmo eu o encaminharei ao instituto dos psicopatas, para um exame geral...

O policial preencheu um papel e afligiu-se.

— Não há ninguém para acompanhá-lo, todos saíram a serviço...

— Então eu o levarei — propôs Piotr. — Eu sou um homem normal, ele é que é louco.

— Vá! — alegrou-se o policial e deu a Piotr o documento.

Daí a uma hora Piotr e Makar chegaram ao instituto de doentes mentais. Piotr disse que era representante da polícia na condução de um louco perigoso e não podia deixá-lo sozinho nem um minuto, mas que o louco não tinha comido nada e logo teria um ataque de fúria.

— Vá até a cozinha, lá darão comida a vocês — indicou a bondosa enfermeira plantonista.

— Ele come muito — recusou Piotr. — Ele precisa de uma tigela de sopa e duas tigelas de mingau. Melhor que tragam aqui, senão ele ainda vai escarrar no caldeirão comum.

A enfermeira providenciou tudo. Para Makar trouxeram três porções de comida gostosa, e Piotr saciou-se junto com Makar.

Logo o médico atendeu Makar e começou a perguntar a respeito de raciocínios tão circunstanciais, que Makar, por sua vida sem instrução, pôs-se a responder às perguntas do médico como um louco. Aqui o doutor apalpou Makar e descobriu que em seu coração agitava-se um excesso de sangue.

— Vamos ter de deixá-lo em observação — concluiu o médico sobre Makar.

Então Makar e Piotr ficaram no hospital de doentes mentais. À noite, foram à sala de leitura, e Piotr começou a ler para Makar, em voz alta, livrinhos de Lênin.

— Nossas instituições são uma merda — lia Piotr as palavras de Lênin, enquanto Makar escutava e se surpreendia com a exatidão da inteligência de Lênin. — Nossas leis são uma merda. Somos capazes de prescrever, mas não somos capazes de cumprir. Em nossas instituições, estão pessoas que são nossos inimigos, e alguns dos nossos camaradas tornaram-se altos funcionários e trabalham como imbecis...

Os outros doentes mentais também escutavam Lênin — antes eles não sabiam que Lênin sabia tudo.

— Isso mesmo! — faziam coro os doentes mentais, os operários e os camponeses.

— Precisamos de mais operários e camponeses em nossas instituições — continuava lendo Piotr bexiguento. — É preciso construir o socialismo com as mãos do homem das massas, e não com papeizinhos dos funcionários de nossas instituições. E eu não perco a esperança de que, algum dia, por causa disso, acabem enforcando a gente...

— Viu só? — perguntou Piotr a Makar. — As instituições torturaram até Lênin, enquanto nós estamos aí, andando, dormindo. Eis aqui, para você, toda a revolução, escrita viva... Vou roubar este livro, porque isso aqui é uma instituição, e amanhã iremos nós dois a algum escritório e diremos que somos operários e camponeses. Sentaremos os dois na instituição e pensaremos para o Estado.

Depois da leitura, Makar e Piotr foram dormir para descansar das preocupações diurnas no manicômio. Ainda mais que, no dia seguinte, os dois teriam de lutar pela causa de Lênin e dos pobres em geral.

Piotr sabia aonde ir: à RKI,[3] lá gostavam de querelantes e de todo

---

[3] Sigla da Inspeção Operário-Camponesa (Rabótche-Krestiánskaia Inspiéktsia), vigente de 1920 a 1934. (N. da T.)

tipo de desalentados. Eles entreabriram a primeira porta do corredor superior da RKI e perceberam ali ausência de pessoas. Na segunda porta, estava pendurada uma plaquinha breve “Quem vencerá?”, e Piotr e Makar entraram ali. Na sala não havia ninguém, a não ser o camarada Lev Tchumovói, sentado, administrando alguma coisa, depois de ter deixado a sua aldeia nas mãos dos pobres.

Makar não se assustou com Tchumovói e disse a Piotr:

— Já que está escrito “Quem vencerá?”, então vamos...

— Não — recusou o experiente Piotr. — Nós temos um Estado, e não uma feira. Vamos subir.

No alto, receberam-nos, porque havia carência de pessoas e da verdadeira inteligência de base.

— Somos integrantes da classe — disse Piotr ao chefe superior. — Acumulamos inteligência, dê a nós o poder sobre a peste dos escrivães opressivos...

— Pegue. Ele é seu — disse o superior e entregou-lhes o poder nas mãos.

A partir daí Makar e Piotr ficaram sentados à mesa, na frente de Lev Tchumovói, e começaram a atender a gente pobre que chegava, resolvendo todas as causas com inteligência, na base da compaixão para com os necessitados. Logo também o povo parou de aparecer na instituição de Makar e Piotr, porque eles pensavam de modo tão simples, que os próprios pobres podiam pensar e resolver do mesmo modo, e os trabalhadores começaram a pensar por si sós, em suas casas.

Lev Tchumovói ficou sozinho na instituição, uma vez que ninguém o requisitou por escrito para nenhum outro lugar. E ele continuou lá até que foi nomeada uma comissão para questões da liquidação do Estado. Nela o camarada Tchumovói trabalhou durante quarenta e quatro anos e morreu em meio ao esquecimento e aos negócios burocráticos, em que foi aplicada a sua inteligência estatal organizada.

(1929)

Tradução de Denise Sales

Isaac Bábel

Se a um Platónov tudo indica que estão reservados reconhecimentos ainda mais sonoros, Isaac Emanuílovitch Bábel (1894-1940) já está firmemente colocado no cânone da arte do conto, sendo unanimemente considerado o autor de alguns dos maiores exemplares do gênero na literatura mundial. Sua recepção, no Brasil, outrora misturada a uma barafunda de nomes soviéticos, foi incrementada pelo romance de Rubem Fonseca (*Vastas emoções e pensamentos imperfeitos*) e pela atividade crítica de Boris Schnaiderman, que sempre ressaltou a qualidade extraordinária do escritor de Odessa. "Guy de Maupassant", datado pelo autor (talvez de modo questionável) de 1920-22, mas só publicado na revista *30 Dias* em 1932, não faz parte dos ciclos mais famosos, como o *Exército de cavalaria* e os *Contos de Odessa*, embora tenha uma afinidade "cíclica" com alguns outros contos desgarrados que tematizam a questão da arte e do artista e os rituais de iniciação eróticos e literários de um jovem escritor. Este conto o faz de uma forma metalinguística particularmente cara a Bábel, evocando a imagem de outro grande contista e recriando paralelos sutis com o que o próprio autor russo proclamara no seu texto de juventude intitulado *Odessa*: desta cidade, afinal, viria o messias literário, o Maupassant russo, que o jovem e autoconfiante Bábel implicitamente associa ao seu nome.

Guy de Maupassant

No inverno de mil novecentos e dezesseis fui parar em Petersburgo com um passaporte falso e sem um vintém sequer. Fui acolhido por Aleksei Kazántsev, um professor de filologia russa.

Ele morava em Pieski,[1] numa rua gelada, amarelada e fedorenta. Um ganho extra para seu modesto salário eram as traduções do espanhol; naquela época, Blasco Ibáñez[2] estava ganhando fama.

Kazántsev nunca fora à Espanha, mas o amor a esse país preenchia o seu ser; conhecia todos os castelos, jardins e rios espanhóis. Além de mim, amparava-se em Kazántsev uma multidão de pessoas excluídas da vida legal. Nós passávamos fome. De vez em quando, os jornalecos publicavam em letras miúdas as nossas notas sobre os acontecimentos.

De manhã, eu perambulava pelos necrotérios e delegacias de polícia.

Mais feliz do que nós era mesmo Kazántsev. Ele tinha uma pátria: a Espanha.

Em novembro, ofereceram-me uma vaga no escritório da fábrica Obúkhovski,[3] um emprego muito bom, que dispensava do serviço militar.

Eu me recusei a me tornar um funcionário de escritório.

Já naquela época, com vinte anos de idade, eu disse a mim mesmo: é melhor a fome, a cadeia e a vagabundagem do que ficar sentado à mesa de um escritório dez horas por dia. Não havia nenhuma grande coragem nessa promessa, mas eu não a quebrei e nem vou quebrá-la. A sabedoria de meus antepassados estava na minha cabeça: nascemos para nos deliciar com o trabalho, a luta e o amor; nascemos para isso e nada mais.

---

[1] Bairro pobre de São Petersburgo. (N. do T.)

[2] Vicente Blasco Ibáñez (1867-1928), romancista e ativista político espanhol. (N. do T.)

[3] Metalúrgica fundada em 1863 por P. M. Obukhov, N. I. Putílov e S. G. Kudriávtsev. (N. do T.)

Enquanto ouvia meu sermão, Kazántsev emaranhava a penugem curta e amarelada de sua cabeça. O horror em seu olhar misturava-se com a admiração.

No Natal tivemos sorte. O advogado Bendiérski, dono da editora Altsion, pensou em publicar uma nova edição das obras de Maupassant. A tradução ficou a cargo da esposa do advogado, Raíssa. Mas do intento senhorial não saiu nada.

Perguntaram a Kazántsev, o tradutor de espanhol, se ele não conhecia alguém para ajudar Raíssa Mikháilovna. Kazántsev indicou a mim.

No dia seguinte, vestindo um casaco emprestado, eu me dirigi à casa dos Bendiérski. Moravam na esquina da Niévski com o Moika,[4] numa casa construída com granito finlandês e revestida com colunas rosadas, seteiras e brasões de pedra. Banqueiros sem linhagem nem herdeiros, cristãos convertidos que enriqueceram no comércio, tinham construído em Petersburgo, antes da guerra, muitos desses castelos vulgares e falsamente majestosos.

Pela escada estendia-se um tapete vermelho. Nos patamares havia ursos empalhados.

Em suas goelas escancaradas brilhavam redomas de cristal.

Os Bendiérski moravam no terceiro andar. A porta foi aberta por uma criada de busto alto, usando uma coifa. Ela me conduziu a uma sala com acabamento em estilo eslavo antigo. Nas paredes havia quadros azuis de Roerich:[5] monstros e pedras pré-históricas. Pelos cantos, em suportes, estavam dispostos ícones de escrita antiga. A criada de busto alto movia-se de modo solene pela sala. Era esbelta, míope e arrogante. A libertinagem estava petrificada em seus olhos cinzentos e arregalados. A moça movia-se devagar. Eu imaginei que, durante o amor, talvez ela se revirasse com uma agilidade furiosa. Uma cortina brocada pendurada acima da porta começou a balançar. Na sala, carregando grandes seios, entrou uma mulher de cabelos negros e olhos rosados. Não foi preciso muito tempo para reconhecer na senhora Bendiérskaia aquela linhagem arrebatadora das judias vindas de Kíev e Poltava, das ricas cidades das estepes, cercadas de castanheiras e acácias. Essas mulheres transformavam

---

[4] Um dos canais de São Petersburgo. (N. do T.)

[5] Nikolai Konstantínovitch Roerich (1874-1947), pintor, escritor e líder espiritual russo. (N. do T.)

o dinheiro de seus habilidosos maridos na gordura rosada do ventre, da nuca e dos ombros arredondados. O risinho sonolento e carinhoso delas tirava o juízo dos oficiais da guarnição.

— Maupassant é a única paixão da minha vida — disse-me Raíssa.

Tentando conter o balanço dos grandes quadris, ela saiu da sala e voltou com uma tradução de "Miss Harriet". Em sua tradução não restava nenhum vestígio da frase de Maupassant, livre, corrente, com um demorado sopro de paixão. Bendiérskaia escrevia de um jeito enfadonhamente correto, sem vida e sem cerimônia, tal como os judeus escreviam antes em russo.

Levei o manuscrito, e em casa, na mansarda de Kazántsev, entre as pessoas que dormiam, passei a noite toda desbastando uma tradução alheia. O trabalho não estava tão ruim como parecia. Uma frase nasce boa ou ruim a um só tempo. O segredo está numa virada quase imperceptível. A chave deve ficar na mão, ser aquecida. É preciso virá-la uma vez, e não duas.

Na manhã seguinte levei o manuscrito corrigido. Raíssa não mentiu quando falou de sua paixão por Maupassant. Ela permaneceu imóvel na hora da leitura, com as mãos entrelaçadas; aqueles braços de cetim escorregavam para o chão, sua testa ficava pálida, a renda entre seus seios comprimidos deslocava-se e tremia.

— Como o senhor fez isso?

Então comecei a falar sobre o estilo, sobre o exército de palavras, um exército no qual circula todo tipo de arma. Nenhum ferro pode penetrar no coração humano de forma tão congelante quanto um ponto colocado na hora certa. Ela escutava com a cabeça inclinada e os lábios pintados entreabertos. Um raio negro resplandeceu em seus cabelos laqueados, bem presos e repartidos. As pernas esmaltadas pela meia, com panturrilhas fortes e delicadas, estavam separadas sobre o tapete.

A criada, desviando os olhos devassos e petrificados, trouxe o café da manhã numa bandeja.

O vítreo sol petersburguense deitava-se sobre o tapete descorado e áspero. Vinte e nove livros de Maupassant estavam numa estante, acima da mesa. O sol tocava com dedos derretidos as lombadas de marroquim dos livros, o maravilhoso túmulo do coração humano.

Serviram-nos café em pequenas xícaras azuis, e nós começamos a traduzir "Idylle". Todos se lembram do conto do jovem carpinteiro faminto que sugou de uma ama gorda o leite que a oprimia. Isso aconteceu num trem que ia de Nice para Marselha, num meio-dia abrasador, no país das rosas, na pátria das rosas, lá onde as plantações de flores descem até a beira do mar...

Saí da casa dos Bendiérski com um adiantamento de vinte e cinco rublos. Naquela noite, a nossa comuna de Pieski ficou bêbada como um bando de gansos embriagados. Pegávamos caviar granulado e o comíamos com linguiça de fígado para tirar seu gosto. Meio embriagado, comecei a maldizer Tolstói.

— Ele se assustou, o nosso conde, ficou com medo... Sua religião é o medo... Assustado com o frio, com a velhice, o conde teceu uma camisola de fé...

— E o que mais? — perguntou-me Kazántsev, balançando a cabeça de pássaro.

Adormecemos ao lado de nossas camas. Sonhei com Kátia, uma lavadeira de quarenta anos que morava no andar de baixo. De manhã, pegávamos água quente com ela. Não tive tempo de enxergar claramente o seu rosto, mas Deus sabe o que eu e Kátia fazíamos no sonho. Exauríamos um ao outro com beijos. Não me abstive de passar em sua casa na manhã seguinte em busca de água quente.

Fui recebido por uma mulher definhada, enrolada num xale, com as madeixas grisalhas despenteadas e as mãos úmidas.

A partir de então, passei a tomar o café da manhã na casa dos Bendiérski todos os dias. Em nossa mansarda apareceram um fogão novo, arenque e chocolate. Raíssa levou-me às ilhas[6] duas vezes. Eu não me contive, e contei a ela sobre minha infância. Para minha própria surpresa, a história saiu sombria. Sob o gorro de pele de toupeira, olhos brilhantes e assustados olhavam para mim. A tez ruiva dos cílios tremia melancolicamente.

Conheci o marido de Raíssa, um judeu de cara amarela com uma cabeça calva e um corpo forte e delgado, que parecia inclinar-se, precipitando-se para o voo. Corriam rumores sobre sua proximidade com Ras-

---

[6] As ilhas do rio Nevá e a baía da Finlândia. (N. do T.)

pútin. Os lucros obtidos por ele com suprimentos de guerra deram-lhe a aparência de um endemoniado. Seus olhos vagavam, o tecido da realidade tinha se rompido para ele. Raíssa ficava confusa ao apresentar novas pessoas a seu marido. Em razão de minha juventude, percebi isso uma semana depois de ocorrido.

Depois do Ano Novo, chegaram à casa de Raíssa suas duas irmãs de Kíev. Um dia levei o manuscrito de "A confissão", mas como não encontrei Raíssa, voltei à noite. Estavam ceando na sala de jantar. De lá vinha um relincho argênteo e um ruído surdo de vozes masculinas excessivamente alegres. Na casa de ricos sem tradições, as refeições são barulhentas. O barulho era judaico, com estrondos e desfechos melodiosos. Raíssa me recebeu num vestido de baile, com as costas nuas. Os pés, em sapatinhos laqueados e inseguros, pisavam desajeitados.

— Estou bêbada, querido — e ela me estendeu os braços cobertos de correntes de platina e estrelas de esmeraldas.

Seu corpo balançava como o de uma cobra erguendo-se para o teto ao som de uma música. Ela balançava a cabeça ondulada, tilintando os anéis, e de repente caiu numa poltrona com entalho russo antigo. Em suas costas empoadas ardiam cicatrizes.

Atrás da parede explodiu mais uma vez o riso feminino. Da sala de jantar saíram as irmãs de bigodinhos, tão peitudas e altas quanto Raíssa. Seus seios estavam projetados para a frente, os cabelos negros esvoaçados. Ambas eram casadas com seus próprios Bendiérskis. A sala ficou cheia daquela alegria feminina inconsequente, da alegria de mulheres maduras. Os maridos agasalharam as irmãs com casacos de pele de lontra e xales de Orenburg e calçaram-nas com botas negras; sob a viseira de neve dos xales ficaram apenas as bochechas ardentes e coradas, os narizes de mármore e os olhos de brilho semítico e míope. Depois de fazer barulho, eles saíram para o teatro, onde era apresentada "Judith",[7] com Chaliápin.[8]

— Eu quero trabalhar — balbuciou Raíssa, estendendo os braços nus —, perdemos uma semana inteira...

---

[7] Ópera do compositor Aleksandr Nikoláievitch Serov (1820-1871). (N. do T.)

[8] Fiódor Ivánovitch Chaliápin (1873-1938), cantor de ópera russo. (N. do T.)

Ela trouxe uma garrafa e duas taças da sala de jantar. Seus seios repousavam livremente no saco de seda do vestido; os mamilos estavam eretos, cobertos pela seda.

— Reserva especial — disse Raíssa, servindo o vinho —, um moscatel de mil oitocentos e oitenta e três. Meu marido vai me matar quando souber...

Eu nunca experimentara um moscatel de mil oitocentos e oitenta e três, nem imaginara beber três taças, uma após a outra. Eles me levaram de imediato para vielas onde tremulava uma chama alaranjada e ouvia-se música.

— Estou bêbada, querido... O que temos hoje?

— Hoje temos "L'aveu"...

— Pois bem, "A confissão". O sol é o herói desse conto, *le soleil de France...*[9] Gotas derretidas de sol, ao caírem sobre a ruiva Celeste, transformaram-se em sardas. O sol polia com seus raios íngremes, vinho e sidra a cara do cocheiro Polyte. Duas vezes por semana, Celeste ia à cidade vender creme, ovos e galinhas. Por viagem, ela pagava a Polyte dez tostões por si e quatro pela cesta. E a cada viagem, Polyte dava piscadelas e indagava a ruiva Celeste: "Quando vamos nos divertir, *ma belle*?".[10] "O que quer dizer isso, monsieur Polyte?" Saltitando na boleia, o cocheiro explicou: "Mas que diabo, 'divertir-se' quer dizer 'divertir-se'... Um rapaz e uma moça não precisam de música...". "Eu não gosto dessas brincadeiras, monsieur Polyte" — respondeu Celeste e afastou do rapaz as suas saias, que estavam em desalinho sobre as panturrilhas poderosas com meias vermelhas. Mas o diabo do Polyte gargalhava e tossia: "Um dia vamos nos divertir, *ma belle*". E lágrimas felizes rolavam em seu rosto cor de sangue, tijolo e vinho.

Eu bebi mais uma taça do moscatel especial. Raíssa brindou comigo. A criada de olhos petrificados passou pela sala e desapareceu.

Ce diable de Polyte...[11] Em dois anos, Celeste havia pagado quarenta e oito francos. Eram cinquenta francos menos dois. Ao final dos dois anos, quando eles estavam sozinhos na diligência e Polyte, que tinha tomado sidra antes da partida, perguntou como de costume: "Que tal nos

---

[9] Em francês, no original: "O sol da França". (N. do T.)

[10] Em francês, no original: "Minha bela". (N. do T.)

[11] Em francês, no original: "Esse diabo do Polyte...". (N. do T.)

divertirmos hoje, mademoiselle Celeste?", ela respondeu de olhos baixos: "Estou a seu dispor, monsieur Polyte...".

Raíssa desabou sobre a mesa com uma gargalhada. Esse diabo do Polyte...

A diligência foi atrelada a um pangaré branco. O animal de lábios rosados por causa da velhice foi a passo. O sol alegre da França cercou o veículo protegido do mundo por uma capota desbotada. Um rapaz e uma moça; eles não precisavam de música...

Raíssa estendeu-me a taça. Era a quinta.

— *Mon vieux*,[12] a Maupassant...

— Que tal nos divertirmos hoje, *ma belle*...?

Eu me estiquei para Raíssa e beijei seus lábios. Eles ficaram trêmulos e inchados.

— O senhor é divertido — murmurou Raíssa entre lábios e recuou.

Ela se encostou na parede, com os braços nus estirados. Pintas brilharam em seus braços e ombros. De todos os deuses crucificados, esse era o mais sedutor.

— Tenha a bondade de sentar-se, *monsieur* Polyte...

Ela me indicou uma poltrona azul reclinada, feita ao estilo eslavo. Seu encosto era um entrelaçamento de madeira esculpida com pontas pintadas. Caminhei até lá, tropeçando.

A noite pôs diante da minha juventude faminta uma garrafa de moscatel de mil oitocentos oitenta e três e vinte e nove livros, vinte e nove petardos recheados de piedade, espírito, paixão... Eu dei um salto, derrubei a mesa, esbarrei na estante. Os vinte e nove volumes desabaram sobre o tapete; suas páginas se espalharam, eles ficaram virados... e o pangaré branco do meu destino foi a passo.

— O senhor é divertido — rugiu Raíssa.

Saí da casa de granito no Moika depois das onze horas, antes que as irmãs e o marido voltassem do teatro. Eu estava sóbrio e poderia andar sobre uma tábua, mas era bem melhor cambalear; e eu balançava de um lado para outro, cantando numa língua inventada só por mim. Nos túneis das ruas contornadas por uma cadeia de lampiões, os vapores da neblina

---

[12] Em francês, no original: "Meu velho". (N. do T.)

vagavam em ondas. Monstros urravam atrás das paredes em ebulição. As calçadas decepavam as pernas que seguiam por elas.

Em casa, dormia Kazántsev. Dormia sentado, com as pernas magras esticadas em botas de feltro. Adormecera junto ao fogão, inclinado sobre o *Dom Quixote*, uma edição de 1624. No título desse livro havia uma dedicatória ao duque de Broglio. Eu me deitei em silêncio para não acordar Kazántsev, aproximei a lâmpada e comecei a ler o livro de Édouard de Maynial *Sobre a vida e a obra de Guy de Maupassant*.

Os lábios de Kazántsev se mexiam, sua cabeça pendia.

E naquela noite eu soube por Édouard de Maynial que Maupassant nascera em 1850, filho de um fidalgo da Normandia e de Laure de Poittevin, prima de Flaubert. Aos vinte anos teve seu primeiro ataque de sífilis hereditária. A criatividade e o entusiasmo que tinha em si resistiram à doença. No início sofreu dores de cabeça e acessos de hipocondria. Depois o fantasma da cegueira apareceu diante dele. Sua vista enfraqueceu. Ele desenvolveu uma mania de desconfiança, insociabilidade e trapaça. Lutou furiosamente, desvairou-se pelo Mar Mediterrâneo, foi a Túnis, ao Marrocos e à África Central; e escrevia sem cessar. Depois de alcançar a fama, cortou a garganta aos quarenta anos de idade, esvaiu-se em sangue, mas ficou vivo. Foi internado num hospício. Ali ele andava engatinhando e devorava seus próprios excrementos. O último relatório em sua triste ficha diz:

"*Monsieur de Maupassant va s'animaliser.*" ("O senhor Maupassant transformou-se num animal.") Ele morreu aos quarenta e dois anos. Sua mãe sobreviveu a ele.

Li o livro até o fim e levantei da cama. A névoa se aproximou da janela e cobriu o mundo. Meu coração ficou apertado. Um presságio da verdade me roçou.

(1932)

Tradução de Nivaldo dos Santos

Ilf e Petrov

Iliá Arnóldovitch Fáinzilberg (1897-1937) e Ievguêni Pietróvitch Katáiev (1903-1942), conhecidos como Ilf e Petrov, são provavelmente os satiristas mais famosos do primeiro período soviético, em especial pelos romances *As doze cadeiras* e *O bezerro de ouro* (o malandro Ostap Bender, personagem que aparece nas duas obras, tem uma implicação cômica particular para o leitor brasileiro, já que seu sonho é enriquecer e vir para cá gozar a vida em meio a palmeiras). Consta que o tema da primeira obra foi sugerido pelo irmão mais velho de Petrov, o aqui presente Valentin Katáiev. Embora a dimensão romanesca tenha lhes granjeado a fama, Ilf e Petrov são fundamentalmente praticantes das formas breves — as narrativas mais longas muito se assemelham a uma colagem de contos. O escolhido para esta antologia, "Como o Robinson foi criado", de 1933, mostra bem alguns dos elementos presentes em sua obra humorística, em especial à sátira das malandragens e bizarrices da vida burocrática soviética.

Como o Robinson foi criado

Na redação da revista quinzenal ilustrada *Temas de Aventura*, sentiu-se a falta de obras artísticas que fossem capazes de prender a atenção do leitor jovem.

Havia algumas obras, mas nenhuma delas era ideal. Eram por demais melosas e sérias. Para falar a verdade, elas mais perturbavam o espírito do leitor jovem que prendiam a sua atenção. E o redator queria justamente algo que prendesse.

No fim das contas, decidiram encomendar um romance em série.

O mensageiro da redação voou com um recado até a casa do escritor Moldavántsev, e já no dia seguinte Moldavántsev encontrava-se sentado no luxuoso sofá do escritório do redator.

— Tem que ser interessante — explicou o redator —, atual, cheio de aventuras interessantes, compreende? Resumindo, tem que ser um Robinson Crusoé[1] soviético. E que o leitor não consiga largá-lo.

— Um Robinson Crusoé eu consigo fazer — disse brevemente o escritor.

— Mas não simplesmente um Robinson Crusoé: um Robinson Crusoé soviético.

— E que mais poderia ser? Romeno é que não seria.

O escritor era taciturno. Logo se notava que era um homem de negócios.

E de fato o romance ficou pronto no prazo estipulado. Moldavántsev não se afastou muito do grande original. Robinson Crusoé é Robinson Crusoé.

---

[1] Referência ao célebre romance *The Life and Strange Surprising Adventures of Robinson Crusoe*, do escritor inglês Daniel Defoe, publicado em 1719. (N. do T.)

Um jovem soviético sobrevive a um naufrágio. As ondas o levam até um ilha desabitada. Ele está sozinho, indefeso, face a face com a poderosa natureza. Está cercado de perigos: feras, cipós, a iminente estação das chuvas. Mas o Robinson Crusoé soviético, repleto de energia, vence todos os obstáculos que pareciam intransponíveis. E, depois de três anos, uma expedição soviética o encontra, encontra-o no auge de suas forças. Ele venceu a natureza, construiu uma casinha, rodeou-a com um círculo verdejante de hortas, criou coelhos, costurou com rabos de macaco um roupão estilo Tolstói e ensinou um papagaio a acordá-lo de manhã com as palavras: "Atenção! Pulem da cama, pulem da cama! Vamos começar a ginástica matinal!".

— Muito bom — disse o redator —, a parte dos coelhos é simplesmente magnífica. Bastante oportuna. Mas não ficou muito claro para mim qual é a ideia essencial da obra, sabe?

— A luta do homem com a natureza — declarou Moldavántsev com sua habitual brevidade.

— Sim, mas não há nada de soviético.

— E o papagaio? No meu texto ele faz as vezes de rádio. É um transmissor experimental.

— O papagaio está bom. O círculo de hortas também está bom. Mas não dá para sentir a realidade social soviética. Onde está, por exemplo, o Comitê Regional? O papel de vanguarda do sindicato?

Moldavántsev subitamente agitou-se. Assim que ele sentiu que o romance poderia não ser aceito, seu ar taciturno desapareceu instantaneamente. Ficou eloquente.

— Mas que Comitê Regional, se a ilha é desabitada?

— Sim, você está inteiramente certo, é desabitada. Mas tem que haver um Comitê Regional. Não sou nenhum artífice das palavras, mas no seu lugar eu colocaria. Como um elemento soviético.

— Mas o argumento está todo baseado no fato da ilha ser desabi...

Nesse momento, Moldavántsev olhou casualmente nos olhos do redator e hesitou. Aqueles olhos tinham um tom tão primaveril, sentia-se tanto neles o vazio e o azul de março que ele decidiu tentar um meio-termo.

— Mas você está certo — disse ele com o dedo em riste. — É claro. Como eu não percebi isso antes? Dois se salvam do naufrágio: o nosso Robinson e o presidente do Comitê Local.

— E também dois membros do Comitê — disse friamente o redator.

— Ai! — gemeu Moldavántsev.

— Que "ai", que nada. Dois membros, e ainda uma militante, uma coletora de contribuição partidária.

— Mas para que uma coletora? De quem ela vai recolher as contribuições?

— Do Robinson Crusoé.

— A contribuição do Robinson Crusoé o presidente pode recolher. Ele não está fazendo nada.

— Aí é que você se engana, camarada Moldavántsev. Isso é absolutamente inadmissível. O presidente do Comitê Local não pode perder seu tempo com ninharias, recolhendo contribuições. Nós lutamos contra isso. Ele tem que conduzir um trabalho sério de administração.

— Então podemos colocar também a coletora — resignou-se Moldavántsev. — É até bom. Ela vai se casar com o presidente ou com o próprio Robinson. De qualquer maneira a leitura ficará mais agradável.

— Melhor não. Não vamos recair em literatura barata, num erotismo pouco salutar. Deixe que ela colete as contribuições e guarde tudo num cofre-forte.

Moldavántsev começou a remexer-se no sofá.

— Perdão, não pode haver um cofre-forte numa ilha desabitada!

O redator ficou pensativo.

— Espere, espere — disse ele. — Lá no primeiro capítulo poderia haver um trecho maravilhoso. Junto com o Robinson Crusoé e com os membros do Comitê Local, a maré traz até a praia diversos objetos...

— Um machado, uma carabina, uma bússola, um barril de rum e uma garrafa com suplementos contra escorbuto — enumerou triunfante o escritor.

— Tire o rum — disse rapidamente o redator —, e além disso, que coisa é essa de garrafa com suplementos contra escorbuto? Quem precisa disso? É melhor uma garrafa de tinta! E o cofre-forte sem falta.

— Mas você só fala nesse cofre! As contribuições podem perfeitamente ser guardadas no oco de um baobá. Quem vai roubá-las de lá?

— Como assim "quem"? E o Robinson Crusoé? E o presidente do Comitê? E os membros do Comitê? E a comissão de aquisição de materiais?

— Então ela também se salvou? — perguntou acanhadamente Moldavántsev.

— Sim, se salvou.

Fez-se um silêncio.

— Será que uma mesa para reuniões também não foi trazida pelas ondas? — perguntou sarcasticamente o autor.

— É im-pre-te-rí-vel! Afinal é preciso criar as condições para as pessoas trabalharem. Ah, e também uma garrafa d'água, uma campainha, uma toalha de mesa. A toalha que a maré traz pode ser qualquer uma. Pode ser vermelha, pode ser verde. Não vou limitar a liberdade artística. Mas o que é preciso fazer em primeiro lugar, meu querido, é mostrar a massa. As camadas populares e os trabalhadores.

— As ondas não podem trazer a massa — teimou Moldavántsev. — Isso vai de encontro ao argumento.

Imaginem! A maré de repente lança na praia algumas dezenas de milhares de pessoas! É de matar de rir.

— Afinal, uma pequena dose de riso saudável, de bom humor e jovialidade — declarou o redator — não faz mal a ninguém.

— Não! As ondas não podem fazer isso.

— Por que ondas? — espantou-se repentinamente o redator.

— E de que outra maneira a massa iria parar na ilha? Se a ilha é desabitada?!

— Mas quem foi que disse que é desabitada? Você está me confundindo. Está tudo muito claro. Existe uma ilha, ou melhor, uma península. Assim fica mais fácil. E lá ocorre uma série de aventuras divertidas, atuais e interessantes. O trabalho sindical lá às vezes é conduzido de maneira insatisfatória. A militante denuncia uma série de irregularidades, ou pelo menos algumas, no recolhimento das contribuições. Ela é ajudada pelas camadas populares. E pelo presidente arrependido. Perto do final pode ocorrer uma assembleia geral. O que vai ser muito efetivo precisamente no que se refere ao aspecto artístico. Bem, é isso.

— E o Robinson Crusoé?

— Sim. Bem lembrado. Esse Robinson Crusoé está me incomodando. Tire-o de uma vez. Uma figura absurda e despropositada, um choramingão.

— Agora ficou tudo esclarecido — disse Moldavántsev com uma voz sepulcral. — Ficará pronto amanhã.

— Pois bem. Crie. Aliás, no início do seu romance acontece o naufrágio. Sabe, não precisa do naufrágio. Que seja sem naufrágio. Assim fica mais divertido. Não é? Então está bem. Cuide-se!

Ao ficar sozinho, o redator pôs-se a rir alegremente.

— Finalmente — disse ele —, terei uma verdadeira obra de aventura, e ainda por cima plenamente artística.

(1933)

Tradução de Lucas Simone

Vladímir Nabókov

Vladímir Vladímirovitch Nabókov (1899-1977) tem boa parte de seus romances traduzidos para o português, e esse é o gênero ao qual ele é associado com mais força. Muitos de seus contos, porém, são obras-primas, como este "Primavera em Fialta", de 1936. Sobre as fronteiras tradutórias e culturais cambiantes que formam a essência da obra nabokoviana, diz o eslavista Carl Proffer: "Na Rússia, Nabókov se parecia um pouco com um inglês [...] Na Inglaterra, seus amigos parecem ter sido, na maioria, russos, e em Berlim ele viveu uma existência inteiramente russa. Na América ele foi, naturalmente, um intelectual europeu. Finalmente, na Suíça, ele foi uma mistura de todas essas coisas — mas nunca suíço. Essa posição estranha a qualquer classificação parece ter-lhe caído bem [...] Em termos de sua arte, a Rússia e a América parecem ter inspirado suas melhores obras, mas não há dúvida de que seu coração permaneceu com a Rússia — e os russos — de sua infância e juventude" (citado na dissertação de mestrado da tradutora Graziela Schneider, USP, 2010).

Primavera em Fialta

A primavera em Fialta é enevoada e entediante. Tudo úmido: os troncos malhados dos plátanos, os cedros, as cercas, o cascalho. Ao longe, em uma faixa de luz fosca, na moldura vacilante das casas azuladas, que com dificuldade se erguiam sobre os joelhos, cambaleando, para escalar a ladeira (atrás delas, um cipreste cemiterial estendido), o contorno do monte Saint George, impreciso, menos parecido a suas fotografias coloridas de outrora, à espera de turistas (lá pelo ano de mil novecentos e dez, a julgar pelos chapéus das damas e cocheiros jovens), apinhando-se nas barras de carrosséis enregelados em meio a uma pedra arreganhada em cristais de ametista e o rococó marinho das conchas. Não venta, o ar está quente, reflexo de queimada. O mar, inebriado e diluído na chuva, oliváceo e turvo; as ondas indolentes não conseguem rebentar de jeito nenhum.

Justamente em um dia como esses eu me abro como um olho, no meio da cidade, em uma rua escarpada, absorvendo tudo ao mesmo tempo: o balcão com cartões-postais, a vitrine com crucifixos, o cartaz de um circo itinerante, um dos cantos descolado do muro, a casca de laranja ainda toda amarela na velha calçada grafite, conservando aqui e ali, como em um sonho, vestígios remotos de um mosaico. Gosto muito dessa cidade; quem sabe é porque na sinuosidade de seu nome pareço sentir o aroma melado-úmido da mais amarfanhada das flores, miúda, escura? Ou não seria pelo tom, decerto nítido, eco de Ialta? Quem sabe é porque sua primavera sonolenta unge a alma de maneira especial; sei lá; mas como fiquei feliz por despertar nela, e então subir ao encontro de córregos, sem chapéu, a cabeça úmida, capa de chuva, em mangas de camisa!

Fui com o expresso noturno, cujo arroubo, próprio de locomotivas a vapor, faz de tudo para colecionar com estrondo a maior quantidade de túneis possível; fui sem planejar, para ficar um ou dois dias, aproveitando uma trégua em meio a uma viagem de negócios. Em casa deixei mulher, filhos: sempre presente no nítido norte de minha essência, sempre flutuando ao meu lado, chega a me atravessar, mesmo que fora de mim, um sistema de felicidade.

De um degrau um menino se levantou e se foi, a barriga protuberante cor de argila, umbigo à mostra, claudicando pelas malvas e fazendo malabarismos para carregar três laranjas ao mesmo tempo, deixando uma escapar invariavelmente, até que ele mesmo caiu, e então num instante uma menina com um pesado colar ao redor do pescoço moreno e uma saia bem comprida, como as das ciganas, como se tivesse três mãos, tomou-lhe todas. Adiante, em um terraço úmido, o garçom de um café limpava as mesinhas; apoiado na balaustrada ao meu lado, conversava com ele um desesperançoso bigodudo vendedor de doces elaborados que brilhavam seu lustro lunar em um cesto cheio, desesperançoso. Ou parou de chuviscar, ou Fialta se acostumou, e ela mesma já não sabia o que respirar, se o ar umedecido ou a chuva morna. Um inglês tipo exportação de calça xadrez larga surgiu de debaixo de um arco, tirando o tabaco da bolsa de borracha e enchendo o cachimbo, entrou em uma farmácia, onde, atrás do vidro, em um vaso azul, grandes esponjas desbotadas há muito morriam de sede. Meu Deus, que deleite experimentei, reverberando por todas as veias, como tudo em mim respondia grato aos rumores e aromas daquele dia cinzento, impregnado de primavera, mas que em si mesmo ainda não a tinha farejado! Minha cabeça estava diáfana depois de uma noite maldormida; eu captava tudo: o sibilar de um tordo em um jardim de amendoeiras atrás de uma capela, a estreiteza tranquila daqueles veios de ruínas em lugar de casas, muito além do véu de ar, o alento tomado do mar, o brilho ciumento de eriçados cacos de garrafas no topo de um muro (atrás dele a altivez engessada de um ricaço local), o cartaz do circo, colado naquele muro; um índio alado, galopando e atirando o laço, cingindo uma zebra disparatada, elefantes apalermados sentados em tinas salpicadas de estrelas.

Agora aquele mesmo inglês me deixou para trás. Num piscar de olhos, paralelamente com todo o resto, absorvendo também ele, reparei como, deslizando para o lado o grande olho verde-água inflamado no canto interno, com a pontinha da língua, feito um raio, ele lambeu os beiços. Lancei um olhar automático para aquela direção e vi Nina.

Toda vez que nos encontrávamos, durante todos os quinze anos de nossa... não sei como dar um nome exato: proximidade? romance?... era como se ela não me reconhecesse de cara; e agora também por um instante ela permaneceu parada, deu meia-volta, esticando uma sombra no pescoço, envolto em uma echarpe amarelo-cítrico, tomada por curiosidade, incerteza empática... e então soltou um grito, acenando, brincando com todos os dez dedos no ar, e, no meio da rua, com o ímpeto declarado das velhas amizades (e aquela mesma delicadeza com a qual fazia o sinal da cruz na minha testa rapidamente, quando nos despedíamos), me deu três beijinhos estalados e pôs-se a caminhar ao meu lado, dependurando-se em mim, acertando o seu passo com o meu aos saltos, dançando, de saia justa cor de ferrugem, uma fenda ao longo da perna.

— Ferdinánduchka[1] está aqui, claro — respondeu ela e, imediatamente, gentil e alegre, era sua vez de perguntar sobre minha mulher.

— Está perambulando por aí com Seguiur — continuava ela sobre o marido —, e eu preciso comprar uma coisinha, já, já vamos embora. Espere aí, para onde você está me levando, Vássienka?[2]

Para falar a verdade, para o passado, o que eu fazia toda vez que encontrava com ela, repetindo todo o acúmulo de enredos desde o início até a última parte, como nos contos de fada: o que já foi narrado é resumido a cada nova volta. Dessa vez nos encontramos na quente e nebulosa Fialta, e eu não poderia celebrar esse encontro com maior engenho (acrescente-se aqui a lista de vinhetas pintadas à mão, com todos os méritos anteriores do destino), mesmo se eu soubesse que era o último; último, digo; já que não sou capaz de imaginar nenhuma organização sobrenatural que me consinta marcar um novo encontro com ela no além.

Já faz muito tempo que conheci Nina, em 1917, acho, a julgar por aqueles lugares que o tempo se encarregou de devastar. Foi em alguma comemoração de um dia onomástico[3] na casa da minha tia, em sua propriedade em Lújsk,[4] em um límpido inverno de interior (ah, como me lembro do primeiro sinal de estar chegando lá: aquele celeiro vermelho em meio ao campo branco). Eu tinha acabado de terminar o liceu; Nina já estava noiva: contemporânea do século, apesar de pequena e magra, ou quem sabe justamente por isso, ela parecia ser bem mais velha, exa-

---

[1] Diminutivo afetuoso de Ferdinand. (N. da T.)

[2] Diminutivo afetuoso de Vassili. (N. da T.)

[3] Nas culturas cristãs ortodoxas, como a russa e a grega, há o costume do *imenini*, dia onomástico que consiste em batizar a pessoa com o nome do santo festejado no dia de seu nascimento. (N. da T.)

[4] Cidade ao sul de São Petersburgo, onde uma tia de Nabókov possuía uma propriedade. (N. da T.)

tamente do mesmo jeito que, aos trinta e dois, parecia muito mais jovem. Seu então noivo, oficial de guerra dos mais corretos, bem-apanhado, corpulento e todo certinho, pesava cada palavra, lapidada e conferida de uma vez por todas, e falava com um barítono suave, monótono, que ficava ainda mais suave e monótono quando falava com ela; numa palavra, uma daquelas pessoas sobre as quais toda opinião se esgota em relação a sua probidade impecável (um bom sujeito, padrinho ideal para um duelo), e que, quando se apaixonam, não amam simplesmente, mas idolatram; no momento trabalha como engenheiro de sucesso em algum país tropical bem distante, para o qual ela não o seguiu.

As janelas se iluminam e esticam, transversais, debruçadas sobre a neve espessa, sombria: deita-se entre elas uma faixa de luz em leque acima da porta de entrada. Não me lembro por que todos nós irrompemos da ressonante sala com colunas para essa escuridão estática, povoada somente por abetos túmidos, duas vezes maiores por causa da corpulência da neve: será que os guardas nos chamaram para darmos uma olhada no clarão promissor de algum incêndio longínquo, será que nos enlevaríamos com um cavalo de gelo, esculpido perto da lagoa pelo tutor suíço[5] dos meus primos; somente então a memória entra em ação, quando já estamos voltando para a casa acesa, andando um atrás do outro pela vereda estreita em meio a soturnos montes de neve com aquele ranger, que, por vezes, acontecia de ser o único assunto de uma noite de inverno taciturna. Eu era o último da fila; na minha frente, a três passos resvaladiços, ia uma pequena silhueta arqueada; os abetos calados expunham suas pinhas carregadas; dei um passo em falso, deixando escapar o lampião com a bateria já morta que alguém tinha me empurrado, e, tateando, não consegui encontrá-lo imediatamente; no mesmo instante, atraída por meu praguejar, com uma risada nervosa, engraçada, que antevê o sabor do riso, impetuoso e baixo, Nina se virou para mim, fugidia. Estou chamando-a de Nina, mas então eu mal sabia seu nome, nós mal tivemos tempo para qualquer coisa... "Quem é?" — perguntou ela curiosa, e eu já estava beijando seu pescoço, macio e todo abrasado por causa da pele de raposa incandescente, que teimava em ficar no meio do caminho, até que ela virou para mim e pousou, com uma simplicidade pura, tão dela, seus lábios compassivos, obedientes, nos meus.

---

[5] Em russo, *chveitsárets*, "suíço"; no contexto, metonímia para tutor. (N. da T.)

Mas, a explosão de alegria de uma recém-começada guerra de bolas de neve no lusco-fusco nos separou instantaneamente, e alguém, escapando, caindo, crepitando, gargalhando, ofegante, galgando um monte de neve, pôs-se a correr, queixando-se do monte de neve que amputara uma bota de feltro. E depois, até partirmos, não tocamos no assunto um com o outro, não combinamos nada daqueles futuros, de longe já lançados, quinze anos itinerantes, carregados das frações de nossos encontros dispersos; e em seu encalço, no labirinto de gestos e sombras de gestos que formaram aquela noite (posso apenas reconstituir seu contorno geral agora, outra noite semelhante àquela, mas sem Nina), eu estava, se bem me lembro, atordoado não tanto por seu descaso para comigo, mas sobretudo porque era como se esse descaso fosse a coisa mais natural do mundo, já que eu ainda não sabia que, se eu falasse duas palavras, aquilo se transformaria imediatamente em um sentimento maravilhoso e colorido, alegre, bom, o mais ativo possível, como se o amor feminino fosse água da fonte, a qual contém os sais essenciais, que ela estava tão disposta a dar de beber da sua concha para todo mundo, ao menor sinal.

— A última vez que nos vimos, acho, foi em Paris — reparei, tentando evocar em seu pequeno rosto com maçãs salientes e lábios framboesa-escuro uma expressão que eu conhecia tão bem; e, com efeito: ela deu um sorriso daqueles, como se eu tivesse feito uma brincadeira sem graça ou, mais detalhadamente, como se todas essas cidades, onde o destino nos marcou encontros, aos quais ele mesmo não deu as caras, todas essas plataformas, escadas, travessas um tanto quanto simuladas, fossem mera decoração, restos de outras vidas encenadas até o fim e que tinham tão pouco a ver com o jogo dos nossos destinos, que evocá-las era quase de mau-tom.

Acompanhei-a até uma lojinha aleatória debaixo das arcadas; ali, na penumbra das miçangas, ela se demorava um tempão, correndo com os dedos uns porta-moedas de couro carmesim, cheios de papel de seda, examinando os preços nas etiquetas, como se quisesse descobrir sua idade; e então queria porque queria justo aquele, mas ocre, e, depois de chiar dez minutos, operou-se aquele milagre que me desconcertava: no mesmo instante em que ela ia pegar as moedas das minhas mãos, teve um estalo, e nós saímos, sem comprar nada.

A rua toda estava tão úmida, deserta; das janelas expostas das casas pálidas vinha um cheiro de brasas, que incitava minha memória tártara; uma pequena nuvem de mosquitos tratava de cerzir o ar em cima de uma mimosa florida, seus braços debruçados até o chão; dois trabalhadores com chapéus de abas largas beliscavam queijo com alho, de costas para um cartaz, no qual estavam colados um hussardo, um domador com bigodes e um tigre alaranjado forrado de branco, mas na ambição de fazê-lo o mais feroz possível, o artista foi longe demais, indo parar no extremo oposto, e acabou conferindo ao focinho algo de humano.

— *Au fond*,[6] queria um pente — disse Nina, tardiamente arrependida.

Como estava acostumado com sua instabilidade, indecisão, repentes, efêmero frenesi itinerante! Ela sempre ou tinha acabado de chegar ou estava para partir. Se eu tivesse que apresentar uma amostra de suas poses em um concurso sobre a existência terrena, talvez a colocasse defronte a um balcão de uma agência de viagens, as pernas entrelaçadas, a ponta de um pé batendo no chão, os cotovelos e a bolsa no balcão e atrás deste um funcionário, tirando o lápis da orelha, ponderando junto com ela sobre o plano de um vagão-leito.

A primeira vez que a encontrei no exterior foi em Berlim, na casa de conhecidos. Eu estava prestes a me casar; ela tinha acabado de se separar do noivo. Entrei, avistei-a de longe e, dando uma olhada ao redor nos outros homens da sala, determinei, automático, mas infalível, quais deles a conheciam melhor do que eu. Ela estava sentada no canto de um sofá, as pernas sobre ele, seu corpo pequeno e aconchegado arqueado em forma de z; perto do salto alto havia um cinzeiro sobre o sofá; e quando seus olhos encontraram os meus, quando escutou meu nome, tirou de seus lábios uma piteira comprida, feito uma haste, e exclamou um esticado, alegre: "Não!" (no sentido de "não acredito nos meus próprios olhos"), e imediatamente todos entenderam, ela primeiro, que nós tínhamos um relacionamento antigo: Nina não se lembrava nada do beijo, mas, em compensação (e apesar de tudo), restara-lhe a impressão geral de algo carinhoso, a recordação de uma espécie de amizade, que entre nós nunca existiu na realidade. Assim, todo o feitio de nosso relacionamento era primordialmente fundamentado no inexistente, em uma graça imaginária, isso sem contar, entretanto, com o bem sincero de sua despreocupada, generosa, amigável voluptuosidade. O encontro foi bem insignificante no que diz respeito às palavras ditas, mas já não havia nada no nosso cami-

---

[6] Em francês, no original: "No fundo". (N. da T.)

nho, e, ao lado dela à mesa de chá, testei com desfaçatez até onde ia sua misteriosa paciência.

Depois ela some de novo, e um ano mais tarde eu e minha mulher fomos nos despedir de meu irmão, que ia a Viena, e, quando o trem levantou os chassis e começou a rodar, partindo, rumamos para a saída do outro lado da plataforma, onde, inesperadamente, ao lado do vagão do expresso a Paris, avistei Nina, o rosto enterrado em rosas, no meio de um grupo de pessoas — que eu não conhecia, e isso me irritava profundamente — que formavam um círculo e olhavam para ela do jeito que desocupados ficam olhando quando há uma briga de rua, uma criança abandonada ou um ferido, ou seja, é claro que eles tinham vindo para se despedir dela. Nina acenou para mim com as flores, eu a apresentei para Elena Konstantínovna, e trocar algumas palavras, naquela brisa de vida acelerada típica das estações, foi o suficiente para que duas mulheres, totalmente diferentes entre si, começassem a se chamar pelos nomes[7] já a partir do próximo encontro, diminuindo-os com tanta liberdade, como se eles esvoaçassem em seus ouvidos desde a infância. Então, na sombra azul do vagão, referiu-se a Ferdinand pela primeira vez: fiquei sabendo que iria se casar com ele. Já era hora de embarcar, ela distribuiu beijos para todos apressada, mas com devoção, entrou na plataforma, desapareceu; e então através do vidro vi como ela se instalava no compartimento, esquecendo-se de nós de repente, passando para outro mundo, e foi como se todos nós, as mãos nos bolsos, espreitássemos uma vida acima de qualquer suspeita através da janela, até que ela voltou a si de novo, tamborilando sobre o vidro, e então ergueu os olhos, dependurando um quadro; mas não deu em nada; alguém a ajudou, e ela surgiu, toda satisfeita. Um de nós, já obrigado a alcançar o passo do trem, entregou-lhe uma revista e um *Tauchnitz*[8] (ela só lia em inglês quando viajava); tudo deslizava para trás com impecável delicadeza, eu apertava o bilhete para entrar na plataforma, irreconhecível de tão amassado, e na minha cabeça ressoou, impertinente, uma balada de outro século (associada, diziam, a algum drama de amor parisiense), ressurgida da caixinha de música da

---

[7] Em russo, chamar "pelo nome" significa tratar com intimidade. (N. da T.)

[8] Família alemã de editores e impressores. Christian Bernhard, Freiherr von Tauchnitz, fundador da empresa de Bernhard Tauchnitz, iniciou a impressão da *Collection of British and American Authors*, famosa entre os viajantes anglófonos da Europa de então. (N. da T.)

memória só Deus sabe por quê, que cantava uma minha parente afastada, uma solteirona, feiosa, com um rosto amarelado feito cera de igreja,[9] mas possuída por uma voz tão poderosa, arrebatadora e cheia, que, feito uma nuvem ígnea, consumia-a toda, tão logo ela começava:

On dit que tu te maries,
Tu sais que j'en vais mourir —[10]

e essa melodia, ressentimento lancinante e elo entre matrimônio e morte evocado pela música, e a própria voz da cantora, acompanhando a recordação, como se fosse dona da canção, não me deixaram em paz por algumas horas seguidas; depois me vinham à mente a intervalos cada vez maiores, como as últimas ondas, que arrebentam miúdas, ralinhas, cada vez mais raras e cada vez mais dissipadas, ou como os tremores indistintos de um campanário enfraquecido, depois que o sineiro já estava de novo sentado no círculo de sua alegre família. Um ou dois anos mais tarde, eu estava em Paris a negócios, e perto da curva da escada do hotel, onde eu buscava um ator de quem precisava, outra vez nos esbarramos, sem combinar: precipitando-se para baixo, uma chave na mão, "Ferdinand saiu para praticar esgrima" — disse ela, à vontade, e, olhando para a parte inferior do meu rosto, refletiu rápido consigo mesma (sua sagacidade amorosa era admirável), virou e me levou, serpenteando com os tornozelos delicados sobre a castorina azul; na cadeira perto da porta de seu quarto havia uma bandeja à parte com os restos do primeiro café da manhã, vestígios de mel na faca e grande quantidade de migalhas na louça acinzentada de porcelana, mas o quarto já estava arrumado, e por causa da corrente de ar que provocamos o babado de musselina bordada com dálias brancas foi aspirado e ficou preso em meio às folhas reavivadas da porta-balcão, que dava para uma sacada de ferro estreitíssima, e só quando nós nos trancamos elas soltaram o vinco da cortina com um suspiro bem-aventurado; um pouco mais tarde saí a essa pequena sacada,

---

[9] As velas das igrejas ortodoxas russas são amareladas. (N. da T.)

[10] Em francês, no original: "Dizem que você vai se casar/ E você sabe que por isso vou morrer". Várias referências possíveis: uma obra de Alfred de Musset, *Frédéric et Bernerette*; uma de Alphonse Daudet, *Fromont jeune et Risler aîné*; uma canção de T. Cazorati (1871-1879); e, finalmente, Alexandre Dumas Filho, em *L'ami des femmes*. (N. da T.)

e do vazio e do nevoeiro do acinzentado lilás da rua da manhã vinha um cheiro de gasolina e de folha de bordo no outono: é, tudo aconteceu de forma tão simples, algumas exclamações e risinhos, produzidos por nós, que correspondem tão pouco à terminologia romântica, mas já não havia por onde expor a palavra de brocado: traição; e assim como eu ainda não podia perceber aquela compaixão doentia, que envenenaria meus encontros com Nina, eu me sentia, provavelmente, completamente feliz (ela com certeza já se sentia feliz) quando nós saímos dali e fomos para algum escritório procurar uma mala dela que se extraviara; depois fomos para um café, onde estava o marido com seu séquito de então.

Não vou nomeá-lo, e por decoro até mudarei o nome daquele húngaro que escreve em francês, daquele escritor ainda famoso... não gostaria de perder tempo com ele, mas ele se solta de minha pena. Hoje sua fama se extinguiu, e fico contente com isso: significa que eu não era o único a ter objeções contra seu encanto demoníaco; eu não era o único a experimentar aquele calafrio venenoso quando tinha em minhas mãos um de seus livros. O rumor em torno de gente como ele se espalha rápido, mas logo fica pesado, frio, quase esquecido, e só resta epitáfio e anedota para contar história. Debochador, arrogante, sempre com trocadilhos cianídricos na ponta da língua, com aquela estranha expressão de expectativa nos olhos egípcios, esse metido a irônico parecia irresistível para presas miúdas. Depois de explorar a natureza inventiva à perfeição, ele ficava alardeando em especial o título de criador, que colocava acima do de escritor; nunca pude entender como é possível inventar livros, para que serve a imaginação; e, sem temer seu olhar escarnecedor e incitante, certa vez confessei-lhe que, fosse eu escritor, só ao meu coração permitiria ter imaginação, e mais, talvez consentisse à memória, essa longa sombra noturna da verdade, mas a mente não tira as máscaras de jeito nenhum.

Naquela época, quando nos encontramos, já conhecia seus livros; o êxtase superficial por que me deixara levar, lendo-o pela primeira vez, já tinha sido substituído por uma leve aversão. No começo de sua carreira ainda era possível distinguir através das janelas ornamentadas de sua espantosa prosa um jardim, a disposição familiar e devaneadora de árvores... mas ano após ano as tintas se tornavam cada vez mais carregadas, o róseo e o lilás cada vez mais ameaçadores; e agora já não se podia ver nada através daquele vidro precioso, opulento, e parece que, se quebrasse, nada além de uma noite negra e totalmente vazia fustigaria a alma. Mas ele era o perigo em pessoa quando estava no auge, que veneno destilava, que flagelo descarregava, caso se metessem com ele! Depois do torvelinho de sua passagem ele abriu atrás de si uma superfície nua, onde deixava fileiras de árvores derrubadas, um redemoinho de cinzas, e algum crítico do passado, gemendo de dor, rodopiava feito pião nas cinzas. Seu *Passage à niveau*[11] ecoava em Paris, ele estava, como se costuma dizer, muito assediado, e Nina (cuja desenvoltura e perspicácia compensavam a falta de cultura) já tinha assumido o papel, não direi de musa, mas de companheira íntima do marido-criador; e mais: de conselheira discreta, resvalando de leve por suas sinuosidades veladas; embora na realidade é de se duvidar que tenha conseguido ler sequer um de seus livros, era impressionante como conhecia melhor do que ninguém os pormenores, por causa das conversas dos amigos seletos. Quando entramos no café, tocava uma orquestra de mulheres; reparei de passagem como em uma das colunas facetadas, revestidas com espelhos, refletia-se a coxa de avestruz de uma harpa, imediatamente depois avistei as mesas reunidas, e no meio das longas laterais, de costas para o veludo, estava Ferdinand, sentado à cabeceira, e, por um instante, aquela pose, a posição das mãos, separadas, e os rostos dos comensais voltados para ele me evocaram uma caricatura de pesadelo... o que exatamente me evocavam, eu mesmo não entendi então; mas depois, quando entendi, surpreendi-me com o sacrilégio da comparação, não mais profana, aliás, do que sua própria arte. Ele estava de olho na música; vestia sob um casaco castanho um suéter de lã branco, de gola alta franzida; sobre os cabelos penteados para trás das têmporas havia fumaça de tabaco, feito um halo, reproduzida no espelho atrás dele; o rosto ossudo e, como se costuma dizer, de estirpe, estava impassível, só os olhos deslizavam para lá e para cá, cheios de satisfação. Depois de trair os estabelecimentos comuns, onde o profano estaria inclinado a procurá-lo, ele escolheu esse respeitável café, entediante, e se tornou *habitué* do local devido a seu senso de ridículo, extremamente *sui generis*, para ele especial, vendo graça justo no mais lastimável chamariz daquele lugar: a orquestra de uma meia dúzia de mulheres, entrelaçava uma música, exausta e pudica, que não sabia, de acordo com uma expressão dele, onde meter o peito, bem supérfluo no mundo da harmonia. Depois de cada número uma epilepsia de aplausos o invadia, o que já suscitava (assim me parecia) as primeiras dúvidas no dono do

---

[11] Em francês, no original: "Passagem de nível". Tem ainda a acepção de "encruzilhada". Metaforicamente, "transitivo", "de pouca duração". (N. da T.)

café e nos singelos clientes, mas que por sua vez divertia muito seus amigos. Estavam lá: um pintor com uma cabeça inteiramente calva, mas um pouco acidentada, que ele sempre incluía em seus quadros (Salomé e a bola de boliche); um poeta, que, utilizando cinco fósforos, podia representar toda a história do pecado original, e um pederasta, educado, com olhos suplicantes; um pianista muito famoso, cujo rosto até que não era tão mau, mas os dedos tinham uma expressão horrorosa; um espirituoso escritor soviético, com cabelo à escovinha e cachimbo, não entendia, ingênuo, que sociedade era aquela onde ele tinha ido parar; ali também estavam sentados tudo quanto é tipo de cavalheiros, agora confundidos na minha memória, e sem dúvida dois ou três deles tiveram algo com Nina. Ela era a única mulher à mesa, debruçada, agarrada ao canudo, diminuindo o nível do líquido da taça com uma rapidez algo infantil, e só quando o fundo começou a gorgolejar e guinchar, e ela empurrou o canudo com a língua, só então, por fim, surpreendi seu olhar, que eu buscava, obstinado, ainda sem me conformar que ela tivesse conseguido esquecer totalmente o que havia acontecido de manhã; esquecer a tal ponto que, quando nossos olhos se encontraram, ela me respondeu com um sorriso de interrogação e, só com os olhos, de repente ocorreu-lhe que convinha sorrir de outra maneira. Enquanto isso, já que as mulheres removeram os instrumentos, como se fossem móveis, e saíram temporariamente do palco, Ferdinand achincalhava um velhote estrangeiro, sentado não muito longe dali, com algo vermelho na botoeira da lapela e barba grisalha, no meio, combinando com o bigode para formar um aconchegante ninho amarelado para a boca, devoradora voraz. Sabe-se lá por que as insígnias da velhice sempre divertiam Ferdinand.

Passei pouco tempo em Paris, mas três dias vagando com Ferdinand selaram aquele tipo de relação de aparências, que ele era tão especialista em começar. Posteriormente até acabei por ser-lhe conveniente: minha companhia comprou uma de suas histórias, para fazer um filme, e ele até me estorvou com telegramas. Nesses dez anos nós inclusive passamos a nos tratar com mais intimidade, e em dois ou três pontos restaram pequenos depósitos de recordações comuns... Mas nunca me sentia eu mesmo em sua presença, e agora fico sabendo que ele também está em Fialta. Experimentei o costumeiro desânimo; só uma coisa me alentava: o recente fiasco de sua nova peça.

Ele está vindo ao nosso encontro, de sobretudo totalmente impermeável, com cinto e bolsos externos, máquina fotográfica no ombro, sapatos multicoloridos com solado de guta-percha, lambendo, impassível (mas, apesar disso, com matizes de vejam-como-lambo-engraçado), um longo pirulito feito pedra da lua, especialidade de Fialta. Ao seu lado, com um passo estilo sapateado, caminhava Seguiur, um cavalheiro almofadinha com um rubor de menina que lhe chegava até os olhos e cabelo azul-escuro quase negro engomado, amante da arte e completo idiota; para alguma coisa ele devia ser útil a Ferdinand (sempre que tinha uma oportunidade, Nina exclamava de passagem, com sua irreproduzível manha, descomprometida e doce: "mas que gracinha esse Seguiur", sem entrar em detalhes). Eles se aproximaram, eu e Ferdinand nos cumprimentamos de maneira exagerada, procurando nos apertar o máximo possível, sabendo, por experiência, que de fato aquilo era tudo, mas fazendo de conta que tinha apenas começado; mas conosco era sempre assim: depois de uma costumeira separação nos encontrávamos, uma ressaca de cordas sintonizadas como acompanhamento, em um alvoroço de êxtase, no rumor de sentimentos arraigados; mas os lanterninhas fechavam as portas, e já não deixavam ninguém entrar.

Seguiur se queixou do tempo, mas a princípio eu nem entendi sobre que tempo ele falava: se a essência primaveril, acinzentada, úmida, de estufa de Fialta podia ser chamada de tempo, então ela se encontrava em um lugar que não pertencia a nada que pudesse servir de objeto de uma conversa minha com ele, como o delicado cotovelo de Nina, que eu podia segurar entre dois dedos, ou o brilho do papel-alumínio jogado ao longe no meio da rua arqueada. Nós quatro continuamos caminhando juntos, todos com o objetivo comum de fazer compras aleatórias. "Que índio maravilhoso!" — gritou Ferdinand de repente, com um apetite desenfreado, puxando-me pela manga com força, empurrando-me, apontando para um cartaz. Um pouco mais adiante, perto da fonte, ele deu seu pirulito demorado para uma menina nativa, de colar; nós paramos para esperá-lo: agachado, ele dizia algo, voltando-se para suas pestanas, baixas, untadas de fuligem, alcançando-nos depois, arreganhando os dentes e fazendo uma daquelas observações indecentes com as quais tanto gostava de enfeitar seu discurso. Depois, um objeto infeliz, deplorável, exposto em uma loja de *souvenirs* atraiu sua atenção: um simulacro de pedra do monte Saint George, com um túnel preto como base, que era um tinteiro, e um porta-canetas à semelhança de trilhos ferroviários. Escancarando a boca, tremendo de entusiasmo, ele revirava essa coisa empoeirada, volumosa e totalmente lunática nas mãos; pagou sem regatear e, ainda com a boca aberta, saiu, carregando a monstruosidade. Como um déspota rodeado de corcundas e pigmeus, ele se apegava a essa ou aquela deformidade, e esse estado podia durar de cinco minutos a vários dias, ou até mais tempo, se a coisa tivesse alma.

Nina começou a sonhar com o almoço, e, aproveitando um momento em que Ferdinand e Seguiur entraram em uma agência dos correios, eu me apressei em levá-la dali. Eu mesmo não entendo o que significava para mim essa pequena mulher, de ombros estreitos e pernas puchkinianas[12] (como diante de mim falou sobre ela um poeta russo, sensível e amaneirado, uma das poucas pessoas que suspiram por ela platonicamente), e entendo menos ainda o que o destino queria de nós, unindo-nos constantemente. Por muito tempo não a vi depois daquele encontro em Paris, e um dia chego em casa e vejo: está bebendo chá com minha mulher, olhando meias de seda baratas, o anel de casamento cintilando em sua mão. Um dia, no outono, mostraram-me seu rosto em uma revista de moda. Um dia, na Páscoa, ela me enviou um postal e um ovo. Certa vez, na casa de pessoas desconhecidas, no cabide, entre os sobretudos (os proprietários tinham visitas), vi o seu casaco de peles. Outra vez, ela acenou com a cabeça, por trás da página de um livro do seu marido, página esta que se referia a uma eventual empregada, mas que continha algo dela (talvez independente de sua vontade conscienciosa): "Seu semblante — escreveu Ferdinand — era mais um instantâneo da natureza do que um retrato minucioso, e rememorando-o não se guardava nada além de uma centelha de traços desconexos: o veludo iluminado das maçãs salientes, o âmbar escuro dos olhos ligeiros, os lábios, delineados em um sorriso cordial, sempre pronto a se transformar em um beijo ardente". E ela continuava aparecendo e aparecendo, precipitada, nas margens da minha vida, sem influenciar em nada o texto principal. Uma vez, quando minha família estava na *datcha*, e eu escrevia, deitado na cama, em uma torturante sexta-feira ensolarada (desempoavam tapetes), ouvi sua voz na entrada: passou para deixar uma caixa com emblemas de viagens, eu nem tinha terminado de escrever o que começara, e, depois de muitos meses, apareceu, atrás de sua caixa, um alemão simpático, que (de acordo com sinais indescritíveis, mas inquestionáveis) era membro da mesma associação, bem internacional, que eu. Às vezes, em algum lugar, no meio

[12] Púchkin é famoso por suas descrições de pernas femininas perfeitas. (N. da T.)

de uma conversa qualquer, mencionavam o nome dela e ela corria pelas escadas de alguma frase, sem se virar. Indo parar em uma cidade dos Pirineus, passei uma semana na casa de uns amigos dela, onde ela também se hospedara com o marido, e nunca vou esquecer a primeira noite, que eu passei assim: como esperei, como estava convencido de que ela viria atrás de mim, mas não veio; como os grilos estavam coléricos na lua molhada, como o abismo do jardim de pedra tremia, como os riachos murmurejavam, e como me dilacerava entre a itinerante lassidão, bem-aventurada, do sul, e a sede selvagem de sua vinda furtiva, os tornozelos róseos nos chinelinhos de plumas de cisne; mas a noite ressoava, e ela não veio, e quando, no dia seguinte, durante um passeio por colinas cheias de azaleias, eu lhe contei sobre minha espera, ela fez um gesto de tristeza com as mãos, e imediatamente deu uma olhada rápida, calculando se as costas de Ferdinand, sempre gesticulando, e seu amigo, estavam longe o bastante. Lembro como de metade da Europa eu falava com ela por telefone, por muito tempo sem reconhecer sua voz, que ladrava quando ela me ligava para tratar de assuntos do marido; e me lembro de ter sonhado com ela: minha filha mais velha corria para contar que o porteiro tivera uma infelicidade, e quando desci para falar com ele, vi que ali, na entrada, em uma caixa, pálida, envolta em um xale, trapos de aniagem enrolados debaixo da cabeça, Nina estava dormindo o sono dos mortos, tal como refugiados miseráveis dormem em estações esquecidas por Deus. E o que quer que acontecesse comigo ou com ela — claro, ela também tinha suas "alegres preocupações" familiares (seu trava-línguas) —, nunca nos perguntávamos sobre nós, de jeito nenhum, como nunca pensávamos sobre nós nos intervalos de nosso destino, e quando nos encontrávamos, a velocidade da vida mudava imediatamente, os átomos se misturavam, e nós vivíamos em outro tempo, menos denso, medido não pelas separações, mas pelas sombras dos poucos encontros, que desviavam nossa vida curta, aparentemente fácil. E a cada novo encontro eu ficava mais aflito; quero enfatizar que eu não experimentava nenhum abismo interno de sentimentos, e que nenhuma sombra de tragédia nos acompanhava; minha vida conjugal permanecia inviolável, e, por outro lado, Ferdinand (ele mesmo eclético, em uma existência lasciva, inventivo em criar maneiras de enganar a natureza) preferia não vigiá-la, apesar de que talvez tirasse proveito indiretamente, e quase que involuntariamente, das relações rápidas da esposa. Eu ficava inquieto porque em vão deixava escapar algo bonito, delicado e incomparável, que aproveitava sorvendo os grãos mais casuais, encantadores, mas lastimáveis, e menosprezando tudo o que aquilo talvez prometesse, em um sussurro, de simples, mas também de verdadeiro. Eu estava inquieto porque, querendo ou não, aceitava a vida de Nina, a mentira e o disparate dessa vida. Eu estava inquieto porque, apesar da ausência de desentendimentos, era compelido, na interpretação abstrata de minha própria existência, de acordo com a regra, a escolher entre o mundo em que viveria como em um quadro, com minha esposa, filhas, o dobermann-pinscher (guirlandas idílicas, um anel e uma bengala fina), entre essa paz feliz, inteligente, boa... e o quê? Por acaso havia qualquer possibilidade de uma vida com Nina, uma vida que mal se podia imaginar, embebida de uma tristeza passional, insuportável, uma vida em que a cada instante se escutaria, tremendo, o silêncio do passado? Um absurdo, um absurdo! E ela ainda se unia ao marido por uma grande amizade forçada... Absurdo! Então o que eu deveria ter feito, Nina, com você, como iria desaguar as reservas de tristeza, que se acumularam gradualmente com a repetição de nossos encontros descuidados, e realmente sem esperança!

Fialta compreende uma cidade antiga e uma nova; mas o antigo e o novo se entrelaçaram... e então lutam, seja para se desembaraçarem, seja para se substituírem, cada um com os seus próprios métodos: o novo luta com honestidade, com palmeiras, uma fachada de casa de câmbio, uma quadra de tênis com saibro vermelho; já o antigo, sai do canto se arrastando de muletas na forma de uma ruela, ou do átrio de alguma igreja que desmoronou. No caminho para o hotel, passamos em frente a uma vila branca, ainda não terminada, ainda vazia, com entulho no interior, e no muro: de novo, todos aqueles elefantes, erguendo os joelhos monstruosos e infantis, sentados em uma tina; uma amazona com um tonelete etéreo (já com bigodes desenhados) descansava em um cavalo gordo; e o palhaço com nariz de tomate andava na corda bamba, segurando um guarda-chuva, sempre decorado com aquelas mesmas estrelas: uma vaga recordação da pátria celeste dos circenses. Aqui, no mezanino de Fialta, o cascalho úmido estalava com um ar balneário e se ouvia melhor o suspiro preguiçoso do mar. No pátio atrás do hotel, um ajudante de cozinha corria com uma faca atrás de uma galinha que apressava o passo. O conhecido engraxate de sorriso banguela ofereceu-me seu trono negro. Debaixo dos plátanos havia uma motocicleta de marca alemã, uma velha limusine suja, que ainda conservava uma imagem de carroça, e um carro amarelo, parecido com um besouro: "É nosso, quer dizer, de

Seguiur — disse Nina, acrescentando: — Vem dar uma volta com a gente, Vássienka?", mesmo sabendo perfeitamente que eu não podia ir. Na laca de seus élitros passa um pouco de guache do céu e galhos; por um momento nos refletimos no metal de um dos faróis que parecia uma granada, quando passamos na frente daquela bola; alguns passos depois, sabe-se lá por que eu olhei em volta e vi o que realmente aconteceria em meia hora: como eles três, de capacete, sentaram, sorrindo e acenando para mim, translúcidos, como espectros, e através deles via-se a cor do mundo, e então arrancaram, partiram, diminuíram (o último adeus de Nina com as duas mãos): mas, na realidade, o carro ainda estava parado, polido e intacto, como um ovo, e Nina foi comigo para a varanda de vidro do restaurante do hotel e através da janela vimos que Ferdinand e Seguiur se aproximavam (por outro caminho, não pelo qual tínhamos vindo).

Na varanda, onde comemos, não havia ninguém além daquele inglês que eu vira pouco tempo antes; na mesa diante dele um copo grande com uma bebida vermelho-escarlate claro lançava um reflexo oval sobre a toalha. Reparei em seus olhos translúcidos o mesmo desejo obstinado que já tinha visto uma vez, mas agora não se voltava de modo algum a Nina; ele não estava olhando para ela, de jeito nenhum, mas dirigia o olhar fixo, ávido, para o canto superior da ampla janela perto da qual estava sentado.

Tirando a luva das pequenas mãos delicadas, pela última vez na vida Nina comeu mariscos, que tanto adorava. Ferdinand também estava ocupado com a comida, e eu me aproveitei de sua fome para iniciar uma conversa que me dava uma sombra de poder sobre ele: recordei justamente seu fracasso recente. Após um curto período de moda de clarividência religiosa, durante a qual uma bem-aventurança caiu sobre ele, que realizou peregrinações um tanto quanto duvidosas, história que terminou em escândalo, ele voltou seus olhos escuros para a bárbara Moscou. Sempre me irritei com a vaidosa convicção de que o extremo da arte se encontra em algumas relações metafísicas com o extremo da política, cujo contato genuíno faz com que a mais refinada literatura, claro, torne-se um meio tão banal e acessível como qualquer bobagem ideológica, pela horrível lei da imundície, ainda pouco estudada. No caso de Ferdinand, essa lei, é verdade, ainda não tinha sido posta em prática; os músculos de sua musa ainda estavam bastante fortes (sem contar que ele cuspia sobre o bem-estar do povo), mas desses arabescos pícaros, não inteligíveis para todos, sua arte se tornou ainda mais repulsiva e sem vida. Em relação à peça, ninguém entendeu nada; eu mesmo não fui assisti-la, mas imaginava bem aquela noite hiperbórea na qual ele lançou, em espirais impossíveis, diversas rodas de símbolos inomináveis; e agora, não sem prazer, perguntei-lhe se ele lia críticas sobre si mesmo.

— Críticas! — exclamou ele — Belas críticas! Qualquer personalidade obscura quer me passar um sermão. Muito obrigado. Tocam meus livros com precaução, como um aparelho elétrico desconhecido. Querem analisá-los a partir de todos os pontos de vista, menos o essencial. É como se um naturalista, descrevendo cavalos, começasse a falar sobre o selim, o teliz, ou sobre madame V. (ele nomeou uma senhora do meio literário que realmente parecia muito um cavalo mostrando os dentes). Eu também quero um pouco de sangue de pombo — ele continuava, com a mesma voz alta, entrecortada, falando com o garçom, que entendeu seu desejo só de olhar para a direção dos dedos, apontando sem cerimônia para o copo do inglês. Seguiur recordou o nome de um amigo, pintor, que gostava de pintar em vidro, e a conversa tomou um rumo menos ofensivo. Entretanto, de repente o inglês se levantou, decidido, subiu em uma cadeira, de lá pisou no parapeito, endireitando-se em toda sua enorme estatura, tirou uma mariposa com asas de castor do canto superior da moldura e a transportou, hábil, para uma caixa.

— ... Isso, como o cavalo branco de Wouwerman — disse Ferdinand, deliberando sobre algo com Seguiur. — *Tu es très hippique ce matin*[13] — reparou ele.

Logo, ambos saíram para telefonar. Ferdinand gostava particularmente dessas chamadas telefônicas de longa distância, e era um virtuose em dotá-las, seja qual fosse a distância, de um calor cordial, sempre que era necessário, como agora, assegurar hospedagem gratuita.

De algum lugar distante chegavam sons de trompetes e cítaras. Eu e Nina fomos perambular de novo. Aparentemente, o circo enviou mensageiros: uma marcha de publicidade; mas não a acompanhamos do início e ela virou para cima, por uma ruazinha lateral: a carroceria dourada de uma carruagem se afastava, um homem de albornoz conduzia um camelo, uma fileira de quatro imitações baratas de índios, um atrás do outro, levava os mastros de cartazes, enquanto atrás, em um pônei muito pe-

[13] Em francês, no original: "Você está muito hípico hoje!". (N. da T.)

queno com uma crina muito grande, estava, reverente, um menino alheio, vestido de marinheiro, que tinha inventado de montar.

Lembro que passamos em frente a uma cafeteria, quase seca, mas ainda assim vazia; o garçom olhava fixamente para um órfão horrível (e depois, talvez, cuidou dele): o absurdo instrumento de escrita, deixado no caminho, na balaustrada, por Ferdinand. Lembro ainda que: gostamos de uma velha escada de pedra, e subimos; eu olhava para um ângulo agudo de seu passo ascendente, quando, segurando a saia, primeiro arrumando o comprimento, agora a largura, ela subia os degraus cinzentos; Nina exalava o calor familiar e, meu pensamento subindo com ela, vi nosso penúltimo encontro, em uma noite de gala em uma casa parisiense, onde havia muitas pessoas, e meu querido amigo Jules Darboux, querendo me fazer um refinado favor estético, puxou minha manga, dizendo: "Quero lhe apresentar...", e me levou até Nina, que, sentada no canto de um sofá, formando um z, com um cinzeiro perto do salto, tirou dos lábios uma longa boquilha turquesa e disse um prolongado, feliz: "Não!", e então a noite toda meu coração ficou dilacerado, e passei de grupo em grupo com meu copo pegajoso, olhando para ela às vezes, de longe (ela não olhava para mim), ouvindo conversas, ouvindo um cavalheiro dizendo para outro: "é engraçado como elas cheiram igual, cheiram a queimado, independente do perfume, todas essas belas e frias morenas", e, como acontece muitas vezes, aquela vulgaridade, sabe-se lá relacionada a quê, enrolou-se, firme, ao redor de lembranças, alimentando a tristeza.

Subindo a escada, chegamos a uma área rústica: dali era possível ver o monte Saint George, cinza-claro, com uma coleção de manchas de uma brancura óssea, do lado oposto (algum vilarejo pequeno); contornando o pé do monte, corria o vapor de um trem invisível, que se escondeu de repente; ainda mais abaixo era possível ver atrás de diferentes telhados um único cipreste, de longe parecido com a ponta negra apertada de um pincel de aquarela; à direita via-se o mar, cinza, com rugas iluminadas. Aos nossos pés uma chave enferrujada, e, no muro da casa semidestruída adjacente à sacada, penduraram pontas de arame... Pensei que, em algum momento, havia vida ali, a família comia nas noites frescas, crianças desajeitadas desenhavam, sob a luz de um lampião. Ficamos parados, como se estivéssemos ouvindo algo; Nina, mais no alto, colocou sua mão no meu ombro, sorrindo, e me beijou com cuidado, para não estragar o sorriso. Com uma força insuportável revivi (ou assim parece-me agora) tudo o que havia entre nós, começando com um beijo, como este; e eu disse o barato e oficial *tu*, substituindo o inspirado, significativo *você*,[14] para o qual o circum-navegador, todo enriquecido pelo círculo, retorna: "E se eu te amo?". Nina olhava, eu repeti, queria acrescentar... mas algo como um morcego cintilou em seu rosto, uma expressão rápida, estranha, quase feia, e ela, que dizia palavras obscenas de um jeito simples, como se estivesse no céu, ficou desconcertada; eu também me senti constrangido... "Brincadeira, brincadeira" — eu me apressei a exclamar, abraçando-a gentilmente do lado direito do peito. Sabe-se lá de onde apareceu em suas mãos um buquê cheio de violetas escuras, miúdas, aromáticas, desinteressadas, e, antes de retornar ao hotel, ainda ficamos um pouco perto do parapeito, e tudo ficou sem esperança, como antes. Mas a pedra estava quente, como o corpo, e, de repente, entendi o que até então, vendo, não havia entendido: por que até pouco tempo antes o papel-alumínio brilhava, por que o reflexo do copo tremia, por que o mar cintilava — o sol penetrava o céu branco sobre Fialta imperceptivelmente, e agora estava ensolarado por todos os lados e esse brilho branco aumentava, aumentava, tudo se dissolvia nele, tudo desaparecia, e eu já estava na estação, em Milão, com o jornal, pelo qual fiquei sabendo que o carro amarelo, que eu vira debaixo dos plátanos, tinha sofrido um acidente nos arredores de Fialta, voando a toda velocidade contra o furgão de um circo errante, e que Ferdinand e seu amigo, canalhas invulneráveis, salamandras do destino, basiliscos da sorte, livraram-se com danos locais e temporários em suas escamas, enquanto Nina, apesar de há tempos imitá-los, dedicada, no fim, era mortal.

(1936)

Tradução de Graziela Schneider

[14] Em russo, há uma distinção bem marcada, muito significativa, entre o uso do pronome *vi*, que denota tratamento respeitoso, e seria equivalente ao "vós", ou "o senhor/a senhora" em português; e *ti*, equivalente ao "tu" do português. Para a presente tradução, optou-se por "você", considerando-o mais adequado para o contexto do conto. (N. da T.)

[illegible]

[illegible]

[illegible]

Daniil Kharms

Daniil Ivánovitch Iuvatchóv (1905-1942), nascido em São Petersburgo, ficou famoso pelo pseudônimo Kharms (um dos vários que utilizou) — se é que "fama" é uma palavra que cabe para a trajetória trágica, subterrânea e excêntrica do escritor, que morreu de fome na prisão. A mistura sincrética de radicalismo linguístico, misticismo e paródia feita por Kharms naturalmente não podia gozar da estima do regime soviético. No fim dos anos 1920, ele pertencera ao OBERIU, a "Associação para a Arte Real", movimento cujos nomes-chave (Vvédenski, Váguinov, Zabolótski, entre outros) ainda são pouco divulgados no Brasil. Kharms escreveu peças, poesia, obras infantis e contos brevíssimos, que ele chamava de *slútchai*, ou "acontecimentos". Este texto de 1937, "Conexão", é uma boa amostra dos pequenos milagres contísticos de Kharms: o solene tom filosófico de fancaria, a ação composta por uma série de *non sequiturs*, em que a ideia de "relação", apresentada no título, é negada a cada linha; sua genealogia localiza-se nas várias desmontagens de palavras e sentidos produzidas pela vanguarda russa.

Conexão

Filósofo!

1. Escrevo-lhe em resposta a sua carta, que o senhor está planejando escrever em resposta à carta que eu lhe escrevi.

2. Um violinista comprou um ímã e o levou para casa. No caminho, arruaceiros atacaram o violinista e lhe derrubaram o gorro. O vento arrastou o gorro, levando-o pela rua.

3. O violinista colocou o ímã no chão e correu atrás do gorro. O gorro foi parar em uma poça de ácido nítrico e então se reduziu a pó.

4. Enquanto isso os arruaceiros pegaram o ímã e fugiram.

5. O violinista voltou para casa sem sobretudo e sem gorro, porque o gorro se reduziu a pó no ácido nítrico, e o violinista, desolado por ter perdido seu gorro, esqueceu o sobretudo no bonde.

6. O motorneiro desse bonde levou o sobretudo para o mercado de pulgas e o trocou por creme de leite fresco, cereais e tomate.

7. O sogro do motorista empanturrou-se de tomate e morreu. Levaram o cadáver do sogro do motorista ao necrotério, mas depois o confundiram e no lugar do sogro do motorista enterraram uma velhinha qualquer.

8. No túmulo da velhinha colocaram uma coluna branca com a inscrição: "Anton Serguêievitch Kondrátiev".

9. Durante onze anos vermes carcomeram a coluna e ela caiu. O sacristão serrou essa coluna em quatro pedaços e a queimou em seu forno. A mulher do sacristão preparou uma sopa de couve-flor nesse fogo.

10. Mas quando a sopa já estava pronta, caiu uma mosca da parede, bem na caçarola em que estava a sopa. Deram a sopa para o pobre Timofiêi.

11. O pobre Timofiêi tomou a sopa e contou ao pobre Nikolai sobre a bondade do sacristão.

12. No dia seguinte, o pobre Nikolai foi à casa do sacristão e pôs-se a pedir esmola. Mas o sacristão não deu nada para Nikolai e o enxotou.

13. O pobre Nikolai ficou extremamente furioso e pôs fogo na casa do sacristão.

14. O fogo se alastrou da casa para a igreja, e a igreja se consumiu.

15. Conduziu-se uma longa investigação, mas não foi possível determinar a causa do fogo.

16. No local onde estava a igreja construíram um clube e no dia da inauguração do clube organizaram um concerto, no qual se apresentou o violinista, que catorze anos antes havia perdido seu sobretudo.

17. Entre os espectadores, estava o filho de um daqueles arruaceiros, que, catorze anos antes, derrubaram o gorro do violinista.

18. Depois do concerto eles foram para casa no mesmo bonde. E, no bonde que vinha atrás deles, o condutor era aquele mesmo motorneiro, que, um dia, vendera o sobretudo do violinista no mercado de pulgas.

19. E lá vão eles pela cidade afora, tarde da noite: na frente — o violinista e o filho do arruaceiro, e, atrás deles, o condutor — o antigo motorneiro.

20. Vão sem saber da conexão entre eles, e morrerão sem saber.

(1937)

Tradução de Graziela Schneider

Konstantin Paustóvski

O tema do retorno do soldado foi um lugar-comum da narrativa soviética. A experiência brutal da Segunda Guerra Mundial, que a ninguém deixou incólume, dava a obras dessa linha uma força emocional muito grande, ainda mais se publicadas em meio à própria guerra, como neste belo conto de 1943, "Neve", uma variante mais sofisticada dessa vertente. O moscovita Konstantin Gueórguievitch Paustóvski (1892-1968), autor de peças, romances, relatos de viagens, histórias para crianças e extraordinárias memórias, assim foi retratado por Boris Schnaiderman: "Este escritor de feição tão clássica, este homem capaz de lembrar com carinho os versos de Chengueli, que foi tão atacado por Maiakóvski, de se comover ('Mar Negro', 1936) com a lembrança da Traviata representada no convés de um navio na esquadra do Mar Negro nos primeiros tempos da Revolução e assistida por todos os marinheiros da mesma esquadra, tem sido também, na Rússia, o defensor da máxima liberdade de expressão em arte, e tem frisado a importância de se estudarem as mais diversas escolas artísticas modernas" ("Um mestre do cor-de-rosa", *O Estado de S. Paulo*, 29/12/1962).

Neve

O velho Potápov faleceu um mês depois de Tatiana Petrovna haver-se instalado na casa dele. Ela permaneceu ali, com a filha Vária[1] e a ama-seca.

A casa, de apenas três aposentos, ficava sobre um outeiro, sobranceira a um rio do norte, à saída de uma cidadezinha. Atrás dela, além do jardim desfolhado, branquejava um bosque de bétulas. Voando sobre os cimos nus das árvores, bandos de gralhas crocitavam da alvorada ao anoitecer, como se a chamarem o tempo chuvoso e sombrio.

Tatiana Petrovna, que era de Moscou, por longo tempo não conseguiu acostumar-se à cidadezinha deserta, às suas casinhas, aos portões rangentes e às noites silenciosas, quando se ouvia o crepitar do fogo na lamparina de querosene.

"Como fui tola! — pensava. — Por que parti, por que deixei o teatro, os amigos?! Devia ter levado Vária para a casa da ama, em Púchkino[2] — ali não ocorriam bombardeios —, mas eu própria devia ter ficado em Moscou. Como fui tola!"

Regressar, porém, era já impossível. Ela decidiu, então, apresentar-se nos muitos hospitais militares locais, e sossegou. Começou até a gostar do lugar, sobretudo quando chegou o inverno, cobrindo-o de neve. Os dias tornaram-se suaves, cinzentos. O rio demorou muito a gelar; da sua água verde emanava um véu de vapor.

Tatiana Petrovna habituou-se também à casa alheia. Habituou-se ao piano desafinado, às fotografias amarelecidas, de pesados encouraçados da defesa costeira, que ornavam as paredes. O velho Potápov fora mecânico de bordo. Sobre a sua escrivaninha, coberta de feltro verde

---

[1] Diminutivo de Varvara. (N. do T.)

[2] Cidade próxima a Moscou. (N. do T.)

desbotado, havia um modelo do cruzador *Gromoboi*, em que servira. Não permitiam a Vária tocá-lo. A bem dizer, não lhe permitiam tocar em nada.

Tatiana Petrovna sabia que Potápov deixara um filho, na frota do Mar Negro. Havia um retrato seu ao lado da réplica do navio. Às vezes, ela o pegava, fitava-lhe os olhos e, com as finas sobrancelhas franzidas, perdia-se em pensamentos. Parecia-lhe sempre que já encontrara aquele jovem oficial, mas havia muito tempo. Mas onde? Quando?

O marinheiro mirava-a com olhos serenos, um tanto zombeteiros, como se perguntasse: "Será que não consegue lembrar-se de onde nos encontramos?".

— Não, não me lembro — respondia ela, em voz baixa.

— Mamãe, com quem falas? — gritava Vária do aposento contíguo.

— Com o piano — respondia ela, e ria.

No inverno, começaram a chegar cartas para o falecido, sobrescritas sempre pela mesma mão. Tatiana Petrovna empilhava-as sobre a escrivaninha. Certa vez, despertou tarde da noite. A neve irradiava uma luz pálida sobre a vidraça. No sofá, ressonava Arkhip, o gato cinzento do antigo dono da casa.

Ela vestiu o roupão, foi ao gabinete de Potápov e deixou-se ficar um momento de pé, junto à janela. Um pássaro despegou-se silenciosamente de uma árvore, sacudindo a neve do ramo. Ela caiu lentamente, fininha, e polvilhou os vidros.

Tatiana Petrovna acendeu uma vela sobre a mesa, sentou-se em uma poltrona e olhou longamente para a lingueta de fogo, que sequer estremecia. Depois, pegou uma das cartas, abriu o escrito e, após olhar para trás, para a porta, começou a ler.

> "Meu querido velho, faz já um mês que estou no hospital. O ferimento não é muito grave. Até está já a cicatrizar. Por favor, não fiques preocupado e não fumes um cigarro atrás do outro. Eu te imploro!
>
> Lembro-me de ti frequentemente, papai — continuou Tatiana Petrovna a ler —, e também de casa, da nossa cidadezinha. Tudo isso está terrivelmente longe, como se do outro lado do mundo. Fecho os olhos e, então, vejo-me abrir o portão, entrar no jardim. É inverno, há neve, mas está limpo o caminho do velho caramanchão da borda do barranco, e as moitas de lilás

estão brancas de geada. Em casa, crepita o fogo do forno, e sente-se o cheiro do fumo de achas de bétula. O piano foi afinado, finalmente, e tu colocaste, nos castiçais, as velas amarelas torcidas, aquelas que eu trouxe de Leningrado. E, sobre o piano, estão as mesmas partituras: a abertura de *A dama de espadas*,[3] a romança *Para as margens da pátria longínqua*...[4] Funciona ainda a campainha da porta? Eu acabei não tendo tempo de consertá-la. Será que verei outra vez tudo isso? Será que outra vez me lavarei com um jarro de água do nosso poço, ao chegar de viagem? Lembras-te? Ah, se soubesses como passei a gostar disso tudo daqui de longe! Não te admires, eu falo com toda a seriedade: eu recordarei essas coisas nos momentos mais terríveis da guerra. Eu sabia que estava a defender não só o nosso país inteiro, senão também esse seu cantinho — o mais caro de todos a mim —, a ti, o nosso jardim, os nossos menininhos de topete, os bosques de bétulas do outro lado do rio e o gato Arkhip. Por favor, não rias, nem abanes com a cabeça.

Pode ser que, quando receber alta do hospital, me autorizem a passar alguns dias em casa. Não sei. Mas é melhor não esperares."

Tatiana Petrovna permaneceu longo tempo sentada junto à mesa, a olhar para fora, com os olhos muito abertos; no azul profundo, principiava o amanhecer. Pensava no desconhecido, que poderia chegar de um dia para o outro, e em quão penoso lhe seria encontrar pessoas estranhas na casa e ver tudo bem diferente do que desejava.

De manhã, mandou Vária pegar uma pá e limpar o caminho do caramanchão. Ele estava completamente vetusto. As suas colunas de madeira, cobertas de líquens, haviam ficado brancas. Ela própria consertou a sineta da porta, que tinha uma inscrição engraçada: "*Junto à porta é o meu lugar — mais alegre fazei-me soar!*". Ela tocou a sineta, e esta retiniu

---

[3] Ópera de Piotr Ilitch Tchaikóvski (1840-1893), composta em 1890, com libreto do seu irmão, Modest Ilitch Tchaikóvski (1850-1916), e inspirada em novela do poeta Aleksandr Púchkin (1799-1837). (N. do T.)

[4] Romança de Piotr Ilitch Tchaikóvski, cuja letra é o poema homônimo de Aleksandr Púchkin. (N. do T.)

com som argentino. O gato Arkhip agitou as orelhas, irritado, ofendeu-se e saiu da antessala: o tilintar alegre, pelo visto, parecia-lhe insolente.

À tarde, com os olhos escurecidos pela comoção, Tatiana Petrovna trouxe um tcheco russificado, que consertava fogareiros a querosene, bonecas e harmônicas e afinava pianos. O seu sobrenome era muito cômico: *Niévidal*.[5] Ao terminar o serviço, ele disse que o piano era antigo, mas muito bom. Tatiana Petrovna já bem o sabia.

Quando o velho se foi, ela deu uma espiadela discreta em todas as gavetas da escrivaninha e encontrou um maço de grossas velas torcidas. Colocou-as no castiçal, sobre o piano. À noite, acendeu-as, sentou-se ao teclado, e a casa encheu-se de acordes.

Quando cessou de tocar e apagou as velas, nos aposentos, sentiu-se um cheiro adocicado de fumaça, como o exalado por um pinheirinho na festa de Ano-Novo.

Vária não se conteve.

— Por que mexes nas coisas dos outros? Se eu não posso, tu não podes! A sineta, as velas, o piano, mexes em tudo. E também colocaste partituras dos outros sobre o piano.

— Porque eu sou adulta — respondeu-lhe a mãe.

A menina olhou para ela, desconfiada e de cenho franzido. Naquele momento. Tatiana Petrovna parecia tudo, menos uma pessoa adulta. Ela como que resplandecia, e lembrava a moça de cabelos dourados que perdera um sapatinho de cristal em um palácio. Ela própria contara a história dessa moça a Vária.

Ainda no trem, o tenente Potápov calculou que não poderia passar mais de um dia em casa. A licença era muito breve, e a viagem tomaria quase todo o tempo.

Desembarcou na cidadezinha à tarde. Ainda na estação, soube que o pai morrera um mês antes e que a casa estava ocupada por uma cantora de Moscou, com a filha.

— Uma refugiada — disse-lhe o chefe da estação.

---

[5] O substantivo *niévidal* significa "algo nunca visto antes". Emprega-se com a partícula *vot* ou o pronome *ékaia* numa expressão irônica, cujo sentido é "Grande coisa!". (N. do T.)

Potápov mantinha-se calado e olhava para a janela; alguns passageiros, de roupas acolchoadas e botas de feltro, corriam com chaleiras, em busca de água para o chá. Ele sentia tontura.

— O seu pai era um homem de bom coração. É pena que ele não tenha podido revê-lo.

— Quando passará o trem de volta?

— Às cinco da manhã — respondeu o chefe e, após um momento de silêncio, acrescentou: — Até lá, fique em minha casa. A minha velha lhe fará um chá e dará algo de comer. Não tem por que ir à sua.

— Obrigado — respondeu Potápov e saiu.

O outro seguiu-o um instante com os olhos e abanou com a cabeça.

"Pois então! — pensou ele. — Cheguei tarde. E agora é como se tudo isto fosse estranho para mim: esta cidadezinha, o rio, a casa." Voltou-se, olhou para o outeiro, ao fundo da cidade. Ali, avistava-se o jardim, coberto de escarcha, e negrejava a casa. Um rolo de fumo subia da chaminé. O vento levava-o para o bosque de bétulas.

Potápov seguiu lentamente naquela direção. Estava decidido a não entrar em casa, mas apenas passar em frente dela, talvez dar uma olhadela ao jardim e ficar um momento no velho caramanchão. O pensamento de que ali se encontravam pessoas estranhas, indiferentes, era-lhe insuportável. Seria melhor não ver nada, não exacerbar a dor do coração, partir, não ver nada!

"Pois é — pensou —, a cada dia amadurecemos mais e olhamos em redor com mais gravidade."

Aproximou-se da casa no crepúsculo. Abriu o portão com cuidado, mas este, ainda assim, rangeu. O jardim como que estremeceu. Uma porção de neve desprendeu-se dos ramos e farfalhou. Potápov olhou em torno de si. Um caminho aberto a pá na neve levava ao caramanchão. Foi para lá e pousou as mãos sobre a velha balaustrada. Ao longe, além da floresta, o céu tingia-se de turvo arrebol: era a Lua, provavelmente, que se alçava atrás das nuvens. Potápov tirou o quepe, passou as mãos pelos cabelos. Reinava grande quietude; apenas embaixo, ao pé do barranco, algumas mulheres faziam tinir os baldes vazios, indo buscar água a um buraco aberto na crosta gelada do rio.

Ele apoiou os cotovelos na balaustrada e disse baixinho:

"Como pôde ser isto?"

Alguém tocou-lhe delicadamente o ombro. Ele se voltou. Era uma mulher jovem, de rosto pálido e grave, com um xale de lã sobre a cabeça.

Ela o mirava em silêncio, com os olhos escuros atentos. Nos seus cílios e faces, derretia-se um negalho de neve, decerto caído dos ramos.

— Ponha o quepe — disse ela, em voz baixa —, senão poderá constipar-se. Vamos para dentro. Não precisa ficar aqui fora.

Potápov não disse nada. Ela o segurou pela manga do capote e conduziu-o. Ao chegarem ao alpendre, ele parou. Um espasmo apertava-lhe a garganta, fazendo-o respirar com dificuldade. Ela disse, em voz baixa, como antes:

— Isso não é nada. E, por favor, não se acanhe. Isso passará logo.

Ela bateu os pés para sacudir a neve das galochas. No mesmo instante, como em resposta, ressoou a sineta da porta. Potápov respirou fundo e tomou alento.

Entrou perturbado, a murmurar qualquer coisa, tirou o capote na antessala, sentiu o cheiro suave do fumo de achas de bétula e viu Arkhip. O gato estava sentado no sofá e bocejava. De pé, ao seu lado, uma menina alegre olhava para Potápov, não para o seu rosto, mas para os galões dourados da manga da túnica.

— Vamos! — disse Tatiana Petrovna e levou-o para a cozinha.

Ali, havia água fria do poço em um jarro e, pendurada ao seu lado, uma toalha de linho, bordada de folhas de carvalho, que Potápov imediatamente reconheceu.

Tatiana Petrovna saiu. A menina trouxe sabonete e ficou a olhar para Potápov; ele tirou a túnica e começou a lavar-se. A sua perturbação ainda não passara.

— Quem é a tua mamãe? — perguntou e corou.

Fez a pergunta apenas para dizer alguma coisa.

— Ela pensa que é adulta — murmurou-lhe Vária, em tom de segredo. — Mas não é adulta nem um pouquinho. Ela é uma menina pior do que eu.

— Por quê?

Vária, porém, não lhe respondeu; riu e saiu correndo da cozinha.

O tempo todo, Potápov não conseguiu livrar-se da estranha sensação de estar a viver um sonho leve, mas muito consistente. Todas as coisas estavam como queria vê-las. As mesmas partituras repousavam sobre o piano, as mesmas velas retorcidas estavam acesas, a estalejar, e iluminavam o pequeno gabinete do pai. Até as suas missivas do hospital estavam sobre a escrivaninha, sob a mesma velha bússola, debaixo da qual o pai costumava colocar cartas.

Após o chá, Tatiana Petrovna levou-o ao cemitério, além do bosque de bétulas. A lua já ia alta, enevoada. À sua luz, as árvores brilhavam, deitando tênues sombras sobre a neve.

Depois, tarde da noite, ela, sentada ao piano, a correr suavemente os dedos pelo teclado, voltou-se para Potápov e disse:

— Tenho sempre a impressão de que já o vi em algum lugar.

— Pode ser.

Olhou para ela. A luz das velas incidia nela de lado, iluminando-lhe metade do rosto. Ele se levantou, percorreu o aposento de uma extremidade à outra e parou.

— Não, não consigo lembrar-me — disse, com voz surda.

Ela se voltou, olhou assustada para ele, mas não lhe disse nada.

Potápov foi acomodado no gabinete do pai, mas não conseguiu adormecer. Cada minuto, ali, parecia-lhe precioso, e ele não queria perdê-lo. Deitado, escutava os passos furtivos de Arkhip, o tinido da pêndula, o cochichar de Tatiana Petrovna com a ama. Depois, as vozes calaram-se, e a velha recolheu-se, mas, sob a porta, não se extinguiu a réstia de luz. Ouvia-se um farfalhar de páginas — Tatiana Petrovna lia. Ele compreendeu, então, que ela não se deitara para poder acordá-lo. Sentiu vontade de dizer-lhe que também não dormia, mas não se decidiu a chamá-la.

Às quatro horas, ela abriu silenciosamente a porta e chamou-o. Ele se mexeu sobre o sofá.

— É hora de levantar-se. Sinto muito ter de acordá-lo!

Ela o acompanhou à estação, pela cidadezinha noturna. Despediram-se após o segundo sinal da sineta. Ela lhe estendeu ambas as mãos e disse-lhe:

— Escreva. Nós somos quase parentes, agora. Não é verdade?

Ele não respondeu, apenas acenou com a cabeça.

Dias depois, Tatiana Petrovna recebeu uma carta de Potápov, escrita ainda no trem.

> "Eu me lembrei, claro, do lugar onde nós nos encontráramos — escrevia ele —, mas não quis falar-lhe sobre isso aí em casa. Recorda-se da Crimeia, em 1927? Era outono. Os plátanos do parque de Livádia. O céu cada vez mais escuro, o mar pálido. Eu seguia pelo caminho de Oreanda. À beira dele, em um banco, estava sentada uma moça. Ela devia ter uns dezesseis anos. Quando me viu, levantou-se e veio na minha direção.

Quando perpassava por mim, olhei para ela. Passou por mim rapidamente, a passo leve, com um livro aberto em uma das mãos. Parei e segui-a longamente com o olhar. Era a senhora. Não posso estar enganado. Eu olhava para ela e senti, então, que junto de mim passara a mulher que tanto poderia destruir a minha vida, como dar-me uma felicidade imensa. Compreendi que poderia amar aquela mulher ao ponto da completa renúncia a mim próprio. Já então eu sabia que deveria encontrá-la, custasse isso o que custasse. Assim pensava eu então, mas não dei nenhum passo para isso. Por quê, eu não sei. Desde então, passei a amar a Crimeia e aquele sendeiro em que a vira por um só instante e a perdera para sempre. Mas a vida foi generosa comigo, eu a reencontrei. E, se tudo acabar bem e a minha vida lhe for necessária, ela, por certo, será sua. Ah, sim, eu achei aberta, sobre a mesa do meu pai, uma das minhas cartas. Eu percebi tudo e posso apenas agradecer-lhe de longe."

Tatiana Petrovna pôs de parte a carta, olhou pela janela, com os olhos marejados, para o jardim coberto de neve e disse:

— Ora, pois, eu nunca estive na Crimeia! Nunca! Mas pode isso, agora, ter importância? E há razão para desenganá-lo? E também a mim!

Ela sorriu, fechou os olhos com a palma da mão. Além da janela, ardia, sem conseguir apagar-se, um pálido Sol poente.

(1943)

Tradução de Noé Oliveira Policarpo Polli

Aleksei Riémizov

Aleksei Mikháilovitch Riémizov (1877-1957) experimentou com diversos gêneros literários (desde poemas, contos e romances "tradicionais" até lendas populares, histórias infantis, perfis biográficos, ensaios, transcrições de sonhos), antes e depois de sua emigração, frequentemente fundindo-os e criando mesclas instigantes. O virtuosismo de sua linguagem, em especial o seu estilo "ornamental", foi muito influente para a prosa russa moderna produzida imediatamente antes e depois da revolução. Segundo Eikhenbaum, Riémizov era "sozinho uma escola literária". Calígrafo e desenhista (algumas de suas ilustrações foram elogiadas por Picasso), Riémizov também foi inovador no gênero memorialístico. O conto aqui incluído, "Às avessas", traz o inevitável tema russo da guerra, desta vez visto a partir do cenário francês. Ele é parte da narrativa memorialística *V rózovom blieske* (Em luz rósea), de 1952, uma biografia em três volumes de sua esposa, Serafina Pávlovna Riémizova-Dovgello, falecida em 1943 na Paris ocupada. Esta tradução de Boris Schnaiderman foi publicada originalmente na *Antologia do conto russo* da editora Lux.

Às avessas

Em 3 de junho de 1940, dia memorável para Paris e fatal para a França, Mâmtchenko[1] saiu ao meio-dia da sua casa de taipa em Meudon para o jardinzinho vistoso, como aquele outro em Nicópol, em Zaporójie, para o meio das suas flores, acompanhado de bichos, bicharocos, passarinhos, recolhidos por ele depois de desgarrados ou feridos. Tivera a companhia de uma vasta bicharada, a quem alimentara, e a principal entre todas as aves era uma lebre: bigoduda, apenas desmamada, mas compreendia tudo e ouvia tão atenta, retorcendo as orelhas cabeludas, quando Mâmtchenko dizia versos, sozinho — carinhosa, ela ia resmungando algo, a carinha encolhida. "Nem tudo eles compreendem, apesar de tudo são bichos." E toda vez eu repito com Mâmtchenko: "Bichos! Os bichos nascem para a alegria sem limites", mas eis que alguém ofendeu a lebre, e um dia em que Mâmtchenko andava pela mata colhendo pinhas, viu aquele bigodudo embaixo de um arbustozinho, barriga para cima, chorando. Quer Mâmtchenko se lembrasse das palavras de Zossima: "Não os atormenteis, não lhes retireis a alegria, eles são sem pecado",[2] quer simplesmente ficasse com pena, recolheu-a. E desde então a lebre vive em sua casa de taipa, qual pessoa de toda confiança.

Era um dia brilhante de junho. Na quietude do meio-dia, a própria terra parecia à escuta, tudo se detivera, e somente o Demônio do Meio-Dia, pétreo, engasgado com um hosana, enlanguescia sobre Notre Dame, sobre Paris inteira. E Mâmtchenko ouviu como que um estrépito de

---

[1] O poeta Víktor Andrêievitch Mâmtchenko (1901-1982), escritor da chamada "primeira onda" da emigração russa após a revolução de outubro de 1917. (N. da E.)

[2] No romance *Os irmãos Karamázov*, de Dostoiévski, o ancião Zossima tem palavras de carinho em relação aos animais. (N. do T.)

onda após onda, um bater farfalhante como que ressoando sob o peito. Deixou a lebre cair ao solo e olhou o céu, a lebre apoiou-se nas patas traseiras, deu uma cambalhota, e sentou-se de cócoras, ouvidos atentos — e ele viu que não eram aves simples, mas umas aves de prata, elas se apressavam sobre os brilhantes caminhos do ar: um bando desviou-se para o norte, outro para o sul, e um terceiro para o oriente. Extasiado, sem desviar o semblante, Mâmtchenko ficou olhando aquele voo prateado, acompanhando com os olhos as aves estranhas.

E o bando que se apressara para o Oriente voou num brilho ígneo em nossa direção, para a usina Citroen, e antes de alcançá-la emitiu um sopro férreo — mas não era sopro nem canção, eram bombas. As primeiras bombas foram lançadas contra nós, sobre a nossa plácida *rue Boileau*, "*L'Art poétique*".

E transformando-se de repente de prateadas em negras, qual negras aves elas voaram, erguendo uma tempestade de vidro em meio ao azul do dia.

Duas bombas estrugiram no vizinho nº 9, casa pegada à nossa, e uma explodiu na clínica abandonada, agora um hospital, e onde se abrigavam umas monjas — bem em frente às nossas janelas. Estilhaços cegos, enraivecidos, pipocaram a parede das monjas, lançaram-se no salão de cabeleireiro de Jeannine, os espelhos num instante levaram a breca, e, ao som enojado do vidro, os estilhaços espadanaram de lado, para cima, e, exaurindo-se nos assobios, incrustaram-se regougando num ressalto da parede, junto à janela, onde nos alcançara a sirene.

Escondendo-nos dos estilhaços, corremos para o corredor, onde já estavam se despencando vidros de um quarto da frente. E era impossível sair para a escada: a porta estava trancada a chave, e esta fora carregada no turbilhão. Ora, estávamos presos. Não havia para onde ir, e, de repente, o espaço se estreitou, como uma ratoeira, muita coisa passou velozmente, mas só havia um sentimento, uma explosão de sentimento, que atordoava com um ribombar o pensamento e fustigava todas as palavras — o horror: esse turbilhão rodopiante, clamando por socorro, e essa chama branca, fervilhando através do sangue.

O sangue pingava dos óculos, apalpei a chave no chão e abri a porta: ali girava uivando um rodopio de vidros, e, tinindo, a "catedral" azul cobria de estilhaços a escada, que levava ao espaço livre. A porta vizinha, do quarto dos cachorros, que permanecia agora vazio, estava escancarada e a tempestade raivava ali. "Fechar esta porta" — impeliu-me um pensamento estranho, agarrei-me com ambas as mãos ao batente, e o sangue me cegou.

Ensanguentado, fiquei, retirando com dedos pegajosos estilhaços da cabeça e do rosto, e, coisa estranha, não doía nada, e Serafina Pávlovna[3] puxava-me pela mão, para que me sentasse. E, de repente, as suas pernas se dobraram, como se alguém a golpeasse, e ela se deixou cair sobre o caixote de jornais, enquanto eu ia às apalpadelas ao banheiro, a fim de lavar os olhos. Compreendi então que fora atingido na têmpora esquerda e na sobrancelha.

Quando voltei, ela estava sentada sobre o caixote, e o sangue pingava-lhe da face. A tempestade amainara, somente havia explosões — automóveis ardiam na vizinhança — e sirenes de bombeiros. Tudo terminara.

Era uma hora brilhante, e tudo brilhava com os fragmentos de vidro. Serafina Pávlovna ergueu-se a custo. E nesse momento começou a provação.

Não se podia reconhecer o quarto "do cuco": tudo estava espalhado, revolvido, por toda parte estilhaços, manuscritos e livros no chão, sobre a própria mesa o vidro brilhava, e somente o *Feuermännchen*[4] aparecia sentado no lugar de costume, sobre a mesa, sem se mexer. Mas como estava acabado, que tristeza aparecia-lhe nos olhos preocupados. E o barretinho negro descera-lhe sobre o nariz: a desgraça penetrara em casa.

Ela estava presa de medo, não encontrava lugar para se esconder, as janelas vazias horrorizavam-na. Ela dormia, se é que se pode empregar esta palavra, não no quarto, mas no corredor. E eu num cantinho, no chão. As noites eram terríveis.

Não esquecerei essa noite... a última, do dia derradeiro, Paris.

Paris, "essa eterna boca de fogo, sempre em reboliço, torniquete que lança ao ar a fagulha das notícias, da instrução, das modas, do gosto rebuscado... magna exposição de tudo o que realizam a arte, a mestria e qualquer talento escondido nos recantos ignotos da Europa, o frêmito, o sonho predileto do homem de vinte anos, o comércio, a grande feira da

---

[3] A esposa do autor. (N. do T.)

[4] Em alemão, no original: "homenzinho de fogo". Nas narrativas populares alemãs, espécie de espírito que habita as lareiras. (N. do T.)

Europa".[5] Paris modificava-se dia a dia, as ruas barulhentas não gritavam mais, e as janelas com persianas, os olhos de chumbo dos prédios, infundiam um tédio sombrio, e mulheres furibundas, enfurecendo-se, transmitiam as suas notícias estapafúrdias, "presenciadas com os próprios olhos", plenamente seguras: medo e terror. Gógol não acreditaria se visse a outrora brilhante, mirífica Paris, transformada em *vazio*!

Que força impelia esses milhares de automóveis abarrotados de gente e de objetos, esses pedestres de olhos arregalados, essas carroças antediluvianas com tralha e crianças?

Nunca pensei que pudesse perder a cabeça tão desesperadamente. Ou, com efeito, o medo enredara a alma e dobrava as pernas dos que não tinham mais cabeça? Os garagistas nunca acabariam de contar os papeizinhos grudados entre si — iam ter às suas mãos, mesmo sem contar, passados por mãos trêmulas: que seja o mais depressa possível! Não posso admitir que pelo fato de que se mandara acreditar, apareceu o bobo e acreditou! Havia, é claro, gente obediente — ela sempre existirá — contaram-lhes antigas histórias de tertúlias infantis, a respeito de guerras e de tudo o que está representado em velhas gravuras, sobre as estradas se atiram bombas, e isto sem nenhuma violência — as atrocidades são agora de outra natureza — sem correria até... E onde foram parar o faro dos homens de negócios e essa máquina registradora que é o olho do comerciante? Fugir! E somente uma vontade aterradora: foge! E as pernas, a única parte que ainda significa alguma coisa, essa qualidade dos há muito desaparecidos caminhantes velozes e corredores que competem por divertimento, passaram ao primeiro plano, e tudo o que vem da cabeça fica assim-assim. Já se arqueiam as pernas e ardem os calos, doem-lhes os quadris, mas eles continuam correndo.

Ou era algo humano? Um destino terrível e sem misericórdia dominava a vontade: erradicar tudo o que é vivo, esvaziar este pedaço de terra com construções junto ao Sena, esta sedutora e magnífica cidade, única em todo o mundo e impossível de repetir, transformar Paris num *lugar vazio*!

Não esquecerei a noite em que os derradeiros automóveis já tinham deixado às carreiras a garagem. Nossas janelas não tinham vidraças. Vivíamos como em campo aberto, ouvíamos cada som e víamos tudo. O

---

[5] Trecho de *Roma*, novela de Nikolai Gógol da qual se conhece apenas um fragmento. (N. do T.)

dia era diferente, o sol brilhava com intensidade, pensei que aquilo fosse uma nuvem, mas não se ouvia nenhuma tormenta, era a fumaça que se erguia qual muralha em redor de Paris; depois, contava-se, viu-se surgir em diferentes partes o fogo! queimava-se algo; e após a fumaça, chegaram imperceptivelmente nuvens de verdade e começou uma chuva miúda e negra. A eletricidade interrompeu-se por um curto período. E, quando a restabeleceram, veio à mente fazer provisão de água, todos agarravam fósforos onde os vissem, e os fósforos desapareceram. E uma noite negra envolveu Paris.

Uma noite tão estranha: tempestuosa sem tempestade e voando sem aviões. O céu todo ficou repleto de uma vida esquisita: uivava, impelia-se dolorosamente, e, comprimindo-se e atordoando-se, assobiava através do reboar: "Deixai-nos! Detende-vos!". Eles se dirigiam para Montmartre e, a partir do Sacré Coeur, voavam para as barreiras. Que "sagrado coração" lhes desejava boa viagem? Eles voavam para as barreiras e dali se distribuíam pelos cantinhos familiares de Paris, rodopiavam sobre as casas onde se queimara sua vida, e onde ainda crepitava um frêmito, a fim de se deitar na velha casa, para o "repouso eterno", e com sua vontade inquieta incitar as almas abertas para o frêmito e reavivar os que arrefeceram. Eu sentia, e somente não podia ainda proferir os nomes, os "túmulos queridos", estava ali tudo em mistura, tudo o que eu conhecia desde criança, como se fosse coisa minha, lá, desde o mar Branco ao Negro, do Volga às montanhas brancas do Cáucaso, e também mais longe, nas terras ínvias da Sibéria. O reboar atordoava-me. E como eu me afligia por não haver ali ninguém a quem fazer uma pergunta, e imperceptivelmente, em meio àquele reboar, eu chamava: Paulhan, Parain, Reneville, Drieu, Arland, Chuzeville; Pascal, André Gide, Supervielle, Breton, Éluard, René Char, Lély — aqui, vós, não eu, sentis cada pedrinha!

Passamos a noite toda sem dormir. Não dormiram também os nossos vizinhos da garagem vazia em frente: o telhado de vidro da garagem estava todo quebrado, como as nossas vidraças. Ouvia-se a voz de alguém, falando russo, sentia-se que ele tinha medo. E, para afugentar o medo, ele contava casos terríveis da sua vida e da vida de conhecidos seus, ou simplesmente o que ouvira dizer. Os medos mais terríveis contam no "Viy" de Gógol como Khomá Brut tinha que ir à igreja, para orar sobre o corpo da polaquinha. Está certo: o silêncio é terrível. E quando acabou de contar o derradeiro caso de que se lembrava, algo semelhante à lenda da polaquinha Lilit, que se transformava num cão, e do tratador de cães que a polaquinha montara até matar, o relato de Doroch,[6] ele passou às reminiscências sobre feriados, sobre o Domingo de Ramos e narrou como em casa deles, na véspera de Ramos, presenteavam-se as crianças a exemplo da noite de São Nicolau: de noite, punham-se os presentes junto à cama, e, de manhã, que alegria! E ouço falar da terra, chegou a primavera, e o verão também: flores campestres, campânulas, e as ondas verdes de centeio espigado.

E eles não cessavam de voar, uns voavam em direção à Porte-d'Auteil, outros, à Porte-d'Orléans, e havia algo que apertava até a dor, nos seus uivos redobrados.

E eu comecei a distinguir o ritmo: é Villon, é Racine, é Rimbaud, é Villiers, é Hugo, é Baudelaire, eu continuava prestando atenção, é Mallarmé, e eis que as palavras se transformaram em música: era o "Martírio de São Sebastião", e eu o repito em lugar de Debussy, o meu coração, de súbito liberto, ressoa, e isto aqui... isto se incrustou profundamente, cobrindo tudo, e eu reconheci Rabelais. E, fremindo, reconhecia cada vez outros nomes conhecidos.

Ele se balançava alto sobre a Concórdia, pendurado num lampião: sua cabeça dirigia-se para as estrelas, e os braços envolviam as barreiras, através do Arco do Triunfo e do Louvre; a praça jazia deserta aos seus pés, e a Esfinge montava-lhe guarda. E de repente, ele se soltou, ergueu-se tamanho turbilhão, o escuro vento da meia-noite, que se oculta no sangue, rodopiou e tiniu sobre as pedras da Concórdia, e através do turbilhão, do sangue e do retinir, eu distingui o ritmo de Nerval. E, no anel verde e serpenteante do brilhar súbito, Vestriss, Duport, Albert, Paul e Perrault: erguiam-se para as estrelas e tremulavam sobre a terra, numa tempestade estelar. E novamente tudo ficou à espreita: "Para onde mais voar? A quem deter?". E somente as solas dos sapatos batiam, e com este som sinistro — assim ressoa a terra lançada pelas pás na cova tumular — eu ouvi (reconheci essa voz, ela cantava sozinha sobre a deserta e abandonada Paris): Mússorgski, Chaliápin.

"Minh'alma se angustia."

Na noite de 13 para 14, à uma hora, os alemães entraram em Paris, ao troar dos canhões. "Paris em nossas mãos!" — assim se disse um dia em russo, em 1814, e em alemão, em 1940. Mas braço nenhum pode

[6] Ainda uma alusão ao conto "Viy", de Gógol. (N. do T.)

arrancar a alma... Voltaire — Stendhal — Rimbaud — Baudelaire — Shakespeare, Dante, Goethe, Tolstói, Dostoiévski. Sim, todos nós caminhamos sob Deus, e quanto ao homem matutar sobre o homem, tudo é permitido.

(1952)

Tradução de Boris Schnaiderman

Varlam Chalámov

"Xerez" pertence a um dos ciclos de contos mais poderosos do século XX: os *Contos de Kolimá*, publicados inicialmente como *tamizdat* — textos editados clandestinamente no exterior — na Europa Ocidental. Varlam Tíkhonovitch Chalámov (1907-1982) passou mais de dez anos preso no arquipélago Gulag. Do terrível complexo de campos do nordeste russo, ele extraiu material para seus contos, que, literariamente, são muito mais impactantes do que os textos de Soljenítzin (importantes, porém desiguais do ponto de vista estético) sobre a mesma questão. A morte do poeta aqui narrada faz referência aos momentos finais de Óssip Mandelstam (1891-1938), evento trágico que Chalámov não testemunhou. A ficcionalização do acontecimento a um só tempo enfatiza e transcende o registro documental do seu ciclo de contos.

Xerez

O poeta estava morrendo.[1] As mãos grandes, inchadas pela fome, com dedos brancos e descorados e unhas sujas e quase dobrando de compridas, estavam sobre o peito, sem se proteger do frio. Antes ele as enfiava dentro da roupa, sobre o corpo nu, mas agora ali fazia só um pouquinho de calor. As luvas tinham sido roubadas há tempos; para roubar, bastava descaramento: roubava-se à luz do dia. Um sol artificial e fraco, emporcalhado por mosquitos e preso com um arame curvo, estava fixado bem alto sob o teto. A luz caía nas pernas do poeta: ele jazia como se estivesse numa caixa, no fundo escuro da parte de baixo de beliches duplos e contínuos. De vez em quando os dedos das mãos se mexiam, estalavam como castanholas e tateavam um botão, uma casa, um buraco no casaco, espanavam algum cisco e paravam novamente. O poeta estava morrendo há tanto tempo que deixou de perceber que estava morrendo. Às vezes, passando por sua mente de um jeito mórbido e quase perceptível, vinha uma ideia simples e vigorosa: tinham lhe roubado o pão que ele colocara sob a cabeça. E aquilo foi um revés tão terrível que ele estava pronto para discutir, xingar, brigar, procurar e provar. Mas não tinha forças para tudo isso, e a ideia do pão enfraqueceu... E agora ele já pensava em outra coisa, que tinham de levar todos ao mar, que o navio atrasara por algum motivo, e que era bom ele estar ali. E desse jeito, leviano e inconstante, ele começou a pensar na grande pinta no rosto do faxineiro do hospital de isolamento. A maior parte do dia, pensou nos acontecimentos que preenchiam sua vida ali. As visões que lhe apareciam

[1] Alusão ao escritor russo Óssip Mandelstam (1891-1938). O título do conto refere-se a um de seus mais famosos poemas, sem título e datado de 2 de março de 1931, cuja primeira estrofe, em tradução livre, é a seguinte: "Digo com a franqueza/ que prezo tanto:/ tudo é apenas delírio e xerez,/ meu anjo". (N. do T.)

diante dos olhos não eram da infância, da juventude, do sucesso. A vida toda tivera de se apressar para algum lugar. É maravilhoso não precisar ter pressa, poder pensar devagar. E, sem pressa, pensava na grandiosa monotonia dos movimentos que antecedem a morte, naquilo que os médicos entenderam e descreveram antes dos pintores e dos poetas. A face de Hipócrates, a máscara do homem antes da morte, é conhecida de qualquer estudante de medicina. Essa monotonia enigmática dos movimentos que precedem a morte serviu de pretexto a Freud para as hipóteses mais ousadas. Monotonia, repetição: eis a base obrigatória da ciência. Aquilo que na morte é único foi procurado não pelos médicos, mas pelos poetas. Era um prazer ter consciência de que ele ainda podia pensar. A náusea da fome há muito tinha se tornado familiar. E tudo estava em pé de igualdade: Hipócrates, o faxineiro com a grande pinta e a sua própria unha suja.

A vida entrava nele e saía, e ele ia morrendo. Mas a vida aparecia de novo, os olhos se abriam, surgiam ideias. Apenas os desejos não apareciam. Há tempos ele vivia num mundo onde frequentemente era preciso devolver a vida às pessoas: por meio de respiração artificial, glicose, cânfora, cafeína. O defunto ficava vivo outra vez. E por que não ficaria? Ele acreditava na imortalidade, na verdadeira imortalidade do homem. Sempre achara que simplesmente não havia nenhuma razão biológica para o homem não viver eternamente... A velhice é apenas uma doença curável; e, não fosse esse equívoco trágico, e até este momento insolúvel, ele poderia viver para sempre. Ou até que se cansasse. Mas de maneira alguma ele estava cansado da vida. Nem mesmo agora, naquele hospital transitório, a "*tranzitka*", como dizem carinhosamente os seus habitantes. Esse lugar era o limiar do terror, mas não o próprio terror. Ao contrário, ali vivia o espírito da liberdade, e isso era sentido por todos. Na frente havia um campo, e atrás, uma prisão. Aquilo era um "mundo em trânsito", e o poeta entendia isso.

Havia ainda outro caminho para a eternidade, o de Tiútchev:

Bem-aventurado quem visitou este mundo
Em seus instantes fatídicos.[2]

---

[2] Versos de "Cícero", do poeta e diplomata Fiódor Ivánovitch Tiútchev (1803-1873). (N. do T.)

Mas se, como era evidente, não lhe caberia ser eterno numa imagem humana, como unidade física, ao menos ele mereceria a eternidade artística. Chamaram-no de primeiro poeta russo do século XX, e ele sempre achou que realmente o era. Acreditava na eternidade de seus versos. Não teve seguidores, mas acaso os poetas os suportam? Escreveu também prosa, ruim, e artigos. Mas somente nos versos ele encontrou algo novo para a poesia, algo importante, como sempre lhe pareceu. Toda sua vida passada era literatura, livro, conto, sonho; e somente o dia de hoje era vida de verdade.

Tudo isso era pensado não numa discussão, mas em segredo, em algum lugar no fundo de si mesmo. Faltava paixão a essas reflexões. A indiferença o dominara há tempos. Tudo aquilo eram bobagens, "correria de ratos", se comparado ao peso funesto da vida. Ele ficou admirado: como podia pensar tanto em versos quando tudo já estava resolvido, e isso ele sabia muito bem, melhor do que qualquer um? Quem precisava dele ali, e quem era igual a ele? Por que era preciso entender tudo isso? Ele esperou... e entendeu.

Naqueles instantes em que a vida voltava ao seu corpo e seus olhos turvos e semicerrados começavam a ver, as pálpebras a estremecer e os dedos a se mexer, voltavam também os pensamentos, que ele não achava que eram os últimos.

A vida entrava como uma senhora despótica: ele não a conhecia, e mesmo assim ela entrava em seu corpo, em sua mente; entrava como versos, como uma inspiração. E o significado dessa palavra pela primeira vez revelou-se a ele em toda sua plenitude. Os versos são aquela força vitalizadora que ele viveu. Precisamente isso. Ele não viveu por causa dos versos, ele viveu os versos.

Agora estava tão visível, tão sensivelmente claro, que a inspiração é que era a vida; diante da morte foi-lhe permitido saber que a vida era inspiração, precisamente a inspiração.

E ele se alegrou por lhe ser permitido saber essa derradeira verdade.

Tudo, todo o mundo era comparado aos versos: o trabalho, o tropel de cavalos, uma casa, uma ave, uma rocha, o amor; a vida toda entrava de forma suave nos versos e ali se dissolvia comodamente. E assim devia ser, pois os versos são palavra.

As estrofes agora também se levantavam, uma após a outra, e embora há tempos ele não anotasse nem pudesse anotar seus versos, todas as palavras se levantavam facilmente num certo ritmo indicado e a cada hora inusitado. A rima era o instrumento de busca magnética de palavras e ideias. Cada palavra era uma parte do mundo, elas atendiam à rima, e todo o mundo passava com a rapidez de uma máquina eletrônica. Tudo gritava: me leve. Não, a mim. Não era preciso procurar nada. Era preciso apenas repelir. Era como se aqui houvesse dois homens: aquele que compõe, que lançou seu molinete com toda a força, e o outro que seleciona e detém de vez em quando a máquina lançada. E ao ver que ele são os dois homens, o poeta entendeu que agora estava compondo versos verdadeiros. E por que eles não eram anotados? Anotar, publicar: tudo isso é mera vaidade. Tudo que nasce por interesse não é o melhor. O melhor é o que não foi anotado, que foi composto e desapareceu, que se dissipou sem deixar rastro; e somente a alegria criadora, que ele percebe e que não se pode misturar com nada, mostra que o poema foi criado, que o belo foi criado. Não estaria ele enganado? É infalível a sua alegria criadora?

Lembrou-se de como eram ruins, como eram poeticamente fracos os últimos versos de Blok, e de como Blok parecia não perceber isso...

O poeta se obrigou a parar. Era mais fácil fazer isso ali do que em algum lugar de Leningrado ou Moscou.

Deu-se conta, então, de que há tempos já não pensava em nada. A vida saía dele outra vez.

Por longas horas ele permaneceu imóvel, e de repente viu perto de si uma espécie de alvo de artilharia ou mapa geológico. O mapa era mudo, e ele tentava em vão entender a imagem. Passou-se algum tempo até que ele percebeu que eram seus próprios dedos. Nas pontas dos dedos ainda restavam marcas marrons dos cigarros vagabundos fumados e sugados até o fim; nos travesseiros via-se claramente um desenho datiloscópico, como as curvas de um relevo de montanhas. O desenho era idêntico para todos os dez dedos: círculos concêntricos, parecidos com o corte de uma árvore. Lembrou-se de como certa vez, na infância, foi parado num bulevar pelo chinês da lavanderia que ficava no porão da casa onde crescera. O chinês o pegou casualmente por uma mão, pela outra, virou as palmas para cima e começou a gritar excitado alguma coisa em sua língua. Ocorre que ele declarou o menino um felizardo, possuidor de um sinal incontestável. O poeta se lembrou dessa marca de felicidade muitas vezes, sobretudo quando publicou seu primeiro livro. Agora ele se lembrou do chinês sem raiva nem ironia: para ele era indiferente.

O principal é que ele ainda não estava morto. Aliás, o que significa "morrer como um poeta"? Deve haver algo infantilmente ingênuo nessa morte. Ou algo premeditado, teatral, como foi com Iessiénin, Maiakóvski.

Morrer como um ator ainda é compreensível. Mas morrer como um poeta?

Sim, ele adivinhava algo daquilo que o esperava adiante. Na passagem, teve tempo de entender e adivinhar muita coisa. E ele ficou alegre, ficou alegre em silêncio por sua impotência, e esperava morrer. Lembrou-se de uma antiga discussão carcerária: o que era pior, mais terrível, o campo de concentração ou a prisão? Ninguém tinha muita certeza de nada, os argumentos eram especulativos, e um homem trazido dos campos para a prisão sorria com certa crueldade. Ele gravou o sorriso daquele homem para sempre, tanto que tinha medo de lembrá-lo.

Imagine com que habilidade ele iria enganá-los, aos que o trouxeram ali, se morresse agora, com dez anos completos. Alguns anos atrás ele esteve no exílio, e sabia que fora inscrito nas listas especiais para sempre. Para sempre?! As escalas se alteraram, e as palavras mudaram de sentido.

De novo ele sentiu o afluxo inicial das forças; exatamente um afluxo, como o mar. Um afluxo de muitas horas. Depois, um refluxo. Mas o mar não sai de nós para sempre. Ele ainda vai se restabelecer.

Subitamente ele quis comer, mas não tinha forças para se movimentar. Lembrou-se, lentamente e com dificuldade, de que dera a sopa do dia ao vizinho, que uma caneca de água fervente fora seu único alimento nesse último dia. Além de pão, é claro. E o pão fora distribuído há muito, muito tempo. E o da véspera tinha sido roubado. Alguém ainda tinha forças para roubar.

E assim ele permaneceu deitado, de um jeito leviano e irrefletido, até que a manhã chegou. A luz elétrica ficou um pouco mais amarela, e trouxeram pão em grandes bandejas de compensado, como faziam todo dia.

Mas ele já não se importava, não procurava cascas de pão, não chorava quando não lhe sobravam essas cascas, não enfiava um bocado na boca com dedos trêmulos, e o bocado derretia instantaneamente, suas narinas se inflavam, e ele sentia com todo o seu ser o gosto e o cheiro de pão de centeio fresco. Mas esse bocado ele já não tinha na boca, embora não tivesse tempo de engolir ou mexer a mandíbula. O pedaço de pão tinha derretido, sumira, e isso foi um milagre, um dos muitos milagres dali. Não, agora ele não se importava. Mas quando lhe meteram nas mãos a sua cota diária, ele a envolveu com seus dedos sem cor e apertou o pão contra a boca. Ele mordia o pão com seus dentes infeccionados; as gengivas sangravam, os dentes quase caíam, mas ele não sentia a dor. Apertava o pão contra a boca com todas as forças, enfiava-o na boca, mordia-o, rasgava, roía...

Os vizinhos o detiveram:

— Não coma tudo, é melhor terminar depois, depois...

E o poeta entendeu. Arregalou os olhos, sem deixar cair dos dedos sujos e azulados o pão ensanguentado.

Ao anoitecer, ele morreu.

Mas deram baixa dois dias depois. Seus engenhosos vizinhos conseguiram, durante a distribuição de pães, receber por dois dias a cota do defunto; e este erguia a mão como uma marionete. Portanto, ele morreu antes da data de sua morte, um detalhe bem importante para seus futuros biógrafos.

(1958)

Tradução de Nivaldo dos Santos

Vassili Chukchin

O tradicional *locus* da aldeia russa, pelo prisma do cômico administrativo soviético. Vassili Makárovitch Chukchin (1929-1974), além de escritor, sobretudo de contos, foi também ator, roteirista e diretor de cinema. De origem camponesa, Chukchin fez parte de um grupo importante de ficcionistas surgidos na "época do degelo", conhecidos como a "Prosa do Campo", que retomava certas tradições da literatura russa do século XIX (especialmente Tolstói e Tchekhov) e dos escritores camponeses dos anos 1920, numa prosa que ao mesmo tempo margeia políticas literárias oficiais relacionadas ao realismo socialista e as transgride. Este conto, "Dá-lhe, coração!", foi originalmente publicado na coletânea *Nieputióvnie liúdi* (Gente destrambelhada), de 1973.

Dá-lhe, coração!

Uns três dias antes do ano-novo, na aldeia Nikoláievka, rompendo o silêncio glacial de uma madrugada gelada, ressoaram dois tiros. Um após outro... De um fuzil de grosso calibre. E alguém gritou:

— Dá-lhe, coração!

O eco dos tiros propagou-se longamente sobre a aldeia. Os cachorros começaram a latir.

Pela manhã tudo se esclareceu: o assistente veterinário Aleksandr Ivánovitch Kozúlin fizera os disparos.

O assistente veterinário Kozúlin morava na aldeia havia apenas meio ano. Mas já desde a sua chegada não despertara a menor curiosidade da parte dos nikolaievianos. Era um homem de uma insignificância rara. Uns cinquenta anos, meio gordo, moleirão... Entretanto, andava a passos rápidos. E olhando para o chão. Cumprimentava as pessoas às pressas e baixava os olhos imediatamente. Falava pouco, baixo, de modo ininteligível e parecia o tempo todo como que embaraçado por alguma coisa. Era como se estivesse a par de um segredo das pessoas e receasse se trair caso as olhasse nos olhos. Não que temesse por si próprio, mas por acanhamento e delicadeza. Nem mesmo as mulheres da aldeia haviam simpatizado com ele, ainda que respeitem *mujiques* sóbrios e quietos. Também não agradava o fato de ele ser sozinho. Por que era sozinho, ninguém sabia, mas isso não era bom — aos cinquenta anos, sem família, sem ninguém.

E eis que justamente este homem saíra furtivamente de casa na calada da noite e disparara o fuzil para o céu duas vezes. E ainda se pusera a gritar.

Ninguém entendeu nada.

Ao meio-dia um oficial corpulento da guarda civil, com o rosto vermelho crestado pelo vento, chegou ao posto veterinário à procura de Kozúlin.

— Bom dia, camarada Kozúlin!

Kozúlin olhou surpreso para o oficial.

— Bom dia.

— Será preciso... que... vá até o *soviet* da aldeia.[1] Registrar uma ocorrência.

Kozúlin pôs-se a procurar algo no chão com os olhos...

— Que ocorrência? Para quê?

— O quê?

— Essa ocorrência, para que é? Não entendi.

— Deu um tiro ontem? Mais exatamente, de madrugada?

— Dei.

— Então, é preciso fazer ocorrência. O presidente do *soviet* da aldeia está querendo... ter uma conversa com o senhor. A troco de que foi abrir fogo? Alguém o assustou, ou o quê?

— Nada disso... Foi uma grande vitória na ciência, comemorei com uma salva de tiros.

O oficial olhou para o assistente veterinário com um ar descontraído, um interesse sincero.

— Que vitória?

— Na ciência.

— E daí?

— Comemorei com uma salva de tiros. Que mal há nisso? Foi de alegria.

— Salvas de tiros em Moscou acontecem — proferiu o oficial num tom de sermão. — Mas, aqui, isso se chama violação da ordem pública. Nós lutamos contra isso.

Kozúlin tirou o avental, vestiu o casaco e pôs o gorro, dando a entender que já estava pronto.

À porta do posto veterinário havia uma motocicleta com um carrinho lateral caleche. O presidente do *soviet* da aldeia os esperava.

— Aquilo... esta noite, foi uma salva de tiros — pôs-se a falar o oficial e voltou a lançar um olhar descontraído para Kozúlin. — O camarada Koziúlin[2] aqui estava me explicando...

---

[1] Conselho da aldeia: órgão de administração local. (N. da T.)

[2] O autor faz aqui um jogo de palavras com o nome Kozúlin, derivado de *kozúlia* (cabrito), e Koziúlin, derivado de *koziúlia* (ranho de nariz). (N. da T.)

— Kozúlin — corrigiu o assistente veterinário.

— Hum?

— O correto é Kozúlin.

— E qual a dif... Ah-ah! — o oficial percebeu e caiu na gargalhada. Sentou-se pesadamente numa poltrona grande de couro. E tirou da prancheta o formulário para fazer a ocorrência. — Queira me desculpar, foi sem querer.

O presidente fez ranger suas botas de couro de bezerro, arrumou o cinto da camisa militar com a mão direita (da outra manga pendia uma mão artificial laqueada, perfeita) e convidou o assistente veterinário:

— Sente-se, camarada Kozúlin!

Kozúlin também se acomodou numa poltrona funda.

— Então, o que foi que aconteceu? Por que o tiroteio?

— Ontem na Cidade do Cabo realizaram um transplante de coração em um homem — revelou solenemente Kozúlin. E calou-se. O presidente e o oficial ficaram esperando — que mais? — De um homem morto para um vivo — terminou de contar Kozúlin.

A cara do oficial murchou.

— Como é que é?

— Transplantaram o coração de uma pessoa morta em uma viva. De um cadáver.

— O quê, eles desenterraram o cadáver, pegaram e...

— Mas para que haveriam de desenterrar se a pessoa tinha acabado de morrer! — exclamou Kozúlin, exasperado. — Os dois estavam no hospital.

— Claro, isso às vezes acontece — concordou o presidente com um ar de condescendência —, fazem transplantes de alguns órgãos. De rins... e de outros.

— De outros, sim, mas do coração é a primeira vez. Trata-se do coração!

— Não vejo ligação nenhuma entre esse... caso patológico e os dois tiros em plena madrugada — disse severamente o presidente.

— Eu fiquei feliz... aturdido, quando ouvi, dei com os olhos na espingarda, saí correndo para o quintal e atirei...

— Em plena madrugada.

— E o que há de mais nisso?

— O quê? Perturbação da ordem pública.

— A que horas foi isso? — perguntou num tom severo o oficial.

— Não sei ao certo. Por volta de três horas.

— O que há com o senhor? Até as três horas estava ouvindo rádio?

— Não conseguia dormir, fiquei ouvindo...

O oficial lançou um olhar significativo para o presidente.

— Que rádio de Moscou[3] é essa que às três horas está no ar?

— A "Maiak".[4]

— A "Maiak" fica no ar a noite toda — confirmou o presidente, mas sem tirar os olhos do assistente veterinário. — Quem lhe deu o direito de causar distúrbios com tiros na aldeia às três horas da madrugada?

— Perdoe-me, na hora não atinci... Eu sou esquizofrênico.

— Quem? — o oficial não havia entendido.

— Esquizofrênico. Toma conta de mim, sabe... Perco o controle. — Como que imerso em reflexões, o assistente passou a mão pela testa, depois pelos olhos. — Chirvo colo chirvo...[5] Pó dental, etecetera.

O oficial e o presidente entreolharam-se perplexos.

— Desculpe-me — tornou a dizer o assistente veterinário.

— Da nossa parte, camarada Kozúlin, está desculpado — pronunciou compassivamente o presidente —, mas e quanto aos trabalhadores? Alguns deles têm de se levantar às cinco da manhã. O senhor, que é uma pessoa com instrução, deveria compreender essas coisas.

— A propósito — animou-se o oficial com um ar amigável —, o que tinha o senhor de sair comemorando? Essa vitória não é da sua alçada. O senhor é veterinário. Não foi em uma égua que fizeram o transplante de coração.

— Não ouse falar assim! — pôs-se a gritar de repente o assistente veterinário. E enrubesceu. Calou-se e perguntou em voz baixa e com amargura: — Para que falar assim?

Por algum tempo todos se calaram. O primeiro a falar foi o presidente.

— Não há motivo para exaltações. Claro, essa é uma grande con-

---

[3] O oficial sugere aqui sua suspeita de que Kozúlin estivesse ouvindo alguma rádio estrangeira, o que, durante os anos do regime soviético, era proibido. Muita gente tentava sintonizar na surdina, na calada da noite, entre outras, a rádio Voz da América. (N. da T.)

[4] "O Farol". (N. da T.)

[5] Transliterado do original. Combinação de sons e palavras sem sentido, que ilustram o estado da personagem. (N. da T.)

quista para os cientistas. A questão não é em quem fizeram o transplante, todos nós, afinal de contas, fazemos parte do mundo animal, o que importa é a conquista em si. Ainda mais que foi realizada em um homem. Mas, camarada Kozúlin, vou lhe dizer mais uma vez: essa iniciativa do senhor com salvas de tiros noturnas não passa de uma perturbação grosseira da tranquilidade. Quantas conquistas desse tipo não estarão por vir! O senhor transformará a todos nós, cidadãos, em psicopatas. De uma vez por todas, lembre-se disso. Aliás, o senhor tem lenha suficiente para o inverno?

O assistente veterinário sentiu-se desconcertado com a pergunta inesperada.

— Obrigado, por enquanto tenho. Por enquanto não me falta nada. Estou bem aqui. — O assistente de veterinária amassou o boné nas mãos e franziu o cenho. Sentia-se envergonhado por sua explosão. Lançou um olhar para o oficial. — Perdoe-me, não me contive...

O oficial ficou todo embaraçado.

— Bem, agora esqueça isso...

O presidente começou a rir.

— Está tudo bem. É como dizem: quem perdoa, esquece.

— E quem vai esquecer — ameaçou de brincadeira o oficial — uma coisa dessas? Ocorrência não faremos, mas ficará na memória. Certo, camarada Kozúlin?

— Quem falou em ocorrência? — perguntou o presidente. — É um camarada culto...

— Culto pode ser... mas vai chegar aos ouvidos dos nossos, no posto policial...

— Não o reteremos mais, camarada Kozúlin — disse o presidente. — Pode voltar para o seu trabalho. Apareça, se precisar de alguma coisa.

— Obrigado. — O assistente veterinário levantou-se, pôs o gorro e se dirigiu para a saída.

Deteve-se à soleira da porta... Virou-se. E de súbito fez uma careta, fechou os olhos e, inesperadamente — como que diante de um batalhão —, deu voz de comando, alto, arrastadamente:

— A-ten-ção! A-li-nhar!

Depois passou os dedos pela testa, pelos olhos, e disse baixinho:

— Fui tomado outra vez... Até logo. — E saiu.

O oficial e o presidente permaneceram sentados sem tirar os olhos da porta ainda por um tempo. Depois, com dificuldade, o oficial virou-se na poltrona para o lado da janela e ficou olhando como o assistente de veterinária ia pela rua.

— Isso, sim, é o que eu chamo de um sujeito pancada — disse ele.

O assistente veterinário Kozúlin ia apressado, como sempre. Olhando para o chão.

— Precisamos arrancar dele aquele fuzil — disse o presidente. — Senão, só Deus sabe...

O oficial tossiu.

— Você acha mesmo que ele é "miolo mole"?

— Como assim?

— Está se fazendo de bobo! Eu vi pelos olhos...

— A troco de quê? — o presidente não havia entendido. — O que ele ganha com isso? Ainda mais agora...

— Ora, como não, com isso se livra de qualquer responsabilidade. Agora, vá perguntar a ele se tem atestado de doença — não tem. Aposto minha cabeça como não tem. Mas licença sim. Você fala em tirar a arma... Licença para porte de arma com certeza ele tem. Quer ver: vou lá agora mesmo e verifico. E as contas estão todas pagas. Vamos apostar?

— Não estou entendendo mais nada: com que propósito ele haveria de difamar-se assim?

O oficial começou a rir.

— Sem nenhum propósito, apenas por precaução. Do contrário, para que esse "sou esquizofrênico"? Sabemos bem como são essas coisas!

(1973)

Tradução de Fátima Bianchi

Tatiana Tolstaia

Tatiana Nikítitchna Tolstaia nasceu em Leningrado em 1951. Seu sobrenome não é mera coincidência: descendente de ilustres Tolstóis literários, como Lev e Aleksei, Tolstaia começou a publicar contos em começos dos anos 1980 e rapidamente adquiriu, dentro e fora da Rússia, reputação como um dos grandes escritores a lidar com o cotidiano instável do período da *Glásnost* e do esfacelamento da União Soviética. Tem participado ativamente da vida cultural russa contemporânea com ensaios, entrevistas e programas de televisão (como o famoso *Escola de Escândalo*). Em paralelo, desenvolveu uma carreira de professora e conferencista em universidades estadunidenses. O conto "Noite", um de seus melhores, foi publicado originalmente no quarto número da revista *Oktiábr* (Outubro), de 1987-88.

Noite

De manhã a Mamãe de Aleksei Petróvitch boceja alto, bem alto: viva! Em frente, uma nova manhã borrifa na janela; os cactos brilham, a cortina esvoaça; bateram-se os portões do reino noturno; dragões, cogumelos e anões assustadores foram novamente engolidos pela terra, a vida triunfa, os arautos alardeiam: um novo dia! um novo dia! *La-la-la-la-a-a-a*!

Bem rapidinho, Mamãe penteia a cabeça calvejante com as mãos, baixa as pernas azuladas do alto pedestal-cama — só mais um pouquinho, vão pensar: como elas conseguem carregar todo santo dia os cento e trinta e cinco quilos, acumulados pela Mamãe em oitenta anos?

Aleksei Petróvitch abriu os olhinhos; silencioso, o sono escorre do corpo; o último corvo é esquecido, vai embora, voa para a escuridão; as visitas noturnas, recolhendo seus adereços espectrais, ambíguos, suspenderam a peça até a próxima vez. Uma leve corrente de ar ventila, doce, a careca de Aleksei Petróvitch, a barba por fazer, crescida, pinica a palma. Não está na hora de levantar? Mamãe manda. Mamãe é tão altissonante, grande, espaçosa; já Aleksei Petróvitch é pequeno. Mamãe sabe, pode, atravessa todos os lugares. Mamãe é onipotente. Será como ela disser. Já ele — uma criança tardia, um pequeno grumo, um equívoco da natureza, debulho, resto de sabonete, joio, casca predestinada à incineração e que, por acidente, infiltrou-se entre seus pares saudáveis quando o Semeador generosamente esparramou pela terra os grãos de vida ativos.

Dá para levantar ou ainda está cedo? Nada de choramingar. Mamãe realiza um ritual matutino: toca trompete no seu lenço, estende, sobre as colunas das pernas, meias agarradas, prendendo-as com anéis de elástico branco sob os joelhos inchados. Erige uma armadura de linho com quinze botões no peito colossal; provavelmente é desconfortável abotoá-los por trás. No vértice da Mamãe tem um pequeno coque cinza, fixo; de um copo noturno limpo dentes refrescados alçam voo, vibrando. A fachada da Mamãe se esconde sob um corselete branco, com vincos, e, cobrindo os cordões dorsais, avessos, reversos, escadas de serviço, saídas de emergência — um invólucro azul-escuro compacto cobre todo o edifício majestoso. O palácio foi erguido.

Tudo o que você faz está bom, Mamãe. Tudo certo.

No apartamento todos os Homens e Mulheres acordaram, já estavam alvoroçados, falando. Batem portas, fervem água, tilintam atrás da parede. O navio matutino partiu da carreira, cortando a água azul, as velas se enchem de vento, viajantes refinados, rindo, conversam no convés. Que terras nos esperam? Mamãe no leme, Mamãe no passadiço, Mamãe sobre o topo do mastro, fitando as ondulações radiantes.

— Levante-se, Aleksei! Está na hora de fazer a barba, escovar os dentes, lavar as orelhas! Pegue uma toalha limpa. Atarraxe a tampa da pasta! Não se esqueça de dar a descarga. E nada de tocar ali, ouviu?

Está bem, está bem, Mamãe. Veja só como tudo o que você diz está certo. Como tudo fica imediatamente claro, como os horizontes se escancaram, como fica segura a travessia com um piloto experiente! Mapas antigos detalhados, coloridos, uma rota traçada por uma linha pontilhada vermelha, todos os perigos marcados por ilustrações vivas e claras: veja, um leão terrível, e, naquela margem, um rinoceronte; aqui uma baleia solta uma pequena fonte de brinquedo, ali — a perigosa Ninfa do Mar, com sua cauda, seus olhos agudos, resvaladiça, perniciosa e sedutora.

Agora, Aleksei Petróvitch vai se lavar e ficar nos trinques; Mamãe vai verificar se ele deixou tudo emporcalhado, senão os vizinhos vão resmungar de novo; e, depois, hora de papar! E o que é que a Mamãe cozinhou hoje? Para ir ao banheiro, tem que percorrer a cozinha. As velhas resmungam perto dos fogões quentes, cozinham veneno em caçarolas, acrescentam raízes de ervas terríveis, seguem Aleksei Petróvitch com olhares maldosos. Mamãe! não deixe judiarem de mim.

Espirrou um pouco no chão. Ui.

No corredor, uma multidão: Homens e Mulheres saem, barulhentos, verificam chaves, moedeiros.

A porta de canto com vidro fosco está escancarada; no limiar, a insolente Ninfa do Mar, sorrindo, maliciosa, piscando para Aleksei Petróvitch; toda torta; queima Tabaco, mostra a Perna, pronta para lançar a rede: será que você quer cair? Mas Mamãe vai me salvar, ela já vem voando na locomotiva, chacoalhando as rodas vermelhas, buzinando: sai da frente!

— Fuça de sem-vergonha! Estou falando, sai! Como se não bastasse... ainda mais para um homem doente!...

— Ha-ha-ha! — a Ninfa do Mar não tem medo.

Escapou — para o quarto. A salvo. *U-u-fa.* As Mulheres são terríveis demais. Não se sabe para que elas servem, mas é inquietante. Passam sem parar — têm um cheiro... e têm Pernas. Na rua tem muitas delas, e em cada casa, naquela, naquela e nessa, atrás de cada porta, escondem-se, ficam fazendo alguma coisa, inclinam-se, remexendo, riem à socapa; sabem, mas não contam a Aleksei Petróvitch. Então ele vai sentar à mesa e pensar sobre as Mulheres. Um dia, Mamãe o levou para fora da cidade, à praia; lá havia muitas delas. Havia uma assim... uma fada ondulada... Aleksei Petróvitch gostou... demais. Ele se aproximou e começou a olhar. "O que foi, nunca viu? — gritou a fada. — Fora daqui, seu débil!"

Mamãe entrou com uma caçarola fervendo. Espiou. Tubinhos de salsichas cor-de-rosa. Ficou feliz. Mamãe serve, mexe, limpa. A faca escapou dos dedos, raspa em algum lugar, ao lado, no oleado.

— Na mão, segure a salsicha na mão!

Ah, Mamãe, estrela-guia! De ouro! Você organiza tudo, sábia, desata todos os nós! Com sua poderosa mão, você desmantela todos os becos, todos os labirintos deste mundo obscuro, impenetrável, derruba as divisórias — olha que terreno regular, batido! Dê mais um passo sem vacilar! Mais para a frente — árvores derrubadas pelo vento, de novo.

Aleksei Petróvitch tem seu próprio mundo, real, na cabeça. Lá tudo é possível. Já esse, do lado de fora, é ruim, errado. E é muito difícil memorizar o que é bom e o que é mau. Então eles combinaram, entraram em um acordo, escreveram as Regras, terrivelmente complicadas. Aprenderam, têm boa memória. E para ele é difícil viver de acordo com as Regras alheias.

Mamãe serviu café. O café tem um Cheiro. Você bebe e ele o percorre. Por que não pode projetar os lábios para a frente em forma de canudo, inclinar os olhos na boca e sentir o cheiro, sozinho? Tomara que Mamãe dê as costas!

— Aleksei, comporte-se!

Depois do café da manhã, limpavam a mesa, providenciavam cola, papelão, colocavam a tesoura, puseram um guardanapo no pescoço de Aleksei Petróvitch: ele vai colar caixinhas. Vai fazer cem unidades — e levarão à farmácia. Ganharão um dinheirinho. Aleksei Petróvitch gosta muito dessas caixinhas, fica com pena de se separar delas. Ele quer esconder, passar despercebido, guardar para si nem que seja só um pouquinho, mas Mamãe mantém um olhar vigilante e toma de volta.

E então pessoas estranhas levam-nas da farmácia, consomem as bolinhas brancas que estão nelas, rasgam e jogam as caixinhas fora! Jogam direto no lixo, imagine — em seu apartamento, na cozinha, no balde de lixo, ele viu uma caixinha destroçada, emporcalhada, com uma bituca de cigarro dentro! Então Aleksei Petróvitch ficou cheio de um ódio terrível, negro, os olhos faíscam, ele solta perdigotos, esquece as palavras, manchas inflamadas saltam à vista, ele podia esganar, fazer picadinho! Quem fez isso? Quem se atreveu a fazer isso? Fora daqui! Arregaça as mangas: onde está ele?! Mamãe corre, acalma, leva o enfurecido Aleksei Petróvitch embora, toma a faca, arranca o martelo de seus convulsivos dedos retorcidos. Então os Homens e as Mulheres ficam assustados e quietos, escondidos em seus quartos.

O Sol se deslocou para outra janela. Aleksei Petróvitch terminou o trabalho. Mamãe adormeceu na poltrona, está roncando, gorgolejando com as bochechas, assobiando: *f-i-i-i-iu*... Aleksei Petróvitch pega duas caixinhas, quietinho, quietinho, cuida-ado, na ponti-inha dos pés, *tuf-tuf-tufa* — vai em direção à cama, coloca debaixo do travesseiro, certi-inho. À noite vai puxar, sentir o cheiro. E que cheiro tem a cola! Macio, acre, silencioso, como a letra "F".

Mamãe acordou, hora de passear. Para baixo, pela escada, só que não de elevador — não se pode fechar Aleksei Petróvitch no elevador: ele vai começar a se debater e a esganiçar feito um coelho; vocês não percebem — e puxam, puxam pelas pernas, arrastam para baixo!

Mamãe flutua na frente, cumprimentando conhecidos. Hoje estamos levando caixinhas: que desagradável. Aleksei Petróvitch esbarra uma perna na outra de propósito: não quer ir à farmácia.

— Coloque a língua pra dentro, Aleksei!

O crepúsculo caíra sobre os edifícios altos. Os vidros dourados reluzem mesmo sob os telhados. Ali vivem pessoas especiais, que não são como nós: voam feito pombas brancas, pairando de sacada em sacada. Peito liso cheio de plumas, rosto humano — se um pássaro desses pousar em seu peitoril, inclinar a cabeça, começar a arrulhar — você não vai conseguir desgrudar os olhos dele, esquecerá a linguagem humana, e você mesmo vai começar a gorjear em passarinhês, saltará com as pernas peludas pelo poleiro de ferro.

Abaixo do horizonte, abaixo do disco terrestre, rodas gigantescas começaram a girar, transmissões por correias colossais se enrolaram, rodas dentadas puxam o sol para cima e a luz para baixo. O dia cansou, vestiu as asas brancas, está voando para o ocaso, grande, de roupas largas, agita a manga, solta as estrelas, abençoa aqueles que passam pela terra arrefecida: até logo, até logo, amanhã estou de volta.

Na esquina vendem sorvete. Nossa, como quero sorvete! Os Homens e as Mulheres — mas especialmente as Mulheres — enfiam uma moedinha em uma janelinha quadrada e recebem um copinho crocante de sorvete. Riem, jogam no chão, grudam papéis redondos pegajosos no muro, escancaram a boca, lambem o doce gelado em forma de agulha com a língua vermelha.

— Sorvete, Mamãe!

— Você não pode. Sua garganta está inflamada.

Se não pode, não pode. Mas queria muito, como queria! Realmente queria! Se tivessem a moedinha que os outros Homens e Mulheres têm, prateada, brilhante; ou um papelzinho amarelo, que cheira a pão — eles também poderiam pegar da janelinha quadrada! Ai, ai, ai, como quero, eles todos podem, todos eles recebem!

— Aleksei! Não fique olhando para os outros!

Mamãe é quem sabe. Vou ouvir a Mamãe. Só ela sabe a trilha segura em meio ao emaranhado do mundo. Mas se Mamãe virasse... Praça Púchkin.

— Mamãe, Púchkin é um escritor?

— É.

— Eu também serei um escritor.

— Com certeza será. Se quiser — será.

E por que não? Quer — e será. Pegará um pedaço de papel e um lápis e será um escritor. É isso, está resolvido! Ele será um escritor. Isso é bom.

À noite Mamãe costuma sentar na poltrona espaçosa, baixar os óculos no nariz e ler, com a voz grave:

A tempestade cobre o céu de névoa, torvelinhos de neve giram, ora ela uiva como uma fera, ora chora como um bebê.[1]

Como Aleksei Petróvitch gostava disso! Ele ria à larga, mostrando os dentes amarelos, feliz, batendo o pé.

---

[1] Poema de Púchkin, intitulado "Noite de inverno". (N. da T.)

Ora ela uiva como uma fera, ora chora como um bebê!

Assim, as palavras chegam até o fim — e voltam atrás, chegam até o fim novamente — e novamente voltam.

Tem, peste, cobre, seu, né, voa, velhinhos, linho, amora, ora, *au*, com, *afe*, racho, hora, como, bebe!

Muito bom! É assim que ela uiva: *u-u-u-u-u*!

— Quieto, Aleksei, quieto, acalme-se!

O céu estava todo cheio de estrelas. Aleksei Petróvitch as conhecia: pequeninas contas brilhantes, suspensas por si sós em um vazio negro. Quando Aleksei Petróvitch deita na cama e quer dormir, suas pernas começam a crescer por si próprias para baixo, para baixo, e a cabeça — para cima, para cima, até a cúpula negra, sempre para cima, balançando, como a copa de uma árvore em uma tormenta, e as estrelas arranham seu crânio como se fossem areia. E o segundo Aleksei Petróvitch, interior, encolhe cada vez mais, encolhe, comprime-se, torna-se um grãozinho de papoula, a ponta afiada de uma agulha, um minúsculo micróbio, um nada, e, se não o pararem, ele vai realmente sumir dali. Mas o Aleksei Petróvitch exterior, gigante, começa a balançar como um pinheiro americano, cresce, raspa a careca na cúpula noturna, não vai deixar o pequeno sumir, tornar-se um ponto. E esses dois Aleksei Petróvitch são o mesmo. Isso está claro, está certo.

Em casa Mamãe tira a roupa, desfaz o seu corpo diurno, veste um roupão vermelho, fica mais simples, mais quente e mais clara. Aleksei Petróvitch quer o colo da Mamãe! Quanta bobagem! Mamãe vai para a cozinha. Por alguma razão ela não está ali, durante muito tempo. Aleksei Petróvitch verificou se as caixinhas estavam no lugar, sentiu o cheiro da cola, arriscou-se — saiu para o corredor. A porta do canto, onde, à noite, os convidados da Ninfa do Mar ficam rindo, estava entreaberta. Podia-se ver uma cama branca. Onde é que está Mamãe? Ali, talvez? Aleksei Petróvitch espia pela fresta, cuidadoso. Ninguém. Talvez Mamãe tenha se escondido atrás do armário? Entrar? O quarto está vazio. Em cima da mesa da Ninfa do Mar — conservas abertas, pão, um pepino mordiscado. E ainda — um papelzinho amarelo e uma bolinha de prata. Dinheiro! É só pegar o dinheiro, correr para baixo, pela escada escura, para o labirinto de ruas, encontrar a janelinha quadrada, e entregarão um copinho gelado doce!

Aleksei Petróvitch agarra, tilinta, debanda, corre, bate a porta, barulhento, respira apressado, tropeça. Rua. Escuridão. Para onde ir? Para lá? Ou para cá? O que ele tem na mão? Dinheiro! Dinheiro alheio! O dinheiro transluz no meio da mão cabeluda. Enfia a mão no bolso. Não, apesar de tudo, transluz. Dinheiro alheio! Ele pegou dinheiro alheio! Os transeuntes viram, sussurram para um amigo: "Ele pegou dinheiro alheio!". As pessoas encostam nas janelas, empurram-se umas às outras: deixe-me ver! Onde está ele? Ali mesmo! Ele tem dinheiro! Ahá! Você pegou? Aleksei Petróvitch corre para a escuridão. *Tlin*, *tlin*, *tlin*, *tlin* — as moedas no bolso. A cidade inteira irrompeu na rua. As persianas se escancaram. De cada janela, intrometem-se mãos, faíscam olhos, mostram-se línguas vermelhas, compridas: "Ele pegou dinheiro!". Soltem os cães! Os carros dos bombeiros urram, mangueiras desenrolam-se: Onde está ele? Bem ali! Peguem-no! Aleksei Petróvitch está agitado, enlouquecido! Você tem que jogá-lo, arrancar das mãos, fora, fora daqui, aí está ele, aí está! Pernas! Pernas! *Piii-soooo-teaaaaaar*! É assim... Foi isso... Não respiram. Calados. Extinguiram-se. Enxugou o rosto. Assim. Para onde ir agora? Noite. Cheiro. Onde está Mamãe? Noite. Nos portões das fileiras negras de lobos: esperam. Vou de trás para frente. Vou me enganar. Bom. Sufoco. Vou soltar. Vou soltar tudo... Bom. E agora? Passaram Mulheres, com suas Pernas. Viram. Riem. Ah, é assim! O quê-ê-ê? Eu? Eu sou um lobo! Vou de trás para frente! Ahá! Assustaram-se? Agorinha vou alcançar vocês, e pular, e quero só ver que Pernas são essas! Lançou-se. Grito. A-a-a-a! Pancada. Não bata! Pancada. Os Homens cheiram a Tabaco, batem no estômago, nos dentes! Não faça isso!... Desdenhe, vamos deixá-lo pra lá — você está vendo... Vamos.

Aleksei Petróvitch apoiou-se em uma calha, cospe preto, solta ganidos. Pequeno, pequeno, solitário, perdido na rua, você veio a esse mundo por engano! Saia daqui, ele não é para você! Aleksei Petróvitch chora, lança ganidos altos, erguendo o rosto desfigurado para as estrelas.

Mamãe, Mamãe, onde está você? Mãe, o caminho escurece, as vozes se calam, as veredas levam a pântanos negros! Mamãe está chorando, seu filho, único, amado, muito esperado, que tanto sofreu, está morrendo!...

Mamãe corre, Mamãe perde o fôlego, estende os braços, grita, agarra, aperta contra o peito, tateia, beija. Mamãe soluça — achei, achei!

Mamãe leva Aleksei Petróvitch na rédea, para a toca quentinha, para o ninho macio, debaixo da asa branca.

O rosto inchado está limpo. Aleksei Petróvitch está choramingando à mesa, com um guardanapo no pescoço.

— Você quer um ovinho cozido? Cozido, molinho, assim?

Aleksei Petróvitch acena com a cabeça, assentindo: Quero, sim. O tique-taque dos pêndulos. Calma. Leite quente delicioso, macio, como a letra "N". Algo se ilumina na cabeça. Isso! Ele queria mesmo...

— Mamãe, você pode me dar papel e lápis? Depressa! Eu vou ser escritor!

— Meu Deus! Ai de mim! Nem pense nisso... Bom, não chore, acalme-se, vou dar; espere, precisa assoar o nariz.

Papel branco, lápis afiados. Depressa, depressa, antes que esqueça! Ele sabe tudo, ele entendeu o mundo, entendeu as Regras, compreendeu a misteriosa relação entre os acontecimentos, compreendeu as leis de encadeamento dos milhões de fragmentos de coisas soltas! Um raio alumbra o cérebro de Aleksei Petróvitch! Ele se inquieta, resmunga, agarra a folha, afasta os copos com o cotovelo, e, ele mesmo espantado com sua alegre renovação, depressa, com letras grandes, registra a verdade recém-descoberta: Noite. Noite. Noite. Noite. Noite. Noite. Noite. Noite. Noite. Noite.

(1988)

Tradução de Graziela Schneider

Liudmila Petruchévskaia

Outra grande escritora a marcar presença na vida literária russa das últimas décadas, e também muito associada à abertura proporcionada pela *Perestróika*, Liudmila Stefânovna Petruchévskaia (nascida em 1938, em Moscou) é um dos melhores exemplos dos complexos amálgamas criados entre a tradição literária russa e as novas correntes pós-modernas que tomaram o país a partir do início da década de 90. Tal diálogo fica anunciado aqui no conto "A dama dos cachorros", de 1990 — ano derradeiro da vida soviética —, em sua proposta de desmontagem e reconstrução contemporânea de uma obra-chave tchekhoviana (e, por tabela, de *Anna Kariênina*, de Tolstói).

A dama dos cachorros

Ela já estava morta, ele também já estava morto, seu terrível romance terminara, e o interessante é que terminara bem antes de sua morte. Bem antes, uns dez anos, eles já tinham se separado, ele morava em algum lugar, ela foi para a residência dos artistas,[1] para todos verem, e ali se instalou, sozinha, com um cachorro. Afinal ali vivia a memória antiga sobre ela, sobre suas escapadas e escândalos, sobre suas bebedeiras pelo mundo afora, sobre o fato de ela ser a esposa de um artista proeminente — bom, de ter sido. No entanto, lembravam que ela era também a filha de um mandachuva proeminente de outra época: e, já que não podiam fazer nada, designaram-lhe um apartamento, e ela se estabeleceu lá, com o cachorro, e vivia em silêncio, falando em voz alta apenas com o cachorro. "Você ficou louco" — dizia-lhe ela na sacada (as sacadas vizinhas ouviam sua voz extraordinariamente alta, existem uns mandachuvas com voz alta de nascença, como se fossem líderes, chefes militares e oradores, mas, via de regra, são apenas escandalosos).

Antes as sacadas vizinhas ouviam dali o sumo de beijos de cumprimentos, o som de saltos, as vozes (também) altas dos convidados, a movimentação das cadeiras e o tilintar de copos, mas o que irritava todos eram, sobretudo, aquelas vozes substanciosas, nítidas, que se alastravam para longe, treinadas, de atores em cena, que eles usavam para fazer escândalos horríveis. Dizem que ferros voavam pela sala, mas tudo permanecia intacto, mãos e cabeças. Um belo dia se espalhou a notícia de que eles tinham se separado, de que ele mandara tudo para o inferno e fora para a casa de uma mulher. É então que temos o surgimento da dama do

[1] Em russo, *Dom tvórtcheskikh rabótnikov*, instituição de amparo a artistas em idade avançada. (N. da T.)

cachorro, ou melhor, dos cachorros, já que ela volta e meia aparecia carregando um cachorro sórdido, imundo, evidentemente com cara de poucos amigos, que se encontrava em um estado estranho e confuso, pendurado no ombro dessa dama como pele de raposa, esfarrapado e como se tivesse sido devorado por uma traça.

A dama ralhava com seu poodle, dizia que ele não tinha o direito de castigar aquela pobre infeliz, aquela carniça, se quisessem dar-lhe de comer. Todos têm o direito de viver, gritava (ralhava baixinho, como lhe parecia) aquela Brigitte Bardot, não se pode castigar ninguém! Não castigue, e não será castigado!

Ela andava de tal maneira, que as pessoas de carne e osso literalmente pulavam de susto quando ela passava, e era tão impressionante, ela mesma mais parecia um animal, esfarrapado e dilacerado, castigado e, apesar de tudo — e de refeições daquelas na cantina —, faminto. No ombro ela carregava um trapo emaranhado com aparência de vira-lata, as patas sujas na altura do cotovelo, e ao lado corria o poodle acabado, também profundamente emaranhado, e todos em volta desviavam o olhar, apenas as crianças olhavam à vontade. A propósito, ela odiava crianças, também vivia fazendo escândalos com o seu filho bem crescidinho, e, as pessoas ouviam, sempre repetia que os animais eram as únicas criaturas que nunca a ofendiam.

Sua aparência mudou drasticamente desde a época do divórcio, cavou-se o seio outrora esplêndido, os braços murcharam como ramos secos de batata, os cabelos, que ela antes mantinha com orgulho e de peito erguido, agora escondia sob faixas, e a única coisa que lhe restou foi o amor pelos penduricalhos, que, com efeito, chacoalhavam nela e tilintavam por toda parte — nas orelhas, ao redor do pescoço, ao redor dos pulsos de ossos salientes. Os cachorros não a ofendiam, a bijuteria gostava dela, e isso era tudo o que lhe restava.

Apenas uma vez ela perdeu as estribeiras, o que nunca tinha acontecido, e mostrou sua nova essência de santarrona e solteirona: quando os hóspedes do andar superior se reuniram na sacada, saltos começaram a bater, começaram a falar com vozes altas, sonoras, a louça começou a tilintar, ressoaram, começaram a grugulejar — ela aguardou até a meia-noite, secretamente indignada, e depois, em sua sacada, de forma sonoras, sóbria e distinta, disse uma frase que ninguém decifrou e que alguns reproduziram como "não estão deixando meu cachorro dormir", enquanto outros "até mesmo um cachorro deve descansar". Em suma, algo despropositado e disparatado para sua essência de santarrona, mas com uma intenção clara: chegara a hora da próxima geração festejar, com a qual ela já não tinha nada a ver, assim como com coisa alguma, de um modo geral. Todos já sabiam que ela não tinha meios de vida, o marido deixara-lhe o apartamento, e isso era tudo, ela já não podia trabalhar, assim como não poderia voltar para sua instituição depois do hospital psiquiátrico no qual ela tinha ido parar, resgatada do laço. Nessa instituição em geral já mal e mal a aguentavam, com suas roupas brilhantes, bijuterias, maquiagem estapafúrdia, os atrasos e faltas, com suas promessas esplêndidas de dar um jeitinho nesse ou naquele negócio com a ajuda de contatos influentes, assim como com a estranha história do desaparecimento de dinheiro alheio em sua sala. Ninguém prendeu nossa dama em flagrante delito, mas correram rumores, começaram a temê-la de verdade, apesar de não deixarem transparecer, com medo de matarem de vez aquele animal profundamente ferido. Então as coisas se complicaram, ela ligou para duas ou três mulheres de família, ocupadas, tarde da noite, dizendo que ia se enforcar naquele momento, a porta não estava fechada, que viessem e a resgatassem. As mulheres, em uníssono, começaram a dissuadi-la, mas quando ela ligou para a terceira, as duas primeiras tinham se comunicado por telefone e mandaram vir a ambulância da clínica psiquiátrica, que chegou, escancarou a porta, e a nossa dama, por causa do medo, saltou da cadeira, com um nó preparado em volta do pescoço e o fone na mão — saltou precisamente por causa do susto, quando viu os aventais brancos. Muito provavelmente ela não teria saltado, achavam suas colegas de trabalho. Mas o enfermeiro interceptou a suicida, prendeu-a, hábil, as vértebras de seu frágil pescoço de cisne não se romperam, ela não se borrou de medo, não mordeu a língua — não aconteceu nenhuma dessas baixarias com ela.

Ninguém sabe, entretanto, como de fato ela morreu, em que leito expirou, ao que parece, de câncer e em agonia. Por alguma razão, tudo isso deveria acabar, essa vida indecente, mutilada não se sabe por quê, mas estrondosa e tempestuosa demais para as nossas condições. Entretanto, como se costuma dizer, sequer uma criatura lamentou por ela, todos apenas soltaram um leve suspiro e ouviram rumores longínquos, onde é que tinha se metido seu velho cachorrinho, seu poodle, último de sua espécie, e se o cachorro uivava sobre seu corpo, ou se sentava sobre seu túmulo — não se pode levar em consideração todas essas fábulas de histórias sobre animais, ninguém vai permitir algo assim na nossa época, mas apenas uma coisa era evidente: que o cachorro passou maus bocados após a morte de sua Dama, sua incomparável.

(1990)

Tradução de Graziela Schneider

Serguei Dovlátov

Serguei Donátovitch Dovlátov (1941-1990) nasceu em Ufá, cidade dos Urais para onde sua família fora evacuada em função da guerra, e cresceu em Leningrado. Incapacitado de publicar na União Soviética, onde era conhecido quase que exclusivamente em *samizdat* (publicações clandestinas), Dovlátov emigrou em 1978, já tendo granjeado reconhecimento no ocidente através do envio clandestino de parte de sua prosa de ficção. Neste "Na rua e em casa", apresentam-se algumas de suas características principais: o diálogo incisivo, a ironia e a mescla de conto, crônica e texto jornalístico (atividade na qual também se notabilizou). Junto com outros contos, foi publicado na Rússia pela primeira vez em 1995, postumamente, na revista *Zvezdá* (Estrela), com base em materiais da editora Seriébriani Vek (Era de Prata), de Nova York, cidade onde vivia o escritor, sob a denominação *Contos dos últimos anos*.

Na rua e em casa

Minha mulher falou:

— Ligou também o Gabóvitch. Tem algum assunto para tratar com você. Ele prometeu dar uma passada aqui.

— Eu sei. Acho que quer pedir a furadeira. Disseram-me que ele comprou umas prateleiras...

Gabóvitch era meu vizinho e colega. Ou melhor, não exatamente colega: ele era filólogo. Trabalhava num livro sensacional. Chamava-se *Encontros com Akhmátova*. O subtítulo era "como e por que não se realizaram". Algo desse gênero...

Comecei a amarrar os sapatos:

— Aonde você vai?

— Vou dar uma volta, comprar cigarros.

— Mas e o Gabóvitch?

— Se ele me pega, vai ser uma conversa comprida. E eu tenho que trabalhar.

— Quando você vai voltar?

— Assim que ele tiver ido embora. Me dê um sinal.

— Que sinal?

— Acenda, por exemplo, a luz do banheiro.

— A luz do banheiro já fica sempre acesa.

— Então, apague.

— É melhor eu colocar este paninho na janela.

— Está bem.

Desci ao saguão. Passei, furtivo, pelo elevador. Saí à rua. A essa hora, começava a escurecer. Mesmo assim, atravessei a rua. Desse modo, o Gabóvitch não deveria me ver.

Comprei um maço de Marlboro. Fui passeando até a loja russa. Peguei o jornal para minha mãe. Ali mesmo, no caixa, bebi uma garrafa de

Perrier. Depois me parou o Davídov, do *Palavra Russa*.[1] Perguntou-me como iam as coisas. Em resposta, eu me mostrei interessado:

— Como vai de saúde o Epstein?

— Pois então — ele me respondeu —, estou pensando em ligar para ele no hospital. Você bem sabe que infarto não é brincadeira.

— Mande um "olá" para ele... — digo.

Voltei para casa. Não havia nenhum paninho branco. Nisso, esfriou ainda mais. Entrei, então, no Podmoskóvie[2] e pedi um café. Pensei em, talvez, comer qualquer coisa.

— Me dê o cardápio — digo.

— Não tem cardápio.

— Como não tem?

— Eu mesmo vou lhe dizer tudo o que nós temos.

— Mas eu não vou memorizar tudo.

— Vai, sim. Porque nós só temos espetinho de carne.

— Fantástico! — digo. — Um espetinho é justo o que eu queria.

Comi. Tomei meu café. Nesse momento, a clientela encheu o lugar e começou a tocar música. Lembro que o regente do conjunto musical exclamou:

— O neto Irakli dá os parabéns à vovó Natella pelo seu aniversário. Em sua honra, vamos interpretar a canção...

Fez uma pausa e concluiu, triunfal:

— A canção "Você ainda está viva, minha velhinha!"...[3] Paguei a conta e saí do café. Neste momento, já havia escurecido. Nosso edifício de seis andares surgia, pesado, da escuridão. E, todavia, nenhum paninho. Nisso, senti frio. Entrei em uma loja esportiva, em frente a um estúdio de fotografia. Comprei um agasalho por trinta dólares. Ali mesmo já o vesti. E só então percebi o emblema que tinha na frente: uma cara de caveira, dois ossos de tíbia e a inscrição esquizofrênica "Leu isto? Então você chegou perto demais!".

Caminhei pela rua neste agasalho degenerado. Aproximei-me da minha casa. A luz estava acesa, mas não havia nenhum paninho na janela.

---

[1] *Rússkoie Slovo*, jornal russo publicado nos Estados Unidos. (N. do T.)

[2] "Subúrbio moscovita", nome de uma cafeteria russa em Nova York. (N. do T.)

[3] Referência ao poema lírico "Você está ainda viva, minha velhinha" ("Ti jivá ieschió, moiá starúchka"), de Serguei Iessiénin. (N. do T.)

Entrei numa cabine telefônica. Minha mulher atendeu.

Eu disse:

— Responda somente "sim" ou "não".

— Não — disse a minha mulher.

— O que "não"?

Silêncio.

— O Gabóvitch está aí?

— Sim.

— E você diz "não"... E ele não está querendo ir embora?

— Sim.

— O que "sim"? "Sim, está querendo", ou "sim, não está querendo"?

— Eu acho que não.

— Que dizer que não está para ir embora?

— Não.

— Cuidado, não vá lhe oferecer nada.

— De jeito nenhum.

— Não esqueceu sobre o paninho?

— Não.

Dei um pulo outra vez até a loja russa. Encontrei o Davídov. Ele me diz:

— Você sabe da novidade? O Epstein faleceu. Liguei para ele agora há pouco no hospital. Queria ir até lá, fazer uma visita, mas infelizmente...

— Terrível — disse.

Então decidi ligar para uma mulher conhecida minha. Nada de mais. Só uma conhecida de uns trinta anos, do prédio vizinho. Sem marido.

Revirei a agenda telefônica. Telefono. Essa própria Nelly me responde:

— Ah! É você? Pensei que já tinha me esquecido...

— Posso ir? — pergunto.

Aqui deu-se uma certa pausa. E depois:

— Desculpe, não estou sozinha.

— Tudo bem — digo. Fica para uma próxima vez.

Ouve-se, então, a resposta:

— Não vai haver uma próxima vez. Está tudo terminado entre nós. Você tem mulher e filha. Será que eu posso, finalmente, pensar em mim mesma?

E Nelly desligou o telefone.

Então comecei a refletir. Todas as pessoas são cruéis, cada um a seu modo. Os homens, por exemplo, falam grosserias e mentem. Arranjam-se como podem. Ainda assim, nem mesmo o homem mais cruel vai gritar para você "Vá embora! Está tudo terminado entre nós!...". Quanto às mulheres, elas pronunciam com facilidade e até com certo prazer tudo isso: "Vá embora! Você me dá nojo! Não me ligue mais!".

Primeiro elas choram e soluçam. Depois arranjam outro e gritam "Vá embora!".

Vá embora! Eu nem sequer seria capaz de pronunciar isto...

Dei uma olhada no relógio: dez e meia. Os cinemas já estavam fechados. Dinheiro, já estava quase sem. A noite já vinha chegando.

As janelas do meu apartamento, iluminadas, atraíam-me. Faltava o paninho branco. Pelo menos já escurecera totalmente. A caveira e os ossos de meu agasalho já não se destacavam. A inscrição nele também já perdera seu sentido.

Liguei para casa de novo. Mal abri a boca, minha mulher já soltou, firme:

— Não.

— "Não" quer dizer "sim"? O Gabóvitch está aí?

— Sim — ouço.

Penso comigo: o que é que estará acontecendo lá? Será que estão conversando sobre algum assunto sério? Ou tratando de algo importante?

Até mesmo um sentimento de ciúme começou a se mexer dentro de mim. Pouso o fone no gancho. Ligo para o Rafail, que vende imóveis. Ainda bem que o Rafail mora ali na esquina.

— Você tem dinheiro? — perguntei.

— Dinheiro, dinheiro... não. Mas tenho visa, mastercard, american express... Por quê?

— Vamos para algum lugar.

— Como assim?

— Sei lá... pro Canadá... ou pro Brasil.

— Seria um prazer — ele responde — Mas a Rita está doente em casa. Não pode ser daqui a uma semana?

— Daqui a uma semana — digo —, ora, já vou estar em casa.

— Onde você está agora?

— Estou passeando.

— Você bebeu?

— É uma ideia. Pode jogar pela janela uns quinze dólares para mim?

— Eu não disse que estou sem dinheiro? Amanhã vou ter.

— E eu vou ficar perambulando embaixo da janela até amanhã?

— Se quiser, venha até aqui.

— Melhor... me faça um favor. Ligue no Forest Diner e dê a eles o seu visa. Diga para eles me servirem um drink. Ou melhor, dois. Devolvo o dinheiro na próxima ocasião.

Entrei no Forest Diner. Virei dois runs com pepsi-cola. Fumei um cigarro e, decidido, tomei o caminho de casa.

Era meia-noite. Minha janela irradiava uma luz viva e acolhedora. Aliás, a luz do banheiro estava apagada. Será que foi o Gabóvitch que apagou?...

Subi de elevador até o sexto andar. Alcancei a minha chave. A porta se abriu. Gabóvitch estava de pé, na entrada. Vestia um sobretudo. Ele falou alguma coisa, gesticulando e batendo a cinza do cigarro. Ao me ver, abriu um sorriso.

A minha mulher disse:

— Eu já falei umas mil vezes para ele tirar o sobretudo. Mas ele é teimoso.

— Eu só entrei por um minuto — disse Gabóvitch —, já tenho que ir. Mas agora, pensando bem... já que o Serguei apareceu, podemos conversar um pouco...

Ele tirou o sobretudo. Depois sentou-se à mesa e começou:

— Sabe que eu tenho fotos raríssimas da Akhmátova?

— Que fotos? — pergunto.

— Como eu disse: fotos da Akhmátova.

— De que ano?

— De que ano o quê?

— De que ano são as fotos?

— Bem... de setenta e quatro. Ou, talvez, de setenta e seis. Não me lembro.

— Ela morreu muito antes disso.

— E daí? — perguntou Gabóvitch.

— Como "e daí"? Mas então, o que é que aparece nessas fotos?

— E qual é a diferença? — intrometeu-se minha mulher, pacificadora.

— Eu apareço — disse Gabóvitch. Apareço no túmulo da Akhmátova.

Quando ele foi ao banheiro, minha mulher cochichou:

— Comporte-se bem. Eu te imploro. Todo mundo já anda dizendo que o Dovlátov tem um gênio absolutamente insuportável.

(1995)

Tradução de Mário Ramos e Yulia Mikaelyan

Vladímir Sorókin

Encerrando esta antologia, um exemplo na contramão da prosa seca de Dovlátov. O feérico e violento "Um mês em Dachau" é talvez o texto mais polêmico de Vladímir Gueórguievitch Sorókin (nascido em 1955), autor que começou sua atividade artística e literária ainda no período soviético e que se tornou um dos grandes nomes da literatura russa contemporânea. O conto foi publicado em sua primeira versão na revista *Segódnia* (Hoje), nº 13, de 1994. A segunda versão, publicada em 1998, foi revisada pelo autor e recebeu uma série de acréscimos e modificações. Esta tradução baseia-se nessa última versão.

Um mês em Dachau[1]

01.05.1990. Saturno em oposição a Júpiter. Segundo o I-Ching, meu trigrama tem um "final bem-sucedido" e um "grito da coruja". O calendário eslavo promete um "caminho da bétula". Aquário é fatalmente dependente de Vênus. Tudo, tudo está intimamente relacionado entre si, em total dependência e falta de liberdade. Estamos nessa dependência como moscas sobre o mel, e o mais ínfimo de nossos movimentos gera ondas e ondas. Que afogam os outros. É terrível, mas convém aceitar. Hoje, pela terceira vez estive lá com ELES. Tudo com um sofrimento e uma tensão terríveis. E com humilhação. Megatons de humilhação. Esse porco uniformizado carimbou o documento. Mas a que preço, meu Deus! Novamente, as bofetadas e as promessas rosnantes de "arrancar as tripas depois da volta". Novamente, a conversa monstruosa, desumana. Não suporto falar com eles. Como eles adoram e sabem humilhar! Este Nikolai Petróvitch obviamente aspira ao posto de chefe. Meu Deus, quanto, quanto mais? E eu era, outra vez, um "conformista". E rostos, rostos. Como pedaços de carne crua. Mas eu ia aguentando. Quando há um objetivo é possível aguentar tudo. O principal:

AUTORIZAÇÃO

Vladímir Gueórguievitch Sorókin, nascido em 07.08.1955, russo, apartidário, está autorizado a sair da URSS para o Império Alemão em liberdade, para passar as férias de verão (28 dias) no campo de concentração de Dachau.

Vice-Chefe
Departamento Moscovita de Vistos e Permissões

[1] Cidade do sul da Alemanha, situada ao norte de Munique. Abrigou o primeiro campo de concentração nazista, construído em 1933, em seus arredores. (N. do T.)

Ministério da Segurança Pública da RSFS[2] da Rússia
Coronel do Ministério da Segurança Pública,
N. P. Sokolov

02.05.1990. Estação Ferroviária Bielo-Russa. Trem para Munique: 20:07. "Contemplação" e "Exército" segundo o I-Ching. Isso pode ser perigoso. Os árabes predizem "três quartos". O calendário eslavo promete todo aquele "caminho da Bétula". Esperança. Todos estão vivos graças à esperança. Espero que tudo corra bem. Senhor, ajude-me neste meu caminho nada fácil. A estação é horrível. Camponeses fedidos de alpargatas, ciganos, peregrinos americanos com suas estúpidas divisas onduladas. Tudo escarrado, sujo. E a apoteose do mau gosto: um Stálin de mármore negro de oito metros de altura ao lado de uma Akhmátova de mármore branco de seis metros. E os pioneiros com cara de idiota na guarda de honra. Uns meninos da juventude hitlerista, dois oficiais (parece que são mongóis) colocando coroas de flores. E rostos, rostos de crianças. É difícil olhar para uma geração de indiferentes, já contagiados pela apatia desde a infância. E, sem dúvida, é nossa culpa, não das pessoas com cara de carne. Até mesmo o fato de eles colocarem flores primeiro para Stálin e depois para Anna Andrêievna, isto é nossa culpa também. Tudo feito de sangue e de lágrimas, tudo feito de sujeira. No fim das contas, toda a nossa vida é uma estação ferroviária, como disse Tsvetáieva. A eterna espera por um trem, pelo nosso trem russo: passagens compradas já por nossos avós. E nós guardamos até hoje esses pedacinhos de cartolina amarelados pelo tempo, na esperança de partir. Meu Deus, estou prestes a me atrasar, a ficar para trás, a me arrastar pelos *rails* enferrujados. Mas para onde? Uma multidão de mendigos aleijados. Querido povo russo sem pernas. Vocês têm "os inimigos incendiaram o casebre da infância";[3] e eu "o longo caminho lido nas cartas".[4] O carregador de focinho vermelho, esfarrapado, dispersa-os com minhas duas malas e eles caem na plataforma toda cuspida, mas imedia-

[2] República Socialista Federativa Soviética. (N. do T.)

[3] Título e primeiro verso do poema "Vraguí sojglí rodnúiu khátu", escrito em 1945 pelo poeta soviético Mikhail Issakóvski (1900-1973). (N. do T.)

[4] Verso modificado de uma canção popular de Iúli Kim (compositor, intérprete e poeta russo-soviético, nascido em 1936), intitulada "As cegonhas voam pelo céu". A canção fala de alguém que sempre teve seu destino marcado pela má sorte. (N. do T.)

tamente se levantam, como joões-bobos. A analogia é evidente, as lágrimas chegam a começar a cair. Os nervos, os nervos não valem nada. Já faz meio século que estamos sem pernas, batem em nós mas nos levantamos, urinam em nosso rosto, como urinou em mim Nikolai Petróvitch no primeiro interrogatório. E nós nos limpamos. Que bom que tenhamos no trem uma comissária e não um comissário. Porém, no entanto, é uma fisionomia repugnante: Nehmen Sie, bitte, Platz. Ela olha feio para mim. É um olhar de incompreensão total, uma recusa agressiva, um olhar de intolerabilidade mental. O abismo entre nós, infelizmente, é ontológico. O carregador trouxe as malas e, ao mesmo tempo, uma surpresa agradável: estou sozinho na cabine. Será que isso é o começo de uma bandeira branca? Deus queira. A coisa mais chata do mundo é a cabine de um vagão em viagem internacional. O que pode ser mais entediante do que esses lambris de cerejeira, corrimãos niquelados, cortinas de seda e sofás estofados. Mas quanta angústia está contida nessa chatice, quanta expectativa. Há meio ano, numa noite negra de dezembro, eu sonhava em como entrar nesta cabine chata. Vou me sentar. O trem vai arrancar, vão trazer o chá, os ovos cozidos vão rolar pela mesinha. Graças a Deus! Agora é preciso sobreviver a um rito lúgubre, ou seja, a eucaristia do Ministério dos Transportes. Sempre me custa aguentar isso. Entra a comissária, fecha a porta, em silêncio. Levanto-me. Em silêncio, ela me passa a Caixa. Pego, abro, cheiro. Ela me dá uma colherzinha. Sirvo-me, como. Devolvo para ela. Pronto. Mas o meu coração dispara cada vez que faço isto. O que é isso? Medo? Mas medo de quê? É preciso lutar, lutar contra isso. Os alemães também comem quando vão à Rússia. Tratado de Viena de 1987. Bem, acabou. Passo o trinco na porta, visto um roupão, acendo o cachimbo. Arrastam-se e arrastam-se os infinitos subúrbios moscovitas. Um Ribbentrop todo lustroso, ainda em 1958, numa brincadeira (bela brincadeira), chamou Moscou de tumor desenvolvido, muito dificilmente benigno. Khruschóv sorriu, sem compreender. Meu Deus, meu Deus, o que é que aconteceu com a minha cidade natal? E por que justamente eu tive que ver esta degeneração terrível? Santo Pai, como tudo isso é repugnante, pesado, vergonhoso. Ainda que Berlim, falando com sinceridade, também esteja longe da harmonia: o gigantismo de Kupelsberg, os titãs de mau gosto de Arno Breker,[5] a mais

[5] Arno Breker (1900-1991), artista plástico alemão. (N. do T.)

que vulgar Fonte da Vitória, a bosta turca nas calçadas de Kreuzberg. Infelizmente, o século XX é completamente antiestético. Eu vejo isto, mas entender o por quê, eu não posso, não quero, não desejo! Ela trouxe o chá. Entramos numa floresta. Já melhora a sensação na alma, fica mais fácil respirar e refletir. É melhor viver com as árvores. Somente a Natureza tem a capacidade de acalmar de verdade. Estou cansado. O ano foi terrível. A vida não nos é dada para a felicidade, como escreveu Leskov,[6] ao morrer. Mas também não é para o sofrimento, como provou claramente Kaltenbrunner.[7] Dormir.

03.05.1990. Despertar inesperado em Brest. Uma tradição nojenta, asquerosa. Da morna confusão do sono me arrastaram à alfândega. Quando eu estava deitado e nu sobre o piso de cimento, cheio de urina (todos aqui se urinam de medo), um tenente bielo-russo de nariz azulado bramia que minha permissão não me livrava da inspeção. Inspecionou-me a fundo, em todos os lugares. Um bronco estúpido com a mentalidade de um porco. A julgar por seu nariz e suas espinhas, é um amante de vodca barata, toucinho e batata amassada. Um ser infeliz. Na Rússia, todos são infelizes, tanto os carrascos quanto as vítimas. Santo Pai, perdoai-nos a todos. Tende piedade. Quando voltei à cabine, estava lá sentado um companheiro de viagem, de cabelo grisalho e aparência de intelectual obersturmbannführer da SS, com uma pasta, uma cruz e uma faixa de leibstandarte "Ômega" na manga. Para dizer a verdade, eu não gosto de militares e não há o que fazer quanto a isso, mas meu vizinho mostrou-se uma agradável exceção, que me surpreendeu e agradou com sua intelectualidade nada superficial. Em meia hora já estávamos travando uma conversa afável, como se fôssemos velhos amigos. O fato é que ele esteve em Minsk por causa do desfile local de primeiro de maio, e agora estava de volta a Varsóvia, à sua famosa divisão. Animou-se ao saber que eu era um escritor russo, disse que escrevia poemas no colégio, havia publicado quatro artigos no *Militärischer Beobachter*, pensava na profissão de correspondente de guerra, mas a carreira militar o conquistou. Parece ter uns 55 anos e, pelo visto, é inteligente e boa-praça, caso contrário não teria se tornado tenente-coronel. A comissária trouxe café

---

[6] Citação extraída do romance *Os abandonados* (*Oboidiônnie*), do escritor russo Nikolai Leskov (1831-1895). (N. do T.)

[7] Ernst Kaltenbrunner (1903-1946), oficial de alta patente da SS, julgado no tribunal de Nuremberg. (N. do T.)

e biscoitos. Começamos a conversar sobre a literatura alemã dos últimos cem anos. — Cada geração de alemães apresenta, na cultura, seus próprios Cila e Caribdis, diz ele, tirando com um guardanapo as migalhas de biscoito sobre a manga. — Para a minha geração, foram Thomas e Heinrich Mann. O neorromantismo do primeiro, o neoclassicismo do segundo... foi um peculiar ímã com dois polos, através do qual passou a minha geração. E acredite, poucos conseguiram não ser atraídos por um dos polos. Eu também não resisti — o obersturmbannführer sorri e com leve tristeza acaricia a suástica na manga. — Sinceramente, ainda agora eu estaria disposto a beber a umidade poplítea do joelho de Madame Chauchat, como se bebesse do Santo Graal. E o meu amigo Walter, nosso médico de divisão, não vai dormir sem os *Buddenbrook*. Nós, intelectuais alemães, temos dois extremos: ou a euforia de Turim do divino Friedrich, ou o imperativo categórico do grande Immanuel. Mas me desculpe, eu só falo dos alemães. Diga-me, é verdade que a literatura soviética está passando agora por um período bastante dramático? E ele olha como só os alemães sabem olhar: com confiança e com evidente compreensão. Mas o que, o que eu posso responder a este gentil-homem? Que a situação cultural no país é deprimente e a literária é terrível? Que a arrogância, o niilismo, a ignorância foram não somente elevados à condição de virtudes, mas até mesmo de qualidades necessárias para que se possa subir a escada sangrenta da literatura? Que os bandos de corvos canalhas ensandecidos da crítica devoram avidamente o cadáver da Literatura Russa? Que a minha geração está presa entre duas mós mortais: os veteranos stalinistas de cabeça de chumbo e os jovens Heróstratos da literatura, que observam a Cultura Russa a partir do brilho sombrio de sua piromania? Que no último mês perdi três dos meus melhores amigos? Que arrebentei com um machado a máquina de escrever? Que cuspi na cara da minha mãe? Que tenho pesadelos com pessoas com cabeças putrefatas? Que à noite não posso ver minhas próprias mãos? Que tenho medo de uma cômoda? Santo Deus, Deus todo poderoso, Deus imortal, perdoai-nos.

04.05.1990. Eu sempre passo dormindo por tudo o que é mais importante. É uma sina. Mal abri os olhos, levantei a cabeça e entendi que já tínhamos passado pela Testa e estávamos avançando pelo Intercílio. O interlocutor de ontem sumiu junto com sua pasta. Pela terceira vez na vida eu atravesso a fronteira com a Alemanha e pela terceira vez passo dormindo pela Testa. O que é isso? Anarquismo russo? Ou simplesmente oblomovismo?[8] Quem sabe velhice prematura? Estupidez, estupidez. Ainda ontem à noite, quando no vagão-restaurante eu e o obersturmbannführer tomávamos uma cerveja tcheca depois de uma *palinka* húngara, a leste no horizonte surgiram algumas colinas gigantes de forma achatada, às quais meu *vis-à-vis* imediatamente propôs brindar. Eu aceitei depois de uma breve hesitação. Todos os caminhos da Rússia para a Alemanha passam por Braunau. Bem de acordo com o espírito da época. Nessa área de mais de dez mil quilômetros quadrados foram feitos gigantescos trabalhos de terraplenagem durante onze anos. Sob o comando de Speer,[9] milhares de pessoas e máquinas recriaram a paisagem local conforme SEU rosto, voltado para o céu. Fotos (e fotos aéreas) são categoricamente proibidas. Eu sei que Armstrong e Stafford fizeram fotos do espaço. E os nossos com certeza já fotografaram, continuam fotografando e vão fotografar mais. É engraçado. Agora o trem vai pelo Intercílio, subindo bem na ponta do Nariz. Lá existe uma parada, a alfândega, o torturante rito "Travessia de Fronteira", telescópios para observar o gelo cósmico, um altar feito de ossos de povos conquistados, bioestufas, um columbário. Há em tudo o exagero de um gigantismo doentio. Senso de proporção, senso de proporção. Quanto deste senso falta ao século XX! Quem faz tais templos são funcionários da arte, não artistas de verdade. Le Corbusier faria de outro jeito. Adiante teremos uma longa parada de umas seis horas, depois o trem será baixado em elevadores especiais para a Dobra Nasolabial. É ali que está a cidadezinha de Braunau, cumprindo o papel de bigode. Tiveram que alargá-la um pouco para dar-lhe a forma necessária. Depois, os Lábios e o Queixo. Mas por quê, por que sempre me preocupa o que vai acontecer depois? Por quê, de onde vem tal incapacidade e indisposição para viver o momento presente? Até quando a consciência russa terá que se equilibrar entre o passado e o futuro sem perceber o presente? Acaso terá limite nossa sede gnoseológica, nossas ambições metafísicas? Até quando teremos que ser maniqueístas em torno do Espírito, contrapondo a ele nossa humilhada Existência? Onde

[8] Expressão cunhada a partir do nome da personagem Oblómov, herói do romance *Oblómov*, de Ivan Gontcharov (1812-1891). O termo (em russo, *Oblomovschina*) acabou por significar, para a cultura russa, uma atitude de preguiça ou de inércia diante da vida. (N. do T.)

[9] Albert Speer (1905-1981), arquiteto-chefe do Terceiro Reich, na Alemanha nazista. (N. do T.)

estará o juízo relativista? Onde estará a pertinência? Deus, quando aprenderemos simplesmente a VIVER? Berdiáiev[10] tem razão: "os russos tendem a compreender tudo totalitariamente". Para quê, meu Deus?

05.05.1990. 4 horas e 18 minutos. Graças a Deus, não despertei atrasado. Já amanheceu, faltam uns 40 minutos para o sol nascer. Saturno ainda está em oposição a Júpiter, mas já se moveu em direção a Marte. O I-Ching promete um incompreensível "poço" e um "guincho de esquilo". Os eslavos também são incompreensíveis. O trem se arrasta como um caracol sobre uma lâmina. Lembre-se, recorde-se de tudo. Viva este instante. Aí estão os trilhos, os dormentes de concreto, aí está a neblina e dela destaca-se o monturo da estação de trem de Munique. Aí está o agulheiro, a patrulha com dois pastores-alemães, aí está a plataforma, a plataforma, e como ela se estende por tanto, tanto, tanto tempo. Deus, como demora! Por toda a vida nós temos que esperar e ter esperanças, acreditar, crer que não escapará de nós O MAIS IMPORTANTE. E se de repente ele escapar e girarmos no mesmo lugar como Nabucodonosores enlouquecidos, devorando a erva que nós mesmos emporcalhamos? Deus, será que tudo é em vão? Últimos centímetros do torturante caminho. Meu Deus! Paramos. Salto. E já percebo quais eram os que me esperavam: dois vagões adiante estavam os três de uniforme. Se aproximaram. Unterscharführer Willi e dois soldados da guarda interna do acampamento. Willi sorri:

— Wie geht's, Herr Schriftsteller?

— Danke, Willi! Nicht schlecht.

Aperto sua maciça mão bávara, os soldados pegam as malas. Passamos pela multidão da estação e, em duas motocicletas com grandes *sidecars*, partimos em viagem. O caminho de Munique a Dachau é de trinta minutos, só trinta, meia hora, mas é um caminho, não O CAMINHO, caminho, ou, Deus, um caminho, isto é a tremedeira do nervosismo, o tenso aumento dos batimentos cardíacos, a languidez da espera, isto é, isto é o vento da alvorada bávara, sossego e ordem, castanheiros floridos passando, saudações dos camponeses: Grüss Gott!, é a ereção matutina, são, no fim das contas, duas curvas bruscas da estrada, mato, capim, os mirantes do acampamento, Stacheldraht, cabelos, o portão do acampamento. A verificação de documentos que, dolorosamente doce, turva a

[10] Nikolai Berdiáiev (1874-1948), filósofo russo. (N. do T.)

razão, as perguntas precisas dos belos rapazes, os jovens olhos mirando com doce atenção por baixo dos capacetes, o rosnar encantador dos pastores-alemães, o farfalhar do passaporte soviético de couro vermelho nas seguras mãos alemãs, o rangido embriagador do ferrolho, rangido, não, não, o sussurro, o rumor, o barulho do portão se abrindo, os espasmos cardíacos, o frio nas mãos, o calor nas bochechas, o *pince-nez* embaçado, o cascalho, um cheiro, não, o cheiro do ACAMPAMENTO, o santo, conterrâneo, querido, despojado de linguagem, de coração partido, o lento, lento, lento avançar pelo cascalho, tomara que não desmaie, uma oração de coração e a esperança, e o amor, e a FÉ no poder do PRAZER, crescendo no peito como um baobá absurdo, oh, como são surpreendentemente maravilhosas suas raízes, brotando sem piedade pelos pulmões, estômago, intestinos, ramificando-se pelas veias do peristáltico e enchendo os corpos cavernosos do pau numa alegria efervescente, como é desejada sua copa, abrindo-se no cérebro com bilhões de brilhantes folhas divinas, como é desejado seu tronco, inchando sem clemência minha garganta! Paramos. Appelplatz. Meu Deus! Coração, coração, halt. Aprenda a beber o vinho do prazer gota a gota, não se engasgue com ele. Saia do *sidecar*, pise no frágil cascalho matutino, olhe atentamente para o oceano de neblina, gorduroso como o leite de uma viúva bávara, distinga os contornos familiares: a única cabana, o prédio administrativo, a cadeia, o monumento aos mortos e, lá longe, no nirvana de leite, como um farol de Colombos purulentos, o tubo crematório, o tubo, o tubo, Deus, de Seu Jericó Infernal, o tubo da Sucção Paradisíaca, o Primeiro Tubo da Orquestra dos Corretores da Espécie Humana, o TUBO ÔMEGA, o Tubo do Eterno Orgasmo dos que Partem, o Tornado Marrom da Regeneração, o Elevador Artesanal para os Aposentos do Imperador de Jade, a Catapulta do Salto Principal, o Terrível Evaporador de Almas, não, não, não. Tudo de uma vez, a seu tempo, o que é desejado, lentamente, passo a passo vivifique o Divino Mecanismo do Reconhecimento, ponham-se a girar os cintilantes guias do ADORADO, com esperma, com esperma eu vou untar teus rolamentos dourados, sangue, o meu sangue vou colocar no carburador de prata, vou jogar a carne do meu corpo na tua fornalha urrante, reluzam, reluzam os raios platinados da Roda do Prazer, estale, estale. O Cascalho do Antegozo, preparem-me para o Grande Encontro Contigo, a DIVINA, INUMANA, TORTURANTE, ADORADA, TERRÍVEL, AMADA: ela sempre aparece a tempo-e-imprevisível no espaço da espera, como um cristal na solução supersaturada, como agora, quando já há um fragmento de sol e pássaros atrás dos arames, e o cheiro, os cheiros, e o estalido, ELA vem da neblina em minha direção através do appelplatz, esgueirando-se, passando entre a forca e a guilhotina, ELA, a mulher de duas cabeças, num uniforme negro da Gestapo. A minha Preciosidade Infernal, à esquerda: Margarida, à direita: Gretchen. Margarida: minha querida, branco-dourada, suave, silenciosa, cabelos de Loreley, olhos de Lilith, lábios de Safo, a ternura de Lara do *Doutor Jivago*[11] e de Lotte em *Weimar*[12] (no que diz respeito ao encanto); Gretchen: preto-azul, como asa de corvo, olho de Brunilda, rosto de Brunilda, voz de Brunilda, lábios de Salomé, decidida como a *Lady Macbeth do distrito de Mtzensk*,[13] a inflexibilidade de Wanda de Sacher-Masoch,[14] desinibida como a Justine do Marquês de Sade. Você tem 23 anos, a SENHORA tem 23 ("a devastação", segundo o I-Ching, "a costela do cervo", segundo os eslavos). Você veio à luz no momento do bombardeio atômico de Londres, Glasgow, Liverpool, Manchester, sob ele, estanque o meu coração, Deus do Poder e da Glória, com o som estridente do crescimento dos Champignons de Plutônio, teus pais caíram com a morte dos valentes cinco anos depois, não, não, Meu Querido Dicotômico, durante o Desembarque de Nova York, a Pátria criou VOCÊ, Margarida: hauptsturmführer SS, Gretchen, sturmbannführer, nos encontramos pela primeira vez em Moscou, no parque VDNKh,[15] eu simplesmente passeava, pensando em meu novo livro, sem querer entrei no pavilhão da "Suinocultura", apesar do cheiro eu ia pelo NÃO corredor entre os cercados, lá es-

SEDEVE

NÃOSEDEVE

NÃOSEDEVENÃO

SEDEVENÃOSEDE-

VE NÃOSEDEVENÃO

---

[11] Romance do escritor russo Boris Pasternak (1890-1960), publicado em 1958. (N. do T.)

[12] Romance *Carlota em Weimar*, de Thomas Mann (1875-1955), romancista alemão. (N. do T.)

[13] Novela do escritor russo Nikolai Leskov, publicada em 1865. (N. do T.)

[14] Leopold Ritter von Sacher-Masoch (1836-1895), escritor austríaco. (N. do T.)

[15] Parque e centro de exposições dos avanços da economia socialista, existente até hoje em Moscou. (N. do T.)

SEDÊ VÊNÃO SEDEVENÃO

SE DEVENÃOSEDEVENÃOSE

DÊ NÃOSEDEVENÃOSEDEVENÃO

SEDEVENÃOSEDEVENÃOSEDEVENÃO

SEDEVENÃOSEDEVENÃOSEDEVENÃOS

EDEVENÃOSEDEVENÃOSEDEVENÃOSEDEVE

NÃOSEDEVENÃOSEDEVENÃOSEDEVENÃOSEDE

VENÃOSEDEVENÃOSEDEVENÃOSEDEVENÃOSEDEVE

NÃOSEDEVENÃOSEDEVENÃOSEDEVENÃOSEDEVENÃO

SEDEVENÃOSEDEVENÃO SEDEVENÃOSEDEVENÃOSEDEVE

NÃOSEDEVENÃOSEDEVENÃOSEDEVENÃOSEDEVENÃOSEDEVE

NÃOSEDEVENÃOSEDEVENÃOSEDEVENÃOSEDEVENÃOSEDEVENÃO

SEDEVENÃOSEDEVENÃOSEDEVENÃOSEDEVENÃOSEDEVENÃOSEDEVE

NÃOSEDEVENÃOSEDEVENÃOSEDEVENÃOSEDEVEOPORAOPUTREFATINSEN-
-SATODECOMPUSTOCORRUPTOSPERMASANGRENTODAVIOLÊNCIAAOCARA-
LHODOTOTALITARISMO.DEVESESABERENTREGARSEAELECOMPRAZERESER
V E N T I A P A R A O I N T E R E S S E C O M U M . I . L E N I N

tavam porcos enormes que nem podiam se levantar, eu parei perto do último cercado. Você estava ao meu lado, num sobretudo de couro da SS com lapelas brancas, suas luvas reviravam um chicote, você observava um porco de mil e quinhentos quilos, observava em silêncio e eu disse que talvez fosse o nirvana, viver num corpo que só come e dorme, e Margarida sorriu, Gretchen lançou um sorriso frio, e eu propus a VOCÊ mostrar outros pavilhões, em especial o "Mundo virtual", você aceitou e, um dia depois, Você, meu tesouro siamês, entregou-se a mim no Inturist[16] numa cama estreita, eu e Margarida nos beijávamos e Gretchen olhava para o outro lado e mascava *gummy bears*, fingindo que para ela tanto fazia e eu chorava beijando o mediastino de seus pescoços.

CÂMARA I: de repente querida numa poltrona do tipo odontológica e pinças e você meu tesouro com um chicote e peladinha por baixo e estão me amarrando azulejos muita luz e pra começar você me bate nas pernas com um assobio até criar hematomas e eu choro e depois as pinças e a unha do dedo mínimo e você meu amor me diz aguente porco russo e eu grito e urino, nas pernas, nas perninhas machucadas e choro e você

[16] Nome de hotel, em Moscou. (N. do T.)

sorri e me mostra a unhazinha arrancada na pinça uma hora depois olhe parece uma pétala de gerânio coma isto e eu engulo.

CÂMARA 2: frio um tanto escuro o braço dói e as pernas atrás da parede estão estuprando um americano deus quanto sofrimento no mundo entram você e Georg e quando me penduravam gritava como na infância mamãe os eletrodos um no saco outro no lóbulo da orelha mamãe Gretchen beija Georg Margarida grita que eu mamãezinha confesse tudo tudo vou assinar e eles mais e mais eu vou assinar tudo tudo vou confessar eles se beijam e eu grito e o americano geme assinei que eu tinha participado ativamente no experimento da primeira câmara de gás escreveram na testa fascista.

CÂMARA 3: móveis estofados televisor Georg você Kurt mostram como me torturavam vocês almoçam a mim não me dão assisto a mim no televisor Kurt me pede fale sobre Dostoiévski eu falo vocês comem bebem cerveja olham para mim e me escutam depois obrigado pela conferência senhor escritor um após o outro mijam no meu rosto assim como Nikolai Petróvitch.

CÂMARA 4: concreto e tábuas você conta a Gretchen num alto-falante sobre minha conferência uma frase Margarida outra tenho fome fraqueza por que que eu vim para cá você é mesmo implacável assim como uma mulher não deve ser.

CÂMARA 5: de manhã o açoitamento e Deus só não precisa ser até sangrar e vocês gritam que eu fale de novo sobre Dostoiévski sobre o arrependimento de Raskólnikov e eu só não batam nos testículos eu chorei e três chibatadas e meu deus você Gretchen não tem pena de mim e Margarida grita no ouvido aí eu conto e depois no chão dói mas você com os saltinhos no peito e eu falo do arrependimento e de Sónietchka Marmieládova e você olha de cima e Kurt e Steffen te tocam por baixo e não dá pra respirar e os saltos são pontudos e eles tocam e você está vermelha Gretchen e Margarida grita para mim mais mais mais alto porco depois de novo o açoitamento nos calcanhares e você pergunta sobre Sónietchka e outra vez bate e Kurt e Steffen te acariciam e bebem cerveja.

CÂMARA 6: ela entrou de manhã jogou as runas sossego e esperança imploro comer beber muito beijo as botas peço sede terrível saiu às gargalhadas no teto um alçapão e desceu numa corda imploro desceu um pedaço desceu uma pata de cordeiro assada vertem eu aproximo a boca sangue fresco de cordeiro cato com a boca engasgo cato bebo até o limite depois a carne mordo puxo e você puxa Margarida sorri e Gretchen fala tenha dó mastigo ora mais embaixo ora mais no alto incrivelmente gostoso como querida como e no alçapão seus rostos minha querida adorada eu como como se pela primeira vez na vida como se acabasse de nascer através da comida renascemos como fênix Osíris Dionísios Cristos e você ria Margarida não deixava Gretchen deixava roí o osso branco na corda e depois vocês anunciaram pelo alto-falante que eu tinha comido o pernil de uma menina russa Lena Serguéieva e tinha bebido seu sangue jogaram uma foto o doce doce rosto russo Deus eu chorei rezei até a noite o osso na corda adormeci sonhei com minha mãe ela me levava à igreja Obídenskaia[17] sou um menino e das costas dela caem pedaços eu os pego numa sacola de redinha e choro e ao redor cantam Cristo ressuscitou dos mortos e mamãe sorri.

CÂMARA 7: não ficou por muito tempo tudo é de madeira rústica mas envernizada depois entraram você e o Kurt quatro soldados com um pastor-alemão você jogou as runas Gretchen falou perfeito o pleno favorecimento os soldados seguravam o cachorro efetuou um ataque sexual ao meu ânus e imediatamente enfiaram no ânus uma rolha vestiram a camisa de força me largaram Gretchen disse um escritor russo com o esperma de um pastor-alemão no cu quanto tempo vai aguentar.

CÂMARA 8: um luxo fantástico paredes de mámore uma banheira gigantesca me colocaram amarrado foram embora música música no alto perto do teto Wagner Lohengrin luz azul uma grande torneira dourada e um grosso pegajoso jorro de muco marrom com vermes da minha perna o cheiro é monstruoso escorre escorre descendo sem ruído e Wagner e eu preso no fundo e escorre escorre Meu Deus e devagar devagar foi enchendo um estrume morno com vermes murchos até a barriga até o peito até a garganta estiquei o pescoço o queixo até a boca tremedeira tenho medo de me mover a porta se abriu um longo corredor azul você bem no final de branco Wagner Wagner e Gretchen canta Lohengrin e Margarida Elza em dueto e tudo se acabou em silêncio e somente o rumor baixo dos vermes entrou Kurt com uma concha Georg com um prato tome a sopa das melhores partes do corpo da tua jovem compatriota tremo coma ou vamos te alimentar com os vermes abro a boca e engulo rezo concha concha uma duas três santo Deus santo poderoso santo imortal dezoito conchas choro eles riem temo vomitar vou me engasgar

---

[17] Igreja em Moscou que leva o nome do profeta Elias. (N. do T.)

com os vermes riam fumavam depois o Kurt você é um bobo é um caldo de carne foi uma brincadeira foram embora chorei mas me acalmei de novo Wagner O Crepúsculo dos Deuses e você entrou num belo vestido branco e olhava triste Margarida e distraída Gretchen e as duas disseram eles fizeram uma brincadeira esses brutos a sopa era de Lena Serguéieva.

CÂMARA 9: a barriga está inchada o intestino dói estou amarrado me enfraldaram com uma camisa a pouca luz da manhã me tiraram da banheira lavaram transportaram alimentação forçada com uma papinha de ervilha com knödle eu pedia está doendo deitado por um dia a rolha cravada até a morte ela traz excursões a população local um mandado um escritor russo com uma rolha no cu as crianças e os velhos não acreditavam mostram a rolha choro imploro vai rasgar o intestino Gretchen os intelectuais russos são pacientes Margarida olha com um sorriso triste às três de novo a alimentação gritei me bati açoitaram nos pés chutaram com as botas me alimentaram com um ensopado de legumes feito com a gordura da Lénotchka despejaram cerveja escura depois não a sobremesa morango com chantilly sorvete com frutas empurravam eu mugia e Deus Deus enfiam o bolo de maçã derramam café café moído num moedor elétrico dourado o nosso pobre povo Deus sofrimentos Deus quantos sofrimentos mãe arrebenta eu explodo apresentação de excursão à noite à tarde o jantar o fígado de Lénotchka ao molho branco não batata não tudo enfiado empurrado mãe cerveja cerveja cerveja sangue e cerveja abacaxi não e eu tenho medo perdoai-nos Santo Pai o rompimento brinque então até o rompimento do estômago com a cabeça alemã com a rolha no cu Meu Deus à noite um duro interrogatório e te deixaremos cagar se não assinar não vai cagar e eu mãe e eu Meu Deus assinei.

CÂMARA 10: à noite o desmaio acordei numa praça uma multidão da população local um batalhão feminino sua arquibancada uma cadeira com um buraco no assento microfones por baixo do buraco mãe sua foto no caixão mamãe perdoe falam sobre assuntos russos a mãe o escritor russo a mãe e por ordem do gruppenführer e lá da sua mãe é permitido cagar puxaram uma cordinha e Deus essa rolha ela estava lá e mãe eu eu perdoe por mamãe eu isso um som alto mamalto mãezinha eu me esticaram mamãe eu mamãe na tuatumba naquilo que é nosso mãezin eu alto e de uma gargalhada e eu mãe perdoe mama eu inocente de tudo da Alemanha eu alto na mãe no que está morto perdoe eu depois assinei na câmara que eu sou agente da CIA eu mamãe assinei que você esfaqueou o papai.

CÂMARA 11: um lugar aconchegante simples silêncio mesa cama estante de livros um enorme retrato de Lena Serguéieva na parede leio águas primaveris de Turguêniev me acalma naquela época ainda sabiam amar sinceramente os ideais estavam ainda vivos era forte o amor pela pátria pelos pais tudo aquilo que o cínico século XX alagou com sangue e pisoteou na lama para servir no almoço um filé da Lénotchka com cogumelos beaujolais sorvete de nozes licor recusei os cogumelos depois de Tchernóbil é arriscado depois o trabalho encho almofadas para os aleijados com cabelos de mulheres loiras mas muito menos e pensei na Margarida no quanto é mais suave mais feminina do que Gretchen às seis o açoitamento às oito masturbação em frente à terceira companhia do batalhão feminino.

CÂMARA 12: eu vou assinar tudo não façam vou assinar tudo lá não perdoem vou assinar não eu não vou fazer vou assinar vou assinar por favor só não façam isso lá vou assinar tudo vou assinar tudo vou assinar tudo vou assinar tudo não eu vou assinar tudo não eu vou assinar tudo não eu vou assinar meus queridos não eu vou assinar queridos não eu vou assinar mais fundo não eu vou assinar mais fundo não eu vou assinar mais fundo não mais fundo.

CÂMARA 13: a solitária um poço de concreto depois trabalhar na pedreira poderiam ter dado umas luvas até o almoço o pesado caldo das tripas de Lénotchka knödle de ervilha com a gordura de Lénotchka pão ersatz em compensação a água é limpa melhor do que a de Moscou trabalho trabalho trabalho frei macht pedras pedras é hora de recolhê-las e desviar dos abraços com autismo e introversão o trabalho purifica a cabeça não sem razão Tolstói trampou e ao trampar serviu a sua excelência pedras pedras pedras como as tábuas do destino de Khliébnikov quantas delas tiveram que carregar nas costas nossos intelectuais sem um minuto de descanso para ler a escrita cuneiforme de seu destino dos nossos alfa e ômega a arrogância o anarquismo o oblomovismo aí estão as três baleias as três tartarugas de pedra zelando pelo globo terrestre por nossas penas e sofrimentos sempre sempre o déficit de modéstia e cultura interna não no sentido da espiritualidade e genialidade mas no sentido da cultura de comportamento Deus quantas bofetadas suportou minha face quantos cuspes ficaram pendurados na minha barba e vejam só não da parte dos proletários ou dos pequenos-burgueses e é isto que aciona o alarme cuspindo em nós mesmos perdemos o futuro arriscamos o genofundo entretanto a situação com precisão ameaçadora imita o fim de século os ídolos do passado estão destronados sem pavor o porvir é escuro como o mar antes da tormenta e o gênero humano está entre um caixão cheio de cinzas e um berço vazio são seis na appelplatz estão enforcando o americano comandos precisos batucada de tambores o peido agonizante do coitado medonho medonho todos os enforcados costumam ter ereção um oceano de sofrimentos banha teu trono santo pai até quando à noite o açoitamento depois uma conferência sobre a prosa soviética moderna tomara que eu lembre os sobrenomes Babaiévski Bóndarev Bítov Baklajánov.[18]

CÂMARA 14: assim porco fracote assim porco assim assim porco fracote assim porco porco fracote assim porco porco fracote assim assim porco assim porco assim porco fracote assim porco porco porco fracote você é um porco assim porco fracote assim porco assim fracote assim um patife assim porco assim porco fracote assim você assim porco fracote assim porco porco fracote assim porco fracote assim porco fracote patife fracote assim porco fracote fracote você é um porco porco fracote assim porco assim.

CÂMARA 15: trateterização e entrompimento agulho agulhobreiro cristi cristocutâneo divinacarne cadavericência triparição nhac nhac nhoc esta previnfecção cadaveriderme divirmaria cadaveridérmico divirgemente porex nhac nhac nhac.

CÂMARA 16: quarto que parece de hotel chuveiro wc espelho redondo em cima da pia cada vez que saio da Rússia meu rosto sofre uma estranha metamorfose as feições se deslocam de modo imperceptível mudam de lugar construindo um rosto novo que lembra vagamente o antigo um tipo de aberração da topografia fisionômica os olhos o nariz o bigode a barba tudo é diferente até o *pince-nez* brilha diferente os movimentos quantos automatismos escova de dentes tesoura para bigode alicate de unhas aí estão nossos eternos escravizadores e Derrida[19] tem razão cada movimento automático é textual cada texto é totalitário nós estamos no texto então estamos no totalitarismo como moscas no mel e a saída a saída será que só a morte é a saída não a oração a oração e a contrição

---

[18] Os escritores russo-soviéticos Semion Babaiévski (1909-2000), Iúri Bóndarev (1924-) e Andrei Bítov (1937-). Quanto a "Baklajánov", trata-se de uma menção irônica ao escritor Grigori Baklánov (1923-2009), fundindo seu sobrenome à palavra *baklaján* (beringela, em russo). (N. do T.)

[19] Jacques Derrida (1930-2004), filósofo francês. (N. do T.)

hoje rezei pelos filhos viajantes e pelos mortos inocentes antes do almoço li memórias de um caçador[20] depois dormi colei caixas às nove não trouxeram o jantar deitei com o ninho de fidalgos[21] dez onze à meia-noite um soldado com um embrulho troque-se estão lhe esperando na appelplatz Meu Deus abri tudo branco fraque cartola luvas sapatos bengala subimos no elevador tremedeira nervosismo noite estrelas no lugar da forca uma maravilhosa mesa servida para dois velas quatro criados de branco e você num divino vestido negro dois cigarros um numa piteira branca outro numa negra um jantar precioso um quarteto de cordas Vivaldi as quatro estações e champanhe e sobremesa e você meu tesouro e o frescor a chinchila nos ombros e o rouxinol num arvoredo perto do crematório e os olhos de Gretchen e o sorriso de Margarida e a metralhadora atirando atrás do bosque e nosso passeio e o vento no arame farpado e os olhos dos soldados nas guaritas brilhando na escuridão e teus braços e o cascalho sob os saltos e as trevas e o beijo de Margarida e a confusão de Gretchen e o sussurro quente dos três e o casaco de pele atirado na escuridão e os amados desejados ombros de Margarida e um nein confuso de Gretchen e os meus lábios e os de Margarida e o dunkelheit e os beijos e o impulso de Gretchen de ir embora e passos passos e de novo os abraços e o liebling e nein e uma queda inesperada num fosso sobre os putrefatos cadáveres e o calafrio de Margarida e o calafrio de Gretchen e o nachtigall o maschinengewehr e o farfalhar do veludo e a lingerie de renda e a doce umidade de sua preciosa möse por quê por quê há uma para as duas e gemidos gemidos gemidos de Margarida e os nein nein nein de Gretchen e meine meine bezaubernde schatz meine liebling meine meine meine liebe meine Zarte deutsche blume meine me meine ich ich ich möchte dich bis auf grund auschlurfen.

CÂMARA 17: um chicote com empunhadura de barbatana de baleia trançada com quatro tiras de couro de búfalo com um arame de chumbo enroscado na garupa um pau de bambu com a ponta rachada um bastão de olmo revestido de pelica uma mangueira de borracha com azeite de oliva três sacolas de celofane uma caneca Esmarch[22] seringas descartáveis duas cunhas de aço uma luva de pele de judeu quatro machados um

[20] Livro de contos de Ivan Turguêniev. (N. do T.)

[21] Romance de Ivan Turguêniev. (N. do T.)

[22] Instrumento para realização de enema. (N. do T.)

gancho um conjunto de serrinhas e limas um aparelho para respiração artificial um torno vidros com gânglios linfáticos de ingleses um crucifixo uma broca algemas uma coleira de seda um soco inglês um computador macintosh.

CÂMARA 18: todos os pelinhos da bundinha dela foram depilados e tudo cheio de talco eu estou enfaixado em trapos molhados para apertar devagar e ela tem o esfíncter como uma cruz e uma cruz de fezes no rosto e uma cruz de fezes no meu rosto.

CÂMARA 19: um azul gelatinoso depois dos esforços depois da sucção e a tremedeira depois de espremer e o paulatino e periódico nein nein nein nein nein nein nein nein nein nein nein nein nein nein nein nein nein nein nein nein nein nein nein nein nein nein nein nein nein nein nein nein nein nein nein nein nein nein nein nein nein nein nein nein nein pelo cateter pela medula espinhal nein nein nein nein nein nein.

CÂMARA 20: antes do almoço caçaram com os pastores-alemães me fizeram correr sobre troncos pegar pedras pegajosas me humilharam o almoço é esplêndido três horas oito pratos ela disse parabéns isso já não é Lénotchka mas sim o menino judeu Osia Blumenfeld são assim vorazes os escritores russos colocaram uma foto ao lado da foto de Lénotchka me deram sua biografia chorei espiavam da parede dois belos rostos infantis Lénotchka cresceu em Smoliénschina[23] numa casinha simples camponesa ia até o rio colher framboesas beijava o bezerro na testa sedosa cuidava do irmãozinho de peito Fiédka Osia nasceu em Jitómir numa grande família de um sapateiro judeu estudava letras difíceis *álef bet vav* ajudava o pai a encerar lona entrava com os amigos num cemitério antigo ia à sinagoga com o avô para ver os velhos se balançando bonitinhos bonitinhos pois então poderiam se encontrar daqui a dez anos em algum lugar como na Arbat[24] ou na Kreschátik[25] se apaixonar e ao juntar a agilidade da mente judia com a amplidão da alma russa dar ao mundo um novo Fet[26] mas aconteceu que vocês não se encontraram na Arbat e

---

[23] Assim é denominada a região de Smoliénsk, província russa a oeste de Moscou. (N. do T.)

[24] Uma das ruas centrais mais antigas de Moscou, hoje um de seus principais pontos turísticos. (N. do T.)

[25] Rua central e turística de Kíev, na Ucrânia. (N. do T.)

[26] Afanasi Fet (1820-1892), poeta russo de origem judaica. (N. do T.)

sim no estômago de um homem miserável para se juntar às células desintegrando-se passar pelos suaves zigue-zagues do intestino e sair à luz do dia na forma de um aromático monumento à nossa época desumana Deus e por que tudo através de mim por quais pecados Deus tu escolheste minha carne como campo de testes dos teus caprichos por que torturas e sofrimentos caem sobre mim como ursos podres por que tudo é pisoteado desperdiçado vendido por que estamos condenados a tomar por felicidade a pausa entre as torturas quando o carrasco sai para fumar um cigarro e trocar de instrumento onde estará a nitidez de percepção do mundo onde a espontaneidade onde a inocência?

CÂMARA 21: devora-me e eu retorno apenas devora devora nas melancólicas chuvas gordurosas devora enquanto procela devora enquanto faz sol devora enquanto outros protelam devorar tudo o que passou devora enquanto do nojo nenhuma gordura vem devora enquanto te enojam os que devoram também esfomeados não entenderão como no fogo da guerra você me salvou então com a sua bebedeira só nós dois vamos saber quantas doses eu bebi outros não puderam ter o devorador que há em ti[27] não amas não queres trepar ah como és bonito maldito mas eu nem posso voar ainda que de asas crescidas[28] vocês cujos colhões lassos lembravam velas cujas bocetas soltam flatos e as falas numa inacreditável foda viveram seu purulento século e seus mastros do sexo todos de neve cobertos.[29]

---

[27] Paródia de fragmentos de famoso poema "*Jdi meniá*" ("Espera-me"), do escritor soviético Konstantin Símonov (1915-1979), conhecido por obras que abordavam o tema da guerra, durante a Segunda Guerra Mundial. A seguir, os fragmentos do poema parodiado, de 1941, em recriação poética: "Espera-me e eu retorno./ Apenas espera,/ Espera nas melancólicas/ Chuvas amarelas./ Espera enquanto cai neve,/ Espera enquanto faz sol,/ Espera enquanto outros quedam/ Esquecidos do que passou./ Espera enquanto de longe/ Nenhuma carta vem,/ Espera enquanto te enojam/ Mesmo os que esperam também./ (...) Céticos não entenderão/ Como, no fogo da guerra,/ Você me salvou, então,/ Somente com sua espera./ Só nós dois vamos saber/ Como sobrevivi./ Outros não souberam ter/ A espera que havia em ti". (N. do T.)

[28] A paródia, aqui, refere-se a fragmento do poema "Confusão" (em russo, *Smiaténie*), de Anna Akhmátova (1889-1966), de 1913. A versão original do fragmento traz os seguintes versos: "Não amas, não queres olhar./ Ah, como és bonito, maldito!/ E eu que nem posso voar,/ Ainda que alada desde menina". (N. do T.)

[29] Os versos parodiados são parte do poema "Aos generais do ano doze", de 1913, de Marina Tsvetáieva (1894-1941). Na versão poética em português: "Vocês, cujas ca-

CÂMARA 22: schmerz schmerz schmerz schmerz fiz uma proposta à Margarida e schmerz schmerz e Gretchen empalideschmerz schmerz schmerz suportar e ocultar nossos sentischmerz schmerz schmerz não somos crianças bastschmerz schmerz schmerz tenho trinta e quatro schmerz schmerz schmerz eu amschmerz schmerz e ela tambem me amschmerz schmerz e eu vim soschmerz schmerz nós estamos conscischmerz schmerz será certo compreenschmerz schmerz schmerz schmerz schmerz Gretchen tem que entenschmerz schmerz o importante é não ceder ao egoíschmerz schmerz que nós não podemos viver um sem schmerz schmerz o nosso amor estava escrito nas estreschmerz schmerz eu estou pronto a provar agoschmerz schmerz schmerz.

CÂMARA 23: simsimsiiiiiiiiiiiiiiiiiiiiiim parece com o de queijo mas pior mais nojento mais mole estou certo de que tendo uma sólida reserva de substância do ano passado parcialmente reciclada oitenta e oito por cento podemos confiar no argumento social geral oportuno eucarístico fascista intimamente aplicado teantrópico pedófobo tecnológico positivamente permissível fundido psicossomático governamental da putrefação das gengivas e um parasita artrópode enfiou-se dentro da criança.

CÂMARA 24: crucificaram crucificaram crucificaram como como Pedro de ponta-cabeça luz júpiteres Saturnos baile mascarada Strauss champanhe gargalhada gargalhado o gargalhar senhores offiziere und soldaten und und Gretchenmargarida e uma rodada de valsa com com todos com todos os senhores offiziere da divisão do ritual lambe-botas eu faço a eles gargalhou despiu-se Gretchenmargarida e para mim lamberbotas para ela despir-se e todos os cento e doze offiezieren da divisão masturbieren ela e espermoregada de Gretchenmargarida e dividiram vibradores e cento e doze vibrocorporação pela espermoregada Gretchenmargo o aumento da voz vibrogemido luxurineta e a queda da cruz e a minha o meu bucal embaixo seu anal e duas filas de cinquenta e seis offieziere ao bucal da Gretchen e ao bucal da Margarida chupa chupa chupa chupa pintoffieziere e Wagner Wagner pra mim pra mim no teu bucal querida fecal valquírias lieberwurstafezes voos valquiriafecalvoo na boca na boca na boca fecalia você você nhac nhac nasfezis quente Wagner e a retirada da cruz o colocá-la no branco do caixão sobre a mesa eu pelado senhores

---

sacas lassas/ lembravam velas,/ Cujas esporas soavam graças/ E as falas,/ (...) Num inacreditável salto/ Vocês passaram seu século.../ Suas tranças, a testa até o alto/ De neve cobertos". (N. do T.)

ohezerhaha e no meucaixãocorpo excregescheissen em cima de mim por dez por dez und soldaten e scheisse scheisse scheisse schmeckt das besser und mim me forcei a puxar a mão das fezes e apertava abdrucken da pistola roleta-russa e apertava apertava quando eles defecascheisse e na têmpora da mãe russa de cabelos grisalhos cinco vezes apertaram e ela está viva viva viva e eu das fezes soldatenses e ofizierinas e a Gretchenmargarida gesackt o prêmio o prêmio für russisch schriftsteller e eu em feze feze o rosto ao lado a cabeça podre de Osia Blumenfeld e de Lénotchka Lénotchka e nas fezes nas fezes de alemão e ossos russojudeus e para mim Gretchenmargarida num canudinho cocaína na narina sobre as fezes e o ouro do Rhein wagmerdissonância e musicaína musicaína do corpo no caixão de fezes musicaína do corpo no caixalvo de fezes eu te amo emtorno allesoffieziere urinafezeduft dufsterbeigeischeiss da minha alma e de você sobre o meu esquifezes copulava obergruppenführer Walter Dietrich e eu amava vocês vocês vocês.

CÂMARA 25: ofertecido ofertecido oferta sido oprimidamente a leichenfecção atravessado atr através o cadaverme do rekenschwerkraftser e corpolida a limpexistência puspujada quando eu a limpexistência obercentezaubermachen resfregar do hóspede de alémneve e uma gutnachrichten o reichsführer permitiu-nos a nós o casamento permitiu o casamento o reichsführer permitiu o casamento o reichsführer.

CÂMARA 25: durch das lamm das wir erhalten wierd hier
der genuss des alten osterlammes abgetan und
der wahrheit muss das zeihen und die nacht
däm lichte weihen und das neue
fängt nun an dieses brot za-
hlst du erheben welches
lebt und gibt das
l
e
b
e
n

o casamento foi realizado pelo ritual católico-ortodoxo, o que sem dúvida convinha a Margarida, a mim e a todos os interessados, o que, de qualquer maneira, não posso atribuir a Gretchen, um comportamento que foi no mínimo esquisito. Na véspera do casamento, durante a preparação da noiva, ela teve um fortíssimo ataque histérico, gritava com Margarida chamando-a "porca vagabunda que se vendeu aos bolcheviques", soluçava, jurava que conseguiria uma audiência com o reichsführer e contaria a ele sobre os crimes e a traição de Margarida e de Dietrich, cuspia, rasgava as roupas, ameaçava defecar na igreja na hora do casamento. Naturalmente fui obrigado a chamar o médico do regimento que imediatamente aplicou uma injeção em sua cabeça, depois do que ela caiu num estado meio sonolento e permaneceu desta maneira até a noite de núpcias. A longa cerimônia do casamento pelo visto acalmou-a ainda mais, com o rosto pálido, travado, ouvia a solene voz do padre Pímen de barba grisalha e do pater Wise, até azulado de tão barbeado, somente por duas vezes a cãibra contraiu aquele rosto: quando cantavam a aleluia e no momento do meu beijo com Margarida. Mas que maravilhoso, que fantasticamente lindo estava o semblante da minha amada! Ele irradiava a divina luz do amor, os olhos azuis de Margarida brilhavam, as melenas douradas se enredavam em torno das delicadas bochechas. Com um tremor quase doentio eu olhava para seus lábios pronunciando o ja! este som tocou meu coração com a música de tudo o que é imprevisível, voluptuoso e caro. Um sonho, um acre sonho acordado nos levava em asas de aço germânicas: Munique, o palácio dos noivos, passar entre as suásticas de gelo e fogo, reverenciar as Cinzas dos Heróis, beijar as relíquias, depositar flores, visitar o consulado soviético, voltar ao acampamento, a descida solene do sótão à sala principal, passando pelas cabeças, a mesa em forma de cruz, as rosas brancas, o gelo negro, velas e tochas, oficiais da SS e champanhe, bandeiras e estandartes da divisão, os leopardos em jaulas ensanguentadas e a guilhotina, o mármore azul e as tripas rosadas. O movimento, o movimento das competentes mãos do cirurgião, a penetração, a penetração do bisturi na carótida do rapaz florentino, sangue, sangue tingindo as bordas cristalinas da taça: prove, prove agora, meu anjo de olhos azuis, o vinho milenar das adegas da História do Mundo, o vinho da vida, o vinho da Humanidade. A música das esferas, o elixir da imortalidade, a profusão dos sentimentos. Você está bebendo, eu vejo perfeitamente seu rosto, eu te amo, minha Lorelei, nos beijamos com os lábios ensanguentados: música, música, a música de uma orquestra de câmara, a linda Viena na espuma rendada da lingerie, uns braços, seus braços, a bandeja oval de prata com orelhas recheadas, a aromática convulsão do molho branco, o salgado espasmo do músculo cardíaco: orelhas inglesas, africanas, russas, judias, alemãs, chinesas que há pouco ouviam o terrível canto de Nossa época e agora estão assadas junto aos miolos de seus antigos donos, oh, espete, espete agora mesmo com o garfo de prata a conchinha róseo-dourada, detenha-se, meu tesouro, e sintamos no doce estalido a Música do Eterno Retorno, bebamos a ela com o Fresco Vinho da Vida, sejamos felizes com Nossa União Branca-Negra e comamos o Manjar dos Deuses: conduza-me, conduza-me ao Paraíso Prateado-Cristalino da Mesa de Nossa Nova Vida, alimente-me, alimente-me com o Guisado do Peito de uma Holandesa, com o suave Presunto de uma Francesa, traga-me, traga-me o Chouriço Purpúreo feito de Moças Gregas, dê-me, dê-me o prato com a Língua Judia, passe-me, passe-me a taça com o Patê Polonês, coma, coma comigo o finíssimo Rosbife de Inglesas, rodeado por um Ramo de Flores e Salsichas Irlandesas, ponha, ponha em minha boca um pedacinho do Rim Árabe, temperado no Sangue Montenegrino e, finalmente, finalmente alcance, alcance o Maior e Último Prato de Nossa Harmonia, estenda, estenda Seus Braços Perfeitos, levante, levante o Prato Dourado sobre as Cabeças de Seus Amigos e Companheiros de armas, dê-me, dê-me, dê-me a Última e Peremptória Refeição de Nossa Nova Vida: o Coração do Artilheiro de Nóvgorod Recheado com a Gordura da Enfermeira da Baviera, um vapor quente, quente alimenta a respiração de Sua Carne Cor de Vinho, com uma finíssima faca Solingen você corta, corta pela metade pela Metade a Romã de Carne de Nosso Amor, resplandece, resplandece Sua Faca em azul e branco, fumegam, fumegam com o Vapor da Carne as Quentes Metades, resplandece, resplandece, resplandece o Ouro de Nosso Amor, canta o Cristal de Nossas Almas Tilintando, exige, exige o Sangue Gelado da Europa Conquistada, espumado com o Oxigênio Noturno de Nosso Banquete, beba, beba, beba, beba com os Lábios e as Clavículas, beba, beba, com os Olhos e as Palmas das Mãos, beba com os Pulmões e as Bochechas, beba com as Traqueias e a Genitália, beba, beba, beba o Vinho das Revelações Infernais, o Vinho da Eucaristia Paradisíaca, o Vinho de Nosso Toque, o Vinho do Sótão Nevado dos Campos e Montanhas, o Vinho do Novo Testamento dos Machados e Flores, beba até o fim, beba até o fim e lance a Taça das Etéreas Apropriações no marmóreo chão da Riqueza Outonal, grite, grite com um Grito de Lâmina Escura, rasgue, rasgue, rasgue o Vestido dos Primeiros Valores, estenda os Braços da Tempestade e do Ímpeto, puxe, puxe, puxe o Gatilho dos Desejos Vermelhos, dispare, dispare, dispare a Metralhadora da Loura Alegria sobre os Amigos e Companheiros de armas, dispare, Coroada, dispare, Inumana, dispare, Espada Humana, guie, guie a incandescente Boca da Vontade de Exibição pelas Cabeças e Corpos, pelos Destinos e Relações, pelos Fios Tribais, pelos Arabescos Comerciais, elimine, elimine todos com a Corrente de Aço do Amor, menos eu, mande-me, mande-me rasgar e beber, rasgar e beber, ordene, ordene abater, ordene abater Você, Rosto de Marciana, sobre os Mornos Cadáveres dos Amigos, sobre os Frios Cadáveres dos Inimigos, deixe, deixe que me afogue com a Amarga Espuma da Lingerie de Sua Convicção, derrame, derrame no Meu Rosto, nas Glândulas Salivares, no Contorno roxo do filosofal Cimento Armado do Poder e da Glória que Me fizeram compreender Seu Princípio Antitribal e Antibudista de Dependências Escolhidas, o Princípio da Embalagem Pseudomágica das Antinomias Sensuais, o Princípio da Flecha e do Lírio, faça, faça penetrar nas Cabanas de Westerwald de Suas Veias e Artérias, nos Matagais da Verdadeira Pseudopresença, nas Fendas das Fraquezas Sacrificiais, nas fosforescentes Lacunas da Inalienabilidade, ordene que Me permitam os Fascinantes Excessos que se referem ao Teu Cálido, Prolongado, Imperfeitamente Virginal, ao Teu Segredo:

EU: colho martelos azuis e javalis da árvore do amor sei soltar socos mas não sei esperar em nome do saber.

MARGARIDA: quanto amei em nome do fogo gelado em nome dos tendões das crianças eu sabia das possíveis interseções do arroxeado.

GRETCHEN: não fazer e não falar sobre pincéis e dosséis guardar silêncio ter esperança nas auroras pesadas no ladrilhado na recusa.

MARGARIDA: carvalhos e tílias leite celeste e promessa de sangria lírios triturados por liliputianos de roupa gongos e redes de casulas.

EU: as últimas partições das esperanças de algodão uma porta que se abre depois da eucaristia biliar as exigências rosadas dos nobres.

MARGARIDA: lírios goivos-amarelos jacintos de desejos de dádiva plúmbea a canção do passarinheiro fossilizado o morango dos heróis sangrando.

EU: beije o aço e ponha-se na escuta conheça as pseudorrotas dos deuses da terra atente à música da imprensa matutina creia no sodomita dos astros.

MARGARIDA: nas ilhas dos sonhos comunistas descobriremos os pedaços crus da derrota perdida emprestada dos heróis nem sempre honestos e de seus médicos de madeira.

EU: na verdade se é para falar sobre um final para um fim azulado e caramelizado eu preferiria a seguinte sucessão:

1. enchr meu estômg d verms roem cabeça gretchen.
2. costur cabeça gargarida ao meu ombr esquerdo.
3. amput minha extremidd recicla para col cola papel parede em.
4. enche meu intestinalmente olhos crianças russoalemã.
5. amputi meu pint recicli engraxi presentr comitê central.
6. enchido minha corpo ouro dente jude.
7. dispar minha corpo grande berta no firmament grã alemanha.

(1998)

Tradução de Mário Ramos e Yulia Mikaelyan

Créditos dos contos

"Pobre Liza" (1792), de Nikolai Karamzin — "Biédnaia Liza", em *Pólnoie sobránie stikhotvoriénii*, Moscou, Soviétski Pissátel, 1966.

"Viagem a Arzrum" (1836), de Aleksandr Púchkin — "Putechéstvie v Arzrum vo vriémia pokhoda 1829 goda", em *Pólnoie sobránie sotchiniénii v dessiatí tomakh*, Moscou, Akadiémia Naúk SSSR, 1957.

"A carruagem" (1836), de Nikolai Gógol — "Koliaska", em *Pólnoie sobránie sotchiniénii*, Moscou, Akadiémi Naúk SSSR, 1952.

"A sílfide" (1837), de Vladímir Odóievski — "Silfida", em *Diéviat povestiéi*, Nova York, Izdátelstvo Ímeni Tchekhova, 1954.

"Taman" (1840), de Mikhail Liérmontov — "Taman", em *Sobránie sotchiniénii*, Moscou-Leningrado, Lenizdat, 1979.

"Polzunkov" (1848), de Fiódor Dostoiévski — "Polzunkov", em *Sobránie sotchiniénii v piatnádtsati tomakh*, Leningrado, Naúka, 1988.

"Relíquia viva" (1874), de Ivan Turguêniev — "Jivíe móschi", em *Zapíski okhótnika: Rasskazi. Póvesti*, Moscou, Eksmo, 2006.

"Quatro dias" (1877), de Vsiévolod Gárchin — "Tchetírie dniá", em *Sotchiniénia*, Moscou-Leningrado, Gossudárstvennoie Izdátelstvo Khudójestvennoi Literaturi, 1963.

"Viagem com um niilista" (1882), de Nikolai Leskov — "Putechéstvie s niguilístom", em *Sobránie sotchiniénii v odínnadtsati tomakh*, Moscou, Gossudárstvennoie Izdátelstvo Khudójestvennoi Literaturi, 1957.

"Contos do major Gorbiliov (Primeira noite)" (1884), de Mikhail Saltikov-Schedrin — "Rasskazi maiora Gorbiliova (Viétcher piérvi)", em *Sobránie sotchiniénia v dvadtsatí tomakh*, Moscou, Khudójestvennaia Literatura, 1979.

"O sonho de Makar" (1885), de Vladímir Korolienko — "Son Makara", em *Sobránie sotchiniénii v dessiatí tomakh*, Moscou, Khudójestvennaia Literatura, 1953.

"O inquérito" (1894), de Aleksandr Kuprin — "Doznánie", em *Sobránie sotchiniénii*, Moscou, Gossudárstvennoie Izdátelstvo Khudójestvennoi Literaturi, 1957.

"Ariadne" (1895), de Anton Tchekhov — "Ariadna", em *Sobránie sotchiniénii*, Moscou, Gossudárstvennoie Izdátelstvo Khudójestvennoi Literaturi, 1962.

"Luz e sombras" (1896), de Fiódor Sologub — "Sviet i tiéni", em *Miélki biés: Romani, Rasskazi*, Moscou, Eksmo, 2007.

"O abismo" (1902), de Leonid Andrêiev — "Biézdna", em *Sobránie sotchiniénii v chestí tomakh*, Moscou, Khudójestvennaia Literatura, 1990.

"Depois do baile" (1903), de Lev Tolstói — "Póslie bala", em *Sobránie sotchiniénii v vosmí tomakh*, Moscou, Liéksika, 1996.

"Um dia humano" (1910), de Arkadi Aviértchenko — "Dien tcheloviétcheski", em *Khloplotlívaia nátsia: Iumorist. Proizvediénia*, Moscou, Politizdat, 1991.

"Vendetta" (1911), de Maksim Górki — "Vendetta", em *Sobránie sotchiniénii*, Moscou, Gossudárstvennoie Izdátelstvo Khudójestvennoi Literaturi, 1961.

"Dia de Páscoa" (1911), de Velimir Khliébnikov — "Velik-dien", em *Tvoriénia*, Moscou, Soviétski Pissátel, 1987.

"Tempo do cão" (1911), de Nadiéjda Téffi — "Pióssie vriémia", em *Iumoristítcheskie rasskazi*, Moscou, AST, 2010.

"Cartas de Tula" (1918), de Boris Pasternak — "Písma iz Tuli", em *Zapiski pátrika*, Moscou, Ázbuka-Klássika, 2010. © 2011, Eugeni Pasternak, representado por FTM Agency.

"A caverna" (1920), de Ievguêni Zamiátin — "Peschera", em *Ízbrannie Proizvediénia*, Moscou, MID Siniérguia, 1997.

"O caça-ratos" (1924), de Aleksandr Grin — "Krissolov", em *Sobránie sotchiniénii v chestí tomakh*, Moscou, Pravda, 1965.

"Insolação" (1925), de Ivan Bunin — "Sólnetchni udar", em *Sobránie sotchiniénii v tchetiriokh tomakh*, Moscou, Pravda, 1988.

"A crise" (1925), de Mikhail Zóschenko — "Krizis", em *Appolon i Tamara*, São Petersburgo, Limbus, 1999. © 2011, Herdeiros de Mikhail Zóschenko.

"O vadio Eduard" (1925), de Valentin Katáiev — "Bezdiélnik Eduard", em *Sobránie sotchiniénii*, Khudójestvennaia Literatura, Moscou, 1956.

"Liompa" (1928), de Iuri Oliécha — "Liompa", em *Ízbrannie sotchiniénia*, Moscou, Khudójestvennaia Literatura, Moscou, 1956. © 2011, Varvara Shkolvskaya-Kordi, representada por FTM Agency.

"Makar, o duvidador" (1929), de Andrei Platónov — "Ussomnívchissia Makar", em *Ussomnívchissia Makar. Sobránie*, Moscou, Vriémia, 2009. © 2011, Anton Martynenko, representado por FTM Agency.

"Guy de Maupassant" (1932), de Isaac Bábel — "Guy de Maupassant", em *Sotchiniénia*, Moscou, Khudójestvennaia Literatura, 1990. © 2011, Herdeiros de Isaac Bábel.

"Como o Robinson foi criado" (1933), de Ilf e Petrov — "Kak sozdaválsia Robinzon", em *Sobránie sotchiniénii*, Moscou, Gossudárstvennoie Izdátelstvo Khudójestvennoi Literaturi, 1961. © Herdeiros de Iliá Ilf e Ievguêni Petrov.

"Primavera em Fialta" (1936), de Vladímir Nabókov — "Vesná v Fiáltie", em *Sobránie sotchiniénii v tchetiriokh tomakh*, Moscou, Pravda, 1990. © Artigo 3C do Testamento de Vladímir Nabókov, 1965, 1966, reproduzido sob licença de The Wylie Agency (UK) Limited.

"Conexão" (1937), de Daniil Kharms — "Sviaz", em *Slútchai, rasskazi, anekdoti*, São Petersburgo, Anima, 2002. © 2011, Dimitri Wycheslavzoff.

"Neve" (1943), de Konstantin Paustóvski — "Snieg", em *Sobránie sotchiniénii v chestí tomakh*, Moscou, Gossudárstvennoie Izdátelstvo Khudójestvennoi Literaturi, 1958.

"Às avessas" (1952), de Aleksei Riémizov — "Vívertien", em *V rózovom bliéskie*, Nova York, Izdátelstvo Ímeni Tchekhova, 1952.

"Xerez" (1958), de Varlam Chalámov — "Chérri-bréndi", em *Kolímskie rasskazi*, Moscou, AST Moskvá, 2008. © 2011, Alexander Rigosik, representado por FTM Agency.

"Dá-lhe, coração!" (1973), de Vassili Chukchin — "Daióch siérdtse!", em *Sobránie sotchiniénii v piatí tomakh*, Moscou, Knigoliub, 1992. © 2011, Herdeiros de Vassili Chukchin.

"Noite" (1988), de Tatiana Tolstaia — "Notch", em *Rússkaia netraditsiónnaia proza* (I. I. Iatsenko, org.), São Petersburgo, Zlatoust, 2006. © Tatiana Tolstaia, reproduzido sob licença de The Wylie Agency (UK) Limited.

"A dama dos cachorros" (1990), de Liudmila Petruchévskaia — "Dama s sobákami", em *Sobránie sotchiniénii v piatí tomakh*, Moscou, AST, 2006. © Ludmila Petrushevskaya, 1990.

"Na rua e em casa" (1995), de Serguei Dovlátov — "Na úlitse i doma", em *Maloizviéstni Dovlátov. Sbórnik,* São Petersburgo, AOZT Jurnal Zvezdá, 1995. © Serguei Dovlátov, reproduzido sob licença de The Wylie Agency (UK) Limited.

"Um mês em Dachau" (1998), de Vladímir Sorókin — "Miéssiats v Dakhau", em *Sobránie sotchiniénii v dvukh tomakh,* Moscou, Ad Marginem, 1998. © 1990, Vladímir Sorókin.

Sobre o organizador

Bruno Barretto Gomide nasceu no Rio de Janeiro em 1972. É doutor pela Unicamp, com estágio de doutorado CAPES na Universidade da Califórnia, em Berkeley. Realizou cursos nas Universidades de Illinois, Indiana, Cambridge e Linguística de Moscou. Desde 2005 é professor de literatura russa na USP, e atualmente coordena a pós-graduação da área. Foi pesquisador-visitante no Instituto Górki de Literatura Mundial, em Moscou (com apoio da FAPESP). É o organizador do GT de Literatura Russa da ABRALIC. Tem publicado artigos em periódicos internacionais (como o *Tolstoy Studies Journal* e o *Vopróssi Literaturi*) e participado dos principais congressos de eslavística. Publicou pela Edusp os livros *Da estepe à caatinga: o romance russo no Brasil (1887-1936)*, em 2011, fruto de sua tese de doutorado (menção honrosa no prêmio de teses da CAPES no triênio 2004-2007), e *Dostoiévski na rua do Ouvidor: a literatura russa e o Estado Novo*, em 2018, fruto de sua tese de livre-docência.

Sobre os tradutores

Arlete Cavaliere é professora livre-docente de Teatro, Arte e Cultura Russa no curso de graduação e pós-graduação no Departamento de Letras Orientais da Faculdade de Filosofia, Letras e Ciências Humanas da Universidade de São Paulo. Publicou diversas traduções, entre elas: *O nariz & A terrível vingança (de Nikolai Gógol): A magia das máscaras* (Edusp, 1990, seguida de ensaio); *Ivánov*, de A. P. Tchekhov (Edusp, 1998, cotradutora, com indicação ao prêmio Jabuti na categoria tradução), *Teatro russo: percurso para um estudo da paródia e do grotesco* (Humanitas, 2009) e *Teatro completo*, de Nikolai Gógol (Editora 34, 2009). Para esta antologia, traduziu "A carruagem", de Gógol.

Aurora Fornoni Bernardini é professora de pós-graduação em Russo, Teoria Literária e Literatura Comparada da Faculdade de Filosofia, Letras e Ciências Humanas da Universidade de São Paulo (pesquisadora sênior). Recebeu diversos prêmios, entre eles o Jabuti e o Paulo Rónai pela tradução de *Indícios flutuantes*, de Marina Tsvetáieva (Martins, 2006). Para esta antologia, traduziu "Taman", de Liérmontov; e "Liompa", de Oliécha.

Boris Schnaiderman (1917-2016) foi o principal comentador e tradutor da literatura russa no Brasil. Verteu para o português cerca de quarenta obras literárias de autores russos e soviéticos. Desde o começo dos anos 1960 dedicou-se à carreira universitária no curso de russo da Universidade de São Paulo. Obteve, na década de 1970, os graus de doutor e livre-docente e realizou extensa atividade na pós-graduação. Apresentou e comentou autores importantes nas áreas de teoria literária e semiótica, como Leonid Grossman, Mikhail Bakhtin, Roman Jakobson, Iúri Lotman, Viktor Chklóvski e V. Ivánov. Dentre outras distinções e honrarias, recebeu duas vezes o prêmio Jabuti, nas categorias ensaio (1983) e tradução (2000). Obteve recentemente a Láurea de *O Estado de S. Paulo* (2002), o Prêmio de Tradução da Academia Brasileira de Letras (2003) e o título de professor emérito da Universidade de São Paulo (2002). É autor de oito livros de crítica e teoria: *A poética de Maiakóvski através de sua prosa*, *Projeções: Rússia/Brasil/Itália*, *Semiótica russa* (org.), *Dostoiévski prosa poesia*, *Lev Tolstói: antiarte e rebeldia*, *Turbilhão e semente: ensaios sobre Dostoiévski e Bakhtin*, Os *escombros e o mito: a cultura e o fim da União Soviética*, *Tradução, ato desmedido*, além do ficcional-memorialístico *Guerra em surdina*. Esta antologia traz sua tradução para o conto "Às avessas", de Riémizov.

Cecília Rosas é mestre em Literatura e Cultura Russa pela Faculdade de Filosofia, Letras e Ciências Humanas da Universidade de São Paulo, com dissertação sobre Aleksandr Púchkin. Traduziu o conto "Di Grasso", de Isaac Bábel, para a revista *Fevereiro* (2011) e o volume *Noites egípcias e outros contos*, de Púchkin (Hedra, 2010). Para esta antologia, traduziu "Viagem a Arzrum", de Púchkin (com a colaboração de Ekaterina Volkova Américo no cotejo do texto); e "Relíquia viva", de Turguêniev.

Daniela Mountian é editora da *Kalinka* (revista e editora especializadas em literatura russa). Formou-se em História pela Universidade de São Paulo, onde também desenvolveu seu mestrado em Literatura e Cultura Russa. Para esta antologia, traduziu "Luz e sombras", de Sologub (com Moissei Mountian).

Denise Sales é tradutora, doutora em Literatura e Cultura Russa pela Universidade de São Paulo. Formada em Jornalismo, trabalhou na Rádio Estatal de Moscou como repórter e locutora. Publicou diversas traduções, entre elas a novela *Minha vida*, de Anton Tchekhov (Editora 34, 2011). Para esta antologia, traduziu "Polzunkov", de Dostoiévski; "Contos do major Gorbiliov", de Saltikov-Schedrin; "O sonho de Makar", de Korolienko; "O caça-ratos", de Grin (com Graziela Schneider); "A crise", de Zóschenko; "O vadio Eduard", de Katáiev; e "Makar, o duvidador", de Platónov.

Fátima Bianchi é professora da área de Língua e Literatura Russa do curso de Letras da Faculdade de Filosofia, Letras e Ciências Humanas da Universidade de São Paulo. Traduziu, entre outras obras, *Uma criatura dócil* (Cosac Naify, 2003), *A senhoria* (Editora 34, 2006) e *Gente pobre* (Editora 34, 2009), de Dostoiévski; *Verão em Baden-Baden*, de Leonid Tsípkin (Companhia das Letras, 2003); e *Assia*, de Ivan Turguêniev (Cosac Naify, 2003). Para esta antologia, traduziu "Pobre Liza", de Karamzin (com Natalia Marcelli de Carvalho); e "Dá-lhe, coração!", de Chukchin.

Graziela Schneider é doutoranda em Literatura e Cultura Russa pela Faculdade de Filosofia, Letras e Ciências Humanas da Universidade de São Paulo, tendo defendido seu mestrado com a dissertação "A face russa de Nabókov: poética e tradução". Entre suas traduções, destacam-se *Minha descoberta da América*, de Maiakóvski (Martins, 2007), *O cadáver vivo*, de Lev Tolstói, em parceria com Elena Vássina (Peixoto Neto, 2007), e *Os últimos dias de Tolstói*, com outras tradutoras (Companhia das Letras, 2011). Para esta antologia, traduziu "Depois do baile", de Tolstói; "Tempo do cão", de Nadiéjda Téffi; "O caça-ratos", de Grin (com Denise Sales); "Insolação", de Búnin; "Primavera em Fialta", de Nabókov; "Conexão", de Kharms; "Noite", de Tatiana Tolstaia; e "A dama dos cachorros", de Liudmila Petruchévskaia.

Lucas Simone formou-se em História pela Universidade de São Paulo. É professor de língua russa e tradutor, tendo publicado a peça *Pequeno-burgueses* e *A velha Izerguil e outros contos*, ambos de Maksim Górki (Hedra, 2010). Para esta antologia, traduziu "A sílfide", de Odóievski; "O inquérito", de Kuprin; "Ariadne", de Tchekhov; "Vendetta", de Górki; e "Como o Robinson foi criado", de Ilf e Petrov.

Mário Ramos graduou-se em russo pela Faculdade de Filosofia, Letras e Ciências Humanas da Universidade de São Paulo e defendeu mestrado e doutorado, ambos sobre a poesia de Velimir Khliébnikov, na área de Literatura e Cultura Russa da mesma universidade. Atuou como professor-leitor do Brasil na Universidade Estatal de Moscou, entre 2005 e 2009, e desde 2010 leciona Literatura Russa na USP. Além de artigos e poemas, traduziu a peça *À saída do teatro...*, de Nikolai Gógol, com Arlete Cavaliere (Paz e Terra, 2002). Para esta antologia, traduziu "Dia de Páscoa", de Khliébnikov; "A caverna", de Zamiátin; e, em parceria com Yulia Mikaelyan, "Um dia humano", de Aviértchenko; "Cartas de Tula", de Pasternak; "Na rua e em casa", de Dovlátov; e "Um mês em Dachau", de Sorókin.

Moissei Mountian é editor da *Kalinka* (revista e editora especializadas em literatura russa). Nascido na Moldávia, então parte da URSS, veio com a família para o Brasil em 1972. O romance *O diabo mesquinho*, de Fiódor Sologub, marcou sua estreia como tradutor, sendo indicado, em 2009, ao Jabuti na categoria Tradução. Para esta antologia, traduziu "Luz e sombras", de Sologub (com Daniela Mountian).

Natalia Marcelli de Carvalho é aluna de iniciação científica na área de Língua e Literatura Russa da Faculdade de Filosofia, Letras e Ciências Humanas da Universidade de São Paulo. Para esta antologia, traduziu "Pobre Liza", de Karamzin (com Fátima Bianchi).

Nivaldo dos Santos é professor de russo do Centro de Ensino de Línguas da Universidade Estadual de Campinas. Obteve a graduação e o mestrado na área de russo da Faculdade de Filosofia, Letras e Ciências Humanas da Universidade de São Paulo. Trabalhou como locutor e tradutor na Rádio Estatal de Moscou no final dos anos 1990. Traduziu as novelas *Noites brancas*, de Fiódor Dostoiévski (Editora 34, 2005) e *Tarás Bulba*, de Nikolai Gógol (Editora 34,

2007). Para esta antologia, traduziu "Quatro dias", de Gárchin; "O abismo", de Andrêiev; "Guy de Maupassant", de Bábel; e "Xerez", de Chalámov.

Noé Oliveira Policarpo Polli é professor de língua e literatura russas da Faculdade de Filosofia, Letras e Ciências Humanas da Universidade de São Paulo. Publicou diversos artigos em revistas acadêmicas, além de traduções, como a coletânea de contos *O bracelete de granadas*, de Aleksandr Kuprin (Globo, 2006). Para esta antologia, traduziu "Viagem com um niilista", de Leskov; e "Neve", de Paustóvski.

Yulia Mikaelyan é russa, graduada em espanhol pela faculdade de Letras da Universidade Estatal de Moscou. Trabalhou como professora de espanhol na Universidade MGIMO de Moscou entre 2007 e 2010, exercendo paralelamente a função de tradutora e intérprete em espanhol, português e russo. Atualmente ministra aulas de língua russa para estrangeiros no Brasil e é coautora de um manual de espanhol para estudantes russos. Para esta antologia, traduziu, em parceria com Mário Ramos, "Um dia humano", de Aviértchenko; "Cartas de Tula", de Pasternak; "Na rua e em casa", de Dovlátov; e "Um mês em Dachau", de Sorókin.

Este livro foi composto em Sabon, pela Bracher & Malta, com CTP e impressão da Bartira Gráfica e Editora em papel Pólen Natural 70 g/m² da Cia. Suzano de Papel e Celulose para a Editora 34, em junho de 2023.